U0113019

天津博物館藏

直報 肆

天津古籍出版社

光緒二十一年九月

直報

光緒二十一年九月初一日　第二百二十八號
西曆一千八百九十五年十月十八日　禮拜五

上諭恭錄

旨詹生維秀着以文員用與安着以侍衛用溥襄着以七品筆帖式用曾廣鑾李焜瀛張塏徵俱着內中鞠飛熊曹昭瀛祁師儉何烜曹隆緯張紹俱着外用沈錫珪着仍以郎中用祁師曾着仍以員外郎即補內閣侍讀學士員缺着裕庚補授擬補內閣侍讀尹壽中書歐端驎夏錫疇俱准其補授內閣典籍員缺着克蒙額補授內閣中書員缺着聯魁補授截取御史宋承庠保舉貴州候補道程榮壽俱照例用欽此旨巡視南城事務着如格去欽此旨巡視北城事務着覺羅達椿去欽此

棘刺之端爲母猴賦　以題爲韻

天津府院試闔屬童古第一名　華忻如　青縣童年十六歲

極工匠之優爲運良工之神力士偶逞其精工木人殊其法式惟妙惟肖巧無不周愈出愈奇能眞幽極奇原莫測眞能察及毫芒論劈無稽定許其除荆棘夫棘之爲物也生自山陬依從廣陌形類松針種殊桃核如棱卓卓借梨栗以爭輝匝地紛紛看蓬麻而混迹縱欲奇呈雕鏤神妙欲到夫毫末其如體近纖微形質幾同於針刺爾乃象中獨造智出無師巧難鏤指細若修眉擬刻猴於仙桃漫謂成形草草比貫胸之懸蝨居然入彀絲絲眞解牛無庖子之全神乎技矣豈刻木作農夫之象工則度之升木盤桓居然壯觀纖微不入見巧因難矣纖細之精能力爲已銳靈巫之妙手功必勞鑽構象則射臂堪驚即此原非小技飾容則楚冠可假用以豈曰無端匠心何迅眞面肖鏡渺乎小矣象其物官想削墨之人輪遜他伎倆即脫穎之毛遂無此離奇寄情削棘之功具體原微妙用作雕猴之巧他人孰能爲由是姿質因心功能鑄首蚊巢恰好追陪蝸角相爲左右巧作應推良材不負莫謂形成刻鵠傳佳話於將軍還殊錢號飛蚨有通靈之子母著其華曾無極畏設旃投事既臨乎渺渺道更涉乎幽幽藏身未圓幻質無儔所以析妙理於前言議或與夫炙輠而邏詭詞於當世冠終類於沐猴迄今懈軼事之多慮知昔賢之無具忘猿不致退思脫兎何容眷戀木眞奮末以憑剔透玲瓏質縱能完終異渾堅樸素徊彼奏刀之技咸感觸以傾懷因思利器之投乃敷陳而作賦

昔讀皇甫之碑不歌而頌今見士衡之賦體物爲長解妙瀾翻無愁紙短詞工綺密詎患才多品果無雙名宜第一會詢郵使聞華胄中號以狐備悉家聲知贊綫毛傳於鳳肩吾文子遞擅雕華老綽第兒俱稱麗則年甫逾乎舞象世竟繼夫占鰲今歲小試其端已喜拔芹採藻他日大魁天下行看折桂探花豫卜前程復存左券　壽雲華館主拜手謹註

狐憑於城　○京師雖爲首善之區人烟稠密良莠不齊甚至匪徒結黨插圈配盜與五城司坊官人結黨成訟以官威行詐從中肥情事指不勝屈今聞巡視中城察院管侍御廷獻者自蒞任以來深悉司坊官差與匪徒插訟行詐分肥每遇案件或傳案不齊故意故宕亦賴值差重責兩腿血流如汁諒此雷厲風行其輩或可斂跡則地方之獲福非淺矣

狼肆於野○東直門外河南村邇北小王莊該處近有豺狼白晝在地攔路吃人實所未聞者也昨有某甲率領其子串地中之妻正在豆地扒土突有狼來將甲妻一口咬住脖頸用後腿一蹬將該婦肚腹扒開遂將心肝等物吞食盡將該婦四肢吃去甲與其子目瞪口呆束手無策是以哄傳都城該處絕行人誠異事也如無設法以除此害官與民當共圖之

或爲狐祟○馮某君寓崇文門精化寺街其宅向無妖異前數日廳事中陳設忽失去瞬復在目神案前之琉璃燈自明自滅宅中人不知所以大驚小怪猜疑之際忽又有炮竹由廚內擲出直至廳前炮紙飛颺如天女散花紛紛墜地自此之後每日一次或數次諸般擾擾離離爲鬼爲狐均難測度好事者聞其事頻來問訊問亦有目覩其異者兩宅中人自遭此祟驚心動魄寢食不安將議遷避急遽中又難覓妥安擬延術士敕法驅逐不知能否鎮靖也俟訪續報

何故雉經○京師前門外南蘆草園張某係在興隆街開設銅鐵鋪生收學徒曹某年甫十七不知何故投繯斃命該鋪東恐遭訟累即向曹某之伯仲行曹二爲屍親而挽勸關路之闆等爲和事老從中解釋曹二索白鏹百金方可息事張某即如數付給延請陰陽生果許給白鏹四金開寫殃榜將成殮私理匿報旋被地面總甲緝某訪聞以其私和人命將張某等一併獲案請究其中有無別情容俟續訪再錄

教職揀單○教授陝西興安于建瓴西安舉　甘肅蘭州馬墉西寧拔　四川嘉定廖錫藩成都增　正諭順天大城高桂廣平　山西長治吉德浴平陽　河南濬縣李學玉開封　鄢陵日本全彰德　汝州石懷玉懷慶　甘肅靈州張震階州　湖南武陵許鄧起元長沙　廣東番禺譚光齊高州　廣西上林鄭振超潯州俱舉　湖南武岡陳壽昌長沙廪　雲南　廣西楊紹曾大理歲　訓導順天房山邢駒英永平歲　安徽五河鄭恭徽州　山西蒲縣張文煥霍州　河南臨漳霍澤許州　陝西汧陽李楨同州　廣東長樂張思源廣州　徐聞李銳臨廣州　貴州正安易鎮寰安順俱舉　山東黃縣陳家彥萊州　甘肅平遠趙晉文秦州　江西萬年吳珍南昌　廣昌歐陽炳昭袁州俱優　陝西石泉史鵬飛延安拔　江西瑞金謝炳煌袁州拔　四川懋功劉治叙州拔　復諭直隸平山丁鎧宣化廪　陝西澄城張文西安恩　復訓山東恩縣路維新濟南廪　山西陽城王徵予太原舉　河南衛輝蘇裕昆汝南廪　陝西郃州張廷輔西安附　浙江處州葛裕熊寗波舉　湖南岳州齊朝煥長沙廪　雲南鶴慶黃文龍廣西拔

督學示諭○督學部院示據提調官面禀覆訊李長男王炳供稱楊之銳張金鎧於點名時俱自行接卷轉交伊手隨衆混出查本入場劉樹蔭實已入場劉樹蔭之認保楊楷臣張金鎧之認保張驥均從寬改爲降廪爲附楊之銳之認保張某亦降廪爲附派保張仲虎已回原籍從寬免究劉樹蔭之派保劉漢清張金鎧之派保張寶堂改爲發學戒飭特示○又諭招覆一等生員曁新進文武童生知悉爾等覆試後毋得回籍聽候本部院示期發落倘臨點不到定行降等扣除毋得自悞特示

生童三榜○督學部院取中天津靜海三處生童全案列後計開　靜海縣生十七名　張蘭常　朱華年　張瑞芝　顧汝霖　馬文暄　劉逢源　劉培珣　王鳳書　楊魯源　侯維儀　王玉琳　姜潤生　鄭金銘　邊佑三　朱念祖　蘇桂林　陳炳綸　天津縣文童五十四名　孟傳銘　劉楷　劉德信　穆文雲　劉錫彤　李士鈴　陳寶樹　高文彬　黑繼賢　劉驥　孟繼鐸　褚士億　李冥　穆祥和　王寶田　姚啟方　王用熊　穆成榮　成鈞　孟繼昌　趙作綸　蔡成儀　燕文光　汪寶美　張兆灝　楊葆元　陳振藻　高範中　顧蓮城　華澤沅　陳寶璠　王士瀚　王之劍　尹鳳文　李家楨　張蘭　郭鶴齡　臧守義　吳世綺　韓蔭桓　劉毓曾　徐用中　張彤喬　劉嘉珍　宋鳳章　陳自中　邢開林　蘇銘恩　王家瑞　董恩中　陳錫昌　陳寶泉　馮汝霖　王國棟○青縣文童廿二名　李向道　張蔭棠　朱錫朋　易金式　張壽山　崔光樹　趙光照　姚鑑泉　回仲慈　戴藻翔　劉愷晉　孔慶芳　馬克耀　梁國璧　張文蔚　張桐　洪世楨　胡寶桐　董忻如　王鎬　朱念銘　陳樹鼎

彈備一律○東光縣燈明寺地方素爲盜賊出沒之區每至冬令更當嚴防因之歷年由邑令禀請鎮臺派武弁一員帶兵二十

各營選充富足差之武弁繆弁士卒曾經數年巡緝尙無貽悞殊與地方甚爲有益現在冬防吃緊該經吳邑大令循例稟請鑛憲仍派繆弁帶兵巡緝宵不日駐巡該轄人民無不稱頌以邑侯預期籌備保護商旅居民得以安謐吏望他處一律籌備庶盜賊於以歛迹

遊戎監試　○學憲蒞津考試武場向例各營鎮遴揀派現任中科中出身者監視武場歷次多以河間副將監場惟聞現在河屬地面甚屬不靖並因學憲考會場期太迫恐誤場期茲由鎮憲揀選右營遊擊馬遊戎赴襄係武進士花翎侍衛出身監視校射勘覆技藝期於武選各例明晰以晳必能拔取眞才矣

・墳地被傷　○湘軍福壽營昨由火車來津暫住西營門外己登前報茲聞鍋店街辛家墳地在營門外二牛道地方在墳地屯兵伐去大樹十餘株不知該管者如何鎮攝也

務須詳明　○本報吳橋縣張玉英在裴頭村開設元成號雜貨舖被賊十數人砸窗入室搶去銀錢等物並將隣人鄭迴拒傷一案茲又詢及原訪之人據云前言吳橋縣乃屬筆誤實係東光縣裴頭村因事關搶刦拒傷重案合亟更止閱者諒之

不服彈壓　○河東糧店街山西會館前紀永安者不知爲何如人茲於前日持刀向盧廣太雜糧舖訛索錢文當經該舖司帳鄭寶書攔阻竟被刀傷斯時該管三甲地方劉順彈壓不服飛報武汛立即前往將紀拏獲送交縣案與受傷之鄭寶書亦自行投案請驗究竟果係因何起衅容訪實再錄

劉帥籌餉　○本館昨又接到專駐厦門採訪使者飛函云臺南一隅允若長城兵心甚固兵力亦足惟所缺者餉耳前月劉大將軍已派幕友羅君來厦向林維源欽使商借二十萬以助餉需俟臺事稍平即行璧趙斷不至久假不歸並函託施紳害舫代爲開導然林欽使自五月內渡後日夜不安已於前五月具摺請假開去京卿本缺此時病仍未全痊回首在臺產業並居屋約在千萬以外且拋棄未免傷心故聞於昨日已派總督事郭君前赴日本求恩償還出產房屋自願報効多金又另差妥人北上進京面懇具相應代爲担保不知能否如願也又令親信人劉姓至臺北求　日總督將全臺產業契卷送呈蓋印願在厦門爲日本坐探事宜至劉大將軍借款一節現尙未允也

日報彙紀　○東洋報載日本商務大臣現派隨員三人迅赴中國在新開通商各口查勘應辦事宜大約月內即須乘輪來華云○又載日民聚自數百人結爲死黨擬乘間將首相伊藤刺死日政府已有所聞派有暗巡捕數人在相宅左右嚴密防護○又載前赴臺灣彰化安平一帶之日兵無一不病均係寒熱之症惟病者雖多幸死亡尙少也　又載據臺灣日督言現有臺民願作日本細作者來報臺南劉軍餉項既缺食物亦難接濟惟以紙紙向民間硬買刻下臺南百姓甚怨劉帥請即前往攻取該百姓當作內應以助日人云云然日督恐爲劉大將軍所給未敢以爲信也○又載風聞厦門及中國各官場均與劉淵帥有往來並聞淵帥之姪現在厦門招兵云云然此說日廷亦不之信

詳記欽使抵日事　○本館欽命專駐日京訪事人昨又來函云日本欽差裕朗西星使於七月二十二日行抵長崎輪船下椗後即有該處各官紛紛上船進謁美領事亦登船拜會並有日捕頭至船查明人數登簿後即派日捕數十名來船照料極形周密星使並不耽擱即於是午前赴神戶於二十四日抵岸暫寓西人所設寓內於二十五日啓行率同瀛眷暨頭二等參贊並繙譯等由火輪車馳往橫濱巡至東京其隨從人等仍由輪船而行神戶日官另派上等火輪車四座以供欽使乘坐　路均自日捕保護是日即至東京旋因使署尙未修治整潔暫寓日后行轅至二十九日始遷進使署署中雜物縱橫顚倒大約前欽使啓行匆迫所致也使署臨街一帶樓窗均於上年被燬無知日民持磚擊毀現已修理一新日民無論上下現在安靜和好惟行路時則自日孩作申申之詈而已二十八日往謁日本外務大臣明日至署回拜旋訂於上月初十日進見日皇至期十點一刻鐘日官六員至署迎接欽使入宮覲見日皇呈遞國書日皇優禮有加殷勤勉慰嗣於別室進謁日后亦溫辭加勞一如日皇退出後即分往各國駐日欽使拜會皆接見如禮情甚浹洽惟俄欽使以尙在横濱故未得見云

山左水災　○山東黃河歷年爲患沿河居民元氣早傷今夏雨水過大上游壽張東平下游齊東青城等縣均被漫溢而利津博興等處本屬窪下之區被災尤重水深丈餘淹斃人口無數屋宇十存二三窮黎待哺嗷嗷情形可慘山東撫台當即發款放急賑惟災區所需必須力籌鉅款當蒙制府王夔帥當時籌撥五萬金並由關道盛觀察籌墊五萬金請江南義紳嚴佑之助教前往散放但此十餘州縣災黎數十萬斷非十萬金所能救徹不得不仰望四方樂善君子源源接濟爲數不拘多少集腋便可成裘倘蒙慨然解囊其款即交天津工程局彙收轉解俾活災民則仁人所賜當爲災民九頓首謝之矣　同人公啓

[illegible]售　白[illegible]清列傳　殺子報　富翁醒世傳　遇仙緣　三才子　時下笑談　張天師收妖　繪圖粉粧樓　遊江南　故事圖說　李傳相馬關被刺實情附帶小照每本價洋四角五　盛世危言　野叟曝言　各國時事類編　中日戰守始末記　公車上書記　海上見聞錄　[illegible]梅　真正後聊齋　三續聊齋　三續今古奇觀　正續眾麗昇平　後施公案　彭公案　鴛鴦夢　古今眼[illegible]　[illegible]傳　雲中落繡鞋　後西遊記　[illegible]俠傳　百寶箱　繪圖小八義　意外緣　[illegible]雲夢　情天寶鑑　女僊外史　如欲購者請到文美齋寄售

敬啓者現有英人僑居烟台曾在五京國學考有官憑前教授經史算法航海等學三十餘年並在英國海軍衙門充當試官有年曾蒙華廷派委要差今擬在本公館教授華童英文以便將來應陸軍海軍商務之選惟受教不得過十五歲議定每季脩金關平銀二百兩如有從學者即希函達天津恒豐泰飯店或烟台英領事署轉致倪爾森可也

啓者本行在上海香港開設有年四遠馳名專售各樣新式金銀時辰表嵌金鋼石戒指并航海千里鏡等物今特遣人來津小住數日以便出售以上各貨格外價廉如有賜顧者祈速至紫竹林利順德飯店第二號客房是幸　烏利文洋行啓

拍賣

九月初二日三點鐘在本棧叫賣上等白毫茶拾箱如有合意者祈早光臨是荷　太古洋行啓

啓者本堂代寫壽屏對聯及繕做紅白稟稿往來書札鈔錄書籍等件如蒙賜顧請至海大道工程分局後趙宅面議可也　學忍堂謹啓

浙杭元吉永號

本莊自置紗羅綢緞浙綾洋緞花素洋布川廣夏貨圖摺雅扇南貨頭油俱全祇爲近時錢市漲落不同故而各貨減價開設估衣街中間路北凡仕商賜顧者無誤特此佈達

石印[illegible]全[illegible]小說

是書共四百九十三回逐回蟬聯奇情疊出及仙佛僧道妖狐鬼怪且有三三四等唱段圖坐[illegible]聽者無不鼓掌稱奇每部洋九角○又有增補市鎮鄉村直省[illegible]地輿圖計三十一圖五大洲附以詳說簡明萬國公法共三本洋一元二角託津門文美齋書局發售

九月初[illegible]日輪船進口

通州　輪船由上海　太古行

新裕　輪船由上海　招商局

九月初二日輪船出口

武昌　輪船往上海　太古行

九月初一日銀洋行情

天津九七六錢

銀盤二千七百三十

洋元一千九百七十文

紫竹林九六錢

銀盤二千七百七十文

洋元二[illegible]

第一頁

直報

光緒二十一年九月初二日　第二百二十九號
西曆一千八百九十五年十月十九日　禮拜六

上諭恭錄

硃筆頌兆文轉補左春坊左庶子李殿藻補授右春坊右庶子欽此　上諭御史熙麟奏蒙古王公官員出繼承襲請飭理藩院遵照定例辦理等語嗣後遇有蒙古王公札薩克等缺出著理藩院將例應出繼承襲之人按照例章守議毋稍延宕其卓索圖盟喀拉沁東旗札薩克一缺仍著該院查明秉公辦理以符定章欽此　旨英年恒斌英凱國秀桂蓮錫嘏成俊曾緒文徵承綱榮元　胸鍾培裕隆榮全祥麟文惠祿頤麟祥常森全定青滙聯綬裕祿達三定常長明慶斌愛星阿崇鋆着記名以軍機章京用欽此

軟紅拾錦

薊門僑寓久每見俗客遊好桔槔而伺捷門彼售其欺此度其虞雞鳴而起孳孳然惟利是求三倍既得則以利爲名梯復以名爲利藪於是致綿繡爲錦繡以陋室爲華堂炙逐蠅頭郵亦行馬居然與簪纓世胄相尾隨望風者遂以爲王公大人概許氣意昇人乃陰行簠簋詐術藉王公大人之位望虎其聲威氣燄燕燕赫赫人耳目而不知薰猶之同器也前門其闈賓者去簽其車轍貫而來第見其高軒駟馬來往多富貴車轍駢闐節壽喜慶衣錦策肥者輒爲彩供帳選殺載酒稱觥而賀衣冠外而朝金粉北地胭脂雜遝駢闐流行竹肉競作某郎以司空見慣不怪也郎之爲人多逆意者彌縫而朋友交如是與家人居亦如是故凡所接者出處內外類爲奔走而不覺自以爲得此術也以往我負天下天下決無負我者也且憲眷日益隆官囊日益裕淫慾日益滋心計日益密故爲日益刻獨爲己則不厭其卑而侈其術然也少點妻意未厭既得隴復望蜀焉出金錢萬納小星五又以田舍佃少慮廣而荒阡陌必被人佔耕也乃與虎兕龜玉同爲櫝柙目典之適得要差日者入署身往而心留蘭麝坊其或自越畔以蹊田者也因見部院司員堂官每選其資格較深例案明晰當差勤慎者日居心不正辦事習練者公同物議派辦十稿掌印名曰掌鑰匙識者謂之也某郎因以幃幕爲效務爲依樣葫蘆又計北門之管一我外無人可作妥於諸部每值班時先將衣中幃幕部署一切令五妾各居一室爲鳥籠扃以魚鑰隨身佩其匙乃出門驅車去抵署草草了當公務畢乘車飛奔歸宅排闥入親詣各閨啓其鑰則妾各宛在焉自以爲防閑甚密操縱自由局外更莫能招隱也或有善戲謔分者曰君田太廣宜招佃勿荒也某郎乃以術自鳴曰竊自新闢爲君述之自攜眷客長安者寓某僧寺日自操作蚤出晚歸具友問寶眷奚寓士答寓僧寺友曰僧寺便乎曰十則扃以鎖奚不便友曰終日閉置眷如有急須出室則何如士曰啓鑰以匙友曰匙在君手日返奚能自由奚以便士曰子恐其不便也故以匙付之代執代啓鎖耳某郎日述且鼓掌亦胡盧掩口去蓋部郎自佩一匙而小星暗作台約各製一匙郎出則各啓鑰以各奔而私計其鐘點後郎出先郎歸或知之而郎不知也

穆鄦氏曰操六餘則亡之謂天下事大抵然矣六王畢四海一始皇以天下大勢欲爲子孫萬世業不急待之後世必復割裂爲敵國

於是銷名鎔殺彙後鑄鋒鏑築長城求絕天下後世患也所以備慮而固守大寶者奚啻扃門以鎖乎宗社海愁苦壯士抑鬱如架頭一鷹盼人解縧一剔沖天之翮嘹睛嚮箝聲發伺民情而乘之振臂一呼山岸響應秦失其鹿起爲漢之捷足得東晉以後劉聰石勒慕容垂符堅姚興赫連之徒紛然而起元幷之復自分爲周齊周幷齊而授之隋隋取陳梁而一之懼天下之不能常享也謂爲嚴法峻令以杜天下之變謀豈意將業滅客卒死賜素之手天下大亂肝腦塗地田畀斷之我固而守之不如使人之不忍去我而我從而與之之愈也故天下物可以術取斷不可以術守者焉仕不然彼小星者猶小焉者爾

寒士歡顏○京師順天府義塾創自前尚書潘文勤公自咸豐紀元迄今已越四十餘載除小塾外另設大塾以供孝廉讀書由科薦王某寧請順天府府尹陳六舟大京兆釐定規條以勵上進凡塾內生徒應試游庠者恩准給銀十兩並蒙批准註冊以垂久遠凡列門墻者均感忱不置云

屠人熟技○京師東直門外小王莊一帶地方屢有狼傷人情事已列前報茲聞有屠戶李某每遇集場則肩負豬肉售賣一夕天晚乘醉而歸路遇一狼纏繞遂以零星皮骨投之狼食畢仍隨行至村外屠隱身避入樹林土窟內而狼以後足探穴屠遂拉住不放取腰間小刀將狼腿割成一孔以口吹搯之法吹之狼大嗥不能動未幾聲息俱無屠乃肩負而返自此不敢晚歸矣

三堞莫測○八月二十五日神機營各隊兵丁俱在南苑校場操演技藝戈矛耀日旌旆連雲頗有荼火軍容之盛隊內有一兵未能練習準頭是日亦隨同操演手舉洋槍對靶施放轟然一聲鉛彈橫飛直向靶左穿過該處旁立三人應聲倒地趨往視之內有一人彈中胸膛立時扶回家中醫治未悉目下性命之憂具餘二人雖皆無恙然已神魂飛越諺云一場莫測觀此益信

味樽行○京師現逢戒忌辰期各處途及各戲園皆停止宴樂以循 國制八月二十三日係 世宗憲皇帝忌辰之期例應停止宴樂是以此日各戲園均不演劇然聞宣武門外保安寺街關帝廟僧人妙元前因不守清規娶有妻室生有子女曾經閻丹初中堂將其驅逐並未還俗亦在廟宇形同遊手素日專以嫖賭爲仕養賚於八月二十三日假座在延旺廟地藏菴廟內高搭戲臺棚座延約名班優伶登臺演劇名曰誓會實係賣戲以備看客觀覩所斂戲資尚未收齊甫經開場演劇適有菜市口汛千總宋占鰲聞知前往阻禁將該僧解案按律懲辦以爲不敬者戒

變具藏花○廣安門內大街有成雜貨店范某去冬因賦悼亡遺子十五齡乏人顧復今秋七月繼娶黃氏鶩膠甫續鴛牒難諧未久范即病故計遺舖中貨物值白銀數百金由氏收管其子就塾攻書詎於八月二十四日氏投菜市口汛守戎署內控子與匪爲伍官經傳訊見其子美秀而文並有鄰居聯名具保確無比匪情事方飭差傳氏追究誣告各情而氏聞風逃匿似此黑心符洵可畏哉

災因柳樹○宛平縣屬之石板鋪於八月二十六日黃昏時雷雨交加封姨肆虐徽扈飛揚有古柳一株大可數圍被風拔起擲於村外壓斃一人其餘壓傷頭額者尚有二人村房瓦片亦多被風揭去不翼而飛鄉人皆謂此風甚爲奇異云

督學諭言○督學部院諭各學教官知悉所有本部院歲考各學等前三名生員正場前覆試詩文又經古取前五名生員止場前覆試詩賦暨各學新進前三名童生正場詩文又經古取前三名詩賦均令各生童用紅格紙抄錄釘本由學彙齊於發落日以憑呈本部院以便選刻毋得違誤特示 又諭天津府學廩生周恩樹天津縣文童韓宏模等稟 批已將原稟批發提調官核辦仰該生靜聽候傳質可也

太守批示○府憲批示據滄州孀婦陳溥氏呈批爾被毆受傷經州驗明將陳貫榮責押如果屬實何至又將爾家之人傳實所呈顯有不實不盡仍候飭滄州秉公訊斷

一馬三箭○學憲爲曉諭試武童知悉本部院於初五日開考馬箭爾等各帶馬箭三枝照依舊綱伺候特示

兩造前提○天津縣稅務處示據寶坻縣文童李文藻稟 批候提寶坻縣卷宗並原業主李椿富等到日會同兩造秉公訊斷爾先將契呈驗在此備查此批

河道行勸　○文安縣附生張惺等赴督轅稟請開河以救文淮水患已於前報茲聞擬開該河上口在鄭州下口在瑤台地方約需銀百萬兩督憲已飭委觀察錢大令詩淵量入前赴履勘矣

渠魁將戮　○前五月間北倉官署被搶匪首前報今首從各犯幸皆就擒供認不諱業經收禁不日將正典刑矣

徵買雜糧　○安徽省歷年應解京蘇斤已經定額現將十九年應解額米三萬四千餘斤備齊詳明撫中丞派委無爲州土橋巡檢徐德豕等解由海道至天津再行運京交納

市價漸平　○本埠自七八月間大河安瀾大谷豐收均於前報刻下玉米面每斤價錢四十文秫米面每斤價錢三十二文白菜每斤價錢四文較三四月間食物貴賤大相懸殊矣

舟子行兇　○江北江蘇漕船先後抵通交卸已竣陸續回空至天津各船戶水手因購買物件必作數日之留具在茶店口停泊之江北九幫五號船戶施義貴與江蘇二幫第二十六號船戶田貴發各持鋼刀不知因何事是處住泊之臨衙船戶朱萬年刀砍數處擡解該管地方立即將兩造稟送縣案候訊供因何起釁再爲續報

沽台重築　○茲聞大沽海口重修砲台並由德國購定極快大砲數十尊俟解到置於此處並聞鎮遠羅車門由新城不時前往大沽海口監視一切似此講求武備可謂先事預防以固要隘視此入加振作將一洗曩昔積弊矣至如何建築籌備俟訪再登

白宅竊案　○本埠竹林西先農壇東白公館昨夜二點鐘被賊竊去衣箱一個該公館紀綱驚起已將賊揪住賊持刀威嚇刴傷三刀紀綱放手賊約三四人攜贓而逸聞已赴該管局段喊報矣

貴縣賊蹤　○昨青邑十子述云該邑陳作舟者攜帶錢文單騎行至青屬雙庄窠東北道上突遇步賊七八人各持器械見陳即放洋槍嚇其下騎將牲口錢文等物搶去而逸賊臨去且向陳曰縱爾報官恐難蹤我等之跡不如從此相交久後尚可護持否則與爾不便陳雖懼結仇只以明被搶劫實難甘仍赴報案當蒙勘驗允即飭捕嚴緝未識果可緝獲否

竊賊來與　○茲據津下友人述及東沽東頭居住韓友忠者以田園爲生衣食不乏於七月杪夜間被賊穴牆入竊得衣服等物用蘇袋裝攜而逸待韓驚覺被蒙首至次日令其堂姪係文生韓慰元開具失單具稟該管武汛勘驗旋在葛沽煙館中獲一賊並獲贓物一口袋贓帶至汛署汛據該賊稱係林供稱竊得韓姓衣服等一袋外現錢　千七百文除現錢業已花用所有口袋內贓尚未動一件該汛官查看贓物與原報失單大相懸殊其衣服錫器等與原報所失俱屬相符至原報失去洋銀九十九元白銀二十五兩現錢二十五千五百文該賊堅不承認所尤奇者原報向失去坤履數雙亦未在獲贓內汛官因以失物與贓物不同即飭役傳慰元面質韓云只富具稟不富面質汛官不敢專主因將贓賊送其該管營官由營官一併送交天津縣案差傳失主到案訊問刻下韓仍未到案因此人多疑惑或謂韓既身列庠序不應以失去坤履之案藉以遺話柄至該賊是否實竊銀錢匿不承認倘嚴刑究訊自無難水落石出也

持刀戕之　○河東大佛寺前有姓者常與無賴遊又好賭搏晚因向其孀母索衣物質當以爲賭本孀母知其所爲不給陳勃然怒即持菜刀砍死孀母棄刀而逸伊弟聞知急往追赶已無蹤矣

高麗紀聞　○本館昨又接奉派駐高麗採訪使者來函云朝鮮大邱府觀察使稟報該境水災計毀穀九千六百五十四斗五升燕濕三千一百三十四斗五升淹水漂沒二萬六千七百九十四頃○十月杪早七點鐘唐少川太守由仁川回漢聞漢城有謀中國巡差之說未知確否○又接平壤電報云詳原賊衆約有三百餘名於前日自松都等處嘯聚起手及至海州所有軍械財物牛馬男女老幼俱被擄一空○日俄新立條約由俄國全權大臣日本全權大臣稟　兩國皇帝批准即於前日會同交換○又接寧都電報云祥原義賊二處匪徒將去歲中國大隊臨韓之際遺下洋鎗數百枝俱被搶去現均駐紮長壽山城○朝鮮臣閔泳駿閔泳翌自烟台附輪回國即由仁川登岸朝見鮮王○仁川華商先公之地俱經唐少川太守飭爲拍賣其所賣之欵皆歸華商存濟以備公用所有仁川華商無不感戴唐公恤商之至意○仁川華商租界今改爲四街一福德街一會英街一迎安街一保安街○唐公派出中國巡捕四名皆穿英國號掛白畫在

通衢巡[illegible]夜間歸英國公使館住宿如唐太守者眞可謂能持國體者矣〇漢城内亦有議分租界之說惟尚未議及唐太守於前日將東大街眾華商十餘家每家房屋幾間共寬若干丈共長若干丈原買價若干修理若干共費錢若干俱開寫註冊約共價值五萬餘元聞朝鮮王有令華商遷往南大街之意或代爲買地或給費價或爲蓋造房屋議論紛紛尚未定局〇昨日日本兵已至祥原郡迎擊匪徒爲賊所乘陣敗陣亡日本兵約死一百餘名

本館京城售報處在宣武門外繖家坑路東海昌會館内陳午清先生代辦如[illegible]願者請至陳處可也

本館賬房啓

售　白清列傳　殺子報　富翁醒世傳　遇仙緣　三才子　時下笑談　張天師收妖　繪圖粉粧樓　遊江南　故事圖

說　本傳相馬關被刺紀實附帶小照每本價洋四角五　盛世危言　野叟曝言　各國時事類編　中日戰守始末記　公車上書記

海上見聞錄　[illegible]瓶梅　眞正後聊齋　三續聊齋　三續今古奇觀　正續聚[illegible]異評　後續公案　[illegible]公案　鴛鴦夢　古今眼[illegible]

報　[illegible][illegible]傳　雲中落繡鞋　後西遊記　蜃樓傳　百寶箱　繪圖小八義　意外緣　英雲夢　情天寶鑑　女僊外史　如欲購者請

到文[illegible]齋寄售

敬啓者現有英人僑居烟台曾在英京國學考有定憑能教授[illegible]史算法航海等學三十餘年並在英國海軍衙門充當試官有年曾蒙華廷派委要差今擬在本公館教授華童英文以便將來應陸軍海軍商務之選惟受教不得過十五歲議定每季脩金關平銀二百兩如有從學者即希函達天津恒豐泰飯店或烟台英領事署轉致倪爾森可也

告白

福州和益木商在津開設十年歷雇夥友林松卿經理歷年尚未十分誤事詎自十九年夏間荒蕩嫖游號事廢弛從中侵蝕弊混不勝枚舉致虧號本甚鉅去秋告縣押追迄未完結林松卿早已出號所有和益號事内係號東自行料理與林松卿毫無干涉特此布告官商如蒙賜顧務須認明和益本號庶不致誤

和益木商鄭湘蘭白

金陵儒醫世傳

貧病送診　過午不候

高克成内外科大小方脈

寓東門外天齊廟

啓者本堂代寫壽屏對聯及繕做紅白稟稿往來書札鈔錄書籍等件如蒙賜顧請至海大道工程分局後趙宅面議可也

學忍堂謹啓

浙杭元吉永號

本莊自置紗羅綢緞新樣洋縐花素洋布川廣夏貨顧繡雜扇南貨頭油俱全[illegible]爲近時錢市爛落不同故而各貨減價開設估衣街中間路北凡仕商賜[illegible][illegible][illegible][illegible][illegible][illegible][illegible]

石印新撰金鞭記小說

是書共四百九十三回逐回蟬聯奇情疊出及仙佛僧道妖狐鬼怪且有三三四等唱段閑坐靜聽者無不鼓掌稱奇每部洋九角〇又有增補市鎮鄉村直省輿地全圖計三十一圖五大洲增以詳說簡明萬國形勢共三本洋一元二角託津門文美齋書局發售

九月初二日輪船進口

海晏　輪船由上海　招商局

新裕　輪船由上海　招商局

九月初二日輪船出口

通州　輪船往上海　太古行

九月初二日銀錢行情

天津九[illegible][illegible][illegible]

[illegible][illegible]二千七百一十

洋元一千九百七十

東竹林九[illegible][illegible]

[illegible][illegible]二千七[illegible]十

[illegible][illegible]二[illegible]

光緒二十一年九月初四日　第二百三十號
西歷一千八百九十五年十月二十一日　禮拜一

上諭恭錄

上諭沈恩嘉奏假期屆滿病仍未痊懇請開缺一摺宗人府府丞沈恩嘉著准其開缺欽此

管窺隨筆

天下事盡於人而成於天人可知而不可知天不可知而可知可知而可知而令人不知者人之變也不可知而令人可知者天之常也獨是常變之論有二一曰理一曰數言理者則不言數言數者凡事則以前定數概之斷二人者往往各持其說不相下而其說則胥祖乎易如今歲首夏雨暘不時初則滂繼則旱滂處則田沒於水舊水未退新水又來旱處則土焦命流野無青草且癘疫大作寰海中外被災者傷於稼傷於人酷烈情形耳目聞見所未曾有每日無不逐一登報所以達民隱也除田　內廷須發帑項賞給紫薑以救都下疾疫外所有薄海疾疫之區或由各大吏奏截漕撥動撥正款以爲賑恤或由諸大善紳捐資助賑助糶以爲施濟亦多具清單逐細登報所以宣　上德勸人善也要以盡人事而已乃入夏以來寒暑不時風雨不節入秋而後雨暘風調癘疫頓減說者謂大運所繫人力無權數使然無須論理推舉某某善言易善占驗者之言以爲證因憶江南崔寅與五公山人牛公悔論易曰聖人作易言人事也非言天道也爲衆人言也非爲聖人言也聖人從心所欲不踰矩本無所惑何待於占惟衆人昧於趨避每兩歧罔決故聖人以陰陽之消長示人事之進退俾知所守而已此儒家之本旨也顧萬物萬事不外陰陽後之人推而廣之各明一義楊簡正宗傳闡發心學此禪家之易源出王弼者也陳摶邵康節推論先天此道家之易源出魏伯陽者也術家之易衍於管郭源於焦京云云今之言易者術家是矣夫易道廣大無所不包見知見仁要原一貫後人忘其本始反以旁義爲正宗似聖人作易但爲一二上智設非爲千萬世垂教之書千萬人共喻之理矣且夫經者常也言常道也經者徑也言人所共由也曾是六經之旨而詭秘其說令人不可解乎吾固望孔子之門牆而不入於其宮者孔子猶欲假年學易期無大過下愚如我輩焉足以知易而談易耶雖然竊於崔寅所云深味乎其言者爰筆之以與善占驗者參以與善學易者質

何來贗鼎　○內監滋事最干例禁然竟有更改名姓使假銀票肆行撞騙者屢有所聞實閭閻害也八月二十四日前門外大柵欄竹記廣貨店內突來內侍一人以銀票一張計六金購買煙土十餘兩找銀數兩彼時鋪主因與內侍素不相識詢及貴姓答稱姓楊遂經內侍攜物進城迨至次日始知係假銀票乃係偽造屢經挽人探訪竊經管太監某代爲詢及係南府內侍毀彩改爲楊姓所爲當經總管太監將銀追出交給竹記歸帳噫若輩能滅此伎倆而該店竟爲無所傷誠幸矣哉

是乃狠心　○京師前門外西翻書地方居住孟某家道豐足日前憑媒撮合再醮婦某氏爲妻該氏有女年二八因無人照管隨母撫養詎料孟某得隴望蜀不顧名義頓起淫心屢向調戲女不從隨致百般凌虐於八月二十五日因傷斃命孟不延陰陽生批寫殃榜

但用破布包裹以京蚨三十千屬鬼乞丙二人將屍抬至法塔寺義塚地內掩埋詎乞丙二人分贓不勻互相毆打彼此詈罵事遂洩揚被其鄉汎官聞知將乞丙二人拿獲解案責飭只得合盤托出即傳孟某嚴行訊究其中有無別情俟訪明再錄

督學題榜○謹將滄州南皮生童榜示開列於後 開 滄州生案 姜萍 蕭崧 孫春霖 李有錡 劉毓絵
王彰 孟鴻翰 張崑山 王寶元 龐紹璟 張性生○童案 呂曜 潘桐林 劉炳宸 馮國璋 劉中榮 程梯青
谷維楨 李[illegible]祉 王屏翰 李志侗 宋作賓 鞠[illegible]榮 祁毓瑞 姜芩 李心一 紀惠林 呂耀勳 趙之璐 范恩錫
馬恩曾 [illegible]汝舟 ○王印潭 于國勳 孫希曾 蘭錫朋 [illegible]府二名李玉樹 楊恩[illegible] ○南皮生案王增[illegible] 王其璐 張倩齡
宮元炬 葉毓生 侯[illegible]蓉 張開運 吳燕喜○童案 姜文樓 張沐璐 侯伯燕 葉玉琪 張炳陽 侯堃 侯榮
劉炳辰 尹銘新 張同升 張迪吉 張渠清 于臣 孫[illegible]康 王鍾嶠 殷珍 王其珍 馮學忠 周禮軒 艾炬青
焦玉璞 李銓 [illegible]瑛齊

將轉示批 ○欽命二品銜長蘆鹽運使司鹽運使加三級隨帶加二級紀錄十次季 示薊六兩人和同泰興 批稟悉該前經驗明杭偽藻屬年老多病步履維艱非關避姑准令陸文溶代質仰即來津聽候傳訊此批

吏調[illegible]差 候補道錢觀察奎元前奉委會辦鐵路 軌公司現以水師營務需員奉旨[illegible]委會辦海軍營務所遺鐵路一差改委奏調[illegible]補道張觀察鴻[illegible]接辦觀察人才磐磐今奉此差當必綽有餘裕

裁汰[illegible]卒 ○中國綠營之無用久矣自今日始裁之宜也現聞官場傳說有某大員奏請裁汰各省綠營老弱每省留十分之三編作練軍其餘概行斥革每年外省無益餉糈若干萬約一年內可以畢事西士聞而笑曰此事行之於平時為當務之急行之於今日恐蹈前明裁驛卒之弊然乎否乎想秉軸者自有把握也

賞[illegible]指日 ○守[illegible]總局江蘭生太守自接辦總局以來除莠安良民情深感茲聞太守奉督憲王制軍委署正定府任初十前後當赴新任矣

虎節移潼 ○[illegible]湘[illegible]福壽[illegible]十營陸續來津已紀前報茲聞奉兩江督憲劉峴帥將湘軍十營調赴潼關以資鎮守不日即開差前往東征甫撤又轉而西征矣

鄭重先農 ○民為邦本食為民天五穀乃養生之源故先農之功侔於天地歷朝祀典攸鉅本郡為直省名區四方將於是乎觀禮廟者貌也所藉壯觀瞻妥神靈伸誠敬也津郡十數年前創建先農壇於馬家口下屆時致祭祈福以蕃五穀育萬民洵至典也是壇未悉歸何署經管以何人看守惟見有巡查委員某武弁借寓其內且無應管之責以致多年失修壇門外任人蹧蹋實屬不堪且有無知之人將告[illegible]憲因他事之告示粘貼於壇門上殊為褻瀆已極非由地方官嚴行查禁竊恐壇宇頹圮祀典就湮誠非先王鄭重農功之至意也

潔清有日 ○頃閱西歷本月十九號洋新聞紙內開津門各西士富商公同議訂舉辦自來水公 事其公司之名即目以天津自來公司只此一家 此係西國定矩譬如此處公司設立若干年在此年限之內他人不得再為開設 集本銀十萬兩其創辦之人芳名併誌於後 北洋電報官局參贊官督辦天津氣燈公司璞君爾生 大英工部局總辦事官柏君齡庚 新泰興洋行克公森司 大法國大工程師吉公[illegible] [illegible]昌洋行斐君[illegible]柏 薩寶實洋行薩君寶實 機器製造東局監督官司公秋威德 該公司一切工程端賴大工程師司徒格林代為布置畫策 司徒格林公前在丹國京都造設自來水公司亦非一處極有見識況內中情形亦係大畧相同論處冬令天氣總之係由十五至二十度俱在○之下 查天津自來水公司之設不獨與租界之內大有起色實惠且與德美兩國即日開辦租界之事亦有裨益也 至論自來水公司向來設立不拘何處所入總能敵出而此次所辦者惟有仰望以上 諸君格外謀畫以期日久獲利擴疆則以上 諸君亦可名利兼收矣自問一切事務安置大有進境既書且速矣云云 乙未九月初二日 來稿

慈母割肉 ○上月唐山某公館使女因有小忿自行潛逃主人遣人尋覓無蹤使女之母亦在公館為僕又復自備盤川由火車

來電自訪其女日前行至河東義塚前坐地仰天大哭以爲割去心頭肉不知何日珠還也

孝子拾金 ○本郡陳某者年近三旬品性端謹事母至孝雖才學頗淵惟屢困場屋因亦無心進取但別無可圖只以筆墨爲生所以安貧事概不與聞是以常患貧乏然事母甘旨終不少缺前月母患病頗凶陳刻不暫離目不交睫但苦無醫藥資每夜禱於院中仰籲神佑至誠至虔鄰右知之多憫其孝於是不約而同湊集青蚨拾數竿與之陳不受鄰右皆曰既是純孝困苦若不趕緊調治母病具若貽誤何陳無言只得拜領其母果由此服藥得痊而陳之心力既疲窘迫日甚昨因赴某處忽在街檢得手巾包一個開視內有某號銀條二十餘兩陳以爲事屬奇遇展轉尋思深恐遺失者有關緊要有利於己實有害於人因得係在該號對過白鋪坐守三日終無人掛失號陳方將銀取出拜告天地然後使用其母得以調養大愈矣傳者以爲孝心所感神明默賜云

攔道持鎗 ○辛玉光者雄縣人行至獻縣北村之東忽遇賊三人攔道持洋槍威嚇即將錢文等物概行搶去辛遂赴縣報案官飭勘驗飭捕嚴緝矣

班門弄斧 ○滄州署中專差捕快暴起雲赴京都送信行至青縣屬羅家橋途遇二人同行詭走未數武其二人忽然變臉將暴之盤川錢文搶去暴由後跟踪見二賊已雇坐天津集船暴隨至靜海縣地即赴該縣報知當有捕快高姓追至船上拿獲一賊其一賊負水而逸似此捕快被搶可爲班門弄斧矣

假帖被獲 ○本郡皆以用錢票爲捷便有假票遂溷於其間受害者不可枚舉昨東門外洋貨街某甲持票買物被該管局段查知扭赴該局甲承認不諱遂責局棍二百令勇丁押某甲游街示衆云

[illegible] ○前聞湘軍勇丁在營門外二牛道地方辛宅墳地內屯兵伐樹各情已登前報現又聞湘軍在大稍直口某紳墳地內牧放馬匹砍伐樹木想該統領必有以鎮懾之也

甘心作仇 ○報登侯家後賴龍被某小班之插杆毆傷等情其賴龍乃杜姓其首兒係劉洛當經該管地方楊吉升報知武汛立將劉洛拿獲送縣其杜賴龍者業已因傷名登鬼籙矣

苦衷宜諒 ○津報載西報譯聞一則內有劉軍門將臺南讓與日人之說此言是否確實固未敢必特始思焉而竊爲劉軍門異者繼思焉而深爲劉軍門幸焉何也蓋劉軍門孤守臺南既乏外援又無內助倘使曠日持久一旦依然失守貽笑他邦何如乘此機會甘心退讓則亦未始非守土者達權之道況一以全自己之威名一以保數民之殺戮且保全之處誠屬不少且有英領事以介紹其間則軍門此舉尤爲堂堂正正本館竊聞必錄原不欲其果有此事惟照西報所云劉軍門既經退讓則亦不得不諒其苦衷者但不知閱報諸君能弗責本館否耶

鷺島郵書 ○廈門近日自凱撤立字營並臺南來之中路潰勇陸續分途遣散回籍後尚有匪徒匿跡營中暗放漂布 切幸黑旗兵查緝頗嚴是以沿海一帶會匪不能逞志自匪首駕子成前陳姓者到廈暗封立字營營帶[illegible]厚傾軍門銀物約數百金經提中協劉鎮仲恭戎帶同親兵拿獲送至有司審訊屬實立即稟請制軍核示嗣奉飛電以該匪有關營案當飭福靖兵輪解省嚴辦矣○漳州道劉樸堂觀察因病請假開缺於本月十二日起行按觀察係劉果愍公介弟到閩時曾署泉篆並統領各營遇事無不親自裁決其辦理漳泉門案十餘起威聲尤著民不能忘一旦急流勇退漳民惜之

西陲警報 ○字林西報館接到昨日下午二點鐘時北京訪事人電報云今晨京中接到甘肅東電傳聞蘭州府城已被回匪攻陷陝甘總督楊石帥不屈自裁又據稱回匪攻陷蘭州制軍帶領馬兵一隊衝出省城現已與雷軍門正綰併合一處雷軍門部下約有兵八千人屯紮蘭州之北恐亦將被回匪圍困董軍門福祥則向在蘭州東南約一百英里地方 皇上接電後立降密旨二道飭令董軍門速行進勦務與回匪決一死戰又降命四道分飭陝西山西河南山東等四省督撫速派精兵前往以厚董軍門之兵力軍門業密奏略言所部營偏是漢奸誠恐臨陣悉數潰散故不敢倉猝前進云云按董軍門部下各兵十九皆隸甘籍其不肯自攻本省之人者闕

自在人意中又據報稱中國內地各會黨與回匪聯絡是以此次之叛非專爲民回不和而起目下情形如此實屬岌岌可危　朝廷定計自撥京師大隊防軍并召吉林黑龍江之旗兵分別取道蒙古往助董軍門之說以上各節俱從西報中譯出使具確實則西陲之事亟矣所望天兵一到迅掃回氛庶幾紓　宸廑而奠岩疆中國其有豸乎

煤礦飛災　○西字報云距漢口一百八十里之遙有馬脊山焉山上出煤經官開采煉成焦炭以供冶鐵之用近日礦忽炸裂蓋緣礦中氣不通洩致壁此次土石亂飛傷斃人丁六十餘口礦畔煉煤之爐灶亦毀壞無遺

售　白　清列傳　殺子報　富翁醒世傳　遇仙緣　三才子　時下笑談　張天師收妖　繪圖粉粧樓　遊江南　故事圖說　李傳相馬關被刺紀實並帶小照每本價洋四角五　盛世危言　野叟曝言　各國時事類編　中日戰守始末記　公車上書記　海上見聞錄　續瓶梅　真正後聊齋　三續聊齋　三續今古奇觀　正續聚靈昇平　後施公案　彭公案　鴛鴦夢　古今戰爭　禪　金臺傳　雲中落繡鞋　後西遊記　昼[illegible]傳　百寶箱　繪圖小八義　意外緣　英雲夢　情天寶鑑　女僊外史　如欲購者請到文美齋寄售

敬啓者現有英人僑居烟台曾任北京國學考有官憑前教授經史算法航海等學三十餘年並在英國海軍衙門充當試官有年曾蒙華廷派委要差今擬在本公館教授華童英文以便將來撫陸軍海軍商務之選惟受教不得過十五歲議定每季脩金關平銀二百兩如有從學者即希函達天津恒豐泰飭店或烟台英領事署轉致伊爾森可也

金陵儒醫世傳

貧病送診　過午不候　高克成內外科大小方脈　廣東門外天齊廟

告白

本館京城售報處在宣武門外趙家坑路東海昌會館內陳午清先生代辦如有願者請至陳處可也

本館謹啓

告白

啓者本堂代寫壽屏對聯及繕做紅白稟稿往來書札鈔錄書籍等件如蒙　賜顧請至海大道工程分局後趙宅面議可也

學忍堂謹啓

浙杭元吉永號

本號自置紗羅綢緞新樣洋蘇花素洋布川廣夏貨圖摺雅扇雨貨頭油俱全祇爲近時錢市漲落不同故而各貨減價兩設估衣街中間路北凡　仕商賜　顧者無撰特此佈達

石印新撰金鞭記小說

是書共四百九十三回逐回蟬聯奇情疊出及仙佛僧道妖狐鬼怪且有三三四等唱段團坐靜聽者無不鼓掌稱奇每部洋九角○又有增補市鎮鄉村直省輿地全圖計三十一圖五大洲圖以詳說簡明萬國公法共三本洋一元二角託津門文美齋書房發售

九月初四日輪船進口
海晏　輪船由上海　招商局
新裕　輪船由上海　招商局

九月初五日輪船出口
通州　輪船往上海　太古行

九月初四日銀洋行情
天津九七大錢
銀盤二千七百三十七
洋元一千九百七十文
紫竹林九大錢
銀盤二千七百七十文
洋元二千文

直報

光緒二十一年九月初五日
西曆一千八百九十五年十月二十二日 禮拜二
第二百三十一號

上諭恭錄

硃筆褚成博補授禮科掌印給事中欽此 上諭恩澤等奏解省絞犯中途脫逃請將原解官議處一摺騎都尉榮陞奉派管解絞犯並不加意防範以致乘間脫逃實非尋常疏忽可比榮陞著先行交部照例議處仍勒限將逃犯張溁[illegible]即張明訓務獲究辦餘著照所議辦理該部知道欽此

詩品臆說 有叙

幼讀司空表聖廿四品悅其風華初不知旨趣何在竊以爲於詩法詩律似不如隨園續詩品三十則爲有涯涘可循及讀諸子各篇乃悟品之寓言有同符矣夫以欸欸寡聞之氓妄談古書奚啻夢中說夢然吾又烏知夢非真真非夢耶曩曾爲無言廿四品臆說上下兩編續爲十間見之者或譽或笑以鄙夢夢不辨黑白憂喜俱冥然罔覺也光緒乙未值閏及重陽前數日節屆霜降尚未大涼初三日偕津門新貴童冠八九人探榮園去以晴和愈暖季秋之清幾如暮春之融無少異行且詠遊忘倦倦倦矣歸登樓忽忽聞晨鐘淅瀝之聲兼與耳謀是日自朝至暮雨未休入夜大作封姨趁勢肆驕將窗紙爲武稜響新聲如溜空階益清古詩云夜雨滴空階滴滴空階裏空階滴不入滴入愁人耳因憶廿四品中悲慨一則結句云蕭蕭落葉漏雨蒼苔爲時情景宛然聲響可繪默憶此品臆說朝語壽[illegible]華館主主命筆之以博一哂日藉以政壽內 吟壇諸君恭候 郢削焉是爲叙

妙此品以悲慨爲題者心之所非爲悲憂懼在心內自高亢憤激爲慨慨故悲悲所以寄其慨也品義跟實境來言道之大用即隱即實者首曾大風捲水林木爲摧者蓋曾風捲水水折木即南華所謂起北海折大木也言大風者即詩詠北風之義傷天下也大言適苦欲怨招憩不來按唐書作適苦欲死義本莊子全唐詩及說薈與宋本詩品皆作欲怨今從之招憩者招而引致憩爲止息二句承上言富如此之時理宜以無用爲用止息乎無何有之鄉方爲至樂乃適爲俗之所苦反是則致怨又爲俗之所大欲奈何招之憩而不來也二句義本莊子至樂云夫富者苦身疾作多積財而不得盡用其爲形也亦外矣夫貴者夜以繼日思慮善否其爲形也亦疏矣人之生也與憂俱生壽者惽惽久憂不死何之苦也其爲形也亦遠矣孔雀頭陀註云人之所以求富貴者本爲延壽益命今惽惽久憂反累其形所以遠也又云吾以爲誠樂矣又俗之所大苦也故曰至樂無樂至譽無譽無爲便是真樂世俗不知反以爲苦何也以無樂無譽適爲俗之所苦於是適苦而欲怨矣徐無鬼曰夫越人寄而躑躅者夜半於無人之時而與舟人鬥未始離於岑而適足以造於怨也註云惠子忘自己之守而守他人之門觀是者非至門於夜半無人之時尋無端之諍以造怨也莊子所以悲惠子者故曰欲怨其云招憩不來者篇內又云甘心某如馳而莫之能止亦悲乎計盡其行爲馳於物欲莫知歸宿也皇甫冉詩曰願詩即招隱表聖是書之作半爲適苦欲怨者招之憩耳招之不來所以著悲慨品也

此稿未完

[illegible]文

喜觀天顏　○月前　皇太后法駕駐蹕西山頤和園　觀幸昆明湖一帶之鷗汀鳧渚桂殿蘭宮泛小輪船收覽山色湖光所有八旗侍衛及宮人中涓等簇擁扈蹕趨蹌整齊嚴肅道旁兒童白叟環跪仰瞻莫不懽欣鼓舞云

供呈山子　○京畿西南右安門外豐台一帶居民皆設花廠為業奇花異草彌望皆是今有上年承修　南北海山石工程張某人呼為山子張者名之以其業也張刻下會同各花廠於八月二十九日進呈各色細穠異種菊花六百盆香橼佛手金橘等共一百二十盆覓夫抬至　西安門抬入　內務府轉呈以抒報効

罰停會試　○本屆乙未科武會試日前覆試　武舉三千二百三十一名弓刀石力均屬相符均准其一體會試惟湖南武舉士騰較一名弓力不符現經　欽派覆試大臣專摺具奏罰停會試一科

恐悞祈年　○祈年殿工程前經承修大臣督飭[illegible]疊列前報現經工部琉璃窰監督飭令匠役將燒造藍琉璃瓦一萬二千塊派差雇覓駱駝負送工部呈交詎於八月二十九日行至彰儀門大街忽有驚車一輛由東向西驟馳而來致將駱駝撞倒摔碎琉璃瓦二千三百五十餘塊當將車夫某甲拿獲解送工部懲辦查此項琉璃瓦係　祈年殿急需今被摔碎甚多必致延悞要工至如何訊究容俟訪明再行續錄

肸蠁緣文　○八月二十七日爲　至聖先師誕辰都門內外各府會館於祀並邀天府士紳均詣金台書院致祭並於晚間張燈結彩照耀通衢執事諸生分司其事蹌蹌濟濟蓋觀者如堵牆諸生焚香祝帛無不恪恭將事一時肸蠁之誠俎豆之備有盛於丁祭者懿哉萬世之師洵足昭垂奕禩已

獮狩講義　○兵可百年不用不可一日不備故　國家承平雖久而於春秋例有營操未嘗廢弛並派監視大臣亦不敢虛應故事今年侍衛處奏請　欽派王大臣調集火器營兵弁前往盧溝橋迤西張各莊地方演放砲位並添派監視大臣係　欽命派出端邸親臨監放事畢其技藝嫻熟者奏請獎勵其生疎怠惰者分別責革以是奮勇之氣無不一以當百以此制敵何敵不摧以此攻城何城不克我　國家事政之修固未嘗弛于閒暇日也

督學榜示　○督學部院考取府學一等生員十九名　計開

劉鍾森　孟繼坡　王樹昌　鄧學鏞　梅士俊　高崇恩

曹振銘　韓錫　梁洵　謝恩綸　李維章　孫燮錫　王鼎第　張錫朋　李秀山　李駿聲　卞燕昌　李炳奎　高會奎

○又考取縣學一等生員廿九名　計開　李光　楊侗　王德純　賈[illegible]泰　郭賡熙　王春瀛　俞恩科　[illegible]自珍　何家駒

李金榜　耿愷曾　穆[illegible]清　楊治馨　張克一　王新銘　郭進修　[illegible]毓煊　徐霨　[illegible]祖功　[illegible]震修　陳振鐸　李廷[illegible]

卞燮昌　胡家祺　李耀祖

制軍呈批　○欽差北洋大臣直隸總督部堂王　示[illegible]呈武清縣舉人陳[illegible]等稟批仰武清縣即將大辛庄決口趕期堵台以免下游各村久淹爲患李子香等如查有偷扒抗修情事即由該縣[illegible]案[illegible]辦不貸仍將辦理情形具報查核粘單抄存○又　示具呈民人程吉係祁州人批查閱司批[illegible]詳王小海　犯已據[illegible]州訊認不諱錄供通詳仰按察司[illegible]州汛速覆審擬議解勘勿[illegible]宕延其孫馬子一名是否案內正賊並[illegible]質究明[illegible]分別核辦一面嚴緝逸賊楊小鳳等務獲究辦粘單抄存

[illegible]頒新　○直隸藩[illegible]陳方伯寶箴升授湖南撫憲於日前來津至二十三日回省均已交代清楚　現任臬司朱廉訪靖藩[illegible]

[illegible]　前長蘆運憲季都轉士[illegible]署[illegible]直隸臬司已經前報茲悉藩臬兩憲均擇吉於九月[illegible]二日接印任事矣

節幕被竊　○欽差大臣劉峴帥蒞津以總督署作行轅按總督署本在居民之中其東西箭道由內宅後皆可相通而箭道却極寬闊自峴帥駐節所有親軍護衛等軍共二三十營由大門以內及兩箭道支搭帳棚駐紮護衛巡查甚爲周密詎竟有賊公然入署行竊有川省觀[illegible]大包身[illegible]閩太守[illegible]傳名捕頭役帶同前往總署並會同城守營徐都戎四門汛任千戎勘驗竊案當即訪悉　欽憲幕友某君於初一日夜三更將殘四鼓方敲之際被賊偷去宮帽綢緞衣服共約十件賊逸後方知被竊即飭人分赴文武衙署官報知但[illegible]役言此案

詳細查訪不僅無行竊道路而且無倫竊形迹然卜既署內被竊非尋常疏忽可比極宜赶緊訪拿否則深恐未便爲

有期起馬 學憲按臨津屬考試文武生童止場覆試之日均登前報茲聞新生於初十日冠頂學憲於十一日起馬仍舊例先赴河間府屬一帶考試云

无妄壓斃 ○本年自春徂夏自夏徂秋往往雨師稅駕風伯或趁勢肆驕以致老屋頽垣半壁難支於一木倒壓斃人畜時有所聞昨河北關下某姓磨坊因雨坍塌正值更深將磨驢壓斃未傷一人幸矣哉所謂迨天之未陰雨者古人急急今人何竟昧昧也

笨賊被擒 ○西門外延生社前有攤售衣攤王某每日下午攤畢時將舊衣等物仔在處生社內日前天將曉時被賊入社將舊衣竊去持出門時被西路捕役瞥見即時拿獲解稱送官懲辦云

正賦求緩 ○天津府屬七州縣屢年被水成災惟靜青兩邑尤甚茲聞青縣所屬耿官屯村本年收成止有十中之二民氣未舒昨耿官屯村民張某來津赴府轅呈懇緩征想太守關心民瘼定必飭查情實也

耳插以箭 ○現湘軍各營僱住稍直口一帶已登前報昨聞有某勇丁在姜井西某鮮貨攤上零買食物因爭價口角致相用武忽被查街營練瞥見即將勇丁帶營訊實一百插箭示衆

臂傷於車 ○湘勇由火車來津駐西營門內外已紀前報茲聞日前湘勇火夫田某出外移辦零物乘坐火車在胥各莊地方下車小便被火車軋傷胳膊一隻已抬至紫竹林醫院調治矣

門毆受傷 ○武學生劉六殷起順不知因何與城隍廟街之陳老陳守元鬭毆該管地方喬鳥升見勢極兇急報該管汛官立即前往瞧劉六已聞風而逃二陳均已受傷傳齊殷起順抓獲送交縣案訊辦矣

陪禮罷訟 ○前報登西門外寓高陞店考武某士子被傷一案經大津縣訊明掌櫃該什長一百該什長又供出毆傷士子之十數人未及傳逮請哨官即求舖掌多人暨他縣來考先生出首說合令該哨官在考武馬道陪禮設席罷訟矣

亡夫顯魂 ○河東于家廠吳某四旬無子又娶再醮婦帶來一男一女男五歲女三歲婦由母家來乘小轎抱女於懷至半途婦見先夫由對面來探手於轎婦驚魂幾失附體他人皆未見也霎至吳某門前下轎時有人接此小女女已體冰氣絕訝問婦乃一一述明並其子爲僕人抱坐洋車未在轎內耳人言如是噫謂鬼無靈何以活捉此女謂鬼有靈何以捉女而不捉男豈見於垂簾之轎而不見於露坐之車乎意者或恐女之弱質依人難保其落茵落溷不如割斷煩惱之爲良男爲宗祧所關不得不留爲似續其不並該婦一併殺卻者其亦留爲撫養阿郎之地也乎

償欵英電 ○昨日英京路透局來電云日本已允中國將退還遼東之償欵減至三十兆兩俟中國付銀後三個月退出遼東至于第一批兵營卽日亦將付給

兩報彙聞 ○文滙西字報接到香港念四日一點過十二分鐘來電稱海龍輪船由廈門開至臺灣府於昨日回港據稱有日兵艦三十艘擬欲攻打臺南之安平地方駐臺之英領事聞之當即往見日本水師提督勸其暫停開仗並囑切弗冒昧從事且待我至劉帥處商勸 番或者此地可以藉免東洋亦未可知乃一自英領事前往商勸而劉大帥居然允其所請惟要保護百姓東洋人不能欺待以本水師提督亦曾允之觀劉大帥今日可以至廈門云

飾欵助賑 ○前報山東黃水爲災勸捐助賑今有無名氏捐助庫平銀五百兩囑爲寄東散給災民似此創捐鉅欵救濟窮黎造福豈有限量尤望聞風而起者廣種福田多多接濟庶垂斃窮民不致委壤溝壑此則馨香所切禱者也　工程局啓

山左水災 ○山東黃河歷年爲患沿河居民元氣早傷今夏雨水過大上游壽張東平下游齊東青城等縣均被漫溢而利津博興蒲臺濱州等處水屬窪下之區被災尤重水深丈餘淹斃人口無數屋宇十存二三窮黎待哺嗷嗷情形可慘山東撫台當即發欵本放急賑惟災區四開將必須力籌鉅欵籌商制府王夔帥當時籌撥五萬金并由關道盛觀察籌墊五萬金請江南義紳嚴佑之觀察前往散放但此十餘

州[illegible]災黎數十萬斷非十萬金所能收徹不得不仰望四方樂善君子源源[illegible][illegible]數不拘多少集腋便可成裘倘蒙慨然解囊共欽[illegible]
[illegible]天[illegible]工程局彙收轉解俾活災民則[illegible]仁人所賜當爲災民九頓稽之矣　同人公[illegible]

告白　鄭州和益木商在[illegible]開設十年[illegible][illegible]年尙未十分評事[illegible]自十九年夏[illegible][illegible]婚[illegible][illegible]事[illegible]中[illegible]蝕[illegible]涅不勝枚舉致虧號本甚鉅去秋控[illegible]押追尚未完結林松卿早已出號所有和益號事均係號東自行料理與林松卿毫無干涉[illegible]此布告　官商如蒙　賜顧務須認明和益本號庶不致誤　和益木商鄭湘[illegible]白

告白　濟列傳　殺子報　富翁醒世傳　遇仙緣　三才子　時下笑談　張天師收妖　繪圖粉粧[illegible]　遊江南　故事[illegible]
[illegible]　李傳相馬關議和紀實並帶小照每本價洋四角五　盛世危言　[illegible][illegible]曝言　各國時事類編　中日戰守始末記　公車上書記
海上見聞錄[illegible][illegible]瓶梅　真正後聊齋　三[illegible]聊齋　三續今古奇觀　正續[illegible][illegible]昇平　後施公案　[illegible]公案　[illegible][illegible]夢　古今[illegible][illegible]
[illegible]金[illegible]傳　雲中落繡鞋　後西遊記　蜃樓傳　百寶箱　繪圖小八義　意外緣　[illegible][illegible]夢　情天寶鑑　女仙外史　如欲購者請
到文美齋寄售

敬啓者現有英人僑居烟台曾任北京國學考官[illegible]教授[illegible]史算法航海等學三十餘年前在英國海軍衙門充當試官有年曾蒙華廷派委要差今擬在[illegible]公館教授華童英文以便將來應陸軍海軍商務之選惟受教不得過十五歲議定每季脩金關平銀二百兩如有從學者即希函達天津恒豐泰飯店或烟台英領事署轉致[illegible]爾[illegible]可也

金陵儒醫世傳

貧病送診　過午不候　高克成內外科大小方脈　寓東門外天齊廟

告白

本館京城售報處在宣武門外[illegible]家坑路東海昌會館內陳午清先生代辦如[illegible]顧者請至陳處可也　本館賬房啓

告白

啓者本堂代寫壽屏對聯及繕做紅白稟稿往來書札鈔錄書籍等件如蒙　賜顧請至海大道工程分局後趙宅面議可也　學忍堂謹啓

浙杭元吉永號

本號自[illegible][illegible][illegible][illegible][illegible]新[illegible]洋[illegible]花素洋布川廣夏貨[illegible][illegible][illegible]扇[illegible]貨頭油俱全[illegible]爲近時[illegible]市[illegible]落不同故而各貨減價[illegible]設估衣[illegible]中間路北凡仕商賜[illegible][illegible][illegible][illegible][illegible][illegible]

石印新撰金鞭記小說

是書共四百九十三回逐回[illegible]聯[illegible]情[illegible]出及仙佛僧道妖狐鬼怪且有三三四等唱段團坐[illegible][illegible]者[illegible]不鼓掌稱奇每部洋九角〇又有增補市鎮鄉村直[illegible][illegible][illegible][illegible]計三十一[illegible]五大洲[illegible][illegible][illegible]說簡明萬國[illegible]法共二本洋一元二角託津門文美[illegible][illegible][illegible]發售

九[illegible]初五日輪船進口　豐順[illegible][illegible]由上海　招商局
連陞[illegible][illegible]由上海　怡和行
九[illegible]初六日輪船出口　海晏[illegible][illegible]往上海　招商局

九月初五日銀洋行情
天津九七大錢
[illegible]錢二千七百三十[illegible]
洋元一千九百七十文
[illegible]竹林九大錢
[illegible]鹽二千七百七十文
[illegible]元二[illegible]文

直報

光緒二十一年九月初六日 第二百三十二號
西歷一千八百九十五年十月二十三日 禮拜三

上諭恭錄

上諭御史烏爾慶額奏各部院大臣跟隨車轎夫役人等聚衆滋事請飭拿辦等語前因給事中端良奏裕德會章車轎夫役在實況搶米毆人甫經降旨飭辦何以近日復有如該御史所奏各情實屬不成事體嗣後各部院大臣務當嚴加約束並着步軍統領衙門順天府五城御史飭屬隨時訪查遇有大員跟役人等藉端滋事即行拿交刑部從重懲辦欽此 上諭御史烏爾慶額奏劣員蠹役勾串舞弊私放米石據實糾參一摺據稱豐益倉應放中營兵米任意遲延虛報日期前經戶部查明該倉並未開放其報部所放米石究係何人冒領倉匪劉起山勾串舞弊請飭查辦等語着稽察該倉御史會同步軍統領衙門戶部認眞查核並着倉場侍郎將花戶劉敬三即劉起山交出歸案訊明懲辦欽此

詩品臆說 續前稿

又云

百歲如流富貴冷灰 此二句於上文爲不接之接橫空議論慨之至悲之至也如流者言其速百歲者舉大數也太白詩云功名富貴若常在漢水亦應西北流言富貴不可久也此則甚之以冷灰二字直將富貴熱腸奪而置之冰窖此句中意也而句外之意又不止此何也表聖此句非有心爲富貴人打算亦非想自己富初賤而貴貴而賤撫心作痛也嘗讀杜工部秋與詩曰聞道長安似奕棋百年世事不勝悲與此二句正是一幅心事一幅眼淚蓋唐自高宗聽李勣許敬宗立武后以周纂唐中宗于武三思韋后與安樂公主合謀毒弒中宗元宗寵貴妃任李林甫楊國忠賜安祿山王爵陷長安帝避於蜀肅宗受制於張良娣李輔國擅政不得以子道事皇代宗任程元振叶蕃入長安德宗受欺於盧杞趙贊以至於敗憲宗敬宗皆爲宦官所弒文宗受制於家奴又數傳而至昭宗復爲朱全忠所弒昭宣乃令忠矯詔所立是時全忠當國視君直如奕棋隨手任意而易置之唐室已爲灰燼矣茲不言國政而言富貴者非特爲君諱蓋將以責執政之人爲爲臣者警也觀下二句自明下二句云 大道日喪若爲雄才 此與上二句同爲提綱之筆道喪者即莊子繕性所云道喪世矣世喪道矣之意雄才句責重人臣悲慨尤切 壯士拂劍浩歌彌哀 拂拭也古詩云世無知劍人太阿混然鐵拂拭此劍亦足以寄悲慨而表聖之意則尤有深焉者楚辭少司命云竦長劍兮擁幼艾蓀獨宜兮爲民正宋神持其劍足以誅除凶穢擁護善良又曰臨風怳兮浩歌言其意也哀字本莊子天地篇獨弦哀歌之哀爾華註云唱而無和慨世人之不知己品義爲劍能誅除凶獄擁護善良而壯士所當假手者一拂字多少思量相視無言此心脉脉矣蓋是時全忠篡謀已成以大唐世界竟無一仗劍之義士爲國家掃除欃槍夫豈眞無壯士乎表聖滿腹忠悃太阿不屬此其所以悲慨也以悲慨之思爲哀憤之語則哀而託之於歌哀字乃聲滿天地矣 此稿未完

重整地面 ○京師地面寬闊城內外各街巷口向有柵欄門寨堆撥房間由各營汎派撥兵丁巡更防護歷經辦理在案頃奉

欽命巡視街道察院會同步軍統領尚書於九月初一日爲始每日督飭五城司坊營汛各官並城內所管地面官廳將各街巷口柵欄修并堆撥房間共計若干一律詳細造冊估勘以備勘估共經費若干以便咨行核明照章動支會同工部具疏　上聞以復舊制

專吃肉頭　○京師小綹之法變化無窮其最生情且智不出於偷竊然所吃者類多白帽肉頭故都門竹枝詞云眼鏡不知何處去昂頭猶自看招牌蓋初到都門如貧賈入五都之市遊客入山陰之道目不暇給小綹乘之矣有客長安者知小綹技倆往往轉吃小綹而小綹不吃也日前有人年三十許山操南音背負包裹行至彰儀門入街當道旁坐一小憩適一人至前討索飯債言伊欠錢一千二百文許久不見今既相逢不容不給其人言爾知我爲誰幾時欠爾飯債互相口角繼而扭扭路人勸而問之乃索欠者認錯其人遂即賠禮而去操南音者甚覺負屈向人絮語共謂多言無益徑辦正事可也及尋包裹早不翼飛矣至此始悟索欠乃騙計也初至京師者當其慎諸

本報戒　○京師西便門木廠地方中有楊某昆弟二人由口西來京營生貿易攜帶衣包一個騎驢得得不料中途突來匪徒數人向前攔阻施放洋槍楊某所攜衣物行囊盡行搶去彼時楊等驚被嚇唬幾已魂不附體任其飽掠而去迨盜蹤已遠　聯袂赴西城外坊報案請緝賊夫此京畿咫尺行旅尚有戒心豈非地方福也

皮庫劉獲　○京師人烟稠密宵小繁多自五城司坊各營汛弁互相稽察認真緝捕鼠竊狗偷竟不多覯近日閭閻雖靖防範仍不敢稍疎月之二十六日北城練勇局訪悉宣武門皮庫營地方呂姓家爲盜賊淵藪遂即會同北城坊不動聲色前往捕拿時窩主與積竊王四等九名正在高談闊論色舞眉飛局勇等出其不意幾擁而前一一就縛起獲洋槍器械等件一併解案除由局坊署訊梗概外即日解送部按律擬辦矣

長才未遇　○學憲徐大宗師歲試時前年獲有槍替名交提調府憲沈太尊訊明已枷號轅門示衆茲聞該槍手年約三旬手筆極快一日可槍三四人此次被拘未獲酬金先吃一席獨桌酒寒士卜陽可爲　嘆

小道可觀　○南城內○家胡同張家雖貧窶三更時被賊於窗外鈎去室內衣服等件張掌驚起開門門關牢不可動蓋賊竊物時先將門用木塞緊斷其道路然後行竊此亦鼠竊之故智然較之不知兵而一往直前者則此善於彼矣魯論云雖小道必有可觀若此者[illegible]

熟路輕車　○守望總局江蘭生太守現升正定府指日榮赴新任已登前報所遺局差已委李蔭梧太守接辦李太守駕輕就熟自當綽有餘裕也聞　六日卯時到差次任事矣

缺戕破斧　○自中東和議已成各省兵勇陸續撤防屢屢登報昨早兩江督標所轄各營乘船來津約十餘營聞本營勇丁業有全數回南云

惠及游勇　○歡慶遺出境游勇向有四川等營未走者十餘人昨親兵營王軍門遣哨官某由赴閘口各小店巡查游勇等如無衣服者各給棉衣一套可謂恩施格外宜其有口皆碑頌聲載道矣

罪[illegible]人　○南門外尹文華者拐帶某姓之婦被某姓查知即將尹文華揪赴縣署喊控堂訊將拐帶實情一一供出即即板責二百枷號百日期滿釋放云

難民可憫　○津埠某妓積有錢財由唐山買來幼女三四名俱十三四歲其良房住河東十家廠買來幼女朝夕令學絲竹詞曲不爛者打罵之終日而不給一飯昨幼女不知因何不如妓意以針刺肉體幾遍似此幼女朝夕受罪直不如在家餓死矣昨聞飭二快班各處巡查買飢民者不知此案查獲否也

鄉差可懼　○河東于家廠有某甲之妻某氏不獲於姑朝夕受辱昨氏吞服洋藥幸經鄰人救活氏娘家無人只有女兄一適某姓某甲母子欲出其妻恐其女兄不容稱其服洋藥未死遂買出該管地方報呈云其媳服毒數次姑家恐媳女兄控告直稱其女兄已來

某甲家許配其媳服毒者係其女兒買來洋藥等情本縣即地方稟呈出具傳訊後不知何以了結俗云地方呈紙御史本章可懼也

事關耳食　○本月二十六日乃黃道吉辰早起鼓樂喧嗔彩輿往還男婚女嫁多趁吉於是日焉茲聞某姓者以素手成家貧尉頗將其子娶媳遍邀親友極盡樂事及迎娶進門新婦雖非可人如玉然亦屬中人以上及夕將雙小鴛鴦送入洞房香聽其交頸而一日之後忽見新郎暴怒如雷新婦悲啼不止合家覓解詰之再三兩小夫婦俱無一言其母暗究其子方悉桃源佳境無路可通其母聞之亦復無奈但以此竟雖終身殊費周折現由媒人通知女家擬領至戚婉轉尚未悉作何辦理矣

瑤閣心香　○九月初一日至初九日相傳為九皇聖誕本埠城內水月庵及城外玉皇閣向例懸燈結彩焚香獻供並有紳商士庶有心向善者自初一日齋戒沐浴禁止烟酒每晚頭戴道冠身着法衣手執香機口誦經典禮斗九夜至初九日五更升表上達並有各家送到乙香撥於香斗亦於初九日天明燃著九天之內齋戒如素者猶不勝屈風俗然也惟九日夜間各處士女紛紛入廟藉焚香為嬉如崔十甫所記替拔守娛君瑞帶齋一事口誦哀哀父母生我劬勞心則牢牢記着臨去秋波那一轉與龍櫳前面那一步遠耳孽障哉本邑婦女乘夜入廟燒香所雖禁但今歲正值學憲開考各屬文武士子聚集已難免有匪類溷跡所遺雖竣尚有逗此地之客聿且仍有逗留者遊人更易滋生事端夫婦女乘夜入廟燒香本干例禁倘有滋擾徒受其害有地方之責者胡不預為示禁耶

香帥勘路　○金陵下關一帶新開馬路早已告成惟因香帥公務倥偬未遑勘驗其馬車東洋車僱目早已擬訂章程通行各處以致劃下游人如蟻馬路上擁擠不堪聞香帥擬於二十後屏去儀仗特乘馬車由馬路至下關一帶踏勘其有馬路兩旁荒無鋪地並形商趨遵洋式房屋以壯觀瞻云

皇華分任　○文匯西報云中國出使英法兩國大臣常在英京駐節遇有要公則移節法京與法政府就近商議似此往來周折終覺不便頃聞中國欽使與法政府同致公文於總理衙門擬請專派大臣出使法國總署已轉據所請奏聞　皇上矣

增欵收遼　○字林西報云本埠官場傳言中國已允續付日本銀三十兆兩令駐紮遼東之日兵立即退出以其地歸還中國

高麗紀事　○東歷九月十九號有李仲七者嘯集匪徒在平山之北安城作亂平山之南有吳突古者亦聚眾謀叛同日石峴新東學黨渠魁林宗鉉率黨中人八十餘名運軍用火槍經鳳山道德里向南而去又有黨中人八十餘名入長壽山現在延安平山白川一帶匪人所在蜂起韓廷派出第一訓練隊於九月廿五號駐紮匪徒出沒之區逐日操練○韓政府頒諭更易服制一朝服祭服如舊一大禮服黑團領帽靴品帶用於國王行幸及慶賀節請安之時一小禮服盤領窄袖柳綠袍紗帽綠帶穿靴用於謁見時一通常服色周衣搭護無帶在本衙門可用不得用於謁見之時一士庶服色各從其便自頒布日起近道限三十日遠道限五十日一律遵行務以儉約為主

漢城警報　○字林西報載前晚神戶來電云今晨高麗大院君在丁二隊之前強行取道已入漢城宮中矣○西字捷報載西歷十月八號日本東京轉據高麗漢城來電云高王之父大院君于今晨六點鐘時帶領日本代為練成之高兵二隊攻伐王宮駐高日公使聞信後遂于七點鐘時率同巡捕兵丁各若干名馳往王宮之內

俄艦赴崎　○昨晨得長崎友人手翰云日本駐紮中國東三省各地之兵至今尚未撤退俄人深滋不悅曾有照會限日本於東歷十月十四號須將各兵一律調回如逾限期即須開戰日人聞知此事頗有戒心溯俄人仗義執言不准日人占踞遼東各地曾與德法兩國訂立盟詞故日本接九月十八號英京倫敦來電言遼東一事俄法將處置日本德國亦願為之聲援是三國又聯盟矣近日俄人已有東洋艦隊數十號會合一處二十號午後立米綏司托玻兵艦自海參威開至長崎二十一號午後又到一艘名曰利壳林托自越前敦賀港來尚待他艦到崎共赴集合之地昨見有謂一艦皆用灰漆蓋以備戰事之用也

飾欵助賑　○前報山東黃水為災勸捐助賑今有無名氏捐助庫平銀五百兩屬為寄東發給災民似此創捐鉅欵救濟窮黎這而捐有限量尤望聞風而起者廣種福田多多捐濟庶垂斃窮民不致委填溝壑此則馨香所切禱者也　工程局啟

山左水災　○山東黃河歷年為患沿河居民元氣早傷今夏雨水過大上游壽張東平下游齊東青城等縣均被漫溢而利津濱

典等處本屬窪下之區被災尤重水深丈餘淹斃人口無數屋宇十存二三窮黎待哺嗷嗷情形可慘山東撫台當即撥欵會放會賑修災區既屬必須力籌鉅欵電商制府王夔帥當時籌撥五萬金並由關道盛觀察籌墊五萬金請江南義紳嚴佑之助教前往散放但此十餘州縣災黎數十萬斷非十萬金所能救徹不得不仰望四方　樂善君子源源接濟爲數不拘多少集腋便可成裘倘蒙慨然解囊其欵請交天津工程局彙收轉解俾活災民則　仁人所賜當爲災民九頓首以謝之矣

同人公啓

浙紹朱銳舍近治孫宅產後血暈章張公館冬胎前風癇宋姓霍亂烟痢均經回春

售　白濟列傳　殺子報　富翁醒世傳　遇仙緣　三才子　時下笑談　張天師收妖　繪圖粉粧樓　遊江南　故事圖說　李傅相馬關被刺紀實並帶小照每本價洋四角五　盛世危言　野叟曝言　各國時事類編　中日戰守始末記　公車上書記　海上見聞錄　緑瓶梅　真正後聊齋　三續聊齋　三續今古奇觀　正續永慶昇平　後施公案　彭公案　鴛鴦夢　古今眼前報　金臺傳　雲中落繡鞋　後西遊記　蜃樓傳　百寶箱　繪圖小八義　意外緣　英雲夢　情天寶鑑　女僊外史　如欲購者請到文美齋寄售

敬啓者現有英人僑居烟台曾在英京國學考有官憑教授經史算法航海等學三十餘年並在英國海軍衙門充當試官有年曾蒙華廷派委要差今擬在本公館教授華童英文以便將來應陸軍海軍商務之選惟受教者不得過十五歲議定每季脩金關平銀二百兩如有從學者即希函達天津恒豐泰飯店或烟台英領事署轉致僕爾泰可也

金陵儒醫世傳

貧病送診　過午不候　高克成內外科大小方脈　廣東門外　天齊廟

告白

本館京城售報處在宣武門外徽家坑路東海昌會館內陳午清先生代辦如蒙　顧者請至陳處可也

本館謹啓

告白

啓者本堂代寫壽屏對聯及繕做紅白稟稿往來書札鈔錄書籍等件如蒙　賜顧請至海大道工程分局後趙宅面議可也

學忍堂謹啓

杭　浙　元吉永號

本號自置紗羅綢緞新樣洋縐花素洋布川廣夏貨廣摺雅扇南貨頭油俱全祇爲近時錢市漲落不同故而各貨減價開設估衣街中間路北凡　仕商賜顧者無不格外公道

石印新撰命稱記小說

是書共四百九十三回逐回蟬聯奇情層出及仙佛僧道妖狐鬼怪且有三三兩兩唱段圖坐想閱者無不鼓掌稱奇每部洋九角（又有增補市鎮鄉村直省府州縣全圖計三十一圖五大洲各國說略簡明萬國公法共二本洋一元二角託津門文美齋書局發售

九月初六日輪船進口
豐順　由上海　招商局
琪陸　由上海　怡和行

九月初七日輪船出口
海晏　往上海　招商局

九月初六日銀盤行情
天津九七大錢
銀盤二千七百二十二
洋元一千九百六十文
紫竹林九大錢
銀盤二千七百六十四文
洋元一千九百九十文

光緒二十一年九月初七日 第二百三十三號
西曆一千八百九十五年十月二十四日 禮拜四

第一頁

上諭恭錄

上諭盛京兵部侍郎着溥頲補授欽此 旨廂黃旗漢軍都統着裕德補授欽此 上諭額勒和布奏假期屆滿病仍未痊懇請開缺一摺額勒和布着再賞假兩個月毋庸開缺欽此 上諭陳寶箴着即赴湖南巡撫新任毋庸來京請訓吳大澂着俟陳寶箴到任後即行回籍毋庸來京候簡欽此 上諭昨日道旁叩閽之民婦徐劉氏着交刑部嚴行審訊欽此

詩品臆說 續前稿

其結句云 蕭蕭落葉漏雨蒼苔 按楚辭九歌山鬼云雷填填兮雨冥冥猨啾啾兮 夜鳴風颯颯兮木蕭蕭思公子兮徒離憂註言原之窮極愁怨而終不能忘君臣之義也表聖之窮極愁怨忠不忘君意與原同故取乎此詩品二句言葉落蒼苔之上葉聲偕雨聲以蕭蕭也言漏雨者或以爲西方有漏天其地多雨雨輒洽旬予謂解與此處不合此處漏雨二字當謂雨點淅淅簷牙屋角之間竹牖蕉窗之下溜滴斷續如更漏滴滴然與古詩夜雨滴空階 意同其滴在階聲在耳當此雨 葉落境寂無人愁聲一片最是悄然悲慨之懷一齊湧到心上眞不辨孰爲落葉聲孰爲 雨聲實無非悲慨聲耳此句解也試更爲通首串遞解之則又有可以進證者蓋詩品全部分三大支自精神品至形容品爲第二支凡八章爲八品以實境品揭明本支大意以悲慨形容二品結實境所結以上五章即與第一支首章首二句相遞爲由用反體以起第三支首章說詳詩品十問不贅茲特即悲慨一品而串解焉如左 實境之理爲性情之妙道心之幽且音冷然其思匪深矣然其思之至深者誠以自才之不可自雄以喪大道欲爲苦悲者招憩也倘招之不來則心有所非而悲心有所憂而慨矣試更爲悲慨之詩如大風捲水林木爲摧是何景象也斗斯世者以道自全潛身滅迹而少息焉則以無用爲大用消遙乎無何有之鄉誠至樂矣而無如至樂無樂又適爲俗人之所苦也所苦在此所樂必在彼矣不知彼所樂者乃適以造於怨耳胡爲乎招之憩而不來即蓋嘗曠觀往古靜驗當前百歲如流富貴直若冷灰矣道喪世歟世喪道歟抑豈無才而使之然歟乃仗義自人而太阿不屬此壯士所以撫劍爲之浩歌彌哀也嗟嗟壯士哀非自哀蓋有至不能忘情於斯世者何也斯世固匪風陰雨之時也試就風雨之苦況思之其情形自可想見彼夫蕭蕭落葉 雨蒼苔當其時者能不爲之悲慨也哉夫以悲慨之隱至於撫劍浩歌復極至 雨蒼苔隨聲應感甘費又何如乎此雄渾之大用即隱即費者也

均苦轆轤 〇設卡抽釐所以助餉原其立法之始本欲斟酌盡善於 國家則有益於商賈則無損自行逐月比較一法限以一定之收數比准贏餘不准短絀上司責之於委員委員取之於商賈往來行旅已苦誅求然此猶報効 國家也凡在商賈非不樂輸不謂降至今日流弊更多每逢客貨到關輒有掛號打印湯划諸名目究其實情無非爲巡丁索錢地步商賈因此偷越規避各情層見疊出本

年新任崇文門正監督聯芝巷中堂副監督芬餘亭大廷尉自八月初三日蒞任以來另派海巡兵丁多名皆與崇文門外蹚幟把地方居住邢某素爲海巡頭目俗稱圓匾子者派海巡兵丁聚衆詐索商賈行旅邢某坐地分肥飽入私囊商旅均苦焉且查卡抽釐網稅原因裕餉恤商豈容巡丁似此積弊自出諭有督率之責者必當嚴究懲辦以整稅課云

不甘螺贏　○崇文門外頭條胡同有李某者逸其姓名本碩腹賈于其母李孺人則士族女也孺人少嫺閨訓年老尤明大節相夫淑慎教子有義方閭里賢之僉謂爲巾幗完人當之無愧昨聞某以京蚨四十吊購得某寡婦之子欲爲螟蛉式穀謀孺人驟見當非深爲可然復與細論曰貧婦生兒亦未嘗無舐犢情況不數年撫育有成那可享團圞樂何得拆人骨肉謂老身累年樂善果非爲毓棼枝耶去立還人貧婦襁褓還之語未畢某亦恍然大悟謹遵母訓加給青銅數百文抱子返還其母焉孺人訓子慈愛之真溢於言表可嘉也然某之克順親志亦有足多者如此居心誠如孺人所言性馥蘭馨從綿桐茂定在指顧間耳

督學示諭　○督學部院　諭應考武童知悉爾等各按名次先後聽候點進以十人爲一牌每一牌進後次牌方許再入入門不得先後攙越特示○又諭應試武童知悉爾等有馬箭一枝未中者不准入步箭步箭有一枝未中者不准入技勇特示○又諭應侍本部院校閱步箭以正中上靶者爲准其擦檔擦邊以及由地上靶射中旗角靶角者概置不論倘該役混行打鼓立即重責不貸特示○又諭闔屬教官遵照本部院於初七日委提調官校閱武童刀石技勇仰各該學分班赴提調官所伺候諭令廩保早赴識認毋得遲悞特示○又諭應試武童知悉爾等於提調衙門已試刀石技勇者於初八日進院試開硬弓領卷入內場默寫武經各帶筆硯照依事關伺候毋得自悞特示○又示查例載生員覆試不到照例降等今查覆試點名不到之府學西崇玖青縣學西玟珊均降列一等末仰各該學遵照註冊特示

集賢獎單　○天津新鈔兩關兼理直隸通商事務兼管海防兵備道盛考試集賢書院舉貢生監經文策問課卷現已評定甲乙並獎賞銀數列後計開　超等十名　沈靄仁　華世傑　徐汝翼　黃乃莲　張東瀛　王文純　魏冠羣　陸淇賓　汪元　余鼎甲
特等十一名　周之棫　潘文林　阮晉賢　方紹　方裕庠　方賓穆　湯聘之　湯銘　蒲輪召　傅偉子　李煐　惲毓蔭
一等三十五名　李煜華等所有獎賞銀數俱照前榜○又課試經解史論舉貢生監等第開列於後　超等八名　王某　張東瀛　郭開勳　汪家鼎　吳夔龍　崔作楫　周之棫　李恩元　特等十名　方紹　華世傑　吳□　鈞　李炳榮　孟壽斌　傅修子　阮晉賢　蒲輪召　陸沛賢　羅福保　一等二十二名　陸淇賓等所有獎賞俱照前榜

捕役誤差　○茲由河間府來人云該府所屬地面盜賊依然充斥防不勝防緝不勝緝獻縣屬之凌官屯有永安者富室也賊糾多人於夜間毀門入室搶去銀錢首飾等物當經事主喊捕被賊拒傷賊攜贓逸凌具失單報案雖蒙勘驗飭捕嚴緝至七月迄今尚未緝獲則賊之匿跡誠秘矣哉

協戎勤政　○大沽協韓協戎照琦於上年統領保定中後等營駐紮沽口防守要隘深資得力旋於今夏接印任事後雖知識已成而防務仍不稍懈協戎時時籌畫刻刻經營時與營鎮憲復將砲台上又增添砲位要隘處均行倍加整頓誠爲十分嚴密無絲毫遺誤協戎因念冬防在邇保陽爲省會重地雖有兵究仍不足巡防茲擬練軍遄回一營以資省城巡緝其餘一營仍駐沽口實與防務錯補兩有裨益聞已稟明制憲准如所請似此勤勞政務顧慮周詳誠不愧爲將領中出色者矣

有所不足　○昨本埠鍋店街辛宅墳地被湘勇屯扎砍伐樹木已登前報茲聞辛宅在定武軍營務處控告經胡方伯訊明該勇供因營中燒柴不足以致砍伐樹木等情即將該營管中柴草之營哨等官傳案營哨認罪將營哨等官各罰俸十日以示薄懲云

無可奈何　○本埠姚家灣地方爲泊船碼頭巨艦艨艟舉萃於此本月初三日魚吏二鼓忽來青□船一隻不知何許人在船上睡起兩眼朦朧出艙小溲溺婁忽落水沉沒聞該屍家道極豐該船戶即新打鐵鉤二十五把刻即雇工打撈云

積糊承差　○本月初五日學院考試武童馬射天津縣驅逐閒人適衆中有學院承差縣宰不識承差一併驅逐承差不識縣宰

信手鞭箠幸怒即刻將本差撤去交提調官矣後不知如何安置容訪再報

歡喜和障　○有一肥大和尚專以結交富家紈袴及暴發浪子終日仵侯家後一帶酒樓飯館樂部歌場優遊追歡買笑該僧樂與極象己忘本來面目可謂放蕩形骸外矣按該僧年約三旬身體高大著青紬襯衣外罩藍幕本法氅鞋襪亦極精巧頗爲煙花中熟手其爲酒肉和尚不登三寶地且住温柔鄉者可稱極樂和尚矣昔異史氏有和尚和唱和樣和撞和障之說若此肥僧者尚即唱即樣即抑地獄之障耶

竹林竊竊　○本埠紫竹林碼頭自外洋通商以來百貨雲集服苦者均竊寶患而宵小之徒亦遂乘間施其技倆非有竊貨未中被檮送至津海道署訊明贓証俱獲無可飾詞即飭板責二百枷號示衆

花陽鞠凶　○本埠河北腰窩地方妓館林立因之持械鬥毆亦不乏焉有某省散勇一名每日在妓館攪擾皆以爲吊行同無賴妓館媽婦乂杆等忍氣吞聲不敢違抗詎昨晚有一言未周某勇即持刀威嚇乂杆竭力支吾胎膊幽被刀傷一處幸被該管地方會見鬨己送官訊辦矣

民近於奸　東門外某甲者暴躁貪狠開設雜貨舖亦出錢帖實以押當爲正項生意而貧民小負販或以身爲業者口腹之累多難爲繼不能不以衣物相質暫濟急需往往早押晚贖甲藉此以爲剝削聞衣服等物每押錢一竿當即扣利錢六十文銅錫什物每千錢扣利一百文押當以毛錢短數付出贖當則須淨錢足數二日不贖即行歸典似此重利盤剝窮人之受害可勝言哉而之奸民誰曰不宜

跡出於履　○富則思貴人之常情其不能就文武科第者自應援例捐納或職銜封典或實在官階未始非求榮之一梯若不捐納則以青年力壯心雄萬夫奔赴邊郵從軍効力著有勳勞獲蒙保獎亦志士之國器也然此項功名南省人多北省人少至津人倚祖父創業豐盛者無不心喜安樂懷德之外懷土者不乏甚自終身未曾離鄉跬步况敢作南北壯遊耶本郡某甲者其父爲履行生意由此致富中雖買人子然席豐履厚則無求不得既嗜如意仁壽膏尤喜與花柳之鶯蝶伍謔之者或贈一聯云鶯花隝裏春長駐仁壽爐邊日月長聞而樂之人遂以與紈袴匹詎十數年前忽解已保儘先守備旋懇某大臣收標錄用旋即得署某汎因風流夙債未償被淫婦所控已既撤任數年現又得署某汎不知者莫不稱奇道異其知者以其受孔方兄知遇感以此發跡誠可謂跡出於履矣此番政跡如何容訪續錄

關中電阻　○字林西報云近日一禮拜前上海電致陝西西安府之信至今未得回電誠恐該處亦有騷擾之事或回子與華人相爭或廿回已進陝界竟將電線割斷亦未可知又據昨晚所傳消息云有响馬賊一隊約馬萬匹爲著名逆匪李大虎帶領近日忽在陝省中央地方四出搶掠直至甘肅接界之潼關其間電線已被割斷以致上海與西安隔絶不通惟有馬遞尚在此兩處往返送信然其行雖速而每送一信較之由電傳遞須遲三十六點鐘如能趕到既到之後再由潼關電致西安或蘭州便多曲折矣　又云探聞李大虎爲髮匪潰孽向來逃匿新疆刻下忽出騷擾據華官言此股土匪意不與新疆回匪結連

簡使西音　○近日法國政府商請中朝專派一駐法欽差一資辦公茲閲昨晚西字捷報載北京來電云　中朝已允專使之請聞派前充駐法參贊陳君季同爲便法大臣未知確否

俄人測路　○昨日英京路透局來電云拿華末亦亞西報載俄國電信言現有司機器人三隊業已動身前往滿洲境內以併測量首里接造經過西比利亞之鐵路

鉅欵助賑　○前報山東黄水爲災勸捐助賑今有無名氏捐助庫平銀五百兩囑爲咨東散給災民似此創捐鉅欵救濟窮黎造福豈有限量尤望聞風而起者廣種福田多多接濟庶垂斃窮民不致委填溝壑此則馨香所切禱者也　工程局啓

山左水災　○山東黄河歷年爲患沿河居民元氣早傷今夏雨水過大上游壽張東平下游齊東青城等縣均被漫溢而利津博

典籌處本屬窪下之區被災尤重水深丈餘淹斃人口無數屋宇十存二三窮黎待哺嗷嗷情形可慘山東撫台富中丞放款急賑惟九
區既廣必須力籌鉅欵曾商制府王夔帥當時籌撥五萬金並由關道盛觀察籌墊五萬金請江南義紳嚴佑之助教前往散放但此十萬
州屬災黎數十萬斷非十萬金所能救徹不得不仰望四方　樂善君子源源接濟爲數不拘多少集腋便可成裘倘蒙慨然解囊其欵請
交天津工程局彙收轉解俾活災民則　仁人所賜當爲災民九頓叩之矣　同人公啓

告白　鄭州和益木商在津開設十年前雇夥友林松卿經理歷年尚未十分誤事詎自十九年夏間荒蕩嫖游號事廢弛從中
侵蝕虧空不勝枚舉致歇號本甚鉅去秋控縣押追迄未完結林松卿早已出號所有和益號事均係號東自行料理與林松卿毫無干涉
特此布告　官商如蒙　賜顧務須認明和益本號庶不致誤　和益木商鄭湘圃白

啓者本堂代寫壽屏對聯及繕做紅白稟稿往來書札鈔錄書籍等件如蒙　賜顧請至海大道工程分局後趙宅面議可也　學忍堂謹啓

保康水險公司告白

啓者本公司原創在星架波大埠實備資本洋三百萬員兩設專行在香港上海承保洋面船舶貨物水險歷有年所信義咸孚久已馳名中外茲另設分行在天津託明義洋行代理專保洋面船貨水險保費克己倘遇不測賠償迅速各　寶號賜顧不拘早夜祈移玉至明義洋行投保不悞

本館京城售報處在宣武門外騾馬市坑路東海昌會館內陳午淸先生代辦如蒙　顧者請至陳處可也　本館賬房啓

金陵儒醫傳世

貧病送診　過午不候

高克成內外科大小方脈

廣東門外天齊廟

敬啓者現有英人僑居烟台曾在英京國學考有官憑前教授經史算法航海等學三十餘年並在英國海軍衙門充當試官有年曾蒙華廷派委要差今擬在本公館教授華童英文以便將來應陸軍海軍商務之選惟受教不得過十五歲議定每季脩金關平銀二百兩如有從學者即希函達天津恒豐泰飯店或烟台英領事署轉致倪爾森可也

浙杭元吉永號

本莊自置紗羅綢緞新樣洋緞花素洋布川廣夏貨團摺雅扇南貨頭油俱全祇爲近時錢市漲落不同故而各貨減價開設估衣街中間路北凡　仕商賜顧者無任特此佈達

告白

李傅相馬關被刺紀實並帶小照每本價洋四角五　王芍棠星使俄草　盛世危言　續盛世危言　勢盧叢書　各國時事類編　中日戰守始末記　公車上書記　蘭石蘭譜　竹譜　海上見聞錄　洛金扇　吉祥花　小八義　彭公案　施公案　桃燈新錄　夢筆牛花　文美齋謹啓

九月初七日輪船進口
新裕　輪船由上海　招商局
盛京　輪船由上海　太古行
九月初八日輪船出口
連陞　輪船往上海　怡和行

九月初六日錢洋行市
天津九八大錢
銀盤二兩七錢二十二
洋元一兩九錢六十
紫竹林九八大錢
銀盤二兩七錢六　四文
洋元一兩九錢九十文

光緒二十一年九月初八日 第二百三十四號
西歷一千八百九十五年十月二十五日 禮拜五

推廣廣仁論

吉人爲善惟日不足然用之而當雖一善亦足見沾被之休用之不當雖爲善未免遺向隅之憾故有仁心尤貴有仁術也窮民無告誠政施仁所必先其事非必始自文王是語由孟子傳之則以文王爲始然亦未詳其政之條例也考周禮大司徒之職所舉三物六行六行者孝友睦婣任恤是矣孝友睦婣四者由懿親以推之戚族任恤二者則施諸鄉黨之間孟子所謂八家同井出入相友守望相助疾病相扶持即是任恤之意至於恤鰥寡孤獨則又扶持疾病之所推也慨自世風日降古處莫敦末俗人心惟趨勢利平居里巷相慕悅酒食遊戲相徵逐誇多門靡競尚奢華但知添錦上之花莫肯送雪中之炭痛癢既不相關貧者益無仰賴窮民所以易流於盜賊也津地大物博有力之家既多好善之人尤衆以之上追任恤下挽澆漓者非特爲諸郡之先當亦屬諸行省之首城廂內外善堂林立凡勒舊育英養老施饘施粥施醫施藥施衣服施棺木拾埋會濟生社廣濟社官司籌辦之外諸大善紳所創建者不堪枚舉實以津郡地廣人稠加以外省宦途及各處經賈寄籍客民悉萃於是富而有財者固多貧無業者更屬不少其有孤寡無依守志患貧者誠鉅然幸歷任各憲暨紳商富家籌欵相資設立善堂善社舉凡婦女青年寡孀大志冰霜守柏舟節者或歸廣仁堂即給與兩餐並按季衣服或不入堂仍自居家則由善社查明每月酌給養贍多年以來保全名節奚啻恒河沙數無如善堂雖有數處而貧苦守節者人數太多以致各善堂多以定額爲詞嫠婦往往不易得恤未免仍爲無告也若云籌欵匪易則曷弗以辦恤嫠之政者即專以恤嫠爲急務無須兼顧別項善舉而寡孀應邀任恤者惟憑公正善紳實事求是不必限以額數致或以急宜待恤之婦長嘆向隅斯爲體恤週至今各善社善堂俱以定額限制而守志不能蒙恤者見見聞聞所在恒有據言若入善堂或得善社賜恤非嘗求於官場不能猝得夫嫠婦既貧且苦奚何能有大力以懇求官耶況舊家青年嫠婦更以體面相關雖衣食兩絕亦斷不能面求官長是貧嫠之苦又爲大善長所當深體其情爲籌良法者也俟後貧嫠可否准其自行具條於善社善堂求恤善社善堂立即傳公正紳士及嫠婦族鄰確切詳查以昭慎重實爲德便便必以求恤者多籌欵爲難可否令各善堂善社劃分地界各恤一方總期孤孀果係矢志守貞所具甘結實是立予周濟以免偏枯斯保全者爲不少矣是否有當請質之董其事者

相越驪黃 ○昨聞某邸出銀五百兩買得駿馬一匹當時觀者頗嗤其駑駘某邸因令圉人縱轡一馳則追風逐電凌厲無前且往返十餘次足下不起塵埃其邸因謂旁觀者曰自古求良馬者每用意於牝牡驪黃而外今汝等僅觀皮毛遂以爲下乘豈相馬之道哉因憶古書載齊王宴客於廄第適有善相馬人爲王購到良驥二匹一價千金一價五百金齊王欣然收下立將價銀付清當時座客半係侯公將相觀二馬骨格不相上下而價值竟如此懸殊咸莫名其故王乃命僕各施轡羈即令當場馳騁往復數十回諸客依然不辨低昂

王遂指千金者以示諸客曰此馬往返十數次足下不起纖塵此五百金一匹雖與龍駕齊驅然五六回旋後則四蹤塵起矣於是諸客服昔人謂世有伯樂而後有千里馬今以某邸所買之馬觀之不益信哉

會防回祿 ○京師前三門外向歸五城地面所屬其水會之設創自咸豐紀元至今四十餘載統計會首中城同善治平義善東城崇善崇興南城普善廣善西城同仁治善北城成善協善安平各水會皆有首事數人議定會規法良意美極爲整飭各立公牌一柄書寫各會名倘有應辦之事公牌一到則會首俱來此乃同善急公好義之定章也今聞前門內城各地面皆歸步軍統領衙門督飭各巷口廳步軍校管理遇有火警其所置水龍微小不甚靈便今將八旗章京兵丁仿照城外各水會章程置造水龍三十二架分設八旗所正藍廂黃正紅鑲紅正白鑲白旗幟燈籠茶桶等物無不齊備於九月初三日在東華門外菜廠胡同聚豐堂飯莊公舉備辦酒筵會議一切事宜亦先事預防之意也

輕重各別 ○現據前敵軍營武弁來津言及營中槍砲器械或由本國製造或買自外洋若懵懂用之似無差別若詳細備論自製外購者終不如外國所用器械精良譬如劈山砲一種外國之砲能致遠而砲身極輕我軍之砲既不如其致遠砲身且極笨重軍之砲以六七十人拉一砲猶覺吃力若行山路更爲不便夫行軍進退以速爲貴笨重若此能無貽悞然究莫知其言之信否也姑照有聞必錄質之講此政者

公私兩全 ○督學部院示天津縣學貢生施作霖稟批已將原稟批發該學辦理矣又示天津縣學劉文蔚等稟批據已悉查結雖例所不禁然事關私情本部院礙難過問該紳欲仿照靜海縣辦法亦應聽其自行商定卸事章程公定仍不得在公堂曉瀆致失體面也原稟還 又示滄州廩生王樹棠鹽山縣廩生劉元喆等稟批童試保中認保最關緊要煌煌功令例禁綦嚴況經縣府兩試該童是否能文是否安分不難考驗明見本部院諄諄告誡幾於舌敝唇焦若非有意朦混由是漫不留心該生等降附已屬從寬毋得再爲瀆陳原稟還

虎榜將懸 ○學憲初五日考試闔屬武童馬射初六七日看步箭初八日看技勇試畢即開門當張榜矣

蠹書待執 ○蠹書舞弊本在多有茲青縣文生黃金蘭於學憲轅控該縣刑書賈永年藉案詐贓蒙批藉案詐贓如果屬實定干嚴究據該生聲稱過付可憑仰天津府委員前往集訊究辦據實具覆如虛坐誣毋任含糊竟縱云云

徹底根究 ○學憲考試津屬文童正場均登前報茲聞天津縣正場有文童某在場內換卷情弊同場 督見當場與學宗師將二童交提調官看管聞已札委沈太守傳案對質徹底根究以重試典如何核辦容訪再登

一概嚴防 ○設局誘賭例禁綦嚴此國稍知畏法者所不敢爲也頃據訪事人云某鎮賭風甚熾有某局家初以纔絕於人得以產陡稱巨富其氣自豪時被族人在賭博場中當面加斥辱由是皆加以白眼而某則專以誘賭抽頭放帳抽利爲生平熟技結交營汛獲符籠絡地方於與規例時而設賭於巨室時而設局於娼窰招艷妓於內園暗布迷魂之陣集富家於一處驅納皆獲之中明目張膽旬累月忌憚毫無富家浪子一入彀中羣即視爲魚肉必使腰纏告罄而後已其有一時不便者即由放帳人代爲接濟名曰梭局每按白半抽利十半每日出入動輒千金所抽之利不下百金所抽之頭亦不下白金除去開銷陋規外下餘之數統歸各賭首八家分肥不數年間誘賭者之囊橐無不充盈與賭者之家私半多淨盡有因賭負業流落外鄉者有因賭負析產骨肉分離者有因賭負盜賣公產致被父兄逐出者有因賭負重利借債致被兄長送官者似此以賭陷人貽害地方殊非淺鮮惟盼賢有司明察暗訪除莠安良一面出示嚴禁賭錢一面出票嚴拿賭徒一經獲案或被告發立予嚴究從重責罰俾若輩不得再施其技倆庶賭風日息害日除未始非訓俗之要務也

傷馬及孩 ○昨禮營之馬被洋車撞斃已紀前報今初七日早開口下雙順香店前有某差官騎馬距洋車飛行前車靶撞入馬項馬血噴溢即時倒斃旁有幼孩約十餘歲被馬壓倒啼哭不止未知可保無虞否某差官將車夫揪赴營中懲治矣

破財添病

○日前有姚家渡停泊民船被搭船某甲竊去青蚨數十串比時未及查知甲去舟子查看艙內什物方知被竊聞船戶因被竊受急狀似瘋癲矣

官防幽僻

○本郡城廂內外每歷冬令派兵巡緝下夜城內以津勝三營城外以天津練軍並親兵前營多年以來如斯派撥指居冬防諒照舊章惟見所派下夜巡防各隊兵丁均按段係屬通衢大街至於曲巷僻靜之處雖有守望局派員巡查究竟地面寥闊局勇不多仍屬無濟於事況匪等定必匿跡幽僻處所其幽僻之地既無兵勇巡查是縱令賊匪有所存身兼之貧民多居僻地尤多被竊其小本營生一經被竊則全家性命相關斯所以僻地較之通衢大街尤為緊要今歲遣軍之後於此冬令更不免奸宄溷迹是以冬防較昔加意嚴密庶使盜賊無所匿跡庶地面可期安謐與其居時防範何若預為籌備哉

務在苟安

○近日城內夜間甚為不靖居家者惟有嚴加防範否則即被偷竊且或富家所失不多其或畏事尤恐花費驗道之錢即不肯報官然聞鼓樓南大街某姓者暴發戶賊連次往竊俱被某家人知覺未能得手前晚乘其大門未關潛行而進趁機將書房之鐘一架僕減携去小坐鐘一個水烟袋一根走至大門正遇僕人由外而來賊用脚將僕腿踹傷而逸僕黑暗之中猝不及防報知主人查點所失不多言其已來數夜未能得手今可得安矣

病在滔淫

○某武童者家頗富性好賭尤好色父母知津地繁華因令老僕跟隨甲以初次抵津視此錦繡之區歡悅逾常日起某園酒館結識本地之人展轉遊入某小班夕往晨還數日蕩去百金繼之迷入溫柔數晝夜不一返其寓該僕詢覓至其處婉言場期將近當習練體頓一切甲情為所牽不忍暫離龜鴇聞知即藉詞索要夜合資非給百金碍難言旋僕本忠愚何抵狡惡之口只得走出因憶同鄉某孝廉在津該僕往見詳述一切孝廉素知甲之底蘊惟思若訴之於官則甲之聲名俱劣殊有未便遂囑僕仍至小班姑以規戒勸甲回寓復向龜鴇言再給銀數十兩從此不准再留甲久住遂將甲挽回寓中未及三日該小班復煩人將甲誘去聞孝廉代付該妓之銀仍甲父母暗交老僕以備不時需者甲實不知第作為孝廉暫墊茲又被誘去該僕計無所出只得找孝廉計議孝廉聞言雖不勝憤怒終以甲聲名為重況在異鄉別無他計只得找甲索要代墊之資甲用言支飾孝廉刻不可緩因此只以回寓此後不知如何矣惟該小班設意引誘陷害應試之童其居意為狡惡至極果能禁之以保士子聲名為德大矣

罪由醵飲

○分司廟龍王廟上舊有東洋車店常有一乞丐在店居住昨晚與店夥友某甲對坐飲酒不知因何事某甲用刀將乞丐刺死當經該管地方稟官相驗已將甲帶回署中管押矣俟訪明再錄

關示賽馬

○欽命二品頂戴三等第一寶星津海關稅務司德為牌示事照得本月十一十二十三等日為在津西國官商賽馬之期本關照章於是三日早八點鐘開關午十一點封關為此合行牌示本關人等及報關各商一體遵照毋違特示　光緒二十一年九月初八日示

德員返申

○德國欽派商務大臣施妥佛君上月至漢商議新闢租界以廣商務按該地與英租界毗連坐落通濟門外一片沙堤綠楊低垂地勢空闊不亞於黃歇浦灘近因各事業已就緒於日之初旬附輪返申再商舉辦云

匪信傳聞

○甘肅回匪聞已蹂躪十餘州縣董軍門福祥督兵往剿至今尚未就緒部下之兵多有未戰而潰者刻奉諭旨飭軍門兼程前進痛剿克復城池務使膚功迅奏該逆聞已聚集十萬人分為兩支其一支詐降受撫詎領軍裝後即倒戈相向兩軍合而為一賊氛愈熾敵燄彌張致使軍裝悉以資寇前原提督雷偉堂軍門正綰之獲咎職是故也刻聞雷軍門已飭人回川招募重整旗鼓以贖前愆又聞雲南巡撫魏午莊中丞總統湘軍已辭職防守免甘回竄突查陝甘兩省漢回雜處積不相能由來已久故剿非易易聞現在之回即曩者白彥虎之餘孽云

日相幾殆

○字林西報載日本東京友人來書云西歷九月二十五號有一小山黨匪徒謀刺日相伊藤幾為所創該匪黨遂被捉獲想必治以重罪也然來信是否確實未能臆斷查日本此項黨人為數甚多平時均誓取伊藤及其僚友之命今之匪黨想即此類

高事兩音 ○字林西報云禮拜六晚駐滬西官接到電報飭令英國以特加兵艦速往高麗濟物浦俟抵該處後即派水師兵上岸保護漢城英領事署目下漢城大亂高王之父大院君帶兵二隊攻進王宮大約因王妃弄權任用閔黨以致日官紛紛辭職恐高麗難期振作且慮俄人乘間而入故也大院君雖年逾七旬素能辦事當起事時高王聞信速邀日本使臣帶兵入宮保護及日兵抵宮時大院君每路而進日使[illegible]之高妃走匿他處或謂業[illegible]戕害不知確否並聞大院君此舉實由日使所授意云

鉅款助賑 、前[illegible]山東黃水為災勸捐助賑今有無名氏捐助庫平銀五百兩囑為齎東散給災民似此創捐鉅款救濟窮黎造福豈有限量尤望聞風而起者廣種福田多多接濟庶垂斃窮民不致委填溝壑此則馨香所切禱者也 工程局啓

山左水災 ○山東黃河歷年為患沿河居民元氣早傷今夏雨水過大上游壽張東平下游齊東青城等縣均被漫溢而利津博興等處本屬窪下之區被災尤重水深丈餘淹斃人口無數屋宇十存二三窮黎待哺嗷嗷情形可慘山東撫台[illegible]發款急賑惟災區既廣必須力籌鉅款電商制府王夔帥當時籌撥五萬金並由關道盛觀察籌墊五萬金請江南義紳嚴佑之助教前往放賑但此十餘州縣災黎數十萬斷非十萬金所能救徹不得不仰望四方樂善君子源源接濟為數不拘多少集腋便可成裘倘蒙慨然解囊其款希交天津工程局彙收轉解俾活災民則仁人所賜當為災民九頓首以之矣 同人公啓

敬啓者現台英人僑居烟台曾在英京國學考有官憑而教授經史算法航海等學三十餘年並在英國海軍衙門充當試官有年曾蒙華廷派委要差今擬在本公館教授華童英文以便將來應陸軍海軍商務之選惟受教不得過十五歲議定每季脩金關平銀二百兩如有從學者即希函達天津恒豐泰飯店或烟台英領事署轉致倪爾森可也

金陵儒醫世傳

貧病送診 過午不候

高克成 內外科大小方脈

廣東門外 天齊廟

保康水險公司告白

啓者本公司原創在星架波大坐賈備資本洋三百萬員兩設專行在香港上海承保洋面船舶貨物水險歷有年所信義咸孚久已馳名中外茲另設分行在天津託明義洋行代理專保洋面船貨水險保費克己倘遇不測賠償迅速各寶號賜顧不拘早夜祈移玉至明義洋行投保不悞

本館京城售報處在宣武門外徽州坑路東海昌會館內陳午濤先生代辦如有願者請至陳處可也 本館賬房啓

浙杭元吉永號

本莊自置[illegible]紗羅綢緞新樣洋縐花素洋布川廣夏貨團摺雅扇南貨頭油俱全祇為近時錢市漲落不同故而各貨減價開設估衣街中間路北凡仕商賜顧者[illegible]特此佈達

告白

李傅相馬關被刺紀實 通帶小照 每本價洋四角五 王芍棠 星使使俄草 盛世危言 續盛世危言 蟄廬叢書 各國時事類編 中日戰守始末記 [illegible]車上書記 蘭石蘭譜 竹譜 海上見聞錄 洛金扇 吉祥花 小八義 [illegible]公案 [illegible]公案 桃[illegible]新錄 夢筆 牛花 文[illegible]謹啓

新裕 九月初八日輪船由上海[illegible] 招商局

北直隸 九月初九日輪船由上海[illegible]口 怡和行

盛京 輪船往上海 太古行

九月初八日[illegible]

天津九七六錢

[illegible]二千七百二十二文

洋元一千九百六十七文

[illegible]竹[illegible]九七六錢

[illegible]一千七百六十四

[illegible]一千九百九十

直報

光緒二十一年九月初九日 第二百三十五號
西歷一千八百九十五年十月二十六日 禮拜六

上諭恭錄

硃筆圈出賢補授太常寺少卿欽此 硃筆這武場辰字圍著載濚監射徐郙較射宿字圍著熙敬監射王文錦較射列字圍著奕謨監射榮祿較射張字圍著扎拉豐阿監射徐樹銘較射欽此 硃筆這武場監試辰字圍著溥松去宿字圍著劉桂文去列字圍著如格去張字圍著孫賦謙去欽此 上諭張聯桂奏剿捕來賓等縣土匪情形請將出力文武員弁獎勵一摺本年夏間廣西武宣縣匪首韋老恩糾黨惑衆勾結來賓土匪陳沅湘等盤踞各村四出擄掠經張聯桂飭派知府梁廷贊等會合各營分路進剿先後擒獲逆首韋老恩等多名正法現在脅從解散地方安堵如常辦理尚爲迅速所有在事出力之署柳州府知府梁廷贊著俟補缺後以道員用潯州府知府夏敬頤著賞給精勇巴圖魯名號留粵補用副將李極光著俟補缺後以總兵記名簡放補用縣司蔣良瑞著免補縣司以遊擊留粵儘先補用試用府經歷馮鍾芳著以知縣補用仍飭查補逆匪毋任漏網餘著照所議辦理該部知道欽此 上諭壽蔭著即赴熱河都統新任毋庸來京請訓崇禮著俟壽蔭到任後再行交卸回旂欽此 上諭巡視東城御史文博等奏東城創設煖廠懇賞米石一摺據稱該城小市口東創設煖廠收養窮民甚多集捐生息費用不敷援案請賞給粟米等語著照所請加恩每年賞給粟米一百石以恤窮黎欽此 上諭譚鍾洵等奏總兵積勞病故懇恩優卹一摺瓜洲鎮總兵謝濬畬前隨彭玉麟楊岳斌轉戰沿江各省迭克名城所向有功自簡任長江水師總兵以來訓練操防均能稱職茲聞溘逝軫惜殊深謝濬畬著照總兵軍營立功後積勞病故例賜卹生平戰跡宣付國史館立傳並准於湖南原籍及安徽立功處所附祀彭玉麟專祠以彰勞勩該衙門知道欽此 旨國子監監丞員缺着鄭鼎纓補授江西臨安縣知縣員缺着鄭綬祺補授直隸樂亭縣知縣員缺着韓克昌補授安徽吳山縣知縣員缺着陸士奎補授江西新昌縣知縣員缺着錢鴻藻補授浙江安吉縣知縣員缺着汪一鸞補授山東新泰縣知縣員缺着田寶蓉補授山東文登縣知縣員缺着李祖年補授江西萬載縣知縣員缺着譚紹裘補授陝西懷遠縣知縣員缺着張祥齡補授四川資州直隸州州判員缺着孫貽穀補授偉滿州中書中簡縣 諭陳協華著以知縣用截取舉人覃舉修着以教職用詹事府筆帖式員缺着玉光補授太常寺筆帖式員缺着濂泉補授翰林院筆帖式員缺着保善補授理藩院筆帖式員缺着存瑞補授直隸口北兵備道員缺着鍾琦補授直隸保定府易州理事通判員缺着文琦補授擬補內閣中書吉林國子監學正王祖畬俱准其補授保舉山東候補知縣李炳彰福建候補知縣方寶鼎俱照例用縣老事畢改選湖南藍山縣知縣補衡陽縣知縣曹寶樟着不必坐補原缺卓異前陝西鳳縣知縣朱于春着准其卓異加一級仍註冊候升解飭回山西候補知縣趙莱爾着以應升之缺升用吏部文選司郎中員缺着惠森補授所遺文選司員外郎員缺著鍾琦補授所遺考功司主事員缺著宮綸補授照保候選知縣沈錫蕃著發往福建以知縣補用欽此 又軍機大臣面奉 諭自本日引 見之候選道詹昌著於初四日預備召見欽此

道聽

客有乙丙二人談時務者乙曰前曾恭讀 上諭約謂籌防練兵以籌餉為最要各該督撫均有理財之責即著各就地方近日情形通盤籌畫先行奏咨立案總期實籌的欵自濟時艱是為至要 欽此仰見 皇上欲濟時艱先興地利之至意以為天下之大惟財理天下之財惟人故責成於各該督撫各就地方現在情形盡心籌畫大哉 王言誠得為政之樞要矣嗣閱邸抄 御史貫鐸籌餉一疏意在便捐輸而廣招徠 御史洪良品籌餉一疏又於貫鐸未曾言及者而析言之云釐稅兩局不用家丁幕友概用候補人員以鄭重公務位置閒員卽以籌餉捐輸廣招徠以餉需之地又山左某丞倅等條陳時務以兩侍御所陳尚嫌未廣擬請同通州縣各分正佐候補數人以正印幫詞訟以佐雜委辦鹽務捕務釐務稅務漕務錢糧驛站保甲等項易家丁幕友改為委派以位置候補閒員以疏通仕途而勸捐裕餉計其為法也善乎未也丙曰以理財而用人卻以用人為理財此大學平天下者之秘旨有何不善第大學所謂理財者務在與民同財惡而不專其利此大學之理財利民以利國使仁者之以財發身也今之理財者務在盡力以利己利己必病民病民必病國且不仁者之以身發財也猶沾沾於各同通州縣分派正佐數員以疏通仕途廣招徠勸捐輸斯何勸勸之以捐官發財乎爲是言者其必醫藥同皆入道猶斥故委曲設法假公濟私援 上諭與侍御封章以為進身發財地非為國計何也觀其語語不為民生計其事事非為國計專為己計耳其善自為謀也固己情見乎詞矣且夫財之為物利民自能利國病國必先病民生財與聚財其名相似其實宛殊也子不觀南宋岳忠武之言乎南宋岳忠武曰文官不愛錢武官不怕死則天下太平矣今則文官愛錢而不怕死武官怕死而更愛錢以致 國家虛糜餉項餉糈日見其增而家之肥實國之瘠也前因衛汝貴冒扣軍餉臨陣退縮業經拿辦正法本年五月十二日奉 上諭已革提督聶桂林前因屢次遇敵潰退降 旨拿交刑部治罪茲據刑部奏稱該革員現已解交到部請 旨辦理等語聶桂林應得何罪名即著刑部審訊按律定擬具奏 欽此俱見邸抄茲聞本年朝審案內葉志超龔照璵將希夷黃仕林均擬斬監候情實俟勾到之日恭候 命下今聞聶桂林雖經明降 諭旨拿交刑部治罪乃該革員自知罪魁竟即在部賄賂共費三十萬金得免刑戮法網竟擬遣戍虛應故事部交台費情同平人可謂錢能通神矣諒經理此事者皆共官之中飽也現已有某侍御據情直陳 上聞受此賄者斷不豫計及此誠謂文官愛錢而不怕死矣 此稿未完

薊門賽馬 ○駐京各西商每屆春秋佳日向有賽馬之舉京師本年秋季賽馬場在蓮花池地方定於九月初一二日共賽六人為一排某人著某色衣跨某馬占某色旗幟其時紅男綠女觀者如堵各國人與此會者無不興高采烈爭奪錦標為快聞經總理事務衙門中西各官在彰儀門外天寧寺內辦酒筵以備賀彩之舉云

曲巷留鶯 ○田某者直隸武清縣人於今秋攜妻來京寓彰儀門內李家店其妻與店主之弟有染嗣田某知覺偕妻出店往南馬道賃屋而居八月下旬田入宮不見其妻詢之同院人皆答以不知何往今於九月初二日在總治門內西城根地方瞥見床與人倚門買布田即領回詎甲突出霸阻反被毆田悻悻而去聲言誓必報復甲遂糾集混混三十餘人嚴陣以待田恐勢不能敵未敢舉動能否夫妻團聚俟訪明再錄

縶之維之 ○前數日午刻廣仁堂後有某營兵牽馬飲水馬逸不止霎忽不知去向幸為八段鄉甲局勇瞥見縶令歸喂養晝夜於局門首及西城門臉粘條兩啓經王雲舫 欽帥麾下善官某甲到局認領極為稱謝云

堂哉皇哉 ○守望總局江蘭生太守升任正定府指日履新已登前報茲西門外大街各店恭送大傘 柄額曰為民感戴於初九日午後店戶人等並八段董事諸君衣冠恭送德之足以感人信矣

一視司事 ○火車鐵路向有官商兩軌現分官商兩局現因開辦南北幹路已有成議所有西路一段奉 旨統歸官局經理行見南北一氣指日開工云

兩渡凶毆 ○武備學堂下義渡官渡各一官渡係為東局而設義渡為行旅而設取其勿相奪倫也官渡張姓義渡王姓素不睦

誰識不知因何啓釁各率衆持械厮鬥王姓三人被鎗傷甚重張姓亦有被傷者聞各赴縣呈控矣

敬仰朶雲　○本埠玉皇閣中極高地也茲逢重九登高之期其處懸燈結彩鼓樂喧嗔寶馬香車不絕於路雅人則詩飲酒作賦高歌綠女紅男復爲之錯幾於自天仰面無地磕頭非至夜深不能滿乎不知神亦厭見否

咎由葉子　○本埠西門南有蘇某者係固安縣人昨與同院某甲爲葉子戲因爭錢致口角繼而用武蘇某愈思愈忿於夜五更後潛吞阿芙蓉膏及初八日早毒發身死該地方聯計喬某赴縣呈報俟如何訊驗有無別情訪明再登

飛車宜禁　○本埠洋車約八千餘輛每日擁擠行人幾難插足得間復肆意飛行撞馬傷人倒斃時有屢紀報牘雖係誰輕夫以車代步可也何飛行之速乃爾乎所望該管者嚴飭巡勇時時懺諭一則飛行車夫臟腑受傷二則人馬可慮即遲遲吾行亦未始遂爲不便也何必急行而傷性命乎戒之戒之尚慎旃哉

走壁難防　○走壁之盜自古有之何今之遍地皆然也本月初七日夜間宮北福神街新源銀號被賊竊去紋銀千兩聞昨早赴縣呈報矣

派查商務　○西報載香港來電云法國拉　愛抗司商務局派至中國南省查看商務之委員已於西歷十月十一號行抵西貢矣中領袖者爲路乞君

商輪出險　○招商局廣濟輪船日前擱淺於舟山洋面局中得電後當派海琛輪船前往設法拖帶茲探得海琛業於昨日回滬廣濟輪買辦等人亦即趁之而來據云廣濟現已出險破洞亦已塞住大約非昨晚即今晨可以駛抵滬上入廠修理

議約暫停　○本埠西報云中國特派專使相與日本公使議定通商條款據聞日本所擬條款中有數款室礙難行傳相不從日使亦未允删改故將商議一事暫行停止

進圖歸京　○鄂省各州縣輿圖自開局以來各司事午夜勤勞始克厥功告竣本月某日局員將圖呈送各憲披閱畢封函專派候補典史張二尹杰華解赴京畿送部轉呈　御覽

公退日兵　○西字報載現經俄德法三國聯絡一氣俄派兵艦十艘德法各派十艘於西歷本月十四號偕同駛赴烟臺致京的美敦書於日廷限至月底須將遼東高麗駐紮之日兵盡行退出無許稍形滯留云

遼東述聞　○金復海蓋以及牛莊營口旅順威海各地仍有日人盤踞月前曾有不肖華人趨赴牛莊擬代日人包收税項日人告以本年西歷十月二十三號即華歷九月初六日　中國應交頭批賠款五千萬兩倘能如期交付則牛莊營口當即退還竊其命意直欲以東三省爲質與原訂留兵威海俟賠款清償後撤退之約已不相符乃尚未屆期而日人忽添運軍火於金復兩州八月中旬又添兵士數千人於蓋平正不知其命意之所在也

鉅欵助賑　○前擬山東黄水爲災勸捐助賑今有無名氏捐助庫平銀五百兩囑爲寄東散給災民似此創捐鉅欵救濟窮黎造福豈有限量尤望聞風而起者廣種福田多多接濟庶垂斃窮民不致委填溝壑此則馨香所切禱者也　工程局啓

山左水災　○山東黄河歷年爲患沿河居民元氣早傷今夏雨水過大上游壽張東平下游齊東青城等縣均被漫溢而利津博興等處本屬窪下之區被災尤重水深丈餘淹斃人口無數房屋十存二三窮黎待哺嗷嗷情形可慘山東撫台當即發欵急賑惟災區既廣必須力籌鉅欵當蒙府主豐帥當時籌撥五萬金並由關道盛觀察籌墊五萬金請江南義紳嚴佑之助教前往放但此十餘州縣災黎數十萬斷非十萬金所能敷衍不得不仰望四方　樂善君子源源接濟或爲衣或不拘多少集腋成裘倘蒙慨然解囊其欵請交天津工程局彙收轉解俾活災民則　仁人所賜當爲災民九頓首而謝之矣　同人公啓

關示賽馬　○欽加二品頂戴三等第一寶星津海關稅務司德爲牌示事照得本月十一十二十三等日爲在津西國官商賽馬之期本關照章於是三日早八點鐘開關午十一點封關爲此合行牌示本關人等及報關各商一體遵照毋違特示　光緒二十一年九

月初八日示

本堂由上海寄津○字林西字滬報○字林滬報○新聞報（代送申報）○本津直報○點石齋畫報○飛影閣畫報○飛影閣書館報 共八種彙集津門閱報 主顧瀏覽賜一字函命人分送不悞○新由京都上洋寄津增補增像詳註精解繪圖繡像石印各種新書寄售所至各樣無多閱者先取爲快 貴駕購取書籍每日午後直至申後敬候靜候

寓天津北門內府署西三聖菴两直報分處內紫氣堂梁子亨謹啓

告白 福州和益木商在津開設十年前雇夥友林松卿經理歷年尚未十分誤事詎自十九年夏間荒蕩嫖游號事廢弛從中侵蝕弊混不勝枚舉致虧號本甚鉅去秋控縣押追迄未完結林松卿早已出號所有和益號事均係號東自行料理與林松卿毫無干涉特此布告 官商如蒙 賜顧務須認明和益本號庶不致誤

和益木商鄭湘蘭白

敬啓者現有英人僑居烟台曾仕本京國學考有官憑前教授經史算法航海等學三十餘年並在英國海軍衙門充當試官有年曾蒙華廷派委要差今擬在本公館教授華童英文以便將來應陸軍海軍商務之選惟受教不得過十五歲議定每季脩金關平銀二百兩如有從學者即希函達天津恒豐泰飯店或烟台英領事署轉致倪爾森可也

金陵儒醫世傳

貧病送診 過午不候

高克成內外科大小方脈

廣東門外天齊廟

保康水險公司告白

啓者本公司原創在星架波大埠資備本洋三百萬員向設專行在香港上海承保洋面船舶貨物水險歷有年所信義咸孚久已馳名中外茲另設分行在天津託明義洋行代理專保洋面船貨水險保費克己倘遇不測賠償迅速各 寶號賜顧不拘早夜祈移玉至明義洋行投保不悞

本館京城售報處在宣武門外獻家坑路東海昌會館內陳午濤先生代辦如蒙 顧者請至陳處可也

本館賬房啓

浙杭元吉永號

本莊自置紗羅綢緞新樣洋辮花素洋布川廣夏貨團摺雅扇南貨頭油俱全祇爲近時錢市漲落不同故爾各貨減價開設估衣街中間路北凡仕商賜顧者無任歡迎

告白

李傅相馬關被刺紀實並帶小照每本價洋四角五 王芍棠 星使使俄草 盛世危言 續 盛世危言 蟄廬叢書 各國時事類編 中日戰守始末記 公車上書記 蘭石蘭譜 竹譜 海上見聞錄 洛金扇 吉祥花 小八義 鄉案 隱案 桃谿新錄 夢筆 牛花

文美齋謹啓

九月初九日輪船進口 新豐 輪船由上海 招商局 新濟 輪船由上海 招商局

九月初十日輪船出口 北直隸 輪船往上海 怡和行

九月初九日錢行行情 天津九七大錢 銀盤二千七百卅二 洋元一千九百五十文 紫竹林九六大錢 銀盤二千七百四十二文 洋元一千九百八十文

光緒二十一年九月十一日　第二百三十六
西歷一千八百九十五年十月二十八日　禮拜一

上諭恭錄

上諭御史宋承庠奏在部當差正途出身人員請准改捐道府及捐免保舉一項請予限制交清人等語着戶部議奏欽此　上諭巡視中城御史恩棠等奏援案請賞外城粥廠粟米籲留呈覽一摺現在節屆寒令五城地面貧民生計維艱所有中城之朝陽閣東城之臥佛寺育嬰堂南城之打磨廠西城之長椿寺磚塔胡同北城之圓通觀梁家園各粥廠每月共需米三百三十石加恩照數賞給自十月初一日起由各該城分明戶部札倉給發該御史等務當督同紳士妥爲散放毋任侵漁單開撥給依議另片奏請賞崇善堂等處米石各等語崇善堂等處各廠收養貧民人數衆多米石不敷支放加恩着照所請所有德化寺街之崇善堂梁家園之百善堂太清觀之公善堂三處煖廠各賞給粟米三百石教子胡同禮拜寺賞給粟米三百石正陽門外□會寺崇文門外玉清觀各粥廠龍崗子上興善煖廠各賞給粟米一百五十石東便門外三忠祠煖廠賞給粟米一百五十石宣武門外皮庫營西悅生堂賞給粟米三百石朝陽門外清眞寺粥廠賞給粟米一百五十石以惠窮黎欽此　上諭李秉衡奏災區賑需孔殷援案請截留新漕以資散放一摺本年山東曹州秋汛期內水勢盛漲泉流匯注以致利津齊東壽張等縣堤埝漫決運衛兩河亦以洪流漲溢沿河州縣村莊多被淹沒其情均極困苦叠經李秉衡籌辦急賑隨堵築漫口以工代賑惟瞬屆冬令小民生計維艱自應寬籌賑撫加恩着照所請將該省本年新漕除扣銷撥及照例酌免各處兵米外其餘應行運通米石悉數截留並將隨漕輕齎等項按數扣支以備賑需該撫即飭所屬分別被災輕重核實散放務使實惠及民毋任吏胥捐有弊混用副朝廷軫念災區至意該部知道欽此　上諭訥欽奏協領廢弛防務據實糾參一摺青州鑲黃正白旗協領兼正紅旗協領銜增銳帶馬步各隊辦理豐州防務並不申明紀律認眞訓練實屬有辜職守銳增着勒令休致該部知道欽此

論自來水有益於人

來稿

雨暘所有之物最有益於人而爲人所不能須臾離者莫要於水火蓋非火無以資烹飪非水無以供食飲且日昱於晝月昱於夜火昱於晝夜之際以佐雨暘之光之所不及故有火而暗室皆明暝行無慮而夜績之處女咸仰其清輝宵讀之脩儒亦藉其炳燭此火之有益於人者然也至於水之大者爲江淮爲河海小者爲溪谷爲池沼爲溝洫爲井泉鱗介賴其生育舟楫賴以浮行百穀日果草木瓜蔬賴其灌溉以發榮滋長而人之沐浴盥漱亦於是乎取之此水之有益於人者然也鄒嶧之孟子所以言民非水火不生活也然就水火二者而互爲衡量則水之益人較火爲尤重何以言之人固不能不火食矣而自果實以充腹則二三日不餐煙火亦必卽稍具生若日不得勺水則一日無以成饘粥縱有乾糧亦可療飢而無湯水以潤之則自不能下咽而腸胃之所納更復不能運化非特渴吻有不可忍卽飽眼且不可當將患苦有不勝言者矣此水所以視火爲尤急而滬北租界　隅自來水之設較諸煤氣燈電氣燈受益更爲無量也夫滬創用自

夾水南自法租界中及英租界北至吳淞江北美租界凡各馬路槩通衢僻巷無不分埋鐵管上建龍頭俾隨處皆可取水迄今十餘年偶遇火災無不立時救熄其功固盡人皆知盡人皆言矣蓋一聞火警自來水管之總門洞開水即於龍頭噴薄而出極積水壘之壓力龍頭之水高可激射數丈縱橫可激射十數丈而又汩汩其來源源不絕如波決如瀾倒迨至火滅煙消水門機閉始行停止其敏速視水龍奚啻倍蓰而火患有不立息者乎故中國諸行省凡人煙稠密之區祝融時或肆虐而烈火飛騰延燒有至數十家者有至數百家者甚有至千餘家者一時救火之人雖極焦頭爛額終未易遏其威焰必至表火道斷火路而火勢始挫而滬北則不致成災明滬北先時救火之器誠至精且備而焚如之禍或不得免者今則不爲鉅害非自自來水與無自來水之所由異乎然余所云益人者尚不僅此何也人之一飲一食莫不有藉於水而水之清濁不一則於人臟腑爲損爲益亦必不一嘗見深山絕壑之中人多耄耋終鮮疾病者所飲之水向潔故人自益故也又見城市闤闠之地人多夭殤且生瘡痏者無他所飲之水濁膩於人自損故也至若炎夏之時遠乎長江大河之處朝潮夕汐本盡流通溝渠之間積水不及數尺又爲酷日所薰炙穢惡之氣彌漫空際人觸其氣者重則爲疫輕則爲痢七八月之交疫痢者比比而是甚有不起者則穢惡之氣漸瀆而結於臟腑不知蕩滌之也夫以穢惡之氣觸之尚成痼疾顧可飲此穢水以速其疾以促其生乎而水之至清潔者莫如自來水則水之最有益於人者亦莫如自來水蓋自來水先用機器吸水於黃浦中流則其源潔矣又多築水池使水於沙隔滲下又復於沙隔冒上則水之渣滓無不淨盡即水中所有小蟲目力所不能見者無不淨盡而謂飲此水者尚有所損乎我願有志於民食者由租界以達諸城廂內外由蘇城以達諸蘇郡由蘇郡以達諸各行省而閭閻之食德飲和無有限量矣豈不懿哉豈不懿哉

吉卜縈年 ○頃聞朝陽門內祥盛木廠官商等傳說現在易州所屬西陵龍門峪地方已將皇上萬年吉地揀就業經欽派官員看守俾遣精通地輿者赴該處詳看應如何營造山向及寶頂殿廡橋梁月池河牌坊御道碑亭圍牆等工繪前兩旁如何栽植樹木均先行繪圖命海甸成府樣子匠雷臥雲者以紙褙按照繪圖燙做樣式進呈御覽再行定奪陵名簡派查估承修

善行惟日 ○現屆秋寒所有無衣無食之人其慘狀有難以言語形容者今有隱名善士攜帶錢票米票衣票各若干紙在彰儀門大街遇有無告窮民酌給票紙俾向錢店米店衣店自行取用每日鳩形鵠面之輩在該處坐候領票者絡繹不絕近日竟如鬧市聞已費至數千金之譜嗚呼該善士樂善之心可謂至矣盡矣蔑以加矣其獲福尚有涯哉

典試錄里 ○欽點乙未正科會試監射較射大臣 辰字圍監射怡貝勒現官廂黃旗漢軍八旗都統正黃旗人 較射原領閣大司馬剛現官經筵講官頭品頂戴太子少保兵部尚書南書房上書房行走管理戶部三庫事務江蘇嘉定縣人壬戌科狀元 宿字圍監射熙敬大冢宰敬現官經筵講官頭品頂戴吏部尚書正紅旗漢軍都統管理神機營火藥局幼官學事務滿洲廂黃旗人 較射士雲舫少司馬文錦現官兵部左侍郎管理馬館事務上書房行走直隸天津縣人辛未科進士 列字圍監射謨貝子現官宗人府右宗人固山貝子 較射榮迪甫少司馬惠現官兵部右侍郎蒙古正黃旗人 張字圍監射和碩額駙扎拉豐阿現官正藍旗都統滿洲廂藍旗人 較射徐壽衡少司馬樹銘現官兵部右侍郎稽察右翼覺羅學湖南長沙縣人丁未科進士

合式須知 ○武科取士定例頭場試馬箭立三大靶各離三十五弓每人跑馬二圍共射六箭二場射地球一箭計七箭以中三箭爲合式缺一者不准考試步箭二場步箭技勇步靶高五尺六寸寬二尺五寸以三十弓爲例每人連射六箭俱直衝靶子中央者爲中其碰靶擦框及中靶子根者俱不得爲中六箭內以中二箭者爲合式如缺一者不准再試技勇以八力弓八十斤刀二百斤石爲三號十力弓一百斤刀二百五十斤石爲二號十二力弓一百二十斤刀三百斤石爲頭號弓必開滿刀必舞花石必離地一尺弓力有能加重者聽亦不得過十五力三項必須有一二項頭二號者方能入選若俱係三號不得入選如果弓力合式方試技勇若馬箭中不足三步箭中不足二不准補射倘有混行瀆稟者即以犯規論此掄材大典載諸條例刻正開乙未科武場會試用據所錄錄報以供衆覽

督學諭言 ○督學部院諭考列一二等生員知悉免爾等親領獎賞各自回籍安分讀書以圖上進所有應得花紅仰即赴學領給可也特示○又諭考列一二等武生知悉免爾等親領獎賞各自回籍勤練弓馬以圖上進所有應得花紅仰即赴學領給可也特示

會文題目 ○運憲課會文書院題目 文題 子曰事君盡禮 兩章 詩題 賦得集賢學士得別曾得江字五言八韻 唐宣經傳爲集賢學士九月九日宴羣臣於曲江緩請學士 字課大卷寫吳魯策文○分府課會文書院題目 文題 色勃如也足躩如也 入公 章 詩題 賦得元鳥歸得歸字五言八韻

直隸牌示 ○署滄州營州判曾鼎勳於故遺缺詳委何工先儒暫承方恩培署理正定府經歷葉向榮病故遺缺詳請以留補防分先缺用府經歷盧昌熙署理薊州吏目張大經病故遺缺詳請以新海防遇缺先用州吏目江育桐委補 正任肥鄉縣典史朱錫衔飭赴本任以專責成

都轉獎單 ○欽命二品銜長蘆都轉鹽運使司鹽運使加三級隨帶加二級紀錄十次李 爲榜示事案准前升司移交歲過二取書院官課考取內外附生童等第應獎賞銀數開列於後須至榜者 計開 內課生十名 周日鐊 徐爵 陳寶彝 陳文炳 郭峻城 何家駒 高增奎 王樹昌 郭道芬 喬從銳 一名獎銀一兩五錢加獎一兩五錢 二名三名各獎銀一兩加獎 兩 四名五名各獎銀一兩加獎八錢 六名至十名各獎銀七錢加獎五錢 每名膏火銀八錢 外課生十名 陳金齡 高學濂 張誥 李耀曾 吳廷瑞 劉鍾琛 徐曜奎 朱士琦 劉恩渠 朱駿聲 一名至五名各獎銀四錢加獎四錢 六名至十名各獎銀四錢 每名膏火銀六錢 附課生三十四名 陸彤等 俱無獎 每名膏火銀五錢 內課童七名 [illegible]自中 王用能 韓景雲 朱家琦 陳日正 王懷琛 [illegible]賡寅 一名獎銀八錢加獎八錢 二名三名各獎銀五錢加獎五錢 四名五名各獎銀五錢加獎二錢 六名七名各獎銀三錢加獎三錢 每名各膏火銀六錢 外課童七名 李十鈐 楊植棠 王榕槐 李振銘 王鴻勛 劉嘉祥 汪文煜 一名至三名各獎銀三錢加獎二錢 四名至七名各獎銀二錢 每名膏火銀四錢 附課童十一名 潘兆新等俱無獎 每名膏火銀三錢

觀察批詞 ○欽命二品銜直隸分巡天津河間等處地方兵備道李 示據滄州旗人懷恩稟批既據控府批州核明案情邀懇核辦着即聽候稟到審奪毋得砌詞越瀆仰天津府即飭滄州迅速稟請核示遵辦勿延切切稟抄存無抱告飭○又示鹽山縣奉祀生王石亭稟批稟詞支離閃鑠顯係另有別情仰津海縣錄案詳覆候核並原抱告回縣候示稟抄存○又示文安縣文生趙廷紹等稟批勝方斗局己歸官辦候札飭委員速將應交書院津貼如數清交給領具報○又示滄州孀婦陳薄氏呈批據控堂姪蘇維榮等壞產逼嫁如果屬實既據控州傳訊豈有不爲追辦之理候核情形誠難保非訛詐未遂聽唆妄控仰滄州訊斷情形錄案詳覆聽候覈奪該氏具同籍候示幼子作抱殊屬不合並飭詞抄存○又示滄州孀婦張蘇氏呈批四月十三日據該氏呈控業經照前署道批駁在案現呈所錄之批殊與原案不符顯係朦混至該氏棚舖所租與張恩榮管業早已限滿自應按照原斷擇主另租何得復稱張六等霸產砌詞翻案殊仍不准仰滄州知照呈抄存

太守榮程 ○守望總局江蘭生太守署任正定府指日履新已紀昨報十一日一點鐘太守在工程局前登舟赴任所屬十八縣名員並弁丁等恭送行旌車轎人等絡繹不絕

喜卜榮遷 ○邑侯趙大令星甫調任保定府清苑縣缺所遺缺以現任景州牧王刺史署理侯王刺史到津後趙大令將任內印務交代清楚即赴清苑新任矣

秋賽先聲 ○今日爲本埠西國官商秋賽之第一香車寶馬絡繹於途惜西風甚烈賽者觀者不免塵土眯目本館例登采勝因晷短不及排印容明日照登

傷勇恤郵 ○每戰之後凡勇丁等受傷輕重準以一等二等三等分別郵賞聞至除也日前西頭慈惠寺內住某營勇丁一名腿缺一足昨赴營務處領取津某勇丁即持揭乞懇營務處驗明受傷極重即飭持票一紙赴兵差局呈交聞已給銀二十兩作爲郵賞云

合兩更正 ○前錄督宮北福神街新源號虧銀二千兩實係和泰號非新源號係失銀二千兩非二千兩合亟更正以昭覈實

鉅款助賑　〇前報山東黃水爲災勸捐助賑今有無名氏捐助庫平銀五百兩囑爲寄東散給災民似此創捐鉅款救濟窮黎造福豈有限量尤望聞風而起者廣種福田多多接濟庶垂斃窮民不致委填溝壑此則馨香所切禱者也　工程局啓

山左水災　〇山東黃河歷年爲患沿河居民元氣早傷今夏雨水過大上游壽張東平下游齊東青城等縣均被漫溢而利津博興等處本屬窪下之區被災尤重水深丈餘淹斃人口無數屋宇十存二三窮黎待哺嗷嗷情形可憫山東撫台當即發款查放急賑惟災區四廣必須力籌鉅款前經商制府王夔帥當時籌撥五萬金並由關道盛觀察籌墊五萬金請江南義紳嚴佑之助教前往散放但此十餘州縣災黎數十萬斷非十萬金所能救徹不得不仰望四方樂善君子源源接濟爲數不拘多少集腋便可成裘倘蒙慨然解囊其款請交天津工程局彙收轉解俾活災民則仁人所賜當爲災民九頓首以謝之矣　同人公啓

本堂由上海寄津〇字林西字滬報〇字林滬報〇新聞報〇代派申報〇本津直報〇點石齋畫報〇飛影閣畫報〇飛雲館畫報共八種彙集津門閱報　主顧遍覽報一字函命人分送不悞〇新由京都上洋寄津增補增像詳註精解繪圖繡像石印各種新書寄售所至各樣無多閱者先取爲快　書駕購取書籍每日午後直至申後敝堂靜候　寓天津北門內府署西三聖菴西直報分處內紫氣堂梁子亨謹啓

敬啓者現有英人僑居烟台曾在京國學考有寅卯教授經史算法航海等學三十餘年嗣在英國海軍衙門充當試官昔年曾蒙華廷派委要差今擬在本公館教授華童英文以便將來應陸軍海軍商務之選惟受教不得過十五歲議定每季脩金關平銀二百兩如有從學者即希函達天津恒豐泰飯店或烟台英領事署轉致倪爾森可也

金陵儒醫世傳

貧病送診　過午不候　高克成內外科大小方脈　廣東門外　天齊廟

保康水險公司告白

啓者本公司原創在星架波大埠實備資本洋三百萬員向設專行在香港上海承保洋面船舶貨物水險歷有年所信義咸孚久已馳名中外茲另設分行在天津託明義洋行代理專保洋面船貨水險保費克己倘遇不測賠償迅速各寶號賜顧不拘早夜祈移玉至明義洋行投保不悞

本館京城售報處在宣武門外歡家坑路東瀏昌會館內陳午清先生代辦如有願者請至陳處可也　本館賬房啓

浙杭元吉永號

本莊自置紗羅綢緞新樣洋縐花素洋布川廣夏貨團摺雅扇南貨頭油俱全祇爲近時錢市漲落不同故爾各貨減價開設估衣街中間路北凡仕商賜顧者無欺特此佈達

告白

本館新到相馬闡微刺紀實袖帶小照錄本價洋四角五　王芳棠星使使俄草　盛世危言　續盛世危言　蟄盧叢書　各國時事類編　中日戰守始末記　从東上書記　蘭石蘭譜　竹譜　海上見聞錄　洛金扇　吉祥花　小八義　施公案　繡像从夢　桃花新錄　夢筆　牡花　文美齋謹啓

九月十一日輪船進口　順和　輪船由上海　怡和行

豐順　輪船由上海　太古行

九月十一日輪船出口　新濟　輪船往上海　招商局

九月十一日銀洋行情

天津九七六錢　行化二千七百零二　洋元一千九百五十文

紫竹林九六錢　行化二千七百四十二　洋元一千九百八十文

第一張

光緒二十一年九月十二日 第二百三十七號
西歷一千八百九十五年十月二十九日 禮拜二

上諭恭錄

上諭順天府奏請賞給普濟堂功德林等處及廣仁堂米石各一摺現在節交寒令近畿一帶貧民生計維艱所有普濟堂功德林兩處恩賞小米三百石加賞小米五百石及廣仁堂恩賞小米三百石均著照例賞給另片奏請賞給蘆溝橋暖廠及資善堂煖廠米石各等語加恩著照所請賞給蘆溝橋暖廠粟米四百石資善堂煖廠粟米三百石以資惠濟黎該衙門議欽此　上諭前據御史溥松奏參雲南司岑毓寶任用私人致刑部當當經諭令崧蕃確查具奏茲據查明岑毓寶被參賄賣差缺各節查無實據惟該督前在　多年例應迴避之姻親均未早請又復派委差使用人不免瞻徇辦事又多任意部文查辦各犯不候州縣審詳率行批釋擅釋重犯爲振藥又將因案查辦之參將馬柱升補督標中軍副將種種謬妄實屬咎無可辭雲南布政使岑毓寶著即革職該部知道欽此　上諭譚繼洵奏查明湖北各屬被水成災請分別截留漕米賑撫一摺據稱本年五月間鍾祥荊門京山潛江天門漢川等州縣暴雨連朝漢水陡長以致各該州縣隄塍漫潰田廬多半淹沒人口間有損傷現已委員查勘以工代賑酌發錢米撫濟等語覽奏被災情形小民蕩析離居殊堪憫惻著照所請准其截留湖北冬漕三萬石並籌撥漕耗米等項俾作工賑之需用副朝廷軫念災區至意該督等照所議辦理該部知道欽此

詩品十問

一問書之言品者如唐人之品花品茶品畫昌黎之性有三品華嚴之開明品楞伽之一切佛語心品等類甚夥茲之詩品與諸品字同一解乎曰彼多主品級等第而言此則更進一解也易進乎爾曰品類也易曰品物流行又品嘗也記曰品嘗食王乃食詩而曰品蓋將取各品類者品而嘗之以參旨趣則品地斯真中庸有曰莫不飲食鮮能知味表聖是書誠有味乎其言之者詩發於情情率乎性性出於天自天而之人則天也而實人也盡人以合天則人也而實天也是天固詩之品地所從出而堪取品類以品嘗之者也今讀其書全部以天字爲主其言道者天之道也真者道之真也此大之所以爲大也其言充者真之充也實者充之實也此盡人之所以合天也首曰真體內充一充字尤表聖著書之本領莊子所謂充實不可以已孟子所謂浩然之氣塞乎天地之間者詩品一書言詩而本之於天可謂得大原之所出道也進乎技矣　一問品目廿四何所取義得毋以取象於天若花信風之二十有四與又莊子有日貫富顯嚴名利六者勃志也容動色理氣意六者繆心也惡欲喜怒哀樂六者累德也去就取予知能六者塞道也此四六者不蕩胸中則正正則靜靜則明明則虛虛則無爲而無不爲也品義或將祛性情中四六之弊以反於虛無則無爲無不爲乎曰似之而非也古人著書不蔑古亦不襲古其不襲古者每天而動振筆直書辭達而已若中庸紹十六字心法獨得三十三章非豫定三十三章程式也詩品之廿有四也亦若是焉而已若其不蔑古者吾更可得而言之其明以根據揭出者如大地天鈞天放天樞以及飲和守中以實義本莊子與中庸言中言和言誠之處義概

相通要不外大易元亨利貞之理其餘如眞宰造化神化等字不言天而亦天者可類推矣至如言空言患言充等字非中和誠即中和誠書豈顧問哉其所標題目皆虛無元空等字義博采群書多七莊老又與大雄氏之學不謀而合其言妙機曰微一然妙即大易妙合之妙機即莊子機中無機之機微字直從中庸莫顯乎微及尚書道心惟微衍出所謂上聖唐虞道脈也故品中言唐元宗大道道氣道心皆是義也大抵品中言眞言道之處最多總是了卻一實字實者充也即誠也誠則明明則誠其大旨盡此矣其言虛空冥無等義者實之根也雄健渾元淡素等義者實之理也神靈妙化等義者實之用也故開宗明義首曰大用眞體而大用仍本於眞體。實止一眞字也其書具在班班可考此不蔑古 證也俗謂廿四之說如世俗譜曲者拘於折數亦淺之乎視古書矣

盜風甚熾　○安定門內北鑼鼓巷。煙店於月之初五日晚八點鐘時突有匪徒十餘人明火持械搶刧銀三百數十兩當經鄰夥吶喊惟該房兵丁追捕該匪阻敢施放洋鎗將巡緝兵丁轟傷甚重當經赴地面官廳稟報查勘詳報步軍統領衙門飭差踹緝賊犯務獲究辦京師盜風之熾於此已見

惡貫將盈　○京師安定門內交道口地方公興和估衣舖張某原籍山東日前由宮宅內取得衣價銀一百五十兩兌錢崇文白千文路經小街賭局聞呼盧喝雉聲不覺技癢遂入局內賭未幾場錢告罄敗興而歸然所攜鈔銀已爲匪徒瞥見尾隨行至東口牌樓突有數人追上將張拖扭倒地毆以拳腳並繫縛之張傷重昏倒不知人事該匪奪其鈔銀一閧散去張甦乃僱車回寓該管廳控告家屬勸差嚴緝旋由該差等訪得是案匪係上文三等某晚仍由該差等同幹役多名各持器械至崇文門外護河沿擁入王姓妓寮將王某及妓女等一併獲案旋將妓寮發封惟文三現尚未獲想惡貫滿盈亦不難指日拿獲也

以雨卜秋　○北方地氣早寒現在節逾霜降農田所種麥苗正盼雨澤月之初三日天氣陰翳初四日大雨滂沱通宵達旦初五日濛濛細雨恍如煙霧以致路途泥滑彷彿黃梅時節至下午雨師返駕始放晴霽農人皆謂此雨入地尺餘可稱深透來年麥秋可望豐收無不額手稱慶云

始露其孝　○前門外八角胡同居住俞某幼年返而立家其父母兄弟俞在某宅司閽下資所入不敷養贍賴母以針黹相佐一家糊口甫能免餒其乃父嗜烟成癖且嗜食羊肉不能飽其母則黎藿自甘禁不與供俞則將每私購羊肉鬱暹一二日懷以餉父父問則告以友饋戒告以宅中所遺適至三鄰適負纍纍以致受其反遭父責亦甘忍受無一怨言如是者已既數年今中秋節其情始露不能隱瞞內外交謫乃父遂因之自悔亦已戒烟而兼斷肉矣夫以賤爲人役尚能曲體親心克盡孝道使人聞之肅然起敬誰無父母孰非人子而竟諉爲力有不逮置父母之養於不顧耶

直督牌示　○正定府知府員缺　簡放永定河道遺缺詳請以候補知府江槐序署理　正定府知府陳驥滋補授永定河道等因所遺正定府知府員缺詳請以候補班前補用知府吳煥采補授　冀州知州周家鼎業經撤職遺缺詳請以武清縣知縣潘濂調署阜城縣知縣由王思純捐升遺缺詳請以新海防遇缺先用與知縣范□垣咨補

三學生榜　○督學部院取中府學商學天津縣學三處生員全案開列於後　計開　府學一等十七名　劉鍾琇　孟繼垓

王樹昌　鄧承鏞　俞士俊　高嵩恩　曹振銘　韓　錫　梁　洵　謝恩綸　李維章　孫繼錫　王開弟　李駿聲　卞燕昌

李炳奎　高增奎　○商學　等六名　鄭秉鋐　楊葉一　蕭鴻泰　蘭蔭溥　王吟川　王紹孚　○天津縣學一等一十五名

李奎光　楊　侗　王　純　曹登泰　郭賡熹　王春瀛　俞恩科　李金榜　何家駒　韓自珍　耿愷曾　穆如清　楊治馨

張克一　王□銘　郭進修　趙毓煊　徐　霨　皮祖功　嚴振鐸　陳震雄　卞蔭昌　胡家楨　李耀岫

津門官跡　○遵化直隸州陳太守以培現奉省憲檄調另有差委遺缺委朱太守乃恭署理定州直隸州委清苑縣徐大令銘勳署理所遺清苑縣缺即以天津縣趙大令映辰署理准補行唐縣劉大令傳祁奉飭赴任候補州石刺史賡臣奉委天津縣署問案

都轉示期　○欽命二品銜長蘆都轉鹽運使司鹽運使李　示問津三取兩書院肄業生童知悉照得問津三取兩書院八月十

六日覆課定於九月十四日補試又九月初二日官課定於九月十六日補試合行牌示該生童等屆期各赴書院聽候點名考試各宜遵照毋得自悞特示

憲批兩紀　○天津道憲　示天津縣孀婦劉張氏稟批氏子劉文昇被毆逃逸斷無日久不歸之理揆諸情形顯係故意隱匿與圖懸案該氏因劉魏氏捏稱寡婦遽謂氏子存亡莫卜亦係有心狡執仰天津府迅速比傳劉文昇到案質訊明確秉斷具報毋得再延切切詞抄存違式抱并飭○又示邢家等莊人邢尚貫等稟批前經本道稟奉　督憲面諭以近來工多款絀勢難處處發款一渠堤埝既非緊要官工即由爾等自行集夫培築以保麥田等因當即遵照辦理毋庸希冀并瀆

學憲起馬　○學憲徐大宗師考試天津各文武生童業已竣事屢登前報茲節于十一日早起馬前赴河間所有新進文武諸生皆衣冠齊整恭送憲駕俱彬雅可觀

初賽紀畧　○昨爲西國官商秋賽之首日計共跑六次第一次賜豐洋行之馬首屆一指第二則信遠洋行第三則毛吉士君第四則仁記洋行第五則毛吉士君第六則新泰興洋行之馬皆得出人頭地賽畢已夕陽在山六街樓閣上燈矣

奇聞再錄　○泰西報館之設厚風俗示勸懲通民情別善惡言者無罪聞者足戒本館之創以前爲名者蓋此義也前有鳳華堂一事以巨商子弟行此鄙賤未免大壞風俗是以將諸稱牘不料竟有無知之徒必爲報館登此另有用意覓敢向館行賄一再瀆之於是風聲傳播頗覺沸騰旋又有言鳳華及六郎事者故本館照有聞必錄之例一再登之以解衆惑乃昨接訪事來信云學習華訓養子不殺其父之過教而不嚴其師之惰雖小民目不識丁者尚能知此義而規箴其子望其成名豈紳商富家多以詩禮相傳轉不能教子清濁反縱令濁而卑賤可謂爲其父者亦如其子之渾濁不清粧作聾瞶僞爲不聞然不思名列巨商之首能不愧乎殊不可解也茲有商閒一則出於本地因而錄之以供衆覽本埠富商某姓之子某甲者具有後庭奇疾時需人窺探於是妙選優伶中之偉岸者實爲首作顛倒龍陽纔之宿屋爲巢以貯其寵迄今數月以來中在其巢中主持風月頗有趣味自將紈袴某夫願捐優伶職銜鳳以爲既入同行當可拜識同類遂有梨園中之白某者偉且秀與某甲見如故朝夕聚首備同膠漆鳳之優爲兄遂擇吉在某飯莊作金蘭之會設備香案結拜生死之交某蘭書但云不願同年同月同日生惟願同年同月同日死嗚呼敗類至此與其父猶若木偶不知儆戒是亦妄人也已矣云云本館據此本不欲再汚筆墨祗以又有若輩傳說以百金使某姓行賄本館囑勿登不得已據聞照錄須知本館潔清自矢一切懸照泰西上等報館章程決不貪贓受賄該子弟等則改之無則勉焉亦本館之厚望云爾

南糧起運　○豫省一帶以漕糧爲大宗現有漕綱總等已催裝鹽船已赶緊南下矣

地變將興　○本埠馬家口下一帶田園交錯最屬窪下之區從前路無行人自各國通商以來荒蕪之地變爲樓閣地運之興不待言矣茲聞前豐昌洋行對面坑地一段明春建製造局一所日前已雇土工經營動作矣

回匪風聞　○茲聞甘肅傳言現在甘肅回情形草寇與回匪同佔踞數州縣且蔓延地方甚廣人亦極多刻下官軍仍屬勢單非由別省招募兵以馬隊不多方可得力否則恐與鼠擾難當更不易辦理且時已萬難應輯只可痛剿若仍在該省招募是徒遺譏討反受其害緣該匪等作十著或鞘他省人應募及至點驗成軍給與器械糧餉即突然變作甚至將營官殺死反向回營報功是以不可再由本省招募也若再因循其勢更熾茲聞所述姑照錄之

鐵廠鉄炭　○自張香帥督鄂時創修織造鐵政繅絲各廠規模宏大現在鐵廠愈出愈廣需用煤炭日見浩繁楚省各山產炭雖多究以鄂小水淺轉運不易附近鄂屬之京口馬鞍山產炭雖佳亦不敷用近由郴州某客仿得燒煉焦炭之法裝運來漢發售每擔價售十四五兩炭質頗能合用苟能源源而來可以敷用否則恐不能不向別處轉運也

飭款助賑　○前經山東黃水爲災勸捐助賑今有無名氏捐助庫平銀五百兩囑爲齎厥散給災民似此創捐鉅款救濟窮黎造福豈有限量尤望聞風而起者廣種福田多多協濟庶垂斃窮民不致委填溝壑此則馨香所切禱者也

工程局啓

山左水災 ○山東黃河歷年爲患沿河居民元氣早傷今夏雨水過大上游壽張東平下游齊東青城等縣均被漫溢而利津博興等處本屬窪下之區被災尤重水深丈餘淹斃人口無數屋宇十存二三窮黎待哺嗷嗷情形可慘山東撫台當即發欵緩放急賑惟災區四廣必須力籌鉅欵電商制府王夔帥當時籌撥五萬金並由關道盛觀察籌墊五萬金請江南義紳嚴佑之助教前往散放但此十餘州縣災黎數十萬斷非十萬金所能救徹不得不仰望四方樂善君子源源接濟爲數不拘多少集腋便可成裘倘蒙慨然解囊其欵請交天津工程局彙收轉解俾活災民則仁人所賜當由災民九頓謝之矣 同人公啓

告白 潮州和益木商在津開設十年向雇夥友林松卿經理歷年尚未十分誤事詎自十九年夏間荒蕩嫖游號事廢弛從中侵蝕虧混不勝枚舉致虧號本甚鉅去秋經號押追迄未完結林松卿早已出號所有和益號事均係號東自行料理與林松卿毫無干涉特此布告 官商如蒙 賜顧務須認明和益本號庶不致誤 和益木商鄭湘啓

拍賣告白

啓者准於本月十四日禮拜四日在紫竹林天主堂對門拍賣傢俱棹椅立櫃洋爐等件毯羊皮七十二張香粉十四箱如買者請早來細看面拍可也 集盛洋行謹啓

敬啓者現有英人僑居烟台曾在北京國學考有官憑曾任教授經史算法航海等學三十餘年並在英國海軍衙門充當試官有年曾蒙華廷派委要差今擬在本公館教授華童英文以便將來應陸軍海軍商務之選惟受教不得過十五歲議定每季脩金關平銀二百兩如有從學者即希函達天津恒豐醬飯店或烟台英領事署轉致僞爾森可也

儒醫 金陵世傳

貧病送診 過午不候

高克成 內外科大小方脈

寓東門外 天齊廟

保康水險公司告白

啓者本公司原創在星架波八年資備實本洋三百萬員今設專行在香港上海承保洋面船舶貨物水險歷有年所信義咸孚久已馳名中外茲另設分行在天津託明義洋行代理專保洋面船貨水險保費克己倘遇不測賠償迅速各寶號賜顧不拘早夜祈移玉至明義洋行投保不悞

本館京城售報處在宣武門外歐家坑路東南昌會館內陳午清先生代辦如有顧者請至陳處可也 本館賬房啓

浙杭吉永元號

本號自置紗緞綢縐新樣洋縐花素洋布川廣夏貨閩廣雅扇南貨頭油俱全祇爲近時錢市疲落不同故爾各貨減價開設估衣街中間路北凡仕商賜顧者無不誤特此佈達

告白

李伯相馬關議和紀實通帶小照每部大價洋四角五 王芍棠星使使俄草 盛世危言 盛世危言續 藝盧叢書 各國時事類編 中日戰守始末記 公車上書記 蘭石蘭譜 竹譜 海上見聞錄 洛金扇 吉祥花 小八義 彭公案 施公案 排難新錄 夢筆生花 文實齋謹啓

九月十二日輪船進口

頤和 輪船由上海 怡和行

新豐 輪船由上海 招商局

九月十三日輪船出口

重慶 輪船往上海 太古行

九月十二日銀錢行情

天津九七六錢

銀盤二千六百九十二

洋元一千九百四十文

紫竹林九七六錢

銀盤二千七百三十三文

洋元一千九百七十文

直報

光緒二十一年九月十三日 第二百三十八號
西曆一千八百九十五年十月三十日 禮拜三

上諭恭錄

上諭巡視東城御史□博□奏現任武職自盡牽涉該管參將□交部審辦一摺東城□□東便汛守備李振祐自縊身死經該城指揮相驗屍身有胎脖上爲自縊□□將□長春頭目金秀林逼害致死字跡指據兇手李濤供□□長春□□大勅□□□兩以致情急自盡等語案關現任武職□□牽□□□□□□目金秀林着交刑部審訊□□□□長春着即解任聽候傳訊欽此　上諭除桐等奏勘估普陀峪萬年吉地工程開單呈覽一摺朕欽奉慈禧端佑康頤昭豫莊誠壽恭欽獻崇熙皇太后懿旨所有普陀峪□□各工着派□親王奕劻兵部尚書榮祿承修欽此□親王奕劻□務當督率工□敬謹辦理□□件□發欽此　上諭雲南布政使□裕祥補授□□常着補授甘肅按察使欽此

詩品十間

一間是書全部大旨若何曰此一篇大結構也首章總冒全部直注末章雄渾二字取象於天即中庸開口一天字莊子所謂生天生地之天天之理也故揭其體用曰大曰眞究其理曰虛曰健譬其義曰環中終以無窮二字探源以施其效自天命以至位育盡於此矣虛健二字直與流動章神明冥無相注射環中無窮即流動章之坤軸天樞來往千載也此首章之旨也末以流動總結迴應首章即中庸以一天之載譬道之義莊子所謂獨與天地精神往來者假體即以結首章之眞體荒荒悠悠即結首章之荒荒寥寥超超反反即以結首章之超象反虛雄渾之義已備故末章之旨也中分三支自沖淡至豪放爲第一支雄渾首章眞體內充句自微而之顯凡十一章以自然章揭明本支大意不特上八章統歸自然即含蓄豪放二章亦自然之餘波也含蓄近渾豪放近雄渾而繼以雄以見□之自達諸用故以此二品結自然而結以上八章而由體達用已起第二支首章矣自精神至形容爲第二支雄渾首章大用外腓句中顯而溯諸微凡八章以實境章揭明本支大意不特上五章統歸實境即悲慨形容二品亦實境之費隱也悲慨近雄形容近渾其雄而繼以渾者以見用之必根諸體故以此二品結實境而結以上五章且與第一支首章相應而中用反體已起第三支首章矣自超詣至曠達爲揮積健反虛與超以象外持之匪強句凡三章遞推而入究其極於曠達超詣爲積健飄逸爲反虛曠達補積健反虛二義而超以象外持之匪強也至是而環中之理已得而其應亦無窮矣故以此二章結□支雖結一二兩支義通流動直起末章矣第一支言內體第二支言外用如莊子以內外本篇之章第三支言積健等句猶中庸之言達德亦如莊子雜篇末章之意以道示人勿爲偏私所累也第□支鮮言道多言眞第二支鮮言眞多言道此兩支之互文也第一支以自然爲主自然者即首章之腓字所謂隨乎天之自然而中乎動者是用邊義第二支以實境爲主實境者即首章之充字所謂歸乎天之實際而入於靜者是體邊義又內外互根之義也第三支以曠達爲主內外兼賅所謂誠則明

明則誠矣精神章相期與來一來字上顧首章來之無窮下注末章來往千載莊子所謂精之又精反以相天則性命之理自入而益之矣管窺如此此其大畧也若夫各支各品之伏應明暗錯綜周身相貫讀者潛心自得焉誠非一言能盡者矣 一問是書本無序授語氣今合為一篇而串遞之分疏之殆附會其說與曰古來解書之人皆非著書之人以意會意如相告語如學庸古皆平列挨書本十分之曰此章也節也故曰章句大學一書猶或於章首提出或章末結明中庸則無是也朱子曰自彼至此若何云此一章承上也結上也結上起下也云云朱子何以知之所謂文雖不屬而意實相承耳且如左傳全部為一篇文字選傳者又節錄一段為一篇文字萬物一太極一物一太極大壞之理如是如是 一問廿四品串遞之例有層進層之義則此品與彼品有優劣乎曰雖其為實一理也要之闡人之真則曰真則虛虛則無無為而無不為何分優劣曰然則此品與彼品同乎曰不同而同同而不同嘗讀詩而知之矣詩之曰風曰雅曰頌各異其名而關雎七月之章事則干化聲則元音乃與鄭衛曹檜概列之風若論優劣豈獨非鄭衛曹檜之比即登之大雅周頌何嫌乎季札之觀周樂也為之歌大雅曰曲而有直體為之歌小雅曰思而不貳怨而不言云云蘇長公曰大小雅之所以異者取其辭之廣狹也由是觀之夫豈風不如雅小不如大乎道不一端各有所取品非一例致自不同證之風詩夫奚疑

各支領俸 ○總理御膳房由戶部領出光緒二十一年九月分經費銀一萬兩 鑾儀衛咨領光緒二十一年秋季分餉借二兩平銀二千五百兩 東陵內務府咨領文武官員光緒二十一年秋季分俸銀三千二百兩 東陵承辦事務衙門咨領本年秋季分俸銀一萬兩已於九月初八日由戶部銀庫領出矣

懸榜故事 ○九月十九日為乙未科武會試揭曉之期經兵部飭傳五城兵馬司正副指揮吏目轉傳棚匠於十八日以前在署前搭蓋榜棚以備懸榜並於十九二十二十一等日每日派差五名在署前看守榜示以昭慎重云

偏反 ○前者德勝門城垣上有逃犯等致斃人命推落城外一案業經正法已列前報今聞阜城門內錦什坊街居住鑲某黃旗人與昆仲二人向充頭下差使弟所充牛彔佐譯官差多年今夏因患瘋疾時發時愈故例應其子承襲乃德某亦有一子年甫二九欲謀此差遂將乙子誘至阜城門城垣上起意將姪由城垣推落詎乙子一落千丈並未受有重傷惟右耳稍有擦損傷一處彼時有牧羊人馬某瞥見吶喊救護當經巡守城兵詢明情由當將德某解交步軍統領衙門咨送刑部鞫訊河南司按律究辦噫輦轂之下膽敢覬覦起意滅弟之嗣欲以己子襲差似此蛇蝎為心者實非人類一經訊實恐其謀殺之情王法昭彰斷難寬恕也

重陽逸興 ○京師彰儀門外天寧寺宣武門外陶然亭阜城門外望海樓皆古刹也亦擅花木亭臺之勝每屆重九節菊綻東籬都中諸大官輒率同役人等造辦酒筵作登高之舉於此得少佳趣並有諸臣眷乘車而來鬢影衣香絡繹不絕洵極一時之盛云

體會授衣 ○欽差大臣兵部尚書都察院右都御史辦理北洋通商事務直隸總督部堂王 示據職員候選光訓等稟稱遵化州豐潤玉田二縣上年水災甚重窮民棉衣悉入質庫現屆秋寒授衣在即因迫於利息之重無力取贖請破除常格飭商提前於九月內酌減利息以惠窮黎是否可行仰布政司迅速核明詳覆飭遵粘單抄存○又示據鴻臚寺額外序班王士信等稟批據稟已悉查此案前據活州稟報當經批飭運司查明籌議照案仍仰運司迅速查明辦理具復繳粘存

顧全大局 ○上年籌餉之際大部以籌餉爲先自將京外文武大小員養廉核扣三成以濟軍需之議現聞自易傳說王制軍以奉 旨會奏授督撫衙門無鉅細無不詳細追求因文武大小官員養廉核扣三成尚可支持其微末之員俸銀無幾本不敷用再武職俸餉分屬辦理若按照部章除扣六分部平照六成核發且又停支一成再核扣三成所剩更屬無多在大員受 恩深重自應砥礪廉隅自行檢省不於微末之員以廉俸不足即不免另生枝節且所扣無幾關係官箴政務殊非淺鮮有意飭查奏懇 皇恩將此核扣之款分別停減庶官小者不致十分苦累制軍於澄敍官方之中寓體恤屬員之計凡在帡幪者不感深恩當以圖報稱者哉

橋事轇轕 ○轎船拉倒靜邑瓦子頭大橋已登前報據訪事人云該村雖係蕞爾然地跨文大靜之交又為東省赴京孔道商

買貿易行旅往來其衝繁㕠天津北大關相伯仲自七月間橋塌後滯碍情形不問可知查下西河各處橋梁不下數十座工之巨費之繁除天津紅橋而外實以此橋爲最向係該村董事募集內外出資襄助成斯義舉該董事不能先事預防竟任鹽船生纜繳斷致令全橋傾塌責有攸歸刻聞所需出資村莊屢向該村催促修理而該村既無欵可籌衆村又無資可助擧以輕放鹽船不令立時賠修歸咎於該董事禍此情形衆村莊既不能甘心於董事而董事必不能甘心於鹽船也該鹽人果能置身事外乎

捕役驗贓 ○本月初七日夜間宮北新泰銀號竊銀若干已紀前報初八日早該號某掌自持失單赴縣呈報是日下午縣尊飭帶捕役前約同紳董局段赴該號驗盜據捕役稱實無蹤跡而失銀至數千兩之多斷非一手一足所能竊闔邑尊已飭該號將號夥傳案備質矣

通傳信鑼 ○本埠人烟稠密屢有火警凡城廂內外各火會等定以信鑼爲號由來久矣已成舊例自去秋海中不靖因將信鑼禁止至今已及年餘現和議已成昨闔郡水會公地人等公議於九月十一日仍准通傳信鑼以符舊例並囑各火會人等如有火災以銅鑼爲止不准前進恐滋禍端如違者從嚴懲治云云

細大不捐 ○入秋以來偷竊層見日前趙家場西趙某麵舖夜三更時賊穴門限而入竊去現錢米麵若干並開門將驢騾竊去兩匹今早赴該管局叚呈報矣

是應全禁 ○東門外南城根混混刁姓前被南門內混混田老等聚衆持械打降當將刁姓刃刺成傷家驗訊後飭將刁傷很醫痊再行訊辦至田老不知如何手法並未到案煩人延醫與刁治傷斯時邑尊究追起衅緣由仍係爭執土娼及聚賭等事是以邑尊飭差將爲首娼窰封禁奈封者雖封開者仍開緣附城一帶娼窰櫛比其房屋均相通連若將彼門封禁則由此門而出且娼妓老鴇無不狡詐異常此等巢穴可稱狡兎三窟若不將娼窰全行查禁不但混混最易構衅而且終不免奸匪藏跡轉瞬冬寒殊屬可慮有地方之責者顧可姑息養奸乎

瘈犬宜禁 ○本埠西門外有狗肉鍋數處殺剝甚夥每日令乞丐等赴城廂內外討飯視有肥犬即以藥餌飼之並時縣命役等犬之藥名馬錢子人食之可以壯精犬食之可以斷腸犬能守夜功亦非輕惟望有地方之責者亟宜示禁焉

一身二首 ○河東鹽坨大道旁某甲妻以織蓆爲生其妻身懷六甲於昨日臨盆生下一子兩首一身落蓐後其聲啾啾產婦登時駭絕且存亡不得而知姑照有聞必錄之例登之

勝負互傳 ○八月二十七日晨爹利士火船由臺南回至厦門有海關友人傳言云日人由布袋口進兵約千餘名陣斃數百名其餘均被劉軍驅逐回船次日復加兵進攻似乎得手未知確否此二十一日事也○又嘉義縣城前數日兵三處夾攻因之失守刻已被劉軍收復按劉軍門坐鎮臺南部兵不及萬人而所守地方甚廣兼之餉械無人接濟尚能支持半年之久即使實在失守亦不爲怯況連勝敵軍耶君子曰此眞英雄也以視北洋之統帶數十百營者見敵即奔聞風爭潰者實有薰蕕之別○近日寓廈各西人議論紛紛謂劉軍門審時度勢不欲使生靈同罹蜂鏑已徇某領事之勸允與日人講和故八月十八九等日雖有日兵船駛抵安平而由某領事居間言明立即展輪退去俟議定章程後再行辦理按此係二十四日以前之信今觀日人攻取打狗之音則講和一說之不確也可知矣○據由台回厦華人云日兵船數十隻於十七八等日行至安平開砲環攻數點鐘而砲臺上似無一人也者亦無旗幟高懸日人見此情形立放竹篷下水載兵一千餘浮之登岸及將到岸時兵船重又吹號招回船下八百餘名僅令二百餘名乘篷而行俟其離岸不遠兵船復放一砲烟如黑雲蓋欲遮蔽砲台上人之眼目也詎料竹篷近灘忽聞一聲號砲頃刻沙飛水立而二百餘人已不知去向矣日兵船見而膽落忽忽轉輪退去此又一說也

鉅欵助賑 ○前報山東黃水爲災勸捐助賑今有無名氏捐助廣平錢五百兩囑爲寄東散給災民似此創捐鉅欵救濟窮黎造福豈有限量尤望聞風而起者廣種福田多多接濟庶垂斃窮民不致委填溝壑此則馨香所切禱者也 工程局啓

山左水災　○山東黃河歷年爲患沿河居民元氣早傷今夏雨水過大上游壽張東平下游齊東青城等縣均被漫溢而利津博興等處本屬窪下之區被災尤重水丈餘淹斃人口無數屋宇十存二三窮黎待哺嗷嗷情形可慘山東撫台當即發款查放急賑惟災區甚廣必須力籌鉅款曾商制府王夔帥當由籌賑局五萬金續由關道盛觀察籌墊五萬金請江南義紳嚴佑之助教前往散放但此十餘州縣災黎數十萬斷非十萬金所能救徹不得不仰望四方樂善君子源源接濟爲數不拘多少集腋便可成裘倘蒙慨然解囊其款請交天津工程局彙收轉解俾活災民則仁人所賜當爲災民九頓首以謝之矣　同人公啟

告白

李傅相馬關被刺紀實附帶小照每本價洋四角五　王芍棠星使使俄草　盛世危言　續盛世危言　蟄廬叢書

各國時事類編　中日戰守始末記　公車上書記　蘭石蘭譜　竹譜　海上見聞錄　洛金扇　吉祥花　小八義　鄭公案　施公案

挑燈新錄　夢筆生花　文興書莊謹啟

新紹朱錦翁近治孫宅產後血暈章張公館各胎前氣痛宋姓患氣鬱痫均已回春

拍賣告白

啟者准於本月十四日禮拜四日下午兩點鐘在紫竹林天主堂對門拍賣傢俱棹椅立櫃洋爐等件毯羊皮七十二張香粉十四箱如買者請早來細看面拍可也　集盛洋行謹啟

敬啟者現有英人僑居烟台曾任　京國學考育官憑的教授經史算法航海等學三十餘年並在英國海軍衙門充當試官有年曾蒙華廷派委要差今擬在本公館教授華童英文以便將來應陸軍海軍商務之選惟受教不得過十五歲議定每季脩金關平銀二百兩如有從學者即希函達天津恒豐泰飯店或烟台英領事署轉致倪爾森可也

金陵儒醫世傳

貧病送診　過午不候

高克成內外科大小方脈

一廣東門外天齊廟

保康水險公司告白

啟者本公司原創在星架波大埠資備資本洋三百萬員嗣又設專行在香港上海承保洋面船舶貨物水險歷有年所信義咸孚久已馳名中外茲另設分行在天津託明義洋行代理專保洋面船貨水險保費克己倘遇不測賠償迅速各寶號賜顧不拘早夜祈移玉至明義洋行投保不悞

本館京城售報處在宣武門外徽家坑路東海昌會館內陳午濤先生代辦如欲閱者請至陳處可也　本館賬房啟

浙杭元吉永號

本莊自置紗羅綢緞新樣洋縐花素洋布川廣夏貨團摺雅扇南貨頭油俱全祇爲近時錢市漲落不同故而各貨減價開設估衣街中間路北凡仕商賜顧者無俟特此佈達

天津祥順客棧

啟者本棧在天津河東鐵路老龍頭車站傍坐北向南房屋寬大專接火車夾板往來客商起卸貨物代報關稅僱貨車船一切甚近倘蒙賜顧爲無一失特此謹白　本棧主人具

九月十三日輪船進口

順和　輪船由上海　怡和行

海晏　輪船由上海　招商局

九月十四日輪船出口

新豐　輪船往上海　招商局

九月十三日銀洋行情

天津九七大錢　錢盤二千六百七十五　洋元一千九百三十文

紫竹林九八大錢　錢盤二千七百一十五　洋元一千九百六十

光緒二十一年九月十四日　第二百三十九號
西曆一千八百九十五年十月三十一日　禮拜四

上諭恭錄

上諭除調前任山東巡撫任道鎔著來京聽候簡用欽此　上諭崇歡等奏蒙古台吉控告盟長綽端索賄訊辦情形一摺據伊扎克沙爾套台吉那遜布彥吉爾嘎拉呈稱因伊被崇歡申飭盟長遂向該台吉需索銀兩代爲剖說訊據盟長鎮國公阿育爾色騰丹占扎木楚供稱以該台吉受人主使致送銀兩有意栽賍爲辭兩造爭執請旨辦理等語著將盟長阿育爾色騰丹占扎木楚綽端索賄台吉那遜布彥吉爾嘎拉多事鑽營均屬咎無可辭著交理藩院嚴加議處將崇歡於該台吉致送賀儀雖經拒絕未即奏參辦理亦有不合著交部議處餘著照所議辦理該衙門知道欽此　上諭甘肅鞏秦階道員缺著李光久補授欽此　上諭前日道旁闕之河南抱告民人侯金聲著交刑部嚴行審訊欽此

詩品十問

一問品義既涵風詩本諸中庸又主老莊又通釋氏勿乃雜而不軌於正與曰列聖之道如日月經天體人所見各執一是卿家貧無書少有所窺亦未能探其蘊也竊即道聽者而塗說之要皆心性之學也陸稼書題木佛寺云亦是光明俊偉人又云富年可惜生西土未聽尼山說魯論釋之近聖即此亦見老子爲柱下史孔子一見歎爲猶龍曾超凡聖之上爲何如乎文公原道一篇力闢佛老大抵以佛老弟子不善其道致令有害於生民非佛老立言之本意也至莊子爲田子方門人其學出於卜氏縱源竟末分要其師承有自也其書雖極稱老子亦未敢少誣孔子但辭多恢詭令人駭目耳　國朝袁子才先生曰問我歸心向何處一分周孔二分莊又曰大道自周孔分兵出莊周三氏之不畔吾儒古今可證然後非其人不能無弊終不如吾道中庸聖凡莫外於亦未遑其論也總之詩爲淸虛之府衆妙之門其本原淵涵無際不特吾儒之經史圖書與西方之六經三藏即兩間至細至微之事物皆會其中如金入冶候其化裁以出之奚爲不正

一問品義解以莊釋二氏二氏以前無善詩乎曰詩莫善於風雅頌其源則出自尚書書曰聲依永律和聲二語已盡作詩之秘所以詩者性情之事也情有所不得已則洩之於言言有所不能盡則寄之於聲一唱三歎聲動於外有有爲之不能也詩腸如此其探於物也亦然愚夫婦之矢口一嗟襁抱兒之啞然一笑以及蟲鳴唧唧鳥聲嚶嚶悲愉忻慼之端出於無心會以無心皆妙詩也二氏虛無心閒意冷聞見皆真既覩指而知歸亦聆音而識趣非若世人心忙意亂聽而不聞看之成碧也莊子既出卜氏卜氏固聖門司言詩者昔蘊聹老人著南華發覆陳眉公謂其技長於詩是莊之妙悟無方於詩最契讀其書者俟鄙言之多贅也至釋氏寄趣更多如大一世界一也有大千諸說又況圓通無礙與吾聖人不凝滯於物之義相符然則詩非出於二氏二氏自有合於詩者徐而巷曰詩本脫化又須寄趣品義通於二氏脫化耶寄趣耶彼有取爾夫人而知之矣

慎重冬防　○京師地面寬闊良莠不齊竊盜之案屢見疊出雖經五城院憲督飭司坊各官稽查保甲以弭盜賊而靖閭閻茲聞秋深轉瞬即交冬令五城院憲會議飭司坊各官各按所屬地面督飭各該商住戶置燈籠布旗上面書寫守助字樣另置小銅鑼一面遇有盜賊火警等事擊鑼為號一聞鑼聲即行聚衆以為守望相助於九月十五日戌刻五城院憲飭司坊各官各按所屬地面役戶稽查倘有違誤即行重責不貸

不忘般　○祖先雖遠祭祀不可不誠為人子者當盡之心也苟子孫祭非其親而其親亦作祟纏擾甚至索命實所未之前聞者也京師前門外興隆街翔鳳胡同居住董某者直隸景強縣人也自幼隨父來京貿易為生去年父母俱故扶櫬回籍安葬事畢即回都生理今秋中元節在京焚化紙錁備供祭祀岳母竟將父母置於腦後詎料董某忽然發狂形似瘋顛喃喃作語所言係伊父聲氣自行揪扭髮辮聲稱爾知供奉汝之岳母竟將己之父母忘却並不焚化錢糧今無論非索汝性命不可隨經家人百般禱告許願終不饒恕於是纏繞至八月二十九日竟將其魂攝入閻羅殿去矣此事哄傳都城人所共知無不毛骨悚然用特訪錄凡有失祭祀者可以董某為鑒云

芙蓉花盛　○自鴉片流毒中華中華之仿種罌粟者年來幾遍各行省變本加厲洵為有心世道者之隱憂也頃聞都中販運西土各商云本年春間雲南山西陝甘各省雨水調和凡種土漿者均收成豐稔幾如多黍多稌幾萬寶之告成焉目下京地販運而來者多至十餘萬兩價值驟然跌落與他省之販運而去者尤多不可勝數云云吁就此一端亦足徵癖有嗜之實繁有徒矣

閨秀役鬼　○韓昌黎詩云偶然喚作木居士便有無窮祈福人是世之諂鬼神者自昔已然無足怪特於今為尤烈耳近聞阜城門外蒙古營房有那氏之女年甫十九自謂能役鬼驅神旋復私立仙堂名目塑某哥哥某姑娘等土偶像繪符施水以為斂錢之計而都中士女不講迪吉逆凶但思媚神邀福於是前往焚香而膜拜者絡繹於途人之惑人十例禁不識該地方之實者亦將有以懲儆否也

學海開榜　○欽差北洋通商大臣兵部尚書都察院右都御史直隸總督部堂王　為榜示事照得本部堂考收學海堂舉貢生童經古今將課卷評定甲乙並獎賞銀數開列於後其獎賞銀兩飭運司迅速示期當堂發給須至榜者　計開　內課舉貢生十二名　楊鳳藻　鄭炳勛　王德純　胡家祺　李鍾俊　王德駿　盧秉銓　馮炳元　閻大受　魏震　寶恩榮　傅世光　第一名獎銀八兩　二名至五名各獎銀六兩　六名至十二名各獎銀四兩　外課舉貢生二十四名　郭錦書　楊保儁　張珣　朱鏞　華世彤　楊承熙　費登泰　王文李　葉保沂　王鼎元　蔣介祁　李廷森　王用第　王守珣　劉鍾霖　徐維域　李慶辰　郭峻域　孫寶錫　張燦文　第一名獎銀二兩　二名至五名各獎銀一兩六錢　六名至十五名獎銀一兩一錢　十六名至二十四名各獎銀一兩　附課舉貢生五十名　張選等　每名各獎銀六錢　內課童六名　張文治　周學恭　王詠禎　李奎耀　石獻琛　杜金銘　第一名獎銀四兩　二名三名各獎銀三兩　四名五名六名各獎銀一兩　外課童十名　黃傳胙　陳日中　劉錫桐　王齡　自正　吳嘉震　王國瑾　董恩嘉　鄭海珍　蔡成勳　第一名獎銀一兩六錢　二名至五名各獎銀一兩二錢　六名至十名各獎銀一兩　附課童二十名　徐秉龢等　一名至五名各獎銀八錢　六名至十名各獎銀六錢餘各獎銀四錢

澤及船戶　○督憲王夔帥自蒞任以來愷惠及民受恩者不一而足茲聞驛站船戶等奉憲飭有緊要差使按路程遠近分別給領錢文以資路費該船戶等聲稱為從來未有之恩實出意外鴻恩汪濊澤及船戶於此亦見一斑

集賢課題　○津憲課試集賢書院舉貢生監文詩題目　文題　子曰事君敬其事而後其食子曰有教無類　詩題　賦得白露橫江得江字五言八韻

批稟彙錄　○天津道憲　示據公順腳行王起麟稟批案已控府批訊即當赴縣候質何得來轅混瀆實屬刁健不准行違式

飭仰天津縣知照詞抄存○又不據稟何職員蘇恒安禀批禀詞雜亂似是而非斷難學行着回籍安業可也

秋賽畢事　○十二十三兩日爲秋賽之第二三日天氣和煖風靜無聲賽者觀者俱歡得未曾有計第二日跑七次第一次爲新關頭等孟[illegible]辦得首彩第二至第七則毛吉士君高林毛君信遠洋行新關德稅司新泰興洋行新關頭等孟[illegible]辦各馬首由第二日計跑六次第一次爲新關德稅司首彩第二至第六則高林毛君仁記洋行新關稅司新泰興洋行高林毛君各馬首由興高采烈至薄暮歸來車如流水馬如龍彷彿似之一年之馬事畢矣

遣散回籍　○自中東和議已成各營兵勇遣散回籍者指不勝屈茲潘軍門所帶才字新舉均已遣散日前雇官駁船數十隻裝運兵勇均停泊姚家灣一帶今早曉鐘後挂帆南下聞各駁船送至德州各回原籍云

亟宜支更　○自九月以來偷竊之案層見迭出已屬紀不勝紀倘城鄉內外舖戶[illegible]住戶人等趕緊操辦輪流支更宵小之徒雖有妙技何得下手乎如巡查嚴密拿獲一二即立正典刑足可懲一儆百也本埠人民拭目望之

湘軍起程　○湘軍營哨等官暫住西門外各客店已登前報十三日午後覓雇大車裝運軍械行李等物由西門出自東門[illegible]有云搭赴輪船乘便回南者有云赴某處彈壓鎮守冬防者未知孰是姑照有聞必錄俟訪明再登

夜香何益　○[illegible]事云重陽前一日城內有一少婦令一童子手持燈籠赴本月菴焚香畢行至廟旁胡同正欲轉彎之處突由正面來一男子即將燈籠踢飛一掌將童子打倒該婦即欲聲喊該賊掏出東洋刀一把嚇禁將該婦首飾搶去聞該婦係在西門外居住今早該處之人談及此事似此城廂之內胆敢持刀嚇禁硬行搶物殊屬愍不畏法然婦女昏夜入廟燒香果何謂耶

買賣難做　○本埠各行生意惟飯舖最難無論貴賤皆須小心伺候方保無虞倘或懈怠擇砸隨之昨晚西門外景樂茶園旁李家飯舖有某少年公子赴舖飲酒醉後不知因何事故將飯舖碗碟擇砸一空李掌櫃無可如何即赴該管局段喊控矣如何核辦容訪再登

仗義執言　○字林西報云探聞俄國駐紮高麗漢城公使致書於高麗政府謂大院君估攬國事一節實屬不雅所有高國政事務須由高王親理倘高政府不允則必致愛的美敦書并以大隊兵艦壓境矣大約目下俄兵艦已經駛抵濟物浦(仁)又聞駐紮漢城之各國公使聚議高王妃被戕一事咸謂是日人所爲

約期還遼　○英京路透局電云俄法德三國因遼東一事致書向日本詰問日本答以准於三個月內退還遼東中國另給日本銀三十兆兩以後臺灣與澎湖交接之海面并准三國船隻任意行駛聞三國已受覆書矣

闢界傳聞　○字林西報云傳聞德國欲在上海闢租界又據謠言日本亦設欲在上海之租界擬擇法界背後八仙橋地方

添設公司　○上海瑞記洋行將在楊樹浦相近設紡織廠名曰瑞記紡織有限公司聞開德國設立公司章程辦理計本銀一兆兩合成二千股每股五百兩其中一千四百股已經定去尚餘六百股現請各商附搭此廠內最少約有四萬錠子譯西字報

商埠將開　○蘇垣商埠已准開辦將次動工盤門外地價陡昂業主無不讓爲奇貨較平時加倍之而猶若不足也素來盤門一帶地廣人稀在蘇最爲冷落一經通商蔓草荒烟之地必變爲市塵熱鬧之區滄海桑田觀此不能無感焉

日使召回　○字林西報館接到昨日橫濱來電云日本駐高麗之公使茂臘于日前大院君帶兵進王宮一事實有干預其[illegible]出是以日本政府已飭其束裝回國矣按日本先已派井上氏爲駐高公使因不能妥辦高事遂改派茂臘以補其缺不意到高未久而首倡此謀攻王宮刃斃王妃之舉然則其促召回國也豈得已哉

鉅款助賑　○前報山東黃水爲災勸捐助賑今有無名氏捐助庫平銀五百兩囑爲奇東散給災民似此創捐鉅款救濟窮黎造福豈有限量尤望聞風而起者廣種福田多多接濟庶垂斃窮民不致委填溝壑此則馨香所切禱者也　工程局啓

山左水災　○山東黃河歷年爲患沿河居民元氣早傷今夏雨水過大上游壽張東平下游齊東青城暨利津博興等處本屬窪下之區被災尤重水深丈餘淹斃人口無數房屋十存二三窮黎待哺嗷嗷情形可慘山東撫台富即發欵急賑惟災

匡平啓必須力籌鉅款嘗商制府上夔帥當時籌撥五萬金復由關道盛觀察籌墊五萬金請江南義紳嚴佑之助教前往賑放但此十數州縣災黎斷非十萬金所能救徹不得不仰望四方 樂善君子源源接濟為數不拘多少集腋便可成裘倘蒙慨然解囊其款請交天津工程局彙收轉解俾活災民則 仁人所賜當為災民九頓首謝之矣 同人公啓

告白 福州和益木商在津開設十年前屆夥友林松卿經理歷年尚未十分誤事迨自十九年夏間究為嫖游號事廢弛從中侵蝕虧洋不勝枚舉致虧號本甚鉅去秋將渠押追迄未完結林松卿早己出號所有和益號事均係號東自行料理與林松卿毫無干涉特此布告 官商如蒙 賜顧務須認明和益本號庶不致誤 和益木商鄭湘賢白

告白 李傅相馬關被刺紀實並帶小照每本價洋四角五 王芍棠星使使俄草 盛世危言 續盛世危言 蟄廬叢書 各國時事類編 中日戰守始末記 公車上書記 蘭石蘭譜 竹譜 海上見聞錄 洛金扇 吉祥花 小八義 彭公案 施公案 桃燈新錄 夢筆生花 文美齋謹啓

拍賣告白

啓者准於本月十五日禮拜五日下午兩點鐘在紫竹林天主堂對門拍賣傢俱棹椅立櫃洋爐等件毯羊皮七十二張香粉十四箱如買者請早來細看面拍可也 集成洋行謹啓

敬啓者現有英人僑居烟台曾仕英京國學考有官憑前教授經史算法航海等學三十餘年前在英國海軍衙門充當試官有年曾蒙華廷派委要差今擬在本公館教授華童英文以便將來應陸軍海軍商務之選惟受教不得過十五歲議定每季脩金四兩本銀二百兩如有從學者即希函達天津恒豐泰飯店或烟台英領事署轉致倪爾森可也

儒醫世傳

貧病送診 過午不候

金陵

高克成 內外科大小方脈 寓東門外天齊廟

保康水險公司告白

啓者本公司原創在星架波大埠資備本洋三百萬員並設專行在香港上海承保洋面船舶貨物水險歷有年所信義咸孚久已馳名中外茲另設分行在天津託明義洋行代理專保洋面船貨水險保費克己倘遇不測賠償迅速各 寶號賜顧不拘早夜祈移玉至明義洋行投保不悞

本館京城售報處在宣武門外嶽家坑路東海昌會館內陳午滌先生代辦如蒙 賜顧者請至該處可也 本館賬房啓

浙杭元吉永號

本號自置紗羅綢緞新樣洋縐花素洋布川廣夏貨圖摺雅扇南貨頭油俱全祇為近時錢市蕭落不同故而各貨減價開設估衣街中間路北凡 仕商賜顧者無任欣此佈達

天津祥順客棧

啓者本棧在天津河東臨近老龍頭車站傍坐北向南房屋寬大專接火車夾板往來客商起卸貨物代報關稅僱覓車船一切甚近倘蒙賜顧萬無一失特此謹白 本棧主人具

九月十四日輪船進口 武昌 輪船由上海 太古行

九月十五日輪船出口 海定 輪船由上海 招商局

海晏 輪船往上海 招商局

九月十四日銀洋行情 天津九七六錢 銀盤二千六百七十五 洋元一千九百三十文 紫竹林九六錢 銀盤二千七百一十五文 洋元一千九百六十文

直報

光緒二十一年九月十五日 第二百四十號
西歷一千八百九十五年十一月初一日 禮拜五

上諭恭錄

上諭戶部奏遵旨議覆直隸總督王文韶奏望都縣糧賦懇恩量為減免一摺直隸各州縣錢糧久經釐定惟望都縣仍於舊額連賦較他邑為重該縣地瘠民貧小民遷徙流亡實堪憫惻加恩着照所請准將望都縣行差優免及退出除地三項額徵糧賦減免五成永着為令以蘇民困他處不得援以瀆請該部知道欽此 硃筆崇勳補授鴻臚寺卿欽此

詩品十問

一問詩理性情老莊之性情之書原與釋氏有別品義通於釋氏何以理儒者之性情只何以見釋之不足理性情乎彼導引吐納餌丹戒以佞佛祈福者即釋氏高弟亦所不道何況吾儒其所以異於吾儒者止聖經齊家數事耳日誠意正心將以有為也若捐棄家國以釋氏而能詩反以能詩而害政奈何曰古之能詩者不必皆通釋氏古之能詩而通釋氏者亦不必其害政也子美言忠孝能詩而不通釋氏東坡能詩知禪為一代名臣釋教耶詩教耶言乎其小不過九流之一道騷客之偏長自其大者觀之菩薩丈夫終身由之不盡也夫豈可道乎哉 一問詩品究與何書相類曰楞伽無上妙法曰二無我所謂魔佛皆空也詩品獨寫天眞空諸色相何以異是曰詩亦除言眞言道而外其言風花雪月甚多何得概謂之天眞曰易為言天之宗旨其取象何所不有魚躍鳶飛詩固未嘗言道也中庸引之則又非言鳶魚也不言而言言而不言此列聖相契之眞即列聖不傳之秘故曰詩品一書獨闡言詩宗旨也 一問詩品為言詩宗旨其即詩之法律乎曰此非法律乃諸品之四言詩耳然詩之道自此而生矣何也自古無制事之大惟無制心之法無詩文之秘獨有心性之眞世尊渡人隨緣應現成連鼓琴海上移情莊子曰眞在內者神動於外孔子曰興於詩皆是義也諸品之詩蓋將以文性之眞以移讀者使後世聞風興起一參旨趣頓入清虛於以徹志之勃解心之繆去德之累達道之塞歸於無為無不為玩其章是之謂乎一語可悟廿四章皆開示指點以渡人耳若子才子續詩品三十則誠為詩法詩律與此則有別矣向讀廿四品此悅風華未參旨趣吾恐表聖著書之心隱隱抱憾也然以鄉凡陋之識妄測多賢又恐表聖著書之心轉多抱憾也表聖名垂青史稱為唐末一人其學必非無本著前不見古人後不見來者嘗吾世而有惠我者乎幸辱教焉是又顛躓者因蹶而獲遺金也豈不快哉

盛世休風

○全唐詩話載九月九日中宗幸臨渭亭登高賦詩云九辰陪聖膳又薛稷詩願陪九九辰長奉千千歷云云是重陽日登高賞膳之制由來已久今歲 皇上於初九日辦事畢率領王公大臣詣北海瓊島 白塔憑高眺遠並於養心殿頒賞燔肉若干分賜隨扈諸王大臣暨南北海備差諸臣均得叨嘗 禁臠或作考叔之遺母或以曼倩之歸妻一時拜舞謝 恩歌詩上壽遂極堂廉歡洽之情洵 盛世休風也哉

朝廷功令 ○京師前門外各街巷舖戶修理拆改門面及居民修蓋添蓋房間均須先期具呈赴前門外三里河地方管理街道衙門呈報聽候批准發給憑書執照始能修蓋倘有修飾添蓋隱匿不報者一經該衙門查出立即從嚴究辦例禁綦嚴居長安者無不恪遵功令也乃近來屢有舖戶居民修蓋添蓋房間或隱匿不報即或呈報迨於蓋之時不按原報房數擅自多添一經查出究懲情願議罰者層見疊出前經正陽門外大柵欄某洋貨舖店修蓋樓房與原報不符經巡視街道察院查出即將該舖主某甲傳案懲辦不遵功令之罪旋據某甲情願認罰抵咎是以罰修宣武門外石路海漫二十餘丈以免往來行人崎嶇之險○又聞前門外西城根地方係兵部闕又係衙署之區經營理事河汎愈守戎在該處創蓋房屋數十間開設車廠生理於九月初八日經街道察院查出飭令呈報崇中中西坊先行查封一面咨傳房主於次日已飭該吏人將所蓋房屋盡行拆毀並將磚瓦木料變價充公一面咨會愈守戎咨送兵部照違制例議處愈守戎自知咎無可辭又浪費銀數千金只得垂頭懊悔自呼負負而已不遵功令貪小失大者戒之

賤拐民婦 ○王某者庖丁也家居宣武門外前青廠地方時往來幾帶拐騙婦女加意梳攏遲之日久即能改變肌膚佐以脂粉使成美色佳人近又夥同北柳巷顏西三館羅某誘來有夫之婦孫氏賣入烟一作肉生涯得身價銀二百金士羅瓜分正聞孫氏之夫願某攜帶九齡之子來京覓妻王某言語搪塞現在某處傭工而願某日久未能覓得不由怒火中燒即將王某扭赴琴察署押追究竟輦轂之下竟有若輩同謀朋比拐誘有夫之婦賣良為娼令人髮指莫不切齒痛恨該為民一者定當從嚴刑訊究令其夫婦重逢矣至如何訊斷後訪明再錄

德被三津 ○本郡東門外石頭道東頭向有一閘稱之為水閣迤東直至河沿向有水道一條凡水車均由此行走道之中間南北即東新街有橋相通名曰大橋其水道較之街面深約丈許水車均由橋下行走道之兩旁舖戶房間舊有土埃茲由海關道憲盛觀察因每遇河水漫溢水道太低由此從泛流街上若不急行築墊攔截則必灌流溢入城內倘之作不雨綢繆之備殊欲購置極厚木板就兩旁十埃平鋪自水閣之外直至河沿指日工竣極為寬闊平穩不但河水漲發斷無溢岸之處即該水車等如步青雲之路莫不極口稱頌按觀察雖司關権尤能時刻體查地面以民事為己任今將水閣亦復重修善念仁心同為不朽具如觀察者誠不愧棟樑之稱焉

體恤寒畯 ○各邑之書院為造就人才起見苟無的實經費不足以資津貼文安縣某書院向由斗行銀兩一項聊充膏火現斗局已經官辦津貼銀兩尚未發給文安縣文生趙廷紹等赴道轅呈稟請示催發斗局銀兩道憲李觀察體念寒畯批飭方委員如數發清給領具報云

輔仁課題 ○九月十三日考試輔仁書院齋課生童題目附列於左 生題 為能經綸天下之大經 童題 淵淵其淵 生童詩題 賦得詩有餐夜得時字 生五言八韻 童五言六韻

幸未延及 ○昨有鐵路榆關某軍派差弁赴津領取火藥將火藥領到載上火車車尚未開有一鄉下工人懇求某差弁隨車赴關眾即允隨該工坐於車上欲吸烟取火詎身帶洋火 包一時皆著距火藥箱不遠幸有人看見皆大驚紛紛亂竄管火車人急將車點勾下如飛開去幸洋火片刻自滅火藥安堵如故似有神靈庇佑者當將跟車之人抓獲不知如何懲辦險哉

選募馬隊 ○封事云有人自靜邑來津路過梁王庄聲稱有某營在該庄地方招募馬隊一營須年力精壯覓得妥保者方能入伍候招募齊集赴保陽操演云

賭徒被責 ○本埠洋貨店鱗次櫛比車夫人等夜宿其間稍有餘暇即三五成羣一同賭博習以為常現因遊勇甚多冬防伊邇各段保甲局嚴查店簿以靖地方日前有某局憲赴南門外洋貨店清查游勇竟有車夫等聚眾賭博喝雉呼盧覺達戶外爾飭破門而入將賭徒各責軍棍一百以儆將來如再肆意不悛從重治罪云

无妄之灾 ○關外散勇來津者暫住西關外一帶聽候護送回籍人數甚多良莠不一昨營門外大道不知某營營馬驚跑橫行路某田踢傷立時倒地不能行走兼有傷重之處幸行路同伴數人將某甲扉人抬至城內覓醫調治諺云天有不測風雲人有旦夕禍福

信哉

雨雪氣候 ○本年週閏節氣較早現雖九月將居立冬昨風雨交加凉氣沁人肌骨今晨檐雨成冰將及半寸雖御重棉猶覺瑟縮無衣無褐者將何以禦此風霜耶

恃强兇毆 ○湘軍各營暫住西營門外稍直口一帶已登前報昨有湘軍副右營中哨頭棚子有升侯德魁在鐵橋前各雇東洋車一輛赴西城根地方下車僅給車價錢三十文車夫不允互相爭競詎該勇丁等拳打腳踢將車夫頭顱毆破血流不止車夫無可如何即赴該營局稟控幸局憲訊明情由令勇丁于有升侯德魁除二十文之外各再給錢數十文使之酌藥養傷以了此案云

回耗確函 ○本館昨接甘肅友人七月下旬來函內載回匪各事甚詳因急錄之以供衆覽略謂甘省自逆回鼠亂曠日持久六月初有何營官帶隊至碾伯境進剿遇河回四百餘人擧殲一半生擒五名乃進狄道州城詎將至城垣約數十里見屍橫偏野臭穢薰蒸皆狄民之爲回所傷者初七八日有匪七百餘名竄至蘭州省外九十里之漫坪地方圖攻民堡初十日楊石帥飭督標起字營鍾本起城守營湯將田連考管帶武毅軍馬隊崔嶽各帶隊伍協力進剿乃各軍未到而該逆回已奪占豁峴柳溝掌石掌各堡殺傷漢民四五千人鍾田各軍以人少不敢進攻致各回分竄平番圍浪一帶肆擾番凉州鎮劉璞帶隊進剿因兵力過單被回沖散惟西寧府屬之蘆溝各處自助回爲虐者經督標轟斃兩船十五日又有河回自洮沙各處來在新添堡攻打敵統帶回隊馬安良進剿殺斃數百名生擒十一名楊石帥特給賞銀二千兩以示鼓勵十六日河州鎮總兵湯行至距河洲之四十里被河回假裝雷營中道迎接將所統六營截殺一陣槍失盡火無數湯鎮乃收拾殘兵三百餘名逃至岷州始行稟院當經楊石帥立予撤參而以甘州提督李良穆署理斯缺又因田參將連考在漫坪縱勇奸淫搶掠擅殺無辜被人揭告故亦摘頂查辦逮至月杪署西寧府張立庭太守稟稱西寧四面皆賊城垣戒嚴楊石帥乃飭李良穆帶常勝各軍十營從圍浪平番進發再至西寧堵剿　此信未完

日人談俄 ○日本西報云某日人於兩年前曾游歷蒙古及俄屬西伯利地方該處風土人情甚能熟諳返國後語人曰俄軍實不足懼俄之陸營與中國陸營無異去歲西歷九月間在蒙古地聞中日失和時即入俄屬西伯利細心查察俄之擧動於時俄人甚爲紛紊各村落少年恐召募投營又因糧食不足須向各鄉抽捐以濟軍需每過一村皆人心惶惶至俄軍所持火械參差不一漫無紀律有俄人某素牙於西伯利平時生意寥寥忽一日踵門求脫牙者絡繹不絕如入山陰道中應接不暇見所脫牙之人皆少年子弟且牙亦不壞何以脫爲竊疑而問之答曰可免投效軍營也我日本人欲投營效力而不可得而俄少年反畏投營俄軍不足懼於此可見一斑且該處因抽捐軍需召選壯致田隴無耕種之夫地方成饑饉之歲云以上皆係日人之言是否屬實未之前聞

台函詳譯 ○台南西友上月二十八日來函云日人之在台也劉軍相持不下英領事憫劉大將軍之孤立無援慨然以魯仲連自任力勸兩軍罷兵息戰劉大將軍以四欵相要一日人須撥給黑旗全軍四個月軍餉二日人即給兵輪數隻交與劉帥以爲載兵回粵之用三不准有一毫騷擾台民四華人之在台者如不願居台以二年爲期如能將此四約照行即可如約行事英領事以其言轉達於日總督日督頗有難色事遂中止然劉帥一面遣兵備戰仍無一毫間隙可乘故二十七日有日兵輪二十餘號載兵約離安平三十五里又南首約四十里之遙揮令登岸約各數千人嗣見劉軍佈置嚴密仍各分道回船駛往澎湖而去至明日又有東洋兵輪三艘爲耶希那那其哇耶馬督在安平各口巡視數次亦即駛去台南一帶自經劉大將軍管轄以來兵民相安合境肅靜有路不拾遺之風凡吾西人之旅居於此者保護較前華官尤爲得力起居安適各西人幾忘此間有兵事也若較我歐洲各國人莫不愛劉大將軍之爲人惜日人不能以禮相待故淵帥亦惟誓死與土存亡不甘俯首相從惟以寡敵衆我西人不能不爲杞人之憂然以淵帥之智謀黑旗之勇力勝負猶未可知倘有戰事當再飛佈以報捷音云

牛莊要信 ○牛莊二十六日來函云此間關道憲尚未抵鎮其幕友顧從人等俱已先來所有在牛莊辦事日人現以向來奉有該國明文仍視事如故惟華人與日兵均已和好如初不似從前之冰炭不入此間氣候已冷至三十七度將來日兵回國當由旱路起行

從大連灣登舟近來日船進口仍有兵士戴來或者偕同此間日兵調往臺灣以備戰事亦未可知惟有病日兵則調之回國醫治每以二三百人不等云

山左大災　○山東黃河歷年爲患沿河居民元氣早傷今夏雨水過大上游壽張東平下游齊東青城等縣均被漫溢而利津博興等處本屬窪下之區被災尤重水深丈餘淹斃人口無數屋宇十存二三窮黎待哺嗷嗷情形可憫山東撫台當即發款放急賑惟其區域甚廣必須力籌鉅款電商制府王夔帥當時籌撥五萬金並由關道盛觀察籌墊五萬金請江南義紳嚴佑之助教前往查放但此十餘州縣災黎數十萬斷非十萬金所能救徹不得不仰望四方樂善君子源源接濟爲數不拘多少集腋可成裘倘蒙慨然解囊其款請交天津工程局彙收轉解俾活災民則仁人所賜當爲災民九頓謝之矣　同人公啓

告白　李傅相馬關被刺紀實並帶小照每本價洋四角五　王芍棠星使使俄草　盛世危言　［illegible］盛世危言　蟄盧叢書　各國時事類編　中日戰守始末記　公車上書記　蘭石蘭譜　竹譜　海上見聞錄　洛金扇　吉祥花　小八義　聊公案　桃燈新錄　筆牛花　文［illegible］謹啓

敬啓者現有英人僑居烟台曾在英京國學考有官憑前教授經史算法航海等學三十餘年並在英國海軍衙門充當試官有年曾蒙華廷派委要差今擬在本公館教授華童英文以便將來應陸軍海軍商務之選惟受教不得過十五歲議定每季脩金關平銀二百兩如有從學者即希函達天津恒豐泰飯店或烟台英領事署轉致倪爾森可也

保康水險公司告白　啓者本公司原創在星架波大埠實備資本洋三百萬員並設專行在香港上海承保洋面船舶貨物水險歷有年所信義咸孚久已馳名中外茲另設分行在天津託明義洋行代理專保洋面船貨水險保費克己倘遇不測賠償迅速各寶號賜顧不拘早夜祈移玉至明義洋行投保不悞

儒醫世傳　金陵　貧病送診　過午不候　高克成內外科大小方脈　本館京城管報處在宣武門外繩匠胡同南口坑路東海昌會館內陳午濟先生代辦如有願者請至陳處可也　本館賬房啓　廣東門外　天齊廟

浙杭元吉永號

本號自置紗羅綢緞新樣洋辦花素洋布川廣夏貨團摺雅扇南貨頭油俱全祇爲近時錢市漲落不同故而各貨減價開設估衣街中間路北凡仕商賜顧者祈認明特此佈達

天津祥順客棧

啓者本棧在天津河東臨近老龍頭車站傍坐北向南房屋寬大專接火車來往來客商起卸貨物代報關稅僱覓車船一切甚近倘蒙賜顧萬無一失特此謹白　本棧主人具

九月十五日輪船進口　怡生　輪船由上海　怡和行
海定　輪船由上海　招商局
九月十六日輪船出口　海晏　輪船往上海　招商局
九月十五日銀錢行市
天津行平化寶九七六錢
紋銀二千六百四十
洋元一千九百文
竹林九大錢
紋銀二千六百八十文
洋元一千九百三十文

直報

第二百四十一號 禮拜六

光緒二十一年九月十六日

西曆一千八百九十五年十一月初二日

上諭恭錄

上諭許振禕奏節屆霜降黃河安瀾一摺本年黃河各工悉臻平穩普慶安瀾覽奏實深寅感着發去大藏香十枝交許振禕祇領虔詣河神廟恭代祀謝並頒給金龍四大王黃大王朱大王栗大王楊四將軍黨將軍御書扁額各一方由許振禕飭屬分詣懸挂以答神庥所有辦理河工出力之河南布政使額勒精額前開歸陳許道桂霖河北道岑春榮開封府知府吳重憙均着交部從優議叙着開歸陳許道豫運瑛着賞給二品頂戴運河道著安署運河道龔秉彝着一併交部從優議叙餘着照所議辦理該部知道欽此　上諭湖北漢陽鎮總兵高光劾着調補江南瓜洲鎮總兵欽此

廿四詩品註

雄渾○大用　大莊子天地者形之大者也陰陽者氣之大者也道者爲之公註天地陰陽以道合併則道之大可知又詳卜反虛註又天地篇夫道覆載萬物者也洋洋乎大哉君子不可以不刳心焉無爲爲之之謂天無爲言之之謂德愛人利物之謂仁不同同之之謂大行不崖異之謂寬有萬不同之謂富故執德之謂紀德成之謂立循於道之謂備不以物挫志之謂完君子明於此十者則韜乎其事心之大也沛乎其爲萬物逝也註刳空也不空心於道無以見其大不同同之者恢詭譎怪道通爲一是以言大有萬不同者兼包蘊蓄所以富循於道則衆善悉有故備明此十者其事心之大如天地無不韜藏矣沛盛大流行貌萬物逝萬物所歸往也用用也者通也詳飄逸部分字註又莊子夫地非不廣且大也人之所用容足耳然則廁足而墊之致黃泉人尚有用乎惠子曰無用莊子曰然則無用之爲用也亦明矣大用人間世匠石之齊至乎曲轅見櫟社樹謂弟子云云曰是不材之木也故若是之壽匠石歸櫟社見夢曰汝將惡乎比予哉若將比予於文木邪夫柤梨橘柚果蓏之屬實熟則剝剝則辱大枝折小枝泄此以其能苦其生者也故不終其天年而中道夭自剖擊於世俗者也物莫不若是且予求無所可用久矣幾死乃今得之爲予大用使予也而有用且得有此大也耶云云匠石覺而診其夢弟子曰趣取無用則何也曰彼亦直寄焉以爲不知己者詬厲也日也彼其所保與衆異而以義譽之不亦遠乎又云人皆知有用之用而不知無用之用也註總言人間世之難行雖才德不露善趨避以全生猶非至當不如以無用爲用超然物外以道自全遯世無悶此莊子著書以見志也　外即莊子外篇之外又莊子運量萬物而不遺則君子之道彼　外騖萬物皆往資焉而不匱則君子之道此其道與註遺量數句言任萬物之長知脩遠運行生殖而不匱是君子開物成務體物不遺之道通於萬物者德也後天也太極也萬物皆往數句言萬物資始乎此注爲不藏露焉不竭行乎萬物者道也先天也無極也又眞在內者神動於外與下眞體註參看　腓　詩小雅小人所腓註腓隨也如足之腓足動則隨而動也莊天地蕩蕩乎忽然出勃然動而萬物從之乎註言道之神動出無心物感斯應是萬物自從其道此即無爲爲之之謂天也

履任示期（新簡禮科掌印給事中褚大給諫成博定於九月十一日午刻上任示仰闔署廳員筆帖式書皂人等至期一體謁見毋違特示○新簡太常寺少卿貫小宗伯貴定於九月十三日辰刻上任示仰闔署科筆帖式贊禮郎讀祝官司樂各廟壇官暨書皂人等至期一體謁見毋違特示

不幸之幸○近來都門各街巷屢有宗室詐騙情事雖經當道者嚴拿懲辦若輩仍肆無忌憚實爲閭閻之害也日前琉璃廠地方有張某等二人乘騾二匹自南而北正行走之際被某宗室喝住張等並不下騎與論詎該宗室語多詭詐張等知其有異幸與該處某古玩舖相識該舖掌櫃之代抱不平宗室見勢不佳始行釋手而去張等遂向該舖掌櫃稱謝而歸幸哉

下此毒手○自國家定有律例斟情酌理尙且不用宮刑至民間爲業雖係師徒之分不幸教令亦惟訓飭之扑責之從未有具此狠心遽施毒手小之絕嗣續之原大之致性命之慮如京師阜成門內錦什坊街阜春樓首飾店學徒番某近日未悉何故竟被伊師方某用剪刀將其下部硬行割落霎時血流如注人即昏暈幸經鄰舍救醒赶緊覓醫調治不至名登鬼錄詎番徒之父得知消息已赴該管地面官廳控告詳解步軍統領衙門訊辦未悉如何訊究俟水落石出再將一切緣由訪明再行錄報

行同梟獍○京師前（大清）迎南天橋路東某洋燭店爲回民馬某所設家頗小康近日馬某之父由山東來京覓子不知如何爭論聞馬某胆敢向伊父逞兇致傷臉面血流如注當經過路人詢悉其情咸抱不平隨縛其子送官懲辦似此行同梟獍想爲嚴由者必當從嚴懲治以爲不孝者戒

勘估河道（督憲王藩帥自到任以來爲國爲民在在煩費苦心凡直省人民無不感深銜結所屬各府州縣各村莊屢年被水人民困頓皆因河道窒礙水多漫溢以致田園均成澤國殊屬可慮　藩帥已飭大員帶土工人等赴保陽一帶勘估大清河明春修辦勘估若干再爲籌欵以資動作愷患及民於此可見

會文兩榜○欽命頭品頂戴監督天津新鈔兩關北洋行營翼長辦理直隸通商事務兼管海防兵備道盛　爲月課事照得本道八月初十日考試會文書院今將取錄正副名次並應賞銀數開列於後須至榜者計開　正取舉人四名　任嘉荻　蔡如梁　陸繼周　張雲驄　第一名獎銀八兩　二名至四名各獎銀六兩　副取舉人六名　高凌雯　高凌霽　高桂馨　李斗山　楊鳳藻　王叔培　第一名獎銀五兩　二名至六名各獎銀四兩　次取舉人十五名　高凌霨　張克家　華學淇　陳　桂　王銘恩　高壽麟　岳鍾秀　王守恂　周汝坊　張昌言　劉顯田　姜秉善　常文雋　李春棣　李春澤　第一名獎銀二兩　餘各獎銀一兩五錢　又次取舉人三十三名　凌　雲　牛梓榮　董錫光　華世鏞　劉嘉瑞　朱懋昌　王仁沛　王卿輔　胡祖堯　姚廿焜　趙掌文　張燦文　陳恩榮　龐奎垣　黃耀庚　劉嘉琦　胡　濬　鄭文彩　曹　徵　竇際榮　李錦源　金文彥　杜聯陞　王錫瑕　周召南　温其玉　姜擇善　李秉元　徐維域　華世徵　王憲章　沈耀奎　劉長裕　各獎銀　兩（）又會文書院肄業舉人大卷字課取錄二十七本上取八名　姜擇善　李春澤　陸繼周　華學淇　常文雋　凌　雲　高凌雯　王叔培　各獎銀二兩　中取八名　高凌霨　張昌言　陳恩榮　姜秉善　高桂馨　張雲驄　劉嘉琪　任嘉荻　各獎銀　兩五錢　次取十一名　張燦文　胡祖堯　鄭文彩　王仁沛　龐奎垣　蔡如梁　金文彥　李錦源　杜聯陞　岳鍾秀　華世徵　各獎銀一兩

都轉牌示（欽命二品銜長蘆都轉鹽運使司鹽運使李　示會文書院肄業舉人龍門三取兩書院肄業生童及備取生童暨甄別未取生童知悉照得學院堂本年八月師課經古定於九月十九日補試合行牌示該舉貢生童等屆期親身來司領題卷回寓繕作限十日內交卷各宜遵照毋得遲延特示

實事求是○南運減河以洩盛漲其初創時就近歸四黨口營守備爲總理並由綠營調撥兵丁防守除底餉外給與津貼迨今夏經前任前憲李觀察確查此項減河原爲宣洩盛漲而設奈近年仍無濟於事其弊在盛中營治稻田致令管河守備關口啓閉失時豈容一己之私有碍下游百萬生靈因擬將減河統歸河營守備千總經理將綠營兵丁一律裁撤改此項兵丁原由各營調撥現仕已行

分別歸同原營所有減河事務俱歸河營辦理矣

叩恩緩課 ○本年府屬青縣一帶非收成不足即旱潦兼災日前耿官屯等村赴府求緩徵課已登前報茲馬廠鎮王姓屯村紳民張獻廷等來津赴府呈瀝啣詞叩懇照求緩徵錢糧等情沈太守動念民瘼定必詳明上憲稍紓民困也

准西遣散 ○潞軍門所帶才字十營昨已遣撤五營已由壓船護送回籍已登前報日前在西門外地方又遣散五營軍門各營勇丁等恩餉三月以資川資聞不日亦乘壓船遣送歸原籍矣

緝捕擅長 （茲聞省城各屬盜賊多所寄跡有某官者擅緝捕之長能使賊無所匿拿獲後歸刑重懲致賊無可隱諱因此盜賊均恨之入骨仇深如海遂會合著名技藝精妙數賊立意將某官刺死以洩忿已數次行刺均未能著手某官亦深有戒心因連次稟請退差上憲不允其請現在揀選精明捕快作為護衛以期掃盡窩藪查該處來人所述且未言某官姓氏姑照有聞必錄容再確訪

乞丐凍斃 ○日本月十四五等日小雨連綿東風大作以致大寒儼似三冬昨南門外有乞丐兩名一夜凍斃赤條條一絲不掛殊屬可慘該管地方大發慈悲雇抬工數人乞蓆二床作為殯殮送至義地掩埋云

洋車釀事 ○本埠郡城內外各街狹窄兼之人烟稠密已形擁擠再加以洋車八百餘輛更多不便昨西門外湘軍大車行走轆轆不料將洋車碾倒坐車之某婦頭顱摔破並小孩亦軋傷血流不止是日馬家口下某十餘齡之男孩提壺買水亦被洋車撞倒身體手足亦均湯傷似此擁擠情形洋車屢傷性命不如減半之為得也

續錄回匪確函 ○七月中旬李清吾軍門至省面稟楊帥謂河回大半脅從居多現願投誠應請示奪石帥諭以俟董提軍福祥到甘再行定核至於西寧一帶逆回自嘯聚成軍先於碾伯衛拉滯起事殺斃鄉民漢民約有萬餘剖孕婦之腹截嬰孩之臂種種慘酷莫可名狀有難民數萬日赴府城吵鬧大通縣樓子舟大令於閏五月望卸事旋即避居番寺幸未罹害而新任史大令觀宸風聞有被回匪驅出城外日供飲食不放不殺之說連日巴燕戎城圍攻未解循化自解圍後尚無警報後甘之牛馬二軍已抵陝省董提軍所統十三營亦已踵至刻下秋高氣爽草淺馬肥但能合力痛剿則大功成可挽回否則逆回反匪蹂躪之處以河狄蘭州一帶為最漢民被害者統計不下十餘萬人東路如張家川化平平涼涇州各屬均係陝回向各安分守法涇州知州賈政害刺史竭誠開導出示安民故向稱靜謐無譁惟該處為陝甘兩省咽喉非得防營分紮要隘難保無逃匪竄入故委員賈刺史請營三大以顧餉道近蒙批准有令陝東馬軍分紮東路平涼安定等處想可有恃無恐云云噫回氛如是其熾思之寒心惟該函所言乃皆六七兩月間各事爾山迢遞魚雁多疏不知近日當又若何一俟接奉續函再當錄報也

蘭州安電 ○甘省自逆回肇亂連日警報紛紛莫衷一是本館因於昨日專電至省確詢一切午後接到覆電云蘭州安謐西寧之圍近亦已解逆回屢敗賊勢漸衰東西大路通適董牛二軍已至譯畢之下急付手民錄供衆覽並悉是日本邑西城賈臣亦接涇州來電與本館若合符節乃知的係確音於以見日前謠傳蘭省失守等語皆屬浮言故本館不敢妄信也

法人剿賊 ○越南東京消息言法官以東京賊匪未靖決意乘此秋涼遣兵剿滅擬以富良鎮為行營聚已輸運糧糈則仕戰鎮計此次撥出之法兵僅七十一人而越兵則有二百零八名至於行營挑夫則多至二千名云

贈表酬恩 ○去年十一月初一日有美國帆船名馬蘭士當者裝載煤油航海至廈道經臺灣宜蘭縣洋面遇險失事當由淡水關馬稅務司電請前者臺撫唐中丞派委員探兵輪駛往將船中人救出轉至駐廈美領事接收追領事申報本國政府去後美廷以臺撫督撫袁觀察救人實有德於美船於是特製金表一枚金鍊一條郵寄來華令駐京美公使轉交以表謝悃會值中日事亟督撫易員一時無從探訪袁君之蹤跡近日美署某繙譯接到袁君書信始知其現在上海遂將贈件寄致駐滬總領事轉交其就近轉交佩用即此往來投報亦可見中外輯睦之一端已

山左水災 ○山東黃河歷年為患沿河居民元氣早傷今夏雨水過大上游壽張東平下游齊東青城等縣均被漫溢而利津博

與等處本屬窪下之區被災尤重水深丈餘淹斃人口無數屋宇十存二三窮黎待哺嗷嗷情形可慘山東撫台富已發欵散放急賑惟其區既廣必須力籌鉅欵當商制府王夔帥當時籌撥五萬金並由關道盛觀察籌墊五萬金請江南義紳嚴佑之助教前往散放但此十餘州縣災黎數十萬斷非十萬金所能救徹不得不仰望四方樂善君子源源接濟爲數不拘多少集腋便可成裘倘蒙慨然解囊其欵請交天津工程局彙收轉解俾活災民則仁人所賜當爲災民九頓祝之矣

同人公啓

告白

福州和益木商在津開設十年前雇夥友林松卿經理歷年尚未十分誤事詎自十九年夏間荒蕩嫖游號事廢弛從中侵蝕弊混不勝枚舉致虧號本甚鉅去秋控縣押追迄未完結林松卿早已出號所有和益號事均係號東自行料理與林松卿毫無干涉特此布告

官商如蒙賜顧務須認明和益本號庶不致誤

和益木商鄭湘巖白

本館告白

李傅相馬關被刺紀實並帶小照每本價洋四角五
王芍棠星使使俄草　盛世危言　續盛世危言　蟄盧叢書
各國時事類編　中日戰守始末記　公車上書記　蘭石蘭譜　竹譜　海上見聞錄　洛金扇　吉祥花　小八義　彭公案　施公案
挑燈新錄　夢筆生花

文美齋謹啓

敬啓者現有英人僑居烟台曾在英京國學考有官憑前教授經史算法航海等學三十餘年並在英國海軍衙門充當試官有年曾蒙華廷派委要差今擬在本公館教授華童英文以便將來應陸軍海軍商務之選惟受教不得過十五歲議定每季脩金關平銀二百兩如有從學者即希函達天津恒豐泰飯店或烟台英領事署轉致倪爾森可也

金陵 儒醫世傳

貧病送診　過午不候

高克成　內外科大小方脈

廣東門外　天齊廟

保康水險公司告白

啓者本公司原創在星架波大埠實備資本洋三百萬員向設專行在香港上海承保洋面船舶貨物水險歷有年所信義咸孚久已馳名中外茲另設分行在天津託明義洋行代理專保洋面船貨水險保費克己倘遇不測賠償迅速各寶號賜顧不拘早夜祈移玉至明義洋行投保不悞

本館京城售報處在宣武門外騾家坑路東海昌會館內陳午清先生代辦如蒙賜顧者請至陳處可也

本館賬房啓

浙杭 元吉永號

本莊自置[illegible]綢緞[illegible]洋縐花素洋布川廣夏貨閩摺雅扇南貨頭油俱全祗爲近時銀市漲落不同故而各貨減價開設估衣街中間路北凡仕商賜顧者祈[illegible]特此佈達

天津 祥順客棧

啓者本棧在天津河東鹽坨老龍頭車站傍坐北向南房屋寬大專接火車夾板往來客商起卸貨物代報關稅僱覓車船一切甚近倘蒙賜顧萬無一失特此謹白

本棧主人具

九月十六日輪船進口
怡生　輪船由上海　怡和行
通州　輪船由上海　太古行

九月十七日輪船出口
海定　輪船往上海　招商局

九月十六日銀洋行情
天津九七大錢
銀盤二千六百四十五文
洋元一千九百零五文
紫竹林九大錢
銀盤二千六百八十五文
洋元一千九百三十五文

直報

光緒二十一年九月十八日
西曆一千八百九十五年十一月初四日 禮拜一
第二百四十二號

廿四詩品註

眞體內充　眞莊子眞者精誠之至也又眞在內者神動於外詳實境品聽琴註又子方曰其爲人也人貌而天虛緣而葆眞註眞則不變而其體凝然體莊子體盡無窮詳下反虛註內即莊子內篇之內又見上眞字註又莊子勞內者行乎無名註勞契也契合於內者知止乎其所不知學乎其所不學言不事才能知識以葆其無無之天也充壯天下彼其充實不可以已上與造物者遊而下與外死生無終始者爲友其與本也弘大而闢深閎而肆其於宗也可謂調適而上遂矣雖然其應化而解於物也其理不竭其來不蛻芒乎昧乎未之盡者註充足純實不可以已此南華之書所以作也應化以下數句言雖變無窮解於萬物之係累其理淵元不竭求其本來不蛻所自豈言說所能盡哉　反虛入渾　反莊子古之存身者不以辯飾知不以知窮天下不以知窮德危然處其所而反其性已註言不以才辯飾智驚愚不繕性於俗學不滑欲於俗思危然獨正要見聖人出處俱自著落不似今人猖狂妄行此使是養知之道又中國有人焉非陰非陽處於天地之間直且爲人將反於宗註中國有人莊子自謂也非陰非陽誌公自云人皆藏十二時辰運轉我則運轉十二時辰使是不屬陰陽者處於數句言寓形宇內直且爲人而不知其將反於未始有物之根宗也虛莊子體盡無窮而遊無朕盡其所受乎天而無見得亦虛而已註萬物一體所以體盡無窮而道無不有遊無朕不居其有也虛之一字天府也注焉不滿酌焉不竭而不知其所由來道之體盡於是矣又德至同於初同乃虛虛乃大註初泰初也無極也同一也衆妙之門也虛乃大致虛極虛而待物則與天地萬物脗合爲一矣反虛淮南子倣眞訓周室衰而王道廢儒墨乃始列道而議分徒而訟云云是故聖人之學欲以返性於初而游心於虛俗人莊子安排而去化乃入於寥天一註孔子謂顏淵去其化與不化之見乃得與天爲一又忘己之人是之謂入於天又吾欲去汝人無窮之門詳下無窮註渾見題注　積健爲雄　積莊子逍遙遊且夫水之積也不厚則其負大舟也無力風之積也不厚則其負大翼也無力注喩至人必深蓄厚養待時而動乃可致用健易天行健爲莊子無爲爲之之謂天見上大字注雄見題注

行刑自日　○十一月初三日係京師勾決人犯之期現經刑部廣西司劄飭五城正副指揮吏目於十一月初一日以前在宣武門外菜市口地方搭蓋監斬棚設臨公案並另搭□台棚囚犯棚各一座預備青衣一百名囚車四十六輛均於初二日午後俟刑部司員會驗預備初三日黎明綁縛各犯赴市曹地方恭候命下再行分別行刑臚傳京營各哨弁兵彈壓地面以肅法紀而昭炯戒云

援例吃夢　○乙未科春闈文場會試新貴曾作吃夢之舉已列前報今聞福建廣東安徽江蘇雲南各省武舉皆於九月十三日在前門外西河沿龍源樓廊房頭條胡同會元堂觀音寺福隆堂飯莊同作吃夢之舉頗形繁盛云

實命不猶　○宣武門外棉花下七條胡同居住王某前因元配物故醴納一小星李氏因未生育曾抱養一子所謂螟蛉有子螺贏負之者也嗣復娶牛氏女爲繼室前數年王某病故祇落居孀妻妾撫子成人現年已月圓矣內室中乏人早爲子議婚戀泳上人撮合聘取秦氏女爲媳迨花轎進門合卺禮畢因未與小星見禮亦未給與外掛從其子係小星李氏自幼撫養見此情形未免酸鼻是夕一雙小鴛鴦甫入洞房李氏乘閒以布帶竟作懸命之具自縊身死次晨報案禀請相驗詳請究辦以重人命云

報施不忒　○西便門外核桃園汪某向以牧養駱駝爲生好野鶩厭家鷄大道好還其婦紀氏亦不安於室九月十二日被汪撞見氏羞愧交集乘夜勒斃三齡幼子後自服洋烟身死汪以子死妻亡了無生趣亦以洋烟畢命該管地面總甲知覺循例報請驗屍提集鄰右訊供飭傳其子先行備棺成殮詳城究辦云

體恤營勇　○欽命頭品頂戴督辦東征糧台兼練兵事宜廣西按察使司按察使加十級紀錄二十次胡　爲出示曉諭事照得本司現准統領通永馬步仁義防雷等營通永總鎮吳　咨稱仁字左右兩營第十五關薪公餉項並賞卹兩個月　恩餉銀兩請核發前來本司查仁字左右兩營現奉　北洋大臣王　奏明全行裁撤補清餉項發爲遣散再加兩個月　恩餉以示格外體恤等因復查該兩營餉項前已發至八月十七日止茲應自八月十八日起至九月十七日止計一個月小建第十五關薪公餉項內除米價外實領湘平銀四千二百六兩三錢二分又自九月初一日起至十七日止計十七天截日米價湘平銀六百十兩八錢又十七天截日柴草折價湘平銀一百八十一兩三錢三分又九十兩月一大建兩關　恩餉湘平銀一萬六百八十兩三錢二分共應領湘平銀一萬五千六百八十二兩三錢三分當即由台如數動撥發交來弁領回以資散放外合行出示曉諭爲此示仰該營仁字左右兩營哨弁勇夫人等一體知悉一俟餉項領後即行回籍安分守業不准在途逗遛滋生事端倘敢不遵定即重辦如該管官有剋扣情事准予來台告發不得恃衆糾擾違法具在決不寬貸其各凜遵毋違特示

課題彙錄　○鹽運司課　三取書院生童題目　生員文題　克伐怨欲　兩章　文童文題　一介不以取諸人湯使人以幣聘之　生童詩題　賦得軾讀屬十得吳字　生五言八韻　童五言六韻○天津道憲課　集賢書院舉貢生監題目　古題　平章百姓　解題　百里侯服　論題　東三省邊防

徒充囊橐　○現已暮秋某關內外防營仍在津地製造軍裝棉衣皮袄等件茲有某號承辦皮袄若干件因分給某乙散給女工縫做由乙定價言明每件手工一百六十文及至分活乙貪心更織每件只給一百三十文其中短數小錢因此各女工聚集數十人向乙索要足錢乙言往返洋車及小底等均由此扣作孰意不付於是各女工均欲相拚後由鄰勸解始寢其事按此項軍裝從中包辦已獲厚利至乙層層剝削工價太憐況凡做此活計實爲最苦婦女再者縫做一件亦非容易而乙竟忍心剋扣容詎知軍裝衣服爲應堅固其事手祇顧謀利肥己何計管其好歹其總辦囊亦盈更不暇計及上下效尤無非侵食　國家帑項當今之事尚可問乎不值一笑　○論儀　服制爲宦途中所爲緊要蓋居官服制當使民知而尊仰若隨便着衣任意冶遊已無官長威儀無怪乎民之侮慢也茲有候補某官者常於晚間着便服自乘洋車或赴友私會或隨友尋花於某晚天將三更乘車回寓該車夫奔馳如飛至鼓門口某姓衣服撕破某將車夫揪住毆打詎官在上座肆口大罵某亦駡還經人勸解方寢其爲官也自取其辱於人何尤又有某候補者身乘二人官輿高挑轎簾其官身穿棉袍上罩坎肩而手執富春小烟筒繡花荷包其得意揚揚興致不淺究未思身居何職體乘何物竟隨意而爲置之弗顧夫例定儀　服制於何在哉殊可異已

方便行人　○昨湘軍福壽等營曾住小稍直口一帶已登前報十七日早湘軍馬步全隊不知赴何處駐札在西門外大街吹號起行詎與河南某軍相遇極形擁擠路阻行人自八點鐘延至十二點鐘幸八段守望局金大令聞信內喊關異常飭勇丁等竭力開導兩軍由城內出入行人由南北城根往來霎時間街道疏通行人方使詩曰不素餐兮吾將爲大令詠之

撈屍一具　○昨有張家集船某甲失足落水斃命已登前報日前伊妻並伊母來津在姚家濟集船碼船雇撈船一隻並工人十餘

名竭力撈獲得死屍一具淹斃情形不堪言狀其妻與其母痛哭不止血淚交加並聞其母年逾七旬止有一子亦可慘已

以答神庥　○本郡閩粵會館歷有年所每屆九月十七日閩粵各帮一年生意將竣是日在會館內敬祀財神以答神庥藉伸誠享合帮人等焚香畢肆筵設席並招優伶某班演劇燕樂終天戲罷而散

賠給錢文　○現各營營勇來津在茶肆酒館滋生事端者實繁有徒昨有某營營勇四名在西門外大街陳家飯舖吃飯畢因算賬未清口角爭吵詎該勇等乘醉將飯舖盃碟擰碰一空並將飯舖夥計某甲頭顱打破血流不止該管局段金大令查知飭勇丁等前往彈壓並將該勇四名帶局訊問着令賠給津錢一千五百文作爲夥計配藥之需以了結該勇等亦釋之使去云云

敬祀財神　○每屆九月十七財神聖誕之期本埠舖戶以及住戶人等呈供三牲以舒誠敬是夜燈燭輝煌通宵達旦砲聲不絕如除夕然俗稱比干丞相後封爲財神未知是否夫財本靡常惟人自招作福財自臻之何必致祭而後有財乎亦俗例便然也

臺南近信　○字林西報接到華歷九月初四日厦門轉遞安平電報云今晨五點鐘時日兵艦駛近安平海岸砲臺兵並不開砲日人遂派水師兵上岸臺兵始開砲向擊日兵還砲互攻不數刻黑旗兵退去日本陸兵遂踞臺南府城寓安之西人及其房屋並未受傷按日來本埠謠言有謂劉軍門業已離臺至厦者而西報則言當某輪船出口時日人徧加搜查並未見軍門蹤影可見軍門神謀秘算不可測度黑旗之退安知非誘敵之計乎因附數語以俟確音

玉關回耗　○甘肅回民作亂董軍門福祥奉　命帶隊往剿所有一切軍情本館已迭次紀報矣茲據友人函稱探聞回民所以滋亂之故實因左軍門貴去歲與敵陣亡忠愍可嘉合符祀典衆回民乃公稟陝督楊制軍求爲轉　奏請在蘭州省城建立專祠以崇報饗楊制軍未允回民强之制軍乃飭標下將弁出爲彈壓如回民不能安帖即將營弁正法該將弁等半隸回籍於是率同標下兵丁聚衆鼓噪以致回民愈聚愈多迨董軍門督隊至甘所帶回兵數營均各反戈投入伊黨刻下回民已聚至六十餘萬名而董部下僅有兵丁六萬餘名殊覺寡不敵衆未悉如何策厲始能馬到功成也

匪謀敗露　○昨晚西字捷報載本日香港來電云頃聞粵省官場查知有匪黨結會數千人潛謀起事佔踞省城幸即敗露已經當軸者設法防堵矣惟匪首尚未查出

鐵路薦人　○兩江總督張制軍接奉　諭旨開辦鐵路業已派員勘估路程籌措經費惟築路之法需熟手辦理方可一勞永逸毋致僨事日來西商之到寧包攬者接踵於督轅左右香帥以事宜慎重不可草草故躊躇者久之比有法人名吉利豐者前往天津爲李傅相所器重并辦旅順砲臺船廠及蘆溝橋各工程事事精良可爲東事工竣之後經傅相奏請　賞給頭等寶星茲因由津到滬賦閒無事當即商請關道黃幼農觀察力爲荐達於八月二十一日乘江永輪船到省晉轅拜謁制軍商辦鐵路要工聞已就緒惟未知價值若何俟有確聞再錄

會議劃界　○日使連山氏自蒞蘇後經總辦劃界事務羅少耕觀察送呈地圖兩紙　爲寶帶橋一爲青陽地聽憑揀擇聞日使之意嫌寶帶橋地太荒僻離郭尤遠青陽地亦嫌地勢窄狹難以擴充日昨出閶胥門察勘各處至南北濠上新橋楓橋一帶以爲此處地極寬敞若建造馬路直接閶胥開市將來商務定可振興遂按地指索據聞官場傳說觀察之意謂是處未經丈量須上稟督撫下商紳民且內中民房林立未易遷讓諸多周折礙難允准仍請在前二圖中擇地開埠再四熟商其能否轉圜當俟日使駕往履勘方可定奪按閶胥爲華商總滙之區若將城外交劃勢必有礙生理以故三首縣前曾環請撫憲免于丈量俯順輿情今日使偏欲指索斯眞苦人所難惟事係得之傳聞未知確否姑誌之以覘其後

操演認眞　○松郡提標中左前城守四營現奉譚少宮保嚴諭令麾下馬步各兵按日習練務臻純熟本月初二四六等日經千守戎校閱後轉由各營將領閱視聞并俟少宮保諭期校勘云

鉅欵助賑　○前報山東黃水爲災勸捐助賑今有無名氏捐助庫平銀五百兩囑爲[illegible]東散給災民似此創捐鉅欵救濟窮黎造

■豈有限量尤望聞風興起者廣種福田多多捐資庶垂斃窮民不致委塡溝壑此則馨香所叩禱者也　工程局啓

山左水災　○山東黃河歷年爲患沿河居民元氣早傷今夏雨水過大上游壽張東平下游齊東青城等縣均被漫溢而利津博興等處本屬窪下之區被災尤重水深丈餘淹斃人口無數屋宇十存二三窮黎待哺嗷嗷情形可慘山東撫台當即發欵放急賑惟災區既廣必須力籌鉅欵電商制府王夔帥當時籌撥五萬金並由關道盛觀察籌墊五萬金請江南義紳嚴佑之助教前往散放但此十餘州縣災黎數十萬斷非十萬金所能救徹不得不仰望四方樂善君子源源接濟爲數不拘多少集腋便可成裘倘蒙慨然解囊其欵請交天津工程局彙收轉解俾活災民則仁人所賜當爲災民九頓首謝之矣　同人公啓

告白　李傅相馬關被刺紀實並帶小照每本價洋四角五　王芍棠星使使俄草　盛世危言　續盛世危言　蟄廬叢書　各國時事類編　中日戰守始末記　公車上書記　蘭石蘭譜　竹譜　海上見聞錄　洛金扇譜　吉祥花　小八義　彭公案　施公案　挑燈新錄　夢筆生花　文美齋謹啓

■■■

敬啓者現有英人僑居烟台曾在英京國學考有官憑並教授經史算法航海等學三十餘年並在英國海軍衙門充當試官有年曾蒙華廷派委要差今擬在本公館教授華童英文以便將來應陸軍海軍商務之選惟受教不得過十五歲議定每季脩金關平銀二百兩如有從學者即希函達天津恒豐泰飯店或烟台英領事署轉致倪爾森可也

金陵儒醫世傳

貧病送診　過午不候　高克成內外科大小方脈　寓東門外天齊廟

保康水險公司告白

啓者本公司原創在星架波大埠資備本洋三百萬員今設專行在香港上海承保洋面船舶貨物水險歷有年所信義咸孚久已馳名中外茲另設分行在天津託明義洋行代理專保洋面船貨水險保費克己倘遇不測賠償迅速各寶號賜顧不拘早夜祈移玉至明義洋行投保不悞

本館京城售報處在宣武門外椒家坑路東海昌會館內陳午濤先生代辦如有願者請至陳處可也　本館賬房啓

浙杭元吉永號

本莊自置紗羅綢緞新樣洋縐花素洋布川綢夏布圍摺雅扇南貨頭油俱全祇爲近時錢市漲落不同故而各貨減價開設估衣街中間路北凡仕商賜顧者祈俟特此佈達

天津祥順客棧

啓者本棧在天津河東顯坨老龍頭車站傍坐北向南房屋寬大專接火車來板往來客商起卸貨物代報關稅僱覓車船一切甚近倘蒙賜顧萬無一悞特此謹白　本棧主人具

九月十八日輪船進口　連陞　輪船由上海　怡和行
新裕　輪船由上海　招商局
九月十九日輪船出口　通州　輪船往上海　太古行

九月十八日銀洋行情
天津九七大錢　銀盤二千六百六十三文　洋元一千九百一十五文
紫竹林九大錢　銀盤二千七百六十三十文　洋元一千九百四十五文

光緒二十一年九月十九日 第二百四十三號
西歷一千八百九十五年十一月初五日 禮拜二

上諭恭錄

硃筆遺李端棻爲正考官馮文蔚爲副考官欽此 硃筆知武舉着徐樹銘去欽此 硃筆內簾監試着連陞易俊去欽此 硃筆這場內應彈副都統着敬昌去欽此 硃筆這收掌試卷着朱𣶏謝桐森去欽此 硃筆李端遇補授通政使司通政使欽此 上諭譚繼洵奏沙市地方失火彈壓勇丁與水龍會爭路口角致傷民夫請將營哨各官懲處一摺湖北沙市地方爲川楚要衝派員駐札原以保衛地方乃該勇丁因爭路口角竟敢持械出隊致傷水龍會夫多人實屬兇橫不法亦有在場滋事之勇丁着譚繼洵督飭道府研訊確情從重分別懲辦管帶武勝前營都司歐陽榮章着交部議處副將熊鐵勝游擊余萬盛均着即行革職以肅營規該部知道欽此 上諭恩霖奏故員虧短銀兩請旨革職等語已故山西大同鎮中營游擊清弼虧短塘餉馬價等項銀兩迭經勒追該家屬延未完交擅自回旗實屬藐玩清弼着暫行革職並着鑲藍旗滿洲都統勒令該故員家屬將虧短前項銀兩如數交清以重公款該部知道欽此

廿四詩品註

具備萬物 莊子備於物之謂備見上大字註與外字註又孟子萬物皆備於我矣 橫絕太空 絕莊子絕雲氣負青天註言鵬飛之高無少限礙 荒荒油雲 揚子荒荒之世油字詳含蓄品沉浮註又孟子天油然作雲 寥寥長風 寥寥天體之廓也長風莊子夫大塊噫氣其名爲風是唯無作作則萬竅怒號而獨不聞之寥寥乎註寥寥長風初起之聲也寥音留又音料坊本或以南史長風作比似與品義無涉 超以象外 莊子至樂芴乎芒乎而無有象乎又達生彷徨乎塵垢之外註凡非真性皆塵垢也 得其環中 莊子彼是莫得其偶謂之道樞樞始得其環中以應無窮又寓言萬物皆種也以不同形相禪始卒若環莫得其倫是謂天均天均者天倪也又則陽冉相氏得其環中以隨成與物無終無始無幾無時日與物化者一不化者也註環中虛則活之譬道之虛無應變圓轉隨物之自成莫可端倪與人並立而使人化一不化者道之樞紐也 持之匪強 莊子庚桑楚靈台者有持而不知其所持而不可持者也註靈台者心也自持者天也非人也不安於天未免喪失是天鈞敗之也強者漁父強親雖笑不和又云所以貴真也詳實境品聽琴註 來之無窮 來莊子其來不止又獨與天地精神往來詳流動品假字注與來往注又其來不蛻與上充字注無窮莊子夫列子御風而行冷然善也旬有五日而後反彼於致福者未數數然也此雖免乎行猶有所待者也若夫乘天地之正而御六氣之辯以遊無窮者彼且惡乎待哉注言列子雖乘風往來尚未忘己終不若至人遊乎天地之一氣彷徨乎塵垢之外逍遙乎無爲之業不待御風而自行也變變也又吾與去汝入無窮之門註無窮道體也下文言世界有變遷天地有變滅此身終無窮盡善吾身即道體也又彼未知夫無方之傳遊物而不窮者也註無方圓也道體也 沖淡○素處以默 素處莊天道虛靜恬淡寂寞無爲者萬物之本也明此以南鄉堯之爲君也明此以北面舜之爲臣也

以此處上帝王天子之德也以此處下元聖素王之道也以此退居而閒遊江海山林之士服以此進而撫世則功大名顯而天下一也靜而聖動而王無爲也而尊樸素而天下莫能與之爭美註天下不爭者以其樸素也又危然處其所而反其性矣詳雄渾品反虛註以默壯在宥至道之極昏昏默默又云天降朕以德示朕以默又知北遊彼至則不論論則不至明見無值辯不若默道不可聞聞不若塞此之謂大得註至道之人昏昏默默故不論不可見故無值蓄以道之本無聲臭也

僞造印文 ○日前奉 廷寄拏八犯土文榮即王槐庭經步軍統領衙門拏獲解交刑部鐵擊山西司審辦茲聞王文榮即王槐庭自僞造印文情弊牽涉阡兒的同居住之命綏安驛傳訊未悉如何究辦俟訪明再錄

因傷斃命（崇文門內東單牌樓迤北天德木廠舖主張某家道頗裕近年來承應工獲利甚豐其族姪張二平日不務正業時向伊叔伴端詐索已非伊朝夕矣月之十一日張二復來訛索伊叔即用木棍毆打詎料受傷過重踰時斃命當經該管地面官廳將張某拏獲解交步軍統領衙門票委東城司驗明逕解刑部按律懲辦矣

釁起尋花（前門外沙土園地方向有私開妓寮暗張旗幟日前有玉皇廟內某帽局學徒劉某等數人赴妓寮買趣尋歡適遇該妓寮又衎綽號鬼頭刀七四者率領混混十數人以爲劫學徒年幼可欺意存行詐詎知劉某等同往正欲向王四與師問罪奈劉某等寡不敵衆旋經王四喝令魚兵蝦將以傷數人並將劉某手指砍落幸遇北城練局與丁將王四拏獲解局研鞫確供詳城批仰北城司訊辦由轉發妓寮查封各送刑部審辦以儆目無法紀云

三取甲乙 ○欽命二品銜長蘆都轉鹽運使司鹽運使加三級隨帶加二級紀錄十次李 爲榜示事照得本司今將閱過三取書院官課考取內外附生童等第名次並獎賞銀數開列於後須至榜者計開 內課生十名 喬從銳 孫慶錫 陳文炳 李雲瀚 朱駿聲 馬 仲 劉鍾霖 王文琴 何秀駒 徐 爵 第一名獎銀一兩五錢加獎一兩五錢 二名三名各獎銀一兩加獎一兩 四名五名各獎銀一兩加獎銀八錢 六名至十名各獎銀七錢加獎五錢 外課生十名 劉恩渠 王廷璋 高曾笙 黄錫雋 郭峻城 [illegible]寶彝 李耀祖 李耀曾 王新銘 陸 彤 第一名至五名各獎銀四錢加獎四錢 六名至十名各獎銀四錢 每名膏火銀六錢 附課生三十三名 閻寶麟等 俱無獎 每名膏火銀八錢 內課童七名 李瀚賓 陳自中 王恩濬 王鴻勳 李維蕃 陳自正 劉嘉璽 第一名獎銀八錢加獎銀八錢 二名三名各獎銀五錢加獎銀五錢 四名五名各獎銀五錢加獎銀三錢 六名七名各獎銀三錢加獎銀三錢 每名各膏火銀六錢 外課童七名 潘兆新 韓景雲 朱家琦 房紹儒 王用熊 張鳳岡 魏兆蘭 第一名至三名各獎銀三錢加獎銀二錢 四名至七名各獎銀 錢 每名各膏火銀四錢 附課童二十一名 高祖蔭等 俱無獎 每名各膏火銀一錢

武威營津（湘軍武威營駐札關外以資防守均於前歲現和議已成湘軍營魏軍門奉兩江督憲諭令撤防日前由火車來津統領營官等暫住西門外各客店至如何差委訪確再登

招募馬隊（山海關郭軍門統領馬隊二營凡有差委諸多掣肘茲聞在關內招募馬隊二營非年力富强精明幹練者不能入伍現已在關開招招募營集駐錦州以資彈壓云

憲批彙錄 ○天津府正堂沈 示據鹽邑又童劉維西呈 批查劉夢祥等在鹽呈交銀兩已經前縣陳令飭按時價合錢不敷之數遵令照數補足並無短少茲已如數提到仰即來案具領至劉夢祥 犯前因當堂查驗患病實屬押候病全補枷現在該犯病已全愈候提案補行枷號可也 又示據天津縣人苑景新呈 批此案迭據赴道赴府具控均確明晰批飭爾不安分息 輒赴督轅具呈又不靜候核飭遵照竟敢揑造禮王府信函來署投遞實屬狙妄爲本應立予提究姑先嚴行申飭如再不安本分定行拿究懲辦決不再寬凜之 又示 批准郭雲祥回籍取衣服限二十天內來府候質倘敢逾違惟原保人是問王化棟仍在府靜候提訊應取衣物儘可令郭雲祥携帶毋得藉詞遠離

貧夜借錢　○閘口西周姓者以盪湖為生每日早出晚歸昨晚方歸家就寢忽聞房上有人喚伊姓名不覺驚起問其何為據該賊云外鄉人來此訪親不遇家有老母飢寒交迫欲借錢千以資養贍周惶恐甚只得由窗隙遞出津錢二千文周恐與賊結仇禁人言及例此借錢之事亦為閭閻害有地方之責者亟應設法為籌畫以除此盜賊也

名嫪其主　○本埠人烟稠密街道狹窄口角之事時時有之日前湘軍後營右哨二隊大旂兵在西門外大街源盛客店門首與同營馬兵相遇因擁擠而爭吵兩不相下馬兵情急即將大旗兵毆傷兼有致命處聞各營已聽候營務處如何了結容訪再登

娼賭宜禁　○津西某大鎮闊於兩河之中園田肥沃富戶居多其中或營船或農桑或錢糧生意及已成巨富則開設典舖本皆積聞誠實之家惟後輩多慕津埠繁華以致染成積習奈該鎮雖稱美富而娼妓類皆殘花敗柳半明半暗尋歡不免被其所欺於是某某者創建賭局由津挑選名妓佈置其中使嫖賭各適其意網收厚財迄數年來頃家敗產者實繁有徒設局者頓成巨富居然以娼賭為興家事業蓋因距地方官耳目較遠是以任意設局陷害而該處尚有應管官廳奈與賭者俱係鉅家詎肯違其所欲況設局者照例酬送是以置之勿論然究竟損人利己賭博又大干例禁現值秋暮冬初其餘農者囤石盈倉貿易者本利入櫃即船戶亦將歸塢止在安居樂業無所是事故各賭首復整旗鼓由津招引著名娼妓擇吉開場以網利權夫比年饑饉相仍元氣未復貧民無告庚癸頻呼若輩有以有用銀錢作無益浪費觀娼賭為正途生非其造意之狠毒莫甚於此有地方之責者亟宜禁所當禁吾富百頓首以祝之

菊花設擺　○昔陶淵明獨愛菊賦詩飲酒洵足樂也至休致後三徑就荒松菊猶存淵明之愛菊已可想見昨本埠北門外太平街北高搭蓆棚懸燈結彩將菊花各盆做成花籃等物參差點綴朶朶可觀現遊玩賞花者一時極形熱鬧云

詳述高麗亂耗　○大院君率兵入高麗王宮致高王妃被弒詳情本館已疊譯東西各報章列諸報牘矣茲聞八月二十四日高麗東信言之較詳爰再錄之當八月二十日天未大明有高麗兵二百人經日本人所訓練者會合日本兵約五十名換穿民人衣服分執刀槍至大院君邸第意欲擁護入宮大院君初尚不願各兵迫之使行既至宮前有從旁門入者有從前門入者亦有從後門入者亦有踰牆而入者正欲擾閙又有日本兵一隊馳至守宮高麗兵見之放槍拒敵未幾即敗退是時先至之日兵約五十名已闖入王妃宮殺斃宮女十二口總王妃之變遠一宮女納口袋中拽至距宮甚遠之鹿囿中將樹斫下高積如山潑以油舉火焚之高麗兵十餘人殉為王妃之母聞變懼而自盡至二十一日駐高麗之各國使臣相聚互議旋有二使臣入謁高王日本使臣三浦氏亦欲隨之而往經大院君阻止二十二日泊仁川之俄美二國兵輪統帶各調兵入韓京俄使臣復上奏高麗請自執國權莫任大院君主持一切如不俯允則即致哀的美敦書云云刻下俄兵輪已有三十餘艘聚泊高麗而各國使臣咸謂大院君祇如廟中土偶人云

倉穀宜儲　○江西訪事人云省城各義倉平時儲穀約三十萬石以備凶年實數十百萬貧民性命所繫也前年四五月青黃不接穀價陡昂大憲軫恤民艱飭發倉穀平糶每擔收十足錢七百文計糶出八萬擔入錢五萬六千千迨秋收告成各屬穀價每擔不及七百文買補原額原可有贏無絀大憲遂委員四出采買價值不知如何至今未買父老私憂竊歎以為本年上游秋收稍歉穀價每擔有漲至一千餘文者明年春夏之交上游各屬米價必增義倉少此八萬石深恐貽悞貧民幸吳城鎮上下百里及鄱陽湖周圍千里皆無水患一律豐登想當事者必能先事預籌也

訓練精勤　○南洋大臣兩江總督張香帥現因甘肅回匪滋事地方蹂躪各處添兵設防徽調頻聞是以傳諭中軍督令各營逐日操練洋陣務臻純熟不可一時懈忽期成必勝之師故日來城北小教場每日天甫黎明即聞槍砲聲隆隆震耳所有教習係外國水師提督等員終朝訓練不憚勤勞如香帥者真勵精圖治不遺餘力惟願大小將士咸以香帥之心為心則營務庶有起色也

山左水災　○山東黃河歷年為患沿河居民元氣早傷今夏雨水過大上游壽張東平下游齊東青城等縣均被漫溢而利津博興等處本屬窪下之區被災尤重水深丈餘淹斃人口無數屋宇十存二三窮黎待哺嗷嗷情形可慘山東撫台當即發款查放急賑惟其區較廣必須力籌鉅款電商制府王夔帥當時籌撥五萬金並由關道盛觀察籌墊五萬金請江南義紳嚴佑之助教前往散放但此十萬

州[illegible]災黎數十萬斷非十萬金所能救徹不得不仰望四方　樂善君子源源[illegible][illegible]爲數不拘多少集腋便可成裘倘蒙慨然解囊其欵請交天津工程局彙收[illegible][illegible]俾活災民則　仁人所賜當爲災民九頓首祝之矣　同人公啓

遺[illegible]頌德　秋風蕭瑟旅館無聊昨日閒步西門外見有遺勇千餘人肩[illegible]紅旗十數對書頌其總統功德詢[illegible]來子尾之至西河[illegible]踴躍[illegible]詢係潘軍門才字三營遺勇據[illegible]云潘軍門平日恩威並濟茲値遣撤深憐該勇貧苦無計生理懇請　上憲多[illegible]正恩餉三[illegible]又捐廉買饝數千斤沿途按名日給饝一斤該勇均領銀十餘兩回籍足資生計宜[illegible]歌功頌德感[illegible]不忘云

告白　李傅相馬關被刺紀[illegible]並帶小照每本價洋四角五　王芍棠星使俄草　盛世危言　吟月山人早稿　各國時事類編　中日戰守始末記　公車上書記　蘭石蘭譜　竹譜　海上見聞錄　洛金扇　吉祥花　小八義　盛世危言　蟄廬叢書　[illegible]公案　[illegible]公案　桃燈新錄　夢筆生花　文[illegible][illegible]謹啓

告白

聞　敬啓者今有外國十一月彩票出售　貴客官商如欲買者請至紫竹林英租界恒豐泰面議可也特此佈聞

天津恒豐泰飯店謹啓

敬啓者現有英人僑居烟台曾任英京國學考有官憑並教授經史算法航海等學三十餘年並在英國海軍衙門充當試官有年曾蒙華廷派委要差今擬在本公館教授華童英文以便將來應陸軍海軍商務之選惟受教不得過十五歲議定每季脩金關平銀二百兩如有從學者即希函達天津恒豐泰飯店或烟台英領事署轉致倪爾森可也

金陵儒醫世傳

貧病送診　過午不候　高克成內外科大小方脈　廣東門外天齊廟

保康水險公司告白

啓者本公司原創在星架波大埠實備資本洋三百萬員分設專行在香港上海承保洋面船舶貨物水險歷有年所信義咸孚久已馳名中外茲另設分行在天津託明義洋行代理專保洋面船貨水險保費克己倘遇不測賠償迅速各　寶號賜顧不拘早夜祈移玉至明義洋行投保不悞

本館京城售報處在宣武門外數家坑路東海昌會館內陳午濤先生代[illegible]如[illegible]顧者請至陳處可也　本館[illegible]房啓

浙杭元吉永號

本號自置[illegible][illegible][illegible]新[illegible]洋綢花素洋布川[illegible]夏貨[illegible]摺雅扇南貨頭油俱全祇爲近時錢市[illegible]落不同故而各貨減價[illegible]殺估衣街中間路北凡　仕商賜顧者祭[illegible]特此佈達

天津祥順客棧

啓者本棧在天津河東臨近老龍頭車站傍坐北向南房屋寬大專接火車夾板往來客商起卸貨物代報關稅僱覓車船一切甚近倘蒙賜顧萬無一失特此謹白

本棧主人具

九月十九日輪船進口　連陞　[illegible]由上海　怡和行　豐順　[illegible]由上海　招商局

九月二十日輪船出口　新裕　[illegible]往上海　[illegible]商局

九月十九日[illegible]行情　天津九七[illegible]　[illegible]二千六百八十五　洋元一千九百三十[illegible]　紫竹林九六[illegible]　[illegible]二千七百二十五　[illegible]一千九百六十文

直報

光緒二十一年九月二十日　第二百四十四號
西曆一千八百九十五年十一月初六日　禮拜三

上諭恭錄

上諭本日兩翼八旗帶領引見該前鋒護軍統領等到班甚少嗣後除請假及另有差使各員外如有無故不到者定行嚴處欽此　上諭本日各衙門帶領引見御前乾淸門當差人員甚少着御前大臣查取無故未到各員職名交該衙門議處欽此　上諭山西巡撫胡聘之未到任以前着員鳳林暫行署理欽此

廿四詩品註

妙機其微　妙機易妙合而凝莊至樂程生馬馬生人人反入於機萬物皆出於機皆入於機又天運天其運乎地其處乎日月其爭於所乎孰主宰是孰綱維是孰居無事而推行是意者其有機緘而不得已邪微書道心惟微妙微五燈會元吾有正法眼藏涅槃妙心實相無相微妙法門　飲之太和　飲和莊子則陽或不言而飲人以和註言不言心醉又以和為量詳下似字註又我守其一而處其和太和易保合太和註陰陽會合沖漠之氣也　在衣　楚辭風飄飄而吹衣　形　莊子夫道有情有信無為無形可傳而不可受可得而不可見又云油然不形而神　似　莊山木莊子行於山中見大木枝葉茂盛伐木者止其旁而不取也問其故曰無所可用莊子曰此木以不材得終其天年夫子出於山舍於故人之家故人喜命豎子殺雁而烹之豎子請曰其一能鳴其一不能鳴請奚殺主人曰殺不能鳴者明日弟子問於莊子曰昨日山中之木以不材得終其天年今主人之雁以不材死先生將何處莊子笑曰周將處夫材與不材之間材與不材之間似之而非也故未免乎累若夫乘道德而浮遊則不然無譽無訾一龍一蛇與時俱化　無專為一上一下以和為量浮游乎萬物之祖物物而不物於物則胡可得而累邪又云其為道德之鄉乎又知北遊知謂無為謂曰予欲有問乎若何思何慮則知道何處何服則安道何從何道則得道三問而無為謂不答也非不答也不知答也知不得問反於白水之南登狐闋之上而睹狂屈焉知以之言也問乎狂屈狂屈曰唉予知之將語若中欲言而忘其所欲言知不得問反於帝宮見黃帝而問焉黃帝曰無思無慮始知道無處無服始安道無從無道始得道知問黃帝曰我與若知之彼與彼不知也其孰是邪黃帝曰彼無為謂眞是也狂屈似之我與汝終不近也故知者不言言者不知故聖人行不言之教道不可致德不可至云云註此篇發揮道體知不得見不得德不可至者上德不德至則未免有迹　握手已違　庚桑楚終日握而手不搤共其德也註搤捉也握而不搤言其虛也淮南子原道訓夫道覆天載地廓四方拆八極高不可極深不可測包裹天地稟授無形源流泉浡沖而徐盈混混汩汩濁而徐淸故植之而塞於天地橫之而彌於四海施之無窮而無所朝夕舒之冥於六合卷之不盈於一握　織穠○乘之愈往　乘道德而浮游見沖淡品似字註徐無鬼吾與子乘天地之誠愈往山木市南子謁魯侯曰吾願君去國捐俗與道相輔而行君曰彼其道遠而險又有江山我無舟車奈何市南子曰君無形倨無留居以為君車君曰彼其道幽遠而

無人吾誰與爲鄰吾無糧我無食安得而至焉市南子曰少君之費寡君之欲雖無糧而乃足君其涉於江而浮於海望之而不見其崖愈往而不知其所窮送君者皆自崖而反君自此遠矣　不盡　秋水自細視大者不盡　計言視物之至細者至於不盡之數則止非細之至而止也　沈著○曰　易繫辭懸象著明莫大乎日月　之子遠行　張衡怨篇之子之遠我勞如何　語　天運世之所貴書也書不過語詳形容品離形解內　何　逍遙遊吾驚怖其言猶河漢而無極也又徐無鬼風之過河也有損焉日之過河也有損焉只風與日相與守河而河以爲未始其攖也恃源而往者也註風吹日曬河似有損而河以爲未始其攖者以其本之自本故也以河譬道體即以譬眞人只字疑是止字又云水之守土也審註彼此相守一定不易未始其攖也句義謂其諧之有源一定不易本之無窮不蛻所自也

考官爵里（欽點乙未科武闈會試正考官李菡園少司寇端棻現官刑部右侍郎稽察左翼宗學事務癸亥科進士貴州貴筑縣人　副考官馮聯棠學士文蔚現官翰林院侍讀學士丙子科探花浙江烏程縣人　知武舉徐壽蘅少司馬樹銘現官兵部右侍郎稽察左翼覺羅學丁未科進士湖南長沙縣人

默寫武經（九月十六日兵部武會試提調傳令各省武舉於黎明赴貢院點名領鐵魚貫而入聽候散給題紙默寫武經仍循舊例封固於次日候拆彌封　御視覆試舉分別等第再卜虎榜之兆

駁船騙貨○河駁船原爲載運漕糧而設前經天津縣出示曉諭嚴禁駁船載運貨物恐傷船隻已列前報今聞西沽紀牛厚藝棗店由天津價雇駁船載運冰糖白糖紅糖共計一百一十三包每包計重一百八十斤運至通州再行運京售賣詎料所運糖包均被駁船騙去趕即遣人尋找數日毫無蹤影該店主約計價銀二千五百數十金祇得垂頭喪氣而已噫近來撞騙之事誠無奇不有也

湘軍到津　一新授陝西巡撫魏午莊中丞統湘軍赴甘已陸續來津登諸前報茲聞係奉　命調赴甘肅助剿回匪業已拔隊數營又傳言仍出關駐紮究竟莫衷一是惟親軍營仍復在津終日各街閒遊毫無是事如不赴甘助剿自應作速前往古云救兵如救火何因循數日尚未起程俟訪明再報

集賢兩榜　○欽命二品銜直隸分巡天津河間兵備道李　爲榜示事照得本道九月初二日考試集賢書院官課舉貢生監經解史論　卷現經評定甲乙等次錄獎賞銀兩繳目開列於後須至榜者　計開　超等三名　蒲輪召　王　樸　屠仁彬　第一名獎銀三兩　二名獎銀二兩　三名獎銀一兩五錢　特等五名　張東瀛　王國材　來佐清　余開甲　華世傑　第　名獎銀一兩餘名獎銀六錢　一等三十名　黃藝斌　黃承烈　戴清泉　汪家鼎　沈鍾和　方務庠　崔作樞　汪　元　羅福保　傅修子　王◇純　陸繼賢　李　聰　吳夔龍　陸淇實　于席珍　楊敬秩　李與仁　湯聘之　舒　翹　阮晉賢　李文人　楊文彬　李毓芝　胡文謨　冷◇棫　于◇珍　趙克言　黃乃蓮　前五名各獎銀四錢　餘無獎○又考試經文策問名次列後　計開超等五名　華世傑　田◇田　李煜華　崔作樞　李　聰　第一名獎銀三兩　二名三名各獎銀二兩　餘各獎銀一兩五錢　特等五名　李瑛　李咸熙　徐汝霖　湯聘之　來佐清　第一名獎銀一兩　餘各獎銀六錢　一等三十六名　蒲輪召　崔寶棠　汪家鼐　吳蔭聚　阮晉賢　王文炳　陸淇實　王文炳　傅修子　楊文彬　趙克言　李炳榮　徐　翰　余開甲　高寶傑　胡文謨　崔　湘　徐之壎　俞　超　史　彤　陸沛賢　楊敬秩　李重熙　劉華封　汪家鼎　方賓穆　田振基　趙寶龍　孟熙斌　吳葆獨　李◇人　于◇珍　張東瀛　鄭鳴謙　范淮清　劉圯雲　前五名各獎銀四錢　餘無獎　不列守和除二名　崔作霖　松　鈞

查勘災區（府屬七州縣屢年被水成災惟本年雖有收成不過十分之二現各屬來津赴府叩求緩征者實繫有徒前經府憲沈太守於一十三日赴所屬被災之區查勘情形被災各州縣者可有緩征有望冬賑春撫亦必正需實惠也

回耗述聞　○自新疆肅清前往貿易者天津人居多茲有由甘省旋津數人云現在回匪猖獗勢已燎原紀律不明當規未肅

[illegible]亦[illegible]的妖惟一心一德眾志可以成城敎州[illegible]城池所戰皆克並傳檄[illegible]者凡係被敎之人其不願入會共拿亦不許協助官軍且計[illegible]若干須由會助如有不遵兵馬一臨爾皆殺戮此次之變實係平素回漢不和至於此極其起意叛逆亦非伊朝夕奈官場未能[illegible]防範一經有變不可嚮邇倘仍施恩撫輯任徒遺其害斷難就理若非調集大軍由四面兜剿則亦無濟於事蓋剿此頑彼猶匪彷如[illegible]昔之髮逆肉備[illegible]望定不免擾及他省則剿除更需時日也所述如此未悉是否姑照有聞必錄之例登之以質當道之關心時勢者

藉差行詐 ○昨有甲乙丙三人皆帶四五品頂戴冒充某帥差官赴[illegible]署[illegible]事本[illegible]向未[illegible]旋有某帥[illegible]差官[illegible]來[illegible]乙丙二人見[illegible]不佳乘間而逸甲尙在帳房等候並不知情遂被拿獲本[illegible]立派幹役帶甲作眼線四出偵緝務拿獲乙丙二人到案[illegible]得此等差帶甲竟向大小娼窰及各小班等處尋覓預囑甲到娼窰內[illegible]云乙丙二人在此借端漁肉故凡開設娼窰之人皆以孔方兄[illegible]陪每小班需錢數十千各娼窰亦需錢十餘千似此藉差訛詐殊屬膽大已極用特[illegible]之以覘厥後

練軍下夜 ○每屆冬令河北窰[illegible]練軍管何統領飭勇丁等分段各街下夜以資巡守現冬防在邇各勇丁按段搭蓋窩舖[illegible]爲存身俟搭蓋齊[illegible]即分段下夜矣各[illegible]居民何幸如之

[illegible]緝賊 ○河間府屬交河縣民人有商進顯者耕讀爲業家稱小康入爲盜賊垂涎於上月某日夜魚更三躍被賊撬門入室將[illegible]錢衣服首飾等物[illegible]掠 盜並將伊妻何氏竊負而逃商特燈查點所失財物若干並其妻亦被搶去立赴交河縣報案至今月餘尙未弋獲[illegible]商赴道轅呈控至如何核[illegible]俟訪再登

是乃仁術 ○日前院署東北河沿有一年逾知非之外[illegible]貧婦與三四齡小孩正行走間忽然倒地奄奄一息幸有好事者趕緊扶掖逾時方甦詢其情由原因飢寒所致王[illegible]關某某曾見心焉憫之給錢兩千文並有河沿脚行[illegible]王[illegible]朱姓四人僱[illegible]車[illegible]四五千文雇[illegible]洋車送之回店

園主被責 ○本埠各小茶館林林總總每屆冬夜招集優伶歌唱以謀厚利近永豐屯某茶館夜晚演洋人走[illegible]被[illegible]督局段查知即將園主扭入局中飭責局棍數十下並示以後夜間再肆意演劇定必從嚴治罪云

以強欺弱 ○本埠南門外養病所前有梁二者似混混而非混混[illegible]人俗謂半打半扣者是也日前與附近趙某之子[illegible]包子兩個趙子要錢梁二不但不付反拳打脚踢趙某見之氣忿塡胸遂與梁二揪打詎梁二觸起混混[illegible]情形即用木棍凶毆幸爲養病所總辦保大令瞥見飭差持片將梁二等一併送官懲治如何訊辦訪明再錄

巡工告示 ○大淸各口巡工司畢 爲通行曉諭事照得本巡工司前奉 [illegible]稅務司赫 憲劄行以沿海沿江建造燈塔浮樁等事或係創設或宜改移或有增添或須裁撤等造既[illegible]變更務即隨時彰明出示通曉各處俾得行江海船隻周知偏喩等因茲本巡工司查粵海關稅務司所屬界內鯉魚門地方現查出礁石一塊合將其情形度勢開列於左 計開 一廣州府新安縣鯉魚門北岸之西北角相距西北一百九十一丈五尺查有礁石一塊於潮望潮落時水深僅有七尺七寸見英國海部圖第 千四百六十六號此礁爲尖石礁一段最淺之處自該段十七丈內水深約一丈五尺至四丈不等凡往來切勿靠北岸礁石當中宜向東北行駛不致有悞 爲此合即遍行出示通曉各處船隻務宜留心詳記以免疎虞勿忘勿忽切切特示 光緒二十一年九月初九日 第二百九十九號示

新婦奇謀 ○廣東肇慶府城北石坑村中多客民所居有駱某年已六旬餘少爾江湖得教師授以拳棒生一女小字阿英聰慧艷倫摩[illegible]女子多不讓足英年十三四駱即授以技藝長尤超群過人許字同邑艾某爲媳艾富家也聞女有故聘之上月初四日三星在戶喜迎娶吉期艾府席豪與親朋遝女眷珠翠盈頭光眩人眼鄉例凡附近鄉人無論戚友以紅紙裹百錢爲賀主家不能却幷須拉[illegible]酒筵是夜畫堂鼓樂酒過數巡魚更二躍客已半散忽有外客五六人登堂道喜連聲到遲艾以客來不速重啓酒筵款之幷命扶新娘出拜迨至魚更三躍先來之客概行辭歸五六人忽放下酒杯拔出刀槍將艾姓家人嚇禁一隅即入室中將衣飾[illegible]兩飽掠而遁賊出後家人急[illegible]鳴鑼告警村人與更練[illegible]出追捕與賊要戰中途賊且戰且走方至村外陡聞槍響一聲火光照耀車械[illegible]已將五六人全

□生俘去掠去贓物得以全璧歸還爲是謀者菾新婦於拜客時已察出若輩爲綠林豪客因密囑新郎不動聲色卸去裝飾挾其從嫁之婦逕奔外家□騎□相□騾親率其子弟十數人偃旗息鼓埋伏村外暗囑女自持洋槍先爲偵探故槍聲一響扼賊要衝內外夾攻猝不能逃是以全數就擒也古有娘子軍如騾女者謂非其匹歟

山左水災　○山東黃河歷年爲患沿河居民元氣早傷今夏雨水過大上游壽張東平下游齊東青城等縣均被漫溢而利津博興等處本屬窪下之區被災尤重水深丈餘淹斃人口無數屋宇十存二三窮黎待哺嗷嗷情形可憫山東撫台當即發欵賑放急賑惟災區既廣必須力籌鉅欵電商制府王夔帥當時籌撥五萬金並由關道盛觀察籌墊五萬金請江南義紳嚴佑之助教前往□放但此十餘州縣災黎數十萬斷非十萬金所能救徹不得不仰望四方樂善君子源源捐助爲數不拘多少集腋成裘倘蒙慨然解囊其欵請交天津工程局彙收轉解俾活災民則仁人所賜當爲災民九頓首之矣

同人公告

告白

李傅相馬關被刺紀實 內帶小照每本價洋四角五　王芍棠星使使俄日記　盛世危言　續盛世危言　蟄盧叢書　各國時事類編　中日戰守始末記　公車上書記　蘭石蘭譜　竹譜　海上見聞錄　洛金扇　吉祥花　小八義　包公案　施公案　桃燈新錄　夢筆生花

文美齋謹啓

敬啓者現有英人僑居烟台曾在英京國學考有官憑並教授經史算法航海等學三十餘年並在英國海軍衙門充當試官有年曾蒙華廷派委要差今擬在本公館教授華童英文以便將來應陸軍海軍商務之選惟受教不得過十五歲議定每季脩金關平銀二百兩如有從學者即希函達天津恒豐泰飯店或烟台英領事署轉致倪爾森可也

金陵儒醫世傳

貧病送診　過午不候

高克成內外科大小方脈

廣東門外天齊廟

保康水險公司告白

啓者本公司原創在星架波大埠實備資本洋三百萬員前設專行在香港上海承保洋面船舶貨物水險歷有年所信義咸孚久已馳名中外茲另設分行在天津託明義洋行代理專保洋面船貨水險保費克己倘遇不測賠償迅速各寶號賜顧不拘早夜祈移玉至明義洋行投保不悮

本館京城售報處在宣武門外檢家坑路東海昌會館內陳午清先生代辦如有願者請至陳處可也

本館賬房啓

浙杭元吉永號

本莊自置紗羅綢緞新樣洋縐花素洋布川廣夏貨厚摺雅扇南貨頭油俱全祇爲近時錢市漲落不同故而各貨減價開設估衣街中間路北凡仕商賜顧者採買特此佈達

天津祥順客棧

啓者本棧在天津河東鹽坨老龍頭車站傍坐北向南房屋寬大專接火車夾板往來客商起卸貨物代報關稅僱覓車船一切甚近倘蒙賜顧萬無一失特此謹白

本棧主人具

九月二十日輪船進口　連陞　新濟　輪船由上海　怡和行　招商局

九月二十一日輪船出口　新裕　輪船往上海　招商局

九月二十日錢市行情

天津九七六錢　錢盤二千六百八十五文　洋元一千九百三十文

紫竹林九六錢　錢盤二千七百二十五文　洋元一千九百六十文

直報

光緒二十一年九月二十一日　第二百四十五號
西曆一千八百九十五年十一月初七日　禮拜四

上諭恭錄

旨陝西道監察御史員缺着黃均隆補授分發廣東道王秉恩江西知府張雲錦陳方銓江蘇同知范鶴新江西同知羅家勸山東同知余濬陝西同知姚汝楨浙江同知彭汝孫劉國郁江西同知吳崧高廣東同知王秉蕊湖北直隸州知州龍魁山西通判吳廷燮浙江通判徐恭立趙廷幹湖南通判李彭廣東通判屈承栻李大綱直隸知縣孔憲廷山東知縣李桂芬山西知縣鍾祜高凌霄陝西知縣陳膺臻江西知縣張桂芬張炳華湖北知縣周林湖南知縣譚承元廣東知縣吳懋勛王之翰查學耀奉天知縣趙臣翼安徽知縣張文灝陳麟瑞山東知縣藍承瀛河南知縣陳永壽浙江知縣鄧心芬江西知縣張學勤福建知縣朱開泰邱祖恩四川知縣張杰劉齊清吳綱坤廣東知縣劉樹楠張式恭兩淮鹽大使衡佩兩浙鹽大使曾頤勳俱照例發往吏部考功司郎中員缺着延譽補授所遺文選司員外郎員缺着弼良補授所遺文選司主事員缺着附額祿補授盛京禮部本處郎中員缺着紹恭補授盛京戶部員外郎員缺着廣麟補授盛京兵部員外郎員缺着恩惠補授翰林院待詔員缺着松祿補授擬補盛京刑部司獄綸興着准其補授一品廕生毓善着以文員用欽此

太常寺題十月初一日孟冬時享　太廟奉

旨朕親詣行禮後殿遣溥靜行禮東廡遣錫光西廡遣薔永安各分獻欽此

廿四詩品註

高古○畸人　大宗師畸人者畸於人而侔於天註言不偶於俗與天爲一　乘眞　見前　汎　秋水汎汎乎其若四方之無窮其無所畛域註無爲無不爲有何畛域又山木人能虛己以遊世其孰能害之註言人〻虛己便是乘道德而浮遊者　窅然空蹤　知北遊夫道窅然難言哉註奧妙元深不可言詔極其高深又光曜問乎無有曰夫子有乎其無有乎光曜不得問而熟視其貌窅然空然終日視之而不見聽之而不聞搏之而不得也光曜曰至矣其孰能至此乎註言道體　月斗　大宗師維斗得之終古不忒日月得之終古不息淮南子夫乘舟而惑者不知東西見斗極則寤矣夫性亦人之斗極也　好風相從　陶靖節讀山海經詩好風與之俱　太華　雲笈七籤太華高七千丈山海經高五千仞　神素　刻意純素之道惟神是守守而勿失與神爲一　畦　人間世彼且爲無丁畦亦與之爲無丁畦封　齊物論道未始有封註封分也　黃唐在獨　在宥吾與日月參光吾與天地爲常當我緡乎遠我昏乎人其盡死我獨存乎按此廣成子教黃帝語又夫天地者古之所大也而黃帝堯舜之所共美也註帝王之德以天地爲宗又德充符受命於天惟舜獨也正幸能正生以正衆生又大宗師朝徹而後能見獨見獨而後能無古今註明徹而後能獨見於此而後能恒久湛寂或以陶詩黃唐莫逮慨獨在余作解似欠切合　落落　本老子　元　郭璞老子註與元通　宗　見雄渾品外字汴又莊子不離於宗謂之天人不離於精謂之神人不離於眞謂之至人以天爲宗以德爲本以道爲門兆於變化謂之聖人　典雅○書　天運道之所貴者書也詳離形解內　可讀　則

陽今計物之數不止於萬而期曰萬者以數之多者號而讀之也是故天地者形之大者也陰陽者氣之大者也道者爲之公因其大以號而讀之則可也雖有大知不能以言讀其所自化注讀音諭也詳流動品假字註 洗鍊〇鍊冶 程子華子帝乃采銅者鍊剛質也 體素儲潔 刻意能體純素謂之眞人又澡雪而精神注精神未潔者澡雪而滌濯之 乘日 南華黃帝將見大隗乎具茨之山方明爲御昌寓驂乘張若習朋前馬昆閽華後車至於襄城之野七聖皆迷無所問途遇牧馬童子問途焉曰若知具茨之山乎曰然若知大隗之所存乎曰然黃帝曰異哉小童非徒知具茨之山又知大隗之所存請問爲天下小童曰夫爲天下者亦若此而已矣又奚事焉予少而自遊於六合之內予適有瞀病有長者教予曰若乘日之車而遊於襄城之野今予病少痊予又且復遊於六合之外夫爲天下亦若此而已註大隗大道也乘日之車以日爲車遊於廣漠之野無物可見障翳可除也古今本皆作乘月疑有誤

承領庫緞 〇內務府廣儲司爲知照事所有此次恭備謝差之侍衛 恩賞綢緞本緞庫於九月十九日開放爲此知照貴侍衛處傳知三旗派員於是日辰刻赴內緞庫承領

廩羊價銀 〇管理直隸古北口路驛傳事務理藩院郎中奎彰派令外委湯允中於九月初旬到京領蒙古台站廩羊價銀呈由戶部發出蒙古各台站廩羊價銀三百九十六兩飭交該員解往口外轉蒙古各站收存以備應差之需云

捕盜認眞 〇天下不患有盜特患捕盜者不肯實心踪緝耳近日京師盜案疊出甚至白晝胆敢搶奪殊切隱憂有捕務之責者幸勿曠職干咎也九月十五日崇文門外四塊玉地方經飽探戎督飭明弁購同眼線在該處拿獲盜犯一名婦女一口幼孩一名並起獲洋槍二杆長刀一把銀兩衣物等贓復在南與隆街拿獲盜犯二名均獲有贓証一併解交步軍統領衙門審訊然未悉供認何案俟訪明再錄

會文課題 〇津海關道九月十八日課試會文書院文詩題目 文題 君子之中庸也君子而時中 詩題 賦得鷗盼青雲得眼開得開字五言八韻 大卷寫馮文蔚策文

會文榜示 〇在任補用道特授直隸天津府正堂沈 爲月課事照得本府閱取會文書院肄業舉人等第姓名次序並獎賞銀數開列於後須至榜者 計開 正取四名 高凌雯 凌雲 蔡如梁 高凌霨 前二名各獎銀五兩 三名四名各獎銀四兩 副取六名 華世鏞 姜秉善 常文僖 陸繼周 姜擇善 劉長容 一名獎銀三兩 餘各獎銀二兩 次取四十四名 龔昌言 李春棣 劉學濂 劉嘉琦 王樾 孫星楷 劉嘉瑞 楊鳳藻 劉晉榮 鄭文彩 王銘恩 任嘉蔭 王守恂 王兆泰 龐今垣 華學淇 李春澤 張玉崑 張克家 王叔培 王仁沛 陳恩榮 陳桂 李秉元 岳鍾秀 高桂馨 胡祖堯 沈耀奎 竇燦榮 杜聯陞 王靈章 黃耀庚 朱懋昌 周汝坊 趙掌文 金文彥 王錫嘏 齊徵 李錦源 李斗山 周召南 黃世徵 夢祥 高壽祺 第一名獎銀　兩五錢 二名至十名各獎銀一兩 餘無獎

貪利喪名 〇從古爭名者於朝爭利者於市此名利兩途久矣各有所在也頃據訪事人云楊柳青某宦躬列詞林已著名於朝右宜如何潔清自矢以顧聲名乃罔知自愛曾於本年五月間捏名在順天府朦請護照一百張稱赴豫東買糧十萬石運京平糶實則全將護照轉賣於同鄉各糧商影射買糧每石竟得照價津錢百文統計得銀二千餘兩飽載而歸洋洋得意殊不知事關侵奪盜稅果出於惟利是圖之商家情尚可原若出於清潔爲貴之宦家其貪鄙鑽謀行同市儈之名在所難辭矣至於請照者出名者及外出承辦者各名爲誰雖已訪明仍恐其中稍有不實姑且隱而勿宣容俟探訪的確不虛再行詳登報牘以爲貪利喪名者戒

賞飭舊部 〇現各營兵勇撤防來津者實繁有徒被遣散時月餉之外加給恩餉各大憲體恤勇丁不可謂不厚奈勇丁等不思回籍每日在津沽一帶非嫖即賭無所不至其不入下流比於乞丐者幾希矣日前有某營兵形極狼狽聞其統領來津俯首乞恩賞銀數兩囑令赶緊回籍毋許任意逗遛云

洋槍宜禁 〇曩昔火槍雖係鳥槍馬槍至短亦在二尺以上私用無可隱藏自興洋鎗以來不但鎗身短小且最快最妙所以禁

之愈豫用者愈多惟盜賊之中十居其九無不以洋鎗爲護身符推原其故實以私造者甚夥也論津郡東南兩製造局工匠固多學習者亦屬不少其始入局時不知幾經周折方可入局工作迨數年後學藝已成去留隨其自便漫無限制多有出局後即擇僻靜處開設修理洋鎗之舖不免私自製造重價求售防之不可不亟亟也玆聞東門外閘口上迤西某胡同內某甲者素極貧寒其母乃串珠花之流甲在南局學藝專造洋鎗後辭退局工竟作私造私賣生理不數年家稱小康其母亦公然爲富家太太申造作甚爲嚴密不易查拿況地方官亦未能料及此事殊不思姑息養奸紛紛效尤以致盜賊用之不竭而奸民得以大獲利益若不嚴查重禁其禍豈淺也哉

書房被竊 ○每居冬令宵小最易潛滋眞自防不勝防緝不勝緝者矣南門外養病所內李孝廉書房日前夜間被妙手空空兒將書房內衣服陳設等件偷竊一空次早李檢點失物具單赴縣報案能否贓賊弋獲尚不得而知也

一味橫行 ○自中日議和大兵陸續遣散各處游勇良莠不齊現聞城東軍糧城於月之中旬某夜魚更三躍忽有兵勇六七人將該處民人劉吉順大門砸開手執洋炮火扇搶去銀錢衣服首飾等物呼嘯而逸夫該城現有陳卜五軍門駐防該員晝夜巡查而該勇等膽敢明火執杖搶掠居民何其目無法紀若是乎不知有地方之責者宜如何設法整頓以安閭閻耶

拐匪宜懲 ○玆聞閘口某店前日來一男子偕婦女各一其入店時聲稱係武清縣人同妻將其妹送回原籍出嫁在此暫住訪友每早將食用一切買畢即將門上鎖言婦女住店諸多不便似此少滋事端該店以爲謹愼亦不之疑詎延二三日則屋門終日鎖不知何時俱已潛走店主不勝駭異迫二日後有人向各店尋問婦女行跡該店亦未敢明言遂詰其原委據云有王姓者係北京人以販賣京貨爲名專意誘拐婦女玆在唐山某處誘拐一婦一女因而追及此地等語該店方豁然省悟甚悔未能詳查致被走脫然論津地店本甚多而開店者良莠不齊其良者見有形跡可疑即爲稟報其莠者竟隱匿以爲生財之道總之非該管者時加嚴查終不免有奸匪溷迹也

棺柩宜葬 ○本埠連年被水塋地概行淹沒凡喪事之家往往不能安葬者有之玆聞城內林刺史棺柩一具暫停大稍直口關帝廟內以安幽魂㨿廟內棺柩各色人等理宜照顧詎日前湘軍武威營紮華暫屯大稍直口一帶聞住該廟某勇等見有棺柩一具竟稱即時移出幸住持道士竭力攔阻其事始寢噫該勇等如此無禮未悉營哨各官其亦知焉否耶

兵精糧足 ○臺南友人於上月二十九日發來要信云探聞投効劉軍之簡李各路義兵連獲大勝彰化嘉義等處均已克復二十四日下午劉帥大營收到各紳民義捐銀六十餘萬元各兵勇情願不領現餉每日但求果腹便可戮力從事一俟全臺克復然後論功行賞二十七日又有現洋數萬元滙單十萬元由爹利士火船解赴劉大帥營此項鉅欵聞係由旅居外洋之華商樂爲勷助由廈門轉解以濟餉需者也

英電譯要 ○前日英京路透局來電云日本已與西班牙國議定以第二十度平線爲臺灣與裴立比羣島之界限

鬧教又起 ○江西萬安縣之天主教堂於八月二十七日被匪徒肆擾房屋半遭拆毀上海法總領事呂班君聞信後於二十九日電請南洋大臣張香帥速爲辦理香帥業經電飭地方官秉公嚴辦勿任匪類鴟張說見文滙報

古巴不靖 ○古巴來信言該處土匪不靖與駐防之西班牙兵士迭次交戰各有死傷自肇事迄今陣亡之西兵已有二千餘名現須添兵剿捕始能迅掃妖氛也

名將到寗 ○兩江總督張制軍續聘德國名將二十員教導馬隊玆聞於八月十八日由鈞和輪船到申迎接刻已同抵石頭城下香帥飭屬員接入晤談許久始行退出日內將編隊教戰矣

關界選員 ○中日議和約欵曾准在蘇州開設通商口岸總理衙門行文至金陵張香帥以開闢事宜非深明洋務之員未易善宜於後特奏調廣東補用道楊觀察樞到寗辦理今觀察業已戾止進轅稟到香帥札委會辦洋務總局即於八月二十六日乘輪赴蘇大約日內即將開辦云

古井潮翻　○古樂府有妾心古井水以其不起波瀾不料天下事竟有出人意外者金陵省會本前明京都日前明故宮井中忽然波翻浪湧歷三時許水溢井外流及平地滔滔汩汩其聲若雷附近居人聞而往觀咸相驚詫正慌亂間見一青蛙大若栲栳頭流而上俄而陰雲四合暴雨如注觀者皆奔避不遑及至雨霽復往則井欄巨石已裂爲二四圍積水猶深尺餘俯視井中則水仍瀅澈如故青蛙亦不知何往矣

山左水災　○山東黃河歷年爲患沿河居民元氣早傷今夏雨水過大上游壽張東平下游齊東青城等縣均被漫溢兩利津博興等處本屬窪下之區被災尤重水深丈餘淹斃人口無數屋宇十存二三窮黎待哺嗷嗷情形可慘山東撫台當即發款自放急賑惟災區既廣必須力籌鉅款電商制府王夔帥當時籌撥五萬金並由關道盛觀察籌墊五萬金請江南義紳嚴佑之助教前往放但此十餘州縣災黎數十萬斷非十萬金所能救徹不得不仰望四方　樂善君子源源接濟爲數不拘多少集腋便可成裘倘蒙慨然解囊其款請交天津工程局彙收轉解俾活災民則　仁人所賜當爲災民九頓叩之矣

同人公啓

本館京城售報處在宣武門外繖家坑路東海昌會館內陳午清先生代辦如蒙　顧者請至陳處可也

本館賬房啓

敬啓者現有英人僑居烟台曾在英京國學考有官憑並教授經史算法航海等學三十餘年並在英國海軍衙門充當試官有年曾蒙華廷派委要差今擬在本公館教授華童英文以便將來應陸軍海軍商務之選惟受教不得過十五歲議定每季脩金關平銀二百兩如有從學者即希函達天津恒豐泰飯店或烟台英領事署轉致倪爾森可也

金陵 儒醫世傳

貧病送診　過午不候

高克成內外科大小方脈

廣東門外天齊廟

保康水險公司告白

啓者本公司原創在星架波大埠資備資本洋三百萬員向設專行在香港上海承保洋面船舶貨物水險歷有年所信義咸孚久已馳名中外茲另設分行在天津託明義洋行代理專保洋面船貨水險保費克己倘遇不測賠償迅速各　寶號賜顧不拘早夜祈移玉至明義洋行投保不悞

浙杭元吉永號

本莊自置杪[illegible]綢緞新樣洋辮花素洋布川廣夏貨○團摺雅扇南貨頭油俱全祇爲近時錢市漲落不同故而各貨減價開設估衣街中間路北凡仕商賜顧者祭[illegible]特此佈達

告白

李傅相馬關被刺紀實附帶小照每本價洋四角五　王芍棠星使使俄草　盛世危言　續盛世危言　藝盧藩書　各國時事類編　中日戰守始末記　公車上書記　蘭石蘭譜　竹譜　海上見聞錄　洛金扇　吉祥花　小八義　[illegible]公案　[illegible]公案　桃[illegible]新錄　募筆　生花　文[illegible][illegible]謹啓

怡生　九月二十一日輪船進口　由上海　怡和行

新豐　由上海　[illegible]商局

九月二十二日輪船出口

新濟　往上海　招商局

九月二十一日銀洋行情

天津九七八錢　[illegible][illegible]二千六百八十　洋元一千九百三十　[illegible]竹林九七八錢　[illegible][illegible]二千七百二十　[illegible][illegible]一千九百六十

直報

光緒二十一年九月二十二日　第二百四十六號
西歷一千八百九十五年十一月初八日　禮拜五

上諭恭錄

上諭四川代理秀山縣知縣教習知縣鄭子元前經劉秉璋以擅釋罪犯任用劣紳並勒索前任知縣王壽松錢文列欵奏參業經降旨革職永不叙用嗣因有人奏該革員被參寃抑當經諭令鹿傳霖確切查明尚未覆奏本日復據都察院奏該革員以被參寃誣等詞赴該衙門呈訴所控各節是否飾詞狡辯抑係實有寃誣亟應切實根究着鹿傳霖迅即提集人證卷宗秉公訊辦以成信讞該革員鄭子元着該部解往備質欽此

廿四詩品註

勁健○行氣如虹　列子虹蜺也雲霧也風雨四時此積氣之成乎天者也　飲眞茹強　天運古者謂是采眞之遊註無欲無求也又大宗師古之眞人不逆寡不雄成不謨居少而順受功成而不有　守中　淮南子得道之柄而立於中央又守中見老子　是謂存雄　莊子天下老聃曰知其雄守其雌又云常寬容於物不削於人云云古之博大眞人哉未云施存雄而無術註施惠子名莊子惜其不能守雌所以不能存雄　天地與立神化攸同　在宥吾與天地爲常詳高古品黃唐注又德至同於太初詳雄渾品反字註又在宥大同而無己云云覩無者天地之友又天道其動也天其靜也地又天下天地並與神明往與又神化見孟子　期　知北遊期而後可注期定其所也詳流動品往來註　實　德充符虛而往者實而歸註此是宗門旨趣應帝王壺子曰吾與汝既其文未既其實而固得道與衆雌而無雄又奚卵焉註未盡其眞實不識不知之地而自謂得道是猶衆雌無雄也　御　逍遙遊若夫乘天地之正而御六氣之辯　終　淮南子抱德以終年可謂能體道矣莊子應帝王一以是終注混然天眞終身以是爲常也　綺麗○存　楊雄解嘲恣意所存　富貴　繫辭崇高莫大乎富貴莊天地有萬不同之謂富在宥獨有之人謂之至貴註天地之友也淮南至貴不待爵至富不待財　澹者屢深　淮南原道訓澹兮其若深淵詳含蓄品萬　註　取　齊物論非彼無我非我無所取注非造物無我非我造物亦不能自見　美　知北遊天地有大美而不言云云聖人原天地之美而達萬物之理　良殫　襟　陶潛詩余襟良已殫　自然○不取諸鄰　山木魯君曰吾誰與爲鄰市南子曰寡君之欲云云註言欲君與道相輔而行無取乎鄰之相助也詳纖穠品愈往註　俱道　天運道可載而與之俱也詳流動品如愚註　道　老子人法地地法天天法道道法自然王弼註法謂法則也　適　寓言惡乎其所適惡乎其所不適又至樂義設於適著手　詳精神品妙造解內　春　德充符使日夜無郤而與物爲春　花開歲新　淮南原道訓員者常轉窾者主浮自然之勢也是故春風至則甘雨降生育萬物羽者嫗伏毛者孕育草木榮華鳥獸卵胎莫見其爲者而功既成矣云云由此觀之萬物固以自然聖人又何事焉又莊讓王古之得道者窮亦樂通亦樂所樂非窮通也道得於此則窮通爲寒暑風雨之序矣　眞與　德充符道之貌天與之形無

以好惡內傷其身　強得　天地知其不可得也而強之又一惑也　貧　大宗師天地豈私貧我哉讓王窮於道之謂窮兩義可參看兩　天運天其運乎云云意者其運轉而不能自止邪雲者爲雨乎雨者爲雲乎孰隆施是孰居無事淫樂而勸是又天道雲行雨施註言化之無心也　薄言情悟悠悠天鈞　莊田子方曰其爲人也眞人貌而天虛緣而葆眞清而容物物無道正容以悟之使人之意也消又寓言天均天德也庚桑楚作天鈞又淮南子天鈞作天體解與此有別

磨勘試卷　○九月十八日爲乙未科武會試磨勘試卷之期經兵部奏請　欽派磨勘試卷大臣崑岡峯中堂陳桂生少司農曾少司膳廣漢於是日黎明赴貢院磨勘試卷分別甲第於二十日在兵部預備筵宴飭傳新中武會元等赴宴並經　欽派護宴大臣恩大帥爲前往兵部大堂監視筵宴以崇體制

方物到京　○河南巡撫派委候補知縣胡壽椿解呈汴省方物白合意仁米十二桶外阜黃龍布袱於九月十六日到京定於十九日午刻由東安門昇投交內務府查收以備　御用矣

整飭戎行　○夫槍砲雖車中利器而不得心應手亦必緩急可恃耳京師各營深知其中竅要故排期操練以期精熟並聞南營參戎於九月十七日星月交輝之下親督弁兵演習砲隊打靶以便異日有事疆場無難夜戰各營之整飭戎行洵不憚勤勞矣

回婦被軋　○某氏婦回教中人也身異鬚眉步履甚偃蹇昨午行　阜城門外驢市口距親串家已屬不遠詎自西忽來載甎大車一輛驟馳而至該婦迫不及避竟被車從腰際軋過兩骸皆傷當經驅車人趕緊扶掖奄奄一息遂覓肩輿舁歸家中延醫調治尚未悉能保無性命之憂否也

勸令加捐　○欽命頭品頂戴監督天津新鈔兩關北洋行營翼長辦理直隸通商事務兼管海防兵備道盛　爲曉諭事查前因天津設立頭等二等大學堂經費浩繁曾經本道具詳於博文書院三厘米捐之外加捐二厘已奉　督憲　奏准每石收銀五厘藉充學堂經費當經本道委員勸令糧商遵照去後茲據津郡衆糧商公稟情願加捐前來除詳請　督憲查核立案並稟批示外合亟出示曉諭爲此示仰糧商人等知悉自本年九月十五日起無論有無護照凡係糧商販米麥進口每石一律捐銀五厘毋得違抗切切特示

憲批兩紀　○欽命二品銜長蘆都轉鹽運使司鹽運使李　示據監生張福綬呈批據稟吳光甲臨案逃匿各情是否屬實候諭催綱總等迅速會詢明確秉公處結以免久稽拖累此批○又示據監生王世仁稟批據稟已悉仰候諭催綱總速即會明稟覆並一面迅擬完結以省訟累此批

保護地方　○郡屬每居冬令即由各州縣會同營汛在大道設立窩鋪派定兵丁協同地方巡緝盜賊盤查奸宄送往迎來仍恐有偷安怠惰者復安設巡環二籤晝夜傳遞以期聲氣相通不准運延間斷並令營員督飭汛弁不時巡查與鄰營汛約期見面會哨將交界地方有無事故連銜會印結稟　上憲查核倘有不親自見面會哨僅具空稟一經查出立予撤革如境內出有案件匿不稟報或失主控經上憲飭查即將營汛分別懲參如有勤能緝捕拿獲巨盜眞贓亦必從優給獎若　協獲鄰境案內贓賊者即行破格獎勵並由省中酌派兵丁練軍隨時稽查其各防營分段駐紮巡緝勿論應管境內境外若遇州縣知會緝捕應即立時前往協緝不分畛域使其盜賊無所匿跡以期居民行旅均得安謐現奉　督憲行文照章辦理即以十月初一日爲始至來年二月底止則屆期在邇其有責任者定必不辭勞瘁奮力圖維藉旅居民何幸如之

調赴榆關　○本湘軍福壽等營由西門外大街一律起行已錄前報赴山海關內各營遣散以致關內外游勇雲屯絡繹不絕各大憲恐滋生事端釀成巨禍日昨奉兩江督憲諭令將福壽等十營駐紮榆關以資彈壓云

請領棉衣　○昨定武軍馬步十營現駐紮小站已紀前報日前營哨各官乘火車來津請領綿衣昨早雇大車數十輛將棉衣裝運若干件指日即到駐防矣

下夜堪矜　○本郡歷居冬令自十月初一日起至來年二月底止城內以三營兵丁城外則河北練軍親兵下夜巡緝以衛地方

法至良意至美也刻下城外己俊段搭蓋窩舖以蔽風雪己登昨報惟城內街道太窄無隙搭蓋窩舖其兵丁終夜露天而立遇風雪交加無可遮蔽況該兵等衣服原本單薄無有皮袄亦係殘壞實乃苦累己極且每夜僅領飯錢二百文復被該管營中哨弁及管率官弁從中尅扣是以苦中又苦玆聞所述如此未知確否姑照有聞必錄之例登之

散勇宜防　○軍營紀律森嚴不准絲毫紊亂至行軍駐紮更宜嚴行確查以免滋擾地方自前日湘軍忠信武毅等營陸續來津分駐河東西門外閘口下等處各店鳳該軍三五成羣連日在街游玩玆聞東新街口某甲鮮貨攤忽來三四人類皆湘軍未著號衣因購買鮮菓以言語不通將甲揪住毆打旋即聚集遊勇二三十人擦拳摩掌均欲助鬬半經行人及看街兵竭力勸解始各散去噫該勇之如此無禮若不重申禁令嚴密巡查恐不免釀成巨禍也

送官懲治　○昨南門外養病所前梁二將趙某父子毆傷經侯大令飭差送案已紀前報玆聞八段守望局金大令訊明情由飭勇將梁二重責大棍一百並諭以後再敢壓外縣人等從重治罪云

恃刀行兇　○本埠地窄人稠行人擁擠邇在皆然日前湘勇數十人身佩大刀路經新浮橋正值練軍右營勇丁赴各段搭蓋窩舖在橋相撞互爭道路兩不相下爭吵間不料湘勇等拔刀將右營勇丁剁傷數人現獲湘勇三人餘俱逃逸聞揪赴營中不知如何懲辦也容訪再錄

大鬧戲園　○自和議已成本埠協盛金聲襲勝廣聲四大名園稍有生意自十八日間縣府兩試兼糧船入境又賠累不堪目今客商雲集頗護利權以補不足詎日前侯家後協盛茶園忽有散勇百餘人入座高談雄辯致令觀劇者望而生畏畏而思退及將開場時園主見之除散勇而外並無他人暗囑夥計將園首牌子摘下並令戲班退回明日再演該勇等見戲不演羣起而攻將園內一切捽碎一空憤憤而散

臺嶠要聞　○昨接廈門訪事友本月初八日所發手書亟述臺南近事玆先擇要刊錄左方○前月中旬爹利士船由廈載貨開往臺南到埠後一概未經交卸遂於二十三日回廈暫令客貨起回俟安平戰務大定再行運往該埠旋於二十四日重赴安平藉以觀戰蓋因二十至二十二之三日內劉軍與日兵議和未就知其斷難免於干戈故也　爹利士船又於二十六日回廈搭客中有曾在劉軍辦事之某君語人曰是月二十一日英領事往拜劉軍門告以日船數十艘將到口外一經開仗即不免荼毒生靈不如趁此講和各享安全之利軍門老謀勝算深曉戎機今聞英領事之言頗覺難違厚意而部下各官紳義氣勃發爭欲一戰以挫敵鋒即使敗創亦無所悔軍門壯其志姑修一函交英領事代倩英兵船名辟其者於二十三日赶赴澎湖投遞日官旋於二十四日早攜帶日官之覆書而回日兵船亦隨到軍門即派左翼某統領前往日船面議日官輕之謂如要求和者須令劉某親到方可軍門得信大發雷霆決計與之交戰其時英領事尚欲居間勸解而日兵已在打狗東港地方登岸當被劉軍擊退嘉義亦報克復矣本月初一日晨爹利士船回廈門載至內渡難民約有八九百名據稱劉軍門與日人議和數日未決而日人失信竟乘間擅行開砲攻打旂後東港等小路屢被劉軍擊敗二十八日復攻打狗其時砲台上大砲數尊業經漢奸用計暗損迨開仗日忽然炸裂死傷多人各兵無奈退至安平日兵三四百名遂得登岸連日與劉軍交戰勝負如何俟泉州火船到廈當得確聞再行電達

俄國電音　○上月二十二日英京電報云俄國某日報近接琿春電報稱該處有營造人員三隊業已啓程前往滿洲一帶諸員此行蓋將丈量地段以便建築火車鐵路也

德京雁帛　○德京來電云德國各日報往往作爲論說言德向中國討取租界一事審其地利當無逾於廈門者蓋德若據有廈境則可與英國東方商務爭長云云於此觀之則德人之注意鷺江可見矣

還遼有期　○俄法德三國因遼東一事致書日本詰問日本答以三個月內退還遼東中國另給日本銀三十兆兩日本并允各國船隻行駛臺灣與澎湖交接之海面等語已據英京來電載在本月初五日報端昨又接英電云日本刻已將以上數款一律允准於

西歷一千八百九十六年正月底即華歷本年十二月十七日退還遼東並允不讓臺灣及澎湖於他國

軍門返滬　○江蘇撫標滬軍營統領蕭雲卿軍門月前奉南洋大臣張香帥札飭赴寧親訊一切事宜茲悉軍門已公務粗畢前日回申候示矣

山左水災　○山東黃河歷年為患沿河居民元氣早傷今夏雨水過大上游壽張東平下游齊東青城等縣均被漫溢兩利津博興等處本屬窪下之區被災尤重水深丈餘淹斃人口無數屋宇十存二三窮黎待哺嗷嗷情形可慘山東撫台當即發款會放急賑惟災區既廣必須力籌鉅款電商制府王夔帥當時籌撥五萬金並由關道盛觀察籌墊五萬金請江南義紳嚴佑之助教前往散放但此十餘州縣災黎數十萬斷非十萬金所能救徹不得不仰望四方　樂善君子源源接濟為數不拘多少集腋便可成裘倘蒙慨然解囊其款請交天津工程局彙收轉解俾活災民則　仁人所賜當為災民九頓祝之矣

同人公啓

本館京城售報處在宣武門外繳家坑路東海昌會館內陳午清先生代辦如鬥顧者請至陳處可也

本館賬房啓

敬啓者現有英人僑居烟台曾在英京國學考有官憑前教授經史算法航海等學三十餘年並在英國海軍衙門充當試官有年曾蒙華廷派委要差今擬在本公館教授華童英文以便將來應陸軍海軍商務之選惟受教不得過十五歲議定每季脩金關平銀二百兩如有從學者即希函達天津恒豐泰飯店或烟台英領事署轉致倪爾森可也

金陵儒醫世傳

貧病送診　過午不候

高克成內外科大小方脈

廣東門外天齊廟

保康水險公司告白

啓者本公司原創在星架波大年實備資本洋三百萬員向設專行在香港上海承保洋面船舶貨物水險歷有年所信義咸孚久已馳名中外茲另設分行在天津託明義洋行代理專保洋面船貨水險保費克己倘遇不測賠償迅速各　寶號賜顧不拘早夜祈移玉至明義洋行投保不悮

杭浙元吉永號

本莊自置紗羅綢緞新樣洋辦花素洋布川廣夏貨團摺雅扇南貨頭油俱全祇為近時錢市漲落不同故而各貨減價開設估衣街中間路北凡　仕商賜顧[illegible]

告白

李傅相馬關被刺紀實帶小照每本價洋四角五　王芍棠星使使俄草　盛世危言　續盛世危言　蟄廬叢書　各國時事類編　中日戰守始末記　公車上書記　蘭石蘭譜　竹譜　海上見聞錄　洛金扇　吉祥花　小八義　彭公案　施公案　挑燈新錄　夢筆

牛花[illegible]齋謹啓

九月二十二日輪船進口

怡生　輪船由上海　怡和行

豐順　輪船由上海　招商局

九月二十三日輪船出口

新豐　輪船往上海　招商局

九月二十二日銀洋行情

天津九七八錢

銀盤二千六百八十七

洋元一千九百四十文

紫竹林九大錢

銀盤二千七百二十七

洋元一千九百七十文

直報

光緒二十一年九月二十三日　第二百四十七號

西歷一千八百九十五年十一月初九日　禮拜六

上諭恭錄

太常寺題十月初十日　皇太后萬壽聖節致祭　太廟後殿奉　旨遣凱泰行禮欽此　上諭上海製造軍器局着督辦軍務王大臣督率江蘇候補道劉麒祥辦理欽此　硃筆張英麟補授詹事府詹事欽此

朋比爲姦

君爲民主無主則民無所從民爲邦本無本則邦無以立君以一人不能自理也於是建百官以輔其治此古今之定制人人知之時時率之而一治一亂遂肇於此何也人莫不有所恃以立於世以人之十等而論降至輿臺之賤亦必恃僚隸以爲護符等而上之至於下中上之士之大夫以次相屬莫不恃人君之勢以保其身家行其事權其大較也人君何所恃而能爲此其將恃百官以刼民之身乎抑將恃百官以得民之心使民皆仰而從之以保其身家安其生理以固邦本乎至設官本以爲民而多一官反多一擾民方畏之避之之不遑其孰與人君以爲治古今以來治日恒少亂日恒多孰非所設之百官賞罰不明倚勢舞弊而當路者或蔽於耳目或蔽於利慾而不知有以積之始耶夫蔽於耳目猶可冀其有或知之一時蔽於利慾則斷難冀其有或知之一候茲無論其大者遠者且論其小者近者如直隸河間獻縣界上下毘連之處水陸向多暴客名曰老槍掠物傷人即豐歲亦所不免商旅有鏢經其處者必須雇人保護設鏢局者類皆饒武獻縣等屬巨家該匪見有鏢局旗號即退三舍以避之其常也近年以直屬山東毗連處水旱成災獻縣屬又以滹沱新挑橫河直灌子牙正河連年衝決該匪等遂藉飢民爲名攔河截糧奪取銀物截奪之糧米銀物亦或分撥飢民行賄以免口舌飢民之有志者類多不受入之匪徒勢衆飢民或不敢辭甚或爲其所募計日開工若干截奪重資實皆匪首等自充其橐今歲春夏以來截刼者不可勝計多不報案以報案徒費貲財無人緝辦也嗣以小范鎮一帶有萬勝鏢局係其處巨室善紳所開鏢價雖較他局爲昂然可保行李無恙茲聞該局旗號有所不行鏢丁恒爲匪徒所傷該匪等己各自分段分班輪流行刼自小範以下下馬頭帶郭小掌范屯沿河諸村實係賊藪本月十二日長昇鏢局所保布客被刼布客不知下落鏢丁張姓被賊擄去或云賊恐鏢丁後日更爲眼線殺於中途十三日衡水德恒有號糧客被刼船戶張洛鳳被刀刺透棉衣幸未傷及骨肉又數日源豐恒號糧客亦被刼皆在小範以下獻縣屬內其不被刼之糧客每船來往皆須與該匪等留錢數千或數十千視釐金關稅爲重噫此輩分段分班公然白晝行刼民固無如之何官若知而不知其有護符歟無護符歟防民之口甚於防川知不能默爾而息也

殿陛傳臚　○武科取士肇自前代我　朝踵而行之典至隆制至鉅也查武會試舉人自中式後於九月二十五日覆試畢其應行事宜兵部先期具題十月初一日　皇上在北海紫光閣看視馬步射經鑾儀衛大臣公閱箭枝有準列入上等若敷衍中靶刀石貫場

不佳亦不入選閱畢恭候　皇上升殿傳臚前一日讀卷官將十卷恭呈　御覽　欽定甲第名次〇封填榜至傳臚日陳　法駕鹵簿於太和殿前設中和韶樂於　太和殿簷下設丹陛大樂於　太和門外文武各官在丹墀內朝服排立諸貢士穿公服戴三枝九葉頂立於各官之次內閣學士御前領侍衛內大臣捧榜安設黃案上屆時禮部兵部堂官會同奏請　皇上具禮服出宮　御太和殿中和韶樂作奏隆平之章　皇上升座樂止堦下三鳴鞭鳴贊官排班丹陛大樂作奏慶平之章各官行禮畢鴻臚寺引諸貢士至行禮處次第排立少間諸貢士皆跪鴻臚寺官宣　制畢唱第一甲第一名姓名鴻臚寺引狀元出班就道左跪唱第一甲第二名姓名引榜眼出班就道右稍後跪唱第一甲第三名姓名引探花出班就道左又稍後跪皆傳唱三次第二甲第一名某某等若干名唱第三甲第一名某某等若干名均不出班　畢丹陛大樂奏如前諸進士三跪九叩禮與禮部堂官以雲盤承榜導以黃蓋一甲進士三名貫盛甲插金花十字披紅隨榜由　太和門午門中門出諸進士由　昭德門　貞度門左右掖門出中和韶樂作奏顯平之章　皇上還宮樂止百官皆出捧榜官捧黃榜置龍亭內校尉舁亭和聲署作樂導引　御仗批頭前導至西長安門張掛狀元率諸進士觀榜後至順天府赴宴順天府備傘蓋儀仗從送狀元榜眼探花歸第越二日狀元率進士等上表謝恩羣詣　闕下行三跪九叩禮退以崇典制

表漏稅　〇京師前門外鮮魚口內地方某洋貨店由通運到鐘表十餘箱至京詐稱煤油報稅被崇文門稅務司巡丁查出破綻官將鐘表扣留並將店主某甲解交稅務司訊究聞須加倍議罰以儆後來云

殃及守夜　〇前門外鷄兒胡同有狗肉沽酒市脯往往購取一臠以供大嚼是以生意之盛一日竟售至數隻十數隻不等至狗所由來則暗布黨羽見人家豢養之狗身軀肥大者以毒物飼之食而立斃拽之以去寢其皮而食其肉可慘已詐聞杳廠地方有習慣竊狗之甲背負三狗被人揪住飽以老拳擬捉將官裡去幸經人勸解始釋手縱之使去夫犬能守夜非若鷄豚供人口腹今貪烹而食之是可忍孰不可忍此種惡徒縱使陽律所不及吾知猖猖者亦必仇報來生俗所謂惡狗者非為若輩設耶

神化司財　〇相傳九月十七日為財神聖誕按玉匣記書載是日爲金龍四大王聖誕惟津俗仍以今日為財神聖誕相沿已入習而不察貿之家無不敬祀維虔維誠均以恭祭財神紙像供獻茶酒桃面三牲焚香叩禱茲某甲者以素手起家人極粗魯性且暴躁惟視財極重故敬神極虔於前晚盛辦供物依成例禁止婦女窺伺甲衣冠整齊方將香燃著以拜墊尚未拿到急呼其妻持墊鋪好燃酒上香禱告叩首千百起望案上忽不見財神聖像急視供桌兩旁遍尋無跡心中躁極大聲辱罵其妻言是陰氣將神沖走定必敗財合家聞之亦覺詫異均來詳細查看以奇絕惟其女僕係年老人見滿几上存有紙灰且見其先酒後茶酒火時尚在未滅因悟神像乃被酒火化也不覺大笑詳述於甲甲始悔自己猛浪不覺兩頰發赤爰再請財神重復焚香行禮方畢其願誠哉虔哉愚哉妄哉錄之以博一粲

甲乙華文　〇運齋考取問津書院內外附生童等第名次列後　計開　內課生二十名　張濬川　李臨池　蔡　彬　陳鴻齡　陳澤寰　魏　震　王德純　何錫齡　趙士琳　顧文敏　董恩祥　李鶴鳴　樊蔭慈　梅士俊　董　煥　喬瑞年　王春瀛　劉葆善　曾登泰　胡家祺　第一名獎銀兩五錢　加獎銀二兩　一名三名各獎銀一兩　加獎銀一兩五錢　四名五名各獎銀一兩　加獎銀一兩　六名至十名各獎銀八錢　加獎銀八錢　十一名至二十名各獎銀六錢　加獎銀六錢　每名各膏火銀八錢　外課生二十名　趙慶頤　張大仕　朱　銓　吳□溥　胡瑞璋　高世瀛　高樹聲　張克一　盧秉銓　何錫齡　董鴻恩　朱士珍　于長藻　魏金□　陳贊修　李金榜　張　彤　陳振鐸　郭進修　陶善璐　一名至十名各獎銀四錢　加獎銀四錢　十一名至二十名各獎銀四錢　每名膏火銀六錢　附課生七十名　程士珍等　俱無獎　每名膏火銀五錢　內課童十五名　姜承源　□玉琳　陳寶璠　尹□文　曹春瀛　陳振藻　王國瓚　張在藻　李智瑩　姜鳳岡　賀萬年　周桂芬　杜金銘　李恩沛　楊振賡　第一名獎銀八錢　加獎銀一兩　二名三名各獎銀六錢　加獎銀六錢　四名五名各獎銀六錢　加獎銀四錢　六名至十名各獎銀四錢　加獎銀四錢　十一名至十五名各獎銀三錢　加獎銀三錢　每名膏火銀六錢　外課童十五名　靳士彬等　一名至五名各獎銀二錢　六名至十五名各獎銀二錢　每名膏火銀四錢　附課童四十四名　朱星煥等　俱無

裝每名營火鐵三錢

寅申湘令〇昨湘軍武威等營來津已登前報茲據本營勇丁聲稱馬步十營尚未到齊並棉衣等項亦尚未備昨魏軍門飭步軍等營趕緊赴津催辦棉衣聞不日全軍起行開赴甘省助剿回逆矣

對面調嬉〇語云學有學規舖有舖規嚴則百廢俱舉弛則百弊叢生其勢然也奈近來風俗變遷規矩疎懈甚而毫無忌憚一任輕狂招事惹非殊失局面昨某號雜貨舖並賣南烟其櫃經管售烟之舖夥某甲年約三旬忽來一五旬旂粧婦人買烟即就櫃前立而吸之甲與婦笑謔不休遂舉手摸婦面俗謂之拔蘿卜者婦以街面上人目衆多遽作蛙怒詬詈百般幸又一舖夥亟力解慰賠禮婦始忿忿而去吁男女有別老幼何分況以三旬之男嚙嗤五旬之婦輕薄之態匪夷所思其無品無才已可概見宜其年逾而立尙爲人作站櫃生涯也壯不如人可恥熟甚哉

富頭棒喝〇本埠自立官船總局以來各船戶等每年輪流値差一次以示體恤各船戶等均稱受恩不小即有要差亦由船局催辦貼船舊章法良意美昨午湘軍某某勇赴姚家灣貼船該船戶曹某聲稱向由船局貼船某勇不容分說即用馬棍將船頭搗漏並將曹某頭顱打傷曹某手揪某勇即赴大梢直口該管營哨喊控矣如何核辦俟訪再登

尙慎旃哉〇昨晚七點鐘時西門外聚泰客店忽有一勇進門口操南音手持水烟袋聲稱進店找人誰料進某客屋即肩負行李而走該守門夥計某甲查知詢問該勇即遺行李逃逸該店夥等隨向西門內追赶不知能弋獲否也舖戶居民門焉者其慎諸

賴有此耳〇本埠混混一流雖大憲屢經嚴辦終未斷絕根株易俗難也昨午西門內混混數人手持器械赴南臺子某混混處尋仇幸該管局段査知混混等聞風鼠竄杳無踪影倘非有局段之設則兩造殺傷何堪設想耶津埠械鬥較數年前聊爲少差賴有此耳

土國電音〇上月二十一日英京發來電報云土廷現在已簡陸軍統領浮越巴沙査勘那打尼呂士一帶砲臺已經擬魚雷有首往牙里坡窿海峽一帶相機安頓云云觀土廷之所爲大有不甘受人挾制之意若果彼此各不相下當不免有決裂之虞按英國近日所行之事與前迥異如出兩人如成都教案則已強逼中朝矣今亞棉尼安教案又復強逼土國矣雖曰此事乃各國合辦實則始諸英國不過邀請他國與之聯名今觀英人所爲一意恃強幷無畧爲瞻顧夫中朝甫經受創何暇與之計較故尚易於恫喝惟土國雖曰寖弱然究係大國今觀其勘砲臺及水雷各役夫豈甘心受其挾制哉土國之事雖係英俄法三國合力與爭然其意實出於英若果英土衅起想俄法兩國必派兵艦以坐觀成敗冀從中以享漁人之利夫俄之欲踰英土邦也已非一日英向賴土以爲俄之屏蔽故常助土以拒俄今因此事竟與土俄大起猜嫌英之怒正俄之利乃英竟不計及於此惟以俄法爲同心此其失算之處旁觀者已窺見其微倘猶不及早知機誠恐將來必不免爲法所賣也可勿懼哉錄叻報

商雲輪集〇富強首重商務香帥於鐵路紡紗織布繅絲等事次第舉行今又招商織綢緞開馬路行南洋各省內河及各海島小輪聞各省內河及各海島均有殷商踴躍承辦並聞奏准在案總辦係上海關道黃幼農觀察會辦係紡織局唐泉伯葉澄衷兩觀察本月十四日先行開辦蘇州輪船從此南北洋招商輪船同收利權亦富強之朕兆也故樂得而書之

言歸于好〇寧波訪事人云定海普陀山禿奴與天主教民爭田釁焚燬教民公所刻經道憲倩谷陳兩紳與主教說和以山田三百畝歸教堂管業再由定海廳出洋銀三百元賠造所燬教民公所兩造皆唯唯允從道憲遂已備文申詳撫憲矣

山左水災〇山東黃河歷年爲患沿河居民元氣早傷今夏雨水過大上游壽張東平下游齊東青城等縣均被漫溢而利津博興等處本屬窪下之區被災尤重水深丈餘淹斃人口無數屋宇十存二三窮黎待哺嗷嗷情形可慘山東撫台當即發款急賑惟災區既廣必須力籌鉅款電商制府王夔帥當時籌撥五萬金請江南義紳嚴佑之助教前往散放但此十餘州縣災黎數十萬斷非十萬金所能救徹不得不仰望四方樂善君子源源接濟爲數不拘多少集腋便可成裘倘蒙慨然解囊其款請交天津工程局彙收轉解俾活災民則仁人所賜當爲災民九頓祝之矣

同人公啓

……現有英人備[illegible]伯[illegible]在英國學考有官憑並教授經史算法航海等學三十餘年並在英國海軍衙門充當試官有年曾蒙華廷派委要差今擬在本公館教授華童英文以便將來應陸軍海軍商務之選惟受教不得過十五歲議定每季脩金關平銀二百兩如有從學者即希函達天津恒豐泰飯店或烟台英領事署轉致倪爾森可也

金陵 儒醫世傳

[illegible]過午不候　高克成內外科大小方脈　寓東門外天齊廟

保康水險公司告白

[illegible]備資本洋三百萬員向設專行在香港上海承保洋面船舶貨物水險歷有年所信義咸孚久已馳名中外茲另設分行在天津託明義洋行代理專保洋面船貨水險保費克己倘遇不測賠償迅速各寶號賜顧不拘早夜祈移玉至明義洋行投保不悞

目下永豐屯西集雜糧行情開列於後

天津河西斗店行情

御河白秋麥八千四五　元米七千四五
紅秋麥七千三四至六千五六　白三米五千五六
上河白麥七千七八至七千三四　白高粮五千七八
紅麥六千三四　紅高粮四千六七
花麥七千四五至六千三四　黑豆四千六七
閘河元小米七千五六至六千六　元豆六千
白小米七千上下　芝蔴十一千五六
生米九千二三　稻米九千七八
元三米五千五六至五千二三　小元豆五千二三
眞青豆六千七八
吉豆六千四至六千
江豆七千五至七千
小豆六千
青皮豆五千二三
白黑豆五千二三
茶豆六千三

街市錢盤元寶銀二千六百八十八　九月二十一日

本堂寄售劉帥百戰圖　[illegible]瑩法西法操練三角　[illegible]戰七集　巾幗英雄傳　公車上書記　中日戰守始末記四角　此六種書籍均按洋碼一九扣寄售並不失信所存無多先取爲快每日午後直至申後靜候出售餘時無暇

天津城內府署西三[illegible]菴西直報分處內紫[illegible]堂啓

本館京城售報處在宣武門外[illegible]家坑路東海昌會館內陳午清先生代辦如聞顧者請至陳處可也　本館謹啓

九月二十二日輪船進口
[illegible]由上海　太古行
新濟　輪船由上海　招商局

九月二十四日輪船出口
盛京　輪船往上海　太古行

九月二十三日銀洋行情
天津九七六銀[illegible]
[illegible]二千六百八十文
洋元一千九百四十文
紫竹林九六銀[illegible]
[illegible]三千七百二十文
洋元一千九百七十文

浙杭 元吉永號

本號自置紗羅綢緞新樣洋縐花素洋布川廣夏貨[illegible]摺雅扇南貨頭油俱全祇爲近時錢市漲落不同故而各貨減價開設估衣街中間路北凡仕商賜顧者[illegible][illegible]特此[illegible][illegible]

德陞齋靴鞋鋪

本齋專做滿漢朝靴新樣京式名鞋及鑲花坤鞋一應俱全價廉物美　賜顧者請認明本店招牌庶不致悞本鋪開設在天津府北門外鍋店集義棧對過便是

直報

光緒二十一年九月二十五日　第二百四十八號
西歷一千八百九十五年十一月十一日　禮拜一

上諭恭錄

硃筆寶昌補授內閣學士兼禮部侍郎銜欽此　硃筆稽察廂藍旗漢軍旗務著聯錦去欽此　硃筆稽察廂白旗滿洲旗務著松齡去欽此　硃筆著賡颺稽察左翼前鋒統領護軍統領事務欽此　硃筆著自杭州織造仍著書正接管欽此　硃筆著洪良品署理山西道事務欽此　硃筆稽察正紅旗漢軍旗務著鍾華去欽此　硃筆稽察廂紅旗漢軍旗務著文英去欽此　硃筆稽察正藍旗漢軍旗務著文博去欽此　上諭前據給事中洪良品奏參吉林將軍長順信用知府文韞貪殘納賄各節當經諭令恩澤確查具奏茲據奏稱該府原參逐款查明尚無贓實惟辦理農安被荒一案任事各員種種乖謬殊出情理之外通判張呈泰擅改蒙民原議以致民心不服輒復會同知府文韞遽行請兵釀成巨案實屬罪無可辭留吉補用通判張呈泰著革職發往新疆效力贖罪長春府知府文韞著革職永不敘用翼長文元帶兵出隊殊欠詳慎著交部議處辛補用知府明徵查無招權納賄等情惟人地不宜著吏部將該員改掣省分補用吉林將軍長順於農安被荒一案辦理未能妥協著交部議處該部照所議辦理另片奏幕友秋桐豫等藉勢招利貪橫無厭等語山西候補知縣黃義候選州同秋桐豫均著革職永不敘用江蘇候補知縣汪士仁著驅逐回籍不准再到吉林游幕該部知道欽此

武會試題名

光緒廿一年乙未科武會試題名錄

潘淼福建　武國棟直隸　王逢皋浙江　劉淮洲直隸　鄒榮標廣東
高鳳翔直隸　顏振汝江蘇　毛連彩直隸　陳鍾璽直隸　黃復元江蘇　岳鴻圖直隸　欒鴻基山東　呂桂榮河南　盧變安山東
林宜春福建　崔天華河南　劉鵬森廣東　劉金殿河南　謝鴻元廣東　姚龐華河南　雅哩罕廂藍　歐龍章河南　侯引龍山東
王承瀛福建　常鳴春河南　袁承印江西　趙立芳河南　張鳳翔山東　張煥斗甘肅　王朝柱廣東　張國璽直隸　唐龍超浙江
卓元尚福建　時鵬程河南　杜蓬春廣東　張秀崇山東　陶建勳浙江　徐承祺直隸　陳鴻恩河南　劉步鯨順天　鄧卓霖廣東
趙心田直隸　舒湧泉浙江　耿兆永　李中恩浙江　張文宗江蘇　鄭瀛福建　張成湖南　張廷元貴州　葉世發雲南
李德[illegible]山東　張粵康廣東　戴宗鎧直隸　劉應鰲福建　韋宗俊江蘇　竇魁慶廣東　劉成忠直隸　方鳳儀福建　王錫純山東
陳榮康廣東　林鵬飛福建　孔廣霞山東　方龍驤廣東　白英華直隸　段立德山東　閻飛鵬直隸　袁威鴻廣東　楊國秀江蘇
林起元福建　楚漆森廣東　蔡守忠湖南　李殿雄廣東　王巽直隸　屠金冠江蘇　李榮泰雲南　黃鼎元廣東　孟傳峯山東
黃國器福建　王梓貝直隸　梁鴻洗　賞成正藍　福昌正藍　段逢賓江西　趙萬全直隸　俞炳璨福建　郭雄生江
樊建勳雲南　朱行濤浙江　陳文斗湖北　王鶴來浙江　向[illegible]國湖北　蔣一枝湖南　烏精阿正藍　洪[illegible]發正白　黃席珍雲
汪金榜湖北　龍乘波貴州　楊有奎四川　胡錦章安徽　端芳正黃　王毓奎雲南　陸炳鴻廂藍　胡錦標安徽　何興升四川

武海清山西　王辰山廣西　晉名甲山西　傅仁傑安徽　楊國珍四川　楚鎮南湖南　楊殿高廣西　鄒鴻逵奉天　郭作賓廣西
饒維新甘肅　楊昭春貴州　王嘉猷陝西　郭明元山西　任　培四川　張星耀山西　楊英國安徽　王盛森四川　韓文昭山西
汪洋叙四川　王榮楨山西　蔡金波江西　畢鵬舉湖北　李錫林江西　劉秉懿湖北　倪春芳江西　朱登雲甘肅　楊作霖江西
朱登五湖北　江澄瀾江西　馮培蘭湖北　余　鈞江西　楊光國安徽　艾元猷四川　饒家璜安徽

龍章錫寵　○九月十九日爲兵部尚書徐頌閣大司馬六旬壽辰之期經　皇上御賜無量壽佛一尊福壽字各二方對聯二幅蟒袍一件寧綢袍掛料二身朝靴朝冠各一分紅寶石朝冠頂珠一個密蠟朝珠一掛披肩蟒裙各一分搬指翎管各一件針線活計十六色經內務府派內侍以黃龍亭六乘由東華門抬至宣武門外上斜街司馬府第比時徐大司馬預爲衣冠齊楚在府第門首跪迎迨將御賜壽物恭設香案昇放庭前望　闕謝恩並雇四喜菊部外串名班優伶演劇預備酒筵以備祝嘏諸鉅公暢飲共慶是日車轎塞途盛矣哉

驚情冥報　○前門外柴兒胡同居民某甲者家道殷富於前月下澣偶患時疫暴卒其妻氏昨忽發顛狂喃喃作語謂夫在冥中控告遣鬼卒來捉等語旋瘋益甚不省人事已數日矣聞者無不毛骨悚然論者咸疑其有隱情然中冓之言何可道耶妄言之亦妄聽之而已

納息定期　○九月二十二日立冬所有五城各當商應交生息銀兩自前經端箇亭大諫奏將外城修理河道發商生息銀兩請歸五城正指揮經理今經五城各當商稟應交街道生息銀兩皆赴五城正指揮衙門交納發給印收遇有應修工程動用銀兩由五城正指揮核實報銷以重款項云

布衣上書　○馬逢伯樂而知斷壁遇卞和而炫彩物識其主而然人亦何獨不然乎昨據探訪友人云有玉田縣人王應昌者邑望族之人傑也身屬布衣心存時務且最熟悉洋情懷富強策春月間聞津郡各憲有招募賢士之諭遂來津稟陳敵情數十餘條皆兵家要術投効某憲奈以身係寒微壅於上聞致將一片忠憤盡付東流今尙飄泊津門惜哉然聞又於本月十七日具稟洞陳天下變局富今急務千百餘言赴　王制軍行轅投遞未審如何發落想　制軍志在整頓在在需人當必有以斟酌耳本館樓有聞必錄不掩人長之例姑誌之以激忠義

輔仁題目　○天津縣課輔仁書院生童文詩題目　生題所謂故國者非謂有喬木之謂也　童題　不恥下問是以謂之文也

生童詩題　賦得駕馭必英雄得雄字　生五言八韻　童五言六韻

蟋蟀猶鬥　○城內右營後有蟋蟀圈賭甚盛某守望總局將西門內外地方傳去不知何以吩咐賣辦容探明再報

狐鼠可疑　○宮北某號錢鋪被竊白銀三千餘兩當經文武分別勘驗均以並無偷竊踪跡等情曾紀前報頃據錢行人述及該號自言銀在鐵櫃內其櫃有鎖三把並夜間向有人在櫃上睡覺果如此說其竊取時將人挪至何處耶蓋其人竟如此酣睡任人挪移並未驚覺耶又言有米麵二口袋內頂在院中用口袋盛銀而走如有白麵須於地上多少亦有脚踏痕迹至今多日經邑侯擬將該號上下人傳齊訊問傳訊與否尙未聞知贓賊亦未聞破獲何耶姑再錄之以備所聞

老夫少妻　○某甲者昆仲二人居津沽承祖產衣食頗豐甲於上年遭鼓盆感擬續鸞膠而年已半百有子羔子與之短兼非鄧艾之嫌知之者莫不鄙厭甲許媒媼多金以當求凰綺但須貌似文君者乃委禽焉適有外鄉某孀婦年將而立因孤苦願再醮然必得才貌似相如者始嫁之媒媼即先言甲室之富次言馬齒雖長而丰致猶佳朝夕讚於婦前不絕口婦心動尙躊躇因向媒曰必須我父對面一談然後聯姻媒允之迨於甲甲聞熱中寢食俱廢忽聞是說頓覺奪置冰天時甲之表弟在座媒言事尙不難爲即以令表弟替身一往況其父年老眼花何能詳辨甲喜稱妙妙弟時尙未肯甲曲膝屢懇乃允之遂與媒定期而婦父不知也事遂諧是月中甲用青幰迎歸甲則遮遮掩掩鉗口不言大有八戒在高老莊之勢該婦惟悶不能釋好事成後甲方公然露面婦以爲爲父所誤嗣中以歸爲投誠

第三版

一一訴知婦立即喚轟歸母家尋媒媼已藏避無可覓甲復央親友說合婦言歸則歸之永不與甲同房共宿也甲自是如痴如顛憂鬱成疾今不知其若何安置矣耕瓢氏曰人必奚如公子翻而後可圖膠漆於甯子也不然此愛妻猶彼戀艾 未有不相鑿枘矣某甲者既具子羔子之短復兼韓非鄧艾之嫌其去朝鮀奚啻倍蓰昔仲尼謂難乎免於今之世者況欲求歡甯子乎吁老陽少陰易曾垂戒而世人每每犯之意者濯濯如春柳之張緒其一許可乎否則蠢如猪笨如牛皮如雞髮如鶴鬚如蝟而擬效[illegible]脛之鴛鴦作雙飛之蝴蝶也不亦憂憂乎難哉世之戇戇訥訥擬取容於叔季事殊某甲心不殊於某甲者何可勝道曷弗取仲尼鮀之言而三復思之

小盜大作 ○男女有別禮之大經白晝行刼例有明禁於光天化日之中冠蓋往來之地公然以男刼女尚充其義是即禦人國門不待教而可誅者矣津郡閘口龍王廟旁胡姓有女僕提壺方出永豐號突來健男向女僕頭上拔簪飛逃女僕嚇口噤及聲嚷時賊已遁無蹤影似此白晝大街之上屢[illegible]尊未聞破獲一賊踵而效者更難絕跡若不嚴拏懲辦街市不將為畏途乎

花叢蟊賊 ○燕南狡童某者席父業富甲一里無正務以烟花為菑畲年弱冠半生長於藏春隖裏且其技以熟生巧慣行詐遊燕都曲巷中皆目為狡童上年其父逝世益縱恣今夏來津占柳尋花無日不與鶯蝶伍於某館妓女小素結不解緣誓偕老為白頭侶以鴇母索身價鉅某已耗費不貲惟飾詞稽延宕其期嗣以無可支吾因向妓言必須回家措辦再圖後會小素乃竭誠設筵餞別並竟以甘言侑酒細意慰貼離小素飲酩酊醉初小素已勾欄積有花粉之金二百兩與某情濃時曾以告某由是起盜心斯時乘素醉乃竊藏懷袖中次早匆匆辭別訂以採藍為期迨至六日不瞻其人心頗結轉之又久又久秋水望穿而魚長杳雁長空也乃鬱鬱檢箱籠物以寄遐思而所謂黃白者均已不翼飛去始驚悟被某坑害忿極而悲合院人以為憶情郎也其姊妹花有知底蘊者乃毋二覓解於先不敢令鴇母知也某得此意外之財不僅不念素交抑且不歸故里惟將衣履一切悉改京式言語亦操京腔並將姓名住處均行更易每日異流路各小班內其興致更為不淺有同類人遇之悉其詳細以狡計騙謀妓女之財且仍作浪費作消薄倖無情莫此為甚述之不勝其忿且亦見人各有心負義者之見棄于天下也

車軌寃魂 ○日昨本埠鐵路車站有一少年人乘坐火車將抵站處自車跳下足未立穩仆於鐵路車軌過身遂分離慘矣衆觀之似商賈中人年約二十餘歲姓氏里居尚皆未悉俟訪確再錄

東報四事 ○本月十八號 中國京師電達東京云東三省還地一事刻已開議十七號日本全權大臣林氏 中國全權大臣李氏第一次會晤林氏將要求各件提出其最要者一 中國政府賠償銀三千萬兩二俄德法永久不敢占東三省之地 中國政府亦不能割讓三大連灣許日本貿易自由四大東溝及大孤山為新通商埠

東省五金 ○東三省大宗以在地玉金礦苗為最甚旺磅礴鬱積理當久而發洩因特具摺奏請開辦並 五金各礦並丈量荒地兼以設局該地榛莽荆棘久無人問近已查勘明白每年可贏數百萬金聞 皇上已派員細勘界限俟繪圖貼說轉奏定奪然後從事云

臺南紀詳 ○臺南各統領先後逃至廈門分寓三仙萬安兩升各客館勇丁六千八百餘名亦由日本兵商各輪船載送至廈門金門兩處水師提督會同道憲電請省中將伏波飛捷兩官輪船分別遣送湘粵等處所率勇丁在廈尚未滋生事端○劉淵亭大帥附爹利士輪船至廈日本兵弁九次上船搜索皆未尋獲刻下已由漳州陸路回粵西珂里矣聞臺南退讓之故實由紳士陳某等十三人力阻大帥切勿開仗免致城破之日玉石不分以致滿門灰盡壯心於初二日登舟以避云

日本近事 ○長崎諏訪神社例於舊歷重陽前後賽會三日今屆定期初四日起迎神至大波戶場由寄合酒屋各丁為首適值崎日人有迎接二十四聯隊軍士過境之舉熱鬧遂倍於往年惟華人鮮有往觀者第一夜豐後丁即壁火災據云火起於糖店因製各色糖果為賽會時禮物生意過盛夜忘息燈以致失慎殃及比鄰多家○東京所設大本營自日皇幸廣島回京迄今凡遇軍務悉以此會議今月十七號之夜二點鐘時忽接緊急報參謀次長川上氏及寺內石黑野田名氏與各將校在營會議自三點鐘起至雞鳴時始退介義二

…鐘十復叙作咬命議宮中往復使者相續於道直至十八號之夜二點鐘時各官始散出○威海衛所駐日兵二千名於十六號回…日已在門司港上陸

山左水災 ○山東黃河歷年爲患沿河居民元氣早傷今夏雨水過大上游壽張東平下游齊東青城等縣均被漫溢而利津博興等處本屬窪下之區被災尤重水深丈餘淹斃人口無數屋宇十存二三窮黎待哺嗷嗷情形可慘山東撫台當即發欵散急賑惟災區既廣必須力籌鉅欵幫商制府王夔帥當時籌撥五萬金並由關道盛觀察籌墊五萬金請江南義紳嚴佑之助教前往散放但此十餘州縣災黎幾十萬斷非十萬金所能救徹不得不仰望四方樂善君子源源接濟爲數不拘多少集腋便可成裘倘蒙慨然解囊其欵請交天津工程局彙收轉解俾活災民則仁人所賜當爲災民九頓首謝之矣 同人公啓

本堂寄售劉帥百戰圖 地瑩法西法操練三角 [illegible]戰七集 巾幗英雄傳 公車上書記 中日戰守始末記四角 此六種書籍均按洋碼一九和寄售並不失信所存無多先取爲快每日午後直至中後靜候出售餘時無暇 天津城內府署西三聖菴內直報分處內紫鐶堂啓

敬啓者現有英人僑居烟台曾在英京國學考有官憑前教授經史算法航海等學三十餘年並在英國海軍衙門充當試官有年曾蒙華廷派委要差今擬在本公館教授華童英文以便將來應陸軍海軍商務之選惟受業不得過十五歲議定每季脩金關平銀二百兩如有從學者即希函達天津恒豐泰飯店或烟台英領事署轉致倪爾森可也

金陵 儒醫世傳

貧病送診 過午不候
高克成 內外科 大小方脈
寓東門外天齊廟

保康水險公司告白

啓者本公司原創在星架波大埠買備資本洋三百萬員而設專行在香港上海承保洋面船舶貨物水險歷有年所信義咸孚久已馳名中外茲另設分行在天津託明義洋行代理專保洋面船貨水險保費克己倘遇不測賠償迅速各寶號賜顧不拘早夜祈移玉至明義洋行投保不悮

杭浙 元吉永號

本號自置紗羅綢緞新樣洋綉花素洋布川廣夏貨團摺雅扇兩貨頭油俱全獻爲近時錢市漲落不同故而各貨減價開設估衣街中間路北凡仕商賜顧者祈認明本號[illegible]

告白

李傅相馬關被刺紀實 直帶小照 每本價洋四角五 王芍棠
星使使俄草 盛世危言 續盛世危言
勢盧畫書 各國
時事類編 中日戰守始末記
公車上書記 蘭石蘭譜
竹譜 海上見聞錄 洛金扇
吉祥花 小八義 [illegible]
[illegible] 挑燈新錄 夢筆生花 文美齋謹啓

九月二十五日輪船進口 和生 由上海 怡和行
北直隸 由上海 怡和行
九月二十六日輪船出口 重慶 往上海 太古行

九月二十五日銀洋行情
天津九七六錢 銀盤二千六百六十二文 洋元一千九百二十文
紫竹林九六錢 銀盤二千十四零三文 洋元一千九百五十文

直報

光緒二十一年九月二十六日　第二百四十九號
西曆一千八百九十五年十一月十二日　禮拜二

上諭恭錄

上諭鹿傳霖奏特參庸劣不職各員摺語四川彭縣知縣潘彬孚奔貪狡諱盜虐民迭次控告有案著即革職歸案審辦富順縣自流井縣丞汪家綵狡詐居心賭博無耻永甯縣赤水縣丞白鏡幸貪鄙荒謬有玷官箴西昌縣巡檢馬玉圖膽大妄為肆無忌憚中江縣巡檢楊端出身卑賤聲名惡劣岳池縣典史莊鑫行止有虧不堪造就均著即行革職以肅官方餘著照所議辦理該部知道欽此

續論津郡保甲事宜

義倉保甲古今之良法也自義倉廢而天下多飢民自保甲廢而天下多莠民所謂廢者非必並其名而去之更其制而減之也正為沿其名增其制而名之存者實已亡制之增者弊愈甚試以保甲而論始自周官俱詳周禮不獨為緝盜設也秦火以後漢仍襲之蓋法之良者固無時無處而不宜也唐宋以來尤為加意其制雖較前有異其除莠安良之意夫固歷代無殊也勝國之講保甲者莫善於王陽明先生其法以官紳偕辦而歸重於紳以其能悉民情地理也得力處尤在平日實心實意講信修睦故一旦有事其守望亦各自不遺餘力當公巡撫贛南時都圖十部閒奸宄莫能匿跡濠逆雖嘯聚山中而蛾瘌內外無奸細敵一鼓而逆遂成擒由其平日信睦之習團結者深所以臨時守望之人保護者力也我　朝踵而行之意在實重於官似與勝國少異然事之治忽在於振刷精神與否果其實事求是何論於官何論於紳況官之除莠安良其勢尤便於紳朝廷一役慕符立發其在郡城會垣之地挾督撫聲威如雷霆萬鈞從空而下一經有犯詳訊拘解不逾片刻而賞罰已行何便如之津郡地廣人稠政事殷繁地方官鞭長莫及因設保甲局十八段專司巡查地面緝捕盜賊拿奸宄兼理鬥毆爭執等事輕則責懲重則送交有司辦理實同除莠安良護衛地方起見局員自宜振刷精神勤加治理不但為小民保障亦可為自己升階然在在視事之初力行不怠日久寖懈以致應查應辦案件一似無暇計及者周旋酬應困於酒食卜其晝更卜其夜三朋四友聚飲優游或至四更五更回局形神已憊就枕便入黑甜又奚暇問局事如何哉即如近來各處偷竊之案層出不窮各局段辦公之處不但外鄉人不知即本地人亦多不曉一經有事竟不知某局設於某處某局應管某處問之居人竟各習而不察詢後各局段除於局首懸掛牌示外似應於各處粘示以本委何姓係幾段之局自某處起至某處為應管之地使居人周知何處有事即赴何局聲訴如遇偷竊鬥毆事件一經報明立即往拿庶不致作惡者潛逃懲一即可警百地面何所不安倘無論何事不知于何局申訴又不知委員在何處居游及至尋回再行辦理作惡者已去如黃鶴執法者不能立施則犯法者愈不知畏雖非故縱亦係明寬地面其何以安耶況今歲本郡仍屬元氣未復流民仍難盡絕加以附近州縣被遣兵勇無業可治難保不復行來混迹宵小又況鄰省尤多不靖指顧已屆冬防今年又無民更餉勇較之上年緝捕尤須勤為整頓該管諸君亟應各抒所見豫為籌備以期勿負　上憲委任之至意其於地面居民獲益不

淺矣

大德曰生　○京師前門外小沙土園設立育嬰堂收哺乳嬰待至長成五六歲歸恤孤局教養厚澤深仁法良意美奈送堂人等多於晨夕棄置乳嬰於局門掉頭不顧時値冬令恐有凍斃之虞現經堂董設立新章如送乳嬰到堂者各給當十大錢五百文一可保全人命二便藉知生辰名姓他日長成以便認領並准極貧之家無力乳哺者取具保結報局由局酌給膳資俾便撫養如碍於廉恥不欲報明姓氏者亦聽此誠莫大功德也天地之大德曰生該局能體貼入微爰樂而書之於報

小忿宜忍　○古之名臣位愈高心愈下往往不輕侮一匹夫彼非徒重於匹夫實所以自重也非特恐致侮於人實防人之反侮也乃昨聞朝士晨趨之際有副金吾長石農至適有某侍衛僕夫牽馬行其前副金吾怒其不知讓行引避也遂大肆詈罵該僕初以爲副金吾前導所發亦遂接口相還更不少讓長石農怒甚飭所帶兵役向前揪扭該僕更不畏葸逕前致詞以爲大人係趨　朝大員吾主人亦係備職　禁中吾等○罪大人可治以法往不可輕肆辱罵且人亦無分貴賤孰非父母所生副金吾不能屈乃麾之使去僕壯矣哉因憶晏子之御因折節而蒙荐剡今該僕不屈於勳金吾爲該僕壯更爲該僕惜爲金吾惜更爲金吾感也

三人逮案　○九月十九日東河汎兵丁在崇文門外香串胡同地方見有男婦二人携帶幼女三口均有淚痕兵丁盤詰言語支離即將男婦幼女三口一併拏獲解交守孜署內研訊供稱小孩係由京東下店誘拐拐匪張姓該婦孫氏與此夫婦亦係誘拐而來均各供認不諱旋即一併解交步軍統領衙門咨送刑部按律定擬矣

兩蝶過牆　○賣良爲娼者干例禁日前宣武門外西磚地方有王某在同北柳巷廣西三館看館人羅某由鄉間誘來婦女孫氏賣入烟花作皮肉生涯所得身價銀兩王羅瓜分旋經孫氏之夫顧某携子來京覓妻看出破綻將王某扭赴琴堂覆訊已列前報又越九月十九日夜間北城練勇局兵丁梭巡城盜至蘇線胡同地方見有少年婦女二口年均二九貪夜同行當經兵丁盤詰知係賣良爲娼者情願即帶同少婦二口至鐵老鸛廟身地方爲鴇母老娘孫小脚者訪即一併解局詳細訊仰北城司訊據少婦同供係京東永樂店鄉民魏梁家園居住賈某誘拐來京賣與孫氏逼作皮肉生涯我等雖係鄉女頗知廉恥不願爲娼是以夜間越牆逃逸今既被獲只求施恩令我等父母重逢其詞甚慘令人聞之無不切齒即經堂訊將孫氏暨某一併掌責枷號並提少婦家屬到案認領未悉如何科斷俟訪明再錄

集賢課題　○天津道憲課集賢書院課題暨貢生監各題目開列於左　文題　故勳曰勞之來之匡之直之輔之翼之使自得之又從而振德之聖人之憂民如此　詩題　賦得寒衣處處催刀尺得催字五言八韻○又考古各題目　平甘回策題　地球一行星說題　漢武帝秋風詞賦　以顧視京帝欣然中流爲韻　擬杜工部諸將五首

憲柩歸里　○仁勝軍總統唐　欽憲病故奉天已登前報今　欽憲公子扶柩來津住河東糧王廟在河西大口行祭受弔禮畢奉柩登輪旋里

憲設更局　○前道憲胡雲楣方伯每屆冬防札飭各段設立民更局數年以來賴以安靜昨道憲李觀察仍照飭各段局員於十月初一日遵章雇夫支更輪流巡夜以衛地方而安閭閻云

勇赴保陽　○武威等營勛劉回逆不日起程已督前經討前城內鄉祠內會防總局會同邑侯趙大令飭値班散役等赴河北窰窪一帶貼阿駁船裝運湘勇馬步隊各營一併起程云

雲隊駐巡　○雲字營馬隊駐巡北路向於冬十月出隊分段駐紮遞送差使巡緝盜賊綏靖地方護衛行旅茲聞現奉督憲札飭仍照舊章駐紮巡緝務當勤愼梭巡以保無虞倘有疎懈或出有案件定即從嚴懲辦由統領羅軍門嚴飭一體遵照辦理至十月初一日出隊駐巡行旅居民定當感頌不淺矣

江局轉運　○自去歲軍興以來各省奉調師旅甚鉅其軍餉軍火何省仍歸何省辦理是以天津爲水陸通衢因之各省應調者

俱在此地設立轉運局以便辦公江南轉運局設在南斜街江蘇海運局內其由原省運來軍火器械極多茲於昨日復雇騾裝載或謂運赴本省或謂運赴甘省協濟軍需現已搬運數日於此見備儲之多用之不竭回亂何足慮哉

祖龍爲虐　○昨日五更時河東十字街東楊姓羊肉舖不戒於火焚去草房數間幸該處水會救滅矣

盜馬堪虞　○楊村東監生沈汝霖者以田園爲生因秋收後鐵運入倉故用自己大車裝載紅糧由五間房地方天至黃昏行至小高莊突遇步賊三人各持洋槍腰刀攔住去路該車夫見勢極兇只得執鞭道旁作壁上觀賊即去車騾二匹逃逸該車夫歸與主家立即赴文武衙門稟案迄今月餘尚未弋獲按北路之賊專意搶刦騾馬已成慣技自無別意不難涉想可慮也

苦力鳴冤　○東征湘勇撤隊由火車來津擬赴稍直口暫行屯集日前各勇下車後自行李均雇苦力人肩挑以行行遲則怒罵繼以鞭箠及至稍直口不付給分文該苦力等已赴該管營官處喊冤矣至如何實斷俟訪再登

甘心稱溷　○本埠械鬥相沿成風不可救藥臨事以逃脫爲恥受棒以忍耐爲雄如此之類謂之賣味倘一哀鳴則衆遂不齒溷溷之俗例然也南門內某甲與城外某乙有嫌昨覓相逢於狹路即持械將乙毆傷毆畢甲即自赴琴堂投案衆皆啕衫曰夠味

捕務久弛　○日前交河縣民人商進顯因偷竊物件並搶去婦女　案赴道喊冤已登前報茲道憲李觀察批示此案已經月餘贓賊並未弋獲捕務殊屬廢弛並何氏亦無下落仰河間府趕緊比追捕役緝贓賊務期迅速獲案毋再延宕云

愷軍復來　○中東和議已成撤防來津者均紀前報日前湖廣愷軍兩隊等營復由火車來津暫屯城外或還或留尚未可卜俟有確耗訪明再登

營口瑣談　○近來沿海一帶盜賊頗多昨有營口大號坐莊客人周姓同伴兩人杜姓買舟溯山崖淺灘赴錦州至距大橋約五十里海汊停泊榜人入艙買物突來盜匪多人將舟中貨物行李搶刦一空盜半營口人有認識杜姓者欲滅杜口故杜見殺於盜中則行李雖失人尚無恙　營埠輪船來往日多停泊者多至十餘艘所裝售豆類已告竣各行新豆尚未運到故價已漲至三兩九錢矣○三江公所施醫局自六月初開診計期三閱月共計過二千餘號施藥三千餘帖誠惠及窮黎之善政也現在北地天氣漸寒朔風凜冽已須御棉來診者皆尋常小恙故兩醫士業已停診矣○營口向用錢票自出自上估踞各店漸次收回通用現錢交易而現錢不敷周轉兼用洋元至八月間市面銀錢兩緊大會商令各殷實舖戶各自套票每家出五萬串日官閱之取票樣看視見光緒年號飭令改用明治會商即將舊票收回搭用所出新票改用甲午乙未年字樣僅二十餘店肯出合計不過十餘萬串不敷平常一家之票所以仍形竭蹶銀價日跌每兩止易東錢七吊七百七十折合制錢一吊二百三十餘文○自去冬邊烽告警各戲班已星散經年茲自變勝和班由廣寧來營稟准日官在東營三义廟演唱三日大會及各商會館因時艱多艱寄人宇下未知何日恢我版圖均無樂宴會請戲班所以生意毫無又自昔爲商蠹今殺花會之流氓出頭斂錢在舊西營西南空地搭臺演唱適值日官傳大會諭以本月十六日即西歷十一月二號爲日皇萬壽令營埠各店懸旗慶賀該空地本係道署公地商章每逢萬壽期在該處搭棚演戲三五日以示與民同樂今爲日人佔據矣○初二日日官斬決搶犯楊錫臣一名因在鄉間搶刦刺傷日兵割斷氣顙封去洋十五元匿屍未獲案訊明判斬○遼陽州徐觀察所部馬步十三營出紮八盤嶺安山站等處咽喉要地日將見之亦將駐海城日兵拔至距遼界不遠之屯堡分紮爲兩拒之勢致民間訛言蜂起然和議和斷無再動干戈之理寄語遼民可以高枕無憂也

鐵路述聞　○北通州訪事人云鐵路爲濟時要務士人不知利益多訾議阻撓前者日人不靖幸賴津榆鐵路運兵運餉民間免兵差之苦有益無損昭然共見而自天津至東西蘆溝橋一帶咸謂開通鐵路爲救時要者督辦東征糧臺兼練兵事宜廣西臬司胡雲楣廉訪奉總辦鐵路王大臣電飭督辦奉特旨允准自應及時舉辦現擬由天津陳家溝過河沿提頭白廟崔家嘴一帶相度地勢由河北畢河口堤窪內直至京西蘆溝橋舉直刺接到蘆漢鐵路文本日遴派鐵路總工程司洋員金達同上員司鮑恩等譯員傳諫學生攜帶儀器測量田畔擇途履勘先行傳知附近村民首事地保人等當勘到境時勿許阻撓滋事致干嚴咎其

新開之路將來如須購田當照委員按照民價酌量加給如遇墳墓房屋設法繞越萬不得已或須遷移亦照舊辦津榆章程加給遷費

新添牛痘[illegible]治孫宅產[illegible]章張公館各胎前產後痛木姓霍亂烟痢均[illegible]回春

本館京城售報處在宣武門外徽家坑路東海昌會館內陳午清先生代辦如有願者請至陳處可也

本堂由京都上洋新寄到 四書 戚大將軍東征實紀坿各國旗號 醫門法律 醫醇賸義 藥性賦解 第一才子三國志增補圖像 繡像大部三國演義全函裝套 二度梅 三續眞正今古奇觀 四大英雄傳 第五奇書銀瓶梅 臺戰六集巾幗英雄 臺戰七集 八仙緣 九種奇情 十集京調脚本坿戲園 第十一才子書 彭岡直公奏稿 諸葛心書坿白猿經風雨占圖 公車上書 西湖佳活十八景圖書 古徽書全函 書畫扇面 金臺傳全函 閨秀英才傳 大明奇俠傳前套後套 雙鳳奇緣傳 繪像一本萬利醒世傳 繡像遊江南傳 後清列傳 繪圖花列傳 彭公案 繡像小八義 繡像飛龍昇平 情天寶鑑 安危大計疏 各國時事類篇 時務叢鈔 女傀外史 盛世危言 續盛世危言 百種時疫急痧方法 餘書皆推廣明日再登 主顧購取每日午後直至申後敞堂靜候餘時無暇 天津府署西三盛菴西直鄰分處內紫[illegible]堂啓

敬啓者現有英人僑居烟台曾在英京國學考有官憑前教授經史算法航海等學三十餘年並在英國海軍衙門充當試官有年曾蒙華廷派委要差今擬在本公館教授華童英文以便將來應陸軍海軍商務之選惟受教不得過十五歲議定每季脩金關平銀二百兩如有從學者即希函達天津恒豐泰飯店或烟台英領事署轉致倪爾森可也

金陵儒醫世傳

貧病送診 過午不候

高克成內外科大小方脈

寓東門外天齊廟

保康水險公司告白

啓者本公司原創在星架波大半實備資本洋三百萬員前設專行在香港上海承保洋面船舶貨物水險歷有年所信義咸孚久已馳名中外茲另設分行在天津託明義洋行代理專保洋面船貨水險保費克己倘遇不測賠償迅速各寶號賜顧不拘早夜祈移玉至明義洋行投保不悞

浙杭元吉永號

本莊自置紗羅綢緞新樣洋縐花素洋布川廣夏貨顧繡雅扇兩貨頭油俱全祇爲近時錢市漲落不同故兩各貨減價開設估衣舖中開路北凡仕商賜顧者[illegible]特此佈達

告白

李傅相馬關被刺紀實並帶小照每本價洋四角五 王芳棠 星使使俄草 盛世危言 續盛世危言 蟄廬叢書 各國時事類編 中日戰守始末記 公車上書記 蘭石蘭譜 竹譜 海上見聞錄 洛金扇 吉祥花 小八義 彭公案 續彭公案 桃燈新錄 夢筆生花 文美齋謹啓

九月二十六日輪船進口 海定 輪船由上海 招商局 海晏 輪船由上海 招商局

九月二十七日輪船出口 和生 輪船往上海 怡和行

九月二十六日錢行價

天津九七六錢 銀盤二千六百六十三文 洋元一千九百二十文

紫竹林九六錢 銀盤二千七百零三文 洋元一千九百五十文

光緒二十一年九月二十七日　第二百五十號
西歷一千八百九十五年十一月十三日　禮拜三

上諭恭錄

上諭宗人府府丞着吳廷芬補授欽此

善舉眞僞辨

天下有小是不必是小非不必非抑且有君子之非終賢於小人之是小人之是終不如君子之非者何也眞與僞而已矣實無愛民勤政之心而悖於行事此表裏如一之眞小人人人所鄙夷而厭絕之者無怪也實有愛民勤政之心而忘其流弊此表裏如一之眞君子人人所惋惜而深憾之者可諒也本無愛民勤政之心冒爲愛民勤政之狀實爲害民蠹政之尤此僞君子眞小人人人所深惡而痛絕之者欲人之默爾而息也得乎夫官之賢否事之善惡衆著者也居其位秉其權勢能使人爲面諛不能使人無後言輿論所以多公評也若聞樂善不倦人與見善如不及人傾蓋班荆談三輔事或謂三輔爲首善之區諸善士好善樂施雖當饑饉荐臻官捐義捐相繼不已而捐之踴躍初無少懈自昔爲然於今爲烈然此局外泛論之談若據局中人言之實有較前少異者何也樂善不倦人曰三輔地廣物產豐饒其通都商旅輻輳卽如津埠往往今歲患貧明歲頓成富室既富方穀見義必爲故捐輸如此其多其或較前少異者以捐生有樂捐之心復有懷疑之念故或欲捐中止予始以此等人口是心非目爲口善並非心善繼而探其實情聽其所述似非無因而然者據言官捐一節無論賑濟及何項善舉事竣後定卽造册報銷亦必按捐給獎捐者銀錢不致枉費至義捐一項如諸善局善堂善社所捐僅將善士姓名捐數書寫榜門有收欵無除欵夫豈入而不出抑豈事尚未竣尚須有待耶縱諸善舉事繁鉅未始不可分欵類列以登並分明起數第幾後再總以出入照舊管新收開除實在立明四柱登之於榜或載諸報牘令樂輸者一目了然不致胸中隱惑妄行揣測或啟局外非語所謂頓生疑貳蓋善舉本屬公事行以至公發以至明如此則經理者心跡顯然捐輸者心志帖然大庭廣衆之中儔得藉口而議其後者如當局承辦善紳少此一舉捐者遂疑故較前少異耳見善如不及人曰津埠司事善紳類皆人品端方家道殷實由衆公舉絲毫不苟豈有舛錯此實有爲善之誠而忘其流弊所謂表裏如一之眞君子人人惋惜而深憾之者可諒也若夫受　朝廷而牧之職荷大憲委任之重秉一方刑賞之權宜如何實心實力勤政愛民也乎而乃居心傾危遇事射利恐民之不喻己意也故示威以脅之又恐被脅者之含冤上控也先誘他案勾引奸民以羅織之出入平反要使必納諸囹擭括其財於私槖而後止於是廣立名目以爲罰鍰捐項地曰善堂曰工程結地方之新進餌以肥差委以重權張其羽翼名爲好善實則求利而已且夫　國家之制州縣官卑其職不卑其禮其不使之卑者一則防民之卑　朝廷命官一則防州縣之自卑有以致傷　國體也而或反是以行之則其品果居何等耶　此稿未完

豫效呼嵩

○萬壽聖節之制惟唐明皇開元年間行之最盛至我　朝酌古準今無過不及焉茲十月初十日恭逢　慈禧端

佑康頤昭豫莊誠壽恭欽獻崇熙皇太后聖壽之辰惟御殿受賀如元旦大朝之儀而已或演大戲則召諸王公大臣於同樂園分兩翼入座聽焉所有　賜盤餐肴饌等物均禮部堂司各官辦理近已不勝忙碌均候於是日齊備燈彩共慶昇平矣

謙承修海　○內廷南北海各殿陳設對聯匾額掛屏皆係先年諸鉅公所書現因年久失修油漆剝落今經　內務府造辦處督飭前門外大柵欄德興隆古玩舖于某暢將竹斜街聚興隆小器作崔某承修一切匾額等物業經修理完畢覓夫肩扛於九月二十一日招進　內務府呈交當經飭內侍敬謹懸掛以壯觀瞻

寃烏自訴　○左營東便汛守備李振祜於月初在朝陽門外朝日壇內自縊身死由管壇官報明地方官經五城正指揮帶領仵作驗得該尸身上寫十三字上首書恭將與長春逼下首書總管張秀林害正中書一大死字又據尸子李濤呈訴其父實因恭將趙長春因案逼索銀兩其中有張秀林主使伊父愁急自盡籲爲伸寃云云現已將全案人犯送交刑部訊究辦理矣

喜鳳計逃　○喜鳳者西四牌樓口袋底擋子班歌妓之巨擘也色藝雙絕名噪一時中秋後某日三更後陡聞敲門聲甚急即携門見有匪徒十餘人蜂擁而入竟將喜鳳搶去及天明報明宛平縣緝求緝至今半月杳如黃鶴昨忽聞喜鳳由該匪徒搶去賣與某大僚之子都某其值甚微蓋都某本與喜鳳有嚙臂盟因鴇索價太昂未遂其願故於買歸後囑其生母來府開明原價函託宛平縣當堂斷令其母給還鴇婦銀三百金准其另行改嫁鴇婦無奈領銀而去

捐納新章　○督憲王制軍因直省連年被水成災民實困苦且去歲師旅歷境又值東省迭擾以致百物倍常昂貴兼之今春大雪連朝嚴寒尤甚播種失時迨首夏復遭大雨連綿海嘯溢岸淹斃人口無數實乃數十年所未有以受災甚早貧苦甚重當經奏奉　恩賞截留山東粟米十萬石並籌款作爲急振並擬推廣賑捐以濟急需當由戶部議覆奏奉　硃批允准在案茲查今秋雖收成中稔奈積潦未涸多有未獲秋收況經年民困元氣久虧率皆無力補種轉瞬嚴冬而貧民飢饉交迫至於各河險要工程亦須及時辦理所以在在需款至於挪墊之項亦須歸還於是需款更爲鉅而直省亦爲缺額之區又值軍務之後所有司局各庫已單分支絀捨此籌捐一節別無可籌茲由籌賑局將原奏及戶部議覆奏　旨允行並捐資獎敘章程刊刷成書分送各省竭力勸辦以濟急需而成善舉以現在章程捐納監生以三成實銀上兌若赴鄉試之貢監仍以十成實銀上兌若由三品銜加捐二品頂戴之貢監捐鹽運使以及武監生捐至遊擊恭將俱按五成實銀上兌均按新海防例捐數核算現今各省俱已開辦而直省雖頻年開捐然樂善不倦者尚不乏其人定必源源而來以濟要需也

俸滿舊例　○定例武職歷俸限期自到缺接印視事之日起遊擊以三年爲俸滿都司守備以二年爲俸滿歷俸已滿方准題升近來直省多不照例辦理所有遊都守到任日期並不報部註冊以致遇有題升無憑核計現經兵部行文務當遵照向章將到任日期報部註冊嗣後題升核計歷俸已滿方行議准若仍不報明雖已俸滿亦即飭駁至於雖得缺並未到任其至俸滿亦不准題升自此行文之後即將此項人員查明到任日期造冊報查毋得因循云云此亦係慎重官方之政務也

虎旅赴戍　○現由官場傳述新授盛京將軍依軍帥克唐阿所部虎旅均經衝鋒前敵屢著勳勞茲擬全軍調赴某關防守又謂刻下甘肅回氛仍未少熄除隣省已調軍助剿外更擬在津招募馬隊數營赴援是否屬實容探明再報

鼠竊豫防　○欽命二品銜直隸分巡天津河間等處地方兵備道兼管驛務河道漕運糧餉鹽法事務隨帶加二級紀錄十次李爲出示曉諭事照得津郡五方雜處每屆冬令宵小最易潛滋前因城廂內外地段綿長所有街面居民稠密之區雖派三營練軍守夜足資鎮攝而偏僻胡同若僅如往年所設更燈寥寥無幾殊不足以壯聲勢當經前道督飭天津縣守望局傳諭各鄉甲局紳董各就地段情形勸諭商富紳民添設更燈並酌定整頓冬防章程五條飭道在案津邑紳商士庶均能顧全大局一律遵辦去年冬防安謐頗著成效現値遣散營勇之際津郡地方遼闊尤難保無匪類溷跡各段更燈已飭天津縣守望局員查照章程辦法定於十月初一日舉行各該紳董務須益加奮勉慷慨從事要知此項更燈係爲保衛閭閻而設每日捐項自數文起至百餘文止所費甚屬有限而鼠竊狗偷得以斂跡

實於地面大有裨益所捐經費仍由各鄉甲局紳董收取不假委員吏胥之手按月將收支各款開具細數榜示通衢俾衆周知並令造具月捐支發清冊送道查考以昭核實除分札天津縣守盤局鄉甲局遵辦外爲此示仰合郡紳耆士民人等一體遵辦毋違特示

鄉局行仁　○本埠洋車八千餘輛固爲貧民生路而橫行肆意傷馬及人亟宜力行懲辦俾予打罵不足以蔽其辜警其尤也日前閘口洋車撞倒幼孩被湘勇某甲不平將車夫孟喜揪在西門外萬盛客棧內店主宋掌櫃出爲調停將洋車與孟喜一併送局訊問　八段局員飭令孟喜將洋車拉去以資度日矢念不爲不慈第恐洋車益肆無忌憚耳

將星歸位　○前正定鎮臺徐見農軍門去秋病中告奉　命馳赴前敵身經百戰積勞過重於今歲五月大樹忽摧殊堪惋惜日前在津受弔畢乘輪赴川歸涪州原籍安葬矣

縣署被竊　○深秋以來偷竊案屢紀然係居民編戶者多在有司衙署者少以其爲執法重地也茲聞昨夜縣署某幕友屋內被妙手空空兒竊去衣物若干現比捕役按卯嚴追不知能緝賊俱獲否也容訪再錄

仙壇頂神　○本郡虔祀大仙維誠維謹本亦素著靈應於是無業者若男若婦每有設立仙壇或問事治病依稀判斷名曰頂神若靈若不靈或應或不應總之或多言而中遂使多言其大較也始則不取分文實則暗中勒索者比比也今又有城內雙井白衣庵北孫姓者設立集仙堂問事治病每人索香資五十文似此果爲善事耶抑係藉此爲謀衣食地耶然妖言惑衆律有明文容俟訪實再爲續錄

來稿照登　○又是今年屆此辰招魂何處喚眞眞生悲嬌婉能因我尙愧風塵不及人想埋玉蓋棺增淚血思量往事愈傷神一坏愴惻蓮花土長臥聰明窈窕身　粉淚盈盈暈一條傷情忍復見鮫綃偶吟白首心如失纔信紅顏福不消質性堪憐冰雪淨容華不讓海棠嬌悲君還自悲離索冷室寒衾度寂寥　愁緒頻抽縷縷絲淒清月色冷窗帷梳頭蓄服縈心切家務後思前似夢痴仙去君眞稱絕世目空我懶顧今時一盃芳茗親攜奠想像當年　釀脂　入夜芳魂夢裏尋夢中猶是舊聲音太嬌顏色天招妒過隙姻緣恨獨深擬越春冬常病肺藥餐參朮鮮攻心重泉下憶頻揮淚知否淒涼腸斷吟　今日方知色是空致將幽恨叩蒼穹平生心事埋誰白絕世顏華早損紅廿載光陰悲逝水一棺寂寞臥西風含情滴滴相思淚灑向寒燈冷月中　秋風蕭瑟悲從中來昔元微之有遺悲懷五章繼而爲其意

固始祝霞舫甫草

詳述高要剿匪　○廣東高要縣六都九坑有土匪紀庚辛等糾黨行刦茲擾里閭茲悉該縣大徑水尾地方有客籍熊姓某因與其兄弟爭產不平熊某忿甚招引竊匪深夜糾紀庚辛與分水塘會某各率其賊黨糾衆邀勒意欲將財產重分不料紀會兩匪糾黨至白廟人大集刀槍黎明馳至即乘機打破熊氏門樓圍困住宅家人登瓦面砲樓與匪相持燃放火槍彈如雨落轟斃賊目一名受傷數匪民時既久匪攻益力正當危急之際幸各鄉聞警各遣其團練民兵四出截捕匪始驚怯全隊退出分水塘熊姓知其必圖報復翌日即將所儲金銀細軟穀米遷移別處其家人婦子亦分匿戚串之家數日後匪果大隊往攻見熊宅只餘空屋即放火焚燬一椽不存是日熊處已無人看守亦無人鳴鑼喊捕迨一晝夜匪始呼嘯而去當匪入攻時兩隊相爭鎗砲互轟熊姓某甲被匪砲傷右臂亦有家丁數名被槍碼中傷者事後宅主熊正宗飛稟邑侯魏明府請會營捕賊明府即稟詳道府兩憲移營諭肇協兵百餘名與陸鍾兩千戎馳往大逕等處圍捕想烏合之衆斷難負隅自固矣

募勇防匪　○廣州訪事人云省中大憲接到香港總督來文內稱查得現有匪徒在港中購買快槍二千桿及彈子炸藥等物甚多恐暗潛運省城不知作何舉動請速查辦以遏亂萌大憲閱此頗涉驚疑立委幹員嚴密訪察旋訪得有哥老會匪千餘人來自遠方散匿城鄉各處又有匪首偽稱將軍者匿跡黃沙遂密派營勇不動聲色前往圍捕然捕數夜絕無影響想匪入黨羽已衆消息自靈定必聞風遠遁顧而之他矣大憲闔轅請水師提督鄭心泉尙書來省會議防備之策尙書以營勇無多不敷防守擬添募數營俾資鎮壓云

潯江雪電　○前晚潯江大雨如繩繼之以雪鐘鳴八九下鴛鴦瓦上一白如霜人皆詫以爲奇爭相傳說不料昨晚本館接九江訪事人電信謂潯上於今晨已天降大雪刻尚未止嘻地非塞外時未隆冬而六出奇花已作飛絮撒鹽之象豈非從古所罕逢者哉

啓者本行由英法美國自運各種時式金銀珠口硃藍表並自打代間各樣打鑽表及一切新式玩物一應俱全貨高價廉格外公道如蒙　仕商賜顧請移玉紫竹林紅樓後大街錦泰棧對過認明敝行招牌便是　法商羅南洋行謹啓

本堂新到新出銅板英紙臺灣福州厦門地圖　大板前後廿四孝圖　日記故事圖　海上青樓圖　百戰百勝圖　詳註算法大成全圖　馬如飛開編附京戲園圖　海上書樓圖記六本套　海上花樓圖　花田金玉緣全函　殺子報　中國電報總編　劉師地瑩法西法操練　無師自通東語　劉淵師大學記　京調脚本代戲園　花間楹聯　海上名花尺牘　大本商賈尺牘　商賈尺牘　新學新　詳註尺牘　尺牘全函　增廣尺牘句解　平日七集[illegible]各樣書報　口岸章程　皆大歡喜　王道捉妖　濟堂捉妖　張天師收妖　金鞭記代繡像　女僊外史上下函裝套十六本　萬國公報到齊　餘書放此明日再登遍覽者先取爲快每日午後靜候

寓天津府署西三聖菴西紫氣堂啓

本館京城售報處在宣武門外繳家坑路東海昌會館內陳午淸先生代辦如蒙　顧者請至陳處可也

本館賬房啓

敬啓者現有英人僑居烟台曾在英京國學考有官憑並教授經史算法航海等學三十餘年並在英國海軍衙門充當試官有年曾蒙華廷派委要差今擬在本公館教授華童英文以便將來應陸軍海軍商務之選惟受教不得過十五歲議定每季脩金關平銀二百兩如有從學者即希函達天津恒豐棧飯店或烟台英領事署轉致倪爾森可也

金陵　儒醫世傳

貧病送診　過午不候

高克成內外科大小方脈

寓東門外天齊廟

保康水險公司告白

啓者本公司原創在星架波大埠實備資本洋三百萬員向設專行在香港上海承保洋面船舶貨物水險歷有年所信義咸孚久已馳名中外茲另設分行在天津託明義洋行代理專保洋面船貨水險保費克己倘遇不測賠償迅速各　寶號賜顧不拘早夜祈移玉至明義洋行投保不悞

浙杭　元吉永號

本號自置紗羅綢緞新樣洋緞花素洋布川廣夏貨學摺雅扇南貨頭油俱全敝號爲近時錢市滯落不同故兩各貨減價另設估衣街中間路北凡　仕商賜顧者[illegible]

告白

李傅相馬關被刺紀實並帶小照每本價洋四角五　王芍棠星使使俄草　盛世危言　續盛世危言　勢盧叢書　各國時事類編　中日戰守始末記　[illegible]車上書記　蘭石蘭譜　竹譜　海上見聞錄　洛金扇　吉祥花　小八義　[illegible]案　[illegible]案　桃燈新錄　夢筆生花　文[illegible]齋謹啓

九月二十七日輪船進口

海定　輪船由上海　招商局

九月二十八日輪船出口

海晏　輪船往上海　招商局

和生　輪船往上海　怡和行

九月二十七日錢洋行情

天津九七大錢

銀盤二千六百六十七文

洋元一千九百三十文

紫竹林九六大錢

銀盤二千七百一十文

洋元一千九百六十文

直報

光緒二十一年九月二十八日　第二百五十三號
西歷一千八百九十五年十一月十四日　禮拜四

上諭恭錄

上諭王文韶奏東明黃河伏秋大汛獲慶安瀾一摺直隸東明縣屬黃河南隄上中下三汛本年伏秋盛漲堤段時有蟄陷經王文韶督飭文武員弁竭力搶護現在節逾□降仰賴　神靈默佑獲慶安瀾實深寅感發去大藏香十枝著王文韶祗領轉交大順廣道吳廷斌虔詣李連莊高村黃莊　大王廟敬謹祀謝以答　神庥所有隨摺保獎文武各員著該部議敍餘著照所議辦理該部知道欽此　上諭王文韶奏特參知縣疏防劫案請旨懲處一摺直隸曲陽縣北關於本年閏五月十五日夜庫書張鳥選家被竊臨時行強又宣化縣南關於閏五月二十五日民婦金孟氏家被竊拒傷事主經王文韶勒限嚴緝限滿後贓賊無獲捕務實屬廢弛署曲陽縣知縣王葆琛署宣化縣知縣李振鵬均著交部照例議處以示懲儆仍飭嚴緝贓賊務獲究辦該部知道欽此　上諭張之洞奏特參水師統領請旨懲處一摺記名提督李新燕統帶江蘇太湖水師及浙西護捕等水陸十三營緝梟捕盜係其專責乃該提督並不認真緝捕各營勇數亦多缺額似此虛糜鉅餉修音廢弛若不嚴加懲處何以肅軍律而儆效尤記名提督前浙江海門鎮總兵李新燕著即行革職以示懲儆餘著照所議辦理另片奏記名提督王金榜沾染惡習已革提督沈茂勝紀律不嚴請分別懲處各等語記名提督王金榜著以副將降補五品頂戴已革提督沈茂勝著撤銷五品頂戴並不准投効各該軍營該部知道欽此

津郡詰盜議

津郡五方雜處良莠不齊平日鼠竊狗偷已屬不免逈至嚴冬四外無業遊民多視此處為生財地土猾奸民遂勾結以作諸惡欲窮其源流斷其蹤跡非隨時嚴密確查不可奚以查查諸烟館娼寮小店鍋夥及偏僻荒蕪寺院與十棍奸民之家而已使該管地方堅飭役果能認真巡查有犯即拏獲即送交該段保甲局立即嚴辦自可以肅清地方而為地方者往往不查或查之亦知如不知且轉為秀民之月例括良民之節錢勒索雜費名曰辦公亦不知其所辦何公也竊思其故以地方多係窮苦又嗜洋藥並且遇事尚須敬奉各署差役所以雖充地方頭役既以烟癮身懶又以人不甚用而失志氣方將不顧廉恥更何有心辦公況和舉報奸匪或拏獲盜賊無非隨堂對質向無給賞而一經疏失即被責罰計不如賣法縱奸得財先為養其細小即為陽春烟景之費矮屋一燈臥榻卉無腔短角足飽貪財之心勝招匪之計熟不特不能為地方詰奸且欲詰地方之姦已幾不可得是果地方之皆非善類乎誠以地方者在官之庶人理應有足以代耕之祿今既無其廩祿且索其規費更責其辦公事無巨細無不先責地方設非地方括財於良民其將何以供應耶然地方之責支應之差為苦轉以有支應之差為甘者何也以其奉令以辦公即可藉端以肥已遇事射利其弊層出難指數也至詰盜雖亦地方之責其外則又有保甲局捕役之數者尤以捕役為專務而捕役之權愈專捕役之累愈多捕役之弊愈甚每縣額設捕役之外其所謂散役

者大縣要缺或多至百數十名簡小之缺亦必有數十名一遇要件仍須外雇夥計廣買眼線不如此則不能奉公比及獲盜毎次必隨堂提審一有不實尚須被責幸案定矣則解府解省口糧解費外非墊辦若干萬不敷用抵省承審一次上憲署內門丁差役以及揚旂鳴鉦者無不需索例規賠錢受辱冒險急公卒未聞賞恤若干縱有賞恤不能抵所墊百分之一而役之家內則仍須仰事俯畜其老少又無不鮮衣肥體也錢從何來何須過問彼其甘心自賤自辱而復樂此不疲者其存心又堪涉想耶　此稿未完

愠于羣小　○京師混混董三者年六十餘雖以財人畏且橫蓄五妾工讒爭媚董亦不能爲左右袒其髮妻姚氏諸妾之眼中釘也一日聚謀思毒殺姚姚覺之潛投已所生女王姓家存活王住北海甸望兒山地方已十有四年矣刻下董攜妾亦至京北所有京中房產議即一律變賣姚聞此信不覺忿火中燒以爲老死無歸詣董勸止言未畢竟被諸妾羣起而攻拳腳交加鱗傷徧體氏狼狽出門擬匍匐琴堂控訴有爲魯仲連者攘臂攔阻事遂寢說者謂董以暮木已拱之身猶爲樂婦破產幾乎釀成衅端噫何其傎也

飲之太和　○京師地安門外創立福善堂善社日間社中諸善長公議舉辦施粥施衣惜字設塾延師課讀等一切事宜業已具有端緒且欵項亦已寬裕遂於九月二十二日辰刻結綵懸燈掛匾立碑即日開辦都中宦途均皆投刺致賀以及各善堂紳士亦彼此互相投拜是日並設筵欵接車馬雲屯酒肴霧沛極一時之盛云

梁上肆威　○崇文門外南橫街趙某者於九月二十一日重續鸞膠新婦妝奩頗厚人言嘖嘖是夜三更有梁上君子十數人立房頂上勢將從空飛墮由上更夫探知當報營汛哨弁帶領勇丁四面圍捕詎該君子等竟在房拋磚擲瓦將目兵頭額打破直待天明始行遠颺未一弋獲聞營汛會同典局哨弁商議尚須設法嚴緝云

闖中牛變　○京師前門外豬毛胡同槐卿妓寮某校書豔幟高張此中推爲翹楚今秋與某武孝廉矢嚙臂盟誓爲白頭侶委身以事而某武孝廉亦繾綣情深願營金屋本月中武闈試畢隨赴該妓寮與某校書情話初鼓時尚聞在房中高歌旋忽跌倒在地醫治罔效逾時竟氣絕體冰矣當經鄉報相驗詳城究辦至其中有無別情姑俟訪明再錄

皇恩憲德　○督憲王制軍自蒞任督篆事無鉅細均行親自檢點因查悉上年直隸籌畫軍餉議將文武大小官員養廉核扣三成以濟軍需一議督憲因念微末之員再將養廉扣去三成則辦公定必竭蹶廉無養恐於官方自有所不肅況所扣無幾於餉糈無關緊要於末秩有礙辦公因　奏請　恩施將微末之員養廉免於核扣前曾紀報兹聞制軍業經奏請奉　硃批允行似此凡在屬下當無不感戴上憲垂憐得邀　皇恩廣大矣

轅示牌單　○題補贊皇縣知縣盛時灤奉部覆准應即飭赴新任　順天府漢學教諭石耀宗補授國子監博士遺缺詳委試用訓導王彤雲署理　蠡高管河縣丞何承謨升署通州石埧州判遺缺以河工新海防遇缺先縣丞李愈咨署　圍場糧捕同知司獄委員愷調補赤峯縣　烏蘭哈達巡檢遺缺詳請以宛平縣典史謝怡保升補　新雄管河縣丞陸師瑗升署景州管河州判遺缺以河工鄭工試用縣丞戴雨田暫署　交河縣典史萬祖蔭丁憂遺缺詳委以分缺先用吏目李上珍署理　平山縣教諭張恩錫告請終養遺缺詳委試用訓導裴三益署理

忠信赴甘　○日前會辦總局會同邑侯貼用駁船載運已於前日昨晚湘軍步隊忠信五營由火車來津於河北登岸西堤一帶佇駐　夜今早陸續起行聞五六日可抵保陽再由保陽陸路直赴甘省助剿回逆云

慈悲受苦　（愛而勿勞慈悲生禍自古然矣世之父母人人知之人人犯之爲之母者愛子尤甚故受害益深習於慈而母不嚴子不畏其禍根之自種已深非王法所遽能鋤也不然　國家以孝以戒之明文　天子以孝治天下復躬率而草野無知仍有以不孝聞者　國有罪人抑實家有孽根乎靜海縣城西□生二子其小者作小負販以養家其大者爲大賭博以敗類輸極則攘母衣物攘之輒去母追尋則拒捕無嫌蓋母以賊視子子以捕視母其勢相沿渾不知其所以矣聞其母昨已鳴官倘邑父母代爲嚴訓不知其母復爲護犢否耶

第三版

兩班鼓吹 ○偷竊之事每日縣署報案者不下七八起及十餘起不等而獲案寥寥捕務實難稍得力昨大令將値班捕役等各笞責一百如到卯仍前懈弛定行革退云

一葉零丁 ○本埠城鄉內外娼窰不下數百餘家較女閭三百定多數倍女之年約皆十三四十五六以來逼爲落溷之花殊屬可憫況係中外誘拐良者多無告窮民至此已極不知爲人父母者其將以何術拯救爲普渡慈航使一方少者懷之也

平白尋仇 ○河北關下朱大周九不知因何與于恩慶結仇日昨朱周各持刀械尋于打降于以衆寡不敵急赴該管武官控告當即派兵立將朱周二人抓獲連于一併送交縣案究竟因何尋衅俟訪明再登

看靑斃命 ○田間禾稼將成類有一方草莽英雄爲之看守以防偷搶謂之看靑稼熟則計畝收資謂之斂靑錢俗例也衛西楊柳靑鎭某者業是有年矣凡有田隸靑鎭者皆資之府署差役賈某在靑鎭種有田禾因欠看青人等錢項賈與劉因此口角賈姓帶領人數名將劉毆傷於昨日劉姓絕氣是否因傷斃命抑係服毒身死均未可知昨劉姓家內人來縣控告請驗矣

言歸于好 ○前本埠武生孫士淸與營官王有宏五月間在路相遇孫士淸赴縣喊寃王有宏亦卽投案已登前報至今被押四月之久昨聞經親友說合兩造平允日前在某處晤面和好兩無疑忌不日將當堂釋放矣

命不猶人 ○日昨本埠鐵路由東來津早車軋斃一王姓者年約二旬已紀前報茲復聞早車又軋死一外鄉人年三十餘歲從腰軋過斷爲兩截眞可慘矣嗣後有搭坐車者亦當格外謹愼矣

災等巖牆 ○孟子謂知命者不立乎巖牆之下古諺云千金之子坐不垂堂誠愼之也至身爲兵勇冒矢石歷鋒鏑裹革沐霜一宿不死於陣卽困於行疲於奔命急不暇擇苦矣而又有災生无妄者如昨日拱北輪船之轟斃千餘寃哉又有醉而生夢而死者尤屬意想不及矣茲聞大稍直口關帝廟屯集湘勇若干大殿周將軍神像年久失塑昨夜湘勇等睡熟伸腿將神像踏倒壓及某勇頭顱登時殞命次早營哨官飭將該勇掩埋焉噫遺像傷人係勇自取當非周將軍意也

狹由狹路 ○鐵橋前磁器車軋斃王姓幼孩已紀前報茲聞幼孩年十餘歲午後赴某雜貨店買仿紙被磁器車軋傷赶緊抬至家中登時殞命該親屬情急赴縣喊控昨經親友說合令該車主長跪賠禮並備棺槨一切誦經一夕超度殤魂日前衆親友送殯葬矣

俄備雄兵 ○頃閱歐洲消息謂俄國有將軍名輸末魯者現在窪蘇地方操演車政如荼如火大有可觀查窪蘇地方在普國與奧國毗連實里些交界之區犬牙相錯形勢天然現俄已在該處築有大砲臺五座假使一旦出令徵調便有精兵三十五萬之衆足備驅策其靈捷有如此者是以柏靈都城得此信息莫不惴惴然爲歐洲大局危也

羊城鯉信 ○製造軍械各局前因省費起見迭將工匠人等裁減過半現因回逆披猖西陲不靖大憲公忠體國眕域無分籌撥軍火解往接濟茲恐各局工匠無多趕造不及遂飭下各局委員查照舊額添募足數俾得從速製造以濟要需云

營勇議減 ○江垣綠營兵勇半多老弱雖平時非不照例操防然不過虛行故事徒費餉需日前德大中丞奏准部文有綠營兵勇擬行留七撤三之說該營勇等一聞此信罔不担驚竟有聯名稟請免撤者想大中丞智珠在握必能恪遵部章有以善其後也

索地待商 ○日使速山氏珍田捨己指索蘇垣閶門外一帶基地開埠通商茲悉是事經總辦洋務羅觀察等再四婉商迄未允洽故稍展如中丞前日特飭三首縣在滄浪亭設讌邀請城內紳董公同會議未知如何答覆也

入俄習操 ○歐洲西報載俄京聖彼得羅堡消息云俄皇已允中國陸軍遴派兵官一百二十五名前往俄國各營中當差三年並允中國陸軍兵官五十名入俄國陸軍武備處學習

沿江雨雪 ○華歷本月十五日鎭江大雨不止次晨忽起東北風天氣甚寒未幾降雪至晚而止前一日寒暑表六十四度次晨竟低至三十三度後漸升至三十七度江中大霧迷漫船隻幾不能行駛並聞金陵於十六日晨起亦已見雪云譯西報

新絲外銷 發近洽務字產不血骨童瘧公會各胎前風痢朱姓霍亂烟痢均能回春

啓者本行由英法等國自運各種時式金銀珠口琺藍表並自打代間各樣打鑲表及一切新式玩物一應俱全貨高價廉格外公道如蒙　仕商賜顧請移玉紫竹林紅樓後大街錦泰棧對過認明敝行招牌便是　法商羅南洋行謹啓

本堂新到泰西要覽新史八本合部　臺灣小圖　劉帥小照　東西漢　隋煬豔史　新出臺灣福州廈門輿地圖　繪圖繡像增補精解銅板鉛板石印新書列後　雲外賜香百花臺　遇仙奇緣　意外緣　夜雨秋燈錄　大板下蜻蜓　醒世第二石點頭　搭豆棚說閒話　鴛鴦夢　雲中落繡鞋　海上見聞錄　古今眼前報　酒地花天　人間樂　巾幗英雄　九種奇情聽月樓　海上名妓手札　大蝴蝶　中外戲法大觀圖說　外國笑話　海外奇談　孩兒說笑話　聖朝萬年青初二三集　時下笑談　時務叢鈔全函　客窗閒話　海上風流傳　海上百豔圖記八本裝套　國色天香　餘書來日續登購取者先觀為快　直報分處內紫[illegible]堂啓

本館京城售報處在宣武門外繖家坑路東海昌會館內陳午清先生代辦如蒙　顧者請至陳處可也　本館謹啓

敬啓者現有英人僑居烟台曾在英京國學考有官憑前教授經史算法航海等學三十餘年並在英國海軍衙門充當試官有年曾蒙華廷派委要差今擬在本公館教授華童英文以便將來應陸軍海軍商務之選惟受教不得過十五歲議定每季脩金關平銀二百兩如有從學者即希函達天津恒豐泰飯店或烟台英領事署轉致倪爾森可也

金陵儒醫世傳

貧病送診　過午不候　高克成內外科大小方脈　廣東門外　天齊廟

保康水險公司告白

啓者本公司原創在星架波大埠實備資本洋三百萬員曾設專行在香港上海承保洋面船舶貨物水險歷有年所信義咸孚久已馳名中外茲另設分行在天津託明義洋行代理專保洋面船貨水險保費克己倘遇不測賠償迅速各　寶號賜顧不拘早夜祈移玉至明義洋行投保不悞

浙杭元吉永號

本號自置[illegible]新樣洋綢花素洋布川廣夏貨團摺雅扇南貨頭油俱全試為近時錢市漲落不同故而各貨減價開設估衣街中間路北凡　仕商賜顧者[illegible]

告白

李傅相馬關議和紀實附帶小照每本價洋四角五　王芍棠星使使俄草　盛世危言　續盛世危言　[illegible]盧叢書　各國時事類編　中日戰守始末記　[illegible]車上書記　蘭石蘭譜　竹譜　海上見聞錄　洛金扇　吉祥花　小八義　[illegible]　麗[illegible]　桃溪新錄　夢筆　牛花　[illegible]謹啓

九月二十八日輪船進口
新裕　輪船由上海　招商局
通州　輪船由上海　招商局

九月二十九日輪船出口
海定　輪船往上海　怡和行

九月二十八日銀盤行情
天津行平化寶九七六錢
錢盤二千六百六十七八
洋元一兩九錢三分
紫竹林九六錢
銀盤二千七百一十文
洋元一[illegible]九百六十文

光緒二十一年九月二十九日 第二百五十二號
西曆一千八百九十五年十一月十五日 禮拜五

上諭恭錄 善舉眞僞辨 流水無心 春風放膽
寅甲軍令 甲乙集貲 觀察批詞 稽古題目
九月缺單 九月選單 花封易綰 木板無情
味尙差池 人皆怵惕 狼狽相依 雀鼠爭訟
復將奈何 莫之能禦 叵耐勢盛 會合拳藝
京報照錄

上諭恭錄

上諭崇善奏查明大淩河牧羣官馬倒斃數目逾額請將牧長等分別懲辦一摺牧羣關繫緊要該牧長阿洪阿等乃竟漫不經心以致倒斃馬匹逾額甚多殊屬不成事體牧長阿洪阿恩福景保永昌榮貴委伸榮奎毓昌副牧長保祿景綸福淩夫恒額毓昌慶林哈興額全齡恩特合布成端均著先行摘去頂戴勒限六個月責令該長等督飭依限賠補如限滿不交齊即著嚴行懲辦至前次奏報錯誤之署副都統協領文楷及稟報不實之翼領景美委興額亦難辭咎均著交部議處以重牧政欽此 上諭崧蕃奏特參缺額扣餉之遊擊請旨懲辦等語雲南廣西營遊擊莫矜智管帶該營兵額既不足數兼帶緝私巡船亦復缺額蝕餉實屬貪婪無厭若不從嚴懲辦何以祛積習而肅營規莫矜智著即革職查辦以示懲儆餘著照所議辦理該部知道欽此 旨載澤現在丁憂所管正藍旗蒙古副都統著阿克丹署理欽此

善舉眞僞辨 錄前稿

某邑某令勤而朴善自爲謀動念無非善緣與役莫非善果堂堂正正名目顯然悉善舉也樂此不疲爰以善人自命其治有名鎭四最巨之鎭依河泊爲南北衝途昔年富甲一郡令遂之猶可爲也遂於其處立善堂題以某善名額以某某鉅公榜其門內設義塾舉一切漏規罰鍰胥歸之復設糧店資本出於縣官利息存於善堂牛聚之云爲將來作諸善行助且於水旱凶荒飢饉相因之歲閭閻流離困苦之餘勉力興築各項工程如重修明倫堂文昌宮創建考棚諸善舉以爲勸善根張本其捐也或藉端以罰或牽涉以逮或實無可藉端無可牽涉則踵門而施以禮或剛或柔因方爲圭遇值成璧舉人所萬不能勸者而躬親勸之無不曲盡其善餘則付諸善類下其手而關說之如某鄉某公正人因辦賑首冒虛戶某姓實戶求賑公正人稟稱委司事云彼係富戶不宜食賑實則數十村中富民僅存一二人人皆知斷不食賑其次雖非富戶能給饔飧者一村不過數家亦不食賑又其次耕讀舊家雖並日而食甚至並日不食亦不食賑何也食賑之可事多不知爲誰何之人雜以裔胥長隨差役稍顧廉恥者孰肯以閨中婦女日日窺伺且須奴顏婢膝向以乞憐耶故不食賑者非無貧戶其食賑者斷無富戶其公正之不冒虛戶者固多冒虛戶者亦復不少而某鄉求賑之人既非富戶亦非舊家具饔飧之給與不給未可知大約較之極貧自當有間彼因數公正之冒戶故求自己之實戶如此之類各村皆有其情也公正欺其爲無足輕重之人擯斥不與賑其遂控公正於縣公正乃煩某某轉求首飾行之名隸善堂與令最契者以欠債未償控以求賑之戶令即准理斷令立償公正若干實則公正之花帳猶是冒食虛戶之故智也又有某某村查放之後民因其減實戶實口過多擬投堂請示所領憲轄賑欵若干以昭核實者立即補賑若干戶以息其喙計自某年春撫若干冬撫若干銀若干易錢若干米若干易錢若干某米局悉其公欵可慮也干沒之令即以鉗

口不間書吏怨其一網打盡也擬訴憲轅令傾某某調停分潤如數即以大度包荒之某歲所領棉衣若干令恐　皇恩之過浩也不准凍民頻仍樽節之存數千件於當於倉於署亦忽濫也　此稿未完

流水無心　○流民如流水去住無心東西莫定其常也顧流則離離則睽睽則疑而變乃生矣女傭范氏婦武清縣人年已四旬十月初京覓主當有某姓雇令司爨火之役婦安之居數朝竟如黃鶴高飛一去不返中初不介意不料月前突來其夫向甲索婦甲猝無以應其夫頓赴琴堂控告先將甲押追在案甲之冤抑已料無以伸矣至昨日婦之舅氏竟攜婦來家遂即銷案亦經除將婦夫重責以儆妄控外並將某甲開釋噫女子小人之難養固如是哉

春風放膽　○京師前門外八角胡同地方袁姓者膝下二子其次子名存兒素行淫蕩專以花柳娛心袁因溺愛過縱致與某氏婦有染不聞存兒乘間赴婦家尋歡被婦夫撞遇即欲綑縛送官究治存兒百般巧說許給錢文始得脫逃九月二十一日婦夫與存兒遇于途詢所許錢文兩不相下彼此爭鬥時袁姓聞知即率領長子前來助鬥將婦夫毆打經鄰人勸散婦夫歸意圖報復遂糾約十數人各持械棒與鬥毀之師而袁氏父子氣忿亦將帮毆之某某鱗傷甚重富赴南城坊控告勘驗詳城從嚴究辦以爲逞兇者戒

寅申爲令　○總統湘軍陝西巡撫部院魏示大軍西征紀律嚴明沿途經過買賣公平秋毫毋犯安堵勿驚倘有游勇滋擾鄉村許爾團保捆送來轅立予斬決不從輕

甲乙賞　○欽命二品銜長蘆鹽運使司鹽運使李爲榜示事今將前升司移交局試集賢書院舉貢生監制藝試帖課卷現已評定甲乙等第並獎賞銀兩數目開列於後須至榜者計開　超等二十名　鄭燮寅　李煜華　羅毓保　黃承烈　鮑德銘　汪　元　賀廷賡　李與仁　朱晉鏞　張　董　湯聘之　舒　翹　蒲倫召　孫鴻賓　張東瀛　蔣長駿　名至五名各獎銀三兩　六名至十名各獎銀二兩四錢　十一名至二十名各獎銀一兩六錢　特等四十名　席聘珍　崔祚樞　賈學元　黃藝斌　王　樸　蔣清瑞　蕭承厚　惲彥曾　顧起俊　蘇呈輝　徐忠揚　陳毓瑞　崔　璜　汪家鼎　于席珍　李炳榮　宗逢洲　賈善仁　吳夔龍　李重熙　徐汝霖　李　聰　王　鎔　周之棫　王　銘　余開中　田福華　王國材　趙書鵬　董聯第　沈鍾瀝　朱馨甚　黃桂昌　虞維翰　康　楠　盧　芳　湯　銘　盧恩蔭　李毓芝　十一名至二十名各獎銀一兩　二十一名至四十名各獎銀五錢　一等五十七名　崔祚樞等一名至二十名各獎銀三錢　餘無獎

觀察批詞　○欽命二品銜直隸分巡天津河間兵備道李示據眾河縣紳戶稟批稟內未列姓名顯欲朦混本即開寫清楚另稟核奪　又示據縣山縣人吳張氏呈批據呈是否屬實抑係揑詞狡賴候核會營縣查核辦理此批

稽古題目　○津道憲課稽古書院舉貢生監題目附列於左　經題　九月築場圃　賦題　叔孫通起朝儀賦　以舍桴鼓而立王儀爲韻　詩題　擬杜工部秋興八首　用原韻

九月缺單　○光緒二十一年九月分缺單　郎中戶部廣東陳宗嫣省親　同知浙江處州鄧淵修故　江蘇江甯興奎故　知縣江西泰和于晉源近　山東范縣姚恩溥　安徽南陵崔煦　福建尤溪胡玉瀛俱丁　四川樂山洪祖年革　慶符唐伯森丁　巡撫江蘇金匱王林故　典史江西萍鄉姜兆葆丁

九月選單　○光緒二十一年九月分選單　郎中戶部廣東齊世名直隸蔭　同知浙江處州錫惠漢軍漢人　江蘇江甯恩彥正藍宮學生　知縣四川慶符王瑚直隸　樂山蔡琛福建　安徽南陵孫鳴皋直隸　江西太和郭會準福建　福建尤溪吳家俊江西俱甲　山東范縣王貽哲江蘇舉　巡檢吉林雙城廳張其銑廣西監　江蘇金匱令錫侯浙江監　典史江西萍鄉周誥本浙江　文童浙江餘杭劉遠靖四川監

花封易綰　○邑侯趙星甫大令調任清宛縣遺缺以景州王大令調補已紀前報茲聞王大令於十月初旬可抵新任趙大令將卸手公事一切交代清楚即赴清宛新任矣

木版無情 ○本甲各堡設立守望局本為清理地面安靖閭閻起見昨城內第二段有打降之董二經該局憲飭勇送縣懲辦日前將董二訊責枷號二段局首示衆東門外斜對十一段有茲事之祁麻子經該局憲飭勇送縣懲辦日前將祁麻子訊責枷號十一段局首示衆紫竹林有偷米四人經海關枷號紫竹林示衆枷者自枷犯者仍犯何哉豈恃法不足以為治乎

味齋差池 ○本埠售賣鮮菓生意獲利極厚某甲者開設鮮菓局年來買賣鼎盛甲即除布履易綢緞意氣頗豪遂結交某署內差齋勢以為勢力如天終日既遊於山復涉於水然體面雖移性情難變仍屬尅薄細數蠅頭蝸角雖好樂境而肯浪擲金錢昨宜春堂娼其久作滑客冷友計逐之伊猶不醒味復至其娼寮為鴇所漫甲即躁發如雷聲言明日即行查封某處經人再三解勸始悻悻走去而己被龜奴漫罵不堪矣

人皆怵惕 ○昨在火車站前有一幼童年十一二歲係東鄉人口稱隨兄來津於下火車時兄弟失散尋兄不見不住啼哭行路多人或憐之給錢若干即着趁火車速回矣

狼狽相依 ○自來遠商貿易多係領東資本在各口岸而充為掌櫃者理宜謹身潔己所得餘利且須涓滴歸公從未有發售貨本掠取一半入於私囊者也天津曲店商閻和益號掌櫃林松卿前因冶遊浪費其東來津訪察虧耗甚鉅控縣追究自後號事由東自理歷登報端詳聞又經察出前售海防公所工程木料林松卿從中侵蝕以多報少譬如杉木每根售銀二兩登併總簿只售一兩諸如此類統計本銀九千餘兩林松卿吞沒二千八百兩此外尚有未經察出者不知若干林松卿在號數年膽敢昧良欺害實屬狼狽為奸之尤春義木廠趙毓舟引誘串謀以致和益閻號歇業年餘未由振作今秋林松卿租濯保倫希呢也士丁占司面立三輪船裝運木貨數萬兩與趙毓舟協力合作肆所欲為和益號東曾向海防公所賬目與之理較林松卿沆瀣號東乃弟之前口稱弊竇繁多內有其事萬懇賞恩救我一家性命留我一片面皮真奈怙惡不悛詭計延緩迄未措還吞沒鉅款其東不能久待非將林松卿送縣懲辦所有頭役人等以為不義而富之流必須重取苞苴未可放鬆而去於本月二十六日午堂訊問林松卿供辭狡展誣及管理工程局令吞僭邑侯知其亂諂正欲嚴斥間趙毓舟挺身堂供稱該款容其保出頃中調處縣官姑准着交差帶限令翌日稟覆趙毓舟包庇扶持實為狼狽相依佐証噫瞞心害理天網難逃聞去秋林松卿自立合記首運松木存招商局北棧被火燒燬數百根其惡亦已見一端此次吞沒鉅欵發覺竟有不知自愛之某令係河防局員相助為惡飛函緩頰乞憐於邑侯邑侯置之不答足見邑侯之明察秋毫也嗣後如何訊明再錄

雀鼠爭訟 ○西門外有高二者不知何故與張起順口角兩不相下致經用武張起順情急赴八段守望局喊冤經金大令訊明情中飭將高二棍責數十並諭以再犯重懲矣

復將奈何 ○某縣某姓者富而日新結交官場隣多不睦前月某忽被賊竊去銅錫器皿數件以為賊敢竊我實屬胆大遂遣人赴該管武官報案該武官立傳地保捕快勘驗先將該傳諭於防範之地保捕快飭責並限嚴緝某揚揚自得向眾聲言似此官勢諒盜賊斷不敢藐視詎料未及旬日又被竊去衣包一個內約衣服十數件其家人言此次富翁文武衙門報案矣某惟搖首不語因想前已對眾誇言萬不料復又被竊只得隱忍嘆息而已

莫之能禦 ○通州屬上堤村有陶長山者候補拿帖式也家頗饒裕賊聚詣行貸於上月二更時一擁進房當經工人李成林喊捕即被拒傷搶去騾馬衣服而逸報經文武會驗未識能緝獲否耶

回匪勢盛 ○字林西報館接到華歷本月十八日北京來電云刻下甘肅省之蘭州鞏昌西寧涼州寧夏等府及古原甘州俱入回匪與哥老會匪掌中西北之蘭州及極西之平涼兩府屬境亦然此係十七日軍機處所接之密報也由此觀之則甘省已大半淪陷又聞董軍門福祥近日被匪擊敗掠去大砲三十尊槍彈甚多至蘭州自八月中旬失守後未知各大憲下落並付三禮拜之久未發來信矣以上皆係訪事西友語惟本館則聞近日上海電報局仍與蘭州互通電信往來無間不知外間何以有失守之耗姑錄之以俟探確再詳

敬啓者本等在天津開設製造公司專出各項工程捷妙新法并估價值茲將各項分類列後計開一考驗礦質分化金石所含開採鎔化一切良法皆能條分縷析繪圖具報并估一切應用器機價值一測量鐵路鑛建車軌皆能逐條繪圖具報并估建造及一切應用器件價值一電氣車電光燈皆能繪樣并估全副電燈價值一鎔化礦質大爐并新式紅磚及士門得土各窰所有應用物料薪炭須先詳加考驗再為繪圖製造一測繪各處港澳江河皆能畫圖備用一製造煤氣及自來水一切廠所器機皆能繪圖估價一估造各種工程繪畫各種平視立視精細圖式一物類原質皆能以化學法分化無訛一欲辦工程如來本公司面議即可告以良法并估價值再本公司素與歐洲及美國各大公司聯絡故能包辦各項工程或有工程需人監理本公司亦可派人前往本公司主人現寓恒豐泰

賈密孫製造公司謹白

啓者本行由英法等國自運各種時式金銀珠口砝藍表並自打代間各樣打鑛表及一切新式玩物一應俱全貨高價廉格外公道如蒙仕商賜顧請移玉紫竹林紅樓後大街錦泰機對過認明敝行招牌便是

法商羅南洋行謹啓

新到東征大實紀 附各國旗號 臺灣福州廈門地圖 各樣畫報 字林西字滬報 新聞報 代售中報 本埠直報 四大奇書 各樣新書 如有賜函問知購取各書每日午後直至申後敝寓靜候無時無暇

寓天津府署西三 留菴西紫氣堂啓

敬啓者現有英人僑居烟台曾任北京國學考有官憑並教授繙史算法航海等學三十餘年並在英國海軍衙門充當試官有年曾蒙華廷派委要差今擬在本公館教授華童英文以便將來應陸軍海軍商務之選惟受教不得過十五歲議定每季脩金關平銀二百兩如有從學者即希函達天津恒豐泰飯店或烟台英領事署轉致倪爾森可也

金陵儒醫世傳

貧病送診 過午不候

高克成內外科大小方脈

寓東門外天齊廟

保康水險公司告白

啓者本公司原創在星架波大埠實備有本洋三百萬員亦設專行在香港上海承保洋面船貨物水險歷有年所信義咸孚久已馳名中外茲另設分行在天津託明義洋行代理專保洋面船貨水險保費克己倘遇不測賠償迅速各寶號賜顧不拘早夜祈移玉至明義洋行投保不悞

浙杭元吉永號

本號自置紗羅綢緞新樣洋縐花素洋布川廣夏貨團摺雅扇南貨頭油俱全祇為近時錢市漲落不同故而各貨減價開設估衣街中間路北凡仕商賜顧者[illegible]

告白

李傅相馬關被刺紀實並帶小照每本價洋四角五 王芍棠[illegible] 星使俄草 盛世危言 盛世危言 蟄廬叢書 各國時事類編 中日戰守始末記 公車上書記 蘭石蘭譜 竹譜 海上見聞錄 洛金扇 吉祥花 小八義 彭公案 施公案 桃蹊新錄 夢筆生花

文美齋謹啓

九月二十八日輪船進口

新裕 輪船由上海 招商局

通州 輪船由上海 招商局

九月二十九日輪船出口

海定 輪船往上海 怡和行

九月二十八日銀洋行情

天津九七大錢

銀盤二千六百六十七

洋元一千九百三十文

紫竹林九大錢

銀盤二千七百一十文

洋元一千九百六十文

直報

光緒二十一年九月三十日　第二百五十三號
西歷一千八百九十五年十一月十六日　禮拜六

上諭恭錄　制藝取士論　豫備萬呼　謙承陛覲
趨蹌灑卌　當轎搶車　學古有獲　爲富不仁
毋爾毋我　病國病民　長枕大被　狼狽相依
指鹿爲馬　易虎以狐　好善樂施　豐歉無常
本埠告白

上諭恭錄

上諭宗人府府丞吳廷芬着在總理各國事務衙門行走欽此　上諭安徽鳳陽府知府員缺着馮煦補授欽此　上諭福潤奏在籍總兵因病呈請開缺等語河南河北鎮總兵劉盛休着准其開缺欽此　上諭福潤奏特參統兵大員請旨革職等語記名提督周雲田統帶回皖兵數營缺額甚多實屬違法營私著即行革職以肅軍紀該部知道欽此

制藝取士論

取士胡爲乎日授之以官而責以職也術任之職者藉制藝以集事者乎日事無可以制藝治者也然則奈何乎以制藝取士也職在黜陟則宜明賢奸職在撫綏則宜諳刑獄職在刑名則宜嫻律令職在錢糧則宜計盈虧職在興戎則宜諳韜畧職在奉使則宜達夷情推之衙署以百計官吏以千計凡厥所司各有本原苟非講求有素無一可以勝任而愉快也奈何乎以制藝取士也或曰制藝自前明以來相沿已久名臣碩彥未嘗不出其中且古選舉之法難行于今日制藝雖小道精其業者亦必窮理于經觀變于史理明事達學識兼優授之以政有以措施無難苟得其人是義也非不謂然然而名則是而實則非也不見今之習爲制藝者乎一部高頭講章幾科直省墨卷朝披夕誦性命以之其他有用之書反置之不顧間有文涉經史者亦不過獵詞采摭類典其于聖賢之奧義事變之微幾率之然無所得二三場之經義策對則以坊間石印諸書爲帳簿剽掠抄襲竄連篇能如是遂足以中式而有餘近ゝ風氣流轉大人先生以實學相提倡庠序之士稍稍從事典籍然昔人以六經爲聖人之糟粕今人之所攻求則又糟粕之糟粕也言經學者不求要義而以考据相矜禮樂制度考之可也草木之色鳥獸之形尋其詳焉何裨　國是郢石燕說衆說紛紛如古所謂通經致用者未必若此也言史學者不關世變而注意于詞章龍門奇儷班氏簡腴錯相細繹微志表舊聞褒貶微義概從漠視古所稱文史足用者未必若此也且他之小學者斟酌聲音究詰讀者識字而日非官然而古今相推方域所限同異參差勢所不免必欲歸于一致庸非鑿乎故江顧段苗之說猶名物橫拾其唾餘殊屬無謂甚或自矜奇特以說文代孔孟之言尤爲無理貽笑方家以及泛讀子集窮搜金石尤屬虛文無關實用而春秋開所得士有一于此則以制天下于山拾珠于海相需求所謂闡發義理洞達古今者　國初諸老而後寥寥無幾人也名臣碩彥之出其中則亦所取于多偶逢奇傑壁猶木之繁植必有其材馬以群游不無上駟則舍是而任法廣爲收羅亦必有名臣碩彥出其中者則將謂任設一法皆可收得人之效乎夫使所得之士大用小用各有以自效然而適用者多不適用者少又不然而奉法周旋可以無之隊則不必名臣碩彥而羣策羣力足任股肱耳目之司即任設一法亦無不可制藝取士亦何嘗不可無如制藝進身之士八股而外皆非所習內列曹郎外充牧令舊章新例率難循誦不得不張目拱手而聽命于吏胥至若統軍旅任行人則離棄陳時事素號通才者猶不免于失機而辱　國蓋文章政事判然兩途而不能以相通也久矣況時至今日世變日新爲唐虞以來五千餘年所未有而三參五伍論及時事猶有謂鐵路不

可修電杆不可設泰西諸國不可與之交者其人類皆制藝中人也書生之見拘泥至于如此皆半生於揣摩時墨習爲腐談無以開拓其心胸恢宏其識見故也昔人謂制藝之弊必將束縛人材盡歸于無用其言不誠然乎然則廢制藝而恐改取士法乎不必然也積習不能驟革舊章不可輕更者不敢妄爲是言也制藝不廢稍輕焉可也取士法不改稍變通焉可也

豫備嵩呼　○皇太后於八月下澣巡幸　頤和園今於九月二十四日由　頤和園起鑾回朝還宮現聞　內務府舉辦十月初十日　萬壽聖節應需各項並傳內喜大成同春小鴻奎等班優伶於十月初一日至十六日每日輪流赴　內演劇以崇典禮

謙承陛覲　○和國新簡駐華欽使克君羅伯業已到京投案照請　覲見呈遞到任國書總署與之訂明　覲見地方在東華門內　文華殿一面密具封章請　旨定期九月十九日具奏由奏事處傳　旨留中欽此旋由軍機處將原摺片交總署內閣奉　旨著於九月二十六日在　文華殿欽此隨由總署恭錄　諭旨照會克羅伯查照遵於是日卯刻由和國府第乘綠呢大轎至東華門步入　內廷赴　文華殿伺候　覲見云

赴院遞冊　○直省建設養濟院額定額數每逢冬季收養貧民給發錢米如人多於額數以額外收養州縣官應爲實在人數造冊申送府道加結轉詳其應得錢與錢米者每季由印官親臨散放或公事無暇遴委佐貳代行一至年底將造四柱清冊呈送上司查核詳督道府亦於每年盤查時隨帶原冊赴院點驗以免弊混

當橋搶車　○京師前門外大街向有車輛擺列成行預備往來行人雇坐藉卜蠅頭日前有鍾姓者停車正陽橋上招攬生涯突來匪徒搶奪車輛赶走鍾某追赶及至東珠市口始行揪獲送交官廳訊問飭將匪徒枷號十日在前門大街示衆

學古有獲　○欽差北洋通商大臣兵部尚書直隷總督部堂王　爲榜示事照得本督部堂考試稽古書院舉貢生監制藝評定甲乙等第姓名並獎賞銀數合行列後須至榜者　計開　正取十五名　陸繼周　王德純　陳澤霖　張昌言　王德崇　胡家祺　辛壽培　劉寶和　陸　澎　溫葆謙　程天澤　高增奎　魏　霞　陳白珍　王祥貴　前二名各獎銀三兩　三名四名各獎銀二兩五錢　五名至七名各獎銀二兩　八名至十名各獎銀一兩五錢餘各獎銀　兩　副取廿五名　李奎光　臧守義　李炳熊　田士燾　張彭年　劉寶珍　喬從銳　姜擇善　王　琦　孫　晉　皮祖功　王春瀛　俞恩科　李春臺　盧秉銓　吳嗣銘　龔秉珍　陳奎齡　羅廷儁　劉衍曾　魏金題　吳世俊　孟廣怡　楊錦榮　王鍾瀛　各獎銀五錢　次取四十名　趙秋濤等各獎銀三錢　備取二十名　金詔華等無獎

爲富不仁　○重利盤剝例所不容買良爲娼人所共忿至以重利朘削民即以折准其子女或販賣使墮落溷爲富不仁罪不容誅矣津郡有恒舒號者南人也專以放錢取重息接用者概係貧民無力歸　則留子女以折准販賣如武清縣董姓者夫婦就食於津投用恒舒錢以利重莫償留董女折准賣入娼窰闔己控案又如義盛公者亦南人也亦以重利折算人口販賣爲熟技如此之類南人最多或亦有所包庇歟

毋固毋我　○人心不古動肆詆諆即如前報所載楊柳青某宦家平糶一節本館祗據有聞則錄之例茲細查得某宦侍郎爵謹遇有善舉見義勇爲其族世業糧商百餘年來每歲漕運津通皆不下十數萬石今夏恭奉　上諭以順直糧價奇昂招商平糶某族亦與其列委因世受　國恩不敢自外是以上承　恩命下顧時艱爲接濟民食起見而有求未遂者輒藉以蜚語加之信乎求全之毀所在多有也爰亟正之以紀其實云

病國病民　○鹻水沽對河下郭莊設楊木捐局凡河內載木料船隻均須候驗納捐上年軍興以來各轉運局以轉運軍火餉糈以東局爲便由局委員處捐局代雇按照官價計程遠近付錢仰見大憲體恤商民無微不至而捐局司事某某藉詞索詐每持封條貼船以索要差費即係滲漏船隻本不能裝運軍火者亦必截貼乘間逃脫者捐局即乘巡船追回更從重罰若執意不從辱罵毆打無所不至船戶莫敢聲言終須給錢乃免若遇差使緊急該司事卽不論船堅與否即令　應差不知軍火糧餉均關緊要倘有滲漏潮濕咎將誰歸歟

船戶更爲憂懼故各船戶畏卜郭如畏虎口客貨捐項不免減色事關國課軍需誠非淺鮮若非上憲嚴行查禁不特民不堪擾且恐誤
公甚據各船戶同口聲冤詳述如此本館自應必錄特登報以證是否

長枕大被　○李三郎與薛壽諸王同床寢處長枕大被千古艷稱彼其友愛兄弟也不意千載而下竟有仿此雅韻而情事則大
謬不然者昨某至鳳華堂訪堂主人六郎時尚高臥爰探其三窟居然長枕大被六郎居其中白也鳳也左右之覩之不禁狂笑六郎驚覺
向某曰咄子誠可謂少所見而多所怪者也吾自捨身於人何尤君不知趣盍擲纏頭吾豈吝於自存哉某聞言掩口而出詢諸侍者蓋六
郎已自出候客矣噫以富家子弟而甘樂爲此是誠龍陽君以後一人而已

狼狽相依　○自來遠商貿易多係領東資本在各口岸而充爲掌櫃者理宜謹身潔己所得餘利且須涓滴歸公從未有發售貨
本掠取一半入於私囊者也天津曲店街閩商和益號掌櫃林松卿前因冶遊浪費其東來津訪察虧耗甚鉅控縣追究自後號事由東自
理歷登報端詎聞又經察出前售海防公所工程木料林松卿從中侵蝕以多報少譬如杉木每根售銀二兩登簿只售一兩諸如此
類統計本銀九千餘兩林松卿吞沒二千八百兩此外尚有未經察出者不知若干林松卿在津數年胆敢昧良欺害貲由狼狽爲奸之永
春義木廠趙毓舟引誘串謀以致和益閩商歇業年餘末由振作今秋林松卿租保倫希呢也士丁占司面立三輪船裝運木貨數萬兩
與趙毓舟併力合作肆所欲爲和益號東曾以海防公所賬目與之理較林松卿竟串號東乃弟之前口稱弊竇繁多倘有其事萬懇貸恩
救我一家性命留我一片面皮其奈怙惡不悛詭計延緩迄未措還吞沒鉅款其東不能久待將林松卿送縣懲辦所有頭役人等以爲
不義而富之流必須重取苞苴未可放鬆而去於本月二十六日午堂訊問林松卿供辭狡展誣及管理工程局令吞霸邑侯知其亂詞正
欲嚴斥間趙毓舟挺身登堂供稱該款容某保出煩中調處邑宰姑准着役差帶縣令翌日稟覆趙毓舟包庇扶持實爲狼狽相依佐證噫
瞞心害理天網難逃續聞去秋林松卿自立合記首運松木存招商局北棧數百根火燒燬數百根其惡已見一端此次吞沒鉅款發覺竟有
不知自愛之某令係河防局員相助爲惡飛函緩頰乞憐於邑侯邑侯置之不答足見邑侯之明察秋毫也嗣後如何訊明再錄

指鹿爲馬　○海疆大略　國家不惜餉項講求洋務於兵輪一節尤爲着意福建設立船政局選材鳩工所造伏波鎮海元凱各
兵輪皆係材料精良輪機堅利每隻約費銀三五十萬七八十萬兩不等伏波係第一號鎮海係第六號元凱係第十六號最後所造較伏
波鎮海尤新鎮海在津伏波在閩元凱現在寧波茲聞元凱管帶鄧驄保揑報元凱已不堪用與超武管帶吳觀能扶同舞弊朦朧老邁龍
鍾之該管水師提督某軍門擬將元凱兵輪出賣議價一萬六千元竊思鄧驄保爲張侍御嘉祿所參其劣蹟已確指衆著聞此次與超武
管帶吳某扶同揑報實將變賣元凱與某富賈將作洋面生理並非賣於他人也現在海疆南北洋方將添置輪船尚得以自造堅利之船
反行賤售若謂元凱船老無用何以鎮海伏波先造年久者皆可當差而元凱之後造者反不堪任用如果元凱機輪實有殘缺則虎兕出
柙龜玉毀櫝典守者不得辭其責即以問之該員不爲過當軸明公其亦聞此揑保之弊而一切實查辦否

易虎爲狐　○昨湘軍虎字營游勇二三名在宮北大街山泉湧長□齋等雜舖買取貨物至帳桌前將帖夾子竊去內有銀票二
十餘兩錢帖若干已攫在手該舖夥看破即時拿獲二人送至十二段守望處訊明係實該責四十棍派勇押帶游街示衆

好善樂施　○一郡多首善之家四境拜仁人之賜樂善不倦倡捐者既有善人好善自誠繼捐者復多善士此遐邇所共聞神人
所共鑒者也連年各省災區籌捐義賑皆以津郡爲首善乃一捐再捐累捐不已而善捐之踴躍亦復到底不懈茲有公善堂者概念時艱
捐津平化寶銀拾兩以資義賑分海水之餘潤涸轍之困其善之誠而不倦也何如乎人感之天相之矣喜登報端以徵善擧

豐歉無常　○江西訪事人云各屬禾稻歉收殊悉袁州府屬宜春分宜萍鄉萬載四縣皆有旱災以致米穀價昂較上年加至一
半兩其中以萍鄉爲尤甚現當秋收之際飢民載道苦不堪言至毗連江西之瀏陽醴陵攸縣旱災更重米穀更昂南昌府屬則南昌新建
進賢三縣皆有旱災省中米價上月每升加錢三文本月再加一文貧民糴米而炊倍形苦苦所幸豐城義寧武寧奉新靖安五縣皆慶有
秋外府瑞臨吉贛南寧及福建廣饒等九十二府州亦年豐大有云

敬啓者末等在天津開設製造公司專出各項工程捷妙新法幷估價值茲將各項分類列後

計開

一考驗礦質分化金石所自開採鎔化一切良法皆能條分縷析繪圖具報幷估一切應用器機價值

一測量鐵路鑛建車軌皆能逐條繪圖具報幷估建造及一切應用器件價值

一電氣車電光燈皆能繪樣幷估全副電燈價值

一鎔化礦質大爐幷新式釘磚及士門得土各窰所有應用物料薪炭須先詳加考驗再爲繪圖製造

一測繪各處港澳江河皆能畫圖備用

一製造煤氣及自來水一切廠所器機皆能繪圖估價

一估造各種工程繪畫各種平視立視精細圖式

一物類原質皆能以化學法分化無訛

一欲辦工程如來本公司面議即可告以良法幷估價值再本公司素與歐洲及美國各大公司聯絡故能包辦各項工程或有工程需人監理本公司亦可派人前往

本公司主人現寓恒豐泰

賈密孫製造公司謹白

敬啓者現有英人僑居烟台曾任英京國學考官憑照教授[illegible]史算法航海等學三十餘年前在英國海軍衙門充當試官有年曾蒙華廷派委要差今擬在本公館教授華童英文以便將來應陸軍海軍商務之選惟受教不得過十五歲議定每季修金關平銀二百兩如有從學者即希函遞天津恒豐泰飯店或烟台英領事署轉交倪爾森可也

啓者本行由英法等國自運各種時式金銀珠口[illegible]鑽表並自打代間各樣打鑽表及一切新式玩物一應俱全貨高價廉格外公道如蒙 仕商賜顧請移玉紫竹林紅樓後大街錦泰棧對過認明敝行招牌便是

法商羅爾洋行謹啓

保康水險公司告白

啓者本公司原創在星架波大埠資備會本洋三百萬員已設專行在香港上海承保洋面船舶貨物水險歷有年所信義咸孚久已馳名中外茲另設分行在天津託明義洋行代理專保洋面船貨水險保費克己倘遇不測賠償迅速各 寶號賜顧不拘早夜祈移玉至明義洋行投保不悞

金陵世傳儒醫

貧病送診 過午不候

高亮成內外科大小方脈

廣東門外天齊廟

浙杭元吉永號

本號自置紗羅綢緞[illegible]洋縐花素洋布川廣夏貨團摺雅扇南貨頭油俱全茲爲近時錢市蕭落不同故而各貨減價開設估衣鋪中街路北凡仕商賜顧者[illegible]

德陞齋靴鞋鋪

本齋專做滿漢靴鞋新樣京式名鞋及鑲花坤鞋一槪俱全價廉物美 賜顧者請認明本店招牌庶不致悞本號開設在天津府北門外鍋店街[illegible]

九月二十日輪船進口

武昌 輪船由上海 太古行

西安 輪船由上海 太古行

十月初一日輪船出口

新[illegible] 輪船往上海 招商局

九月三十日錢市行情

天津九七六銀

錢盤二千六百九十文

洋元一千九百四十文

紫竹林九六錢

錢盤二千七百三十文

洋元一千九百七十文

光緒二十二年十月

直報

光緒二十一年十月初二日 第二百五十四號
西曆一千八百九十五年十一月十八日 禮拜一

上諭恭錄

上諭施寶成着來京當差涼州副都統着依楞額補授欽此 上諭御史孫賦謙奏武場考試技勇請變通舊制騎馬步射核實挑取者[illegible]各摺片着兵部議奏欽此 上諭廖壽豐奏在籍大員捐修要工請飭部立案一摺浙江錢塘縣境內捍江塘六和塔工程緊要前兵部右侍郎朱智於年措資獨力修建洵屬公爾忘私着賞給御書匾額一方以示嘉獎餘着照所議辦理該部知道欽此 上諭河南河北鎮總兵員缺着錢顯寅補授欽此 自蔭生[illegible]以下着以侍衛用德謙着以侍衛用世珍着以文職用李政約宋燮衡章維衡李桂芬顧鴻材劉[illegible]鈞楊彥深胡希林俱着外用保舉山東候補知縣趙爾賁章寶琛湖北候補知縣方朝佐浙江候補知縣[illegible]長保俱照例用升補雲南普洱府思茅同知[illegible]守淑着准其升補倖滿雲南會澤縣知縣李明藜着以同任服滿前廣西灌陽縣知縣胡鎮濂着以知縣仍發原省另行題補卓異倖滿雲南普洱府他郎通判葉如桐着以同任准其卓異加一級仍註冊候升開復前福建政和縣知縣[illegible]森前福建補用知縣王國瑞俱准其開復原官照例用病痊前直隸永定河道萬培因着照例用吏部驗封司郎中員缺着聯魁補授所遺文選司員外郎員缺着敬者補授遞遺滿檔房堂主事員缺着恩昌補授擬補吏部筆帖式榮[illegible]着准其補授欽此 自巡視北城事務着余聯沅去缺[illegible]着准其留院欽此

善舉眞僞辨 續前稿

牧令之職曰清慎勤某令之爲政也利害炯然趨避惟謹可謂清而慎矣至利之所在雖刀錐蠅頭之細靡不搜羅除眥羽毫外凡事仍必躬親雨雪風霜嚴寒酷熱飢渴不計也其爲政之勤豈復有懈可擊乎治之西而北有瀕河村者南北乾鮮果品所居米麥雜糧所聚也囤積如山其村之行賈者南之衡水小範一帶漸之通州張灣東北之薊盧台西之白溝河保定府西北之長新店會直省民食之所以通歸周給處也村有囤債之鋪若干家債皆南北之客貨也某令乘平糶之資親詣其處擬封囤定官價歸田某號許以白金五百爲壽令受其實辭其名曰留爲文社費用蓋其處舊有文社延山長歲脩數十金生童會課每廿餘人費向出於[illegible]今復云以是爲之大學生財之道終於用之者舒俗所謂寬打仄用也某令誠得其微旨矣又[illegible]糧號以貲得近於令因與[illegible]號[illegible]令安迫己畢債如准理許以歸官即准其理如此之類罄竹難書焉善權算哉然亦有算之或遺者治之西爲南運子牙黑龍港[illegible]諸河朝宗之正軌多滯上游之隄岸失修也南運西決子牙東決黑龍港 河上連景州千頃窪河決兩岸之水同滙[illegible]西一隅北抵子牙河[illegible]折之南岸南岸之隄歲或[illegible]款請款以修防河水外溢隄內之田被淹也至上游南運西決子牙東決子牙[illegible]向東[illegible]岸隄內之田被淹連年積潦未涸[illegible]漲又來南岸雖有一閘即往歲令所絕流而漁[illegible]奈閘孔太小瀉水不及上游諸村房屋幾盡漂去[illegible]決東折

南岸斷無去路在昔前令皆因決隄故不爲耐誠以修隄以禦外水非築隄以屯內水爲水堅築墻垣令其無少外洩也乃上游決水源源而來注於下游之隄前日漲數尺令猶不憚辛苦日夜親守下游未决之隄恐損其修堤之功名不知上游田盡被淹不能關征平餘安在兩令則以爲猶有隙可經手也然則孰輕孰重終爽權衡拙矣而天則憐其拙也命河伯潰其堤而上游之民房以保不可謂非天之相善人也至某令專上之敬行己之恭則又莫不兼善焉其大者已衆著無煩悉數且卽其細行之矜言之儉美德也令則儉過人朴誠意也令則朴是尙居常一飯之外無餘珍出門一己之外無長物爲其便也故足無不可到之處人無不可接之談而於紳民之與官同隸善堂者則更撝謙以鳴善下雖遇諸途必下車必下轎居然以同堂善類之齒卑論絕不以官民之尊卑論也其與人爲善也又如此噫其眞有愛民勤政之心乎抑冒爲勤政愛民之狀乎吳以視善局之紳孰眞孰僞孰劣孰優必有能辨之者兩善人相與抵掌傾榼壺而各浮一大白拾塵氏遂於人拾唾於路拾遺歸而泚筆誌之以待徵其言之信否

粤海呈珠 ○粤海關監督深辦古磁異寶於九月二十五日呈進 內廷其中有巨珠十六顆則大如檳榔子每顆重約三錢尙未穿眼其餘四顆各重二錢洵希世之奇珍也 聖王在上天不愛道地不愛寶山韞玉而含輝水懷珠而川媚夫豈偶然事哉

檔房鈐印 ○景運門檔房爲咨行事所有左右兩翼前鋒營八旗護軍營官兵拴養察哈爾馬匹照例於每年將本年領過喂養馬乾銀兩按月塡寫數目格式鈐印卽日咨送本檔房查覈以憑辦理奏銷矣

世祿膺考 ○吏部考試三品以上大員子弟漢蔭生於九月二十三日各持卷票赴貢院聽候點名魚貫而入恭候 欽派長允升少冢宰王雲舫少司馬陳桂生少司農前詣考試閱卷分別等第以覘人才想簪纓華胄詩禮世家或美濟鳳毛或代傳治譜遇此掄才大典當必各出所蘊以輔昇平非若下士寒畯草茅疏逖者之未習石室金櫃之掌故也猗歟盛哉

院憲詰奸 ○京師各街巷人煙稠密最易藏奸地面官兵時有捉獲現經五城院憲會議各諭所屬地方舖戶居民人等自十月初一日起俱設清查保甲守助等局還有盜賊等事鳴鑼爲號互相救應并定每月初一十五日五城院憲親臨各處查驗如有不遵立卽究辦

水師大考 ○前督憲李傅相創辦水師各學堂數年以來由此造就者實繁有徒每年定章考取數次以拔眞才而備國用日前督憲王制軍仍按舊章考取凡洋學出色者定必無遺珠之憾矣

湘帥招軍 ○湘軍福壽忠信武威等營赴甘慶紀前報茲聞馬隊各營不敷所用統領魏軍門現擬在津招募馬隊數營以備于城聞不日卽行開招矣

教職月單 ○光緒二十一年九月分教職單 教授浙江湖州府陳建常嚴州甲 正諭河南唐縣劉銓三河南 浙江富陽陳善紹與 福建寧化許宗澄泉州 貴州開州黎汝弼遵義俱舉 陝西安康吳宜佐延安歲 訓導直隸大同新樂劉彦勇正白漢舉 山東齊河陳巽昌兗州歲 山西崞縣李毓喬挨 河南內黃王學顏開封 延津郭鳴鶴開封俱舉 福建羅源黃登萊汀州歲 四川溫江徐餘敬江北歲 晉陽蒲輪聘拔 復諭直隸南皮王廷鑑順天恩 安徽當塗郭先濬甯國廩 甘肅張掖石坦平涼恩 四川鄰水陳淵瀘州舉 井研吳廷懋重慶廩 雲南平彝朱文藻大理舉 復訓江蘇山陽李汝塏太倉 山西永濟韓俊美太原 河南太康吳應麟懷慶俱歲 河南歸德張瑞陝州會 福建上杭劉元駿福州舉 雲南騰越李汝賢臨安廩 貴州永從倪豐年平越舉

朱唐冬撫 ○督辦直隸賑撫總局 示據朱唐莊等稟批據稟已悉候屆時由局派員確切查勘散放冬撫仰卽回村靜候毋瀆此批

明府示諭 ○欽加同知銜保荐卓異補授青縣署理天津縣正堂加九級紀錄十次程 爲出示嚴禁事照得津郡地面人烟稠密五方雜處良莠不齊現値冬令匪徒最易潛踪加以東征遣散兵勇在津逗遛雖經派役四鄉巡緝防範究屬難周以致竊案層見迭出推原其故或藏於烟館賭局之內或潛匿於娼寮之中欲使地面安靖必須先淸盜源使該匪等無托足之處而盜風自息合行出示嚴禁

爲此示仰闔邑烟館賭局娼窰人等知悉自示之後爾等務須各安本分勿得窩藏匪類倘有面生可疑之人即投封該管地方拿獲送究至於賭局娼窰尤甚永行禁止倘致不遵一經查出或被告發定將該烟館賭局娼窰人等拘案從嚴懲辦並將房屋查封入官各宜凜遵毋違特示

學海課題　○學海堂師課考試舉貢生童經古題目開列於後　菜竹解　名有三科論　蘇長公中秋夜飲作水調歌頭兼懷子由賦　以瓊樓玉宇高處不勝寒爲韻　擬沈休文修竹彈甘蕉文　題臨川李氏唐石本蘭亭用子瞻墨妙亭韵　周家有三科　明家有三科　仿照作

戒勿傷仁　○本埠南門外廣仁堂前後因備水患下椿木爲護岸詎康吉祥王立成二人不知因何將椿木撞傷廣仁堂查知將康王二人送局懲辦經八段局員訊明囑令取保賠椿如廣仁堂允准再爲釋放云

終須有救　○府屬所轄各州縣有收成六七者有其半者有顆粒不獲者爲水爲旱成灾者仍復不少雖有冬賑春撫猶難爲濟嘻甚矣憊昨被水某村男婦人等乘船來津求尋生計同赴道轅叩頭乞救觀察關心民瘼定必有一番屬念也

黃金有假　○人心不真遂無物不假可歎也日前城外西大街甲以帋包金錠數方赴某錢舖兌換經舖掌看破暗囑學徒赴該管局段報案霎時局員並地方捕役等將該犯金包一併拘案至如何覈辦俟訪再登

紅粟幸存　○走馬行船險事也日前西沽地方有糧船一隻裝載數百石不料夜間風起幾遭覆溺幸水手人多竭力支撐得以無失聞此項紅粟係某善士由外鎮買粟存社施放者今化凶爲吉險爲夷不可謂非貧民之福也

好善樂施　○天津工程總局代收山東義賑所有諸善士樂助銀錢已彙有成數彙解災區並已登報茲又有敬義堂李助銀二十兩　公善堂助銀十兩　養拙堂陳　藜照堂劉各助銀四兩　世德堂葉助洋四元　臥雪堂袁助洋三元　寶樹堂謝　何稼儒各助洋兩元　醇德堂陸　裕善堂林　益善堂李　潤德堂張　怡心堂孫　吳梅郵各助洋一元　岳乾齋助銀一兩　守拙堂陳助錢三千　然該處被灾甚廣杯水車薪依然無濟尤望樂善諸君大發慈悲慨然解囊大聲疾呼代爲勸募庶幾集腋成裘源源接濟俾百萬灾黎拯援斯感得慶重生則本局心香一瓣禱代灾民百叩且爲善獲福彼蒼定有厚報焉

蕪米開禁　○蕪湖訪事人云兩江總督張香帥查照奏案以蕪湖米市自去年九月十五日改由鎮江關出口作爲試辦迄今一年期滿應即准照舊章將蕪湖關輪船運米禁令豁除以便商民利轉運惟值此南洋善後需餉浩繁必須籌一彌補之方擬就蕪湖添設米厘局卡一所凡商販賣出口米糧按每石一百五十斤實令納銀一錢由代客買賣之行董彙總呈繳其坐卡委員由督署札委江寧候補道方碩甫觀察會同蕪關道妥行開辦其捐銀歸江省專行撥用蕪湖道袁觀察奉香帥諭囑即於本月初八日由金陵返旆香帥兼小火輪船遵於初九日上午即抵埠官紳商董懸望已久亟詣轅謁見得此消悉咸鼓舞歡欣但抽收米厘係專指出口而論若本埠民人食米則必分辦不使相爲弊混因札飭蕪湖縣李甘亭大令洋務局黃履之大令道轅發審朱憲卿明府公同籌議設一善法始可久而無弊三大令即於十二日柬邀代客買賣兩帮董事至署設筵款待擬請承繳出口米厘兩帮董事俱有難色正躊躇間道署接奉督轅來電云頃接總署電稱已由北京總稅務司赫德札飭蕪湖新關稅務司班謨代徵米厘稽查事務等因從此出口米數不難以新關稅冊爲藍本按圖以索不致驪逸矣方觀察亦於是日乘某輪船抵埠暫就長春客棧卸裝擬將改前此牙厘總局爲米厘局並帶有督憲所給關防文曰督辦蕪湖米厘關防請即開用所有開禁日期刻由新關稅務司先行出示曉諭是晷日本埠九月十二日准監督袁函開奉憲福札准署通商事務大臣兩江總督部堂張電開總署歷言英國駐京大臣請蕪湖關仍准輪船運米現經查照奏案九月十五日試辦一年期滿擬即於是日開辦轉飭照辦等因奉此合行函佈即祈貴稅務司查照辦理並希曉諭各商一體知照等因到關合行出示仰本口商人一體遵照毋違此諭

本館京報告白在宣武門外[illegible]家坑路東南昌會館內[illegible]午浦先生代辦如蒙賜閱者請至該處可也　本館賬房啓

敬啓者末等在天津開設製造公司專出各項工程捷妙新法并估價值玆將各項分類列後

計開

一考驗礦質分化金石所自開採鎔化一切良法皆能條分縷析繪圖具報併估一切應用器機價值

一測量鐵路鑛建車軌皆能逐條繪圖具報併估建造及一切應用器件價值

一電氣車電光燈皆能繪樣併估全副電燈價值

一鎔化礦質大爐併新式釘磚及士門得土各窰所有應用物料薪炭須先詳細考驗再爲繪圖製造

一測繪各處港澳江河皆能畫圖備用

一製造煤氣及自來水一切廠所器機皆能繪圖估價

一估造各種工程繪畫各種平視立視精細圖式

一物類原質皆能以化學法分化無訛

一欲辦工程如來本公司面議即可告以良法所估價值再本公司素與歐洲及美國各大公司聯絡故能包辦各項工程或有工程需人監理本公司亦可派人前往

本公司主人現寓恒豐泰

賈密孫製造公司謹白

敬啓者現有英人僑居烟台曾在英京國學考有官憑前教授經史算法航海等學三十餘年並在英國海軍衙門充當試官有年曾蒙華廷派委要差今擬在本公館教授華童英文以便將來應陸軍海軍商務之選惟受教不得過十五歲議定每季脩金關平銀二百兩如有從學者即希函達天津恒豐泰飯店或烟台英領事署轉致倪爾森可也

啓者本行由英法德國自運各種時式金銀珠口鑽石藍表並自打代間各樣打鑽表及一切新式玩物一應俱全貨高價廉格外公道如蒙仕商賜顧請移玉紫竹林紅樓後大街錦泰棧對過認明敝行招牌便是

法商羅南洋行謹啓

保康水險公司告白

啓者本公司原創在星架波大埠實備會本洋三百萬員開設專行在香港上海承保洋面船舶貨物水險歷有年所信義咸孚久已馳名中外玆另設分行在天津託明義洋行代理專保洋面船貨水險保費克己倘遇不測賠償迅速各寶號賜顧不拘早夜祈移玉至明義洋行投保不悞

金陵儒醫世傳

貧病送診 過午不候

醫高克成內外科大小方脈

寓東門外天齊廟

浙杭元吉永號

本號自置紗羅綢緞新樣洋縐花素洋布川廣夏貨團摺雅扇南貨頭油俱全歉爲近時錢市漲落不同故兩各貨減價開設估衣梅中間路北凡仕商賜顧者無任欣幸此佈

李鴻章相馬關被刺紀實遊藝帶小照　每本價洋四角五

王芍棠星使使俄草　盛世危言　盛世危言　勸盧叢書　各國時事類編　中日戰守始末記　從車上書記　蘭石齋譜　竹譜　滬上見聞錄　洛合扇　吉祥花　小八義　劉公案　桃谿新錄　芦笙　花

告白 文美齋謹啓

十月初二日輪船進口

怡和　怡生　由上海

太古　南昌　由上海

十月初二日輪船出口

招商局　武昌　往上海

十月初一日銀洋行市

天津九七六錢

銀盤二千六百八十四文

洋元一千九百四十文

紫竹林九八錢

銀盤二千七百二十四文

洋元一千九百七十文

直報

光緒二十一年十月初三日　第二百五十五號

西歷一千八百九十五年十一月十九日　禮拜二

上諭步軍統領衙門奏拿獲結夥持械白晝搶擄與犯請交部審辦一摺所有拿獲之匪犯王二即王順楊七閻三段五並疎逃案犯之兵李得順等五名著交刑部嚴行審訊按律懲辦未獲之耿四拴老劉二楞張儍子屈保臣並押脫逃之小何各犯仍飭嚴緝務獲究辦該衙門知道欽此

論宜酌裁冗費以扶累商

長蘆鹽務，鎖順天直隸兩省政務殷繁向章由選派家道殷實精明幹練者以爲綱總設立公所爲聚議之處其或有商人於政務違借等事俱由綱總核覆稟覆至於情願自行告退引地必須覓妥新商接辦而新商又必須綱總作保方准新舊交接勿論爲售爲租皆須如此若綱總不保則租與售皆不可行再則秋禰有累需預借引章程其是否借與不借亦均在綱總保與不保如此之類爭例頗多難以殫述要之皆在綱總主持一切是以凡係確爲綱總者則權柄甚重局面亦甚宏敞商等無不低首下心優視綱總綱總辦公之處名曰公所其中延聘熟習鹽務精於筆墨之友爲外席自正副而外又別有各席朋友其歲終修金酬以數百金者是爲平等並須雇覓善於口詞者爲小走小走之外以及一切應差人等辛工花費均由各商領引時按引公攤作爲公費其每年應收爲數已鉅至辦公事捐公項之欵每至年終會計須將收支賬目開四柱清册呈隨局內人查核以爲無私無弊無如此章多年竟不照辦前有某商屢將稟請上憲飭查而始終竟未能澈底明斷以致檢舉之人反受暗箭忿忿欲死此後凡係[illegible]商或經理自己引地不得其人或以敗落爲事竟至耗費殆盡者其引地已經廢弛何暇再顧公事況其人皆係素日仰仗綱總者爲多綱總尚肯再揭其短並且時事非古定例亦遷其家非殷實人非幹練不過口齒便捷長於應對者即能濫充爲綱總其人之公正廉明與否未可知也總之天下俗情人人患貧即人人病貪家道殷實者猶且不厭財多況家非殷實者豈能保其必無貪念耶既已貪矣何所不至故貪者必貧古言貪爲貧相其字畫亦如之誠有以也所以貪則貧貧則累累以富而行富以商而成累累商再加以濫派之欵其累愈深課運有誤身家不保即使恭迫其於國課何益蓋至無道其家產已將罄盡似此若欲顧全大局必須量爲裁減公費是否必需之欵先當以詳細聲明使局內人疑懷盡釋則經理者亦留遺物議焉茲據聞其事而述及誠爲扶持疲累商人之一道於鹽務似不無俾益因以上完國課下釐弊端是否有當願與洞心鹽務者攷之

侍御歷新　○新簡署理山西道監察御史洪大齡諫良品定於九月廿七日午刻上任示仰闔署書皂人等至期一體謁見毋違特示

都統膺簡　○新簡署理正黃旗蒙古副都統阿大帥克丹定於十月初四日巳刻上任示仰闔旗參領佐領領催章京人等　期一體謁見毋違特示

小綹騙帽　○京師爲首善之區推甚所止而良莠混焉騙案層見疊出令人防不勝防也九月二十五日有匪徒甲乙兩人在前門外楊梅竹斜街恒義帽舖購買緞小帽十數頂皮纓帽八頂共銀十六兩令學徒隨甲送至伶人孫二宮寓所門首將帽物接過正往取銀之際乙僞以手患毒瘡呻吟而來懇學徒代爲解鬆布袋不料轉瞬間甲已攜帽逃逸學徒向孫二宮索取銀兩經孫細問情由知其被騙卽令學徒入室搜查如有貌似騙匪者許其扭出送官該學徒入室搜查並無歷人只得垂頭回舖訴知被騙各情連日另邀舖友四處追尋依然杳無蹤影現已赴營汛稟報未悉能否弋獲也

大部傳箴　○工部爲傳知事所有各旗營應領本年冬季需操火藥鉛丸鏈按照册領數目稽核相符移付照放去後現准火藥局付稱於九月二十六日開放爲此傳知各旗營派員於是日辰刻至局承領毋違特傳可也

事不宜遲　○前報載元凱兵輪出售一則內吳觀能實研觀能排印外表其人本非軍功出身以百金購胡觀能獎札冒名頂替當緣以充管帶拜某水師提督爲義父以爲靠山去年得遇有事縮跑港內捏報超武元凱兩輪均朽敗不堪出洋終日烟花供養無惡不爲至其爲同鄧聰保來稱元凱不能收拾擬爲出售蓋覬是輪堅固尙可行駛多年欲以賤價得之轉運貨肥己起見和盤稱招股某商某人出銀若干皆其自行臆造無下文所以尙未議成者乃鄧胡以現洋尙不足數思一再抑勒是不又賤耳　國家防海亟須兵船似元凱者可稱一中國造不貲而乃爲奸人所售豈不可惜當此將售未售之際上游若派公正明幹之員詳加考驗獲益匪細矣冉筆之以冀當道摘伏

豫爲之備　○直省地面寬闊一屆冬令更不免宵小潛滋各該管地方官實有緝捕不逮之勢爰由大憲議令各防營撑要駐紮巡緝多年以來頗爲妥協今歲秋成收歉不一而軍務之後更當嚴加防範曾經本館論及登報以當出隊巡緝俾免遺卑遊勇溷迹滋事刻恐保定營務處各憲議定移會各防營均提前隊於九月十五日出隊巡緝現聞均一律到防合亟補錄以爲居民行旅慶

尙未弋獲　○訪由新聞來人云及河屬一帶仍屬不靖前有劉姓貞者用船裝載布疋行至任邱縣河內被賊搶去布疋等物雖已報案迄今多日未能緝獲現當冬令其行路者更當愼中加愼矣

當禁私錢　○前府憲鄒太守設立濟泉局一時榆莢鵝眼津市殆盡現沈太守仍仿舊章至今未有敢亂行攙和者前聞紫竹林一帶錢商與針市等街迥不相同每千攙雜私錢一百餘文錢商得利甚多居民被害不少不知該管者將如何整頓也

湘軍起師　○統領湘軍馬步等營魏軍門所帶營勇現駐任大稍直口一帶已登前報茲聞步隊數十營昨早已由稍直口起行聞二三日間全軍拼出境矣湘軍前守榆關夙稱勁旅今調赴廿助剿回逆滅此朝食在反掌間乎

洋鎗妄放　○洋鎗火器非有要事或係操演不准妄放恐釀禍患也郡城劉汪氏者每夜門前聞鎗聲隆隆殊爲疑怪昨該氏赴縣喊控縣諭不准鎗聲係何人所放候飭差查訪的確驗明核辦

備北粥廠　○本埠西沽北倉各粥廠每居冬令救活各村貧民不下數十千人實惠普霑民情均感茲屆冬令各村抱幼扶老同赴西沽等廠聽候開廠矣至開廠有期再爲續報

靜西賑錢　○府屬所轄各州縣惟靜海縣一邑河西等村被災尤甚屢年以來舊水未去新水又來民情困苦不可言狀屢登報端日前聞該縣邑侯史大令慨念民艱將各村被水情形詳明上憲茲聞已准放冬賑大口八百文小口減半務須實惠均霑　國家子惠元元誠爲有加無已矣

勇有人心　○西城內外有窰人稠不便跑馬而輕躁者輒騁驥足以快意而失意之事出焉矣日前有某營勇丁一騎飛馳似有公務緊急狀在南門外適有菜傭某甲荷筐相置一撞而仆立時氣閉該勇丁急下馬將某甲挾起盤膝而坐移時方甦該勇稽首賠禮而去幸哉倘該勇置之不理某甲命登鬼籙矣該勇雖莽丈夫猶可人也故誌之

令清地面　（欲）絕賊盜必清窩藏奸之所娼窰烟館賭局其所也本埠侯家后西關等處娼窰烟館賭局林立如有面生可疑者

襲證即富賄使人韓案以靖地方倘隱匿不報或誣告發將娼窯等及房主一併拘案從重懲辦云

富以壯媚

○某甲者原係錢行以輕浮被辭無可爲生而齒牙便給因攏絡富家子弟作幫閒客數年前邂逅某鹽商甲曲意奉承果得商心歡遂朝夕相聚於溫柔鄉而富翁某尤好南風甲更於優伶處布陣安營插圈爲追歡取樂計或喜賭博消遣甲則邀手成局某竟被其所惑言聽計從甲乘此進言以南紙局大可獲厚利某即付資本數千竿開設紙局生意詎甲以生意爲影射實以供其侵吞現閱歷中已容鉅欵而甲家美服甘食居然富翁矣甲以爲將來生意虧空自然有爭還而甲則竟以空手致富焉說者以甲嫖有賭與立家業但恐欺心作騙未識能長久否也抑亦自夙有孽報乎

患在於寵

○津郡之東洋車愈推愈濫不僅有礙行路以及撞門衝輒傷與婦老幼衝撞馬匹等事時所恆有而且裝賊載贓拐騙婦女莫不以此爲便昨晚三更後有洋車二輛上坐婦女二人後隨男子三四人由閘口下而上行如飛無人過問迨今早有鄰鄉某姓者粘貼告白言於廿四日走失婦女二名如有知下落者送信至南門外某姓處必有重謝至晚復告白帖全被撕去究不知失去婦女爲誰氏亦未悉拐匪係何人大約均非正徒然專屬拐騙何不控追凡此皆以東洋車爲便於消贓之過其宜何不禁以過奸匪之便也哉

語出齊東

○河東某姓者妻孕將及六月昨夜深時鄰人聞有大聲呼某姓之妻者次日某妻小產生一女忍潤血無片刻氣絶謂冰矣語云家有鬼祟往往見諸小說如某妻者其爲陰鬼祟耶姑妄聽之

女誠任俠

○某甲者以鹽務爲生其前妻生有一子已聘有室媳品性端肅小夫妻極稱魚水詎前年甲妻故未幾其子亦故甲雖常行外出恐以纍翁媳甚所不便因續再醮婦續後甲即出門去詎該婦自覺形穢恐不爲阿媳禮敬遂若冰炭因羞生怒時質其媳而欲收爲心腹遂屢試以誰浪之言奈媳心堅如石並無他意從此婦即以羞成怒詬誶之漸施以家法適鄰婦任俠氣不平因且薄婦之所爲入思聘忿以其疎不問親也時隱忍之迨昨日婦又責媳鄰婦救護不住破扉入揪婦髮飽以拳繼以脚婦力不逮惟求恕鄰婦始釋手然鄰婦終恐媳之日久難安也遂喚媳之母弟來以婦婦怙恃均失惟弟存也鄰婦謂其弟曰汝姊恐不能安生汝家貧不能養贍如有至親富厚者我去代爲訴懇之婦弟遂以姨親表親某某俱可懇求對鄰婦果即往中明大義祈暫由兩家月給薪水另賃屋居住俟甲回家再作道理鄰居親友聞之莫不同聲讚孀婦之賢誇鄰婦之俠也使其易髻而冠豈非毅然大丈夫乎

潤州大雪

○鎭郡自九月以來天氣暢晴風和日麗至初十日燠燥異常行路者雖衣單棉尚覺汗流浹背且陰晴無定雖偶放晴光而旭日當中終有陰霾氣象十三日風伯揚威儼似龍吟虎嘯江中白浪滔天彷彿銀山萬疊義渡局碼頭懸有風狂止渡牌停泊七濠口之各船有斷纜走錨者有被浪激沉者呼號之聲達於遠近十四日大霧迷漫幾於對面不相見貓睛轉午霧氣漸消淡雲微雨檐溜丁東薄暮始止十五日天氣驟冷寒風凜冽傍晚雨師稅駕不啻倒瀉銀河約歷時始止入夜寒衾如水好夢難成魚躍三更忽聞窗上颯颯作響推枕起視蓋滕六君已枉駕多時迎風柳絮飛舞滿空矣迨天色平明依然扯絮撦棉飛不已遙望層樓傑閣悉變爲銀海瑤天至午後雪花始止細雨微霏遂大似墨寒氣砭肌身御重裘屋瓦獸炭猶是局聳寒肩實從來所罕見究不知主何祥瑞擬質之談天者

白門秋雪

○金陵訪事人云入秋以來晴多雨寡亢旱異常幸農田秋收已竣未致輒望雲霓至上月十四日忽陰雲密布細雨溟濛次晨雨點漸粗檐溜聲淙淙覺日入夜朔風怒吼頓覺寒氣逼人俄而滕六君礙成玉屑灑砂漫天亂灑簷牙屋角厚積如綿詰朝開窗望之則龍蟠虎踞之區已盡化爲瓊瑤世界而林腰石齒所積有厚逾三寸一時圍爐煖閣作消寒會者無不采烈興高而野老村農則額手相慶共喜來歲豐亨有兆矣

烟變拾零

○各處營勇現皆陸續裁減以節經費所裁烟之某營勇亦經當道遣撤矣并聞某營裝局亦相繼裁撤所有之軍械火藥由局員運交萊州黃邑地方存儲○沙參一物以北產者爲佳近年以來銷場頗旺價亦漸增所以士人之闢地栽種者更多然土產雖富而價值仍昂春間每百斤織至二十餘兩居奇者猶復觀望不肯徘徊詎一月之間漸跌至八九兩之譜各行家無不賠累而士人之善囤貨者[illegible]

啟者本夫等在天津開設製造公司專辦各項工程捷妙新法并估價值茲將各項分類列後

計開

一考驗礦質分化金石所○開採鎔化一切良法皆能條分縷析繪圖具報并估　切應用器機價值

一測量鐵路鑛建車軌皆能逐條繪圖具報并估建造及一切應用器件價值

一電氣車電光燈皆能繪樣并估全副電燈價值

一鎔化礦質大爐與新式釘磚及士門得土各種所有應用物料薪炭須先詳加考驗再爲繪圖製造

一測繪各處港澳江河皆能畫圖備用

一製造煤氣及自來水一切礦所器機皆能繪圖估價

一估造各種工程繪畫各種平視立視精細圖式

一物類原質皆能以化學法分化無訛

一欲辦工程如來本公司面議即可告以良法并估價值

再本公司素與歐洲及美國各大公司聯絡故能包辦各項工程或有工程需人監理本公司亦可派人前往

本公司主人現寓恒豐泰

賈爾孫製造公司謹白

啟者茲有現在英人僑居[illegible]會[illegible]國學考自[illegible]教授[illegible]算法航海等學三十餘年曾在英國海軍衙門充當教官[illegible]年曾蒙華[illegible]派[illegible]要差今擬在本公館教授華[illegible]英[illegible]便將來應陸軍海軍商務之選惟受[illegible]得過十[illegible]歲議定每季修金關平銀二百兩如有從學者[illegible]函[illegible]天津恒豐泰飯店或[illegible]英[illegible]轉[illegible]倪爾森可也

啟者本行由英法等國自運各種時式金銀珠口袪藍表自打代間各樣打鑽表及一切新式玩物一應俱全貨高價廉格外公道如蒙[illegible]玉[illegible]竹林紅樓後大街錦[illegible]觀對過認明敝行招牌便是

法商羅爾洋行謹啓

保家水險公司告白

啟者本公司原創在星架波大埠實備資本洋三百萬員[illegible]設分行在香港[illegible]承保[illegible]面船貨物水險歷有年所信義咸孚久已馳名中外茲另設分行在天津託明義洋行代理專保洋面船貨水險保費克已倘遇不測賠償迅速各寶號賜顧不拘早夜祈移玉至明義洋行投保不悮

本館京報[illegible]曾[illegible]處[illegible]宣武門[illegible]東[illegible]局[illegible]內[illegible]午清先生代辦如[illegible]者請至[illegible]處可也

本館[illegible]啓

浙杭元吉永號

本號自置[illegible]辦花素洋布川[illegible]貨[illegible]扇[illegible]貨頭油[illegible]今[illegible]爲近時[illegible]不同故[illegible]各貨減價[illegible]估衣[illegible]中間路北凡仕商[illegible]

[illegible]

告白

本[illegible]紀[illegible]小[illegible]四角五　王芍棠[illegible]星[illegible]俄[illegible]　盛世危言[illegible]盛世危言　熱盧[illegible]書　各[illegible]時事[illegible]編　中日戰守始末記[illegible]蘭石[illegible]譜　竹譜[illegible]洛余扇　吉祥花　小八[illegible]　[illegible]新[illegible]

[illegible]啓

此[illegible]

十月初一日[illegible]由上海　怡生
十月初四日[illegible]由上海　盛京
[illegible]往[illegible]　南昌

怡和行　太古行　太古行

十月初三日[illegible]
大[illegible]二千六百[illegible]十四文
[illegible]一千九百三十[illegible]
[illegible]
[illegible]二千七百二十四文
[illegible]一千九百六十文

直報

光緒二十一年十月初四日
西歷一千八百九十五年十一月二十日　禮拜三
第二百五十六號

上諭恭錄

旨吏科給事中員缺著高燮曾補授伊犁理事同知員缺著淞林補授欽此

塵談

客有揮塵而談水利者謂畿輔之地廣衍原隰衆水所鍾自雍正間大興疏浚怡親賢王復繼以營田而菹茹斥鹵之易爲膏腴者多以議久矣治治之者又或不得其道直隸諸河之決漫在在堪虞往歲左侯文襄公奉　命節制兩江臨行復奏陳直隸應舉辦一切以與水利爲當務之急全權大臣李爵相前督直隸時面諭司道亦以直隸地勢低平諸山諸河盛漲大至必須有平鋪盪漾之所節[illegible]需書以淡小民昏墊之災然或治之而不效或效矣旋又爲災議者紛然無從著手　朝廷復簡派素諳水利之某大臣躬親履勘治以永定爲始自治之後永定之安瀾已屢覯矣而直省猶未盡治者竊以爲成大事者必有其時事有視若易爲及盡人力而爲之乃終成者則以爲天弗助神弗相而非其時也事有視若難爲及盡人力而爲之乃終於有成者則以爲天所助神所相而適逢其時也雖助也神相也無所爲告之者也便時有可乘人弗盡力而爲之則亦難望其有成也故舉大事者必審擧機乘時會盡人力以祈神相庶可以冀乎成之功三者闕一不可此理之必不可爽者也直隸之水雖不下數十百道而類綜之則不過一清一濁凡水之淀者皆清也凡水之不宜入淀而自達於海者皆濁也而清濁達海之尾閭則總以天津三岔下之海河爲朝宗之軌故俗語有藉清之說然而清水常弱濁水常勝雖劼劬胼胝終未一得其要領其[illegible]助神未相與抑亦人事尚有未盡歟會渤海介析木之津襟帶雄鎭閩而粵之寶爲神左輔翕受靈長白淀池衞子牙潮海河登高以覽浩瀚汪洋引控瀛棣東眺扶桑光延陪都旅順登萊島嶼環拱其旁穿濠會場曝鹵出表郎如縞如牢盆之稀什倍渤海之緊誠大矣而所繫之大而又大者則在鐵納白谷彼夫東南之海吸吞江河風濤是防治在塘堰以概諸西北水利則又有不盡於此者

此稿未完

和國呈書

○九月二十五日　皇上御文華殿召見和國駐京公使克羅伯及隨帶人員於是日辰刻由總理衙門章京司員帶同使臣克羅伯暨頭等參贊等齊進　東華門至　文華殿東角門外布帳棚內少坐恭候　傳宣是日應差者爲御前大臣軍機大臣總署內務府大臣總理各國事務衙門大臣左右兩翼前鋒統領八旗護軍統領步軍統領左右兩翼總兵及乾清門滿漢侍衛齊集　文華殿左右肅靜無譁少頃　皇上駕到各王公貝子自勤御前侍衛扈從[illegible]轎後　皇上御　文華殿升寶座恭親王慶親王先在東旁侍立總署堂官張蔭桓翁同龢二員帶領和國使臣一員恭贊繙譯三員由甬道進　文華殿中門使臣一鞠躬向前數步一鞠躬至檻外正立一鞠躬使臣致詞繙譯譯文各畢使臣向前手納陛中階下捧書敬候親王由左階下接受國書仍由左階上至案前恭置書案

於案上使臣一鞠躬　皇上答以首肯不收到國書之意使臣退到龍柱間原立處親王一人在案左跪聽　皇上以國語傳諭慰問親王一人由左階下至使臣站立處用漢語傳宣使臣恭聽畢一鞠躬　皇上仍答以首肯總署堂官帶領使臣等退後數步一鞠躬退至殿左門一鞠躬即帶下殿由左階出禮成以崇體制

盛京咨稱○盛京清寗宮供奉　神牌　佛字　敬典閣供奉　聖容　玉牒　崇謨閣尊藏　實錄　聖訓　文溯閣尊藏四庫全書現俱損漏由內務府掌關記佐領聯善稟由　盛京將軍勘與所報相符亟應修理撙節估計需銀九千八百八十七兩零先由盛京戶部撥給興修所有動用銀兩咨報內務府覈銷以重要工而慎庫欵矣

縊魂誰氏○前門內西交民巷東頭路北首棄有男屍一具當經該管地面官廳巡緝兵丁查看稟報協尉官廳詳報步軍統領衙門票委南城司帶領吏仵相驗據仵作喝報相驗得已死男子咽喉近下有縊痕一道腦後八字不交兩手微握委係自縊身死查該屍係屬自縊棄屍街前因案關人命未便草率於是稟明城憲批仰會同中東西北四城指揮相驗復於九月二十八日五城指揮會同相驗詳報刑部至其中有無別情俟訪明再錄

拐匪何多○京師拐匪之害日甚一日大則絕人宗祀小亦離人骨肉其罪之重真覺擢髮難數近日宣武門外車子營一帶地方失去子女者有十餘家之多現在各處尋覓杳無蹤跡各家父母痛不欲生皆赴柴市汛報案嚴緝未悉能否骨肉重逢俟訪明再錄

自命行刑○奉旨有斬絞兩犯斬犯邵七年三十餘歲係北倉北趙家莊人前五六年洋鎗打斃王進五身死之案絞犯郝文典年四十餘歲係大興縣人倫挖棺木之案初三日一點鐘邑侯升堂勾決赴場監斬絞城守營總戎以及三營勇丁排隊將該兩犯押赴市曹正法

例應時試○津郡設立武備學堂歷有年所每年考取堂內學生數次以拔真才茲督憲王制軍委道憲李觀察赴武備學堂考驗凡係洋文純熟者取置一二等其未純熟者諭令及時習學云

稽古開榜○欽命頭品頂戴監督天津新鈔兩關北洋行營翼長辦理直隸通商事務兼管海防兵備道盛　為月課事照得本道考試稽古書院舉貢生監今將取錄等次姓名並獎賞銀數開列於後須至榜者　計開　正取十名　魏　震　于文彬　陳奎齡　于德崇　劉春永　蕭澤寰　喬從銳　姜嗣農　劉寶和　陳自珍　第一名獎銀三兩　二名三名各獎銀二兩五錢　四名五名各獎銀二兩　六名至十名各獎銀一兩五錢　副取十五名　高桂馨　楊鳳藻　趙元禮　劉秋濤　王　琦　陳金棫　胡家祺　魏含題　徐家翰　程天澤　高增奎　胡介祥　劉成麟　華恩祈　李春霖　一名至十名各獎銀一兩　十一名至十五名各獎銀八錢

次取五十五名　盧秉銓等　一名至十五名各獎銀五錢　餘無獎

觀察示批○津道示據交河縣人商進顯呈批前據該縣驗報業經前道批府飭緝在案現在贓賊一無弋獲何氏亦無下落捕役殊屬疲玩仰河間府即飭交河縣迅速提案重比勒限訪緝務獲逸賊原贓及被搶之何氏一併拿獲訊辦具報毋任再延切切呈抄存

白布遭殃○自客歲海氛告警各處盜賊四起惟獻縣尤甚日前有人自河間獻縣來津談及月杪有某客商買賣糧米雇民船一隻行經獻縣下馬地方被賊數人登舟持械威嚇將紅糧置之河下內存白布十塊銀五十兩一併搶去幸尚未傷性命某客雖即赴獻縣呈報然其處封案過多照例與不報未聞或破一案此次可望緝獲乎

普堂旌署○上月二十三日府憲沈太守赴所屬各州縣親閱被災情形已登前報茲聞太守至被水各村鎮鄉民等均叩頭乞救絡繹不絕太守必據此情形詳明上憲矣聞太守於月杪旋署各屬貧民定必心焉討之

舟筏相觸○大紅橋河內自龐玉廷木筏與石玉順之鹽船相撞龐石二人各不相下始而口角繼而鬥毆聲勢甚兇因此該管地方張起山立報該管汛官拿獲該交縣案矣

槍棒相交○南門內及南台子混混俱極強悍其鍋夥設立多年茲南門內東馬道混混盧三昨日率衆與南台子混混沈慶春

構衅兩造行至西南城角相遇棍棒刀槍如臨大敵該管地方傳高升恐傷人命急赴存城汛報知立即前往兩敵已散只將爲首之盧三沈殿春拿獲送交縣案矣

洪水爲災 ○河間府屬交河縣等村屢年被水據難民云其處向恃月隄以禦水患茲因村民張大立勾串曹文鳳等平毀月堤是以被災至已在縣曾押日前張子鳳舞赴道呈稟批以爾父控以私押率請保釋不准等語想該處已洞悉情形矣

落水可惜 ○避水災隸水阬村莊婦女來津傭工猶未爲苦也至爲棍徒所誘入青樓墮身落溺則苦海茫茫迷津無渡安得慈航兩普渡之耶日前河北落馬湖某娼窰有女名某者被水災黎之女也昨晚被其表兄某甲瞥見氣忿填胸赴縣喊控將該娼窰封閉拼將女與鴇婦人等帶縣訊問窮民無告少者懷之聖賢入告明訓想琴堂亦必施仁必有一番體恤也

行宜慎哉 ○昨有漢口棉花客某甲曾寓西沽某姓家前日在城內賣完遂向河北酒市沽飲飲畢時已黃昏後背負現錢二千餘文行至大紅橋迤北突由正面來二人將甲挾住其一人將錢搶去即行飛逸甲始以出其不意且又正在微醺不知如何措手而賊已遁無蹤跡比至某姓家客述其事且嘆日幸幸喜何幸其腰中尚有錢帖數竿未曾失去也惟似此通衢大道胆敢攔劫藐法已極有該管之責者其宜如何防範耶

盜斯乘之 ○城內經司胡同某姓者其住房自大門至內室共院三層前日晚餐均聚食於上房詎被賊潛蹤隱跡溜入廂房竊去被褥二床衣服二件仍由大門而逸及飯畢退入廂房猶未知爲被竊也及欲展衾始見衾與衣不翼而飛驚駭不已似此深宅大院賊竟敢公然出入失主固爲粗心該賊亦爲胆大若不勤講緝捕恐偷竊正復不少居家者當自慎之矣

路失明珠 ○初冬朔祭掃墳墓北俗尊奉尤虔昨西營門內外紅男綠女寶馬香車不絕於路較中元尤爲非常人衆路歧往往迷失其常也關城內某姓失幼女一名年約十餘歲家人等愛如掌珠現遣人四處尋覓惟現在散處過多良莠不齊未識此女果能珠還否也容訪再錄

德同挾纊 ○自直省被災以來各省紳商士庶樂善好施者雖居冬令各助棉衣千套或數千套不等每套作價銀一兩花費若干救人不少昨某省紳商已由輪船帶來棉衣數千套以濟災黎聞輪船停泊掛角寺一帶日前雇工抬至郡城各當商寄存候官施放災黎被衣德之仁善士獲縣長之視矣

英實譯登 ○倫敦來電云日本已布告各國所有占據遼東之兵撤退時准定將占據局面之兵一併撤退

廣東匪亂 ○廣東匪首黃姓糾合黨羽潛謀作亂等情前已錄登於報茲接本館訪事人來信云匪徒在香港購辦軍裝潛運至省大憲訪聞後札委統帶巡防營卓勇李芷大令廣協副將鄭潤材副戎嚴密查拿大令奉札後廣購線人並心腹人往香港偵探先後在雙門底王祠蝦欄李公館處獲匪黨數人刑訊次供詞狡展迨十一日清晨接香港電信知昨晚有匪黨數百人附泰安夜輪船來省大令即督率勇丁馳往輪船碼頭截拿及則船先下椗諸匪已登岸散去僅拿獲四十餘人內有朱貫銓邱四二人係匪中頭目遂帶回營次訊供衆匪將謀叛情形歷歷吐謂我等恐由朱邱二人所招船脚飯食亦皆二人發給又每人給紅帶四尺爲暗號以除暴安良四字爲口號約定登岸集分裝軍裝准於十一日午時豎旗舉事由雙門底進攻督署圖刦庫銀黨羽約共四萬餘人早已布散城鄉各處另有西人爲官紳爲商暗爲之助 令得供後即將各匪移 南海縣臨禁嚴稟明大憲知會文武地方官稽查匪黨老城新城日甫西沈即將城門緊閉各營勇一律出隊巡查終夜不懈都亦親統旗兵登城鎮守旋訪知匪黨所購軍械火藥皆載以木桶僞作紅毛泥倩迴欄橋與源[illegible]與源起出紅毛泥桶開而視之果軍火夾藏在內並拘店中司事以去其餘各夥均逃避一空云

告白

啓者今有外國十一月份票出售 賞 官商如欲買者請至紫竹林英租界恒豐泰面議可也特此佈

天津恒豐泰[illegible]啓

敬啓者末等在天津開設製造公司專出各項工程捷妙新法并估價值茲將各中分類列後

計開

一考驗[illegible]質分化金石所有開採鎔化一切良法皆能條分縷析繪圖具報併估一切應用器機價值
一測量鐵路鑛建車軌皆能逐條繪圖具報併估建造及一切應用器件價值
一電氣車電光燈皆能繪樣併估全副電燈價值
一鎔化礦質大爐併新式紅磚及土門得土各窰所有應用物料薪炭須先詳加考驗再爲繪圖製造
一測繪各處港澳江河皆能畫圖備用
一製造煤氣及自來水一切廠所器機皆能繪圖估價
一估造各種工程繪畫各種平視立視精細圖式
一物類原質皆能以化學法分化無訛
一欲辦工程如來本公司面議即可告以良法并估價值
一再本公司素與歐洲及美國各大公司聯絡故能包辦各項工程或有工程需人監理本公司亦可派人前往

本公司主人現寓恒豐泰

賈爾孫製造公司謹白

敬啓者現有英人僑居烟台曾上英京國學考有官憑前教授[illegible]史算法航海等學三十餘年前在英國海軍衙門充當試官有年曾蒙華廷派委要差今擬在本公館教授華童英文以便將來應陸軍海軍兩務之選惟受教不得過十五歲議定每季脩金關平銀二百兩如有從學者即希函達天津恒豐泰飯店或烟台英領事署轉致倪爾森可也

啓者本行由英法等國自運各種時式金銀珠口𤥭鑽表及一切新式玩物一概俱全貨高價廉格外公道如蒙仕商賜顧請移玉紫竹林紅樓後大街錦泰棧對過說明敝行招牌便是

法商羅爾洋行謹啓

保康水險公司告白

啓者本公司原創在星架波大埠置備資本洋三百萬員分設專行在香港上海承保洋面船舶貨物水險歷有年所信義咸孚久已馳名中外茲另設分行在天津託明義洋行代理專保洋面船貨水險保費克己倘遇不測賠償迅速各寶號賜顧不拘早夜祈移玉至明義洋行投保不悞

本館京城售報處在宣武門外[illegible]西琉璃廠東口[illegible]書館內陳午橋先生代辦如有願看[illegible]報者請[illegible]陳處可也

本館[illegible]啓

浙杭 元吉永號

本莊自置[illegible][illegible][illegible][illegible][illegible]
洋[illegible]花素洋布川[illegible]夏貨
[illegible][illegible][illegible]扇[illegible]貨頭油俱全
[illegible]貨近時[illegible]市[illegible][illegible]不同
故兩各貨減價開設估衣
[illegible]中間路北凡[illegible][illegible]顧
[illegible][illegible][illegible][illegible][illegible][illegible][illegible]

石印書出售

本局向在上海今分設天津針市街同豐棧內承蒙賜顧其價格外從廉太平御覽歷代賦彙史學叢書[illegible]疆識略[illegible]號韻海大全[illegible]叢書[illegible]板[illegible]小題五萬選三希堂法帖[illegible]餘各種閒[illegible]尺牘圖畫詩文賦策均不細載略[illegible]數[illegible]是也

積山書局省記啓

十月初四日[illegible][illegible][illegible]

武昌	[illegible][illegible]由上海	太古行
怡生	十月初[illegible]日[illegible][illegible][illegible]	
盛京	[illegible][illegible]由上海	怡和行
	[illegible][illegible]往[illegible]	太古行

十月初四[illegible][illegible][illegible]
天津[illegible]十[illegible][illegible]
[illegible][illegible]二[illegible]六[illegible]十七[illegible]
[illegible]元一[illegible]九[illegible]三[illegible]
[illegible]竹林九大[illegible]
[illegible][illegible]二千七百二十七[illegible]
[illegible]元一千九百六十文

直報

光緒二十一年十月初五日 第二百五十七號
西曆一千八百九十五年十一月廿一日 禮拜四

上諭恭錄

上諭譚鍾麟奏遵查劣紳酷短公項經收賑欵延不算清請革職審辦一摺在籍候選道劉學洵着即行革職歸案審辦欽此　上諭譚鍾麟奏剿辦七匪首要悉數駢誅請將出力員紳優獎一摺廣東盜風素熾歸善永安長樂與川連平韶州等府州縣土匪嘯聚成羣疊經降旨飭拿迄未弋獲本年四五月間匪徒唐觀士等糾黨四出搶掠經署提督鄧邦盛督率兵勇會同紳團擒斬首要多名餘匪分股肆擾復經譚鍾麟飭令提督張春發等分道馳剿先後斬獲多名惟兇暴最甚之龐瀕渣尾一犯潛回吳川大洋山糾黨謀逆自再往補外委覓頭勒贖戕殺甚猖獗譚鍾麟復嚴飭署高州鎮潘瀛等會督兵勇圍攻大洋山匪黨紛紛潰逃八月二十四日在化州地方將龐瀕渣尾拿獲訊明正法其餘各匪首亦經官軍分道兜拿悉數駢戮地方安謐如常在事出力員弁均屬著有微勞廣東陸路提督張春發署潮州鎮總兵記名提督北海鎮總兵王孝祺記名提督吳太漢均着交部從優議敘署高州鎮總兵記名提督潘瀛着賞換噶爾薩巴圖魯名號陽州協副將劉邦盛儘先補用副將莫善喜均着以總兵記名遇缺請旨簡放劉邦盛並免離任補用都司水師儘先守備方桂東着以都司儘先補用並賞加游擊銜署高州府知府候補知府蕭丙炎着免補知府以道員仍留原省遇缺即補補用知府廣東化州知州李光高着免任以知府遇缺即補團紳候選知縣蔡淮曾着以直隸州知州不論雙單月遇缺即選陣亡外委莫顯勳着交部從優議卹餘着照所議辦理該部知道欽此

塵談　續前稿

西北諸水若滹若滏若漳若易若衛若白奔騰而來一瀉千里而永定尤橫且駛瀦以七十二淸流之淀瀹以三沽釃濬委輸歷直沽以入海禹貢所謂同爲逆河入于海者此則居其大半焉而崇沙外亘如戶斯闌無拒而壅流乃軌注俗謂海蓋如玉合子有底必有蓋也而畿南州邑之積潦無洩載導田廬用乂河臣爰相視咨度以興水利渠之墊者濬之隄之缺者續之蓄以施人力之所可盡至於五屆之春潦夏禁啟塞以時匪潮弗盈匪寒弗涸噓噏迴斡通乎自然者固非人事之補苴可作而致也而仁人之以飢溺爲念者則又罔不因天之功以審其所宜何謂天功水之性是也禹之行水行其無事如是而已矣海之爲物也距矣受川　波日宿有統若雨暘適節宣康乂我人民惠阜我田疇者天助耶神相耶而人之奉神承天者竟不知一順水性而妄施穿鑿焉能必天神之獨我相助乎此又愚蒙之所不敢信者也前代之季燕薊輸遼戎馬往來地多荒曠洪水泛濫無異古初自勝國劉東山徐元玉潘印川諸公始以導流塞決挑濬切沙各方畧以治北方之水我　朝怡邸奉　命舉與北直水利拓泊淀疏河道修隄堰營水田可謂盡美盡善矣然而其治未竟也自是之後治多因循成法紛歧議論紛歧無成親信賢明獨任之治以要其成功執事之人膠柱晈絃非泥古即臆揣究之百聞不如一見托諸空言不如見諸行事也雖然水利之工動輒靡帑鉅萬又非可輕於嘗試者且地形水勢歲異而月不同烏知其今不異於古所云耶然其理則有必不可

易奔下隘則上溢時使上游無溢之患必先令下游無隘之患所謂欲順入海之水必拓入海之口欲拓入海之口宜減入口之水多其途以分之尾閭暢則消洩急此先務也其次則莫如治泊淀使之容與蕩漾以殺其怒斯二者又皆莫貴乎切沙挖淤塞上流之決拓下流之軌即其舊跡而稍稍變通之不事更張惟事認眞則人事盡而天助神相不禱自應矣客談如是姑誌之以質諸深諳水利者

孟冬時享 ○十月初一日孟冬時享 太廟 皇上親詣行禮經禮部預備表章於九月三十日卯正二刻 皇上升 中和殿看祝版並飭內務府備辦香帛犧牲所揀選祭用犧牲鹿牛等物並劄飭太常寺傳令司樂鳴贊樂舞生鑾儀衛飭傳冠軍使值差校尉各員均於是日寅刻齊備各差以崇典禮

萬壽臚歡 ○本月初十日 皇太后萬壽聖誕先經禮部光祿寺等衙門將應行禮節傳知各衙門敬謹遵辦茲聞初六七八九十等日飭傳四喜班孫季仙田際雲譚鑫培劉永春等每日黎明赴內務府點名辰刻赴 寧壽宮演劇申刻即散門而出以昭愼重

聚賭抽頭 ○京師十數年前向有匪徒設立寶局聚賭抽頭曾經前任巡視五城察院專摺奏請禁止嚴飭地方文武各官不時巡防查拿十數年來閭閻少此惡習昨聞九月二十七日宣武門內頭髮胡同內有匪徒群某開設賭局從中漁利毫無忌憚乃有同賭人葛某不知緣何彼此口角互相毆打群即喝令黨類各持棍棒齊力相毆葛受傷甚重恐有性命之憂該管地面官廳將群某鎖拿解交步軍統領衙門按律究辦京師賭風最熾群某首倡之人意存嘗試今乃天奪其魄因門敗露若非雷厲風行從嚴懲辦誠恐滋蔓難圖盧雉之聲仍不絕於耳也

冤魂纏腿 ○諺云最毒婦人心斯言也雖屬街談巷語細思之實確論也 國家律法定謀斃親夫之案處以凌遲極刑法至峻刑至嚴也而若輩愍不畏死仍敢以身嘗試雖有嚴刑峻法亦無如若輩何矣京師近日以來屢有因姦謀斃本夫之案層見疊出藥斃刑部定罪雖曾稽顯戮而終難免於典刑方謂懲一儆百足以警人心而勵風俗不料九月二十六日安定門外關廂地方有一少婦乘車一輛內載蒲包一個車夫看出破綻稟報官廳當即看明蒲包所盛碎屍一具嚴加刑訊供認係伊夫屍身當即相驗咨送刑部審辦至何人謀害尙未供認俟訪明再行續錄

津關解餉 ○津海關道憲監督新鈔兩關每屆封河以前照例將解京之款備齊計三成船鈔及各官津貼改為加復俸廉直罰款等銀共二萬數千兩飭委候補知縣蔡大令朝元管解妥於初三日起程至京赴戶部總理衙門分別交納

節帥入署 ○督憲王制軍自蒞任後嘗以海軍公所爲行轅開奉 命實授經前督憲騰清衙署制軍始飭差將內宅一切重新修理至前日料峻茲諏吉於小陽三日榮遷進署現關防營統領以及文武官員均屆期晉謁恭賀云

獨占鰲頭 ○本郡文武科名甲于一省數十年來文之詞林武之侍衛務先娛美矣日前北門外牌樓口西武貢士國棟今科會試亞元繼午又報一甲一名足立金鰲頂上閭里增色中外馳名矣

共識贗鼎 ○本埠北浮橋口賣假眼鏡等物以騙人者專以朦混引誘外鄉貪愚人受其愚者實屬咎由自取蓋人之見利而不見害猶魚之見餌而不見鉤耳夫誰怪昨有武孝廉宋長林者由京來津住某客店遣其考之姜澤春持銀二十四兩赴布店買布姜澤春行至河北關口被王學廷李鍾升宋二王桂郭胖五人瞥見即以假金一塊賣與姜澤春易其紋銀二十四兩宋長林看出破綻即遣姜澤春赴西門外八段守望局控告金大令飭勇將王學廷等傳案訊明拐騙之由飭各根賣數十斷令賠欵以了其事云

會文開榜 ○欽加三品銜補用道在任候補府正堂天津鹽捕河捕清軍府馮 爲考錄榜示事照得本清軍府考取會文書院正副次舉人等第名次以及獎賞銀數合行列榜曉諭須至榜者 計開 正取六名 李春澤 姜擇善 王守恂 常文嶲 王闊城 劉福田 第一名獎銀三兩二錢 一名三名各獎銀二兩四錢 餘各獎銀二兩 副取十名 蔡如梁 劉恩源 竇際榮 凌雲 劉晉榮 胡 濬 高凌霨 王兆泰 高壽祺 董世潡 第 名至五名各獎銀一兩五錢 餘各獎銀一兩二錢 次取卅八名 陳 桂 金文彥 楊鳳藻 閻汝坊 鄭文彩 岳鍾秀 黃耀庚 高桂馨 陳恩榮 王憲章 王叔培 龐奎垣 王銘恩

張昌言　周召南　姚日焜　[illegible]嘉瑞　孫星橋　姜秉善　劉長容　高凌雯　牛桂榮　王仁沛　劉學濂　胡祖堯　李秉元
杜聯陞　徐維域　張玉琨　李錦源　李春棣　華世鏞　華學淇　李斗山　任嘉莪　張燦文　王樾　夢祥　俱無獎

都轉批詞　○欽命二品銜長蘆都轉鹽運使司鹽運使李　示據商人李承宗稟批此案前據該稟請將定興引岸收回發辦前司以稟內有家道未敢自信殷實之語深恐有誤課運曾諭飭綱總妥議具覆迄今尚未據覆到姑據稟祖衙罰產各情是否屬實候諭飭綱總迅即查明議覆以憑核奪此諭

城兵歸標　○去秋海中告警鎮憲吳綸峯軍門將三營營兵改爲練軍駐扎城上保衛閭閻今中東已和日前鎮憲羅軍門將城上練軍一律撤回論令仍照舊章歸營操演

絞屍入土　○日前縣絞犯人苗文與己紀前報絞例三繯三竪氣息已絶仍恐復蘇用坯堆積三日如有領屍者任領掩埋向例如此今苗文與己絞三日無人領屍今早該管地方抬至義地掩埋矣

巢爲鳩佔　○河北邵公莊吳二者不知何如人其娶妻劉氏頗有姿色素日貞否亦皆未悉惟近日有歡圪有居住之吳起輝硬將吳二妻霸住以鳩佔鵲巢不許吳二入室吳無法因向該管地方劉萬順述知該地方以霸妻逐夫恐釀禍端急報知河北汛官率兵役將吳起輝並吳劉氏及吳二一併拿獲送交縣案訊辦其中是否另有別情尚未得知姑照該地方所述姑照錄登

命似蟻微　○津人多以口才自鳴得意而意外失意之事遂有自意想不及者或亦強詞奪理之類歟楊柳青鎮西街劉連陞者因向閻漢章索討地租閻不但未付尤嘵嘵置辯遂與閻始以口角繼以捨文用武劉之父永太聞知以爲出於情理之外一氣而亡劉即知會該管地方縣丞義赴縣呈控尚未知如何判斷容訪再報

便于行人　○本埠南門外一帶屢年被水路阻行人本年秋水未漲積潦涸淺昨小藝王廟前小道一段某善士出資雇工將橋梁前後道路一律修平行人方便矣

傷及幼女　○本埠南門外張本立者游蕩好閒不務正業日前與閻成永不知因何事故口角繼相用武不料閻成永之女在旁致傷右手骨有損壞閻成永情急赴該管局段喊控如何訊問俟訪再登

匡廬秋雪　○匡廬一帶夏秋間雨澤稀少乃上月十四日天氣忽然燥熱居民皆易夾而單以爲熱極生風日內必有大風至十五日封家姨果自西北而至雨師亦相率偕來然猶時行時止不免冷氣侵人昨日寒威愈甚居人盡是重棉是夜體更三躍鴛鴦瓦上淅瀝有聲啓戶視之則雪子也迨至東方旣白六出花飄飄灑灑空中亂舞大有嚴冬景象至十六日午後兩點鐘始止居人莫不為之駭異秋天下雪實從來所未見也

浙水天寒　○武林自上月十五日雨師視駕後忽而忽續入夜北風怒吼厥聲若雷翌晨風雨益劇寒氣砭骨粟欲生肌無異仲冬時節居民咸易薄絮而服重綿下午三點鐘時忽聞瓦上淅淅作撒豆聲啓戶視之但見雪珠飛舞夾雨而來相與詫異不置是夜峭寒益甚圍爐不溫瑟縮衾裯直如潑水十七日銅鉦高挂一抹蔚藍封家姨已飄然遠去聲息無聞矣惟大寒如昨未能轉厲爲和窮人之裋褐不完者無不歎老天之不行方便也

漢鎮驚寒　○漢鎮自上月十五日午後風力愈緊郡治城廂內外單瑞薄壁爲風吹倒者約有多家至於板片蘆席棚屋吹拆者更不計其數寒氣襲人幾與隆冬無異十六日清晨滕六君亦即呼殿而至天公玉戲雅有可觀既而同雲漸捲棒出羲輪六出飛花一霎時消歸烏有乃時未立冬而嚴　如此亦天時不正之一端也

京口大雪　○鎮江自九月朔後雨澤甚稀天氣和煖異常至重陽日朔風怒號雲幕低垂初十日大雨傾盆時落時止十一日濃雲釀雪氣候轉寒居民非御重裘不足以取溫至十五日傍晚忽同雲一色入夜雨師命駕而來雜以雪珠錯落次晨起視庭前雪花大如手掌鴛鴦瓦上一白如銀幾同琉璃世界直至薄暮滕六君始行返旆十七日晴光大放然簷溜之聲猶淙淙不斷也

敬啓者末等在天津開設製造公司專出各項工程捷妙新法并估價值兹將各項分類列後

計開

一考驗礦質分化金石所有開採鎔化一切良法皆能條分縷析繪圖具報併估一切應用器機價值

一測量鐵路鑲建車軌皆能逐條繪圖具報併估建造及一切應用器件價值

一電氣車電光燈皆能繪樣併估全副電燈價值

一鎔化礦質大爐併新式缸磚及土門得土各窯所有應用物料薪炭須先詳加考驗再爲繪圖製造

一測繪各處港澳江河皆能畫圖備用

一製造煤氣及自來水一切廠所器機皆能繪圖估價

一估造各種工程繪畫各種平視立視精細圖式

一物類原質皆能以化學法分化無訛

一欲辦工程如來本公司面議即可告以良法併估價值

再本公司素與歐洲及美國各大公司聯絡故能包辦各項工程或有工程需人監理本公司亦可派人前往

本公司主人現寓恒豐泰

賈密孫製造公司謹白

敬啓者現有英人僑居烟台曾在英京國學考有官憑前教授繪史算法航海等學三十餘年前在英國海軍衙門充當試官有年曾蒙華廷派委要差今擬在本公館教授華童英文以便將來應陸軍海軍商務之選惟受教者不得過十五歲議定每季脩金關平銀二百兩如有從學者即希函達天津恒豐泰飯店或烟台英領事署轉致倪爾森可也

保水公司 康險白告

（保康水險公司告白）

啓者本公司原創在星架波大埠實備資本洋三百萬員曾設專行在香港上海承保洋面船舶貨物水險歷有年所信義咸孚久已馳名中外兹另設分行在天津託明義洋行代理專保洋面船貨水險保費克己倘遇不測賠償迅速各寶號賜顧不拘早夜祈移玉至明義洋行投保不悞

啓者本行由英法等國自運各種時式金銀珠口鑽石錶表鑲自打代間各樣打鑽表及一切新式玩物一概俱全貨高價廉格外公道如蒙仕商賜顧請移玉紫竹林紅樓後大街錦泰棧對過認明敝行招牌便是

法商羅爾洋行謹啓

本館京都寄售處在宣武門外歐家坑路東壽昌會館內陳午齋先生代辦如蒙賜顧者請至該處可也

本館賬房啓

杭 浙 號永吉元

本號自置妙絲綢緞新樣洋貨花素洋布川廣夏貨圖摺雅扇南貨頭油俱全較爲近時鎮市價落不同故兩各貨減價開設估衣街中間路北凡仕商賜顧者祭供特毋惜墊

石印書出售

本局向在上海今分立天津針市街同豐棧內承蒙賜顧甘價格外從廉太平御賞歷代賦彙史學叢書新譯識客號尚海大全洋號叢書鄭板橋小題五萬選三希堂法帖等具譜名種聞書尺牘圖畫詩文時策均不細載署發數圖是也

積山書局省記啓

開封　上月初五日輪船出口　由上海　本古行

順和　輪船由上海　怡和行

十月初六日輪船出口

盛京　輪船往上海　太古行

十月初五日錢價市價

天津九六錢

錢二千六百九十文

洋元一千九百三十五文

紫竹林九六錢

錢盤二千七百三十文

洋元一千九百六十五文

直報

光緒二十一年十月初六日
西曆一千八百九十五年十一月廿二日 禮拜五
第二百五十八號

上諭恭錄

上諭御史敬祐奏內務府廣儲司庫官勾結舞弊任意侵冒請飭查辦等語內廷綵項關係要需豈容該庫官等勾串書吏庫賊等狼狽為奸浮挪侵蝕着派麟書許應騤按照所參各節認眞查辦據實具奏欽此 上諭廣東巡撫馬丕瑤由進士即用知縣荐擢府道簡任封圻宣力有年克勤厥職茲聞溘逝軫惜殊深加恩着照巡撫例賜邺任內一切處分悉予開復應得邺典該衙門查例具奏欽此 上諭本日補行引見之新進士張榕蔭着交吏部掣簽分發省分以知縣即用欽此 硃筆林燦垣補授兵科掌印給事中欽此

防弊卮言

實與奸不能立而能生利與弊不同科而同處有一利即有一弊弊出於利之外弊實起於利之中天下事大抵皆然幾令人防不及防矣雖然人亦特病其不防耳果銳意以防之自宜無不可防者乃或防之而弊轉生不生於意中更生於意外是防之適以啓其竇而階之厲也曰是防之不以其道耳其道安在在知利之所由肇即知弊之所由來既知弊之所由去亦惟加意於用人而已加意奈何慎以選之勤以察之而已嘗見夫貿易之任人也凡有所謀獨力難成必資夥夥為舖夥者其初進身必有荐主必有保人其保人必家道殷實者望誠篤然後收為舖夥漸試以事見其可託乃任以重誠慎之也在東道以為已慎於初復試於繼夫焉有所失而不知其夥之境易情遷得隴望蜀臨財苟得卒欺其東也若此者固由其夥之根器不善用人者失慎於初亦由於任用之後訪察不勤之所致倘委一事必察其事之有放一帳必察其帳之實落察其當前復察其背後察其有意復察其無心彼舖夥之為小人者能欺我之明於其初斷不能欺我之勤於其繼能倖我之寬於其暫必不能倖我之勤於其常安有我張其網彼肆其酒卒見賣於所用之人而徒呼負負者夫貿易其小焉者也國亦猶家焉往不然 朝廷設卡抽釐以給餉源立法之初任人惟謹斟酌盡善自行逐月比較一法限以一定之收數止於贏餘不於短絀上司責之於委員委員取之於商賈往來行旅已苦誅求然此猶報效 國家也凡在商賈非不樂輸今謂降至今日流弊匪多每逢客貨到關輒有掛號打印盡划諸名目究其實情無非為巡丁索錢地步商賈因此偷越規避各情層見疊出以致釐捐不旺說者猶以為此非 朝廷正款無大傷於 國用此局外之談也竊讀前降 諭旨飭戶部將常年入款逐細核計共有若干現在開辦鐵路藉資挹注茲悉經司員再四籌算各省關每歲所徵洋稅計銀一千五百餘萬兩各省地丁每歲計銀一千餘萬兩各省鹽課等計銀一千二百餘萬兩各省常關稅課計銀三百餘萬兩各省釐金計銀一千三百餘萬兩各省茶稅當稅鹽商捐輸計銀三百五十餘萬兩各省雜稅銀一千五百餘萬兩裁撤長夫等項計銀五十三萬餘兩加以洋藥釐稅併征每歲約銀七百餘萬兩一年之內 國家所入約計八千數百萬兩業已繕具清單由司農入告由此計之今日釐金之入視正款不為不多正不可不格外加意也本年新任崇文門正監督

劉芝菴中堂副監督芬餘亭大廷尉自涖任權關以來另派海巡兵丁多名皆與崇文門外轆轤把地方居住邢某素爲海巡頭目俗稱圓但于者治海巡兵丁聚衆詐索商賈行旅邢某坐地分肥飽入私囊商旅均苦焉且復設局抽釐納稅原因裕餉恤商豈容巡兵似此積弊百出誠有督率之責者必當嚴究懲辦以肅稅課云云已列前報茲聞芬餘亭大廷尉接任甫經月餘竟縱容家丁房某等屢有賣放漏稅情事昨經巡視東城察院張侍御仲炘訪聞前情據實專摺具奏 上諭 欽派劉芝菴中堂嚴密查辦現聞已將房某拿獲官押派委司員嚴行審訊若輩似此胆大妄爲詐索商賈種種弊端殊爲用人不愼選於初不勤察於繼所致仿諸貿易監督爲東差役爲伙舖伙失事爲東者固不得辭其咎也

深憐無告 ○右安門外萬泉寺村閻孀婦李氏年近五旬膝下只有遺腹子一名經李氏撫育年已十七矣素日賣菜爲生九月二十九日肩白菜數十斤赴宣武門騾馬市將菜賣去得京錢四吊二百文以爲買米攜回母子得有隔宿糧也不料轉瞬間將所賣菜價被小綹竊去心中躊躇無處可尋及至家中被母斥責於是悔恨交集行至右安門外護城河內一躍而入立占滅頂命赴黃泉其母聞耗急趨河邊亦欲隨東流而去經人勸阻始未葬于魚腹其情慘不勝言幸經某善士覩其慘狀慨助白鏹十金以爲養贍之資誠爲功德莫大矣惜未及其子之未死也獲一感恩知己之善人耳

曲濟式微 ○京師雖繁盛林立間有破落大家式微舊族甘忍旦朔之飢不受嗟來之食弗得則死亦不顧靦顏投廠者此種情形尤堪憫也現聞某邸遴派宣武門外響鼓廟地方居住劉某於十月初一日爲始歷在矮巷窮檐明查暗訪遇有厄窮堪憫者書付木牌一面大口每日給小米一斤小口減半每逢十日持赴彰儀門大街萬元糧店領取至年底止無不歡聲雷動云

驚動金吾 ○凡患顛癇之人例應由親丁在家鎖禁懼其出外致禍也倘患瘋疾白般兇悖惟其親丁報官錮禁以免滋生事端九月二十八日阜成門大街有一年約三旬陡至 歷代帝王廟前粧成種種奇狀有時傴僂似老嫗有時娉婷似幼女有時翹一足作商羊舞有時彎膝爲伏虎蹲繼復大聲疾呼拋磚擲石變態百出爲長石農副金吾所聞知係瘋發立飭該管地方官廳步車校弁兵將其拘至暫行管押一俟取保開釋隨有伊兄赴案具保金吾俯如所請即將瘋人帶去自行鎖禁至其人因何致疾未得其詳矣

騙及土木 ○京師近日以來騙術盛行愈出愈奇大有防不勝防之勢茲聞地安門外興化寺街居住某甲租賃住房一所共計二十餘間言明每月租銀八金即付房租一月迄今將及一年毫無應付詎料某甲擅將院內房屋私行拆毀所有磚瓦木料均已運賣花甲惟外面房屋門庭仍照原式未動是以房主來看數次不識被騙情事也迨至九月下澣房主前來向甲討取房租因在門首呼喚無人應聲房主乃踏步直入始知被甲將房椽盡行拆賣當即赴該管地面官廳稟報嚴緝騙匪按律究辦未悉能否弋獲也

集賢開榜 ○欽命二品銜長蘆都轉鹽運使司鹽運使李 爲榜示事今將前升司移交局試集賢書院舉貢生監經文策問經解史論課卷現已評定甲乙等次並獎賞銀數開列於後須至榜者 計開 超等五名 汪 元 張東瀛 宗逢瀛 蒲輪召 于廷珍 第一名獎銀三兩 二名三名各獎銀二兩五錢 四名五名各獎銀二兩 特等八名 湯聘之 李煜華 潘文林 方賓穆 李咸熙 湯 銘 宗逢洲 崔 湘 一名獎銀一兩五錢 二名至五名各獎銀一兩 餘各獎銀五錢 一等二十二名 惲毓蔭 戴早輝 吳藝疆 汪家鼎 李興仁 盧恩綬 華世傑 蕭承厚 王文純 陸淇賢 劉起俊 陸壽昌 吳彥彬 顧化棠 李炳榮 田福華 李重熙 徐之壎 崔作樑 徐 翰 俞 超 繆聯輿 一名至八名各獎銀三錢 餘無獎

輔仁課題 ○十月初三日津海關道考試輔仁書院題目 生題 有人此有土有土此有財有財此有用 童題 必忠信以得之 詩題 賦得鳥倦飛而知還得歸字 生五言八韻 童五言六韻

莫負黃堂 ○本埠地面寬闊現當冬防各該管文武亟宜講求巡查緝捕期除奸宄以安閭閻東門外南斜街至津關道署迤南俱十一段守望局總管該分局原在南斜街今在小洋貨街新設更房一處白晝懸旗夜則掛燈其器械號衣均極鮮明頗壯聲威宵小定必斂風潛逸今局憲李少雲太守諭飭該員果能遵黃堂之諭認眞緝捕此局當稱獨步惟於僻靜處所有娼窰烟館鍋夥小店若能一律

嚴行查禁則地面更爲肅謐矣

派巡紫竹 ○紫竹林地面租界居多華洋雜處難免奸匪潛迹歷屆冬令由海關道憲咨會天津鎮憲遴選武官一員帶兵二十名駐紮該處下夜巡緝茲聞鎮憲派留津差遣現充鎮轅巡捕之實任商家林汎把總查把戎玉雯帶兵二十名駐該處巡查昨查把戎赴道轅禀見即飭認眞巡查嚴緝務保無虞所有官兵津貼俱由道署按月發給云

湘軍出境 ○魏軍門所帶湘軍馬步等營調赴甘省助剿回逆屢登前報日前湘軍等由火車來津暫屯大稍直口一帶茲聞軍門定於本月初四日全軍起行矣

訟匪荷枷 ○郡城道署前有滋事之劉秀亭者被署內書役查知即回明觀察飭差持片送縣懲辦日前將該犯劉秀亭責懲枷號一月發道署前示衆以儆效尤云

仍照舊章 ○本埠自立官車局以來凡各衙署要差均稱極便奈用費浩繁措款維艱每屆冬令定章凡有柴車炭車照章抽收以爲貼費昨局憲諭各柴車炭車人等按章抽收如有朦混偷漏從重懲辦

不收外屬 ○每屆冬令郡北西沽北倉兩粥廠收養各村貧婦人等已紀前報茲籌賑局憲議以本年各州縣收成尚屬中稔其有被災之處截留米石施放賑錢亦能接濟本年惟西沽設粥廠一處專爲濟津中四鄉無告窮民不收外屬凡外州縣各村貧婦毋庸來津徒勞往返

務須明示 ○十月初一日練軍各營輪流下夜以資防守昨營務處諭令軍民人等三更以後禁止夜行倘有緊急事務須提燈以示區別如不提燈即以匪論交本營務處照例懲辦

譎從何來 ○昨有曹獻亭者不知何許人亦未詳其里居日前赴西門外某錢店換銀大小五件九兩有餘店掌細詳俱係假銀即將曹獻亭連銀一併送該管局段局員訊問銀從何來將銀存案暫爲取保追尋前手再爲審辦云

專盜養牲 ○北路距安平相近之羅村李和者農家也前因秋穀登場其子李得福看守糧食在大門以外場旁窩棚內睡覺天將二更時分忽來數賊各持洋槍器械闖門而入搶去牛騾各一頭而逸李得福聞警喊捕該賊回步拒傷李赴文武衙門報案迄今多日未曾緝獲茲據該處人云及北路失竊騾馬牲口之案層出不窮可謂慣賊慣技若非有窩消之處何以專門辦此有牲口者當如何愼加防範耶

竊成穿鼠 ○楊柳青鎮河南居住李光第者昨日被賊由房後穴墻而入竊去銅錫器數件睡醒始知李以雖失物無多究亦緝捕不嚴之故因赴該管武衙門報案蒙允飭緝究未悉捕獲否也

浙江文風 ○浙省紹興府山陰縣素爲文獻之邦現因國家崇尚西學風氣大開故本地紳耆擬在該處設立學堂敦請精通西學之人專教外國格致天算以及語言文字等書繕就禀詞并章程一切上呈縣主由縣主詳請撫憲業已批准辦理想山陰人文夙著不之懷奇負異之才今已敦尚西學何患不出人頭地駕西國而上之哉

松江秋雪 ○松郡訪事人云上月十五日雨師稅駕竟日滂沱至十六傍午北風怒號天氣驟冷雖身衣重棉猶覺嚴寒砭骨薄暮但聞鴛鴦瓦上淅瀝有聲視之乃雪珠也俄而滕六君扯絮搓綿空中飛舞開窗四望一白無垠遠近樓臺盡變瓊瑤世界直至魚更二轉雪始漸止而已積至半寸有奇矣

風災補誌 ○十月十四夜北風陡作十五日狂風愈緊拔木撼山漢江內外波浪滔天擊壞船隻不少茲又訪聞是日有鸚鵡洲木簰一架適由上游下駛洲畔被風將纜索打斷簰俱拆散木料隨浪飄流十六日風息簰主即雇划船沿江打撈然所失已不少矣又晴川閣外江邊所泊鹽船一艘被波浪打碎船主水手共有二十一人落水是時僅有 人爲浪掀至灘坡幸全性命餘俱隨波逐浪徵伍大夫獵去現在該船幫人等趕往下游打撈屍身不知可能全獲否冀伯肆虐不亦慘哉

啟者本等在天津開設製造公司專出各項工程捷妙新法并估價值茲將各項分類列後

一計開

一考驗礦質分化金石所有開採鎔化一切良法皆能條分縷析繪圖具報并估一切應用器機價值

一測量鐵路鑛建車軌皆能逐條繪圖具報并估建造及一切應用器件價值

一電氣車電光燈皆能繪樣并估全副電燈價值

一鎔化礦質大爐并新式缸磚及士門得土各窯所有應用物料薪炭須先詳細考驗再爲繪圖製造

一測繪各處港澳江河皆能畫圖備用

一製造煤氣及自來水一切應所器機皆能繪圖估價

一估造各種工程繪畫各種平視立視精細圖式

一物類原質皆能以化學法分化無訛

一欲辦工程如來本公司面議即可告以良法并估價值再本公司素與歐洲及美國各大公司聯絡故能包辦各項工程或有工程需人監理本公司亦可派人前往

本公司主人現寓恒豐泰　　買密孫製造公司謹白

浙杭元吉永號

本號自置妙[illegible]綢緞新樣洋綢花素洋布川廣夏貨[illegible]雅扇南貨頭油俱全貳爲近時錢市漲落不同故兩各貨減價開設估衣鋪中間路北凡　仕商賜顧者[illegible]

啟啟者現有英人僑居烟台曾在英京國學考有官憑惟教授繙史算法航海等學三十餘年惟在英國海軍衙門充當試官有年曾蒙華廷派委要差今擬在本公館教授華童英文以便將來應陸軍海軍商務之選惟受教不得過十五歲議定每季脩金關平銀二百兩如有從學者即希函達天津恒豐泰飯店或烟台英領事署轉致倪爾森可也

啟者本行由英法等國自運各種時式金銀珠口鑽藍表並自打代間各樣打鑽表及一切新式玩物一應俱全貨高價廉格外公道如蒙　仕商賜顧請移玉紫竹林紅樓後大街錦泰棧對過認明敝行招牌便是

法商羅爾洋行謹啓

保康水險公司告白

啓者本公司原創在星架波大坐實備資本洋三百萬員兩設專行在香港上海承保洋面船舶貨物水險歷有年所信義咸孚久已馳名中外茲另設分行在天津託明義洋行代理專保洋面船貨水險保費克己倘遇不測賠償迅速各　寶號賜顧不拘早夜祈移玉至明義洋行投保不悞

天津祥順客棧

啓者本棧在天津河東鹽坨老龍頭車站旁房屋寬大專接火車客位起卸貨物萬無一失謹白

本棧主人具

石印書出售

本局向在上海今分立天津針市街同豐棧內承蒙賜顧其價格外從廉太平御覽歷代賦彙史學叢書[illegible]疆識畧大號韵府大全漢魏叢書鄭板橋[illegible]小題五萬選三希堂法帖[illegible]餘各種閒書尺牘圖畫詩文賦策均不細載畧登數種是也

積山書局省記啓

十月初六日輪船進口海晏[illegible]由上海　[illegible]商[illegible]

重慶[illegible]由上海　[illegible]

十月初七日輪船出口開封[illegible]往上海　[illegible]古行

十月初六日[illegible]

天津[illegible]

[illegible]二千六百八十[illegible]文

洋元一千九百三十[illegible]

[illegible]竹林九六[illegible]

[illegible]二千七百二十七[illegible]

洋元一千九百六十文

直報

光緒二十一年十月初七日
西曆一千八百九十五年十一月廿三日 禮拜六
第二百五十九號

上諭恭錄

軍機大臣面奉　諭旨本月初九初十十一日俱著推班欽此。內奏事口傳奉　懿旨派出初九初十十一等日聽戲之王大臣均賞飯吃欽此　上諭李秉衡奏山東差委主事請改外任以資吏治等語吏部主事盧昌詒著以直隸州知州留於山東補用該部知道欽此　旨戶部廣東司郎中著齊世名補授工部屯田司員外郎著程建勳補授江蘇江寧府江防同知著恩彥補授浙江處州府水利同知著錫恩補授山東登州府同知著吉鹽補授山東曹州府海州知州著玉興補授山東范縣知縣著王啟哲補授江西泰和縣知縣著郭曾準補授福建尤溪縣知縣著吳家俊補授安徽南陵縣知縣著孫鳴臯補授廣東始興縣知縣著胡良銓補授江西□千縣知縣著洪錦標補授吏部筆帖式著□□補授鴻臚寺筆帖式著岳□補授國子監筆帖式著卞崑補授河南道監察御史著胡景桂補授戴取湖廣道監察御史陳璧大理寺左評事著陳汝鈞通政使司經歷程鹿鳴太常寺博士徐嗣龍都察院都事葛維森工部司務李廷璋國子監學錄周瀛徵保舉廣西候補道鄭輔綿直隸候補知縣吳文炳山東候補知縣捐錫昌俱照例用開復前山西懷仁縣調補萬泉縣知縣郭肇金著准其開復原官照例用捐復前山東博山縣知縣錢鍱著准其捐復原官照例用熱河都統衙門辦事司員著恒鈺去順天府教授著德壽補授擬補內閣中書丞山執河都統衙門筆帖式富和盛戶部筆帖式□魁俱准其補授改發福建補用知府曾元善著發往福建補用升補貴州獨山州知州伍恩柱著准其仍補福建西河關臨大使紀自堂著照例用明保雲南候補班前先補用知府張纓勛著以知府發往江蘇儘先補用前補授軍機處存記欽此　上諭楊昌濬著開缺回籍陝甘總督著陶模署理饒應祺著署理甘肅新疆巡撫欽此　旨奉入八分輔國公載瀾著在御前行走副都統奕功著挑在御前侍衛欽此

論私錢極宜嚴禁

公與私不可偏廢也而人每於己則諱言之於人則鄙厭之或痛絕之嚴禁之夫以事而論事關於一國者為公關於一家者為私以地而論地隸於官所者為公隸於民所者為私以人而論人屬在廷臣者為公屬在家臣者為私經註云公事畢然後敢治私事詩曰雨我公田遂及我私又曰遂其私人此一見公私宜各遂而並行不背也獨於刑錢兩途則禁其私而嚴定以例者何也為其假公以濟私因私以害公其所謂私則古論語所謂克、復禮之己今洋行告白所謂格外克己之己即俗語所謂見不的人之私也何病乎假公以飾公即以害公也蓋公法以羅織詐財私遂而公禁弛假公物以夾帶漏稅私遂而公項虧其人其事名為公實為私純乎公實純乎私譬之以錢鑄錢私錢必夾於制錢之內不如是不可以行其弊在濟私其罪實在假公善不純假以公則其私不遂不純濟其私則其公不廢斯二者所以不容於古中而刑法假公則必因錢起錢法假公則必以刑終刑錢二者治世之大權其勢相因情固然也歷朝錢法皆禁私鑄惡其與國爭利而有病於民也　國朝錢法定例尤嚴凡私鑄者殺無赦咸豐初銅產稍絀銅供滯運錢法大壞鈔票之外鑄當字錢千百十數皆

自之復搭以鐵錢鉛錢北直省之私鑄者不勝其抄甚有舉家梟首市曹者一時商民皆恐交易往往以銅制錢出以鉛鐵私錢雜以抄票收入物價騰漲民病之　國亦病之故其事卒不能行夫錢之名爲　國寶可以易金珠易百貨者以輕重之權衡得當也若鴉眼若沙板即出於官鑪亦不適用況私鑄乎而卒不能絕其弊者皆錢行奸商私買私錢之故津埠百行生意無論大小俗皆稱爲外行獨錢行稱爲內行凡外行與內行交易者每不自認吃虧以其搭付潮銀假銀攙和私錢小錢壓中扣底爲常法遑能事也所以諸色人凡言錢行皆呼內行實爲彼哉之意而內行者遂無不以此自矜公然不諱此官府所當亟行嚴禁毋少寬縱者也前府憲鄒太尊洞悉民間受害不淺設立清泉公所定章嚴法務令出帖之舖須用明淸錢足數其時雖多未遵照然各舖每遇清泉公所或某署差役或兵勇以及地方之強有力者持帖典錢則均給淸錢足數懦弱平人則付以毛錢短數若懸與更換該舖即嘖有煩言或仍將原帖交回言由何處接來仍須付交原主否則即言此係原串錢愛換不換其明目張膽比比皆然毫無忌憚夫錢舖使用現錢與各舖賣物收錢均無不挑用淨錢如錢不淨斷不收用其入舖既概收淨錢其出舖焉有毛錢若有毛錢非錢舖攙和烏能有此至今雖清泉公所仍照舊嚴查無如自津與以來現錢短少錢舖家家無不以沙板毛錢攙入前次城內某號每串實係有沙板數十文其錢且係變扣九六底誠奸之又奸者而典舖則無是也不謂近日典舖亦有此錢昨有七旬老翁赴某典舖質錢一千文及走出該當細視每串竟有沙板二三十文立即進舖更換詎該典舖不認並說是此翁攙和非是原錢以致老翁氣極發誓咒罵而該典始終不換視此錢法之壞直有不可收拾者若非由該管官出示禁止從重罰辦何以懲奸商效尤而免病民以病　國耶

強學報局　○本館接都中友人來函云現寓都諸巨公憫時局艱危以天下爲己任講求實濟力圖富強擬在京開設強學書局專主譯印中外時務新書凡中國舊有經世各圖籍中外各地圖天圖奇物奇器新法新事有關國計民生者即講求刊布流傳四方以廣見聞而開風氣惟設局之始器具未齊未能遽印成書先將各埠已經譯出各國書及各處報紙限期購取發交隸肆價廉分售並留存局中以便華友檢閱務使擴充聞見俾收觀摩之益已擬定章程迅速集股主局事者爲康長素工部及袁慰庭觀察丁叔衡張巽之兩編修沈子培張季直兩部郎李伯相已助銀千兩張香帥王夔帥龍觀宸程文炳均有助成之舉京華諸公極形踴躍云

政體寬和　○李傅相自奉命留京辦事日與各國使臣會商交涉一切而於日本使臣林董君尤爲款洽終朝會議通商條約各事未免過勞政體遂略有不適苦於在京華醫未能調治爰擇曾在津門素善洋醫之林麗堂醫士趲行來京以備不時之需近因林君一人往返京津兼顧不易遂商易久駐津沽之北洋施醫局醫士麥佐之少尉入都以資替代俾林君分身回津供差聞少尉已於前日入都矣

萬壽盛儀　○本月初十日恭逢　慈禧端佑康頤昭豫莊誠壽恭欽獻崇熙皇太后萬壽聖節津海關道盛觀察諭所屬文武官員是月自初七至十三等日俱穿蟒袍補服文武官員遵照特示

十方募化　○本郡宮北白衣菴津中之古剎也多年失修今大殿配殿及大樓等處皆坍塌神像亦皆漏敗不堪言狀現住持法靜等不忍坐視募化十方晝夜撞鐘而不絕耳其有善士大發慈悲耶

分別留遣　○現查城東門城隍廟卜五營門所住清淮兩營於前月杪業經從陸路南旋除正額外復加兩月恩餉其所帶銘軍三營尚未定準行期查前月劉欽帥專摺入奏暫留天津分營分途巡緝以資捍衛俟各湘軍撤完即遣該馬隊回籍云

補試生童　○憲牌不問津三取兩書院生童知悉九月十六日齋課現定於十月初七日補試勿得自悞切切

自玷寅恭　○文武官員凡爲實任各有轄屬其官小職微者除自緊急公務准其逕稟大憲若日行公事照例稟請該管上司查核轉稟大憲此定例也今有本郡賈人子不知如何負緣爲儒先守備現在署理御河沿某汛自抵任後諸凡由意妄爲雖極細事亦徑行冒瀆大憲以爲顯其精明幹練不知己紊亂制度置該管上司於不計殊爲僭越妄干居心叵測矣何也制度所存即王章所係膺守土之職者尤宜竭供爾位力戒越俎之嫌斯爲居易俟命之君子即爲無忝厥職之藎臣耳

無從申訴　○玆有貧婦攜帶二男一女沿門求乞者極破單衣經人詢及據云係某縣某村人氏其夫自去正投營後由同鄉寄回銀錢二次以後杳無音信有說已經陣亡者下更無從訪問實在況家已無衣無食只得來津求乞再行尋訪云語極慘切殊令人不忍聞視惟是軍營定例凡若軍前陣亡者俟後勿論官兵各有恤賞銀兩然其中或有措勒或有冒領弊竇極多此次軍務之後尚未聞如何辦理似此拋離井別其骨肉與 國出力應蒙恤賞以慰忠魂是在該管之能否認眞查核詳請辦理耳否則雖効忠勇掩沒者多矣

久未到堂　○前者宮北錢舖新泰號失銀三千餘兩一案屢登前報玆聞該號京都尙有連號非係由京滙到銀兩俱裝木箱上有鐵箍封存於櫃房是夜被賊啓木箱截箍將銀竊去屋內向有數人睡覺及醒見窗門俱開乃知被竊約係由窗而入由門而走當經文武查勘並無賊道因此涉疑擬令該號掌櫃或同事到案訊問再爲關緝該號亦未曾到案據云該號東係候補中極富之員其舖掌乃本地之儈某但以街市間被竊銀至三千餘兩之多竟遲多日未見案情虛實殊令人不解其故嘻非其所有而取之盜也民罔不憝者也任其所取而置之則虎兕出柙龜玉毀櫝是誰之過而典守不一登堂候訊情有匪夷所思者矣故再登以覘其異

頻刼行李　○玆聞南窪鄉人前由來津贖當並購買物件及回由南營門里許天將黃昏突來一人手持利刃硬將所贖之女袷襖洋布褲刼去向北而逸該鄉人未敢跟追急回家令復來津向同鄉述說並囑有回家者務必結伴而回實妥似此持刀路截行人擄南北時有所聞雖該失主未曾報案有緝捕之責者仍宜嚴查以安地方爲幸耳

失腳落水　○河北白房前河沿有胡玉雞貨船住泊其夥計楊姓失腳落水登即淹斃報該管地方驗實太循例報案聞已將屍[illegible]相驗矣

轉眼成災　○本年自夏徂秋天災流行各鄉人民病斃者不一而足其瘟毒不止傳人已也聞小站地方突傳騾馬轉眼倒斃殊屬可惜聞每匹賣價約兩吊文未有過問者以倒斃之多故也

剿回喜電　○昨午三下鐘本館接到甘肅蘭州專電云西寧復蘭州安董軍得手東路平靜當可肅清亟錄之以供衆覽當亦關心時事者先覩爲快也

入夜寒聲　○蕪湖自交霜降以來天氣清和頗似三春時候於十五日清晨始濃雲如墨細雨如絲入夜魚更二點北風凜凜寒氣侵肌始則雪珠錯落至五鼓時天公忽作玉龍之戲空中鱗甲一白無垠次日清晨開窗起視則玉琢樓臺際此深秋忽降大雪咸謂世所罕見

德陞齋靴鞋舖

本舖專做[illegible]靴新樣京式名鞋及鑲花坤鞋一應俱全價[illegible]從廉[illegible]認明本店[illegible]不致悞本舖[illegible]在天津府北門外鍋店街[illegible]

告白

李傅相馬關被刺紀實[illegible]小照每本價洋四角五　王芍棠[illegible]　星使俄草　盛世危言　盛世危言　蟄廬叢書　[illegible]圖　時事類編　中日戰守始末記　公車上書記　蘭石蘭譜　竹譜　[illegible]上見聞錄　洛金扇　吉祥花　小八義　[illegible]公案　桃燈新錄　夢華　牛花　[illegible]

告白

本館京城售報處在宣武門外[illegible]坑路東[illegible]昌會館內[illegible]午清先生代[illegible]如[illegible]者請至[illegible]可也　本館[illegible]

新寄到臺灣福州廈門地圖出售　西字滬報　新聞報　代[illegible]申報　飛雲館畫報　點石[illegible]畫報　飛影閣畫報　本年直報　竹蘭譜　各樣尺牘　各樣繪圖新書　主顧如欲購取者每日午後直至申後敝堂靜候餘時無暇　寓天津府署西三[illegible]巷西[illegible]堂[illegible]

啓者本等在天津開設製造公司專出各項工程捷妙新法并估價值茲將各項分類列後

計開

一考驗礦質分化金石所有開採鎔化一切良法皆能條分縷析繪圖具報併估一切應用器機價值

一測量鐵路鑲建車軌皆能逐條繪圖具報併估建造及一切應用器件價值

一電氣車電光燈皆能繪樣併估全副電燈價值

一鎔化礦質大爐併新式缸磚及士門得土各窯所有應用物料薪炭須先詳細考驗再爲繪圖製造

一測繪各處港澳江河皆能畫圖備用

一製造煤氣及自來水一切廠所器機皆能繪圖估價

一估造各種工程繪畫各種平視立視精細圖式

一物類原質皆能以化學法分化無訛

一欲辦工程如來本公司面議即可告以良法併估價值

一再本公司素與歐洲及美國各大公司聯絡故能包辦各項工程或有工程需人監理本公司亦可派人前往

本公司主人現寓恒豐泰

賈爾孫製造公司謹白

浙杭 元吉永號

一本號自置紗羅綢緞浙綢寧綢花素洋布川廣夏貨[illegible]雜[illegible]貨頭油俱全[illegible]爲近時[illegible]市漲落不同故將各貨減價開設估衣[illegible]中街路北凡仕商賜[illegible][illegible]

啓者現有英人僑居烟台曾在英京國學考有官憑前教授經史算法航海等學三十餘年前在英國海軍衙門充當試官有年曾蒙華廷派委要差今擬在本公館教授華童英文以便將來應陸軍海軍商務之選惟受教不得過十五歲議定每季脩金關平銀二百兩如有從學者即希函達天津恒豐泰飯店或烟台英領事署轉致倪爾森可也

啓者本行由英法等國自運各種時式金銀珠口琺藍表並自打代間各樣打鑽表及一切新式玩物一應俱全貨高價廉格外公道如蒙仕商賜顧請移玉紫竹林紅樓後大街錦泰棧對過認明敝行招牌便是

法商羅南洋行謹啓

保康水險公司告白

啓者本公司原創在星架波大埠實備資本洋三百萬員向設專行在香港上海承保洋面船舶貨物水險歷有年所信義咸孚久已馳名中外茲另設分行在天津託明義洋行代理專保洋面船貨水險保費克己倘遇不測賠償迅速各寶號賜顧不拘早夜祈移玉至明義洋行投保不悞

天津祥順客棧

啓者本棧在天津河東鹽坨老龍頭車站旁房屋寬大專接火車客位起卸貨物萬無一失謹白

本棧主人具

石印書出售

本局向在上海今分立天津針市街同豐棧內承蒙賜顧其價格外從廉太平御覽歷代賦彙史學叢書新疆識略大號韵海大全淳魄叢書鄭板橋廿小題五萬選三希堂法帖畫具餘各種聞妻尺牘圖畫詩文賦策均不細載略舉數種是也

積山書局省記啓

十月初七日輪船進口

海晏輪船由上海　招商局

新豐輪船由上海　招商局

十月初八日輪船出口

重慶輪船往上海　太古行

十月初七日銀錢行市

天津行化[illegible]二千六百八十七文

洋元一千九百三十文

紫竹林九八銀

[illegible]二千七百二十七文

洋元一千九百六十文

光緒二十一年十月初九日　第二百六十號
西歷一千八百九十五年十一月廿五日禮拜一

上諭恭錄

上諭御前大臣奏侍衛因病呈請開去差使據情代奏一摺希朗阿着准其開去御前侍衛差使欽此　上諭廣東巡撫着成允署理欽此
旨朕本日殿試中式武舉弓刀石內不符之河南常鳴春廣西王辰山江西李鶴林均着罰停殿試一科所有原闈監射較射之大臣着交部議處覆試之王大臣着交部察議欽此　上諭御史陳其璋奏捐納到部續中進士人員分別俸次年限保送一等吏部覆奏例章室礙難行請飭另議等語着吏部妥議具奏欽此　上諭巡視東城御史文博等奏武職恃符狡展請暫革審辦等語左營河陽汛把總劉麟瑞着暫行革職交刑部審辦欽此　上諭給事中王會英奏查明花戶舞弊分肥請交部審辦一摺據稱豐益倉花戶劉敬三每年六月以前開放中營兵米有朦混掩飾情弊顯係盜賣侵吞確有可據着交刑部嚴行審訊澈底根究務期水落石出以成信讞至所稱停收該倉新漕等語着倉場侍郎查明核辦該衙門知道欽此　上諭巡視東城御史文博等奏拿獲偷盜內務府磁器賊犯並買贓人犯請交刑部審辦一摺所有拿獲之賊犯孟順兒羅墨林胡明海等三名買贓人犯呂得山段二張繼堂三名均着交刑部嚴行審訊在逃之怯李四王姓等犯仍着嚴拿務獲送部究辦磁庫屢被偷竊該管司員等漫無覺察着總管內務府大臣查明嚴行參辦並着刑部將偷竊日期知照前鋒護軍統領等衙門查明值班官兵分別參辦欽此

論武科　典禮之重

有文事者必有武備文武固並重也三代以前職官以世賢才以舉無分文武更無所謂科也自成周賓興用射似有以武取士之意然未嘗別立一名漢武帝欲用文武求賢嘗如不及於奴隸中得衛青於降敵中得金日磾東漢以來嘗詔舉勇猛知兵法堪將相習陣戰者然亦非特設一科也自唐之長安二年因乏將帥始設武舉科以鄉飲酒禮送兵部開元大寶復會才畧堪任將相深明兵法諸科武學於是乎始宋以武學養將才於未用之先以武舉擢將才於將用之日仁宗寶元間詔兵部武舉以策論定去留以弓馬定高下明成化十四年始定武科鄉會試殿試悉與文科恩類同薛諱光謂趙雲雖為資諸葛之指揮周勃雖雄乏陳平之計畧若使樊噲居蕭何之位必失操縱之機是選將不必取於弓馬也而劉大夏則謂唐設武科得郭子儀成再造之功宋設武科得狄青卒能料元昊之背叛破智高之猖獗是武科誠重也蔡方炳曰謂天下有遺材非盡此科之失欲天下無遺材亦不信此科之得也第鄭重於程度之中激勵於程度之外則將帥嘗得其人矣善夫我　朝武科　制度　遵勝國武狀元及第謝　恩畢例賜榜眼探花鼎甲三人頂盔貫甲馳馬榮歸預由大興宛平兩縣備夫役各執旗羅傘扇為開路之導以崇體　制而示　恩榮盛典至鉅矣十月初五日為乙未科武會試臚唱之期喜占鰲頭者諮播傳天下侍衛鵬翮芳名洋溢人間今科狀元武國棟率同榜眼張大宗探花林宜春等恭謝　天恩訖爰循前例簪花衣錦跨馬揚鞭耕齊儀仗出西長安門至正陽門甕城關帝廟拈香畢然後榮旋前門外東珠市口天津試館時輕同鄉官宦已備酒筵並雇定小榮椿菊部

就會館中彩觴迎迓下歌中舞酒冽餚芬庵上固豎裙交錯兩路旁觀者尤形蟻聚蜂屯至初六日就兵部大堂筵宴榮經恭奉 諭旨派出戶部尚書敬子齋大司農翁主宴大臣則預由順天府札飭大宛兩縣傳櫻桃斜街東關堂東安門外榮廠胡同聚豐堂備辦並傳五城司坊京營派撥兵役於是晨刻赴兵部彈壓以崇典制盛矣三天恩之渥也名居第一者身受隆恩其思何以報稱耶

虎榜傳臚 ○光緒廿一年乙未科武狀元題名錄 狀元武國棟直隸天津 榜眼張大宗江蘇海州 探花林宜春福建大田

花翎 鄒榮標廣東信宜 高鳳翔直隸趙州 顏振汝江蘇海州 毛運彩直隸豐潤 陳鎮疆直隸南宮
黃復元江蘇山陽 岳鴻圖直隸元城 欒鴻基山東安邱 呂桂榮河南西平 董慶安山東清平 王逢旱浙江臨海
崔天華河南襄城 劉應森廣東東莞 劉金殿河南襄城 謝鴻元廣東開平 姚鳳華河南許州 稚哩罕開盛滿洲
慜龍章河南陳留 侯引龍山東臨清 王承流福建閩縣 藍翎 袁承印江西義甯 趙立芳河南武陟
張鳳翔山東清平 張煥斗甘肅秦州 王朝柱廣東東莞 張盛鵬直隸任邱 唐龍超浙江瑞安 卓元尚福建莆田
侍鵬程河南息縣 杜逢春廣東東莞 張秀崇山東寧陽 陶建勳浙江宣平 徐永祺直隸深州 陳鴻愈河南睢州
劉幸鯨順天大興 鄧卓藩廣東西甯 胡心田順天大興 舒湧泉江西安 耿兆永江蘇沭陽 潘濤福建侯官縣
鄭瀛福建侯官縣 張成湖南湘潭縣 王廷元貴州晉安 葉世發雲南東川 李德榮山東荷澤 張學康廣東開平
戴寶鎧直隸青縣 謝應鰲福建蒲城 韋宗俊江蘇山陽 陳連虞廣東羅定 劉成忠直隸平鄉 方鳳儀福建莆田
營用 王錫純山東齊化 陳榮康廣東新興 林鵬飛福建侯官 孔慶震山東四氏 方龍驤廣東晉寧
白鵬華直隸南宮 段奇德山東清平 閻飛鵬直隸大名 麥鴻威廣東三水 林超元福建連江 葉添孫廣東東莞
黃少忠湖南湘潭 李殿雄廣東鶴山 王巽直隸曲周縣 居金冠江蘇山陽 李裕泰雲南江川 魯鼎元廣東香山
孟傳峯山東兗州 葉國器福建同安 王梓月直隸永平 梁鴻光廣東 賞成正藍旗滿洲 福昌廂藍旗漢軍
段逢賓江西都昌 趙萬金直隸獲鹿 俞貽琛福建 郭熊生江西寧都 楊建勳雲南臨安 朱寶清浙江義烏
陳文斗湖南醴陵 王鶴來浙江寧國 向定國湖北沔陽 蔣一枝湖南零陵 烏精阿正藍旗滿 洪發正白旗蒙古
黃席珍雲南石屏 汪金榜湖北武昌 龍秉波貴州銅仁 楊有全四川大邑 胡錦章安徽鳳台 瑞芳正黃旗漢軍
王毓變雲南恩安 陸炳鴻廂藍旗漢 胡錦標安徽定遠 何典邦四川 武海清山西武鄉 王辰山廣西灌陽
晉名甲山西趙城 傅仁傑安徽太和 楊國珍四川資陽 梵鎮南湖南湘陰 楊殿高廣西平樂 鄒鴻逵奉天承德
鄧作雲廣西全州 張維新甘肅平羅 楊照春貴州松桃 干嘉猷陝西富平 衛用 郭明元山西朔州
伍培四川資陽縣 張星耀山西夏縣 楊國安安徽太和 王盛森四川德陽 汪洋叙四川涪州 王榮順山西
蔡金波江西安仁 唐鵬舉湖北應山 李鶴林江西新昌 劉秉懿湖北孝感 倪春芳江西安仁 朱登雲甘肅秦州
楊作霖江西壽江 朱登伍湖北潛江 江澄瀾江西都昌 馮培蘭湖北鍾祥 楊光國安徽太和 艾元魁四川江北廳
張家璜安徽定遠 補行殿試王作楫 吳兆熊貴州 郭義林安徽臨淮 鄭錫麟江西廣信 王鎮淮江蘇山陽
張[illegible]鳴甘肅[illegible]縣 李芳園湖南寶慶

鴛班遞摺 ○禮部為知照事所有本部具奏十月初十日 皇太后萬壽聖節應行禮儀摺件相應知照各衙門如有應行迴避事件務於初五日以前停止呈遞可也

牌示新任 ○張家灣漕運通判李占春與蘆臺海防撫通判顧錫鈞互相調署 委補南宮縣縣丞象銘奉部覆准自應飭赴新任以專責成 定州直隸州州同王嘉麒病故遺缺詳請以海防試用直隸州州同王傚咨補 署遷安縣喜峰口巡檢查榮樹因病請假遺缺詳委試用儘先從九品吳汝霖署理 咨補定州吏目蔡廷栻奉部覆准飭赴新任 保安州吏目余廷珪飭回本任 撫甯縣教

諭董希孟升授宣化府教授遺缺詳委試用訓導耿瑤署理

營復舊章 ○省城舊有保陽軍步隊一營始于同治六年歷委正印一員爲管帶首府爲統帶嗣于光緒十年朱敏齋抵首府任上與請卸將此軍改作馬隊換委武員統今擬將此馬隊改步隊歸復舊制仍委文員統管之說再省院清訟局朱凡翁署遵化開王制軍缺天津候補縣瞿格之大令接辦撫寧李星野遵化朱正定府江太尊均赴任新選正定同知嚴鴻謨號任卿浙江人到省省城土藥局委員馬起驪赴趙州幫審遺差以大挑令劉貞揆充

到任有日 ○邑侯趙星甫大令升任清宛縣所遺員缺以景州王刺史調任已紀前報茲聞王刺史官航於本月十一二等日陸續由景州來津定於十六日接印視事

索謝何因 ○本埠凡有煩人說合各事無論大小事有謝儀俗例也日前津人王化澄者煩李六等不知說合何事詳各赴化澄家索謝化澄以訛索赴縣喊控經卓大令訊問訛索謝儀是否倚實候飭差傳案再爲核奪云

兪弁勤勞 ○河北汎兪把戎前晚率兵下夜巡緝三更除巡至石橋以北拿獲賊犯一名李寶善當由該賊身上搜出刀一把當票數張隨即送縣訊辦視此盜賊縱跡能否藏匿原在緝捕勤惰矣

穆莊強悍 ○城北穆家莊多係秉教齊眞茲有鄉鄰穆祥明不知因何向該莊之穆與舟尋衅穆不敢出敵遂報經該管汎官飭差緝獲 飭送縣聞其鄉風氣剛勁此節究系恐誰曲誰直耳

惟幄車轉 ○海大道每屆冬令向由葛沽營選派練軍駐紮巡緝以資保衛居民行旅聞今年仍照舊章辦理並又聞統領宇營馬隊羅軍門駐紮新城屢時須親往大沽督辦海防一切事宜兩津鎮公務亦甚繁鉅茲將馬隊在海大道安設四撥封天津灰堆白塘口新城設遞要公既可速於傳遞尤可巡護地面誠爲一舉兩益焉

好善樂施 ○天津工程總局代收山東義賑所有諸善士樂助銀錢洋元前已集數彙解家區並已續登報牘茲又有官船局吳太尊經手勸募余星如捐銀十兩 王星垣捐銀四兩 巢季仙捐銀二兩 吳梅塘捐銀五兩 章鏡軒捐洋四元 章竹坡捐洋二元 章立軒捐洋二元 桂禹岑捐洋二元 左子鐷捐洋二元 董益甫捐洋一元 沈荐之捐洋二元 沈務本堂捐洋二元 吳濟堂捐津錢四千 馬席珍捐津錢四千 汪鳳珊捐津錢一千 方爾輔捐津錢二千 馬蔭亭捐津錢二千 吳蘭軒捐津錢三千 李式周捐津錢二千 張可廷捐津錢一千 張李耀捐津錢一千 程翰廷捐津錢一千 章增澤張鹿萍各捐洋一元 陳少甫捐津錢一千 李燦如捐津錢二千 本局饒炳文捐洋二元 周星樵捐洋三元 周玉亭捐津錢一千然轉憫災甚廣杯水車薪依然無濟尤望樂善諸君大發慈悲慨然解囊大聲疾呼代爲勸募庶幾集腋成裘源源接濟俾百萬災黎拯援斯感得慶重生則本局心香一瓣謹代災民百叩且爲善獲福彼蒼定有厚報焉

公子投池 ○本館由江寧訪事人函告云上月十九日外間紛傳江督張香帥之七公子在署中花園魚池內投池目擊一時議論蜂起莫衷一是嗣聞署中人言七公子爲前湖南巡撫吳清帥快壻於去歲春間成婚前月吳夫人回籍省親與七公子偕行香帥未之知也嗣於二十日始行回陵夫婦偕謁香帥香帥勃然大怒痛斥其非公子自顧無顏遂於人靜時獨往花園將園門緊閉躍入魚池至二十日早家丁尋覓無著後見園門緊閉遂破扉而入始見公子在魚池中載沉載浮趕緊撈起早已魂赴泉臺無從挽救矣人言如是至確否則容俟續聞也 錄新聞報

失物告白

啓者本月初六日在慶斯力處拍賣失去顯微鏡二架倘有人將原物送交本報館必當酬謝 本報館謹啓

新寄到最新福州厦門地圖出售 西字滬報 新聞報 代送申報 飛雲館畫報 點石齋畫報 飛影閣畫報 本埠直報 竹簡譜 各樣尺牘 各樣繪圖新書 士商如欲購取者每日午後直至申後敝館靜候餘時無暇 寓天津府署西三聖菴西首紫竹

啟者我等在天津開設製造公司專出各項工程捷妙新法并估價值茲將各項分類列後

計開

一考驗礦質分化金石所有開採鎔化一切良法皆能條分縷析繪圖具報并估一切應用器機價值

一測量鐵路鑲建車軌皆能逐條繪圖具報并估建造及一切應用器件價值

一電氣車電光燈皆能繪樣并估全副電燈價值

一鎔化礦質大爐併新式釘磚及士門得土各窰所有應用物料薪炭須先詳加考驗再為繪圖製造

一測繪各處港澳江河皆能畫圖備用

一製造煤氣及自來水一切應所器機皆能繪圖估價

一估造各種工程繪畫各種平視立視精細圖式

一物類原質皆能以化學法分化無訛

一欲辦工程如來本公司面議即可告以良法并估價值

再本公司素與歐洲及美國各大公司聯絡故能包辦各項工程或有工程需人監理本公司亦可派人前往

本公司主人現寓恒豐泰

賈密孫製造公司謹白

浙杭 元吉永號

本號自置綢緞羅綾紗新樣時辦花素洋布川廣夏貨顧繡雅扇新貨頭油俱全誠為近時綾市繡薄不同故兩各貨減價開設估衣在中國路化凡仕商賜顧者無誤特此佈告

敬啟者現有英人僑居煙台曾在英京國學考有官憑能教授經史算法航海等學三十餘年並在英國海軍衙門充當試官有年曾蒙華廷派委要差今擬在本公館教授華童英文以便將來應陸軍海軍商務之選惟受教不得過十五歲議定每季脩金關平銀二百兩如有從學者即希函達天津恒豐泰飯店或煙台英領事署轉致倪爾森可也

啟者本行由英法等國自運各種時式金銀珠口鑽錶及鐘表並自打代間各樣打鎖表及一切新式玩物一應俱全貨高價廉格外公道如蒙仕商賜顧請移玉紫竹林紅樓後大街錦泰棧對過認明敝行招牌便是

法商羅爾洋行謹啟

保康水險公司告白

啟者本公司原創在星架波大年寶備會本洋三百萬員向設專行在香港上海承保洋面船舶貨物水險歷有年所信義咸孚久已馳名中外茲另設分行在天津託明義洋行代理專保洋面船貨水險保費克己倘遇不測賠償迅速各寶號賜顧不拘早夜祈移玉至明義洋行投保不悞

天津 祥順客棧

啟者本棧在天津河東鹽坨老龍頭車站旁房屋寬大專接火車客位起卸貨物車船萬無一失謹白

本棧主人具

石印書出售

本局向在上海今分立天津針市街同豐棧內承蒙賜顧其價格外從廉太平御覽歷代賦彙史學叢書各種識略大號韵海大全漢魏叢書鄭板橋小題五萬選三希堂法帖寶貝餘各種閒書尺牘圖畫詩文賦策均不細載略登數圖是也

積山書局省記啟

十月初九日輪船進口 連陞 輪船由上海 怡和行

通州 輪船由上海 [illegible]

十月初十日輪船出口 新鏗 輪船往上海 [illegible]商局

十月初九日銀盤行情

天津行平化寶銀[illegible]

[illegible]二千[illegible]百一十五文

洋元一千九百五十[illegible]

[illegible]

銀盤二千七百五十五文

洋元一千九百八十文

光緒二十一年十月初十日　第二百六十一號
西歷一千八百九十五年十一月廿六日　禮拜二

上諭恭錄

內奏事口傳奉　懿旨派出初九初十十一等日聽戲之王大臣一律坐船欽此　硃筆印啓補授太僕寺卿欽此

論財勿苟得

古今一尙利之天下乎曾子爲孔門傳道高弟本聖經作大學由誠正修齊推而治國平天下其絜矩之道終於生財誠以生天下之財者惟人聚天下之人者乃惟財諺云財帛世界不其然乎而腐儒輒以輕財鳴高重財爲恥謬矣雖然重財有道又絕非庸俗下流卑鄙不堪傷天害理專心致志純爲一不可見人之己之謂其謂生之食之爲之用之之各以其道而悖入聚財發財之說不與焉何謂悖非必殺越人於貨之爲悖而曾曾苟苟之悖其悖無殊於殺越抑常有過於殺越而王章國法且無如之何卑鄙者遂以爲得計然其事終必有報孰報之天報乎神報乎人報乎亦自報之耳此言一出俗莫不以爲憤詞爲迂談幾無有知其說者知之者亦率相籍口不一談夫天下古今斷無迂腐之眞聖賢也亦斷無卑鄙之眞財主也聖賢惟恐財不能得故制以義義乃所以得財也財主惟恐財不能守故惟以義義乃所以守財也此其理俗盡知之俗乃明知而故犯之其端皆萌於苟之一念幼讀曲禮臨財毋苟得心第知不苟得者爲賢苟得者爲不賢而不知苟得之不賢不堪言狀其弊不可收拾其害不能救藥也及讀論語君子於其言無所苟而已矣一章乃知天下古今之大利大害成於此並非起於此亦惟視其初之苟與不苟而已矣又長而歷世情閱世變乃益服孔子爲古今洞明世務中之第一達人絕非迂腐卑鄙胸中之所謂孔子也於何事知之於其不苟知之矣古今之以苟　敗絕者史册相望姑不具論即今世亦毋論遠大且即其小者近者論之邇來苟於得財者水陸之搶劫黑夜之偷竊其得利之悖人盡知之其結果之慘亦人皆信之然盜亦有道悖之中猶有悖而不苟者存次則莫如買雞鳴而起孳孳焉貿貿焉不顧老親弱息專利而輕於別離皆捨雍豫莫定行踪其所販山珍海錯綃冰紈金珠寶翠古玩時珍及一切丹鉛私錢眞售洋烟淫書春頁不法之物一一列肆壞世風干法律放利於尋常錙銖間其苟也甚常也又或奸詐莫測倚勢強據乘亂覬取假公濟私不諧則設謀以圖諧則剛拒陰鈎及減價以就又復故爲遲滯以低色貨物湊攏售主其人不願又樣貨以誘之其人如願又假物以混之斗稱出入易大小易輕重其苟得諸如此類不數年而驟富不數年而驟貧不齒人數比比也　此稿未完

萬幾待理　○十月初四日　皇上用膳辦事後至南海　皇太后前請安畢於辰正詣東華門外南池子　御箭亭看視新中武貢士潘濤等弓刀石畢還宮預先經　御前大臣傳集侍衞先期伺候以昭愼重

一體欽遵　○十月初一日爲欽天監呈進光緒二十二年歲次丙申時憲書之期由監裝訂黃册除由管理欽天監事務領禮部王監正恩祿并衞垣左監副松壽徐森右監副連華張掄奎五官正景泰桂山桂芾達三春官郭世鉦夏官徐桓中官杜春霖秋官杜塘冬

孝李德俊主簿國全陳壽彰五官司書許文祿等欽遵 御製數理精蘊印造時憲書進呈 御覽並飭匠刷印分咨各部院文武大小各
衙門外兼傳駐京之提塘官赴監呈領須發各省督撫將軍府尹轉飭各屬一體欽遵

共舉靈觴 ○軍機大臣面奉 諭旨本月初九初十十一等日俱著推班欽此又內奏事口傳奉 懿旨派出初九初十十一等
日聽戲之王大臣均賞飯吃欽此俱見邸報茲錄十月初十日 皇太后萬壽聖節所有王公大臣均於初九日赴 寧壽處呈遞如意
初十日趨詣 寧壽皇殿祝嘏 皇太后受賀畢辰刻 御豐澤園 恩賞王公大臣等吃飯入座聽戲所有銜名依次列後 恭親王
豫親王 禮親王 肅親王 睿親王 莊親王 怡親王 鄭親王 慶親王 克勤郡王 貝勒奕劻 貝子毓櫥 奕謨 鎮國公
載澄 榮毓 載瀓 溥麟 溥芸 溥廉 溥植 桂豐 輔國公溫都蘇 誠厚 榮頤 載卓 溥豐 光裕 載帛 意普 載
劍 載嘉 貝子載濤 綿勳 固倫額駙符珍 貝勒載瀅 載澍 倫 載澤 溥侗 大學士張之萬 宗室麟書 徐桐 崑
岡 松溎 翁同龢 立山 李鴻藻 剛毅 錢應溥 許應騤 祥麟 廖壽恒 孫家鼐 徐郙 張蔭桓 熙敬 宗室敬信
徐用儀 汪鳴鑾 李端棻 陳學棻 宗室壽蔭 志銳 宗室溥良 崇光 長麟 景壽 李文田 巴克坦布 徐樹銘 薛允
升 啟秀 榮祿 志顏 長萃 鳳鳴 雙福 懷塔布 宗室奕杕 宗室奕年 錫頤 吳廷芬 恩棠 格楚克 明桂 達木
定 扎布 恩全 桂祥 謙光 芬車 玉衡 寶昌 愛廉 宗室豐烈 陸潤庠 高賡恩 陸寶忠

謹賡萬祝 ○奏事處傳 旨十月初十日 皇太后萬壽所有 內廷行走王公御前大臣 御前侍御軍機大臣等均於是
日卯刻赴 寧壽皇殿隨班祝嘏相應傳知侍衛處轉行遵照云

棍不用棍 ○京師崇文門內東單牌樓長義軒茶社內十月初三日有庫兵玉某在彼聚集匪惡棍攔路虎林三等糾約多人在
該社內肆意詐索不遂阻敢隨手施放洋槍將庫兵玉某之友楊某轟傷甚重經該社舖夥將林三等好言相勸暗報官廳飭差將林三等
一併緝拿究辦以儆兇狠其時匪棍已潛逃尚有數人復飭捕差一體踹緝歸案究辦務絕根株云云噫往年棍匪□門無非棍棒今竟易
棍以鎗棍不棍棍哉 哉風俗之變不加遏可慨也夫

杓不成杓 ○京師五城飯廠例於十月初一日經城憲委派二坊官輪班監視立法至爲美善不圖日久弊生貧飢者不得食而
得領者多不飢之人實惠不能及民聞者見者無不切齒據聞各城憲俱於先期出給牌示委派揀發差委止副指揮吏目輪流監放昨北
城永光寺飯廠本年十月甫經開廠放飯數日乃委派司坊官並不親臨監視任其書役飯頭從中舞弊甚至飯頭所煮之飯飯粒飛花盛
入木桶皆可虛浮令人看之其飯甚多每人空領一杓之名實祇半杓似此毫無實惠貧民俱係枵腹而來豈能果腹而去我 皇上撥米
賑濟饑蒙 皇恩浩蕩而城憲除弊尤貴立法尤貴用人不得其人而用之雖有良法其奈百弊叢生甚矣用人者可不慎哉

兩榜會文 ○欽命二品銜長蘆都轉鹽運使司鹽運使加三級紀錄十次李 爲榜示事照得本司評定會文書院舉人制藝試
帖現已分別甲乙並酌定獎銀合行開列於後須至榜者 計開 正取四名 張克家 姜擇善 劉學濂 常文雋 一名獎銀八兩
二名至四名各獎銀六兩 副取六名 劉恩源 蔡如梁 胡濬 凌雲 齊徵 姜秦曾 一名獎銀五兩 二名至六名
各獎銀四兩 次取四十一名 高凌爵等 一名獎銀一兩 二名至十五名各獎銀一兩五錢 十六名獎銀一兩 十七名至三十
名各獎銀五錢 餘無獎 又會文書院舉人大卷字課分別等次列後 計開 上取八名 李睿澤 凌雲 劉春瑞 姜擇善
張昌言 蔣繼周 王叔培 陳恩榮 一名二名各獎銀三兩 三名四名各獎銀二兩五錢 五名至八名各獎銀二兩 中取八名
蔣學淇 高凌爵 金文彥 姜秉善 常文雋 張燦文 胡祖堯 高樸馨 一名獎銀一兩五錢 二名至八名各獎銀一兩 次
取九名 劉學濂 王仁沛 高凌雯 姚日焜 劉嘉琦 杜聯陞 李錦源 蔡如梁 一名至四名各獎銀八錢 五名至九名各
獎銀五錢

三取題目 ○蓮憲課試三取書院生童題目列後 生題 衆惡之必察焉衆好之必察焉 童題 必察焉衆好之 生童詩

題　賦得菊殘猶有傲霜枝得霜字　生五言八韻　童五言六韻

塞翁得馬　○有石姓者在河東小集開錢舖昨報案被竊銀票五十兩並衣服等件銀票係同康字號昨有城內葛姓者在河北新手橋拾一破口袋內有零錢數十文並有銀票五十兩即到河東同康號取銀失主已在該舖掛號該舖即令人與失主送信失主送信該管地方地方稟知河東汛協同馬快將葛姓失主一併送縣呈案以葛姓現在身當官差係與欽天監衙門押銀餉赴京當即將葛姓開放將葛姓之弟押下昨有讀書人數名保葛姓之弟實係拾得並非匪類其人尚係武童昨經縣委員訊問亦云此葛姓似非匪類形像奈失主早已報案只得仍將葛姓押下候明日送縣訊問

練兵歸營　○去歲軍興之際曾經前鎮憲吳軍門以原有之練軍及親兵各營內須爲後路勁旅而津地乃糧餉聚滙之區以及台局各庫均關緊要因稟明由三營標兵挑揀五百名每月由糧台請領津貼一千五百兩飭以令三營都守督飭操練似無庸另貼薪水以爲撙節餉需之計現操練將及一載頗稱精强惟因各路兵勇陸續遣散此項練兵未便久留亦經憲裁撤歸回原營業於前日各兵遵即繳回器械撤隊矣

僧身無衣　○侯家後小關王廟住持和尚在闈西子微勇與撞和尚出語不遜勇擬用武路人告和尚以三十六計之上計和尚遵計速跑勇見和尚急跑便云和尚搶我物去隨有勇丁四五名挎住理論和尚力白未搶衆云你未搶物因何急跑遂將和尚身穿衣服脫去錢數百文搶去衆勇一笑而散嗟夫不士不農不工不賈坐食清俸道貌岸然縱有淫賭已令人有情不平者況寂滅之門藏春之塢果能向火內栽蓮花耶此亦孽緣現身耶此皆事之未可知者又況四大無有五蘊皆空赤條條來去無牽掛即以衣服錢物作大施捨亦無不可在眞和尚誰不負氣又何勞俗士爲之出氣耶

勇頭失布　○本埠河北窰窪腰窩帶娼窰林立每晚狂蜂浪蝶逐隊紛飛於路營勇尤衆昨某營勇在某娼門立視移時徘徊入彀不料有某甲不知從何而來將某勇頭布搶去勇當稱此布係今日在營門新領並有字跡如果失去軍令難容當吃一場惡棍即喊該管地方遍爲尋找未知果能珠還否也俟訪再錄

露於飲食　○針市街福與隆米舖買輪船載來殘米百餘包賺其値也亦以賤售每斛升津錢八十八文售者爭趨一時頗獲其賈利昨有河北關上王姓者糴米一升歸作一家九口食已留作腹痛奄奄待斃蓋其米之有信石也其疑之蓋輪船載物百貨雜堆或桶或包或簍或箱皆不免有破壞滲漏混雜之處及卸畢掃攏糖米或雜信石屢有徵其害者王之家長遂覓人將男婦抬至該米舖與其六口已赴泉台正在與該舖理論時又來一人與該舖拚命謂伊家食此舖米兩人皆作吐泄死生難保旋有舖鄰爲之解勸該舖業已閉門報縣經縣廳委相驗如何訊斷俟訪再錄查誤吞信石惟急以冷水和菉豆粉灌下令其吐瀉盡淨切不可飲熱湯居燒處如急無豆粉即以生菉豆搗碎和冷水灌之可也

妙在循環　○每屆冬令營務處憲稽查各店立循環簿日一更換互相考查以防賊盜蹤跡俾其無從駐足歷年舊例今又屆稽査之期日前論各店人等仍照舊章循環簿册密稽查毋許違誤

好善樂施　○天津工程總局代收山東義賑所有諸善士樂助銀錢洋元前已集有成數彙解災區並已續登報牘茲第四起又有鈔關督公經手勸募盛魯卿一欣室治本堂各捐津錢六吊文　閔泄山房捐津錢四吊文　崇雅堂永綏堂各捐津錢三吊文　周子貞命俊貝各捐津錢二吊文然該處被災甚廣杯水車薪依然無濟尤望樂善諸君大發慈悲慨然解囊大聲疾呼代爲勸募庶幾集腋成裘源源接濟俾百萬災黎拯援斯感得蒙重生則本局心香一瓣謹代災民叩且爲善獲福彼蒼定厚報焉

本行新到新式時辰表貨高價廉此番所到無多請諸公趁早購買遲恐不及

新福商義告白

失物告白　啓者本月初六日在鍋斯力塗拍賣失去顯微鏡二架倘有人將原物送交本報館必當酬謝

本報館謹啓

啓者本等在天津開設製造公司專出各項工程捷妙新法并估價值玆將各項分類列後

計開

一考驗礦質分化金石所有開採鎔化一切良法皆能條分縷析繪圖具報併估一切應用器機價值

一測量鐵路鑛建車軌皆能逐條繪圖具報併估建造及一切應用器件價值

一電氣車電光燈皆能繪樣併估全副電燈價值

一鎔化礦質大爐併新式缸磚及士門得土各窰所有應用物料薪炭須先詳加考驗再爲繪圖製造

一測繪各處港澳江河皆能畫圖備用

一製造煤氣及自來水一切廠所器機皆能繪圖估價

一估造各種工程繪畫各種平視立視精細圖式

一物類原質皆能以化學法分化無訛

一欲辦工程如來本公司面議即可告以良法併估價值

一再本公司素與歐洲及美國各大公司聯絡故能包辦各項工程或有工程需人監理本公司亦可派人前往

本公司主人現寓恒豐泰

賈密孫製造公司謹白

啓者現有英人僑居煙台曾在英京國學考有官憑能教授經史算法航海等學三十餘年並在英國海軍衙門充當試官有年曾蒙華廷派委要差今擬在本公館教授華童英文以便將來應陸軍海軍商務之選惟受教不得過十五歲議定每季脩金關平銀二百兩如有從學者即希函達天津恒豐泰飯店或煙台英領事署轉致倪爾森可也

啓者本行由英法等國自運各種時式金鑲珠口鑲打藍表並自打代開各樣鐘表及一切新式玩物一概俱全貨高價廉格外公道如蒙仕商賜顧請移玉紫竹林紅樓後大街鼎泰棧對過認明敝行招牌便是

法商羅爾洋行謹啓

保水險公司告白 康

啓者本公司原創在星架波大埠富備資本洋三百萬員向設專行在香港上海承保洋面船舶貨物水險歷有年所信義咸孚久已馳名中外玆另設分行在天津託明義洋行代理專保洋面船貨水險保費克己倘遇不測賠償迅速各寶號賜顧不拘早夜祈移玉至明義洋行投保不悞

天津 蔣順客棧

啓者本棧在天津河東鹽坨老龍頭車站旁房屋寬大專接火車客位起卸貨物車船萬無一失謹白

本棧主人具

浙杭 元吉永號

本號自置紗羅綢緞新樣洋縐花素洋布川廣夏貨顧繡雅扇南貨頭油俱全祇爲近時繡市漲落不同故而各貨減價兩設估衣棧中街路北凡仕商賜顧者無任歡迎謹

石印書出售

本局向在上海今分立天津針市街同豐棧內承蒙賜顧其價格外從廉太平御覽歷代賦彙史學叢書新疆識畧大號韵海大全洋魏叢書鄭板橋小題五萬選三希堂法帖時具館名種閒書尺牘圖畫詩文賦策均不細載畧登數種是也

積山書局省記啓

十月十一日輪船出口

連陞 輪船往上海 怡和行

通州 輪船往上海 太古行

新裕 輪船往上海 招商局

十月初十日銀盤

天津九七方錢

紫竹林九大錢

銀盤二千七百三十文

洋元一千九百五十五文

[illegible]

銀盤二千七百七十文

洋元一千九百八十五文

直報

光緒二十一年十月十一日 第二百六十二號
西曆一千八百九十五年十一月廿七日 禮拜三

上諭恭錄

太常寺題十一月初七日冬至大祀天於 圜丘奉 旨朕親詣行禮四從壇遣恩醇鍾秀銘勛奕俊各分獻欽此

論財毋苟得　續前稿

如操其業者苟取其財而不苟用其財以之供椿萱甘旨周葭莩困苦凡閭黨之興廢舉墜潤枯濟朽悉引以爲己任逆取順守天襲閔叔季盛行其術行之者雖不能保其苟得之財於一世再世亦往往可保其苟得之財於終身此所謂始苟得而終不苟得人無不援始如何終不如何之例以諒其初之迫於飢寒辛苦墊隘不遭者可無不爲繼而豐於財明乎義仗夫義遂疏其財如犨手之慷慨財迷者無不欽佩其行書曰既富方穀語曰樂道人之善又曰人之生也直此以徵人心之有同然而得之則生弗得則死所謂天良即此在矣而苟得者則不解此也其苟念無厭且一苟而無所不苟錢財之外舉凡便宜於不甚見人之一己者無不苟苟鑽營而悉取之細大不捐搜括充積恣其淫佚而產謀良田賈居三倍衣文繡食膏粱遇花柳則尋之尋以遇樗蒱則玩之玩以苟且以報賽宴會奔走耍肆藉爲苞且漁射計獲暗以才智肆肆自鳴謂寧我負人毋人負我乘其不我備而苟得之此奇貨乃人棄大與我以心計取之如螽生於嫁而食稼凡以不利於稼者悉可爲爲其便也昔柳子以天地爲果　舉世胥託以生而世人之掘地穿渠破傷元氣天不者怪人不謂負又惡知其向與不耶若夫竭我之力勞我之心以終身辛苦之得供他人緩急之用迂腐糊塗吾無取焉故凡君親族黨之阨窮離號於其側熟視若無覩也此何必其放利而無怨乎不能必其放利而無怨可能長此苟得　免乎又有甚者因　而得厚利即以厚利取重息以低貨明得其財隱買其禍而　焉者亦不知也如京師某某者以放債爲生重利盤剝獲息極厚推其貪心雖傾猗頓富諸一己未遽飽其慾壑也年逾耳順家稱素封猶日從事于轉子印子兩途無識者皆以善權子母羨之而不知天怒人怨已小試其端矣目下京師小民艱于生計不恃息錢者無增益於是放債愈多拋荒者亦不少已大負其夙望不意前日間向某烟寮索取利錢竟被欠債人以老拳奉敬遂此憤懣而病纏綿床第譫語紛來常有重利盤剝罪該萬死之語人皆疑其夙行貪鄙料受冥罰噫冥罰尚屬渺渺而烟寮之毒打　足徵爲叢怨之府矣然此猶其顯焉者也　此稿未完

南海添籌○內廷事口傳奉 懿旨派出初九初十十一等日聽戲之王大臣一律坐船欽此已見邸鈔茲聞 萬壽聖節傳四喜同春玉成寶勝和小鴻奎各班伶在 南海豐澤園演劇所有聽戲王大臣內由 南海坐船赴豐澤園按次序坐位觀劇至所演各戲俟日後訪明再錄

西撫來陛○陝西巡撫魏大中丞光燾於十月初四日來京 陛見暫住前門外西河沿吉祥店每日乘輿往謁諸鉅公直聞往

返答拜應接不暇車馬盈門矣

同履新任 ○新簡太僕寺卿印大司僕啓定於十月十一日辰刻上任示仰闔署廳員筆帖式書皂人等至期一體謁見毋違特示○新簡兵科給事中林瑞山大給諫定於十月十二日午刻到任示仰闔署筆帖式書皂人等至期一體謁見毋違特示

公閱交冲 ○十月初二日爲景運門奏派仰山窪交冲之期欽奉 諭旨派出奕功恩公色楞額嚼香者四公調集御前頭等侍衛楊廷弼宋占魁李夢說張憲周卞賡二等侍衛馬尚德聯兆鼎徐海波李承恩劉長昌林培基何乃斌傅懋凱陳邦榮張連同李連冲花翎侍衛程占鰲等三百四十八名於是日辰刻俱赴德勝門外仰山窪地方各以刀矛火鎗對步交冲分別奮勇等第次日覆 命云

督憲批詞 ○欽差北洋通商大臣兵部尚書直隸總督部堂王 示據文安縣武生楊桂華等禀 批據呈已悉查與新河說帖爲明白透澈治水宜從下游入手嵩侯韓家樹一帶挑淤工程釋辦完竣再行遴員馳赴該處確勘妥籌禀覆核奪

問津開榜 ○欽命二品銜長蘆都轉鹽運使司鹽運使李 爲榜示事今將閱過問津書院九月十四日補試八月十六日齋課考取內外附生童試卷等第名次並獎賞銀兩數目開列於後須至榜者 計開 內課生廿名 李鵬池 陳自珍 董恩祥 魏 震 曾登泰 高樹聲 董鴻恩 傅夢元 王德純 李金藻 董 煐 穆祥和 王奉璋 陳寶璠 張 克 鄧承鏞 高駿昌 李智榮 郭進修 陳振藻 第一名獎銀一兩五錢加獎銀二兩 二名三名各獎銀一兩加獎銀一兩五錢 四名五名各獎銀一兩加獎銀一兩 六名至十名各獎銀八錢加獎八錢 十一名至二十名各獎銀六錢加獎銀四錢 每名膏火銀八錢 外課生二十名 展桂丹 何殿聲 楊承熙 胡 溶 梅士俊 胡家棋 喬瑞平 劉葆善 王鼎掄 宋汝霖 鄭炳勛 馬夢吉 高世瀛 羅廷儁 王廷祺 王晉第 周毓松 王世樾 李金榜 杜寶書 第一名至十名各獎銀四錢 每名膏火銀六錢 附課生六十九名 李鐘俊等 每名各膏火銀五錢 內課童十五名 陳恩鐸 賀萬年 劉仕開 黃 濤 張敬紳 馮遇源 許朝棟 王夢元 趙 湘 朱履謙 魏雲湘 王望齡 華承源 蘇廷贊 曹春藻 第一名獎銀八錢 加獎銀一兩 二名三名各獎銀六錢加獎六錢 四名五名各獎銀六錢加獎四錢 六名至十名各獎銀四錢加獎銀四錢 十一名至十五名各獎銀三錢加獎二錢 每名膏火銀六錢 外課童十五名 韋銘勳等 一名至五名各獎銀二錢 每名膏火銀四錢 附課童二十七名 趙玉琳等每名膏火銀三錢

都轉示諭 ○欽命二品銜長蘆都轉鹽運使司鹽運使李 示通綱暨外各商知悉照得本年應完光緒十九年分正雜課銀兩業經前司援案詳蒙督鹽憲奏准緩至本年十月 奏銷在案現在 奏限已屆自應一律全完以濟餉需除札諭委員暨綱總等嚴行催交外合亟牌示爲京外各商知悉本司定限十月初三日關卯統限十月內 律掃數全完以憑造報 奏銷斷難再緩各商不准絲毫蒂欠倘有玩延之商定即照例詳請嚴追不貸凜遵速速特示

慶軍來津 ○初九日晚慶軍步隊各營由火車來津暫住西門外各客店初十日晚馬隊數營又抵津埠馬壯兵强洵足備干城之選現在仍駐西門外大小客店發往何處俟訪再登

破鏡難逢 ○各屬被水婦女來津傭爲女僕者不一而足倘知下落尚可團圓倘或被誘失迷則一家離散矣昨城外南台子地方有外鄉某甲手領幼女年約五六歲□甲聲稱尋妻某氏左右尋問並無知者至黃昏無可如何垂頭而去

攉科未便 ○府憲沈太守上月親赴所屬各州縣查勘災苦已登前報茲聞太守乘船而上沿河一帶報緩課者案牘累累民情困苦已可概見將來各州縣雖屬開征不過三分之一耳

鸞音別調 ○西頭某姓者以鞋行手藝起家今春聘定某姓女爲妻現擬擇吉迎娶令冰人通信詎女母訪聞其姑氏强悍毋家不允其娶尤欲退婚男家因知女貌極美更不允退卻欲興訟女之母言如不允母女即服紫霞膏畢命兩姓親友恐成禍端遂勸兩姓暫從緩議現由中人與男復議婚河東某姓女爲妻立即下聘前姻作爲罷婚夫以兒女婚姻竟成兒戲亦罕聞也

龍斷遺方　○土藥盛行後由部定稅厘章程向已頒發各州縣時本郡以針市街德盛號土局爲一埠巨擘該號首倡知會同行議有定規勿論何省土藥每兩加價一百文如有減價出售者查出罰銀數十兩第思土藥之銷與糧食相埒全在罌粟之收成豐歉來源多少以爲價値漲落乃自一議之後迄今兩載從未減價明係居奇貪利不得謂公聞今歲陝甘山西河南直屬西河一帶烟土收成均係十成年歲販運京津者已屬不少而大莊貨物其徵稅猶可稽査至鄉間所來零星土藥十包八包隱匿偷漏各土局只知獲利何計官私而價値則一毫不減皆以首號公議爲詞不敢犯違受罰而該號名爲公議實爲自顧利權其所保舉經紀包辦稅則其中不問可知本郡實爲暢銷極廣之區如此措價公價重則羣趨於私富商大家自當盡購私貨其與稅厘生意均何益耶

來信照登　○昨有甘肅候補張君遞函本館云昨閱日報有蘭州不守之語爲之驚疑莫定當即專電往詢頃接蘭友回電云蘭平安董軍已將河狄回匪剿滅即可肅清青條烟出貨甚旺開盤每担四兩零下者已有十餘萬件觀此則蘭省固安然無恙也合請登報以免諸君懸系

臺灣惡讖　○客有自赤嵌來者談及唐薇卿中丞當觀察臺灣時曾親題道署大堂楹聯曰宮廨峙孤臺海闊天空到此眞堪消塊壘雄藩憑數島山窮水盡憂來無奈倚欄干繹其詞意無疾而呻由今觀之成惡讖矣

鐵路近述　○鄂垣官場中人云漢陽鐵政局督辦蔡觀察業於月前親赴金陵謁見督憲張香帥稟商鐵政局事宜並議於鄂垣保安門外築一鐵路直達與國州境其言未知確否說者又云與國州所產煤鐵甚饒極合鐵政局之用祇以道阻且長轉運匪易如果此議能行則省力省費誠一方便之法也并聞觀察回鄂即當鳩工開辦先誌之以觀其後

米捐續聞　○蕪湖開辦米捐疊紀前報緣尙未見明文不敢臆斷茲悉袁觀察月前晉省面稟督憲張香帥業經由電奏　聞奉旨允准開辦旋奉香帥委派候補道方觀察碩輔蒞蕪在於上游江面設局開辦一面備文移知蕪湖縣刊示章程曉諭各米商一律遵照大會謂上年海氛不靖禁止米糧出口是以米商停辦嗣據保辦軍餉以及平糶等與均須辦米復行開禁經前督憲劉奏明在鎭江口岸試辦一年自去年九月十五日起所有各米商在鎭江關辦米於大勝關每石捐錢四十四文大河口捐錢六十文泗源溝捐錢五十文總共三處捐錢　百五十四文合關平銀一錢旋據各米商稟自願將三處厘捐均在蕪湖先行完納由道稟奉督憲電奏奉　旨允准在蕪湖設立米捐總局一例開辦爲此示仰該米商人等知悉一俟米捐開辦之後各米商人等先須在蕪預納每石關平銀一錢等語亟錄之以爲米市興旺之券焉

匪蹤出沒　○湖友來函云巢湖幫匪徒自由雙林竄入湖濱後倚恃該處爲江浙兩省交界其府難於拘捕因遂盤踞不去囊橐偶空輒出而試其刼掠之技遇有婦女即加强暴以故近來該處鄉民凡家有女流者夜間每至十畝桑陰中露坐外用漁網纖鉤四周圍裹俾匪徒不得越雷池一步該匪又探聽游民中之有家室者引與之博輸至白金左右苟不能償卽擄其床頭人勒令措資取贖曖昧事不啻可喩據云湖濱一帶已有四五少婦被刼矣而游民以賭負情虛不敢控官請究噫化日光天之下竟任若輩淫兇如是有牧民之責者安得辭其咎哉○近聞北鄉鴨村地方忽有匪徒數十人盤踞開賭蓋將蹈四月間雙林鎭之故轍也事爲西南鄉鹽商沈君約軒所聞遂於上月二十一日買棹入城立赴府署稟報府憲郭穀齋太守以事關緊要當即會商張協戎麗堂派出營勇五十名前往該鄉屯紮緝晉鎭壓兩便査拿沈君恐五十名不足以壯聲威欲懇太守再撥二十艘太守以現雖新設槍船然湖屬汊港紛歧尙嫌不敷梭巡故未能俯如所請云

本行新到新式時辰表貨高價廉此番所到無多請諸公趁早購買遲恐不及

新福商義告白

失物告白

啓者本月初六日在慶斯力處柏賓失去顯微鏡二架倘有人將原物送交本報館必當酬謝

本報館謹啓

敬啓者本等在天津開設製造公司專出各項工程捷妙新法并估價值茲將各項分類列後

計開

一考驗礦質分化金石所有開採鎔化一切良法皆能條分縷析繪圖具報併估一切應用器機價值

一測量鐵路鑛建車軌皆能逐條繪圖具報併估建造及一切應用器件價值

一電氣車電光燈皆能繪樣併估全副電燈價值

一鎔化礦質大爐併新式缸磚及土門得土各爐所有應用物料薪炭須先詳細考驗再爲繪圖製造

一測繪各處港澳江河皆能畫圖備用

一製造煤氣及自來水一切廠所器機皆能繪圖估價

一估造各種工程繪畫各種平視立視精細圖式

一物類原質皆能以化學法分化無訛

一欲辦工程如來本公司面議即可告以良法併估價值

再本公司素與歐洲及美國各大公司聯絡故能包辦各項工程或有工程需人監理本公司亦可派人前往

本公司主人現寓恒豐泰　賈寧孫製造公司謹白

敬啓者現有英人僑居烟台曾在英京國學考有官憑曾教授經史算法航海等學三十餘年前在英國海軍衙門充當試官有年曾蒙華廷派委要差今擬在本公館教授華童英文以便將來應陸軍海軍商務之選惟受教不得過十五歲議定每季脩金關平銀二百兩如有從學者即希函達天津恒豐泰飯店或烟台英領事署轉致倪爾森可也

啓者本行由英法等國自運各種時式金錶珠口硃藍表並自打代閒各樣打鑽表及一切新式玩物一應俱全貨高價廉格外公道如蒙仕商賜顧請移玉紫竹林紅樓後大街錦泰棧對過認明敝行招牌便是

法商羅爾洋行謹啓

保康水險公司告白

啓者本公司原創在星架波大埠資備存本洋三百萬員爲設專行在香港上海承保洋面船舶貨物水險歷有年所信義咸孚久已馳名中外茲另設分行在天津託明義洋行代理專保洋面船貨水險保費克己倘遇不測賠償迅速各寶號賜顧不拘早夜祈移玉至明義洋行投保不悞

天津祥順客棧

啓者本棧在天津河東鹽坨老龍頭車站旁房屋寬大專接火車客位起卸貨物車船萬無一失謹白

本棧主人具

浙杭元吉永號

本號自置紗緞綢縐新貨并辦花素洋布川廣夏貨圖繡雅扇南貨頭油俱全誠爲近時鐵市情形不同故爾各貨減價開設估衣街中間路北凡仕商賜顧者祈與時面議爲荷

石印書出售

本局向在上海今分立天津針市街同豐棧內承蒙賜顧其價格外從廉太平御覽歷代賦彙史學叢書新疆識畧大號韵海大全漢魏叢書鄭板橋集小題五萬選三希堂法帖等其餘各種閒書尺牘圖畫詩文賦策均不細載畧舉數種是也

積山書局省記啓

十月十二日輪船出口

連陞　輪船往上海　怡和行

通州　輪船往上海　太古行

十月十一日銀洋行情

天津九七大錢

銀盤二千七百三十文

洋元一千九百五十五文

紫竹林九大錢

銀盤二千七百七十文

洋元一千九百八十五文

光緒二十一年十月十二日　第二百六十三號
西歷一千八百九十五年十一月廿八日　禮拜四

上諭恭錄

上諭工部尚書懷塔布廂白旗漢軍都統桂祥兵部右侍郎徐樹銘均著加恩在紫禁城內騎馬欽此

論財毋苟得　續前稿

夫火烈民望而畏之故死於火者鮮水懦弱民狎而翫之故死於水者多人咸知轉予印予取利過重故良賈中少有知識不肯過苟者不操其業良民中少有正業不肯過苟者亦不敢用其錢蓋其利顯然其害亦顯然也乃有不見其利之取於苟亦不見其害之生於苟而其學根孽果無非以苟生苟死者則又不能不爲迷途一指也自北洋通商以來百貨輻輳於津沽者槪由輪船裝運而輪船攬載不厭其多腳行人夫運上運下抛置非常苟且了事不厭其速爲其多運一次多得一値也遑顧其他而雜貨米糖又皆同載一船夥裝一艙或桶或包或箱或簍均難保無破壞滲漏混雜之處及卸畢掃艙糖米中或雜染煤油硫酸信石等等毒物欲苟得其利者往往賤價販賤購而賤售之食者不知毒中其毒輕則病重則死時有之而存心苟且者知若不知也昨津郡針市街某米行以賤價購輪船殘米百餘包賺其佃而賤售以招糴者糴者趨若鶩有河北關上王姓者糴米一升歸作粥一家九口食已皆腹痛奄奄待斃家人鄰右遂共疑米之有毒也覓人相偕男婦抬至該米舖已死其六正在理論又有糴米人來與該舖拚命謂一家兩口食其米皆吐瀉死生莫保吁利之所在人盡趨之孰肯捨利彼喩利者非不知利與害連利之府即害之門聖人以義制之制之使有利而無害非制之使得害而專其利也以義防之防之使近利而遠害非使之蒙利而卽受害也言爲利必曰以義言生財必推仁者大學一書孰不讀之孰不知之乃人人知之人人違之孰使之違豈非苟且之一念有以蔽其明驅而納諸罟擭陷阱之中而莫之知避也哉由此言之則賤糶賤糴厥罪均乎雖然猶有閒米色有高低米價有貴賤此常例盡人知之然所謂高低者指一米而言色雖低低亦米也卽其中雜有糠粃莠稗猶皆可以米類之類其皆可食而生人之物非謂雜以食而殺人之物也至米中雜以食而殺人之物猶可以米色之高低爲說乎彼糴米之貧人只知米爲養人之物不知米爲害人之物計其錢而糴賤米以苟全性命於一時者其事出於勢不得已情近於信糶米之商人明知米雜害人之物猶可指爲養人之物低其價而糶賤米以哄動衆人之爭趨者其事出於利令智昏情出於欺糶米者猶曉曉置辯謂實不知米中有害人之物夫殘米殘糖害人屢屢居家之零買於市肆者實不知其貨之爲殘舖商之躉於輪船者豈不知貨之爲殘耶正惟明知其殘而特以利之介乎可以取可以勿取兩念相持卒爲苟之一念所勝遂欣欣然人棄我取以爲奇貨之居推其心只知得財倘無　國法雖殺越何所不爲將取而投豺虎豺虎不食投有北有北不受矣鄉有貨餅者味美而價平爭市之應接不暇待錢候餅者咸催其速出於爐或怒或譟或詈餅師汝速出爐日可多賣若干貨多得若干錢得人歡心且省火費何迂也餅師曰凡麵食之物全恃火化生者傷人傷人得財吾心不

安今倫月少得錢數千而遂滿心安眠飽嘗德以視米爾其心之義與不義仁與不仁其相去奚啻倍蓰耶孟子云粟菽如水火孔子云民之於仁也甚於水火乃罕言利亦罕言仁惡其害也恐萬世後人心一苟利之適以害之也吾乃益耿然於無所苟而已矣一言而三復不置也

彌堅彌鑽　○火車鐵路倘有官商兩軌即分官商兩局現因關辦津北幹路已有成議所有商路一段奉　旨統歸官局經理行見南北一氣指日興工已列前報茲聞現派宗人府府丞吳大京兆廷芬爲總辦刻下都中鑽謀委員者已有二百數十人矣並聞每員皆轄十里之遙設立官商兩局俟工竣即請變換云云

愈學愈壞　○天下事有作俑者即有效尤者前有各錢舖之關閉多緣現錢不敷支取以致擁擠不散或被奸匪搶掠或因力短收歇近來京師各街巷所開南煙舖私開錢帖甚多往往虧空無錢應取起意棄舖潛逃至今未獲今聞十月初七日朝陽門內南小街地方泰山永煙舖忽然荒閉統計自秋冬以來都中倒閉逃匿煙舖之案層見疊出幾有銅山西傾洛鐘東應情形長安市景可見一斑矣

鄰人共憤　○某官攜眷寄居京都阜成門內其婦溝一青衣侍女已十一歲矣平日凌虐不堪言狀十月初三日復緣細故以敗絮塞女口縛其手足而鞭之婦睡後繩忽脫脫身自思苦不如一死遂以繩自縊婦知之殮以薄棺棄諸郊鄰人聞之咸抱不平以爲是亦人子耳何可任冤慘若此因齎稟官廳審辦以重人命

烈女宜旌　○禮部爲知照事儀制司案呈准刑部咨稱准步軍統領衙門咨送張李氏稱伊女因李永順撦拽家爭吵後自縊身死一案此案張蓮兒以閨門幼女一聞穢語捐軀明志節烈可嘉應將該烈女旌表以慰幽魂等因禮部查定例凡婦女因人出言穢褻捐軀明志者比照因人調戲羞忿自盡之例准其旌表等語今直隸定興縣烈女張蓮兒因被民人李永順口角穢罵羞忿自縊身死洵屬貞烈可嘉應照例准其　旌表俟　命下之日行令該督轉飭該地方官給銀三十兩聽本家自行建坊其該烈女節孝祠內設位之處照定例遵行等因光緒二十一年七月二十五日題二十七日奉　旨依議欽此知照前來除全案應由刑部抄錄知照外相應知照戶部可也

利令智昏　○前門外十間房大義湧香燭舖學徒因私開銀票甚多舖主知覺將其辭出不料於十月初五日夜間竟服一盞[illegible]膏[illegible]該[illegible]門首盤[illegible]覺命[illegible]舖主報案稟請相驗詳城[illegible]辦因其關人命咨送刑部審辦至其中有無別情俟訪明再錄

盜器潛入　○內務府磁器庫被竊磁器物件甚多現經該城練勇局拿獲賊犯孟順兒劉墨林胡明海等三名買贓人犯呂得山段二張繼堂等三名一併解案訊明確供詳城具奏送交刑部鐵擊貴州司按律審辦竊內廷禁地竟有賊犯偷盜官物該管司員平日漫無覺查諒難辭咎　內務府大臣奉明降行詳辦其失察之咎無可辭而值班官兵亦恐難逃法律乎

集賢開榜　○欽命頭品頂戴津海關道盛爲　榜示事照得九月齋課卷現已評定甲乙所有獎賞銀數開列於左須至榜者

計開

超等二十名　張華燕　舒　翹　田文田　崔作樞　李　聰　方　紹　湯聘之　孫鴻賓　張　蕙　徐汝翼　蒲輪召　崔寅柬　陸洪寶　楊徵秩　惲[illegible]曾　王　樸　鶴　齡　沈鍾和　范彥瀛　來佐清　陸壽昌　第一名至五名各獎銀四兩六名至十名各獎銀三兩　十一名至廿名各獎銀二兩　特等四十名　黃桂昌　李重熙　方賓穆　王文楷　陸沛賢　呂德銘　高在鎔　阮晉寶　鄭鳴謙　王　銘　崔　湘　吳彥彬　王國材　劉玘雲　趙雲鵬　徐　壎　連　芳　黃藝斌　汪家璐　吳錫金　龔甯泉　王蕊[illegible]　李恩元　崔作棟　古璐庠　于席珍　韓冠羣　傅修子　周之棫　高在璞　李　瑛　沈藹仁　華世傑　韓世俊　康　楠　黃承烈　朱晉濬　史　彤　楊文彬　第一名至二十名各獎銀一兩五錢　二十一名至四十名各獎銀一兩　一等六十九名　范淮清等　第一名至二十五名各獎銀五錢　餘名各獎銀三錢

觀察批詞　○欽命二品銜直隸分巡天津河間兵備道李　示據交河縣張鳳舞稟批爾父張大立等勾串曹文鳳等擅架平毀月隄實屬刁狡可惡在縣被押咎由自取何得揑以私押等詞上控率請保釋着俟縣印委稟覆再奪所稟應不准行仰交河縣查照詞抄存○又示據大城縣李咬呈批仰天津縣集案覆訊核辦具報詞抄存遵式並飭○又示據監生馬長齡稟批候行王外委兆寬查明稟覆

再奪○又示據職員王恩豆稟批詞遑式且含糊不清無憑核辦着即明白另呈再奪呈驗原信擲還○又示據宜興阜楊惠賢等稟批據稟已悉該村積水是否未消應否撫恤候移會籌賑局核辦飭轉示批

○本學附生李廷鈺昨與舅甲不知因何事故赴鹽運署呈稟蒙批此案經章庫大使業已了結並無糾纏之事何以來轅復控應仍候飭章庫大使督中友人等迅速理處以免訟累

鎮委遺缺 ○天津鎮標河間協左營都司陳繼寬因病請假遺缺暫委河間協右營守備衛承煦署理其所遺守備之缺委尚永署理又景州營守備任文德病故暫委安陵汛千總吳學明護理

飢寒難忍 ○籌賑局憲因本年各屬均收中稔尚可餬口惟西沽一處設立粥廠專收靜海中四鄉無告窮民已登前報詎于日前滄州各村婦孺扶老携幼乘船來津同赴道轅叩求入廠據村民聲稱收成甚薄難餬口兼有積水之處懇乞救命等語不知李觀察如何核辦也俟訪再錄

忿怨宜懲 ○回祿之災到處皆有北直稻杭少禾麻多歲當滌場之時柴草遍野東西兩淀蘆葦尤多無賴匪徒多藉以扼草廠勒索不遂則爲炬人一炬之謀可懼也獨津郡則地窄人稠茅屋竹樓鱗次櫛比祝融之虐尤頻雖多故縱者少然往往亦有可疑者靜海道署旁之某米舖春季被災現未修齊又遭焚如河北某客店前次縱而未燃又以鎗藥轟去窗戶其爲縱火可知噫怨毒之於人甚矣其各思何以解之乎

福軍確耗 ○港報云前記劉淵亭軍門已回粵垣麾下向有福軍二千餘據來訪人來信所述查劉淵帥並未回粵其福軍係署北海鎮張[illegible]戎邦福所統向來全軍駐紮長洲沙路牛山一帶地方近奉憲檄將該軍後營調駐省城時欲假長壽寺林園爲祠以佛門狹隘不足以容車騎遂紮營於大北門外天后宮當其初抵省城時統帶各官咸赴粵藩轅署到轅遍拜親友途人不知底蘊疑福軍爲劉淵帥所部因而訛傳淵帥到粵也至福軍因何調省或謂大憲因懲於叛匪一事深念省會重地防力宜厚故特調該軍移駐或謂粵憲奉文撥兵援台故將各營分別選調至省俟會齊後西行助剿逆回福軍亦在西征之數是以先至省垣二說未知孰是

湘撫過鄂 ○客冬陳佑民中丞由鄂臬升任直藩臨去之時以瀛眷留居鄂垣保安門內蓋因北洋有事故未偕行也今秋中丞恩命權撫三湘特於上月二十九日乘輪抵鄂兼督憲譚大中丞以次皆屬舊日同僚恭迎於城外接官廳中丞旋即入城逕向督轅晉謁先呈舊屬銜名手版譚中丞再三辭謝始易名柬督署升炮開門迎入客座會談時許中丞辭出譚中丞恭送如儀旋赴各司道處拜謁退就公館暫駐禮惟大約不日卽當起節赴湘視事矣

斃匪正法 ○福州訪事人云古田齋匪葉妹蝶等五人業經供認具結上月二十七晨閩浙總督督署務處楊觀察執中督中協萬協戎城守協李協戎福州府秦太守閩縣方大令侯官縣成大令押令葉等五犯赴南敎場禁諸關帝廟內閱片晷英美俄各國領事官先後到來既而海關各洋行某提督弼教士共二十三人接踵而至觀察都鐵在官廳中排列公案觀察居中左爲英美各國領事官右則各華官依序而坐階以下旌旗戈戟森列如林隨將五犯從照壁下押至廳前一一點名立判押條推下時已有映相館主某甲將各犯映成小像及臨刑時又映一次迨劊子將頭斫落高聲喚報時又映一次閩中人扶老携幼往觀人以萬計葉犯臨刑時咬牙切齒大駡洋人口稱我若再生定當報復旋伸頸受刃絕無畏懼之形眞愍不畏死者哉五犯中有張九者混名長指甲匪黨奉爲軍師年可三十餘平日以算命爲牛劊子持刀連砍四五下始得斷脰

本行新刊新式時辰表貨高價廉此番所到無多請諸公趕早購買遲恐不及
新福商義告白

失物告白
啓者本月初六日在遊斯力盧柏賣失去顯微鏡二架倘有人將原物送交本報館必當酬謝
本報館謹啓

啟者我等在天津開設製造公司專辦各項工程種種新法并估價值茲將各項分類列後

計開

一考驗礦質分化金石所有關探鍊化一切良法皆能條分縷析繪圖具報併估一切應用器機價值

一測量鐵路鑛建車軌皆能逐條繪圖具報併估建造及一切應用器件價值

一電氣車電光燈皆能繪樣併估全副電燈價值

一鍊化礦質大爐併新式鉅磚及士門得土各窰所有應用物料薪炭須先詳加考驗再爲繪圖製造

一測繪各處港澳江河皆能畫圖備用

一製造煤氣及自來水一切應所器機皆能繪圖估價

一估造各種工程繪畫各種平視立視精細圖式

一物類原質皆能以化學法分化無訛

一欲辦工程如來本公司面議即可告以良法併估價值再本公司素與歐洲及美國各大公司聯絡故能包辦各項工程或有工程需人監理本公司亦可派人前往

本公司主人現寓恒豐泰　　賈德孫製造公司謹白

啟者現有英人僑居煙台曾在英京國學考有官憑並教授經史算法航海等學三十餘年嗣在英國海軍衙門充當試官有年曾蒙華廷派委要差今擬在本公館教授華童英文以便將來應陸軍海軍商務之選惟受教不得過十五歲議定每季脩金關平銀二百兩如有從學者即希函達天津恒豐泰飯店或煙台英領事署轉致倪爾森可也

保康水險公司告白

啟者本公司原創在星架波大埠實備資本洋三百萬員向設專行在香港上海承保洋面船舶貨物水險歷有年所信義咸孚久已馳名中外茲另設分行在天津託明義洋行代理專保洋面船貨水險保費克己倘遇不測賠償迅速名　寶號賜顧不拘早夜祈移玉至明義洋行投保不悞

啟者本行由英法等國自運各種時式金銀珠口鐘錶及一切新式玩物一應俱全貨高價廉格外公道如蒙　仕商賜顧請移玉紫竹林紅樓後大街錦泰棧對過認明敝行招牌便是

法商羅南洋行謹啟

天津　順客棧

啟者本棧在天津河東鹽坨老龍頭車站旁房屋寬大專接火車客位起卸貨物車輛無一不謹白

本棧主人具

杭浙　元吉永號

本號自置綢緞紗羅等貨洋貨花素洋布川廣夏布匹頭雨傘顏色頭油俱全欲爲近時銀市疲落不同故爾各貨減價聲叙估衣街中間路北凡　仕商賜顧者須認明招牌庶不致誤

石印書出售

本局向在上海今分立天津針市街同豐棧內承蒙賜顧其價格外從廉太平御覽歷代賦彙史學叢書拜經識略大號韵府大全漢魏叢書鄭板橋小題五萬選三希堂法帖等具餘各種閒書尺牘圖畫詩文賦策均不細載略登數種是也

積山書局省記啟

十月十二日輪船進口

新濟　由上海

十月十三日輪船出口

通州　往上海

十月十二日[illegible]

天津行平[illegible]

[illegible]二千[illegible]三[illegible]

洋元一千九百五十九[illegible]

紫竹林九五[illegible]

[illegible]二千七百七十[illegible]

洋元一千九百八十五[illegible]

光緒二十一年十月十三日
直報
第一版
一〇七五

直報

光緒二十一年十月十三日 第二百六十四號
西歷一千八百九十五年十一月廿九日 禮拜五

上諭恭錄

曾貝勒載潤着加恩在御前行走欽此

昌黎縣緝捕賞罰章程

欽加知府銜卽補直隸州兼辦北洋大臣營務處署昌黎縣正堂駱爲 緝捕信賞必罰章程 一本縣屬六鋪每鋪各派緝捕勤能頭役一名幫役五名自十月初一日起至十二月底止每月每鋪 本縣捐廉給發工食錢五十千在該鋪日夜認眞巡緝如能緝獲前任鄰境巨盜逃兇並著名刀匪審實 本縣自當按名從優獎賞如敢怠惰頑懈卽由該總役稟請責革究辦 一如一月內該堡並未出一竊案賞該堡頭役錢二十千文 一如三月內該堡並未出一竊案賞該堡頭役錢四十千文 一如三月內六堡均未出一竊案每堡頭役賞錢四十千並賞總役八十千 一該堡內一月出一竊案該頭役免責限一月內破獲如一月不獲笞責一千兩月不獲責兩千三月不獲責三千如四月不破獲卽革役嚴辦 一該堡內一月出兩竊案卽將該頭役笞責一千一月內出三竊案卽將該頭役合責兩千一月內出四竊案卽將該頭役笞責三千如一月內該堡出五六案之多定係該捕役勾賊害民卽將該役立斃杖下該總役責究 一一月內六堡俱出竊案卽將各堡頭役照章責懲並將總役責懲 一各堡內如出有搶案卽將該頭役重責一千如能立時破獲照賞銀五十兩如一月不破笞責一千兩月不破笞責二千三月不破笞責三千四月不破革役嚴辦倘有賄縱情弊卽將該役立斃杖下 一飭房將六鋪每月有無竊次案件登註總簿初二十六日兩次送案查比按照定章賞則必賞罰則必罰庶該役等各知懲勸 一各役等居比外之期務須親身候比如敢臨比不到或倩人頂替定行拘案革役從嚴究辦 以上十條本縣兩任滄州實力照行頗著成效茲特仍照此例實力行之所有賞款隨比隨賞既不動捐百姓亦不藉案科罰皆係本縣捐廉自備各役務當振刷精神認眞緝捕膺此獎賞愼勿懈惰懈弛致罹重罰各宜凜遵毋違特諭

府州縣官皆曰知凡其所屬事事莫不當知者而除莠安良尤爲當務之急除莠莫先於詰盜詰盜莫先於養捕役果得一名捕頭盜無所藉以立脚矣而緝捕之力與不力惟視賞罰之明與不明是捕之事實之役捕之權仍操之官縣自賢官一縣蒙福焉普天之下莫非縣縣縣安則天下安安得縣縣如昌黎爲之大書特書哉噫人之欲善誰不如我誰步其塵敬撰筆以俟之 壽卓華館主謹識

惟乾巽吉 〇十月初一日欽天監呈進時憲書已列前報茲悉欽天監奏定光緒二十二年歲次丙申修造方向圖說內稱太歲在丙申幹火枝金納音屬火歲德在丙合在辛丙辛上宜修造取土年神方向子宮大煞官符丑宮死符寅宮歲破卯宮金神辰宮蠶官巳宮劫煞午宮大將軍吊客未宮歲煞申宮太歲破敗五鬼酉宮坐煞戌宮喪門右各神所臨之地惟乾巽二地宜向餘各有所忌坎離二宮則

嚴不宜稍修云

欽師旅貞　○程軍門文炳所帶隊伍現由張家灣撤回駐紮　南苑刻因甘肅回匪滋擾軍務吃緊欽奉　諭旨飭程軍門帶隊前往攻剿所有隊伍二十四營兵丁一萬二千名定於十月初六日前站弁兵先行拔隊起節諒不日程軍門亦將請　訓陛辭即赴甘肅滅回匪馬到成功也

軍幄得人　○戶部郎中葛部郎寶華由坐糧廳監督差竣回京供職現經翁叔平大司農保舉承充坐辦軍務處之差昨經恭邸已向農曹調取承當斯差矣

中城廣廈　○京師前門外鷂兒胡同中城善士捐資設立義塾所有塾師修脯一切經費與樊君公同捐辦計自前秋今已閱數年惟恐日久力有不支復經商同中城所屬各舖戶暨各部院善士共捐六百金俾得持久從此栽培寒畯子弟當未可限　也諸善士可謂善與人同因喜而書之於報

乃有杜十　○王某者住京師前門外施家胡同部書也家道頗裕騾馬成羣昨於十月初七日被混混杜十住門首將車騾一併赶去追獲無踪當赴中城司控告杜十傳案責押追交車輛騾頭詳城審辦未悉能否合浦珠還俟訪明再錄夫以京師法律森嚴之地刻竊歧出該管者無從弋獲如杜十拉車馬之類雖不能以強盜論然行甚於竊雖係不與巨盜爲緣盜能得此種人庇護窩藏寄頓何樂不爲有心緝盜者何弗於此輩加意焉

繼繼錫三　○梨園之部莫盛於唐班中醜脚李三郎每自爲之故菊部奉明皇爲神朝夕頂禮班中之脚以醜爲尊俗例然也世之言戲者雅推崑崑推蘇故部門之戲醜脚語尚蘇白數十年前蘇醜巨擘爲錫三繼起者爲赶三以其能追踪錫三上嫓李三宗派也赶三之外則自檜以下無譏焉昨　內務府飭傳梨園其菊部名脚爲孫李仙田際雲譚鑫培劉永春等而所謂赶三者亦沒沒無聞梨園白髮可勝嘆哉

觀察批詞　○欽命二品銜直隸分巡天津河間兵備道李　示據靜海縣田繩武等稟批前議於子牙河邊修築堤隄富奉督憲批飭籌賑局核議尚未議覆奉到批示候移會籌賑局核辦可也○又示泉河縣船戶李大順等稟批據稟各皆係婦女單開船戶並無一名到案揆核情形顯係欠米各船自知無銀可領主使婦女人等出頭混狡此風斷不可長仰楊村廳按照單開各船戶逐一查究認真辦據實具報毋違查明所控李開甲賣船吞欵一節有無其事並覆核奪稟抄存

集賢開榜　○欽命頭品頂戴監督天津新鈔兩關兼管海防兵備道盛　爲榜示事照得本道籌課集賢書院舉貢生監經文課卷評定甲乙並獎賞銀數列後須至榜者　計開　超等八名　田文田　徐汝翼　張東瀛　李重熙　李　瑛　陸淇賢　蒲輪召　方賓穆　第一名獎銀三兩　二名至五名各獎銀二兩　餘各獎銀一兩五錢　特等十名汪家鼎　劉起俊　傅修予　戴呈輝　來佐清　楊敬秩　陸沛賢　吳振升　宗逢洲　一名至六名各獎銀一兩　餘各獎銀五錢　一等二十三名　李　聰等　一名至十名各獎銀三錢　餘無獎○又課試策論等次一併列後　計開　超等六名　吳夔燮　黃乃達　蔣清瑞　來佐清　賈厚元　屠仁彬　第一名獎銀三兩　二名至六名各獎銀二兩　特等八名　惲彥曾　舒　翹　沈藹仁　張東灜　余開中　劉華封　王　樸　崔作樞　一名至四名各獎銀一兩　五名至八名各獎銀五錢　一等十八名　李　聰等　一名至十名各獎銀三錢　餘無獎

長蘆解費　○長蘆鹽運尚門歷年應解養育旗兵及戶部崇節堂經費等項共銀六萬餘兩現經李都轉備齊詳請督憲飭委候補鹽陸德鍾候補批驗大使壽祺等領解起程赴京分別交納

東粵供香　○廣東省歷年有解京香蜡等物茲已備齊計各樣香蜡高錫及降檀香三千餘斤並停解各物折價銀兩及飯食等費由書院衙委試用通判張文翰督帶雇淘船至津再行運京交納

四園枉爭 ○本郡戲園四處歷有年所准其歇業不許多開向章也近來各戲園不但演唱不精戲箱亦不出色惟一味多加茶資以致座客寥寥生意蕭索不能復振於是各茶舖乘機而起或邀京班或演梆子戲既動目茶資又省繼之各酒舘飯莊時常搭桌演劇而戲園生意更不堪矣屢次呈控縣邑令首將天橋之河淸茶園封禁不准再行演戲而爲日無幾該園即招洋人走戲仍鑼鼓宣闐至初八日各處飛帖上寫謹祝九皇聖誕準演各戲名目滿單並另單初九日鹽坨西局修補傢俱供奉火帝並請善台及酬伍善亦列淸戲目明係搭桌演戲借敬神爲詞從此當不難仍復開唱似此違禁謀利雖屬藐法詎不知四大名園亦當自責求諸己勿徒爭諸人倘不惜重資延出色名班廉其茶資勿庸與茶園酒室雀鼠相爭自必生意復興搭桌之風不禁自絕矣

兩鎭對調 ○正定鎭徐見農軍門在營病故遺缺奉 上諭以前彭湖鎭吳軍門宏洛補授嗣經督憲奏明以吳軍門與通永鎭吳軍門育仁互相調補是以通永鎭吳軍門宏洛擇吉於本月初三日接印任事矣

恐難爲繼 ○開口某姓者在汴省辦務爲執事昨日歸行裝甚夥被賊所窺即於是起意行竊某烟癮極大通夜不寐以致該賊連夜在房上趁便終未得手某恐與賊結仇諸多不便遂於當晚備津錢三千置於房上任賊果然復至某日入仰諸位俠義理宜多敬奈我非鉅富今備薄儀聊作茶點可耳該賊自答以改日再謝從此絕跡某戒家人勿揚其事恐落縱賊之名然說者以某善於解釋且恐有效其尤而不憚煩者果當如何待應耶

胡可不防 ○凡物懼其置於外而失也改置於內懼其置於下而失也改置於上物之置之內櫃之樓不在外而在內不在下而在上所謂秘之又秘疑非盜竊者所能幸獲矣然未可恃而無恐也昨北門外之綢舖被妙手空空兒將樓上藥包竊去兩個舖內同事驚醒喊捕賊已越牆逃逸聞藥包約値數十吊文該掌報與未報尚未可知該舖者宜如何嚴防也

施放棉衣 ○每屆冬令各省寄來棉衣以衣難災黎歲不絕書某某義賑某大善士在河東小劉林陳家溝東子庄等處施放約有數百餘件當此三冬嚴冷彼無衣無褐者得此當頌仁人之賜矣

叩求糊食 ○昨有獻縣史家樓老少婦孺一百餘人兼有男子二三十人到道署求食俱云在道署露宿已十餘日凍餒難堪又有齊縣老婦老幼數十人亦在道署前等候道憲公出攔路求乞食未審道憲如何安置也

回勢已窮 ○西字報載傳教西士接到北京消息及蘭州電報皆言回匪並未佔踞西寧刻下匪黨大勢將盡欲求撫狀此說如果確實則韜弓戢矢豈非 國家之福哉

兵艦集厦 ○本館昨由廈門訪事友人函告云昨有德國兵艦數艘駛抵廈門游歷自進口者有不進口者直至數艘停泊金門島登山涉水插旗爲誌胡協戎見之趕即禀報提憲並遣人詢以來意答謂借地操練別無他意幸勿見疑云云若是則德國願在廈門開闢租界之說皆傳聞之誤也

俄備東陲 ○西字捷報云俄報靠司曲老麥巡船在啞地煞門裝載圍城大砲開花炸彈及兵丁若干名刻已駛赴高麗之俄屬琿春地方又有啞利而巡船亦在啞地煞裝載大砲兵丁及由蘇利亞鐵路營中撥出之兵二百六十名開往琿春卸上各弁兵皆聽提督古納末節制又有巡船名納納拿古而特者載運彼國鐵路材料藥彈大砲築造砲臺工匠兵丁等至琿春並聞俄國團練兵艦巡船一二律定於今冬開行往來裝載兵丁軍火務使明歲春間琿春陸軍兵數增至九萬人觀此則知俄國之經營東方不遺餘力矣

雷艇行程 ○中朝前在德國伏爾鏗船廠定造之捕魚雷船名曰飛鷹於華歷八月十二日在記爾港內試演燃放之法旋帶裝魚雷六個開行來華船上有中國人六十名西人十六名已駛過巴而跌河及北海澤本爲西字報

失物告白 啓者本月初六日在壓新力處拍賣失去顯微鏡二架倘有人將原物送交本報館必當酬謝 本報館謹啓

本行新到新式時辰表貨高價廉此番所到無多請諸公趕早購買遲恐不及 新福商義告白

啓者末等在天津開設製造公司專出各項工程捷妙新法并估價值兹將各項分類列後

開計

一考驗礦質分化金石所有開採鎔化一切良法皆能條分縷析繪圖具報併估一切應用器機價值

一測量鐵路鑛建車軌皆能逐條繪圖具報併估建造及一切應用器件價值

一電氣車電光燈皆能繪樣併估全副電燈價值

一鎔化礦質大爐併新式釘磚及士門得土各窯所有應用物料薪炭須先詳加考驗再爲繪圖製造

一測繪各處港澳江河皆能畫圖備用

一製造爆氣及自來水一切廠所器機皆能繪圖估價

一估造各種工程繪畫各種平視立視精細圖式

一物類原質皆能以化學法分化無訛

一欲辦工程如來本公司面議即可告以良法併估價值

一再本公司素與歐洲及美國各大公司聯絡故能包辦各項工程或有工程需人監理本公司亦可派人前往

本公司主人現寓恒豐泰

買密孫製造公司謹白

啓者現有英人僑居烟台曾在英京國學考有官憑能教授幾何算法航海等學三十餘年嗣在英國海軍衙門充當試官有年曾蒙華廷派委要差今擬在本公館教授華童英文以便將來應陸軍海軍商務之選惟受教不得過十五歲議定每季脩金關平銀二百兩如有從學者即希函達天津恒豐泰飯店或烟台英領事署轉致倪爾森可也

啓者本行由英法德國自運各種時式金銀鍊口琺瑯表鍍自打代開各樣打鑽表及一切新式玩物一概俱全貨高價廉格外公道如蒙 仕商賜顧請移玉紫竹林紅樓後大街錦泰棧對過記明敝行招牌便是

法商[illegible]洋行謹啓

保康水險公司告白

啓者本公司原創在星架波大埠實備資本洋三百萬員向設專行在香港上海承保洋面船舶貨物水險歷有年所信義咸孚久已馳名中外兹另設分行在天津託明義洋行代理專保洋面船貨水險保費克己倘遇不測賠償迅速各 寶號賜顧不拘早夜祈移玉至明義洋行投保不悞

天津祥順客棧

啓者本棧在天津[illegible]坨老龍頭車站旁房屋寬大專接火車客位起卸貨物車船萬無一失謹白

本棧主人具

浙杭元吉永號

本莊自置紗羅綢緞新樣洋緞花素洋布川廣夏貨[illegible]雅扇南貨頭油俱全貨爲近時綢市減落不同故兩各貨減價開設估衣街中間路北凡 仕商賜顧者[illegible]

石印書出售

本局向在上海今分立天津針市街同豐棧內承蒙賜顧其價格外從廉太平御覽歷代賦彙史學叢書新疆識略大號韵海大全洋魏叢書經世文編小題三萬選三希堂法帖等具餘各種問書尺牘圖畫詩文賦策均不細載略舉數種是也

鴻山書局省記啓

十月十三日輪船[illegible]

新濟 輪船由上海 [illegible]商[illegible]

武昌 輪船由上海 [illegible]行

十月十三日銀洋行情

天津九七六錢

銀[illegible]二千七百三十文

洋元一千九百五十五文

[illegible]九十[illegible]

[illegible]二千七百七十

[illegible]一千九百八十五文

直報

光緒二十一年十月十四日 第二百六十五號
西歷一千八百九十五年十一月三十日 禮拜六

論查辦私抄事

事有異致而同情者昔齊桓偶服紫內侍洩其事於是左右向慕國人皆尚紫此不過服色之微耳有識者以爲微事如此巨政亦然春秋書齊寺人貂始漏師于多魚非其証與計桓之世管仲殁桓公薨內嬖爭齊遂以亂然此猶非以招外侮也自以內奸招外寇古今以來無代無之是胡越起於枕席而羌戎發於宮闈也夫明者見遠於未萌智者避危於無形禍固多藏於隱微而發於人之所不及覺者也覺之者則惟聖人都中諸鉅公向例所穿皮棉單袷紗各色袍掛更換之時係 皇上換用某服奉 旨傳抄外間方敢照用與換季之涼暖帽相同日前 皇上召見榮仲華大司馬奏對 上見司馬袷服當問今日何得知換用司馬以因見 御前大臣換用對 皇上復詰數語司馬鞠躬趨出次日 召見 御前大臣 皇上又見各大臣換用單服即向詰問傳說之人諸王大臣不得已乃口奏是內奏事太監所傳 皇上頷之待至散值後傳 旨將該太監高某重責數十[illegible] 御棍復交慎刑司從嚴懲辦音因近日天寒 皇上換用袷衣不須傳宣今日換用單衣又不須傳宣而各大臣隨即換用與 上脗合若使無人傳說外間何由得知以此類推深恐左右侍從必有洩露之人是以 天顏震怒刻間自此更不復降 綸音故至今宮門抄中俱不載 御用何服其事雖細可以見 聖天子謹微之意焉嗣聞 內廷值差傳說 皇上因 朝政機密緊要奉 旨留中不發抄之摺稿時有私抄竟爲外間刊佈天下正在飭查此件無從捉摸究係何人私抄傳出 聖鑒以爲非由細事追求難獲竊聽 朝政之人現經軍機處 內閣嚴禁 切勿擅私行抄錄是以部究當月司員帶領書史赴 內閣傳抄者必須當月司員及書史於某件應抄即在某件號簿內親身註明某部司員書史姓名書押以備稽查倘有再行抄出機密要件一經查出定即從嚴參辦並飭 內廷嚴究前次鈔錄機密奏摺之人澈底根究諒不由水落石出矣微之顯誠之不可掩如是夫嘗見水國善捕魚者每操網罟臨流審視十歷其處不一施眾漁者往往十施不一獲善漁者則一舉而獲[illegible]環叩之曰有魚不藏性水靜者也魚動者也靜之不能掩夫動動之不能匿於靜性之使然無足異者人特以獲魚心切切焉則貪貪則妄於是見水則思魚不論有無網罟橫施無感乎其十不獲一也愚聞其言而繹之其事粗其理精詩云潛雖伏矣亦孔之昭卽所謂有魚不藏性也彼夫人世憧憧冥搜罔獲輒致憾於事之無從著手不知其咎在貪妄耳惟仁者能靜其心多妙是智生於仁也惟明德能知止知止而後有定定而后能靜是仁成於智也古今無糊塗聖賢眞聖賢無不能見微而知著 聖天子當陽用命以智臨萬人君者不其然乎

天無網漏 ○京師前門外柏頭巷居住于某籍隸直隸棗強縣日間貿易爲生諾諾不出莫不信爲安分食力人也詎[illegible]壁之能於晚間輒肆其胠篋穿窬技巡夜兵丁向無知者乃天網恢恢疏而不漏於十月初四日夜四更時在東北園地方被兵丁[illegible]

拿獲造交守府詳解北署一鞫兩服現擬從重究辦王狡猾哉

禍有燈前 ○燈前卦係江湖末技似正實譎似奇實庸要以騙財爲事通都大邑無處無之不必定在京師也惟京師五方雜處若人之蹤跡尤多直隸陳某向以賣卜爲生嗣以顧問無人於前門大街設售燈前卦騙錢餬口不料西直門外白塔菴前年曾有妖道被獲爲同鎮標協門兵弁奉諭飭查左道於十月初四日遂將陳口講指畫誣民惑衆當即鎖拿解案懲辦矣

回匪滋亂 ○頃接京友來信云逆回擾害甘肅兩省碾伯循化狄道巴燕戎格等十餘府廳州縣所到劫掠戮焉焚燬漢民皆遭塗炭刻下聊生都中傳述有某府太守因爲該逆窺伺其全家老少或誅或擄勢甚洶洶因某太守因耗道路梗阻消息傳至京中戚友咸深傷悼云

軍門敗續 ○京友又致書本館云董軍門福祥自京師簡苑拔隊赴甘肅征剿回逆及抵陝西西安省城休兵數日即啓行剿逆邇日聞督辦軍務處傳到電音謂軍門所部馳救逆巢開戰一次已經挫衄奔北回氛愈熾急盼今冬合力殲除乃能安枕否則延至明春更恐滋蔓難圖益形動大兩不易收拾也

准與鐵路 ○京友來函云自京達津之鐵路二百四十里限於迂儒撓阻不克早日建成天下中外之人咸苦弗便焉近聞津門紳富鳩合股份一概富戶暨都中之大有力者公上章程合詞籲請於 朝廷願自備資斧各認地段與工舉辦此外再報效經費銀百萬以助國帑由崇文門內東單牌樓吉姓出面爭認舉起辦之業蒙 內廷准許計自天津造至北京之沙鍋門以達通西之盧溝橋再自盧溝橋起接至保定府止此項工程明春當可開造矣

挑選兵生 ○客有自都門遞來雙鯉云京師八旗兵丁分內外兩營城內之兵漸成疲弱不堪應用城外西山屯駐之三山子弟尚能耐勞作苦如平時演習攻城雲梯及跳濠踏冰踹繩諸藝頗能求精講求猶沿古制其風樸實現在王大臣等因欲整頓經武以强國威擬挑選該營兵中之年輕聰穎耳明目捷諸少年若干人考試其漢文並勞酌留數百名備習德國兵法及陣步武泰西以期强兵之用聞已行文諸營限十日內取齊候考聽調矣

輔仁團榜 ○欽命頭品頂戴監督天津新鈔兩關北洋行營翼長辦理直隸通商事務兼管海防兵備道盛 爲月課事照得本道考試輔仁書院肄業生童等次姓名並獎賞銀數合行榜示須至榜者 計開 超等十二名 王春瀛 陳震修 郭賡熙
李鵬池 于文彬 董恩祥 魏恩錫 杜寶書 蔡彬 魏震 王新銘 特等卅名 喬瑞年 金恩科 楊治馨 李金榜
陳振鐸 李金藻 徐人文 高駿昌 陳自珍 黃雲 喬保元 喬從銳 陳寶彝 何錫齡 陶鴻璣 顧文敏 于長藻
馮選源 陳文炳 董煜 劉恩榮 陳杏齡 何家駒 李雲翰 徐爵 王奉璋 劉承蔭 胡濬 周桂源 王德純
一等八十九名 張克一等 所有獎賞銀兩俱照前榜 上取壹三名 陳寶樹 穆祥和 王世琦 中取壹八名 陳振藻 陳自中 李恩元 閻桂芬 李家楨 張廷珣 陳駿 華世綸 次取壹七十六名 陳寶瑤等 所有獎賞銀俱照前榜

巡道不批 ○欽命二品銜直隸分巡天津河間兵備道李 示據奉祀生王石亭稟批着候飭縣詳到日再奪毋庸砌詞稟瀆仰靜候縣查照詞抄存單並錄違式特飭 又據靜海縣職員張雲峯稟批查前經原斷此地還債如果實有不公當時即應呈控何以遲至於今始行越瀆顯欲朦混取巧仰靜海縣錄案詳覆再奪詞違式又不列抱特飭抄存備案

參守升遷 ○天津鎮標左營守備劉恒業參戎升授紫荆關參將遺缺由部咨例輪用部選之員遂揀選門千總保愛係鑲藍旗人彰補津左營守備業已領憑到津督轅因前據鎮憲以津地繁雜現屆冬防極須精明幹練之員巡緝彈壓請將左營守備劉仍留任以資熟手現在新選寶守保守戎到津督憲檄飭調署津標右營守備其劉署右營守備李楨係實任祁口營守備仍飭仍回本任

汎匪械鬥 ○河東汛兵丁頭役張春義等於本月初九日飛帖搭桌在海宴樓以彩觴宴客所請約多係設娼賭之人帖到無不赴者有韓某開張寄之某姓與馬汎八營某姓素多不睦二人皆知搭桌之期至期去時各帶十餘人皆持器械以去時演戲正在中場兩

造相違逐以兵燹滋傷數人幸觀者人多將兩下拉開未致傷斃人命聞已控縣不知能了結否也

鏢路於賊　○西河一帶搶刦之案屢登前報茲又有廣生鏢局送西河外客船經其地方被賊瞥見一賊持械上船威嚇某鏢丁用洋槍將賊打死羣賊即在岸上開响將鏢丁打死鏢丁俱各受傷幸馬隊查知速來衝散聞鏢丁等已赴該管縣屬稟控矣

堂佑斯文　○堂號廣仁仁利建矣堂之善舉不一而足現又置辦字簍千餘個飭檢字紙人於各鋪戶居民沿門送簍以便題拾齎裝以待焚化敬惜字紙亦宏佑斯文之一道也

詳審以聞　○北洋海陸軍械所設於城內水月菴後地勢極其寬闊已建有械庫數座奈仍不敷用茲又新建庫座已將工竣惟此時軍務已罷繳還器械較前更多均須妥為存儲刻聞由海道運來大砲快响指日到津亦須存儲於庫庫內本無應滿之勢茲東征糧台將欲停撤尚有前膛砲百尊並馬鞍數百盤亦欲存於該庫並江寧轉運局雖借寓江蘇海運局奈非存儲軍械之所況僅劉欽帥往津尤恐別有用處現經林觀察欲將抬鎗若干及各項器械送至海防軍械所存儲因此總辦承觀察與幫辦商議實無餘地甚屬為難遂與銀錢所李觀察會商現由李觀察借妥海防營所之鮮菓市市房二十餘間足可存儲糧台及轉運局各項軍械並就近由水師營派新剛營帶官魯永發帶勇丈名常川駐守惟地處荒僻現值冬防尤恐宵小竊發復商與天津縣稍邑尊移會該管汛官派兵輪流支更以昭慎重現在兩處已雇夫搬運似此存儲客軍器械可不愼益加愼乎

粗鄙近利　○高某者與其妻弟鄧某在針市街開設米舖生意河北王某因糴其米食後合家肚疼致斃數命已登前報茲更悉係因香剩飯乃知米中有毒急急求方灌解王大怒即率人將該舖門窗砸毀當經鄰人勸解間又有劉乙夫婦二人亦因食該舖之米中毒向其吵鬧此初八日事也至初九日王之母似難解救僅延一息即抬至該舖拚命復經人力為解紛至初十日已斃二命或謂該舖存米處爲不潔或謂其御轎時地下所撒之米並不篩揚即攙於好米出售或謂其係買來殘米雖有毒物以致肇禍雖其說不一究係該舖未能詳愼之故咎實難辭至高鄧素昔不理於口概可想見矣

東橋失火　○十月十三日戌刻河東糧店街醫與斗局猝火焚去更房一間存廁房一間玉米囤一座係因更房燃燈致肇焚如幸火會齊集撲滅鄰皆無恙天乾物燥舖戶居民尚愼旃哉

廣仁散衣　○各省諸大善士寄來棉衣存在堂內以資散放日前津邑四鄉人等持票領衣各攜數件口誦仁恩矣

德陞齋靴鞋舖

本號專做蕭蕭靴鞋新樣京式朝靴及鞋花坤鞋一應俱全價廉物美賜顧者請認明本店招牌庶不致悞本舖開設在天津宮北門外鐵店後[illegible]謹啟

失物告白

啓者本月初六日在聚新力處拍賣失去顯微鏡二架倘有人將原物送交本報館必當酬謝

本報館謹啓

告白

本行新到新式時辰表貨高價廉此番所到無多請諸公趁早購買遲恐不及

新福商號告白

告白

李傅相馬關被刺紀實每帶小照　每本價洋四角五　王芍棠

星軺俄羅　盛世危言

盛世危言　蓮廬叢書　各國

時事類編　中日戰守始末記

外國上書記　蘭石蘭譜

竹譜　海上見聞錄　洛金扇

吉祥花　八卷

魔公集　桃源新錄　夢筆生花

文美齋謹啓

本館承[illegible]在宣武門外[illegible]家[illegible]路東[illegible]會館[illegible]陳午清先生代[illegible]如門願者請至[illegible]處商也

本館謹啓

啟者[illegible]等在天津[illegible]設[illegible]造公司專出各[illegible]工程[illegible]法并估價值茲將各項分類列後

計開

考驗[illegible]分化金石所有[illegible]採[illegible]化一切良法皆能條分縷析繪圖具報併估一切應用器機價值

測量鐵路鑲建車軌皆能逐條繪圖具報併估建造及一切應用器件價值

電氣車電光燈皆能繪樣併估全副電燈價值

[illegible]化礦質大爐併新式缸磚及士門得土各窯所有應用物料薪炭須先詳加考驗再爲繪圖製造

測繪各處港澳江河皆能畫圖備用

製造煤氣及自來水一切所器機皆能繪圖估價

估造各種工程繪畫各種平視立視精細圖式

物類原質皆能以化學法分化無訛

欲辦工程如來本公司面議即可告以良法併估價值

再本公司素與歐洲及美國各大公司聯絡故能包辦各項工程或有工程需人監理本公司亦可派人前往

本公司主人現寓恒豐泰

買密孫製造公司謹白

啟者現有英人僑居烟台曾在英京國學考有官憑[illegible]教授緯史算法航海等學三十餘年並在英國海軍衙門充當試官有年曾蒙華廷派委要差今擬在本公館教授華童英文以便將來應陸軍海軍商務之選惟受教不得過十五歲議定每季脩金關平銀二百兩如有從學者即希函達天津恒豐泰飯店或烟台英領事署轉致倪爾森可也

啟者本行由英法等國自運各種時式金鑲珠口鑲[illegible]鑲表自行代開各樣打鑽表及一切新式玩物一[illegible]俱全貨高價[illegible]格外公道如蒙仕商賜顧請移玉紫竹林紅樓後大街錦泰棧對過認明敝行招牌便是

法商羅爾洋行謹啟

保康水險公司告白

啟者本公司原創在星架波大埠實備資本洋三百萬員向設專行在香港上海承保洋面船舶貨物水險歷有年所信義咸孚久已馳名中外茲另設分行在天津託明義洋行代理專保洋面船貨水險保費克己倘遇不測賠償迅速各寶號賜顧不拘早夜祈移玉至明義洋行投保不悞

天津祥順客棧

啟者本棧在天津爾東鹽坨老龍頭車站旁房屋寬大專接火車客位起卸貨物車船萬無一失謹白

本棧主人[illegible]

浙杭元吉永號

本莊自置紗[illegible]綢[illegible]新[illegible]洋綢花素洋布川廣夏貨[illegible][illegible]雅廣商貨頭油俱全[illegible]爲近時[illegible]市[illegible]落不同故[illegible]各貨減價[illegible]估衣街中間路北凡仕商賜[illegible]

石印書出售

本局向在上海今分立天津針市街同豐棧內承蒙賜顧其價格外從廉太平御覽歷代賦彙史學叢書[illegible]疆識客大號韻府大全[illegible]選三希堂法帖[illegible][illegible]名種閱書尺牘圖畫詩文[illegible]策均不細載[illegible]是也

[illegible]山書局省記啟

[illegible]十四日[illegible]

順和[illegible]由上海[illegible]怡和行

桂陽[illegible]由上[illegible]太古行

十五十六日[illegible]

新濟[illegible]往上[illegible]商局

十月十四日[illegible]

天津[illegible]九七[illegible]

[illegible]二千[illegible]百二十二文

[illegible]一千九百四[illegible]

[illegible]竹林九[illegible]

[illegible]二千七百六十二文

[illegible]一千九百七十[illegible]文

直報

光緒二十一年十月十六日
西歷一千八百九十五年十二月初二日　禮拜一
第二百六十六號

再論查辦私抄事

根莠不除禾不能殖法度不嚴人不知方況朝廟之間帷幄之重將以運神機決勝算定黜陟明賞刑而顧以樞機秘務任其宣洩而莫之禁則所謂法者安在也雖然立法以治人仍須任人以治法蘇子云人勝法則法為虛器法勝人則人為備位夫至於法勝人而人為備位則法無人治法必弊法弊則始而倚法作奸繼而邈法任意法之勝法之衰矣然則如之何而可曰法與人並用法之外更濟以情情者實也任法生於相疑相疑生於有私有私生於上下之情不相通而作偽之心起逆意相循我虞爾詐無情矣易言睽孤有豕負塗載鬼一車又云匪寇婚媾往遇雨則吉蓋睽則隔而不通故生疑負塗之豕載車之鬼疑也遇雨吉則上下通而羣疑解也然則以情而論仕人尤重於任法乎京師同文館自同治紀元創立以來所有肄業各生三年學習有成分別給予繙譯生監准其一體鄉試並准充當各衙門繙譯官官雖微而差則要具由繙譯官出身之員著有勞績均以府經歷縣丞為升階旗人願就武職者以防禦為升階經總署議擬繙譯另當差得力三年期滿成繙譯鄉試清文熟悉繙畫無訛成文鄉試三場完竣文理平通未經中式者均照案給予府經歷縣丞為升階各等因奏准在案定法也隆恩也濟其任者宜如何翼翼小心謹益加謹哉茲聞　皇上近因　內廷機密事件往往傳於外間甚速若無傳說之人外間何由而知以此類推深恐洩自左右侍從是以　天顏震怒即以更換　御聯為究察計隨將內奏事太監高某以　御前重責畢復交領刑司從嚴懲辦將高某定擬發往　盛京充當苦差送交刑部由山西司點名畢轉送兵部派差起解又聞有同文館肄業生朱乙尊者糾約電機處當差之仇師伊通同一氣屢將　內廷機密　朝政時時洩露傳說外間致將不發抄機密奏稿私行抄錄困圖小資以洩緊要　國政現聞某鉅公查知隱情指揭夫肄業得獎甚優何以倚法作奸邈法任意如此非法之舉實人之咎也全具所抄之件貢為五月間前任兵部尚書孫萊山大司馬懿恭各欽稽係　皇上留中不發機密要件被仇師伊與朱乙尊私行抄錄妄登某報刊佈天下旋經孫大司馬閱看該報遣家丁將售報人胡秀珊扭送琴堂追究私錄奏稿之人比時胡秀珊因實不知情枉受刑責祇得挽友央求寬恕懇請孫大司馬另為訪查究辦今經孫少公子訪查得實深知胡秀珊係受不白之冤於十月初十日已將胡秀珊邀至府中備酌暢飲以饒舍寬並囑令轉致報館慎重採訪免惹是非而仇師伊朱乙尊之身充要差倚法作奸邈法任意抄錄不發奏章搆人陰私訐以為直昔賢所惡尤非情實之旨泰西報館之設本以厚風俗示勸懲通民情別善惡言者無罪聞者足戒本報以直為名義益本此所錄洩露朝政一節特警玩法之人以朱仇為龜鑑任人者亦可以朱仇為前車之覆轍也

天顏有喜　○十月初十日恭逢　慈禧端佑康頤昭豫莊誠壽恭欽獻崇熙皇太后萬壽聖節所有禮與法駕執役校尉鑾儀衛人等欽奉　諭旨加恩每人賞給一兩重銀錁一個執交內務府廣儲司按名給發由鑾儀衛派員承領與賞諸人咸頌　慈恩不置計自

初九初十十一等日奉 內廷傳令四喜等菊部名脚優伶俱於辰刻赴 南海豐澤園戲樓伺應演戲 皇太后率領進內 朝賀觀蝦之公主福晉命婦等往觀是日班中脚色各竭平生之技維妙維肖響徹大衢洵一片承平雅頌聲也至申刻散出 皇太后恩頒有喜命總管太監賞給各優伶小銀錁一個諸優跪領碰頭歡聲雷動

地面宜清 ○京師宣武門外潘家河沿三聚木廠內王姓窩藏匪類散西珠汛訪聞率領勇丁數十名擁入木廠再三盤詰言詞支離因飭優查起獲贓具甚多鎖拿匪徒五名解交步軍統領衙門嚴行審訊所獲各犯是否盜賊尚未訊得實情然即形跡可疑且以木廠而竟敢窩盜是真不知王法之輕重者矣

舊地重游 ○德國前任欽差駐華公使巴大臣蘭德果毅英明和平中正駐華十餘年所辦交涉皆一秉大公毫無偏徇中國士大夫同聲欽佩前年以任滿元旋挽留乏術至今稱道弗忘而巴大臣亦念念中國凡有事關中國者亦隨時關照去年中東之役泰西各國皆不知就裏巴大臣獨時剖晰使各國皆知直中曲遼東得還亦係巴君多方贊畫俾俄德法三國從中轉圜厥功尤偉而巴君讓善弗居事平即辭職上下千古無此偉人允令人同深銘感前閱洋報知巴君已由德京動身今早輪船由滬來巴君果至不獨與巴君有一面之識者亟思一圖良晤即草野鄙人亦極願一瞻丰采聞不日尚欲進京正不知我 國家若何酬答以盡誼也

銘軍已至 ○銘軍馬步各隊十三營駐紮遼陽地方頗稱得力茲以和有成局奉兩江督憲劉峴帥諭令來津聽候調用十三日晚銘軍各隊現已抵津屯住西門外各客店如何差遣俟示再登

稽古甄榜 ○欽命二品銜直隸分巡天津河間兵備道李 為今將稽古書院九月二十日課試經本道閱取舉貢生監等第姓名並獎賞銀數開列於後須至榜者 計開正取十名 劉寶和 徐曜奎 王德純 王德崇 陸繼周 高桂芬 劉鍾森 魏 震 喬從銳 周拜颺 第一名獎銀三兩 二名至五名各獎銀二兩 餘各獎銀一兩五錢 副取十五名 陳金栻 陳自珍 錫鳳藻 劉春永 田士瑞 郭峻城 王 琦 高玉樹 劉承蔭 高增奎 盧秉銓 李春台 魏金題 李炳熊 趙介祥 第一名獎銀一兩 二名至五名各獎銀八錢 六名至十名各獎銀六錢 餘各獎銀五錢 次取五十五名 徐孝愷等 第一名至十名各獎銀四錢 十一名至二十名各獎銀三錢 餘無獎

輔仁課題 ○天津道憲課輔仁書院肄業生童文詩題目開列於後 生文題 孟子曰可以取至與傷惠 童文題 其心曰

生童詩題 賦得三冬文史足用得冬字 生五言八韻 童五言六韻

道憲重申 ○欽命二品銜直隸分巡天津河間等處地方兵備道兼管驛務河道漕運糧餉鹽法事務李 出示嚴禁事案查津郡街市傾銀舖前因銀色低潮曾經前道飭據各行公議統按足九九二色傾化加蓋戳記並出示嚴禁在案茲准省城練餉局覆稱解到餉倫銀兩均係化寶短色數分實屬違章取巧漁利本應拘案懲辦惟念該商近來買賣減色姑予免究合亟出示嚴禁為此示仰軍郡商民人等知悉嗣後傾銷化寶無論官項及街市使用仍按舊章足九九二色倘敢抗違一經查出定行拘案罰懲決不寬貸凜遵特示

掛牌兩示 ○新樂縣知縣孫德成因案撤省遺缺以寧津縣知縣趙欽舜署理未到任以前以委署邢台縣知縣姚定元暫行代理 署遷安縣喜峰口巡檢會榮樹因病請假遺缺詳委儘先洲吏目孫之豐署理○高陽縣知縣姚恩綬署事期滿遺缺以元城縣知縣王維藩調署所遺元城縣一缺以高邑縣知縣唐則瑶調署遞遺高邑縣一缺以候補知縣番國瑄署理 署隆平縣知縣潘江署事期滿遺缺以准補邑缺之金銘飭赴新任 廣昌縣知縣周樹桐調省察看遺缺以候補知縣張孝詒署理 邢台縣知縣張桂芬調省察看遺缺以准補獻縣知縣姚定元署理 任縣知縣張繼栻調省察看遺缺以候補知縣蘇景泉署理 肅甯縣吳交河縣張廣昌縣周俱進會

有信打龍 ○侯家後龍姓小班昨有某會勇丁在該班取樂該班酬應不周衆勇將該班砰砸龍姓又邀小馬隊勇丁數十名將某會勇毆傷某會勇有信稱執龍赫恐其衆不能敵復向各小班邀人等班一名與龍幫打現有各下處人出為說合不知能了結否也

無計爲懷 ○鎮署前向有繁勝售賣零物及說書戲法賣藝各雜耍俱設場闢演觀者甚夥昨有一三旬男子衣襤褸鳩形垢面而秀氣暗含如蓮出汚泥而不染左執書右持扇設場而講或視其書乃西湖拾遺也講多時聽者寥寥獲資無甚有識之者言此人籍隸南省係宦家子昔年[illegible]會遊燕市冀博恩榮爲納貲郎始以吐霧噴雲迷其徑無路出花而床頭金盡擬溯害悔作歸計復爲御陰路曲所留苦無以度不得已乃以西湖一書仿子胥吹簫事而不知陽春白雪之卒少知音也嘻甚矣億憶在都同樂園觀劇赶三演碣兒進院一齣謂其辭曰天下事於何處失當於何處負若公子者何弗仍於失處覓乎惜無赶三以相勸耳

付之不論 ○禮居三重之首制百行之原禮之爲義大矣哉矜道學者遂謂欲之寇人甚於兵革禮之衛人甚於城郭而沾沾於繁文縟節不顧人心之所安富貴世家又從踵事增華徒尚禮文鮮由禮制其意以爲壯觀瞻耀耳目必責以禮之實際則轉轉而鄙棄之孔子所以有先進後進君子野人之歎也世之讀先進後進者又只以爲先後之判不過論其質與文焉耳已從未說夫先王緣情制禮之初心焉夫禮始諸飲食造端夫婦先王知飲食男女人之大欲所存恐其欲之肆而無底將不能各遂其欲以長其欲也爲之禮以節其欲順其欲委曲周詳務便遂其欲以長其所欲非故違其欲妨其欲强制以斷其欲也男子欲有室女子欲有家男女自是心父母即當以男女之心爲之心心之若何勿失其時而已今聖人 功時爲之庸百務皆然況婚娶乎婚娶失時則不生不生則是隱以殺之也名爲生而隱以殺豈論先王穀我士女之意而中土之拘文牽格以致敗裂歧出者不甚闊問是皆逆情拂性拘墟而談道學之人實有以階之爲隱轉不如外洋之畧迹原心婚娶任男女自主而父母從之猶承其夫禮之眞義耳嘗讀西廂記拷紅一齣不禁拍案叫奇服紅娘石破天驚之論爲得先王制禮之精詣彼崔母者初以相國門第不肯下就而賴婚繼復不肯多與君瑞以命令其遠去而使怨女曠夫朝夕比鄰致生狎隙轉以防範不嚴之過移怒於紅宜紅之嘖有煩言過責夫人夫人反無辭以對也至崔母撫雙文相視而泣曰汝今日被人欺負道學腐儒其氣相如是如尋若夫牆之茨門之莠鼓鐘於宮聞諸道路不知信否殊非吾人所樂道然與惑於後者預於前願以告世之諸父諸兄督理家務者是亦爲政幸勿以斯言爲河漢也

助賑清單 ○啓者敝局自辦唐山遵化清河各處賑務以來屢蒙 諸大善士測隱爲懷解囊慨助俾無數生靈出水火而登袵席皆仁人君子之所賜也目下各處賑務已放完竣業將所收義欵及請領官欵收支細數造具清冊呈送 籌賑總局查核銷案與謹將第二十三次 各大善士助捐數目依次排登以昭徵信 計開 居易堂助津錢一吊文 彝督津錢一吊文 東甯生助九六津錢三吊文 誠誠子助九六津錢一吊文 勸善堂助九六津錢二十吊文 思補士代敦睦堂助洋銀十元 還靈子助庫平足銀二兩 集義社募第九起各處賑欵 嶺南拙叟助津錢四吊文 積慶堂劉助津錢二吊文 無名氏助津錢五吊文 李杏村助津錢一吊文 義慶堂李助津錢二吊文 汪少卿助津錢一吊文 玉成西助津錢二吊文 永豐裕助津錢四吊文 無名氏助津錢二千文 承豐厚助津錢二千文 玉成號助津錢二千文 此單未完

歐洲商務 ○西十月五號倫敦消息言法國議員當闢門聚會議論賦稅時有院員羅氏宣言於衆曰曩昔我法國出口生意幾與英國並駕齊驅德國僅居第四之列不料時事變遷今昔懸殊計自西歷一千八百七十年至九十年以來商務之大以英國爲巨擘獨冠五洲次爲美國又次爲德國而法國則降至第四反在三國之後是誠可惜此必因法國政治未良有損商務所致也計西歷去年歐洲各大國之出口生意共値銀七百三十一兆磅而法國所沾者過六十五兆磅睹此江河日下能勿令人感慨哉○西十月七號英京消息言本年秋季統計英國入口生意比諸去年此時增多銀三十七萬八千三百九十三磅而出口貨則比往年多値銀一百八十六萬二千六百二十磅

失物告白 啓者本月初六日在臨斯力處柏賣失去顯微鏡二架倘有人將原物送交本報館必當酬謝 本報館謹啓

啓者本等在天津開設製造公司專出各項工程推妙新法并估價值茲將各項分類列後

計開

一考驗礦質分化金石所有關係鎔化一切良法皆能條分縷析繪圖具報併估一切應用器機價值

一測量鐵路鑲建車軌皆能逐條繪圖具報併估建造及一切應用器件價值

一電氣車電光燈皆能繪樣併估全副電燈價值

一鎔化礦質大爐併新式釘磚及士門得土各窰所有應用物料薪炭須先詳加考驗再爲繪圖製造

一測繪各處港澳江河皆能畫圖備用

一製造煤氣及自來水一切廠所器機皆能繪圖估價

一估造各種工程繪畫各種平視立視精細圖式

一物類原質皆能以化學法分化無訛

一欲辦工程如來本公司面議即可告以良法併估價值再本公司素與歐洲及美國各大公司聯絡故能包辦各項工程或有工程需人監理本公司亦可派人前往

本公司主人現寓恒豐泰

賈密孫製造公司謹白

啓者現有英人僑居烟台曾在英京國學考有官憑並教授經史算法航海等學三十餘年並在英國海軍衙門充當試官有年曾蒙華廷派委要差今擬在本公館教授華童英文以便將來應陸軍海軍商務之選惟受教不得過十五歲議定每季脩金關平銀二百兩如有從學者即希函達天津恒豐泰飯店或烟台英領事署轉致倪爾森可也

啓者本行由英法等國自運各種時式金鏈珠口毡藍表並自打代間各樣打鑽表及一切新式玩物一應俱全貨高價廉格外公道如蒙 仕商賜顧請移玉紫竹林紅樓後大街錦泰棧對過認明敝行招牌便是

法商羅爾洋行謹啓

石印書出售

本局向在上海今分立天津針市街同豐棧內承蒙賜顧其價格外從廉太平御覽歷代賦彙史學叢書新疆識畧大號韵海大全漢魏叢書經世文編小題三萬選三希堂法帖等具齊各種閒書尺牘圖畫詩文賦策均有細載畧登數種是也

積山書局省記啓

本館京報[illegible]處在宣武門外[illegible]坑路東[illegible]會館內譚午橋先生[illegible]如[illegible]閱者請至該處可也

本館[illegible]啓

浙杭 元吉永號

本號自置紗緞綢縐新樣洋縐花素洋布川廣夏貨顧繡雅扇南貨頭油俱全祇爲近時錢市漲落不同故兩各貨減價開設估衣街中間路北凡 仕商賜顧者[illegible]

告白

李傅相馬關被刺紀實龍帶小照每本價洋四角五 王芍棠星使使俄草 盛世危言 續盛世危言 勢盧叢書 各國時事類編 中日戰守始末記 公車上書記 蘭石蘭譜 竹譜 海上見聞錄 洛金扇 吉祥花 小八義 [illegible]公案 [illegible]公案 桃蹊新錄 夢餘 牛花 文[illegible]謹啓

十月十六日輪船[illegible] 海晏 輪船由上海 盛京 輪船由上海 十月十七日輪船[illegible] 牲陽 輪船往上海

十月十六日[illegible]

[illegible]二千[illegible]百二十二文

[illegible]一千九[illegible]四十五[illegible]

[illegible]

[illegible]二千七百六十二文

[illegible]一千九百七十五文

光緒二十一年十月十七日　第二百六十七號
西曆一千八百九十五年十二月初三日　禮拜二

上諭恭錄

上諭松椿奏節逾霜降湖河安瀾　請將本年伏汛大雨潦歸山泉下注各廳堤埽均被淘刷險工迭出經松椿督飭在工人員搶辦防護仰賴　神靈庇佑工程一律穩固裏下河秋成仍獲豐稔寔感實深着發去大藏香十五枝交該漕督祗領虔詣　河神廟敬謹祀謝以答　神庥餘著照所議辦理該部知道欽此

顛倒紅鸞譜

易首乾坤書稱釐降詩詠關雎道所造端倫所自始婚姻之義豈偶然哉夫以天下之大生齒之繁奇偶判形一居天涯一居地角而風水面萍聚池頭所謂傀儡登場暗中實有牽絲者故世以婚姻一節月下老人實司鴛牒兩兩皆繫以紅絲雖野田草露之緣亦必有金針刺透紙窓引入梅香一線而離生同其時居同其處亦必交背而失焉然世際亂離而無破鏡心傷陰雨致詠探葑始前頭終絕諾易嘉偶爲怨偶者此何以說而綠綺再求琵琶別抱者又何以說他如閨裏鶯花望斷無腸公子路旁楊柳受盡放胆春風而則又何以說毋亦紅絲有中斷之時紛披之候乎客有寓旅次者舍近某氏廢園草木叢雜中有亭一楹人靜後秋月當天虫聲唧唧客喜其幽信步造亭見老人持書一卷就問之老人曰此人間鴛牒也客因以己之琴瑟問老人翻檢而示之半客求觀全譜老人曰君之鴛牒幾幅尚有微詞客問何時答在某夕客不覺情而懇求爲力老人曰君吝否客慨當以慷老人請以五金爲質曰事救不當即歸趙客就寢思之若癡若夢忽夕復造亭老人果以金還曰嫌其遂述其故客聞言如夢忽醒俯視而金在手回視而老人失所在矣次晨歸妻曾君寄寄來銀包見不識丢於何處竊疑之懷之也客曰銀固在我已拾得毋須覓也然客之事客知之客之妻不知客妻之事妻知之客固知之老人已告之也蓋客旅寓有妻獨居夜陰有雷妻以堵窓與鄰嫗夫語漸洽甫乘垣妻聞剝啄聲急啓戶一老人持銀封曰此尊家男子寄來物付之遂去該嫗復與鄰乘垣詰之事以封傳遞墮失彼此相怨遍覓不得而天已曙此實老人之所爲亦實銀之所爲也錢可通神神乎技矣今宣武門外有北寺胡田某者豔羨于也家小康妹年及笄風流自賞今春有公車何某出巨資以賦小星田利其財先引何至家使妹抱衾裯昨以何醜陋不遂厥其妹欲賴婚何赴北城控告遂將田某及何田氏一併傳案分別管押好姻緣翻作惡姻緣矣又有通州某富翁者以納貲爲武職遊京師性豪爽邂逅一妓名玉仙聲色俱佳求其脫籍某以千金出其籍爲小星妓有同母弟爲龜奴因其姊之寵也亦求某收錄若爲腰纏侍焉而入門如走盤珠勸且餌以是頗得主人歡某輒委之傭粮租差甚優乙暴得志遂逞勢忘本然而目中挪但欺田婢既或有如屬戒之怙惡不悛某怒逐之出無所託仍理舊業或乞貸于姊以相助某富翁雖豪爽而聽自迨曾不適勸致窮此姓日久厭其又以其母彩之見逐也其適值中元節某率妻妾祭於墓並攜意騁遊觀目適某巨宦公子亦以祭掃路相遇曾見某妾驚其年目逆而送魂俱銷暗遣家人詢其居及姓氏知已爲某富翁妾玉容者主無如何心鬱鬱終不能釋因入花叢逐蜂蝶道問與三五少年品

羣花少年輩多所舉公子咸嘖之曰曾經滄海難爲水除卻巫山不是雲衆詰之公子以某妾告一妓厲聲曰君如不惜黄白者我能致之使如意公子以爲戲語也笑置之而心異或然曰若果得來一夕敎付百金若能訂山海盟者更不惜多金也妓曰諾矣因招一仙之弟告以故愬誘之弟求貸千金公子首肯乙日刻赴州署詢恰值其妓因與禾陽某郡課掾其家人素愛妾弟至廢爲通知夜入見其姊先言苦不可述繼云曾爲官久羈姊名現居本處恐難若姊前往一會某弟二百金務求俯手足情救我不死遂哭啼不止致妓亦爲之別心遂與計議於早向大婦言赴某廟焚香其弟候於廟以前門下車後門上車飛奔赴郡乙方向其姊言明底裡及見公子彼此不勝大喜曰此處不可久留也宜遠避之公子即雇車攜妓赴津往其某姻交處不知將來作何安置也吁似此固屬終非正道不知月下老人將紅絲若何繫倒也

鈔報設館　○京師前門外八角琉璃井徵文館前售館曾彙存係由內閣抄出宮門抄及各省一切摺奏復加比較與鐵老鑿[illegible]京報刊印摺奏甚速惟不准其妄登機密摺奏及字句錯訛曾經五城察院傳令各報房出具切實甘結存案今經禮部咨同吏部在地安門原尾巴斜街創開報館所刊之報名曰邸抄摘要並擬仿照徵文館所售館曾彙存內載宮門抄各省摺奏並保舉摘單外稿現在開辦邸抄摘要創辦此舉係稽查洩露密奏之人倘有再犯定拿甚易此乃整頓朝政之微似此法律甚嚴諒若輩深知警惕必當斂跡矣刻下邸抄摘要銷路踴躍較勝彙存利市三倍矣

日下操兵　○練軍現准兵部咨本年應行兵丁會操親王大臣校閱騎射仍有步靶均照定式尺寸預備不得私行放寬又大希麟易放中箭惟球亦用三角舊式除屆時應由欽派王大臣當場較比外相應咨行管理神機營右兩翼前鋒營八旗包衣驍騎營內外火器營健銳營圓明園八旗官兵處內務府三旗鳥鎗護軍營一體遵照辦理

營憲傳令　○官兵本練尾無兵也封疆創深須書期促可余何居其操演于平日不爲功昨經營憲札飭親兵練軍各營每日操演西大操成勁旅以備干城如有怠惰情弊一經查出行斥革決不從寬云

撤軍赴甘　○四川提督宋軍門前率慶軍馬步等營駐紮前敵和議後撤防來津已紀前報聞昨日已全隊赴甘助剿回逆矣凱歌待奏拭目望之

受福如天　○西門外延生社施饝廠每屆冬令施饝百日以濟窮黎聞該社定於二十二日開廠司事者當查戶口給票付饝無告窮民受福如天矣

畏行多露　○本埠自有洋車以來坐車者良莠不齊截相擊肩相摩也昨晚有閣前洋車塞路延至刻餘坐車某甲以兩車相近趁亂將坐車女僕大聲伸手拔去跳車而逸女僕急呼拿賊時將黄昏行人雜遝竟不識孰爲割鬏棄袍者矣吁人烟闤闠之中畏行多露婦女宜如何慎哉

大令接代　○邑侯趙星甫大令前奉督憲札飭調任清苑縣已紀前報茲聞大令交代一切料理清楚十八日由津起程榮起新任矣

游勇肆騙人　○本埠西門外同心店住客有陳占魁孔兆盛者係江南鳳陽府人俱遊勇情狀昨晚聲稱有絲帶小布包交店掌櫃仲山手店掌不認陳占魁等赴八段守望局喊控金大令飭勇將店掌李仲山傳案對質大令訊明並無交絲帶之事將孔兆盛假冒局[illegible]數十在身旁搜出尖刀兩把存案諭令趕緊回籍不准逗遛

輪船停駛　○津郡招商輪船局北通行客輪甚便每居冬令小雪後大雪前爲封海之期暫停駛年來已成舊例茲屆封海各輪船定於本月二十一日停輸所有客商人等一概暫停行駛

就地正法　○豐台某錢店被賊搶去銀兩一案經官兵立時拿獲六名訊明後奉督憲諭令先將五名就地正法其一名留作眼線俟本案緝獲再行審辦云云現在轄境各防各處設有兵丁嚴密巡查而搶奪仍復不免何也

宜禁見犯 ○昨十四日夜河北關上毘盧室旁胡同內李姓家一主二僕主係婦婦僕爲男女各一俱被戕斃一案按十五日早十點鐘時該坊人等見李姓大門未啓共相驚怪將門撬開見院內躺男尸一具屋內躺女尸兩口院內遺落包袱兩三個有李姓親戚幼女十餘歲稱之據云夜間賊勢凶惡潛行逃跑餘皆不能悉該管地保已呈報文武各署矣如何拿辦俟訪再登

宜禁夜行 ○前鎮憲吳論峯宮門每屆冬令會同府縣出示曉諭洋車來往以三更爲度不准逾刻再行等因處處嚴密茲各街洋車任意拉連徹夜不休其弊實無所不有不堪設想不知當道者宜如何禁止也

助賑清單（續） 積善堂助津錢二吊文 恒源酒店助津錢一吊文 李霞雲助津錢四吊文 義泰恒助津錢一吊文 李輝臣助津錢五百文 欽□堂助津錢 吊文 高少田助津錢 吊文 清溪堂助津錢一吊文 陳雅林助津錢一吊文 從勤堂助津錢一吊文 臧幼臣助津錢九百文 褚捷卿助津錢一吊文 黄仁甫助津錢五百文 瑞修堂助津錢一吊文 鄭菊如助津錢一吊文 吉徒生助津錢 吊文 劉符金助津錢五百文 大來生助津錢二千文 黄錦波助津錢五百文 慶長順助津錢四千文 賀萬年助津錢五百文 富德堂尚助津錢二千文 孫洪儀助津錢五百文 頤竹堂曹助錢二千文 納覺如助錢五百文 慎修堂王助津錢二千文 唐夢占助津錢九百文 文德堂周助津錢二千文 張桂孫助津錢五百文 德壽土莊助津錢二千文 穆少棠助津錢九百文 章介臣助津錢二千文 馮澤普助津錢五百文 王石甫助津錢二千文 唐澤田助津錢一千文 楊心朔助津錢二千文 于幼卿助津錢五百文 李小軒助津錢一千文 魏楝雲助津錢 千文 餘慶堂助津錢 千文 鄧鶴亭助津錢五百文 甘忍旃助津錢二千文 魏芸莊助津錢九百文 杜翰臣助津錢一千文 共九六錢八十三千五百文 第十起無名志未達主人助錢四千文 曹伯勳助錢二千文 無心無力齋助錢一千文 白蕉山助錢一千文 耿鶴岩助錢一千文 杜芝亭助錢二千文 新榮總店助錢三十千文 陸厚菴助錢二千文 張乃慶助錢四千文 實硯峰助錢九百文 春帖青助錢四千文 尚潤田錢四千文 任琴孫錢四千文 何夢九錢五百文 何麗孫錢五百文 李蘭生錢一千文 共九六錢六十七千文 天津義賑局同人具

風災彙誌 ○上月杪武漢江中大風陡起巨浪翻騰損壞船隻坍倒房屋壓損人口茲悉漢鎮廣益橋老君殿側吹倒小土庫一棟壓斃老嫗及小兒二名風定挖出骨肉已糜爛矣又龜山頭急水溜流之中巨浪將一駁船顛翻一駁空擱一駁又從江渡至江心搭客男子逮遭覆溺救援不及已隨長江東去又武昌塘角口灣泊之板空船一艘係因船目虧欠爲債主押守故此空載無貨已泊二年有餘船二人照料是日大風爲浪激損兩先沉下桅露半截於水面二人一則被浪捲去其一扒於桅巔幸遇救生船撈起叩謝而去又鎮後湖內李家墩撈獲溺屍十六具皆河南人來漢小販生意亦遭是劫慘哉其白骨悉由善堂掩埋又鸚鵡洲木牌一架被浪激斷纜索□木淌流漢江至鐵政局碼頭碰壞兩貨小洋船及舢板一隻船中二十餘人盡墜水中被浪捲去祇一人得遇救生船救起幸獲生還又木鬼戲之駕葉小划撈取水面之物亦被浪頭打翻數人無一生還此次大風雖渡局員曾豎旗禁渡若輩貪程履險亦咎由自取歟

新寄到西事類編 五州各國統屬圖 臺灣福州廈門圖 五大部洲總圖 各國時事類編 五洲教務 七國新學備要 八星之一總論 經驗百種時疫急痧方 欣喜太極理醫解 繪圖上青樓夢足本 繡像十大本 攻工玉堂字彙 諸葛武侯火攻用兵行陣圖說 情天寶鑑 繪圖金鞭記 中日戰守始末記 巾幗英雄傳 彭剛直公奏稿 鄭性賦解 資治新書 沙春山先生畫譜 繪圖桃燈新錄 平燕烟緣傳 七十二件無頭大案 文武陞官圖 諸葛心書十三律附百猿圖 風雨占圖 殺子報 京都三慶十集戲本 馬如飛開編樹泉戲園 無師自通東語 酒地花天 通天秘書前後套 大明奇俠傳前後套 落豆棚說閒話 客窗閒話正續集 花田金玉緣 湘軍九度又公全傳 花園楹聯 板橋貨尺牘 商賈尺牘新里執 尺牘全新 增廣合解尺牘 詳註寫信不求人 尺牘合解新編 繪圖聽月樓 新鮮笑話大觀 時下夫妙 孩兒笑話中外戲法大觀 外國笑話 滑稽奇談 繪圖彭公案 鉛字大板昇平 醫醇賸義 七種才情國色天香 意外緣 鴛鴦夢 竹蘭譜 張天師收妖 繡像繪圖大觀 三國志 [illegible] 寄天津府署西三□巷西直報分局內[illegible]啓

啟者本[illegible]等在天津開設[illegible]造公司[illegible]出各[illegible]工程[illegible][illegible]新法并估價值茲將各項分類列後

計開

一考驗礦質分化金石所有[illegible][illegible]化一切良法皆能條分縷析繪圖具報併估一切應用器機價值

一測量鐵路鐵建車軌皆能逐條繪圖具報併估建造及一切應用器件價值

一電氣車電光燈皆能繪樣併估全副電燈價值

一鎔化礦質大爐併新式紅磚及士門得土各窯所有應用物料薪炭須先詳加考驗再爲繪圖製造

一測繪各處港澳江河皆能畫圖備用

一製造煤氣及自來水一切廠所器機皆能繪圖估價

一估造各種工程繪畫各種平視立視精細圖式

一物類原質皆能以化學法分化無訛

一欲辦工程如來本公司面議即可告以良法併估價值

再本公司素與歐洲及美國各大公司聯絡故能包辦各項工程或有工程需人監理本公司亦可派人前往

本公司主人現寓恒豐泰

賈密孫製造公司謹白

浙杭元吉永號

本號自置[illegible][illegible][illegible]新樣洋綢花素洋布川[illegible]夏貨[illegible]摺雅扇南貨頭油俱全[illegible]爲近時[illegible]市[illegible]落不同故[illegible]各貨減價[illegible]設估衣[illegible]中[illegible]路北凡[illegible]什[illegible]碼

[illegible]

啟者現有英人偶居烟台曾在英京國學考取官[illegible]教授[illegible]史算法航海等學三十餘年曾在英國海軍衙門充當試官有年曾蒙華廷派委要差今擬在本公館教授華童英文以便將來應陸軍海軍商務之選惟受教不得過十五歲議定每季脩金關平銀二百兩如有從學者即希函達天津恒豐泰飯店或烟台英領事署轉致倪爾森可也

啟者本行由英法等[illegible]自運各種時式金鋼珠口砝[illegible]藍表並自打代間各樣[illegible]鑲表及一切新式玩物一應俱全貨高價[illegible]格外公道如蒙 仕商賜顧請移玉紫竹林紅樓後大街錦泰棧對過認明敝行招牌便是

法商羅[illegible]洋行謹啓

石印書出售

本局向在上海今分立天津針市街同[illegible]棧內承蒙賜顧其價格外從廉太平御覽歷代賦彙史學叢書新疆識略大號韵海大全漢魏叢書經世文編小題三萬選三希堂法帖[illegible]其餘各種閒書尺牘圖畫詩文賦策均有細賬畧登數圖是也

[illegible]山書局告記啓

失物告白

啟者本月初六日在[illegible]斯力處拍賣失去顯微鏡二架倘有人將原物送交本館必當酬謝

本[illegible]館謹啓

告白

李傅相馬關被刺紀實[illegible]帶小照 每本價洋四角五 王芍棠

星使[illegible]俄[illegible] 盛世危言 [illegible]

盛世危言 蟄廬叢書 各國

時事類編 中日戰守始末記

[illegible]車上書記 蘭石蘭譜

竹譜 海上見聞錄 洛金扇

吉祥花 小八義 [illegible]公案

[illegible]案 桃娘新錄 夢華

牛花 文[illegible][illegible]謹啓

十月十七日[illegible]船[illegible]口

海晏 [illegible]由上海 [illegible]商局

新豐 [illegible]由上海 招商局

十月十八日[illegible]出口

盛京 [illegible]往上海 太古行

十月十七日[illegible]洋行[illegible]

天津九七六錢

[illegible]紋二千七百二十二文

洋元一千九百四十五文

紫竹林九六錢

[illegible]盤二千七百六十二文

洋元一千九百七十五文

光緒二十一年十月十八日　第二百六十八號
西曆一千八百九十五年十二月初四日　禮拜三

上諭恭錄

上諭直隸承德府知府員缺緊要著該督會同熱河都統於通省知府內揀員調補所遺員缺著重煥補授欽此

防騙秘要

客有問於憨憨生曰天下古今之騙局其難防莫以機械變詐之心搆機械變詐之勢結機械變詐之朋乘變生機隨機應變捉摸不定起滅無端若有意若無意匪夷所思其何以防之哉生笑曰防之不難一言以蔽之可矣客叩其秘生曰是不能以授予也客曰度吾與子厚求官無弗得何獨吝憨生曰是非我吝于太聰耳欲聞此秘須學我憨客唯唯生正襟危坐而言曰天下古今之局成於眞而敗於僞成於君子而敗於小人何謂眞誠實而已何謂僞不誠實而已世未有誠實而輕者人雖欲誘之烏得而誘之世未有誠實而貪者人雖欲餌之烏得而餌之世未有誠實而擾者人雖欲亂之烏得而亂之彼世之騙人者成乘人之輕而施其術乘人之貪而施其術乘人之擾而施其術一遇誠實之人則其技均無所施焉雖聚千百之蘇張說之不入以臨大節舉國爭之而不能移以犯大難羣敵攻之而不能克況市井之細事乎客曰請爾竊以爲君所論者理之常不足以概世之變也試舉近事一二以相質南京秦淮河畔某乙家設烟館垂簾一卷一榻橫陳客入則持短笛對短燭而橫吹之如看竹無須問主人主人亦不問客之奚自也一日有客某丁攜幼童入童約五六歲以手持糖果立榻前客即榻吸阿芙蓉膏數錢起立去斗持錢就簾下視適客雜沓館人應接不暇丁遂混以出門袖錢而逸館人以爲與人來歸也詢幼童曰帶汝來者係汝何人童曰不知館人曰汝何爲從之童曰彼以糖果食我且囑少候即帶往某館聽曲館主人固疑客而終以爲有童在也及晚客不歸童哭欲回家館知爲客所愚而送童於家童父母失兒復得喜極償館人以洋弍元客藉幼童以竊煙復使童之父母償館價議矣又北京前門外大街金同同以賣膏藥爲業兼治毒門雜症實爲逢時技少年子弟染花柳症者多求診治數日包好輒重索謝必償其欲而後止以是居奇獲厚利意甚得一日有某甲者年逾不惑衣楚楚似大腹賈模樣造門顧謝少坐啜茗遂促膝低語云猶子向在某舖爲夥近來頗不安分與不肖者作狎邪遊眠花宿柳染得一身外症該舖將下逐客令深恐其生意停歇遊蕩無歸久仰先生華扁遺風高明素著即求加意醫治倘能不日包好於藥資外定再從重酬勞同同聞言喜形於色隨云必須見症再議甲云少頃具偕伊同來伊小時余嘗在外暫避恐下體畢露見余反有難色也金聽之甲亦辭出隨到某綢緞舖購綢緞數匹約値數十金據云須同往金同同處兌銀同車到彼可也攜貨登車至金處拱手同入坐略談數語甲即外出命同同見乃爲暫避即向該舖夥盤問病源併令脫衣一視該舖夥愕然不解其故金云令尊在外暫避求我與汝治病何尙不知耶舖夥聞言大異謂金云汝何胡言亂語我乃買綢緞號　舖夥須問前途到店購得綢緞該價數十金有發票在此言明同到汝處兌銀汝乃一味支吾耶金聞夥言即向外找中實對己者如黃鶴矣

命與伙始知事敗懊惱無已伙遂扭金至店理論冀欲控諸坊司未知若何了結也其術不又爲句外句筆外筆味外味乎若僅以誠實其何以防生曰如予所云其被欺之由仍爲誠實未盡耳試更爲予明揭之彼烟館之受欺其事易明何也設此生遇者少良民入其館者亦少良民爾詐我虞其害也彼洽毒門諸症將其害昔之詐財更無容問是皆乘其貪以行其術至童之父母被欺其平日教無義方亦可概想幾見禮法門庭之童稚有無故受生人食物者是仍當以誠實未盡論而自疚之不必格外設法以防欺且更試以行欺者對觀其專心致志無念不純方可以爲眞小人世願以一刻之誠實不能必諸刻刻一事之誠實不能必諸事事誠實未盡終歸於僞以念念不純之僞君子欲勝念念皆純之眞小人無惑乎君子不能勝小人也昔人謂矢來有聲爲鐵甲以備之矢來無聲爲鐵室以備之又云君子之修身也日慎一日完如金城吾竊願與予爲金城不願與予爲鐵室也客憮然爲間曰命之矣

禕觚氏曰昔有士人畫大小騙者一友戲題其册曰騙騙戲法無眞都是變元寶何爲來騙人算盤秤子抽心練紗帽何爲來騙人終朝穀𥳑圖花面大騙圖財爲救貧小騙救他先自賤割鬚持傘不須辭還將騙到之財雙手獻吁嗟乎天地古今是個大戲台我在大戲台上覩眼見附錄以博一哂

繙清不清　○內務府處現懸主稿章京一缺循例各取內務府各項司員考充緣麟芝菴張子青中堂會同御前大臣在西苑門外六項人所考試計與試者數人麟中堂等聯口以中堂二字令其繙作清文應考之員新繙文義誤爲坐字中間之堂相國披閱畢謂中堂爲大學士之通稱繙清文當只還其原音何得譯作屋宇中堂可知非通繙譯者爾之禮邸等此後如奏事處主稿缺出者取六部司員不必專以內務府人員咨取庶免不曉清文之員如南郭先生濫竽充數云即入奏請改舊章不向內務府人員咨取矣

因弊作弊　○官吏沈匿公文厥咎甚重昨聞吏部考功司書吏某甲承辦某省起病科件甫經到部即變某乙與伊代爲呈堂定稿不意遺失原文甲乙皆驚惶失措赶向吏科爲議吏科承辦吏某內覩爲奇貨需索百金始肯將揭帖借抄乙再三央懇許爲不惑之數事得彌縫似此漫不經心祗費去數十金竟得逍遙法外誠錢可通神乎

石名五穀　○生産爲萬物所從來乃天地自然之機達生編論之最確至催生之劑諸醫方皆以補助氣血爲主是此外此單方約皆以意爲之所謂醫者意也佛門用舍利子取舍之義京師用龍門香燭以士子考試出入龍門之物可避邪祟皆意也今又有方之新而又新者昨阜城門外正紅旗岳某之妻曹氏有娠十月初十日晚却覺腹痛至次日午後尚未分娩一家皇皇莫知所措學爲三晉會館辦公所知係絳州稷山縣人曾由后稷墓旁取藏五穀石形似小谷使産婦吞之即刻生産得一男一女男左拳女右手各持五穀石而下據辦公云此石已用得三四次矣彼地之得此石亦甚易易誠謂異聞也乎

錢少一花　○當字錢惟京城可用且有實小而名爲大者曰原串錢實不能以通行也凡出京勾當者先以當字換制錢其數以錢五文爲一十俗名一花遠省少駐京者不解也昨有兩省道人到京數日即差役持當字票向錢攤換制錢數之其制錢短少五文彼此爭論錢攤曰此短一花耳不算短差不容將用武有魯仲連者極力相勸并猶問何不算短衆解之曰非云不短短出無心故不算短耳亦可謂善爲說辭矣

內地練兵　○前出使朝鮮留任浙江處州道袁慰亭觀察於去歲與內渡避地前敵督辦處司復兼辦前敵糧台轉運等事和議成後赴都引見現仍駐京昨有友人云及袁觀察奉旨作爲練兵大臣駐紮小站督練各軍務使精益求精等語茲據傳聞姑先錄之容訪實再報

外縣決犯　○本朝秋審直隸各州縣罪犯於審實後距省三百里內者仍發回本縣監禁候旨茲武清縣今年秋審僅有絞犯韓憶一名於本月初三日邑侯奉文會同武清營李都戎並存城汛楊千戎驗明該犯正身綁赴法場處決外縣決犯本屬少見是以觀者如堵云

負性好義　○轄下一帶各村庄自入秋後頗有不靖某甲者性極豪強武藝精通鄉中有巨富者屢患賊竊值防不勝防因與甲

商甲允與除患遂宿於富家書室中迫數日後夜聞行步聲甲即潛伏窗前竊探果有二賊俱持刀正奔該屋甲亦執刀蹲於門後旋見門已被撬開先用刀亂幌甲不稍動且將脚伸開該賊步入即行絆倒後賊闖入壓在前賊身上甲力大無窮將二賊髮辮揪住方喚大家俱起將賊綑好甲曰何必作此下賤二賊言原由軍營撤退無計謀生甲曰我開廣大之恩釋放汝等傳語同黨不必前來白費功夫不能得手二賊即首肯從此遂無賊患矣

何投濁流　○日前下午後馬家口之擺渡口有某甲者約九十餘歲在渡口徘徊時許忽抱頭跳於河內該處人即大聲喊救渡船在對岸聞之努力搖駛向前拿老翁身穿棉衣未即沉沒遂撈起有與識者云此係東門內某廠巷人不知因何尋此短見趕將老翁送至澡塘溫暖之

似詳未詳　○昨登河北關上李姓家被賊明火拒傷三人一案茲悉邑侯翁大令會同營汎官勘驗究竟尚未詳何如容訪再報

不論之論　○本郡首紳閻秀才於初九日潛逃一節本館以事涉閨閣意存忠厚以付之不論而諸報喋喋數日以來飛短流長有以本館為得人賄賂者未免不諒之深矣今再以不論論之緣某閨秀至年長時另居繡室其母有陪嫁媼先已老誠因令其為女保姆朝夕形影相依女年逾及笄因係跛足攀視無人於花晨月夕未免情不自已遂以多金求媼暫作露水姻人而該媼利令智昏即允作牽情使者揀選輕年貌美家僮引入苟合定情非止一人私孕已非一次皆媼為掩飾雖其母知覺因溺愛心重不但不能自處反行代為遮掩於是女心胆愈壯遂又由媼引入某家僮較前者尤為親暱終以暗度陳倉不如明走棧道因謀及於媼即由女逐漸將其母積蓄偷竊一空與僮計議停妥乘喪事晚間女易男粧而逸至次早因見香閨杳無人跡始驚於其母知已悉是媼出謀騙逃遂遣人立赴媼家以疾雷不及掩耳果然尚未走脫立即雙雙獲住當將女移回家內即將定情拐帶之家僮嚴管押遂控縣家僮偷竊多贓已逃破獲送案按賊盜尚未過堂不知該僮如何供認其未能將媼送案者大約恐其當堂吐露真情耳此事既經縣官已人所共悉不妨錄其顛末俟有續聞再行登錄

赤手擒賊　○下水人歲歲乘月夜行諸河皆然尤甚中流自在不畏推勢眾人多不畏強禦也靜海縣屬獨流北岳家園子地方南運河內一人儀夜行詎該岸上官差數人持洋槍指喝言汝船有案速速靠岸遲則開鎗轟擊不分良莠舟子甫攏岸飛上船者二人餘立岸上持械伺遍呼客出艙一一搜身上搜過者令旁蹲無少動客有津人蕭弁父子蕭者弁曾歷南運河汛所威嚇知為綠林客遂聲出曰看我是案中人否盜一手持六出洋鎗一手就蕭身捉其眼鏡蕭驟奪盜手中鎗盜不釋就盜手向岸連發岸上盜鳥散蕭手擒盜且縛且呼客皆慄慄懼莫敢前其一盜髮辮為蕭公子所繫盜自出刃斷其髮而逸蕭縛一盜赴該縣報案壯哉蕭也使假五丈之旗挾其膽識安知不與長山淮陰後先輝映乎○咸豐初粵匪犯順川勇初到北方北直以承平日久民不知兵乍覩戈矛不勝驚懼避之不遑兵遂趁機擄掠于牙有鄉勇某者出拒川勇前一川勇持鎗刺鄉勇鄉勇鋒及腹鄉勇奪鎗以手前扑遽回後一川勇持鎗刺鄉勇鋒及背鄉勇夾鎗以左脇後兵扑旁一川勇橫來揚巨刃剁其頭鄉勇右足踢刃落手起一鎗一兵迭刺之直透心眾川勇退不敢前鄉民以勇得無恙至今誦之然未獲論功於朝也後仍以他途乃為官雖脫穎而出終未及鋒以試焉吁山林草莽俱蔚英賢其在淵尾為柱石之材中遠足備干城之選者豈乏其人乃釋其禍夕移其體夙願償夙志隳是亦為不善變者矣抑豈以位尊金多時懍千金之子坐不垂堂訓乎噫異矣

聲明假冒

敬啟者敝處代寄銅板鉛板石印古今各種書籍風行遐邇價值存廉各書校驗精明時當亦有某某某難得無恥假充字號假冒名姓手提藍包亦購買書籍昨有某號購買書籍數種內殘書若干價值每部增漲若干來至敝處論詞更換書籍對明假充之故也　主顧若由購買書籍來處親取或自命人關係購亦可均是公道交易如今敝處有夥計三名一名趙二一名楊成一名趙顯在街各處分送各樣紙張經夥計手購買書籍另有發票圖章除者無有發票圖章者是假充字號假冒名姓特此聲明佈告

天津府署西三義莊巷內翰墨分處內紫文堂啓

敬啟者本等在天津開設製造公司專出各項工程擅妙新法并估價值玆將各項分類列後

計開

一考驗礦質分化金石所有開採鎔化一切良法皆能條分縷析繪圖具報併估一切應用器機價值

一測量鐵路鑛建車軌皆能逐條繪圖具報併估建造及一切應用器件價值

一電氣車電光燈皆能繪樣併估全副電燈價值

一鎔化礦質大爐併新式缸磚及士門得土各窑所有應用物料薪炭須先詳細考驗再爲繪圖製造

一測繪各處港澳江河皆能畫圖備用

一製造煤氣及自來水一切廠所器機皆能繪圖估價

一估造各種工程繪畫各種平視立視精細圖式

一物類原質皆能以化學法分化無訛

一欲辦工程如來本公司面議即可告以良法併估價值再本公司素與歐洲及美國各大公司聯絡故能包辦各項工程或有工程需人監理本公司亦可派人前往

本公司主人現寓恒豐泰

賈密孫製造公司謹白

敬啟者現有英人僑居煙台曾任英京國學考官總教授算史算法航海等學三十餘年並在英國海軍衙門充當試官有年曾蒙華廷派委要差今擬在本公館教授華童英文以便將來應陸軍海軍商務之選惟受教不得過十五歲議定每季脩金關平銀二百兩如有從學者即希函達天津恒豐泰飯店或煙台英領事署轉致倪爾森可也

啟者本行由英法等國自運各種時式金鋼珠口砝藍表並自打代間各樣打鏇表及一切新式玩物一應俱全貨高價廉格外公道如蒙仕商賜顧請移玉紫竹林紅樓後大街錦泰棧對過認明敝行招牌便是

法商羅爾洋行謹啓

石印書出售

本局向在上海今分立天津針市街同豐棧內承蒙賜顧其價格外從廉太平御覽歷代賦彙史學叢書新疆識畧大號韵洵大全漢魏叢書經世文編小題三萬選三希堂法帖等其餘各種閒書尺牘圖畫詩文賦策均不細載畧登數種是也

積山書局晉記啓

失物告白

啟者本月初六日在慶斯力處柏寶失去頭傲鏡一架倘有人將原物送交本報館必當酬謝

本報館謹啓

浙杭　元吉永號

本號自置綢縐紗羅湖縐洋縐花素洋布川廣夏布鹽襟紗扇南貨頭油俱全soon

[illegible]

本號自置綢縐紗羅湖縐洋縐花素洋布川廣夏布鹽襟紗扇南貨頭油俱全祇爲近時錢市漲落不同故爾各貨減價閒銀估衣在中間路北凡仕商賜顧請認明本號招牌

告白

李傅相馬關被刺紀實並帶小照每本價洋四角五　王芍棠星使使俄草　盛世危言　續盛世危言　勸廬叢書　各國時事類編　中日戰守始末記　公車上書記　蘭石蘭譜　竹譜　海上見聞錄　洛金扇　吉祥花　小八義　彭公案　龍公案　林蔭新錄　夢筆　牛花　文美齋謹啓

十月十八日輪船進口　和生　輪船由上海　太古行　新豐　輪船由上海　招商局

十月十九日輪船出口　海晏　輪船往上海　招商局

十月十八日銀洋行情　天津九七大錢　錢盤二千七百二十二文　洋元一千九百四十五文　紫竹林九七大錢　錢盤二千七百六十二文　洋元一千九百七十五文

第一張

直報

光緒二十一年十月十九日　第二百六十九號
西歷一千八百九十五年十二月初五日　禮拜四

論洋藥釐務宜查偷漏

朝廷設卡抽釐助餉始自咸同洋藥抽釐事猶後起原爲一時權宜計非 祖制正賦之常近年中邦東西南北所產罌粟既旺亦甚暢銷加以外洋所來大土厘稅並征頗成鉅欵雖非如地丁漕糧折色等項爲庫儲正供而裕餉之源較他項實大有裨益前讀 懿旨飭戶部將常年入欵逐細覈計共有若干嗣經司員再四籌算各省每歲所徵洋稅計銀一千五百餘萬兩各省地丁每歲計銀一千餘萬兩鹽課計銀一千二百餘萬兩雜稅計銀一千五百餘萬兩洋藥釐稅並徵銀七百餘萬兩一年之內 國家約共入銀八千數百萬兩而鹽稅之內土藥不爲不多都城崇文門與天津關尤爲督收稅務要地如遇有買偷越 稅等弊立即起獲私貨並將闖關漏稅之商賈照例懲辦議罰以重稅課近來烟土一項除廣土例不納稅外其西土每包應納稅銀二兩六錢倘有偷越漏稅被獲者即應將未經報稅之商人派役看守嚴行懲辦以儆偷漏議按崇文門議定拿獲偷漏章程令該商認罰稅銀按二十倍交足始准將該商開釋如刻下無力認交罰欵准其對保籌辦如其罰欵實在無力完繳該商棄舖逃逸復經委員飭查實無下落准將起獲私土變價若干共按十成核算委員分三成書役分二成其餘五成犒賞海巡兵丁似此辦理相沿成習昨以宣武門外西茶食胡同恒利義洋藥局張姓與菜市口地方三義和洋藥局張姓由長新店販來烟土六十餘塊俱係偷越稅課經巡丁訪聞即赴恒利義烟土局起獲烟土並將張姓一併解至海巡下處張姓許給賄賂一百五十金懇求寬恕免究情願將起獲之私土給巡丁私自分肥免其呈官認罰鉅欵而巡丁竟飽入私囊且縱張姓私行闖關偷稅最干例禁乃該巡丁既經訪獲偷稅私土商人胆敢不即呈報到官私行賄賂賣放分肥張姓得免法網共省罰欵三千三百六十金而巡丁等罪誠不可逭矣現聞崇文門副監督芬餘亭大廷尉因縱容家丁房某賣放偷稅等欵業經巡視東城察院張侍御仲炘據情奏參 欽奉 [illegible]派[illegible]之[illegible]堂確切查辦據實具奏聞已將芬餘亭大 廷尉家丁房某派役看守嚴行澈底根究並諭起獲恒利義之私土將巡丁等俱已毛骨悚然魂不附體矣此猶爲輦轂之地法律森嚴稽查較易至津郡則去津較遠稽查較難按土藥各行袞由部定稅厘章程頒發各省州縣津郡爲直省名區津埠土局尤以針市街德盛號爲一埠巨擘該號首倡知會同行議有定規勿論何省土藥每兩加津錢一百文如有減價出售者一經查出罰銀數十兩第思土藥與粮食相埒價值低昂皆視罌粟豐歉自議之後迄今兩載未一減價[illegible]現今陝甘山西河南與直隸西河一帶煙土之收頗盛販運來津者亦屬不少其大莊尚有可查至零來之十包八包處匿偷漏各局私售者何[illegible]議而價值則一[illegible]不減皆以首號議罰爲詞惟是如此勒價公價重則羣趨於私富家大商自必盡購私貨於厘稅[illegible]多[illegible]故銷[illegible]雖暢而捐輸寥寥偷[illegible]可知[illegible]聞單街子有某甲持洋藥一包約重數十斤被巡役甲乙丙三人所見業經拿獲解釐捐局[illegible]也夫稽查之責者尚其體在留心勿使蹈 廷尉家丁房某之覆轍乎

翩座求賢 ○自中東和議告成 上益孜孜求賢各省督撫明保者固次第錄用而從前之告養回籍者亦陸續採納羣言徵召來京擢用如前任降調山東巡撫任筱沅中丞前宗人府府丞吳慧檻宗令于方伯蔭霖等俱先後奉 召到京量才任使並調徐蔭軒中堂桐會特疏保循吏七人業已錄用其二一爲新授前赴吉林黑龍江查辦事件之延星使茂一爲新簡安徽藩臺于方伯蔭霖皆爲中堂疏中所列者其餘五人想亦同邀簡在超擢不遠按任吳延于四人皆屬舊日見擯之員今已悉蒙起用又新 簡福州將軍裕壽山軍門祿自欽承 恩命後趕緊料理交卸奉天督篆業於月內啓程來京入覲矣

兵部逐盜 ○兵部主事文某向住祿米倉於某日夜間忽來豪客數人持刀逼索銀兩衣服等物文主政大聲極呼幸巡街兵經過驚散只搶得衣服數件銀數十兩而去次日報明官廳轉詳提督衙門認眞緝拿不知能否破獲也

恭邸勤王 ○恭邸及諸王大臣以西洋兵法實勝中華尤以德意志國兵法爲最擬仿天津武備學堂規模特開新塾任該堂附近處新建營蓋學堂選京西之外火器營健銳營圓明園三處旗兵中之年輕聰穎子弟若十名到塾附入該堂肄習德國武備已由王大臣等行知各營選齊造册呈送督辦軍務處查核靜候考試入學云云○又聞恭邸因勞于王事夜不成寐是以於上月十七日乞假十天以資調攝 皇上眷注藎臣特遣內侍往視幷派御醫診治聞於滿後可冀就痊矣

宋帥開獎 ○宋祝三宮保現辦善後事宜漸次肅清查明客冬今春之在前敵効力諸員擬開單呈奏請照異常尋常勞績分別給獎現聞已彙齊咨部從此彈冠而慶者又不知增幾許頭銜矣

王事靡盬 ○總理各國事務衙門近來交涉之案日見其多大臣應接弗遑亟欲求一熟悉情形通達洋務之員以資輔助故特將告病在籍之宗人府丞吳穗檻宗令趣召來京擬畀以襄贊襄之任李傅相日往署中與各國使臣商辦幷分赴東交民巷拜會諸星使輯睦邦交不遑啓處

夫子昜哉 ○董軍門福祥派有摺弁到京僑寓西河沿吉祥店詞之言摺由蘭州省城拜發恭祝 皇太后萬壽富就道時軍門甫抵省城距回逆屬聚處尙隔大河須以搭浮橋方能進剿 又云回匪刻在西寧州聚黨甚夥然軍械無多董軍門屯兵之地與賊相距祇二百餘里李軍門培榮曾與回匪接仗兩次匪皆敗走云

觀察騎箕 ○川東道黎蒓齋觀察爲曾文正高足弟子以布衣上書出使異域歸復 簡任是缺已歷數載聲名卓著頃悉觀察於望間忽得暴疾奄然物化該處現正辦理開埠實者殂謝遽易生手恐一時驟難料理也

委任得人 ○津海關道盛觀察宣懷因有要公南下遺缺緊要督憲王夔帥札委記名道黃觀察建筦署理觀察久任津郡招商局務中外咸欽且兩筦道篆於交涉諸事無不咸宜久爲西國官商所悅服日昨聞觀察又權關篆莫不以手加額慶要缺之得人也諏定本月二十一日卯刻接印視事駕輕車而就熟路當吏綽有餘裕指日眞除可爲預卜

局委赤心 ○本埠自被水災以來各村貧民來津謀食者惟西門外一堡實繁有徒極貧之戶向由保甲局施放棉衣以禦嚴寒月前八段局員金大令於查門牌之中兼查極貧之戶據稱本年所查極貧者數百餘家每戶五六口七八口不等俟棉衣到局即可按戶散放大令誠關心民瘼矣

路遭白眼 ○今靜海所屬菩提窪時聞有被刦之事其無干性命者多不報案深恐有盜匿跡焉往年靜海城西賈口村前數里內有草竊刦人於路其術用熟皮帶以一頭綴銅環以一頭穿入環內虛其半爲空圈名曰狠套遇行人有行里什物者輒近與語出其不意以圈套行人項背負之行數武人即氣絕置路側刦物以逸俗呼此輩爲白眼狠以其能於路吃人也昨赴靜海送梓者豈與路遭白眼乎

是謂慣賊 ○日前縣署幕中失去時辰表衣物等件兩路馬快同大廠緝數卯未獲失物嗣經快班賠償銷案昨馬快拿獲一賊審出入案供內實有此案誠如所供可謂慣賊矣

可稱畏途　○昨聞泊頭鎮冀莊地方有人載一船過其地衆賊持械登船威嚇搶去某客銀八百兩幸未傷命聞某客及船主一
併赴南皮縣喊控
訟恐終凶　○西沽王廣成者不知因何與張三構衅棍棒相交地方彈壓俱各不服經知縣汎官將王張一併送交有司
飢則爲盜　○河東白衣菴前某姓切麵舖昨夜被賊由窗中竊去津錢五千白麵一百餘斤衣褥等件該舖已赴河東汎報案當
經驗盜飭捕矣
盍嚴賞罰　○前邑侯王大令創辦團甲局每屆冬令查明戶口以重保甲其於巷觀寺院大小各店尤行嚴密訪查擬使賊盜無
處托足用意甚深奈奉法之人日久懈生有名無實報案者寥寥或亦少所鼓勵乎　昌黎縣有賞捕章程曾登前報盍仿行之以嚴
賞罰以整捕務乎

宜定章程　○本埠自創建官道設立工程總分各局經理並募兵丁巡守歷有年所然終未將章程懸示通衢令舖戶居民得識憲章有所遵守如有居民傾棄穢物作踐街衢者巡兵見之自可奉章攔阻否則兵民兩不相安矣昨閘口下大街某號學徒傾棄穢物巡兵瞥見向前攔阻該學徒不服且說又有二學徒者相幫口角巡兵因將三人送至分局不知局委如何訊問學徒如何回答隨即全行放回局委旋復親到該號服禮賠話均莫識其中詳細是否局委虛己待人抑係巡兵處之過當惟法不可輕亦不可縱若以本地人情多悍巡兵倚勢逞強動以馬棒從事誠非所宜然何如妥擬章程懸示通衢俾有抗違即行罰辦既有遵循又免口角實於肅清街道有所裨益乎

縱馬理人　○昨日某營馬夫某甲者乘騎在南門西騁馳踏死男子一名年約三旬上下當經該管地方赴縣報案雖蒙相驗但未經親屬認領只飭地方討棺掩埋亦未悉將該馬夫已否獲案似此乘騎不慎踏斃人命雖無親屬認屍伸冤按律亦法無輕貸容俟續訪再登

圖財害命　○靜海縣史大令之夫人駕返瑤池海關道署遣人往送祭幛奠議該差行至靜海縣屬某村遇賊攔路用刀砍去差頭一片即將祭幛三個奠金六兩全行劫去未識該差生死或云賚禮人係小負販幛爲同盛錢店所送其人係被賊勒死該管地保報案大令親詣相驗當命地保厚葬贖即飭捕嚴緝道路傳聞未知孰是有聞必錄容訪續登

國寶流通　○江西一省銀元角子向不通行擬欲向店兌錢其價亦甚抑勒故凡貿遷來江者往往帶有銀元不肯受虧留而不用甚不便也昨日本館訪事友鈔來張香帥告示一道觀其用意無非爲通用銀元起見且意約謂鑄造銀幣乃國家惠商利民之舉既濟制錢之缺乏尤便商旅之取攜本署大臣前經奏准在湖北開設銀元局現已鑄成銀元大小五種大銀元重庫平七錢二分第二等銀元重三錢六分第三等銀元重一錢四分四釐第四等銀元重七分二釐第五等銀元重三分六釐一面鑄滿漢文光緒元寶四字暨漢文湖北省造庫平幾錢幾分幾釐字樣一面中鑄蟠龍紋並附鑄洋文均係選用化學洋匠詳加化驗輕重既準成色亦好與外洋各國所鑄上等洋銀錢精美相同茲經本署大臣將鑄成銀元式樣奏明進呈籲懇飭部議准覆奏所有通商各口岸及內地各省關凡向用銀元者一體照辦如能漸推漸廣實可濟圜法而收利權等因奉　旨依議欽此各行欽遵前來合行示諭官商軍民人等遵照凡市面交易及完納關稅釐金各項官款以及支發官款均准一律行用俱按照該地方市價核算各官吏商賈不得故意低昂云云

聲明假冒

敬啓者敝處代寄銅板鉛板石印古今各種書籍風行馳遠價值存廉各書校驗精明時當亦有某某灘得無厭竟冒充字號假冒名姓手提藍包亦購買書籍昨有某號購買書籍數種內殘書若干價值每部增漲若干來至敝處論詞更換書籍對明假充之故也　主顧若再購買書籍來處親取或自命人帶條購亦可均是公道交易如今敝處淨有夥計三名一名趙二一名胡成一名趙順在街各處分送各樣書紙尚無移計手購買書籍另有各票圖章餘者無有發票

天津府署西三聖菴內直隸分處內聚魁堂啓

[illegible]營務處冒充字號假冒名姓特附聲明佈告

敬啟者本局在天津開設製造公司專出各項工程捷妙新法并估價值茲將各項分類列後

計開

一 考驗礦質分化金石所有鐵煤銻化一切良法皆能條分縷析繪圖具報併估一切應用器機價值

一 測量鐵路鑲建車軌皆能逐條繪圖具報併估建造及一切應用器件價值

一 電氣車電光燈皆能繪樣併估全副電燈價值

一 鎔化礦質大爐併新式缸磚及士門得土各樣所有應用物料薪炭須先詳細考驗再爲繪圖製造

一 測繪各處港澳江河皆能畫圖備用

一 製造煤氣及自來水一切廠所器機皆能繪圖估價

一 估造各種工程繪畫各圖平視立視精細圖式

一 物類原質皆能以化學法分化無訛

欲辦工程如來本公司面議即可告以良法併估價值再本公司素與歐洲及美國各大公司聯絡故能包辦各項工程或有工程需人監理本公司亦可派人前往

本公司主人現寓恒豐泰

買密孫製造公司謹白

浙杭元吉永號

本號自置紗羅綢緞新樣洋縐花素洋布川廣夏貨顧繡扇嚢貨頭油俱全歐爲近時銷市滯落不同故兩各貨減價關設估衣舖中間路北凡 仕商賜顧者請認明本號招牌

告白

李傅相馬關被刺紀實龍帶小照每本價洋四角五 王芍棠星使使俄草 盛世危言 盛世危言 勢盧藏書 各國時事類編 中日戰守始末記 從東上書記 蘭石蘭譜 竹譜 海上見聞錄 洛金扇 吉祥花 小八義 聊公案 鳳凰案 桃燈新錄 夢餘

牟花 文美齋謹啓

敬啟者現有英人僑居烟台曾在英京國學考有官憑教授經史算法航海等學三十餘年曾在英國海軍衙門充當試官有年曾蒙華廷派委要差今擬在本公館教授華童英文以便將來應陸軍海軍商務之選惟受業不得過十五歲議定每季脩金關平銀二百兩如有從學者即希函達天津恒豐泰飯店或烟台英領事署轉致倪爾森可也

石印書出售

本局向在上海今分立天津針市街同豐棧內承蒙賜顧其價格外從廉太平御覽歷代賦彙史學叢書新疆識略六號韵海大全漢魏叢書經世文編小題三萬選三希堂法帖等其餘各種閒書尺牘圖畫詩文賦策均不細載略登數種是也

積山書局啓記

失物告白

啓者本月初六日在賽斯力處借貲失去頭戴鏡二架倘有人將原物送交本館必當酬謝

本館謹啓

啟者本行由英法德國自運各種時式金鐲珠口砝鐘表並自打代開各樣打簧表及一切新式玩物一應俱全貨高價廉格外公道如蒙 仕商賜顧請移玉紫竹林紅樓後大街錦泰棧對過認明敝行招牌便是

法商羅南洋行謹啓

十月十九日輪船進口
廣生 輪船由上海 怡和行
新裕 輪船由上海 招商局

十月二十日輪船出口
新豐 輪船往上海 招商局

十月十九日銀盤行情
天津九七六銀
銀盤二千七百二十二文
洋元一千九百四十五文
紫竹林九大錢
銀盤二千七百六十二文
洋元一千九百七十五文

直報

光緒二十一年十月二十日　第二百七十號
西曆一千八百九十五年十二月初六日　禮拜五

答客論武備

客有詰知不足齋語知不足子者曰古書言任官惟賢材左右惟其人孔子言爲政在人人才誠致治之本矣中邦二十餘行省歲取文武童入學者以萬計大比舉於鄉會兩科者鄉科以千計會科以百計除遺於野者無論即其升諸　朝右登於仕版諸公不已濟濟乎盛哉而不能措天下於長治久安者其何以故竊以爲非才之罪以所用非所學所學非所用誤於家修莫爲廷獻文事武備皆由取之不以其道所致否則以中土山川靈秀之所鍾聖神聲教之所被地大人多化成最久何患無才　朝廷黜陟獨操爵賞不吝何求弗得而顧旣失於東復亂於西籌餉徵兵張皇拮据豈非不預養將才於未用之先故不能擢將才於臨用之際乎知不足子曰是不盡然客曰致治以文戡亂以武今之急務武備尤重予不見泰西外洋之所以強中土之所以弱乎不聞壽堂孫侍御請試鎗砲之奏乎侍御在兵部行走多年於武闈考試工令最爲熟悉以爲武科之設原爲他日選將計將以陣伍爲韜鈐以鎗砲爲利器今秋武科會試　欽派侍御監試因思現在軍中之器莫利於鎗砲弓刀石等諸技均爲無用爰繕具奏摺於九月二十七日呈遞當日已奉　旨交兵部議奏欽此又不聞中東和議以後　皇上孜孜求賢各省督撫明保者固次第錄用即前之告養同籍者亦屢爲採訪陸續徵召來京又恭邸及諸王大臣亦以西洋兵法實勝中華尤以德意志國兵法爲最擬倣天津武備學堂規模特開新塾專選京西之外火器營健銳營圓明園三處八旗兵青年聰穎子弟若干到津入堂肄習德國武備已由王大臣等行知各營選齊造冊呈由督辦營務處查核以候考試一時君臣內外無不以武備宜更舊章倣學西法爲急務予何獨謂不盡然也知不足子曰迹爲人所生猶之迹爲履所出灰爲火所化耳以履求迹求履萬不能逐迹而索也求灰於火可立而待求火於灰則不能俯拾即是也夫事無法不立況屬戎行然中土古今兵法之書汗牛充棟非獨始自泰西更不獨始之德意志國茲不暇一一指數也計自文武分途並重以來自東漢迄唐最爲著意唐長安二年因求將帥設武舉科開元天寶增才畧堪任將帥深明兵法等科宋仁宗寶元間詔兵部武舉以策論定去留以弓馬定高下其法視今泰西不爲不善雖不講求鎗砲時勢使然非宜用而不知講求也然唐宋所得名將如郭子儀狄青輩不過數人善夫蔡方炳之言曰謂天下有遺材非敢謂武科之失欲天下無遺材亦不敢信由武科之得也今之言強國者皆務求船堅砲利夫以海軍而論軍器舍船砲將奚恃然中國欲效機器各局所造船砲莫非倣諸西國而武備水師諸學堂概延西士爲師亦非止天津一處何以不能一試而一敗也客曰願聞其說知不足子曰唯唯有開予將有待而言也遂與客論茗少息而言他

倉儲會計　○戶部議折漕事宜近日聞有成議大司農以爲南漕米糧運至京師每石需用銀八兩左右若將漕糧改折則兩所省數項不無小補又念南漕係　天庾正供須向倉場徹底清厘定其敷用年數方敢因時制宜通融辦理爰行文倉場衙門請其查明京通各倉所存米石及各項雜糧數目詳細開單聲覆過部現已接據覆文得悉京通各倉所儲米糧按現存底冊可供三年之用是

以司農條陳摺件擬立三年之限改折漕欵解部役納二一俟期滿再當體查情形規復舊制

道路傳言○豫中有由甘肅前敵逃回者所述董軍門進退之勢足稱兩難蓋回匪未叛之先預料軍門必率兵往剿故先將軍門之老母及闔家眷屬賺至賊巢敬謹供奉並不加害迫舉事即修書告知軍門書之大略謂軍門如肯 國家出力則家眷之被害不堪設想矣軍門於中途接展此信向以爲回匪奸計隨復各家人到營詢悉情由方知其爲眞實曾經氣死數次此信果確則軍門之難較之徐元直不更加一等乎

體恤局員○本埠各段鄉甲局每屆冬令操辦更燈稽查匪堡事宜最形勞瘁向於冬令酌加薪水昨守望總局憲李少雲太守按照舊章詳請督憲各段局員酌加薪水三個月以示體恤聞督憲已俯如所請各段局員宜認眞操辦方不負大憲體恤之至意也夫

飭傳親族○昨報紀河北關上毘盧室旁李姓被戕斃三命茲聞邑侯趙大令驗後以案情詭異極宜澈底根究以成信讞而重人命飭值班差役將李姓親戚本族人等一併傳案訊問云云

問津開榜○欽命二品銜長蘆都轉鹽運使司鹽使李 爲榜示事今將閱過問津書院肄業生童課卷等次姓名照與賞給數開列於後須至榜者 計開 內課生二十名 李鵬池 陶善璐 劉葆書 張濬川 蔡 彬 陳鴻齡 陳自珍 劉振鐸 王春灝 趙士琳 于長藻 樊蔭慈 朱 銓 魏 震 王登第 蔡成 于長懋 徐人文 顧文敏 第一名獎銀一兩五錢加獎銀二兩 二名三名各獎銀一兩加獎一兩五錢 四名五名各獎銀 兩 六名至十名各獎銀八錢加獎八錢 十一名至二十名各獎銀六錢加獎銀六錢 每名膏火銀八錢 外課生二十名 曹登泰等 一名至十名各獎銀四錢加獎銀四錢 十一名至二十名各獎銀四錢 每名膏火銀六錢 附課生七十八名 何駿聲等 每名膏火銀五錢 內課童十五名 馮遇源等 第一名獎銀八錢加獎銀一兩 二名三名各獎銀六錢加獎六錢 四名五名各獎銀六錢加獎四錢 六名至十名各獎銀四錢加獎四錢 十一名至十五名各獎銀三錢加獎銀三錢 每名膏火銀六錢 外課童十五名 靳士彬等 一名至五名各獎銀二錢加獎二錢 大名至十五名各獎銀二錢 每名膏火銀四錢 附課童三十四名 張在藻等 每名膏火銀三錢

鹺轉批詞○運憲示商人王禹疇呈批據呈已悉全成泰[illegible]號商押租銀兩既經綱總再三調處何以迄從行違延不交殊所呈是否屬實抑或別有轇轕候仍諭飭綱總催令交割清楚以息訟端此批

棍風不古○天津之混混當年打降欺硬或爭脚行利或分車把財若食娼賭自能與娼賭爲力該娼賭得其護持届時納以規費皆甘心焉今之混混則不然不能爲娼賭護符徒日向分潤強索硬訛貪而不厭由嫌生仇往年混混且有勾結兵勇滋擾者今敵軍遊勇各處不免或搶歌妓或擲砸小班娼窰小班娼窰固不足惜但以棍匪勾結遊勇滋生事端既恐肇性命之禍且恐其心胆縱橫別生巨害何若早爲嚴禁以肅地方耶

輿論堪稽○東南城角高某者曩係寒素以小本營生嗣與其妻弟鄧某夥開輔興和米面鋪因該鋪設在適中之地生意興隆年來頗有積蓄又分鋪在針市街開設輔興隆米面鋪惟該鋪掌性好取巧於生意中善謀厚利認錢絕不認人雖老主舊隣同該鋪購買米面其錢至二三百文內或偶短一文或閏有一二文沙板定必更換補足不肯含糊其貪苦親族更不肯稍有幫助常有赴該鋪僅頭拚命者而其生意與旺之故委因慣賣殘貨黴處貧民居多無不貪賤購買以此爲居奇之秘今秋高子入泮與致正復不淺詎料輔興隆竟有毒米害人之事然高實不以爲意自言家有秀才不難彈論況鄧某乃縣署頭役鄧老秀之族有此勢利不足爲懼究不思因謀厚利以致草菅人命其居心尙可問哉人言如是豈果爲富不仁乎抑係多財多怨乎姑錄之質諸[illegible]人之善善者以月旦焉

醋海生波○諺云雞生狗門之性兩雄不竝立野雞之性尤強古書云雄能守界界之內羣雌逐逐庇於一雄彼愈此界則以死鬥昔之山大王曾以雉尾飾冠曰雄冠表其性也狗之牝牡交也亦然世故以云津埠河北落馬湖地方娼窰林立械鬥者無日無之妓有名晶林者艷麗也與甲乙二人往來二人遂不睦昨晚甲不知因何起衅將乙用刀剟傷有致命處赴該管局投

案報至如何懲辦再訪續登

麝鄉縱火　○津郡侯家後多藏春隖城北之麝鄉也凡作夜雨瞞人潤花者輒以蜂蝶爲媒業其事則名爲跑合情同歛檢所以誘無知之年少也有某舖學徒某甲被誘往老鴇堂住宿十餘日頗費纏頭被乃父會知設法盤問其子以進窯情形對其父知被跑合某甲誘乃率其子往尋之遇諸巷立即揪倒捶之無算凌辱百端幸有同黨人勸之散跑合者一時知蜂蝶媒遇粗暴風雨變翅披靡附草根不敢少動吁甲之父徒知遷怒於媒不知嚴訓其子其子不思懲忿窒慾反思縱火燒人殊非平情之舉彼跑合者不獲學謝反受欺凌且甘作下風之拜以是知下流萬不可苟安衣食萬不可苟取也跑合者去思之

法網難逃　○據訪事人云津郡河東雙廟地方有商三者素行不端糾聚衆招賭藉圖漁利經十四段守望局陸少尉訪知即督率勇丁悉數拿獲聞已送赴琴堂想賢有司定必嚴行懲辦當此冬防之際地面可期安靖如少尉者誠實心任事矣

安置台員　○台灣自割讓以來實缺人員均紛紛束裝內渡以該行省由福建分出因羣向榕垣託足其有印綬者爭向藩庫呈繳其有怨促啓程不及攜帶並沿途遭匪搶掠失脫者亦各呈請在案此項人員自以爲曾任實缺當在彼應先候補者不同而候補人員又以爲係部分發前往不能因省分割讓概令伊等向隅因此迭求大憲籲懇　恩施頃見吏部奏明請　會件所有台灣現任候補兩項人員准其與福建候補人員相間輪用奉　旨兪允從此纍纍若若者仍可氣象一新未始非不幸中之大幸也謹將吏部奏稿列後以供衆覽　吏部爲奏明請　旨事先准閩浙總督譚鍾麟等奏稱請以台灣候補知府台東直隸州知州曾元善補授臺北府知府經臣部調取引　見光緒二十年正月二十日奉　旨依議欽此欽遵在案今據臺灣巡撫唐景松咨稱咨部查曾元善由臺東直隸州知州升補臺北府知府係例應引　見補授同任之員前經奉　旨內渡現在無任可回應即奏明辦理查實任官員如遇缺已裁撤同係歸入裁缺即用班內補用臺灣本屬福建分省向歸福建缺轄所有臺北府知府一員可否比照裁缺即用之例改發福建補用相應奏明請　旨俟　命下之日再行帶領引　見至臺灣現任候補各官事局一律未便致令向隅自應概行撤回福建補用擬請　飭下閩浙總督將內渡到省各員及稟報到省日期查明咨部註册俟咨報到省後實缺者歸入裁缺即用班內補用候補者仍接算前資與福建人員合爲一班各歸原班序補其教職各官俟咨報到籍再行歸入即用班內銓選查臺灣所屬道府以至未入流共計六十四缺其從前補缺章程本係變通辦理情形與內地不同得缺較內地實易其中因地取材不能毫無遷就若因係曾任實缺准其儘數請補不惟佔缺過多福建候補人員益形壅滯恐亦轉多窒礙臣部等悉心酌擬請將此次徹回實任人員與福建候補人員兩缺相間輪用遇有缺出酌量補用倘同即用人員一人再補用福建候補人員一人仍由該省總督隨時察看如才具平庸不勝內地之任即行甄別倘不得以曾任實缺循例請補應俟奉　旨後即行知閩浙總督遵照辦理並請自接到此次部文之日起統限半年內將實缺候補各員到省日期咨部註册以憑核辦所有奏明請　旨緣由繕摺具　奏於光緒二十一年九月十六日奉　旨依議欽此

天津工程總局代收山東義賑處於十二日晨刻攜帶捐册第七十號一百三十一號一百五十九號一百六十號一百六十七號一百六十八號一百六十九號一百七十號共計八本進城內人多擁擠遺失祇恐匪類拾去謊騙人家捐助特此謹告樂善諸君如遇人面生疎胆敢將以上本號勸捐者儘可將捐册留下送局以免貽誤或有人拾到以上等號捐册送還工程總局當即賞津錢五千以酬其勞特此謹白

聲明假冒

敬啓者敝處代寄銅板鉛板石印古今各種書籍風行馳遠價值存廉兼之書校驗精審時當亦有某某難得無賴冒充字號假冒名姓手提籃向亦購買書籍詐有某號購買書籍種內殘書若干假偽每部增補若干來至敝處論詞更換書籍對明假充之故也　主顧若再購買書籍來處親取或自命人係購亦可均是公道交易如今敝處淨有移計三名一名相二一名相成一名趙順在街各處分送各像紙倘經移計手購買書籍另有發票圖章餘者無有發票

天津府署西三聖菴西直街分處內紫氣堂啓

[illegible]光字號假冒名姓特此聲明佈告

[illegible]啟者本[illegible]在天津開設[illegible]造公司專出各[illegible]工[illegible]技[illegible]新法并估價值茲將各項分類列後

計開

一考驗礦質分化金石所有開採鎔化一切良法皆能條分縷析繪圖具報併估一切應用器機價值

一測量鐵路鐵建車軌皆能逐條繪圖具報併估建造及一切應用器件價值

一電氣車電光燈皆能繪樣併估全副電燈價值

一鎔化礦質大爐併新式紅磚及士門得土各窯所有應用物料薪炭須先詳加考驗再為繪圖製造

一測繪各處港澳江河皆能畫圖備用

一製造煤氣及自來水一切應所器機皆能繪圖估價

一估造各種工程繪畫各種平視立視精細圖式

一物類原質皆能以化學法分化無訛

一欲辦工程如來本公司面議即可告以良法併估價值

再本公司素與歐洲及美國各大公司聯絡故能包辦各項工程或有工程需人監理本公司亦可派人前往

本公司主人現寓恒豐泰　　賈特孫製造公司謹白

浙杭　元吉永號

本號自置[illegible][illegible][illegible]新[illegible]洋貨花素洋布川廣夏貨○[illegible]招雅扇南貨頭油俱全祇為近時錢市漲落不同故將各貨減價[illegible]估衣○街中間路北凡仕商賜顧者無[illegible][illegible][illegible][illegible]

[illegible]啟者現有英人僑居[illegible]台曾任英京國學考官[illegible]教授經史算法航海等學三十餘年[illegible]在英國海軍衙門充當試官有年曾蒙華廷派委要差今擬在本公館教授華童英文以便將來應陸軍海軍商務之選惟受教不得過十五歲議定每季脩金關平銀二百兩如有從學者即希函達天津恒豐泰飯店或烟台英領事署轉致倪爾森可也

啓者本行由英法等國自運各樣時式金銀珠口[illegible][illegible]表並自打代開各樣打鑽表及一切新式玩物一應俱全貨高價廉格外公道如蒙　仕商賜顧請移玉紫竹林紅樓後大街錦泰機對過認明敝行招牌便是

法商羅南洋行謹啓

石印書出售

本局向在上海今分立天津針市街同豐棧內承蒙賜顧其價格外從廉太平御覽歷代賦彙史學叢書新疆識客入號韵海大全漢魏叢書經世文編小題三萬選三希堂法帖暨其餘各種閑書尺牘[illegible]畫詩文賦策均不細載略登數[illegible]是也

積山書局啓記啓

失物告白

啓者本月初六日在[illegible]斯力處拍賣失去顯微鏡二架倘有人將原物送交本報館必當酬謝

本報館謹啓

告白

李傅相馬關被刺紀實[illegible]帶小照每本價洋四角五　王芍棠星使俄草　盛世危言續盛世危言　弢廬叢書　各國時事類編　中日戰守始末記　[illegible]東上書記　蘭石蘭譜　竹譜　海上見聞錄　洛金扇　吉祥花　小八義　[illegible]公案　[illegible]公案　桃[illegible]新錄　夢[illegible]　生花　文美齋謹啓

十月二十日[illegible][illegible][illegible][illegible]　連陞　[illegible][illegible]由上海　怡和行
通州　[illegible][illegible]由上海　太古行
十月二十一日[illegible][illegible][illegible][illegible]　新裕　[illegible][illegible]往上海　[illegible]商局

十月　十日[illegible]洋行[illegible]
天津九七六[illegible]
[illegible][illegible]二千七百二十二文
洋元一千九百四十五文
紫竹林九[illegible][illegible]
[illegible][illegible]二千七百六十二文
洋元一千九百七十五文

直報

光緒二十一年十月二十一日　第二百七十一號
西曆一千八百九十五年十二月初七日　禮拜六

上諭恭錄

上諭御史胡景桂奏山東河工請責成河道總督[illegible]近年河工罰輕賞重請申明舊例各摺片著該部議奏欽此　上諭朕敬奉
皇太后宮闈侍奉夙夜無違仰蒙
慈訓殷殷舉大而軍國機宜細而起居服御凡所以體恤朕躬者無微不至此天下臣民所共知者也乃有不學無術之徒妄事揣摩輒於召對之時語氣意揚陷知輕重即如侍郎汪鳴鑾長麟上年屢次召對信口妄言跡近離間實特本欲即行嚴懲因值軍務方棘恐致自擾　聖懷是以隱忍未發今特明白宣諭使諸臣知所儆惕吏部右侍郎汪鳴鑾戶部右侍郎長麟均著革職永不敘用此係從輕辦理嗣後內外大小臣工倘敢有以巧言嘗試者朕必加以重罪爾諸臣當知忠孝一原精白乃心[illegible]孝治有厚望焉欽此

論足兵宜先足食

治兵之法曷異於治民哉治民者宜知民之苦知其苦則能得其心得其心則能用其力唯兵亦然兵即民也小民雖皆懷忠盡其親上死長愛君無已之忱終不如自愛其財自愛其力之忱之爲切至傷其財傷其力復能以財力俱盡之身更盡其親上死長愛君無己之忱於無盡此惟鍾於川岳秉於性生得天獨厚沐於仁義澤於詩書與人不尤如泰山河海鳳凰麒麟者能之未可概求諸凡民尤未可遽求諸民之爲兵者也按綠營兵丁餉糧本屬微薄與放兵不同民有一藝之長可以餬口其人即不入行伍入行伍者率多貪苦不肯勞力之人惟藉一年四季錢糧以爲仰事俯畜如田有秋其望收穫也與農同其無覬覦也與農異耳其爲兵也往往以老弱充其間身懶口饞第不嫖賭吸食洋烟即爲兵之良品所領錢糧亦即於蔽木不無所補仍須別有正業乃可代耕食綠營額設錢糧既屢復屢經部議減成發給數甚少其錢分馬步守三等即以馬糧而論一年僅關銀二十兩上下然惟武舉經類乃可以領此數其餘則以次遞推愈推愈減每名兵丁統計四季關銀不敷一人之食故民之强壯可謀生理者多不願充且其四季領銀章程又許多延時日以致冬夏須春餉之餒其勢然也即如天津鎮屬領餉須由各營備具領狀呈鎮加結赴都守一員爲護餉官再由司餉道署派文委員赴營請領武委須候文委往往不免稽延及至領餉回津仍交道轉再由各營赴道署請領須承行書辦核算按營發給而書辦又每每遲延故每次餉銀到津一月半月方能發給兵丁苦盼望眼幾穿不能到手似此兵丁亦甚苦矣津鎮如此推之他鎮何莫不然所以馬瘠卒羸到處　轍以致同治一發蘭州四陷逆鋒所至境若無人綠營額兵之不足用今昔有明証矣　國家因知其無用故一有警即設法募勇募勇之餉步隊月約支銀四兩馬隊月約支銀五兩數錢且多於內扣號衣草帽手巾等項其不扣者勇無不須聲載道焉試思縱不扣除各項其銀亦僅足餬一人之口若勇皆無家止此一身一口乎即盡一身一口而每食無餘且須捨此性命臨陣不債則死於敵臨陣退縮則死於法視死如歸奮身

爭先者幾人且衆議紛扣無罪潛逃無罪又誰惡生而樂死者此往事不可諫之情形也今者聞　欽派程軍門文炳帶隊赴甘助剿回匪蒸睹爭歸　詔出都由口軍餉兵餉銀五萬兩以養士飽者騰便臨敵無飢寒之苦又聞津郡冬餉鎮憲派委署靜海營黃都戎兆米道憲委即前知縣唐大令國珍已由省領解於初六日到津各兵咸知莫不喜形於色當此嚴冬兵丁等得餉以為全家禦寒計誠得也雖尚未定放餉之期然已有盼矣夫募勇可以攻額兵可以守　國家既養一兵便須得一兵之用與其察兵困苦而使自為謀不若察兵困苦而以官代為謀使彼自為謀困苦去而兵之力已分以官代為謀困苦去而兵之力益專一得一失事理甚明何待智者而後知耶今天下治兵之法以為莫先於籌餉故汰其老弱簡其精銳嚴其賞罰以期減兵加餉養一兵可得一兵之用果如此則內安外攘綽有餘裕夫豈獨為兵員之幸歟

傳齊聽命　○十月十四日為鑾儀衛揀選官缺之期　欽派端邸敬子齋大司農於是日辰刻赴東長安門外傳集八旗佐領揀選雲麾使治儀正等缺矣最覆　命

瑞兆豐年　○十月十四日天曙時陰雲密布騎時風雨緜傍晚風聲如吼十五日曉起則見瓦鋪玉屑大灑瓊晶雖未得如鵝毛之成片然祥霙已降可卜年豐彼都人士莫不欣然色喜曰天粟我民

免征紓民　（畿輔各屬應征之屯米谷豆草束旱課學租旗產錢糧及河道錢糧儲條車餉庫恩庫租遺漏屯租均各分別蠲征帶征其出借之倉穀籽種口糧牛具等項及兵部馬館租鑾儀衛租均限於光緒二十二年開征此外差徭悉行蠲免以紓民力

給餉卹寡　○滿洲蒙古八旗佐領岡山達防禦校等故後苟其妻子別無養贍者例有寡婦恤餉每月六七兩至三四兩不等現有祇食半餉者此項人數或死或子已食俸每年例由戶部行文各旗佐領詳查丁口年貌何時守節夫係何項官員戶部具有覆文再行核辦設俸餉檔案處已造具清文呈由堂官截所有行各處聞上弟共有寡餉四千餘名每年須得二萬餘金方可發給云

騎騾失騾　○宣武門外西草廠胡同居住軍機章京刑部郭友琴部郎於十月十一日遣丁騎騾赴張相公廟程軍門府解公幹偶而失慎致將番騾被匪人牽去官經報於北城坊緝捕匪追比所失之騾然未悉能否原璧歸趙矣

出棺入棺　○凡人死後業已棺殮無論棺木薄厚決無再行更換之理今竟有業經盛殮半月之久復行開棺將屍倒出另換棺木殮埋者實為奇聞也前門外十間房地方天義湧南煙舖學徒劉某在門首服毒身死業列前報茲聞學徒之母赴案認領其子屍身旋因材木甚劣不肯具結完案即經舖主另購厚材一具將屍由已殮材木抬出換入厚材始行掩埋具結息訟噫已殮屍身更換材木者實屬罕聞哉用特紀錄以符新聞體例云

小心無過　○欽差大臣辦理北洋通商事務直隸總督部堂王　為出示曉諭事照得各營由鐵路裝運軍火子藥本應自行照料乃任意堆積車站毫不經心近聞榆關有火藥轟炸傷斃兵勇燬壞物料情事合亟出示曉諭為此示仰各營遵照嗣後如裝運兵勇軍帑子藥等件務須格外小心另負遼廓地方審看候開車時再裝不得先在車站堆存致有疏虞如敢故違定即從嚴查辦決不寬貸切切特示

一面之詞　○欽命二品銜直隸分巡天津河間兵備道李　示據滄州人桂湘浦呈批爾堂祖桂呈林無子過繼桂虎為嗣擇賢擇愛例准承繼繼嗣稱桂虎同姓不宗但係一面之詞未可遽信現在桂虎已故輒聽呈林妻妄自行擇繼爾何得出頭妄爭殊屬多事應不准行仰天津府分行知照詞抄存單並發

詩文課題　○鹽運司課三取書院生童題目　生題　有為神農之言者　兩章　童題　徹者徹也助者藉也龍子曰治地莫善於助　生書詩題　賦得寒生雁背天得生字　生五言八韻　童五言六韻

殘忍可殺　○趙二先生寓堂在唐沽冒充官長截留出口幼女一名年十四歲携至津紫竹寓所終日鞭打身無完膚且不與飲食致以身無著鞭遍體去上下衣令跪於板凳用冷水由頭澆灌意猶未饜復以旱烟管戳女頭頂出血不止

釀成善舉　○津埠各善舉無一不備惟冬令善舉尤多昨某大善士兩三人赴南門外廣仁堂一帶蕭米與票遇有極貧之戶各給一紙兩紙不等聞每一票係玉米麵十斤大米　斗得票者即可持赴某廠領取也

復設福音　○津埠各國講書堂不一而足本年春間西門內復添教堂一處于上月大工完竣前禮拜已有教士宣講矣

車傷二人　○昨晚針市街西某棧房外櫃某甲坐洋車回家正飛行間前後兩洋車直衝一車傷人前身一車傷人後身兼有帽折之處坐車人見事不佳皆已遠颺將拉車兩人揪住送交兩行人傷勢甚重現雇工抬至家中矣吁洋車傷人紀不勝紀司街面者其將何以禁之哉

船溺多命　○有友人自青縣來津云與濟鎮有人載一船行至唐官屯大邑已晚尚欲泊不料鍋上有一老人因有公務催令夜行行至陳官屯遇纖夫落繩纏掛桅上將船翻淹斃二十餘人救起二十餘人昨午青縣王大令帶差役仵作等赴場相驗飭工赶緊撈屍再爲核辦云

疑庶蔑嫡　○嫡庶猜嫌勢所必至爲之夫者厭故喜新重難輕易千古不能破其惑而嫡氏之妒且妾凌其妾者亦復不少焉爲其者所必爭也抑且愈爭愈生愈仇愈甚故諺云兩姑之下難爲婦兩婦之下難爲夫此情也亦理也然而要夫婦互相爭論者事之常旁人妄肆參越者情之薄干卿甚事曉曉不已乎獨是事果乖於倫理世難已於公評姑據訪事人云楊柳青某富翁數年前曾購妓女爲妾因恃寵愛蔑視嫡室至前月嫡室有疾作瀉或以妾於藥中置　豆所致歸告老女僕傳其事於嫡妻母家向之理論幾人辦勸而釋幸正妻亦即痊愈刻聞其母家恨尚未釋擬以與控將妾逐出另居語雖無稽抑豈無因而至何弗善自爲謀耶是否屬實自應續訪

代子嫌妻　○海下某村某乙田舍翁財多子少膝下僅得一索年十六七以來去冬爲娶鄰村某姓女爲室女貌既才小夫妻頗稱魚水詎爲日不多新婦忽色飛眉舞邪及櫻桃手足戰掣臥牙床昏不知人乙子大駭報父母悉是羊癲瘋出舍翁頓作蛙怒遽呼原媒責以貪財瞞昧媒者言並非受賄欺哄委實不知因將女父邀至田舍翁怨且懊子終身恐艱嫁緣遍令退婚女父云既入汝家生死隨汝身雖寒賤女豈牲畜可倒退者於是兩不相下媒遍請親友爲議和由女父立字據准乙爲其子再娶不分嫡庶今秋乙爲子復娶某姓女爲正妻不僅貌遜於前而裙下蓮船幾盈半尺子益不悅時乙夫婦憂之而莫此爲計矣說者謂婚姻本屬造定豈易强行不知夫婦之道在德而不在貌且即患瘋癲者亦不乏子孫何必聽孔方兄屢爲顛倒乎

擬創公司　○杭州自日本通商漸有成議現由廣幫各商擬在湖墅馬頭購買基地開設號口專代本地各行家承辦洋貨名曰洋廣公司議集股份四十張如本地行需辦各貨只須向該號購定洵屬利便之法聞已定有章程數則容俟探明再錄當亦有志商務者所樂觀也

聘請將材　○西字報云中國將聘英國水師副將蘭君重練水師英外務大臣沙士勃來君亦爲勸駕大約　中朝如果能以全權相畀則蘭君自必欣然應召也

譯遼約略　○日本議還中國遼東各境一約已於華歷光緒二十一年九月二十二日即東歷明治二十八年十一月八號由兩國全權大臣李鴻章林董氏在北京定議簽字茲將所議地界開列如下　一由奉天南境鴨綠江口至安平江口　一由安平江口至鳳凰城　一由鳳凰城至海城再至營口　所有此界以內各城鎮及遼東灣中東至黃海至奉天關島一律歸還中國以上各地上所有炮壘軍械及公家房屋俟日兵退出後概歸中國管理中國允償日本庫平銀三十兆兩定於本年九月三十日前給付日本以中國付給此款日期爲始三個月內將駐紮歸還各地上之日兵悉數退出

本書室新到　梅氏叢書　算學筆談啓蒙書　格致入門須知　代數備旨　八線備旨　數學啓蒙　格致啓蒙　時事新論　幾何三種　格致彙編　九數通考　中外通商古書對　中日議和通商章程每本津錢一百五十文如蒙　光顧價值格外從廉其餘各種書多不及備載　天津宮北啓致書室白

敬啟者末等在天津開設製造公司專出各項工程測繪新法并估價值茲將各項分類列後

計開

一考驗礦質分化金石所有開採鎔化一切良法皆能繪分繪析繪圖具報併估一切應用器械價值

一測量鐵路鐵建車軌皆能逐條繪圖具報併估建造及一切應用器件價值

一電氣車電光燈皆能繪樣併估全副電燈價值

一鎔化礦質大爐倣新式缸磚及士門得土各樣所有應用物料薪炭須先詳加考驗再為繪圖製造

一測繪各處港澳江河皆能畫圖備用

一製造煤氣及自來水一切廠所器機皆能繪圖估價

一估造各種工程繪畫各圖平覘立視精細圖式

一物類原質皆能以化學法分化無訛

一欲辦工程如來本公司面議即可告以良法併估價值再本公司素與歐洲及美國各大公司聯絡故能包辦各項工程或有工程需人監理本公司亦可派人前往

一本公司主人現寓恒豐泰

寶順孫製造公司謹白

敬啟者現有英人係居煙台曾任英京國學考有官[illegible]教授經史算法航海等學三十餘年並在英國海軍衙門充當試官有年曾[illegible]延聘[illegible]今擬在本公館教授華童英文以便將來應陸軍海軍商務之選惟受業不得過十五歲議定每季脩金關平銀二百兩如有從學者即希函達天津恒豐泰飯店或煙台英領事署轉致倪爾森可也

失物告白

啓者本月初六日在[illegible]斯力處伯買失去[illegible][illegible]二[illegible]倘有人將原物送交本報館必當酬謝

本報館謹啓

本堂由上海寄津各[illegible]書[illegible][illegible] 新聞報 代[illegible]中[illegible] 本[illegible]直[illegible] 各種尺牘 各[illegible]繡像繪圖新書畫譜 又到剛鑑易知錄 西事類編 攷政玉堂字彙 [illegible]霞客遊記 [illegible]門法律 彭剛直公奏稿 花間[illegible] 中日戰守始末記 [illegible]師地[illegible]法西法[illegible] 巾幗英雄 [illegible]五洲圖 [illegible]州廈門地圖 五洲教務 七國新學備要 八星之一總論 [illegible]購[illegible]者每日午後直至申後[illegible]靜候[illegible]時無暇不能出售購[illegible]書籍認明粱子亨圖章[illegible]則無還[illegible]

天津府署西三[illegible]內直[illegible]分處內[illegible]堂粱子亨啓

浙杭元吉永號

一本號自置[illegible][illegible][illegible][illegible]洋綢花素洋布川廣夏貨[illegible]揀[illegible][illegible]南貨[illegible]俱全[illegible]為遞時[illegible]南[illegible]不同故[illegible]各貨減價[illegible]估衣[illegible]中間路北凡仕商賜顧者[illegible]

德陞祥靴鞋鋪

本鋪專做[illegible]京式名樣及[illegible]花坤[illegible]一[illegible]俱全價[illegible][illegible]者請認明本店招牌庶不致[illegible]本鋪[illegible]設在天津府北門外[illegible]店街[illegible]便是

十月二十一日輪船進口

連陞 輪船由上海 怡和行

海定 輪船由上海 [illegible]

十月二十一日輪船出口

通州 輪船往上海 太古行

十月二十一日銀洋行情

天津九七六錢

[illegible]二千七百二十二文

洋元一千九百四十五文

紫竹林九六錢

[illegible]二千七百六十二文

洋元一千九百七十五文

直報

光緒二十一年十月二十三日　第二百七十二號
西歷一千八百九十五年十二月初九日　禮拜一

上諭恭錄

上諭王文韶著調補吏部右侍郎兼署刑部右侍郎徐樹銘著轉補兵部左侍郎兵部右侍郎著吳廷芬補授欽此　上諭剛毅著調補戶部右侍郎兼管錢法堂事務溥善著轉補禮部左侍郎禮部右侍郎著堃岫補授欽此　上諭剛毅著充國史館清文總校欽此　上諭崇勳著充會典館清文總校欽此　上諭福建漳州府知府員缺著劉桂熇補授欽此　旨寗夏副都統著色普徵額補授欽此　上諭現在天氣漸寒所有食餉之閑散宗室覺羅人等生計維艱殊深軫念著加恩賞給一月錢糧其宗室覺羅內實除食恩賞外著再加賞半月錢糧以示體恤欽此　上諭現在天氣漸寒京師兵丁當差勤苦殊深軫念所有八旗及綠步各營官兵均著加恩賞給半月錢糧以示體恤欽此　上諭右翼總兵著烏什哈補授欽此　旨廂黃旗蒙古副都統著載瀾調補正藍旗護軍統領著果勒敏補授欽此　旨廂白旗護軍統領著恩燾補授欽此　旨廂黃旗滿洲副都統著彭壽調補正紅旗滿洲副都統著春齡調補正黃旗漢軍副都統著蘇魯岱調補欽此

太常寺題冬至大祀　天於圜丘視牲看牲奉　旨遣載勛視牲錢應溥看牲欽此　又題十一月初八日祭　先醫廟奉　旨遣溥善行禮兩廡遣莊守和李德昌各分獻欽此　上諭邊寶泉奏道員因病呈請開缺一摺福建汀漳龍道劉倬雲著准其開缺所遺員缺著榮祿補授欽此　上諭御史烏爾恭額奏各倉篩颺土米請飭核議變通一摺著倉場侍郎妥議具奏欽此

聿觀厥成　　平干聞琴居士稿

慨自甲午夏日人肇衅侵我藩封武臣邊帥功罪互見道路傳聞紛紛不一鄙人蓬門伏處耳目未廣每思及朝鮮使臣袁蔚庭觀察心竊異之觀察出使朝鮮十數年來三韓倚爲保障何以一旦有事則先去以爲民望也繼又未聞其舉動何如私心竊有所不取也今春應禮部試下第後寓居聶軍門聞華人之行商朝鮮者云往歲海氛不靖葉軍門以四千人駐紮牙山既不進又不退觀察再三電致當道我軍不發則已發則必須多而且速方足制日人乃電懇數次未蒙俞示觀察不得已回國面商一切迨行旌初返日人即大肆鯨吞於以見觀察之料事未然也客冬奉　命撫輯既又襄辦營務處率二百人立赴前敵知聶功亭軍門忠勇素著調度有方爰以得力百人藉助軍門屢獲勝仗同心禦侮與士卒共甘苦餽糧餉發皮衣傾囊相助是以勇丁皆出死力大高嶺一戰以百餘人禦日人數千兩蓮三關又獲全勝此軍門之力圖恢復亦觀察之謀出萬全也若使大兵依屬天下事豈至於此乎今聞劉峴帥保奏觀察成軍十數營以防邊陲鄙人聞之不禁狂喜觀察自朝鮮返棹時切憤恨思欲一雪其恥而又阻於兵事之未屬也今奉　命成軍與聶軍門聯絡一氣措置合法將來定有起色況觀察將帥家風箕裘未墜當今名宿半出其門從此整頓軍政力除積弊不數年間練成勁旅則我　國家苞桑之固在此一舉按錄草此以誌欣幸詞句之醜不暇計也

慶邸晉封 ○慶邸起家貝勒歷膺要差恭邸外則慶邸一人而已前蒙 異數升作親王然未曾具册封也今 皇上始命舉行册封典禮 龍章寵錫自濮趨賀焉

侍郎獲宥 ○日前欽奉 上諭以侍郎汪鳴鑾長麟上年屢次召對信口妄言蹟近離間用特明白曉諭俾諸臣知所儆惕吏部右侍郎汪鳴鑾戶部右侍郎長麟均着革職永不叙用爾諸臣當知 忠孝一原精白乃心弼余孝治云云欽此已見邸報茲聞長石農少司農汪柳門少冢宰於上年屢次召對罔知輕重是以 天顏震怒幸蒙 恭邸諸樞公懇求始行罷職否則恐有與刑處耳

令名難保 ○京師地方生齒日繁貧多富少一遇水旱癘疫災黎嗷嗷端賴周急善士義粟仁漿以佐官賑之不及都人實直好義善堂暖廠頗多而以京中廣仁堂紳董李太史為鄙人之冠查該堂創自嘉慶年間紳商集捐鉅款專作善舉曾經前任順天府府尹周小棠大京兆復行整頓委派司事吳鼎一手經理迄今二十餘年贍養施棺掩骼埋胔修築基圍設立義學遇有偏災立即馳往賑濟歷經辦理可靠 朝廷保全百姓聊以盡忠乃本年夏秋之間都中時疫流行之際貧民染患不及醫治因此斃命甚多經順天府諭令廣仁堂粘貼長紅遇有死亡之家無力葬埋可持碘赴該堂領取義材得以殮埋誠諧功德臭大焉乃該善堂於七月間奉尹憲諭令捨材救災病亡之時並未傳說亦未粘貼長紅迫至疫氣潛消始行粘貼報單具呈冒情弊詐經尹憲陳六舟大京兆派委員查己將冒銷弊端和盤托出諒吳之咎恐難寬恕未悉加何究辦俟訪明再行佈錄

願學定評 ○京師願學堂冬季大課卷經主講殷評定甲乙茲將超特等名開列於左 超等

萧尚名 陳 贇 白鹿耳 陳天燦 張爾吉 方在方 劉 冕 特等 雅 琴 張格年 蔣 芬 紀鐵枚 祁學舟

王慈民 張家相 陳邦漢 邵玉堂 金式玉 何慶恩 馮 志 李星甫 李 桂 汪師文 曾鳴玉 伍毓松 曹景文

顧 瑞 藍 鈺 汪希楫

周 桐

喜兆蒸枝 ○督憲王制軍以柱石臣承節鉞 命蒞津以來仁之廣德之厚士民感戴異口同聲每聞婦孺向天默祝祈天以代吏民報也曰願我公福壽無疆公侯萬代羣前卽是我公之仁德不愈可知乎月之二十三日爲制軍曾孫一子洄繇吉期昌遽鳥聯天梅花靈秀原鍾於椿樹此日一門集慶頌聖主之得賢臣他年五世同堂看雲礽之繩武彼善言天者必徵於人吾於制軍益信焉歡騰柳帳

○軍興之際由部議定籌餉章程所有各省文武大小官員自二十一年春季起按扣三成以濟軍需前經 督憲查及各官養廉己經有停發並扣平所餘得者己屬無幾若再經核扣其官小者更必竭蹶况微末之員實廉本屬不多核扣亦屬有限無濟軍需尤恐別圖有碍官方因卽奏請將文職自州縣以下武職自都守以下自秋季爲止概行免扣當奉 硃批允准欽遵在案已登前報茲經部行文令將己行核扣之項造册報部查核飭辦

附輪遣勇 ○前兵善局張觀察辦理遣散游勇驅逐回南屢奉督憲飭知仍恐游勇有逗遛情事復札飭各段守望局赴菴觀寺院以及大小各店搜查聞昨日仍使附輪船解往回籍矣

裝鞘起程 ○長蘆運使衙門每月應解督垣月餉銀一萬兩並搭解水利銀七百兩茲已備齊裝鞘飭委候補鹽大使吳文綬督解起程赴直隸藩庫交納

籍冒雲津 ○杭友來云杭城北橋地方蓮花庵院住持僧某蜀產也來此件錫已有多年善於酬應頗得諸檀越歡凡佞佛者無不樂爲布施僧遂將房屋加意修整外後有空地一方擬欲興造因所募之資僅得二百餘元未能動工日前有一人口操北音乘輿而來衣服麗都狀類顯者僧殷待殷勤展問邦族據云某姓天津人向在上海開設洋行現因中日通商來杭創設甚衆城外已買地數十畝杭紳無不熟悉所設繅絲織布紡紗等廠均有股分今爲追薦 太夫人欲作法事一壇聞大和尚道行高超非諸叢林之有名無實者比故敢相煩該僧再三謙讓奉茶獻點而去某人公館則在城頭巷次日僧往見擇定日期禮懺一天屆時某人來院開銷供從豐茶與僧談及寶刹果然清雅惜房屋窄隘不能大開壇場僧告以後面尚有空地因募資不多未能舉工若得大護法解囊慨助實爲萬幸其人聞共須

錢若干現尚少若干僧云倩人估工云須七百之數現所募者尚不及三百遂同至後園觀看其人云營造之事我亦畧知一二所費無須如是之多明日我遣一匠前來估看此匠係由申地帶來造作機器者令其包造必可從省僧欣然許之次日其人果同一匠前來丈量基址估得洋五百六十元并云各料由我去買尚可便宜幾十元除節省所募三百洋外餘欵無幾顧慮僧欣喜為分告以此刻尚未收齊先付百元可乎其人云現在無須且俟木料等運來再付可也越數日果有木與磚瓦等來堆積滿庭其人亦乘興而至謂僧曰此時可先將二百元交我餘俟工竣找付僧遂撮揣洋一百六十元交彼持去嗣後僧往彼探問見門已關鎖詢諸鄰人皆云此處公館搬了不到一月前數日晚間忽然搬去不知何往僧以為磚瓦木料堆積如山尚不疑為受騙乃未幾瓦木各行咸來索錢僧告以已交某老爺手中行中人答以向不識某姓之人且各物俱在廟中應向廟中索錢爭論多時行中人不由分說竟將原貨搬運一空僧至此始知被騙然已無從尋覓只好自嘆晦氣而已

統歸河汛　○靜海縣屬唐官屯地方有運河東減河一道為盛潞也其閘之啓閉初歸四黨口守備經營嗣由綠營撥兵丁防守茲經前道憲李觀察查明此河近年所以無事者其斡因咸軍營稻田致令營河守備啓閉失時以一己之私害萬家之命未免過忍擬將減河營守備千總經理務便其閘[illegible]時以[illegible]水患[illegible]將綠營兵丁一律裁撤云

琴堂花判　○欽加同知銜卓異候陞題補[illegible]縣署天津縣正堂[illegible]示曹西園呈批前[illegible]明何得[illegible]遵[illegible]稱于有功意欲迴護未能理處完結姑候傳訊○又示王化澄呈批所[illegible]門[illegible]物[illegible]竟有無票[illegible]憑何取贖[illegible]仍未叙明殊難率准傳究○又示禹有功呈批據呈該地水已消涸是否屬實候飭書差往查勘丈○又示孫殿元等呈批稟情果實崔恒[illegible]白杜氏為刁猾卑鄙無恥案已票傳候集訊察究○又示薛李氏呈批控欠無據[illegible]無[illegible]婦女無知從官申[illegible]所呈不准狀不列抱[illegible]飭○又示譚李氏批譚氏與譚二有無分家此地是否公產詞內未據叙明又不列抱不准　又示杜楊氏呈批傳[illegible]金剛租此[illegible]務究係何[illegible]之事有無憑中寫立租字未據聲明無憑信不准○又示趙起發呈批口角微故傷甚輕微本應不准但恐再因睚眦微嫌復起爭端姑候傳訊

薊屍莽東　○日昨縣太稅[illegible]瓦舖[illegible]老農以為大雪節見[illegible]及時實為[illegible]受厥明之兆野人芹獻詩未必盡屬無稽也

人命匪輕　○本埠西[illegible]內某甲[illegible]為生與[illegible]河[illegible]貨物[illegible]某村水手一名云於日前在上游地方失足落水尸骨無存尸否情實抑係一面之詞有何証據現其[illegible]來[illegible]停泊水手之[illegible]一女聞信哭啼連夜赴津[illegible]找[illegible]稱專要尸身等語現有同[illegible]水手人等出為說合尚未了結云

風俗不[illegible]　○西門外南台子[illegible]陸羊高二倪二於[illegible]持刀在侯家後一帶娼窰訛索錢文當[illegible]城守營巡緝兵丁會同巡查兵丁即將陸等三人拿獲並東洋刀一把帶至[illegible]閻府[illegible]係[illegible]我訊問該三犯供[illegible]訛索不諱因即一併[illegible]有司[illegible]辦矣

是真笨賊　○本郡[illegible]錢店今秋[illegible]賊從[illegible]頂[illegible]穴入名曰天鵝下蛋[illegible]及[illegible]獲[illegible]掌拿獲該[illegible]日音[illegible]識其語約似閩粵產者大早被縣責懲管押數月現[illegible]其同[illegible]人等出為作保[illegible]回籍[illegible]

不成丈夫　○龍姓在侯家後開設小班[illegible]與河北獅子林[illegible]婦[illegible]舊因向婦夫云將婦[illegible]至某處[illegible]實係引入侯家後娼窰為娼迨十數日後婦夫不見妻歸遂自向侯家後各娼窰[illegible]尋及又[illegible]小班去尋龍姓向其理論龍姓喝龜[illegible]打經云不必打他富用尿溺幸為行路多人勸解方免噫難矣哉營[illegible]農夫云創業難譜粒粒皆出於辛苦也豈知不由而食求食更難彼某某者舍床頭之曬人以求食為省力耳究[illegible]人生[illegible]食亦無得轉[illegible]如[illegible]皆[illegible]力之為得世之貪食便易飯者亦可以此為龜鑒矣

德船麕集　○厦門[illegible]事[illegible]云自九月下旬起德國[illegible]中兵輪[illegible]驗[illegible]寄泊港內者共有三艘在港口者兩艘其中第一艘名開撒三枝桅桅上三層有砲臺為德水師提督坐船上兵丁水手都七百餘人武弁二十餘員可謂巨矣又[illegible]等鐵甲兵輪船兩艘皆兩枝桅桅上有一層砲臺一名依雷[illegible]一名威利慕[illegible]中兵丁四五百人又二枝半用帆之兵輪船二艘由水師[illegible]統帶一名阿格納一不知名兵官水手各三四百人每日兵丁登岸者共五六百人

啟啓者某等在天津開設製造公司專出各樣工程捷妙新法并估價值茲將各項分類列後

計開

一考驗礦質分化金石所有開採鎔化一切良法皆能條分縷析繪圖具報并估一切應用器機價值

一測量鐵路鑛建車軌皆能逐條繪圖具報并估建造及一切應用器件價值

一電氣車電光燈皆能繪樣并估全副電燈價值

一鎔化礦質大爐并新式缸磚及士門得土各窯所有應用物料薪炭須先詳加考驗再爲繪圖製造

一測繪各處港澳江河皆能畫圖備用

一製造煤氣及自來水一切廠所器機皆能繪圖估價

一估造各種工程繪畫各種平視立視精細圖式

一物類原質皆能以化學法分化無訛

一欲辦工程如來本公司面議即可告以良法并估價值

一再本公司素與歐洲及美國各大公司聯絡故能包辦各項工程或有工程需人監理本公司亦可派人前往

本公司主人現寓恒豐泰

買辦孫製造公司謹白

啟啓者現有英人僑居烟台曾在英京國學考有官憑擅教授經史算法航海等學三十餘年並在英國海軍衙門充當試官有年曾蒙華廷派委要差今擬在本公館教授華童英文以便將來應陸軍海軍商務之選惟受教不得過十五歲議定每季脩金關平銀二百兩如有從學者即希函達天津恒豐泰飯店或烟台英領事署轉致倪爾森可也

本書室新到　梅氏叢書　算學筆談　啓蒙書　格致入門　須知　代數備旨　八線備旨　數學啓蒙　格致啓蒙　時事新論　幾何三種　格致課藝　九數通考　中外通商吉書附　中日議和通商章程每本津錢一百五十文如蒙　光顧價值格外從廉其餘各書多不及載

天津宮北格致書室白

失物告白

啓者本月初六日在豐斯力處相買失去顯微鏡二架倘有人將原物送交本報館必當酬謝

本報館謹啓

告白

本館京報售報處在宣武門外徽幫坑路東瀚昌會館內陳午青先生代辦如有願看者請至陳處可也

本館謹啓

杭浙元吉永號

本號自置参燕綢緞新樣洋縐花素洋布川廣夏貨團摺雅扇南貨頭油俱全祇爲近時錢市漲落不同故兩各貨減價開設估衣街中間路北凡仕商賜顧者無任歡迎

告白

李傅相馬關被刺紀實藤帶七冊每本價洋四角五　王芍棠星使使俄草　盛世危言　盛世危言　勢盧叢書　各國時事類編　中日戰守始末記　繁華上海記　蘭石蘭譜　竹譜　海上見聞錄　洛金扇　吉祥花　小八義　[illegible]　[illegible]案　桃[illegible]新錄　[illegible]　寺花

文[illegible]謹啓

一月二十二日[illegible]由上海　本口行
武昌　[illegible]
十月二十四日[illegible]
海定　[illegible]往上海　[illegible]商局
連陞　[illegible]往上海　[illegible]

十月二十三日[illegible]
天[illegible]九[illegible]
[illegible]二千[illegible]百二十[illegible]
[illegible]一千九[illegible]四十五[illegible]
[illegible]九[illegible]
[illegible]二千七百六十二文
[illegible]一千九百七十五文

直報

光緒二十一年十月二十四日　第二百七十三號
西曆一千八百九十五年十二月初十日　禮拜二

上諭恭錄　治獄郵囚論　散直誌刻　上任示期
逢白眼狠　逐暗門鴇　鐵路先聲　浙輸預報
統領施米　秦鏡照人　一廠大開　兩局又歇
本小利大　理屈情虧　謬作解人　實為惡賊
聿觀厥成　會白照錄　京報照錄

上諭恭錄

上諭督辦軍務王大臣奏請簡派大員督辦鐵路一摺鐵路為通商惠工要務朝廷定議必欲舉行前諭王大臣等令將近畿一帶先行辦法茲據王大臣選派廣西臬司胡燏棻前往查勘茲據奏稱自天津起循運河西岸迤邐而北繞越南苑以達盧溝橋計二百一十六里估需工料銀二百四十餘萬兩並繪圖貼說請派員督辦等語夫創舉之端難于慮始任用之際要在不疑胡燏棻既經條奏於先又復履勘於後津盧一路著即派該臬司督率興辦以專責成所需經費着戶部及北洋大臣合力籌撥至由盧溝橋南抵漢口幹路一條道里較長經費亦鉅各省富商如有能集股至千萬兩以上者着准其設立公司實力興築事歸商辦一切贏絀官不與聞如有成效可觀必當加以獎勵將此宣諭中外知之欽此　又內閣侍讀學士員缺着王錫祥補授鄂成景煦着調赴步軍統領衙門學習者毓春元鍾良鐸華着記名分發廣東補用道夏獻銘湖北道張煜林江西知府洪鑾浙江同知張儀陳祖廕四川同知吳齊鴻廣西同知桂蘊寬四川直隸州知州福蘇禮廣東直隸州知州徐傳聲江西直隸州知州鮑國楫直隸知州吳廷華楊壽植江蘇知州洪爾振湖北通判何炬王渭賢福建通判鄭煦江西知縣惲學基湖南知縣陳寶樹四川知縣唐枝中廣東知縣楊于濱貴州知縣沈國良直隸知縣施肇方汪紹卿江蘇知縣郭曾程安徽知縣呂曾陝西知縣曾士剛陳協華浙江知縣金甌吳躍金蕭德驄江西知縣周繪藻湖北知縣孫星燦四川知縣劉定清劉怡廣東知縣陳汝壽陳鳳鍾楊文春貴州知縣羅錫番山東鹽大使楊文爾浙江鹽大使屠瀛兩淮鹽大使杜恩鋭廣東鹽大使支恒昌俱照例發往保舉山東補用道郭鑑襄着照例用保舉新疆補用直隸州知州奏署哈密通判孫志熙着准其補授照例用升補江西義甯州知州連級着准其升補倅瀛江蘇婁縣知縣張紹文着同任盛京兵部員外郎着恩釗補授　昭西陵禮部員外郎員缺着志森補授欽此

治獄郵囚論

法令者治之具而非致治清濁之源也顧世人不能盡為君子即不能盡無所爭有所爭而積不能平遂不能不鳴之官府國家設官治獄將以息訟非僅執法以刑戮斯民也自淑季澆詐成風而訟端歧出不特含冤者訟無冤者亦訟治獄者一聽再聽猶不能判其曲直定其是非甚至一官不能聽而數官為之聽聽之不平訟者不特與訟者訟抑且與聽者訟往往由縣而府而道而司而院至上即於閣經年累世爭訟者家敗人亡訟猶不息訟者固健訟聽者亦不善聽乎甚矣治獄之難也至如禹之泣罪湯之解網後世雖競傳其事然一近於嫗一近於巫直可與血流漂杵付之武成二三策外甚至如唐之太宗六年錄大辟囚三百餘人縱其還家約其自歸以就死以君子所難能期之小人之尤者以必能其囚至期竟自歸無少後安和非縱之者意其必來以冀免故反縱之被縱者意其自歸必獲免故自歸乎尤皆上下矯情之過實殊非治獄之正道朱盧陵已譏之然積獄而不及速斷被因而不獲體郵是亦治獄者之憾也　聖天子一視同仁無微不至定制京師五城司坊羈押人犯向有因獄支領由刑房逐月將收押人犯按日期之次序為名姓之後先分列舊管新收開除實在

共計若干名造具清冊呈由司坊官加具印結上詳城憲轉詳都憲咨報戶部雲南司劄倉開放歷久奉行不自今始現屆五城司坊詳報本年秋季囚糧經□部勾稽給發由□侍御明查暗訪司坊所領囚糧半爲該署門丁暨刑房書吏看管差役中飽而被押人犯不得實惠尚[illegible]且有都察院發押北城京控人犯林某一名如臣朔之飢欲死刻經都察院會議嚴加整頓以恤獄囚司坊之弊從此可剔矣然羈押人犯司坊之外所在不一以治獄之多寡爲計其最多者無逾州縣以州縣爲親民之官備科之繁厥維繁字煩字之事以治獄爲第一緊要公件世以州縣之堂爲訟庭有以也而州縣以首縣爲繁首縣又以京縣爲最順天大興宛平兩縣向設東西四班頭班白役數十名除遇有涉訟之原被告案情較重立即收獄外情稍輕者交候審所或管押案有數年不結終朝枵腹竟因此而死者此種弊端爲官道者均多未覺茲宛平縣張邑尊訪悉發押之人終日枵腹經廚役胡永安稟明邑尊日給小米一斗煮粥散放邑尊之一片婆心於此可見而廚役胡某之心亦可嘉矣要之治獄之道舊案以少積爲善新案以不留爲善細故以不准理爲善蓋民之訟皆激於一時久則必悔昔有賢令遇鳴冤者輒諭以明日來人多不解其意令曰明日自然悔悟不來矣善哉至於萬不能詰之件人已被繫縲絏中地獄矣殊治獄者其憐之可乎

散直誌刻 ○內廷上書房師傅遵照向例夏至後申正散直冬至後申初散直茲將散直時刻告知管門太監自十月十五日爲始按日登記其管理部院應辦事務及奏奉諭旨特派事件應早散直者亦將應何早散緣由告知管門太監隨時登記以備查核

上任示期 ○新簡右翼總兵烏爾金吾什哈定於十月二十五日午刻上任示仰八旗佐領章京護軍五汛弁兵暨各中喇協尉看街兵等至期一體謁見毋違特示 新簡廂黃旗滿洲副都統彭統制署鑲紅旗滿洲副都統春統制爲正黃旗滿洲副都統蘇統制暨岱均定於十月二十四日已刻上任示仰闔旗參領佐領催章京人等至期一體謁見毋違特示

逸白眼狠 ○往年幾南草莽者時有爲圈套人行刦者俗名白眼狠以曠野漫漫綠林隱翳故草竊最易藏奸前報已載不謂京師近日搶刦之案千變萬化愈出愈奇輦轂下胆敢聚衆搶刦者有效狠行者是眞藐視王法矣程某者於十月十七日夕間行經西便門外沙窩村地方忽來一人從腦後用繩勒其頸竊負而逃至棗林地方將程某放倒已斷呼吸賊乘某尙未甦將程身衣服盡行剝去逃逸無蹤移時程甦凍更生赶即赴官廳呈報雖蒙飭巡兵踹緝迄今尙未破案有捕務之責者尙其加意防範毋令若輩肆無忌憚乎

逐暗門鴇 ○京師妓寮如大小紗帽胡同等處凡開門應客者爲明門其僻處深巷門掩花枝時露不露者爲暗門前門外東草廠頭巷至十巷向係良民居今忽有匪人勾通惡鴇在八條胡同設暗門一處留髠剪燭獲利頗豐有某混星垂涎欲分其利鴇不允混星遂於南城坊遂之七條胡同亦有暗門一家日前突有一瞞人瀰花之公子乘夜來訪桃源漁舟誤入西鄰鄰大肆不敬公子欲集無賴擾其家詎其家已先發制人控於南城兵馬司謂某鴇及公子一同被逮管押而暗門封閉矣

鐵路先聲 ○中國開辦南幹鐵路早有是議未見明文頃悉已奉上諭蘆溝至天津一段簡派廣西臬司胡燏棻直隸候補道吳懋鼎督辦由戶部暨北洋大臣撥銀二百萬兩爲築路經費至由天津達清江浦一段設立公司招股份再行開築從此中國可觀鐵路之成矣第查由津至蘆溝橋相距祇二百餘里中間爲河渾河建橋築垻工程甚鉅按西國商務而論須費至五六百萬金方能成就可期鞏固今以二百萬爲築路之費價固甚廉所恐一水再水之後修補曾不知需幾二百萬矣西國公司之設股產極爲鄭重是以人樂入股雖亦可由國家取用然必須本利充盈俾股人各無異議今中國視股產可予取予求動輒以勢歸併人有戒心恐急切未易猝辦耳

浙餉預籌 ○浙江省現委候補知縣吳大令繼虎管解匯金項下撥解東北邊防京餉銀二萬兩又解匯金第三批京餉銀二萬兩由海道至津進京赴戶部交納

統領施米 ○昨有某營統領遣勇丁兩名赴南門外養病所一帶持大米票若干每票一斗五升不等請查貧戶施給散放每進貧戶屋內如鍋有飯菜一概不給如假裝貧戶亦不給付所查無遺無濫辦理甚善昨早各貧戶等由老龍頭過渡赴車站齊領米肩負以歸頌聲載道

奈鏡照人 ○南門外招商局溜子內死一郭姓男子郭母控係爲郝姓打死適經天津縣大令親驗據仵作云並無傷痕係脹斃身死但死非無因正不知奈鏡如何照膽矣

一廠大開 ○本年籌賑局憲議定設立西沽粥廠僅止一處專濟津邑貧民已登前報奈粥廠未開之先滄州靑縣靜海各村婦孺匍匐來津叩求收入粥廠哀鳴嗷嗷局憲無可如何照數一律收入如廠內房屋不敷居住再行開擴云惻隱之心仁也德至矣

兩局又歇 ○江西南昌府城內錢舖無殷實富家出保不許開張資本非逾十萬不許懸金字招牌習俗也今津小錢局資本無多擅以出帖支持局面倫兌帖者一時擁擠措辦不及即暗行閉歇而逃誠陋習矣日前侯家後四合軒天元恒換錢局皆因兌帖太多現錢短少暗行閉歇聞已經人控該鋪掌皆投縣候訊矣俟訪何日給錢再爲續錄

本小利大 ○河北甘露寺旁有魁陞小錢舖該舖所出之帖有數萬餘吊於廿一日[illegible]意聲言欲歇所有存該鋪之帖者無不赴該舖取錢擁擠不動該鋪趁此每帖一吊短數一二百文取帖者見此以爲得即甚喜無意再求更換且擁擠亦無暇再換只可忍氣從權再者該舖與地面官役議妥囑其彈壓無人敢向理論滋事其鋪一夕得短數利錢數千餘吊本小利大亦騙局也別處換錢局轉閉歇數家內有侯家後長興順等號餘俟訪明再報

理屈情虧 ○昨晚有拉地坼車之某甲行至估衣街被洋車橫衝直撞將棉袄撕破甲不勝大怒立將洋車拉住該車夫某乙央懇求恕甲曰我之棉袄非是容易今無端撕破非賠不可路人勸解反以甲不自經心爲言甲愈怒幸有該處洋行友人出爲說合以拉洋車者不能留神所致令其賠錢縫補甲乃釋去噫洋車肇禍無日無之無刻無之如此橫行尚未能懲辦何也

謬作解人 ○嗟夫世家大族巨富名紳而乃中冓蒙羞龍陽是任忝然面目全不知恥不獨人心之害實亦風俗之憂已此等醜聲本館不屑紀錄恐汚筆墨而存忠厚無如人心不善動輙以下流汚人且衆目彰明不得不筆諸報端紀實跡而示懲勸兼以顯我消潔也東門外某家閨秀私奔節據聞該女早有去志曾向其妹明言于日薄暮乘喪忙亂女扮男妝倩老嫗相隨出門適爲其縣捕快所覩形跡可疑緊跟於後因而敗露該家圖猶以拐帶控告是眞不自知黑白者也至鳳華堂六郎一事本館以言者紛紛援例照錄竟有無知逐利之徒冒本館索償還償之說從中撞去百金經本館一再聲明現聞贓未追出嗟乎既知其醜何若不爲自汚汚人罪更難逭或有以二事謬作解人者痴男怨女何弗竟相配合俾其志洽情投免作野鴛而變家雞也哈哈

實爲惡賊 ○吳橋縣本屬僻道曩日地面最爲平靜自去歲以來居者行者時或失事迄今仍未安謐茲聞縣屬王道人庄孀婦王趙氏家有二賊闖入院中強欲行刧幸工人聞警踰牆邀隣人同出吶喊該賊未能得手惟放洋槍示威以斷追捕而逸該孀婦家雖未失物猶恐強盜仍來況動輙燃放洋槍傷人性命可畏之極是以仍即報案不識賢有司宜如何整備緝捕也

聿觀厥成 慨自甲午夏日人肇衅侵我藩封武臣邊帥功罪互見道路傳聞紛紛不一鄙人蓬門伏處耳目未廣每思及朝鮮使臣袁蔚庭觀察心竊異之觀察出使朝鮮十數年來三韓倚爲保障倘以一旦有事則先去以爲民望也繼又未聞其舉動何如私心竊有所不取也今春應禮部試下第後寓居津門閱華人之行商朝鮮者云往歲海氛不靖葉軍門以四千人駐紮牙山既不進又不退觀察再三電致當道我軍不發則已發則必須多而且速方足制日人乃電懇數次未蒙覆示觀察不得已回國面禀一切迨行旋初返日人即大肆鯨吞於以見觀察之料事未然也客冬奉 命總輯既又襄辦營務遂率二百人立赴前敵知聶功亭軍門忠勇素著調度有方爰以得力百人藉助軍門屢獲勝仗同心禦侮與士卒共甘苦餽糧餉發皮衣傾囊相助是以勇丁皆出死力大高嶺一戰以百餘人禦日人數千而連三關又獲全勝此軍門之力圖恢復亦觀察之謀出萬全也若使大兵攸屬天下事豈至於此乎今聞劉峴帥保奏觀察成軍十營以防邊陲鄙人聞之不禁狂喜觀察自朝鮮返棹時切憤恨思欲一雪其恥而又阻於兵事之不屬也今準 命成軍與聶軍門聯絡一氣措置合法將來定包起色況觀察將帥家風箕裘未墜當今名宿半出其門從此整頓軍政力除積弊不數年間練成勁旅則我 國家苞桑之固在此一舉援筆草此聊誌欣幸詞句之拙不暇計也

平干閭琴居士稿

啟者本學在天津開設鑄造公司專出各項工程捷妙新法并估價值茲將各項分類列後

計開

一考驗礦質分化金石所有關採鑛化一切良法皆能條分縷析繪圖具報併估一切應用器機價值

一測量鐵路鐵建車軌皆能逐條繪圖具報併估建造及一切應用器件價值

一電氣車電光燈皆能繪樣併估全副電燈價值

一鎔化礦質大爐各新式缸磚及士門得土各窰所有應用物料薪炭須先詳細考驗再為繪圖製造

一測繪各處港澳江河皆能畫圖備用

一製造煤氣及自來水一切所用器機皆能繪圖估價

一估造各種工程繪畫各種平視立視精細圖式

一物類原質皆能以化學法分化無訛

一欲辦工程如來本公司面議即可告以良法并估價值

再本公司素與歐洲及美國各大公司聯絡故能包辦各項工程或有工程需人監理本公司亦可派人前往

本公司主人現寓恒豐泰

實密孫製造公司謹白

啟者現有英人僑居烟台曾在英京國學考有[illegible]憑曾教授經史算法航海等學三十餘年曾在英國海軍衙門充當試官有年曾蒙華廷派委要差今擬在本公館教授華童英文以便將來應陸軍海軍商務之選惟受教不得過十五歲議定每季脩金關平銀二百兩如有從學者即希函達天津恒豐泰飯店或烟台英領事署轉致倪爾森可也

失物告白

啓者本月初六日在[illegible]斯力處伯爵失去顯微鏡二架倘有人將原物送交本驛館必當酬謝

本驛館謹啓

本書室新到　梅氏叢書　算學筆談　啓蒙書　格致入門　須知　代數備旨　八線備旨　數學啓蒙　格致啓蒙　時事新論　幾何三種　格致課藝　九數通考　中外通商吉書附　中日議和通商章程　每本津錢一百五十文　如蒙光顧　價值格外從廉　其餘各書多不及載

天津宮北格致書室白

告白

本館原寓[illegible]處在宣武門外[illegible]坑路東壽昌會館內陳午甫先生代辦如有閱者請至該處可也

本館謹啓

浙杭　元吉永號

本號自置紗羅綢緞新樣雜貨花素洋布川廣夏貨團摺扇南貨頭油俱全較為近時行市[illegible]不同故而各貨減價開設估衣[illegible]中間路北凡士仕商賜顧者[illegible]請

告白

李傅相馬關被刺紀實首帶小照　每本價洋四角五　王芍棠星使俄草　盛世危言　續盛世危言　[illegible]廬叢書　各國政事類編　中日戰守始末記　公車上書記　蘭石蘭譜　竹譜　海上見聞錄　洛金扇　吉祥花　十八義　聯公案　施公案　挑燈新錄　蕩寇　牡丹花

文[illegible]齋謹啓

十月二十四日輪船[illegible]　新濟　輪船由上海　招商局

十月二十五日輪船[illegible]　武昌　輪船往上海　太古行

十月　十四日銀[illegible]行情

天津九七[illegible]

銀盤五千七百二十二[illegible]

洋元一千九百四十五[illegible]

紋[illegible]九[illegible]

錢盤二千七百六十二文

銅元一千九百七十五文

直報

光緒二十一年十月二十五日 第二百七十四號
西歷一千八百九十五年十二月十一日 禮拜三

上諭恭錄

上諭禮部右侍郎李文田由翰林入直南書房薦升卿貳迭掌文衡學問淵通克勤厥職茲聞溘逝軫惜殊深加恩着照侍郎例賜䘏任內一切處分悉予開復應得䘏典該衙門察例具奏伊子李淵碩着俟服闋後以員外郎分部學習行走欽此　硃筆稽察鑲紅旗滿洲旗務着茹泰去欽此　硃筆稽察正黃旗蒙古旗務着文郁去欽此

不語語

怪者何常之變也常者何理之定也理者何情之平也離情而言理則理無可語舍常而言怪則　無可語世每嘖嘖以怪傳多見其少所見矣夫焄蒿悽愴與木石鱗羽之異以及天人氣化所感吉有祥凶有祲明有禮樂幽有鬼神猶晝夜寒暑之推行其常也豈怪哉故聖人不語而世猶歷舉其事以為証不知自易書春秋記之繁矣無論漢魏六朝隋唐小說也世猶謂信古不如信今耳聞不如目見囑煩中書君為之誌一二再續亦何妨人云亦云也昨有客自常熟來者據云虞城南鄉陳氏家田產頗饒所居某村屋共五進廳事書室棟宇甚宏於同治季年屬香山木匠所造俗傳木匠有厭勝術稍不如意即以術秘施其中落成後使不安於居且有云家業衰旺僅自彼操者俗論也陳氏當日造室不知何以得罪該匠匠輒施厭勝至今以其某廳為書室室之堂後門須常開不許偶閉或試閉之室中即掌其頰掌必兩下聲綽綽痛不可忍視之絕無跡可尋惟讀書其中則無恙惟不許讀東坡方山子傳讀則批頰亦如之陳氏自是業中落此遐邇所共知者言之鑿鑿時有燕鄰客年壓曰是終須有物憑之也因囑京師一事京師崇文門外石虎胡同地方有空房一所貼有招租字樣自去秋至今無自顧而問者相傳宅中鬼怪出沒作祟驚人是以空閑已久曾覓戴某父子看守每夜必聞窗櫺震動格格聲十月初旬夜聞戴子在睡夢忽驚醒見中樑垂下一蛇其大如臂懼不敢動蛇遽纏戴子腰者匝而二戴即昏暈倒地不省人事其父狂喊求救鄰居聞聲赶至蛇鬆縛去眾扶戴子起以薑湯始得甦惟驚魂不定遍身現青色未卜有性命之虞否也二客所述如此吾非謂其事之必無也吾特怪夫怪其所怪非吾之所謂　也世之所謂怪者舉為世之所應有特為人不經見爾吾之所謂　者實為人之所經見而為世不應有耳天之生物眾矣上而飛下而潛中而動皆物也吾適為動物中之人人之有倫久矣以情合者夫婦父子兄弟以義合者君臣朋友一陰一陽之為道道造端於夫婦遂有父子兄弟出則有君臣朋友師弟之倫即於朋友屬之人之生也父生之君長之師教之凡以為其生也故曰民生於三自古至今由中而外誰非臣子誰無君父出門交有功舍朋友又奚屬而顧子焉而不孝其父臣焉而不忠其君朋友之間爾詐我虞平居無事握手歡笑酒食遊戲相徵逐一遇小利害比反眼若不識驅之阱而下石焉者其可怪孰甚焉乃人皆習見而不之怪轉以不經見者相　焉斯其所見之理怪乎不怪吾且不暇怪之也況不經見之　吾又奚怪乎二客聞言咋舌甚怪予之多言也予遂鉗口

兩不害

竟敢裝官 ○京師前門內灰廠有某甲居焉某日結交匪類無所不爲十月十六日前在灰廠地方見有一少婦年約花信[illegible]一鄉農同行某甲疑其拐販婦女遂邀集匪黨尾隨其後至廣渠門外于家園地方冒充官員將少婦鄉農一併鎖拏來京即在灰廠某寓所假扮問官私行設立公堂將鄉農少婦一併擅用非刑拷訊經步軍統領右翼番役訪聞拿獲解交刑部雲南司澈底根究按律懲辦然首犯業已逃逸未知何日始能緝獲輦轂之下竟敢如此膽大妄爲現雖漏網恐難逍遙法外也

奈何殺子 ○京南宛平縣所屬禮賢鎮鄉民秦某向充斗行經紀領有順天府官帖當值糧斗差使今春秦某病故其嫡妻王氏育有一子年甫十三齡未能充當斗差是以挽托孫某代爲充當於是孫竟據爲己業隨在順天府私立新帖於十月十六日在該鎮開設糧行當開張之際門前花紅耀目王氏知其覇產攜同幼子向孫理論詎孫仍一味狡展王氏忿火中燒竟將該糧行鍘刀一把向謂彼此如有虧心當以草刀鍘之言畢令孫某脖項攢入刀口乃孫自知有愧不敢向前旋經王氏命幼丁攢入　刀頃刻之間王氏將子首級鍘落鮮血淋漓投赴禮賢鎮分司稟報轉詳宛平縣帶領吏仵前詣相驗將孫某等一干人証解案訊辦

恩逾挾纊 ○三營兵丁下夜由營給與皮衣以禦風寒至來春繳營仍存營中原定章程每營三年更換一次現屆更換之期由三營都守齊呈中衡遊府轉詳鎮憲會同道憲具稟督憲撥仰厘捐局查照向章發津錢一千串購皮衣二百件分發各兵下夜以禦風寒聞已具稟諒不日批准營兵得此莫啻恩同挾纊哉

貢修尚衣 ○江蘇織造榮現將本年應解紬緞杭綢細羅粧緞袍褂料等均已製齊共裝九十四箱飭委承差楊湛毛艮承解於前月二十四日由蘇州起程循運道由津運京赴 內務府交納

是否重充 ○欽差大臣辦理北洋通商事務直隸總督部堂王 示據獻縣旗人孔繁耀稟 批前據河間府查得章永順已於上年二月間除卯何以仍在該縣當差該役是否張玉山更名重充仰河間府確切查明覆奪一面飭縣比捕勒緝逸賊原贓務速弋獲究辦勿任玩延

保留違例 ○欽差大臣辦理北洋通商事務直隸總督部堂王 示據職員楊春圃等稟係遵化州人批紳民保留官長例禁綦嚴爾等於該直牧交卸後呈請撥令回任本部堂自有權衡爾等何得違例妄瀆

會文司課 ○欽命二品銜長蘆都轉鹽運使司鹽運使李 爲榜示事照得本司課試會文書院舉人等第姓名獎賞銀數開列於後須至榜者 計開 正取四名 劉恩源 蔡如棨 姜擇齡 齊 徵 第一名獎銀八兩 二名至四名各獎銀六兩 副取六名 華學淇 王兆泰 凌 雲 張克家 李秉元 高凌蔚 一名獎銀五兩 二名至六名各獎銀四兩 次取五十一名 楊鳳藻等 一名獎銀二兩 二名至十五名各獎銀一兩五錢 十六名獎銀一兩 十七名至三十名各獎銀五錢 餘無獎

君子時中 ○上古野處穴居後世易之以宮室上古茹毛飲血後世易之以釜鬵古人豈不欲安於渾噩哉而開務成物工虞水火諸端勢皆不得不然者故曰聖人之功時爲之庸仲尼曰君子時中蓋聖人不凝滯於物而能與世推移原未嘗膠柱鼓瑟刻舟求劍如後世俗儒胸中之孔子也今泰西格致之學遠勝空談實與中國聖賢之學異曲同工且能補先聖所未及倘自得之則昌失之則亡者知幾卓識之人可不先爲提倡耶津中紳民陳驤等稟請海關道憲盛杏蓀方伯創立制事書院以開風氣方伯備允其請並捐廉銀一萬兩以爲倡首復籌撥公項銀一萬兩玉成衆志惟以制事二字嫌與湖南書院同名改爲時中書院取君子時中之義約計明春可以開課將來黜華崇實風氣大開人才蔚起謂非方伯一人具知幾卓識之力乎

軸折傷人 ○昨東門外有破車一輛載大米一包正行間軸折車翻壓傷行人之腿旋經人說合令車夫覓保付資治傷洋車之禍可勝言哉

城門鬧事 ○河東孫家莊陸柏年陸德標不知因何與劉三趙四構衅聲勢甚兇該管地方彈壓不服立稟訊官率兵拿獲直

扛子四根一併送縣覈辦矣

聲夫誠苦 ○宵小搶刼隨處多有詐豌北城根一婦人年四旬以來領一幼女年約八九歲手持被褥兩件尋店投宿不料忽來一人尋蹤得即走甄婦隨後喊追已無踪跡母女哭啼聲稱係山東人來津尋夫噫當此天寒日暮身無被褥店不能容苦哉賊何忍也顧管地面者亦知之否

銘軍赴甘 ○銘軍馬步各隊十三營日前來津營屯西門外一帶已紀前報昨早馬步各營揚旗吹號一律起行全隊赴甘助剿回逆矣

盜賊肆行 ○盜賊多寡原在緝捕勤惰誠哉斯言也茲由都來人云及太監呂德祥者因回家探望由京雇車行至固安縣之周家務天方正午突來賊六七人各持洋槍帶械攔住硬將銀兩衣服搶去兩逃呂立赴該縣文武禀案雖經勘驗惟迄今兩月之久尚未破獲人以為太監被搶緝捕定必上緊孰知其大謬不然哉

冰士炸裂 ○津郡溜米廠下河岸被水沖刷入不堅固茲因該地拆河岸崩開立即塌陷上有蒸食鋪草房兩間隨坍在內幸晚間人皆未睡性命無傷噫水澤腹冰冰乘風走煖而居者往往見冰於室內湧出或於房腰穿過傷人及物者有之慘矣哉昔李陵答蘇武書云胡地元冰邊土慘裂北人習見不怪也

好善樂施 ○天津工程總局代收山東義賑所有諸善士樂助錢洋元已集有成數彙寄災區並已登報牘茲又有第七起王公館手勸募孫仲英李桐生黃杏樵趙彤三高雅林于澤九姚斛泉姚琴舫魏星橋貢少錫劉役?門松岩余雲渠馮菊舫王樹泉等共捐助津錢一百吊然該處被災甚廣杯水車薪依然無濟尤望樂善諸君大發慈悲慨然解囊大聲疾呼代為勸募庶幾集腋成裘源源接濟俾百萬災黎拯登斯感得變重生則本局心香一瓣謹代災民頂叩且為善者預祝彼蒼定有厚報焉

來詩照登 ○津沽寓樓夜坐與談飽鳳太史聯句六章 旅館人俱寂 懷 涼風入夜樓同為萬里客 飽 况值一天秋龍左添新感 時正暮 風驅蘭州戒嚴 津門感舊游與君共今夕 飽 握手說閒愁 同是亂離後 懷 他鄉復遠征無才自多難 飽 久別未忘情慷慨談今古 懷 遭逢說死生茫茫雲水闊 飽 何日盡前程 知己相期切 懷 乾坤無棄材艱難皆閱歷 飽 拔擢見栽培伴我惟書劍 懷 匡時半草萊英雄無限恨 飽 搔首共排徊 夙有凌雲志 懷 其如世亂何秋風勤砧杵 飽 夜雨浸烟波習靜泥諸處 懷 論閒學短謌臨風試一嘯 飽 萬籟寂山河 物我原無室 懷 斯人自擾纓江山供指顧 飽 泥雪證因緣翰墨聯新契 懷 干戈感去年遼東舊相識 飽 寒落似晨烟 燕趙多奇士 懷 連年策治安變通曾獻賦 飽 客忍竟彈冠壯志酧非易 懷 虛懷學最難因循成故習 飽 誰與挽狂瀾 嶺南何寸仁懷德氏倚聲

聿觀厥成 概自甲午夏日人肇衅侵我藩封武臣邊帥功罪互見道路傳聞紛紛不一鄙人蓬門伏處耳目未廣每思及朝鮮使臣袁蔚庭觀察心竊異之觀察出使朝鮮十數年來三韓倚為保障何以一旦有事則先去以為民望也繼又未聞其舉動何如私心竊有所不取也今春應禮部試下第後寓居津門閱華人之行商朝鮮者云往歲海氛不靖葉軍門以四千人駐紮牙山既不進又不退觀察再三電致當道我軍不發則已發則必須多兩且速方足制日人乃電懇數次未蒙覆示觀察不得已回國面稟一切迫行旌初返日人即大肆鯨吞於以見觀察之料事未然也客冬奉 命撫輯既又襄辦營務處率二百人立赴前敵知聶功亭軍門忠勇素著調度有方爰以得力百人藉助軍門屢獲勝仗同心戮侮與士卒共甘苦餽糧餉發皮衣傾囊相助是以勇丁皆出死力大高嶺一戰以百餘人禦日人數千而連三關又獲全勝此軍門之力圖恢復亦觀察之謀出萬全也若使大兵攸屬天下事豈至於此乎今閱劉峴帥保奏觀察成軍十數營以防邊陲鄙人聞之不禁狂喜獻察曰朝鮮返棹時切憤恨思欲一雪其恥而又阻於兵事之不屬也今奉 命成軍與聶軍門聯絡一氣措置合法將來定有起色况觀察將帥家風箕裘未墜當今名宿半出其門從此整頓軍政力除積弊不數年間練成勁旅則我 國家苞桑之固在此一舉按蕪辭以誌欽奉詞句之嫓不暇計也

平干閩琴居士稿

[illegible]

謹啓者本等在天津開設製造公司專出各項工程捷妙新法并估價值茲將各項分類列後

計開

一考驗礦質分化金石所有關係鎔化一切良法皆能條分縷析繪圖具報併估一切應用器機價值

一測量鐵路鐵建車軌皆能逐條繪圖具報併估建造及一切應用器件價值

一電氣車電光燈皆能繪樣併估全副電燈價值

一鎔化礦質大爐併新式缸磚及士門得土各窰所有應用物料薪炭須先詳加考驗再爲繪圖製造

一測繪各處港澳江河皆能畫圖備用

一製造煤氣及自來水一切廠所器機皆能繪圖估價

一估造各種工程繪畫各種平視立視精細圖式

一物類原質皆能以化學法分化無訛

一欲辦工程如來本公司面議即可告以良法併估價值再本公司素與歐洲及美國各大公司聯絡故能包辦各項工程或有工程需人監理本公司亦可派人前往

本公司主人現寓恒豐泰　賈幣孫製造公司謹白

敬啓者現有英人僑居烟台曾在英京國學考有官憑能教授經史算法航海等學三十餘年嘗在英國海軍衙門充當試官有年曾蒙華廷派委要差今擬在本公館教授華童英文以便將來應陸軍海軍商務之選惟受教不得過十五歲議定每季脩金關平銀二百兩如有從學者即希函達天津恒豐泰飯店或烟台英領事署轉致倪爾森可也

失物告白

啓者本月初六日在鹽斯力處柏賣失去顯微鏡一架倘有人將原物送交本報館必當酬謝　本報館謹啓

本書室新到　梅氏叢書　算學筆談　啓蒙書　格致入門　須知　代數備旨　八綫備旨　數學啓蒙　格致啓蒙　時事新論　幾何三種　格致釋藝　九數通考　中外通商吉書附　中日議和通商章程每本津錢一百五十文如蒙　光顧價值格外從廉其餘各書多不及載

天津宮北格致書室白

告白

本館原賃售報處在宣武門外歙縣會館坑路東海昌會館內陳午清先生代辦如有願者請至陳處可也

本館謹啓

浙杭 元吉永號

本號自置[illegible]新樣洋縐花素洋布川廣夏貨廣潮雅扇廣貨頭油俱全[illegible]爲近時銀市[illegible]落不同故兩各貨減價開設估衣街中間路北凡仕商賜顧者[illegible]

告白

李傅相馬關被刺紀實[illegible]帶小照每本價洋四角五　王芍棠星使使俄草　盛世危言[illegible]　盛世危言　勢廬叢書　各國時事類編　中日戰守始末記　從臺上書記　蘭石蘭譜　竹譜　海上見聞錄　洛金扇　吉祥花　小八義　[illegible]　[illegible]從容　桃蹊新錄　[illegible]夢[illegible]　生花

文[illegible]啓

[illegible]月二十五日[illegible]

順和輪船由上海[illegible]　怡和行

十月二十六日輪船由[illegible]

新濟輪船往上海　招商局

十月二十一日[illegible]洋行[illegible]

天津九七六錢

銀盤二千六百十九文

洋元一千九百三十文

紫竹林九六錢

銀盤二千七百三十文

洋元一千九百六十文

直報

光緒二十一年十月二十六日　禮拜四　第二百七十五號
西曆一千八百九十五年十二月十二日

上諭恭錄

上諭巡視東城御史文博等奏拿獲洪大持械搶刦及窩賊銷贓各盜犯請交部審辦一摺所有拿獲之白玉環王猷頭即王永興又名王二臭劉歪子即劉三又名劉海林王升兒田喈吧即田二又名田保兒薛振與曾永清即曹四王廣田任少珍即王少珍王鬍子即王方春又名王老李小皂等十一名著交刑部嚴行審訊按律懲辦未獲之雪三徐四寶文山雪老自兒雪春掌三魏三元陳洪斌魏小灰王小鐵兒等犯仍飭嚴緝務獲究辦原拿此案文武官紳員弁等著俟刑部定案時聲明請旨該部知道欽此

倡西學論　嶺南何守仁作於西醫學堂

環地球九萬里分為六大洲通商者數十國東則歐亞西則南北美種類不同政教各異而民性則無殊蓋習於善則為善習於不善則為不善也漢儒重經術故所言者仁義西儒重藝學故所務者富強歧而視之則兩途合而觀之則一致要之重經術者制猶守舊重藝學者政號維新豈能不於此嚴其辨也且夫中西異制而強弱異勢古今異政而盛衰異時天下之民未有不欲己國之強盛者亦未有不痛己國之衰弱者此情也亦理也歐西諸國古有羅馬埃及為最強今僅附庸宋元之朝英法尚弱俄美不振今乃列諸大國蓋一則發奮以為雄一則廢弛而自惰故強者因而轉弱弱者轉而強其變機有如此之速者嘗考其富強之由不全恃乎堅甲利兵而深賴乎窮理勸學士耳其蓄銳養精而見制於六國五印度崇道無為而隷英之版圖此其明證近驗也當今之世辯言洋務矣然或未得要領或僅襲皮毛良由西學未精故未能措置悉當施之於政亦殊鮮效即欲破除積弊力變舊章而所陳者亦不過驪虞小補之謀非探本窮源之術故或阻於清議或格於難行雖屬因循究由輕率蓋國家之所以強盛者不在用兵而在教化化者民之所共向教者民之所共由父母之於子未有愛而不教者也夫富而不教必致不仁愚而不學終於自困教與學不同而所以立教所以為學則一也今我國有學鄉有序黨會有書院所以教士者至矣而西學則未聞倡興也泰西之學也分門別類領異標新言無不盡法無不備根深蒂固體具用宏得之於一朝行之於百世溯自火器興而戰法變攻輪船行而中英失睦美爭自主則守口有水雷之製德矢報復則攻敵擅鋼炮之奇至鐵艦之堅器機之速槍械之利雷電之神均屬巧奪天工得未曾有雖以力勝實由智取今我亦未嘗不力求自強也兵則練矣械則備矣機器則有局船政則有廠礦於開礦務築鐵路等政亦無不次第舉行所以講求西法者亦已亟矣而倡興西學則仍未也　此稿未完

占豐預驗

○京師前數日天氣雅似降冬普降祥霙已列前報十月十八日清晨陰雲密布大忽微雨繼之以風遂陡形寒冷十九日天曙東方初白忽有物從天降非煙非霧非露非霜瑟瑟蕭蕭助寒威而料峭疏疏密密隨雨勢以飄零降至午後而止墮落隨融僉曰此雪也刻聞節交大雪正應其時乃雨後嚴寒故雨結為雪是以冬令過暖雪亦必化此係自然之理況雪為豐年之兆來歲有秋可預

卜矣

漏稅續聞 ○京師各城門每設稅局一所遇有進城車輛騾駝裝載貨物由巡役向前搜查收取稅厘後始准開行所以重國課而杜偷漏也立法至爲嚴密而貪嗇小費者往往冒險闖越終不免罹于法網罰更出乎常稅之外是誠貪小失大者矣日前宣武門外西茶食胡同恒利義洋藥店張某與茶市口三義和洋藥局由京西長新店地方販來西土六十餘包以車載運由彰儀門闖越希圖偷漏稅課旋經巡役林查由恒利義洋藥土起獲煙土六十餘包當將張某一併鎖解下處追究比時張某自知罪戾情願許給巡丁邢某白鏹一百五十金以作息訟之資乃竟私土總與局分肥庶免議鉅欵現經某侍御奏參等情已列前報茲聞曹某通州人雖由晉省載運古銅鐵鼎四個裹以布包復用被褥遮蓋於十月十八日行至廣安門外意圖闖越趁車如流水之際直往無前詎被巡兵探知底蘊向前攔阻曹某言語支離當將車輛人物一併扣留即日解交崇文門稅課司研訊據供漏稅不諱至如何責懲議罰之處尚未得其詳細容俟訪明再行續錄

內務經費 ○江蘇巡撫咨差號商百川通滙解江蘇省光緒二十年內務府經費銀五千兩於光緒二十一年十月十八日滙兌赴內務府交納矣○安徽布政使程方伯差委即用知縣李延慶管解安徽省光緒二十一年內務府經費銀五千兩於光緒二十一年十月十九日解赴內務府交納矣

徽貢野朮 ○安徽徽州府歙縣羅慕居近黃山熟諳採藥之人入山尋挖野朮並訪藏朮之家隨時收買邀同知醫紳士敬謹選擇共得眞正大生野朮六十二兩可稱上品謹裝盛二匣專弁齎送內務府呈進 御用矣

獎賞字課 ○鹽運使二品銜長蘆鄉轉鹽運使司鹽運使李 爲榜示事照得本司評定會文書院舉人大卷字課現已分別甲乙酌定獎銀合行榜示須至榜者 計開 正取八名 凌 雲 李春犀 劉嘉瑞 姜澤曾 高凌爵 華學淇 陸繼周 金文彥 第一名二名各獎銀三兩 三名四名各獎銀二兩五錢 五名至八名各獎銀二兩 中取八名 劉晉榮 魏恩榮 王叔培 高凌雯 姜秉善 常文篤 杜聯陞 李錦源 第一名獎銀 兩五錢 二名至八名各獎銀一兩 次取九名 劉嘉琦 劉學濂 高桂馨 龐金垣 張燦文 王仁沛 李如梁 鄭文彩 胡翊堯 一名至四名各獎銀八錢 五名至九名各獎銀五錢

甲乙集賢 ○欽命頭品頂戴監督天津新鈔兩關北洋行營翼長辦理直隸通商事務兼管海防兵備道盛 爲榜示事照得本道考試集賢書院舉貢生監制藝試帖課卷現已評定甲乙酌獎賞銀兩數目合行臚列須至榜者 計開 超等二十名 張華燕 舒翹 王 銘 田文田 李 璁 郭開勳 周廷韓 徐汝霖 康 楠 華世俊 賈厚元 黃藝斌 史 彤 宗逢瀛 李重熙 惲[illegible]曾 李煜華 黃乃達 崔作棟 李 瑛 第一名至五名各獎銀四兩 六名至十名各獎銀三兩 十一名至一十名各獎銀二兩 特等四十名 李炳榮等 所有獎銀俱照前榜 一等五十九名 宗逢洲等 獎賞照前榜辦發

新令天津 、在任候補直隸州正任景州調署天津縣事王儉齋直刺常州望族以名孝廉捧檄幾南歷任淶水開州等州縣政聲卓著爲人伉爽英敏無時下齷齪牧令積習調署津邑已紀前報刺史瀛眷已於上旬抵津昨刺史蒞止謁見制憲稟白交卸景州篆務想於月內當接印視事地方得賢牧令洵群生之幸也

奇情無理 ○趙姓紀河北昆盧室 西胡同李姓一家被殺三命一案縣委驗尸復將李姓親族及鄰信人一同帶縣審訊緣件作喝報三人鱗傷六七十處捕快則疑鄰趙無蹤日來縣官研訊尚無實據此案殊屬可怪若以爲偷竊臨時行強則西鄰未聞聲息且盜得贓已耳何必連戕三命若以爲讐殺則主僕三姓何得皆有讐隙且傷至數十處其銜恨之切可想何以前後左右皆不聞聲喊令人殊難逆億然事必有因昔人有言變在留心自得竊竅想高座堂皇者必不專以衙楊從事也

幸勿胡鬧 ○國家與與國講信修睦訂立條約無論官紳士庶皆應遵守即租界一事亦 朝廷允定之事官長固不得釣譽沽名無知小民亦不得特衆肆鬧貽軍國憂也本埠德國所定租界既已劃明地段則其間房屋一切自有定價官固不得以枯價市恩於民

民亦不得以勒價貽譏於　國更不得令小兒女持磚瓦向洋人拋擊頃悉該處婦孺多人有向洋樓玻璃窗敲擊之事幸德國軍律精嚴諸官恪遵和約置之不問設或擊傷兵丁則西律以洋槍從事斃人口而壞睦誼豈非自貽厥禍耶所望官民慎重邦交勿得無理取鬧也

甚幸　尚未成災　○河東于家窯劉姓者與武姓同居武姓柴棚內積草三四捆於本月二十一日晚三更時柴棚內起火幸有鄰人未眠者所見當即喧嚷鄰人同起立時撲滅其時正在大風將起之時若無鄰人看見轉瞬燎原矣戒之哉

錢局傾人　○本年現錢短少專賴錢帖通融津侯家後天元恆錢局倒閉有城內某甲前數日在該家討錢五吊文及至赴換錢業已閉門甲　時情急赴某舖買阿芙蓉膏自帶回家擬潛吞畢命以免飢寒幸為家人查知趕緊請醫調治昨早漸次甦醒諒可無礙性命矣噫錢帖之害可勝言哉

金令勸職　○前康軍門所統仁勝營軍六十營業已由關遣散屯津郡城外一帶惟西門外各客店最多八段金大令恐滋事飭局勇晝夜巡查現在極為安靜

馬逸人斃　○古而無死其樂若何晏子譏之然而泰山鴻毛死不一而正命非命死又殊至界於正命之間實於非命之際此中之數有定無定匪夷所思固為人所不知亦為人不當知者君子之知命亦惟知其為不可知斯知之矣日前東門外馬逸不止某錢舖掌年三十八歲以驚而死人或議之是亦可以不必矣

凍結船停　○十九二十等日北風大作天氣嚴寒運河上游躺流冰片船隻猶溯流支撐至佟家樓積冰已砌滿各船主無可如何不得不停泊其處矣

申議鐵路　○漢陽鐵政廠總辦蔡觀察前月某日乘輪赴金陵面謁香帥昨據官場中人云鄂省產鐵統沿江數行省富為首屈一指自大冶至國等處設廠開采深資利用廠內所出之礦由鐵廠層遞提煉由生而熟由熟而鋼頗合鎗料炮料之需祇以道阻且長移運維艱前香帥在鄂時曾議於省垣保安門外安設鐵路直達豫國地界嗣後因事中阻未見果行今觀察此往殆復申前議亦未可知

戰艦集韓　○自高麗王后被刺後俄國現在派兵艦十五隻法國派兵艦十二艘德國派兵艦十艘此外英美各國兵艦更難以數計皆紛集高麗境內

日人去營　○西字報云本埠接營口電綫言日官已於華歷十月初九日將牛莊海關停征次日即乘輪回國所有在牛莊之日人大半已去該處海關擬於十月十四日由華官監開自初九至十三五日之中如何章程不得而知大約一應進出貨物可免收稅也

日兵駐旅　○西字報云探得駐紮中國各處之日兵雖將退去然日本仍欲派兵　營駐紮威海衛之洲地上須俟中國付給末批兵費後方能退盡刻下已派日兵若干附乘運船十艘由旅開往威海矣

聿觀厥成　慨自甲午夏日人肇衅侵我藩封武臣邊帥功罪互見道路傳聞紛紛不一鄙人蓬門伏處耳目未廣每思及朝鮮使臣袁蔚庭觀察心竊異之觀察出使朝鮮十數年來三韓倚為保障何以一旦有事則先去以為民望也繼又未聞其舉動何如私心竊有所不取也今春應禮部試下第後寓居都門聞華人之行商朝鮮者云往歲海氛不靖葉軍門以四千人駐紮牙山既不進又不退觀察再三電致當道我軍不發則已發則必須多而且速方足制日人乃電懇數次未蒙覆示觀察不得已回國面陳一切迨行旌初返日人即大肆鯨吞於以見觀察之料事未然也客冬奉　命輔韓既又襄辦督務遼率二百人立赴前敵知聶功亭軍門忠勇素著調度有方爰以得力百人藉助軍門屢獲勝仗同心禦侮與士卒共甘苦餽糧餉發皮衣傾囊相助是以兵丁皆出死力大高嶺一戰以百餘人禦日人數千而連三關又獲全勝此軍門之力圖恢復亦觀察之謀出萬全也若使大兵依屬天下事豈至於此乎今聞劉峴帥保奏觀察成軍十數營以助邊陲鄙人聞之不禁狂喜觀察自朝鮮返棹時切憤恨思欲一雪其恥而又阻於兵事之不屬也今奉　命成軍與聶軍門聯絡一氣措置合法將來定自起色況觀察將帥家風箕裘未墜當今名宿半出其門從此整頓軍政力除積弊不數年間練成勁旅則我　國家苞桑之固在此一舉謹撰蕪詞以誌欽佩葑菲之譏不暇計也

平千閒琴居士稿

敬啟者本等在天津開設製造公司專出各項工程捷法新法并估價值茲將各項分類列後

計開

一 考驗礦質分化金石所有關係鎔化一切良法皆能條分縷析繪圖具報併估一切應用器機價值

一 測量鐵路鑲建車軌皆能逐條繪圖具報併估建造及一切應用器件價值

一 電氣車電光燈皆能繪樣併估全副電燈價值

一 鎔化礦質大爐併新式鉦磚及士門得土各窯所有應用物料薪炭須先詳加考驗再為繪圖製造

一 測繪各處港澳江河皆能畫圖備用

一 製造煤氣及自來水一切廠所器機皆能繪圖估價

一 估造各種工程繪畫各種平視立視精細圖式

一 物類原質皆能以化學法分化無訛

一 欲辦工程如來本公司面議即可告以良法併估價值

再本公司素與歐洲及美國各大公司聯絡故能包辦各項工程或有工程需人監理本公司亦可派人前往

本公司主人現寓恒豐泰 賈密孫製造公司謹白

敬啟者現有英人係居煙台曾在英京國學考有官憑曾教授繙史算法航海等學三十餘年曾在英國海軍衙門充當試官有年曾蒙華廷派委要差今擬在本公館教授華童英文以便將來應陸軍海軍商務之選惟受教不得過十五歲議定每季脩金關平銀二百兩如有從學者即希函達天津恒豐泰飯店或煙台英領事署轉致倪爾森可也

失物告白

啓者本月初六日在[illegible]斯力處相賞失去顯微鏡二架倘有人將原物送交本報館必當酬謝 本報館謹啓

本書室新到 梅氏叢書 算學筆談 啓蒙書 格致入門 須知 代數備旨 八線備旨 數學啓蒙 格致啓蒙 時事新論 幾何三種 格致[illegible] 九數通考 中外通商吉書附 中日議和通商章程每本津錢一百五十文如蒙 光顧價值格外從廉其餘各書多不及載

天津宮北格致書室白

告白

本館京城售報處在宣武門外皮家坑路東海昌會館內陳午清先生代辦如閱報者請至陳處可也

本館謹啓

杭浙元吉永號

本莊自置[illegible]

洋縐花素洋布川廣夏貨

湖綢雅扇南貨頭油俱全

原為近時綸市[illegible]不同

故兩各貨減價開設估衣

街中間路北凡 代客[illegible]

顧者無[illegible]

告白

李傅相馬關被刺紀實並帶小照每本價洋四角五 王芍棠 星使俄草 盛世危言 一[illegible] 盛世危言 勸盧叢書 各國時事類編 中日戰守始末記 公車上書記 蘭石蘭譜 竹譜 海上見[illegible]錄 洛金扇 吉祥花 小八義 [illegible] [illegible] 桃花新錄 夢筆 生花 [illegible]書局啓

十月二十六日輪船進口 海定 輪船由上海 招商局

十月二十七日輪船出口 順和 輪船往上海 怡和行

十月二十六日銀洋行情

天津九七大錢 銀盤二千七百二十七文 洋元一千九百五十文

紫竹林九八大錢 銀盤二千七百六十七文 洋元一千九百八十文

直報

光緒二十一年十月二十七日　第二百七十六號
西曆一千八百九十五年十二月十三日　禮拜五

上諭恭錄

上諭巡視東城御史文博等奏宗室咆哮公堂請旨辦理一摺據稱本月二十三日宗室魁茂呈控李九吧等說合官事各情該御史等以事不干己當將原呈發還該宗室必欲傳訊到案後肆意咆哮不服審訊等語魁茂着先行革去宗室頂戴交刑部會同宗人府嚴行審辦欽此　上諭前因御史聯錦奏參崇文門副監督芬車信任家丁勒索稅課各節當經諭令尚書榮祿確查具奏茲據奏稱芬車所派驗貨家丁雖無賄求勒罰情弊惟均係不諳公事之人致招物議該副監督於派委家丁未能加意詳慎請交部察議等語芬車着改爲交部議處並撤去崇文門副監督該衙門知道欽此　上諭依克唐阿奏自揣才力不逮懇恩開缺另簡賢能一摺朝廷以依克唐阿平日辦事尚屬奮往是以特簡爲盛京將軍正當激發天良竭誠圖報乃閱摺內臚列籌防稽餉飭吏安民各節該將軍既已明知其難尤當引爲己任乃輒以才力不逮等詞奏請開缺殊嫌瞻瀆不知大體依克唐阿着傳旨申飭欽此　上諭祥麟廖壽恒奏全漕告竣請將出力員弁獎勵一摺本年江蘇等省海運河運漕運白正餘各米先後抵通經祥麟等督率坐糧廳等驗收完竣辦理均無貽誤祥麟許應騤廖壽恒均着交部議敘所保出力各員着該部議奏單三件併發另片奏候選教諭千燧等請照原保給獎等語着該部一併議奏欽此　上諭倉場衙門順天府奏請撥王恕園等處粥廠賑米懇加撥米石一摺近年通州煖廠本境及外來貧民人數較多兼之棲流所歸入煖廠辦理需米尤鉅着於常例賞給米一千石外加恩着再賞給米五百石以惠窮黎餘依議該部知道欽此

倡西學論　續前稿

嶺南何守仁作於西醫學堂

夫才智之民多則國強才智之民少則國弱合天下之民而觀之智愚亦各半矣以中國土地之廣財貨之多人民之衆未見其不如西也我何以獨弱此其理有不可解者一即就文字論固見西淺而中深就經學論亦覺我專而彼雜我何爲而獨弱此其理有不可解者二況以華人而習西學則十年中必有可觀以西人而讀漢書雖二三十年猶難融貫我何爲而轉弱此其理有不可解者三甚而以我之慧方彼之悟未嘗肯少遜也以彼之力制我之才未嘗敢輕忽也我何爲而遂弱此其理有不可解者四不知西人所重者實學艱於入門中人所習者虛文便如拾芥以實學而求實際易以虛名而成實用難夫學猶種植必有其本亦猶興作必有其基本不深則徒事栽培而枝葉不茂基不厚則徒勞輪奐而大厦難支玉之在璞也不加彫琢之功無以爲連城之璧此學所貴有其本也不然者我國讀書之士不爲不多求其通古今達中外者何其少也抑才之難也何以平日繙求平治修齊而獨昧於致知格物也能讀貴報答客論武備一則切中時弊暢所欲言夫人材之難不自今日始矣蓋學問之得失在乎一身人材之有無關於一國無論文事武備凡教之有其法者終必取之以其道得之於學者果能通之於用乃爲通材乃爲經濟否則詞華藻麗皆爲紙上空談陳變離奇何異隔靴搔癢食而不化泥古難通趙括談兵王衍揮塵以之任事庸有濟乎今我武備水師未嘗不各設學堂以爲倡興西學之用但規模草創盡善爲難求效於速亦非至計蓋

武備學堂所教雖係德意操法而譯以中國語言貌合神離音傳或恐失實學生又係各營弁勇識字無多魯魚亥豕在所難免學之不精則書虎不成必致類狗從來名將未有不深於文學者遠而孫吳曾樂近而曾左彭胡是已水師學生初入堂時不識洋文而爲期僅五年不無躐進亦難免畫蝸之譏盛宣懷觀察有鑒於此倡立北洋頭二等學堂召募聰穎子弟入堂肄業以八年學滿爲期所以立其基培其本者不可謂不厚矣聞俟其學成之後分撥各學堂學業一藝奏奉准在津先爲創辦就地取材仍望推行各省堂中監督提調一概不設以省經費而杜糜中不蹈虛名而求實效現在學生已有四班半由港滬考取每班額取三十名每年學成一班續募一班學無間斷意美法良堂中一切部署周妥聘美副領事丁爲掌教並延西國名士及香港書院之精於洋文者數人爲分班教習之任入其堂中但見雍容之象不聞喧嚷之聲將來人材造就當必以此爲盛特派伍秩庸觀察綜述堂大令爲總辦觀察素精英律學有淵源而大令自幼出洋歷充體使於西學亦自師承且復不辭鞠瘁任怨任勞自發蓄精無微不舉　此稿未完

不可苟矣○內廷近因屢有洩露機密　朝政等情已列前報現聞恭邸禮邸李蘭孫大宗伯翁叔平大司農剛子良少司農錢子密少宗伯等另在　內廷另設他坦歇坐閑談遇有應議機密之事僅差者祇用十二三歲目不識丁幼童一名在用伺候茶水所有內監蘇拉人等均不准入內值差以杜洩露至凡有應議機密要事諸鉅公各設紅盤一個俱握管在紅盤上書字輪流傳遞如所商之事可行者即爲書押若不行者即爲刪除似此整頓可爲嚴密矣

何其速也○日前宗人府府丞沈鹿苹大京兆騎箕西逝呈遞遺摺已見邸報茲聞京兆在　內廷充當漢頭班領班軍機章京因洩露機密要事經恭邸知覺立即被嚇，返府第即請病假次日即遞遺摺刻下都門官場俱以前數日京兆千秋尚開彩觴共慶祝嘏何以越日竟作長睡仙翁都人疑之莫不駭異

良醫破痼○醫雖小道然非通三才洞四氣空五蘊台六局深明六十四卦之爻象七十二候之樞機不足以言醫醫果小道乎哉吳君笠樵浙產也會稽世家無書不讀而於岐黃家言尤能體察古人之精蘊闡發古人之奧竅在都門醫治疑難險惡諸症皆能著手成春婦人小子莫不知韓伯休者所著述古醫書數十種獨出手眼酌古準今論者謂可與洞溪香巖媲美由見今年夏秋喉痧之症醫者多有束手又小兒驚風每爲巫醫推拿所誤特先刊此三種拯世此中外名公所交口推之者刻下監放勉善堂每日散粥適顧勵甫司馬偶患中風屢爲庸醫誤用參苓芪朮研服至三四十劑便溺不知舌撟而下已奄奄無生氣矣幸經友人薦吳君往診一藥而洩瀉止再藥而思飲食亦知痛癢不逾十劑而霍然起矣其他治冬瘟時邪均立見奇效神乎技矣醫果小道乎

太歲追魂○宣武門外南横街地方素有著名匪棍追魂太歲龐三者乃無賴惡流也十月十九日午後有丐者登門乞討龐肆行厥威將丐一揮逐出門外丐亦頗有膂力向龐惡罵龐愈怒徧磚在手曰老子素有名望爾齷齪叫化竟敢在太歲頭上動土皆叫爾無完膚於是捶之不住丐聲言赴琴堂喊冤隣佑恐釀事端即爲解勸龐龐得京蚨數千文俾丐速去丐見人多料不致再被捶打聲稱我非真討飯人因勢迫爲此數千文不能賣命倘傷身死定多戚事衆人卽是見証如允我償命卽去否則請即將我打死云云龐見丐潑辣異常不敢再動毒手亦再三勸慰丐始悻悻而去諺所謂兇神遇兇煞此之類歟

榜示兩期○欽命頭品頂戴監督天津新鈔兩關北洋行營翼長辦理直隸通商事務兼管海防兵備道盛　爲月課事照得本道課試輔仁書院肄業生童等第姓名酌定獎銀數目開列於後須至榜者　計開　超等十二名　于文彬　董煜　李鵬池　陳奎齡　蔡彬　王春瀛　陳鼎宸　李雲瀚　胡溶　杜寶書　魏恩錫　何錫齡　第一名獎銀五兩　二名至五名各獎銀四兩　六名至十二名各獎銀三兩　特等三十名　陶錦璐等　一名至三名各獎銀二兩六錢　四名至三十名各獎銀一兩五錢　一等九十二名　李鍾俊等　一名至三名各獎銀一兩　餘無獎　上取童三名　張汝翼　李恩沛　傅希賢　一名獎銀三兩　二名三名各獎銀　兩五錢　中取童八名　宜景曾　許朝棟　郭春畬　魯沛文　孫鼎文　張培基　祖元鍇　周桂芬　一名至八名各獎銀一兩　次取童五十八名　郭肇奎等　一名至三名各獎銀八錢　餘無獎○欽加同知銜卓異候陞題補青縣署天津府天津縣正

堂加九級紀錄十次趙 為月課事照得本縣問津輔仁書院生童等第名次並獎賞銀數開列於後須至榜者 計開 超等生員八名
李開池 胡溶 何錫珍 魏恩錫 劉書綸 陳振鐸 何錫齡 李命蘇 一名獎銀一兩二錢二名三名各獎銀一兩 四名至八名各獎銀八錢 特等生員十二名 郭峻城 魏震 王德純 王觀保 高崇禧 顧文敏 喬保元 陳奎齡 喬從銳 鍾汝廉 宋光鈺 陳寶樹 一名獎銀八錢二名至十二名各獎銀五錢 一等生員七十三名 陳鴻齡等俱無獎 上取童六名 黃濤 楊儒林 李椿霖 陳駿 華世錄 周桂芬 一名獎銀一兩 二名三名各獎銀八錢 四名至六名各獎銀五錢 中取童十二名 張敬紳等 一名獎銀四錢 二名至十二名各獎銀三錢 次取童四十六名 何澄元等 俱無獎

○西門外施粥廠向於本月二十五日開廠放粥歷年約收飢民萬餘名上下今歲收得七八千名昨將女粥廠合處至西沽合為處矣

風可變化 ○淫詞小說最壞風俗禁不勝禁主持風化者惟明先王之道以道之則先王之道著而邪說不禁自禁矣運署李都轉延請講師每月逢四九兩日在署前宣講太上感應篇暗室燈等書實於風俗人心大有裨益焉

寶宜流通 ○日前侯家後天元恒錢局業已倒閉是真河北關上魁源錢鋪聲言倒閉是假已分別各紀前報昨東門內源豐錢鋪亦有某甲假稱亦要荒閉一時存錢錢帖者皆赴鋪換錢門前如市頗形擁擠幸某設法挪轉應付如常羣言始息若不極思疏通將來錢鋪倒閉者不可勝紀矣

命不猶人 ○茲聞某姓男僕潛逃一案獲經堂訊按家奴偷竊多贓業已追懲辦並將女僕軟禁在家哄其細軟等物均無實在該主人惟急覓乘龍嘉客第謀厚遣其女而已然究不知有福者為誰氏也

蟻開自執 ○津郡鼓樓雖建於城中而高插入雲實屬清靜因而大仙蒞止靈爽式馮每月朔望後一日開門准善士進香不准婦女上樓本係多年例禁以樓上地面窄樓梯亦不甚寬即男子向多擁擠近來婦女多有與香侶雜沓上樓者似此男女擁擠甚非所宜不知此例開自何人若不嚴禁恐不免滋生事端矣

既餒且凍 ○府屬各州縣被水之區已十有三四自入十月以後各村婦孺來津求食者紀不勝紀現在嚴寒既餒且凍除得附入粥廠可望全活否則死之者多生之者寡矣昨見忠義大道一婦人年約五十餘歲倒斃路側情形可憫仁人憐之出貲捐地保僱人掩埋矣

冒官行兇 ○河間務有李得新者稱為營中親廳與民人諸葛辰口角繼而率其兄李大向諸葛辰毆打竟將其父諸葛清蘭打傷越日身死辰即控李得新非是營中武官至今尤未詳悉是否冒稱營官的係隱匿職名但案關人命須澈底嚴究終恐難逃法網耳

聿觀厥成 慨自甲午夏日人肇衅侵我藩封武臣邊帥功罪互見道路傳聞紛紛不一鄙人蓬門伏處耳目未廣每思及朝鮮使臣袁尉庭觀察心竊異之觀察出使朝鮮十數年來三韓倚為保障何以一旦有事則先去以為民望也繼又未聞其舉動何如私心竊有所不取也今春應禮部試下第後寓居津門與華人之行商朝鮮者云往歲海氛不靖葉軍門以四千人駐紮牙山既不進又不退觀察再三電致當道我軍不發則已發則必須多且速方足制日人乃電懇數次未蒙覆示觀察不得已回國面陳一切迨行旌初返日人即大肆鯨吞於以見觀察之料事未然也客冬奉 命撫輯既又襄辦營務處率二百人立赴前敵知聶功亭軍門忠勇素著諏度有方爰與得力百人藉助軍門壓獲勝仗同心鏖偪每一士卒共甘苦饒糧餉發皮衣傾囊相助是以勇丁皆出死力大高嶺一戰以百餘人禦日人數千兩連三關又獲全勝此軍門之力觀察之謀出萬全也若使人兵攸屬天下事豈今於此乎今聞劉峴帥保奏觀察成軍十營以固邊陲鄙人聞之不禁狂喜觀察自朝鮮返棹將切憤恨思欲一雪其恥而又阻於兵事之不屬也今奉 命成軍與聶軍門聯絡一氣措置合法將來定奪起色況觀察將帥之風貧寡未墜當今名宿半出其門從此整頓軍政力除積弊不數年間練成勁旅則我 國家苞桑之固在此一舉矣爰綴章數以誌欣幸聊陳何之觀不暇計也

平千閣琴居士稿

敬啟者本等在天津開設製造公司專門各項工程技藝新法并估價值茲將各項分類列後

計開

一 考驗礦質分化金石所有關係鎔化一切良法皆能條分縷析繪圖具報併估一切應用器機價值

一 測量鐵路礦建車軌皆能逐條繪圖具報併估建造及一切應用器件價值

一 電氣車電光燈皆能繪機併估全副電燈價值

一 鎔化礦質大爐併新式缸磚及土門得土各署所有應用物料薪炭須先詳加考驗再爲繪圖製造

一 測繪各處港澳江河皆能畫圖備用

一 製造煤氣及自來水一切廠所器機皆能繪圖估價

一 估造各種工程繪畫各圖平視立視精細圖式

一 物類原質皆能以化學法分化無訛

一 欲辦工程如來本公司面議即可告以良法併估價值再本公司素與歐洲及美國各大公司聯絡故能包辦各項工程或有工程需人監理本公司亦可派人前往

本公司主人現寓恒豐泰　　胃密孫製造公司謹白

敬啓者現有英人僑居烟台曾在英京國學考有[illegible]教授經史算法航海等學三十餘年前在英國海軍衙門充當試官有年曾蒙華廷派委要差今擬在本公館教授華童英文以便將來應陸軍海軍商務之選惟受教不得過十五歲議定每季脩金關平銀二百兩如有從學者即希函達天津恒豐泰飯店或烟台英領事署轉致倪爾森可也

失物告白

啓者本月初六日在慶斯力處拍賣失去顯微鏡二架倘有人將原物送交本報館必當酬謝

本報館謹啓

本書室新到　梅氏叢書　算學筆談　啓蒙書　格致入門須知　代數備旨　八線備旨　數學啓蒙　格致啓蒙　時事新論　幾何三種　格致課藝　九數通考　中外通商吉書附　中日議和通商章程　每本津錢一百五十文　如蒙光顧價值格外從廉其餘各書多不及載

天津宮北格致書室白

告白

本館京城售報處在宣武門外[illegible]家坑路東海昌會館內陳午濟先生代辦如[illegible]賜顧者請至該處可也

本館謹啓

浙杭元吉永號

本號自[illegible]新[illegible]洋綢花素洋布川廣夏貨[illegible]雅扇南貨頭油俱全[illegible]爲近時錢市漲落不同故爾各貨減價開設估衣舖中間路北凡仕商賜顧者[illegible]

告白

李傅相馬關被刺紀實[illegible]帶小[illegible]每本價洋四角五　王芍棠[illegible]星使出俄草　盛世危言　盛世危言　弢盧叢書　各國時事類編　中日戰守始末記　[illegible]上書記　蘭石蘭譜　竹譜　海上見聞錄　洛金扇　吉祥花　小八義　鄒公案　[illegible]人家　桃[illegible]新錄　夢筆　牛花

文[illegible]謹啓

十月二十七日[illegible]輪船[illegible]　海定　輪船由上海　[illegible]商局

十月二十八日[illegible]輪船[illegible]　順和　輪船往上海　怡和行

十月二十七日銀盤行情

足紋[illegible]九七六[illegible]

[illegible]盤二千七百二十七文

洋元一千九百五十七文

[illegible]竹籌九六錢

錢盤二千七百六十七文

洋元一千九百八十文

直報

光緒二十一年十月二十八日　第二百七十七號
西曆一千八百九十五年十二月十四日　禮拜六

上諭恭錄

上諭給事中文郁奏蒙古王公年班來京差竣回旗向無期限請飭明定章程一摺據稱昭烏達盟聯盟長翁牛特札薩克郡王贊巴勒諸爾布本年正月差竣並未回旗任意在京逗遛罔顧體制不知檢束直至九月初間始潛行出都等語著理藩院查明具奏至蒙古王公差竣回旗應否明定期限並著理藩院議奏另片奏蒙古涉訟事件如兩造均係蒙古請仍歸該盟自行提訊等語著理藩院一併議奏欽此　自廕生恩特賀著以旗員用[illegible]勝著以七品筆帖式用福順著以旗員用禮科給事中著丁之棫補授江南道監察御史著艾慶瀾補授截取內閣中書馬希援李湘吳中欽顧儒基國子監學錄任元斌俱照例用內閣典籍著敬禧補授內閣中書著奎徵補授擬補內閣中書[illegible]篤瓚劉耀著倉永勳江寧將軍衙門筆帖式長生德州城守尉衙門筆帖式常慶吏部筆帖式文濬俱准其補授保舉陝西直隸州知州孔繁樸著照例用欽此　旨崇文門副監督著熙敬去欽此　上諭前任涼州副都統聯恩由漢軍參領薦升副都統咸豐年間出師連鎮剿賊出力辦理營務操防均能盡職前因患病准其開缺茲聞溘逝軫惜殊深加恩著照副都統例賜卹任內一切處分悉予開復應得卹典該衙門察例具奏欽此　上諭嵩崑奏考核屬員分別舉劾一摺貴州婺川縣知縣賈[illegible]梧才具優長實心任事著傳旨嘉獎清江通判楊藻鎮遠縣知縣陳葆恩均與本缺人地不宜著開缺另補丹江通判李成英販木圖利自玷官箴冊亨州同張鈞行同市儈民怨沸騰均著即行革職以肅官常餘著照所議辦理該部知道欽此　上諭直隸按察使著季邦楨調補張曾敭著補授福建按察使欽此

倡西學論　續前稿　嶺南何守仁作於西醫學堂

從來建非常之業者必有非常之人盛觀察之首倡西學力任艱難善任知人可以見矣然愚見則更有進者西國人無貧富必務讀書中國民無智愚讀書者寡約計各國讀書識字之人自中率有七十我國讀書識字之人十中或無二三其相去不啻倍蓰彼之讀書者不盡不能讀也彼讀書者未必皆能讀也學以教之所以開民之志使智者得以廣其才愚者得以拓其識智者日益智愚者不終愚夫智而不學則智亦若愚愚而能學則愚不遜智此教養所以並重學塾所宜推行也請於郡縣鄉村城鎮等處廣設義塾以便貧民入學有不學者責其父母學中除經書外教以近人繙譯儀器輿圖天文格致化學植物史畧等書以經文為體以藝學為用每年大考一次錄其成效酌給膏火以示鼓勵學童自七八歲至十五歲以內如係聰穎異常者送入從文學堂肄業期滿後挑赴各國學習技藝各專一門與彼國同學之士一律合考試務得其法務求其精彼既不能有所厚薄則我所學自可與彼抗衡此亦可與洋文學堂相輔並行者也然不佞尤有請者自古上行下效故草上之風必偃當此時事維艱需材孔亟痛深創鉅之餘正宜振刷精神之日往者俄敗於法國王恥之命其世子赴英學習所藝法王拿坡侖第一亦曾在英美充當工役歸而變政皆能驟強故其政令輒新規模頓革以今視昔無殊霄壤不獨西學

當然也蓋一則國之儲貳一則身爲至尊而乃自甘勞苦嚌之如飴側身於野竪之中附名於藝匠之列此誠孟子所謂天降大任者歟今我國親藩宗室世與大臣步不出都城足不及庭戶見聞既狹學問猶疎成制恪遵尋常建樹倘使執政不獨無補甚且力闘洋務耻談西學一誤再誤遂成積弱之勢請奏派宗室親藩大員子弟入堂肄業或出洋游歷以開風氣之先乃能激勵士庶務使習悉洋務通達彼國語言文字各學　藝而於彼國風土人情用人理財之政日夕講求討論著書立說俟其學成回華察其所學精粗或授以大權或簡爲公使或派充教習將來人材蔚起尤不難指顧而待此誠千古一時也愚昧之見未審有當於一得否因論之

環球九萬民性無殊通商數十載各異歧視之則兩途合觀之則一致而中與西同而忽異强與弱轉而且速者發奮與廢弛而已矣夫爲政之道在育才育才之方在興學今州縣各設學塾責幼學之教於父兄歟親藩游歷諸邦倡風氣之先於君上信乎爲政在人取人以身千古之大法一人持之矣君子之德風小人之德草一言興邦其斯之謂歟　本館謹註

十月選單　○小京官太常寺博士王宗蔭順天附　通判浙江湖州孫籛江蘇人　知縣山東定陶張懷信直隸　安徽來安于普源山東　四川樂山林鉞福建　山東嘉祥葉大可四川　安徽廬江張琴四川　山東武城袁桐鑲藍俱中　府經直隸河間張碩第山西附貢　縣丞江蘇上海劉定榮陝西廩貢

十月缺單　○通判浙江湖州吳鴻烈故　知縣山東武城丁福昌修墓　定陶顧爾延丁　安徽來安李長郁丁　廬江侯原洲終養　四川樂山蔡琛近

事有難言　○日前，部右侍郎長石農少司農吏部右侍郎汪柳門少冢宰因　皇上屢次　召對信口妄言是以　天顏震怒　欽奉　諭旨將長汪二公均爲罷職已見邸抄兹聞長公石農於罷職後貌似顛狂注目朝夕痛哭　死無餘憾　○禮部右侍郎李芍農少宗伯於十月二十一日騎箕仙逝呈遞遺摺欽奉　上諭已見邸抄優待儒臣至深極厚兹聞二十二日係送路齋醮之期延請土地廟下斜街長椿寺叢林戒僧追薦唪經設放瑜伽燄口門首設備鼓樂吹手十二名台樂齊奏聞是日前往奠醊者昆筱峯中堂麟芝菴中堂李蘭蓀大宗伯錢子密少宗伯廖仲山倉帥諸鉅公等車輪塞途誠謂哀榮備至矣至擇於何日發引尚未訪悉

花費成文　○世風不古詐僞百端雖欲防之不勝防也然而作僞心勞日拙古有明訓未見有久而不敗者也京師近有匪徒滋事一經涉訟到官即串通差役添傳庫兵及有餘囊之部書否則另傳妓寮鴇婦名曰拉故事如有畏訟者即以孔方兄了事與差役皆可中飽再行設法摘脫免其對簿琴堂也京師前門外草廠八條胡同某私開妓寮於十月十一日有某混混將劉某砍傷血流如注旋經南城坊差役串通有工部緞疋庫部書樊某行兇當堂供出比時陳子承少尉因係工部之書出身深知串通情弊故未添傳經城憲批仰正指揮傳訊然樊某雖未赴案白鏹已費數百金矣噫輦轂之下此風尤不可長諒有地方之責者即宜破除情面嚴加懲辦閭閻誠幸福非淺矣

株連成套　○國家設官分職原欲爲小民謀樂利之休苟能盡心民事亦其分所應爲無如愛民者少虐民者多而朘削民脂民膏者尤多以致爲民上者苟有一二善政及人小民無不交口稱頌倘非然者難免怨聲載道矣況人情好利爭端日起不惜聲明罔知顧忌始而口舌繼而訟獄甚至旁觀所不能勸解官長所以不易斷結者良可慨也京師宣武門內西單牌樓路西興隆盛櫃箱鋪崔連增者於前年倒與孫某開設通順木廠生理原係門面兩間另有毗連地址一塊曾託鋪東袁某向崔暫借使用居然經孫將所借地址强行蓋房屢次覓孫百般狡展經崔控於南城批交內坊傳訊旋即南城陳子承少尉飭差拘傳孫某到案質訊之際詎料孫某業經鋪東袁姓將孫藏匿唆使鋪夥劉姓與袁姓家人李姓到案狡亂堂訊旋據崔連增深知袁姓架訟隱藏孫姓隨將袁姓已捐兵馬司吏目名曰袁國鈞捏稟妄爲等情和盤托出當經城憲諭令劉姓次日交出中人陳姓高姓袁國鈞到案再行訊辦詎料袁國鈞自知一經赴案必究架訟之咎即請託子承陳少尉施其伎倆將此案移送宛平縣辦理迨崔連增次日赴坊候訊時原差魏姓云及已送宛平縣訊辦而崔連增覓轉

袁國鈞請託各情赴都察院呈控袁陳一經查究其咎非輕至如何訊辦俟訪明再錄

武威緩招 ○前聞武威軍奉調西征擬在津招募馬隊爲剿回勝算茲悉以馬隊馬乾勇餉等項早成一日之軍即多糜一日之費不如到山西後再行招募節省既多路程亦近故暫緩開招云

博文增費 ○博文書院經費向從前來米麥每石中抽錢二厘由海關帶權茲因新增頭二等學堂復於每石加捐二厘以助學堂經費業已照辦遵行矣

宜禁十灰 ○尚書重地理宜潔淨乃城內道署向來附近無知小民在署前傾倒灰土汚穢不堪實屬不成事體昨道憲李觀察飭河營守府出示嚴論禁止如再仍蹈故轍送縣懲治云云

是何賊犯 ○昨早北營門外某役拿獲賊犯一名年約三十餘歲聲稱伊官未識該官訊辦否也俟訪再錄

令移花縣 ○調署天津縣任王刺史蒞津已紀前報茲悉於二十六日寅時接印任事並聞舊任翁大令交卸後在津稍駐數日至月初乃赴清苑新任云

重開茶園 ○本埠侯家後協勝茶園被湘勇摔砸已紀前報茲聞日前該園將開戲時又以某營勇丁滿座客位寥寥園主聲稱今日停演勇等聞言遂起而攻將戲台欄杆及後台戲箱鼓鑼等物一併摔毀各勇等鬨散聞園主已赴該管鳴冤矣

姑快人心 ○昨紀河北關上毘盧室旁主僕三命一案現聞紛傳已將凶手拿獲云云未知確否聞姑錄之以快人心

且措門面 ○本郡出帖錢舖經倒閉無論持帖與否輒赴該舖亂搶甚將門窗什物攜之便走可慮也茲聞東門內源豐厚因有倒閉浮言恐有亂搶情事爰倡別號收帖兩錢開轉瞬間給現錢兩千餘吊云

廠中火禁 ○西門外濟急粥廠所收飢民除將婦女歸併西沽一廠外其男子老幼業於二十五日開收惟所收乞丐類多恐無知乞丐晚間吸烟或有失慎昨廠諭各乞丐每晚粥後趕緊閉店安眠毋點燈火如違重懲云云吁往年一炬思之傷心可不戒哉

城外風驕 ○大風起塵飛揚行路難矣昨早洋車拉一孕婦路經閘口下風緊路滑車翻人墜不識其有干孕婦否耶晚晌愈猛出城風力尤驕與人相尊姚家濟有一洋車車夫坐車上候客客至起與議價身離車車即捲入河內僅將車墊撈獲車無踪矣客遂擧列子御風而行冷然善也

聿觀厥成 慨自甲午夏日人肇釁侵我藩封武臣邊帥功罪互見道路傳聞紛紛不一鄙人蓬門伏處耳目未廣每思及朝鮮使臣袁蔚庭觀察心竊異之觀察出使朝鮮十數年來三韓倚爲保障何以一旦有事則先去以爲民望也繼又未聞其擧動何如私心竊有所不取也今春應禮部試下第後寓居津門試華人之行商朝鮮者云往歲海氛不靖葉軍門以四千人駐紮牙山既不進又不退觀察再三電致當道我軍不發則已發則必須多□且速方足制日人乃電懇數次未蒙覆示觀察不得已回國面商一切迨行旌初返日人即大肆鯨吞於以見觀察之料事未然也客冬奉 命撫輯既又襄辦營務處率二百人立赴前敵知聶功亭軍門忠勇素著調度有方爰以得力百人藉助軍門屢獲勝仗同心禦侮與士卒共甘苦餽糧餉發皮衣傾囊相助是以勇丁皆出死力大高嶺一戰以百餘人禦日人數千而連三關又獲全勝此軍門之力圖恢復亦觀察之謀出萬全也若使大兵依屬天下事豈至於此乎今聞劉峴帥保奏觀察成軍十數營以防邊陲鄙人聞之不禁狂喜觀察自朝鮮返棹時切憤恨思欲一雪其恥而又阻於兵事之不屬也今奉 命成軍與聶軍門聯絡一氣措置合法將□定□起色況觀察將帥兼風負裘未墜當今名宿半出其門從此整頓軍政力除積弊不數年間練成勁旅則我 國家苞桑之固在此一舉援筆草此以誌欣幸詞句之醜不暇計也

平千閒琴居士稿

敝處由上海分寄各樣報紙時交大雪節令不久停輪封口微遲日期亦由旱道來津敝處報紙一年四季永遠不斷 主顧顧閱直報者取其爽快日日可見又寄售各樣時事新書遍覽者先取爲快每日午後直至申後敝寓靜候無時無暇

天津縣署西三聖菴西直報分處啓

啟者夫等在天津開設製造公司專出各項工程建造新法并估價值茲將各項分類列後

計開

一 考驗礦質分化金石所有開採鎔化一切良法皆能條分縷析繪圖具報并估一切應用器機價值

一 測量鐵路鐵建車軌皆能逐條繪圖具報并估建造及一切應用器件價值

一 電氣車電光燈皆能繪樣并估全副電燈價值

一 鎔化礦質大爐并新式缸磚及土門得土各窯所有應用物料薪炭須先詳加考驗再爲繪圖製造

一 測繪各處港澳江河皆能畫圖備用

一 製造煤氣及自來水一切廠所器機皆能繪圖估價

一 估造各種工程繪畫各種平視立視精細圖式

一 物類原質皆能以化學法分化無訛

一 欲辦工程如來本公司面議即可告以良法并估價值

再本公司素與歐洲及美國各大公司聯絡故能包辦各項工程或有工程需人監理本公司亦可派人前往

本公司主人現寓恒豐泰 賈密孫製造公司謹白

啟者現有英人僑居烟台曾在英京國學考有官憑並教授繙史算法航海等學三十餘年並在英國海軍衙門充當試官有年曾蒙華廷派委要差今擬在本公館教授華童英文以便將來應陸軍海軍商務之選惟受教不得過十五歲議定每季脩金關平銀二百兩如有從學者即希函達天津恒豐泰飯店或烟台英領事署轉致倪爾森可也

本書室新到 海氏叢書 算學筆談 啟蒙書 格致入門 須知 代數備旨 八線備旨 數學啟蒙 格致啟蒙 時事新論 幾何三種 格物課藝 九數通考 中外通商 吉書附 中日議和通商章程 每本津錢一百五十文如蒙 光顧 價值格外從廉其餘各書多不及載

天津宮北格致書室白

失物告白

啟者本月初六日在慶斯力處拍賣失去顯微鏡二架倘有人將原物送交本報館必當酬謝

本報館謹啟

告白

敬啟者今有外國十二月彩票出售貴客官商如欲買者請至紫竹林英租界恒豐泰面議可也特此佈聞

天津恒豐泰飯店謹啟

浙杭 元吉永號

本號自置綢緞縐紗新樣時新花素洋布川廣夏貨並開辦扇庄貨頭油俱全價爲近時雜市價不同故兩各貨減價開設估衣[illegible]中間路北凡 仕商賜顧者[illegible]

德陞齋靴鞋鋪

本齋專做滿漢朝靴新樣京式名鞋及鑲花坤鞋一應俱全價廉物美 賜顧者請認明本店招牌庶不致悞本號開設在天津府北門外鍋店街[illegible]對過便是

本館京城售報處在宣武門外[illegible]路東[illegible]昌會館內陳午甫先生代辦如閱者請至該處可也

本館謹啟

十月 十八日銀錢行情

天津九七六錢 銀盤二千七百二十七文 洋元一千九百五十文

紫竹林九六錢 銀盤二千七百六十七文 洋元一千九百八十文

光緒二十一年十一月

直報

光緒二十一年十一月初一日　第二百七十八號
西歷一千八百九十五年十二月十六日　禮拜一

上諭恭錄

硃筆揭儒補授太常寺卿欽此　旨金州副都統着壽長補授即赴新任毋庸來京請訓欽此　旨着派載濟啓秀熙敬札拉豐阿看視獎賞欽此　旨岳丁寳營支庫銀內應扣之利銀本年十二月次年正月着加恩展限兩個月欽此　上諭禮部右侍郎着徐會澧調補未到任以前着陳學棻兼署欽此　上諭工部右侍郎兼管錢法堂事務着惲彥彬補授未到任以前着吳廷芬兼署欽此　上諭福建鹽法道員缺着余聯沅補授欽此

論行仁尤宜防弊

國家設官凡爲民之胥匡以生也而私罪出於官之中殺即伏於生之內以致民之富者易生窮者難生其大較也鰥寡孤獨爲古今窮民之無告者文王發政施仁必先斯四亦謂爲害求人不如求己己者何骨肉而已負陰抱陽之儔縱横無算而交遍天下知心幾人縱使邦族姻亞實繁有徒苟非骨肉之倫爾係途人之侶骨肉有關猶類途人並得途人盡爲骨肉而骨肉之倫類始自夫婦有夫婦然後有父子今之西人最重夫婦中土之往古何獨不然特後世繁文縟節諸多勉強不任自然故或善始不能善終其姑無暇具論也且即父子夫婦之情言之猶不能無少差等父之於子也父有時或求諸子不能必得諸子子之於父也子有時或求諸父亦不能必得諸父而夫婦求則得之初無所謂不得者對鏡以覿則無告之爲窮民何煩贅語而之四者之窮不尤以孤寡爲甚歟蓋身既爲父年已長成不需人猶可自存身爲幼子無力無識時時待撫失所怙則難以成立身既爲夫勢能作主不需人儘可自由身爲人婦孰嫌防微事事從人失所天則無處安身故以但母兩衡之知寡孤之無告且苦愈甚而欲行仁政憐寡尤急於恤孤也蓋憐無夫之寡母得其所即子有所依是憐寡尤爲爲政之仁心所當加意者夫仁人心也人孰無心即人孰無仁何況官府第恐蔽於私則不仁非獨近利之爲私也即狥人亦爲私私則有害於官非特害於意之中實常害於意之外受害不知害固莫除既害方知害已莫追然則清愼勤三字官箴可勿講歟茲宣武門外棉花七條胡同趙孫氏夫故遺妾與幼子氏與妾失以未亡身守節孤孤不料妾以疾病糾纏苦不可耐以布帶雉經氏知張皇失措急赴棉花五條胡同與邵冀臣商議邵帶領該氏赴北城司坊報案官經司官相驗完案先是邵冀臣善交城司坊官出入關說遇有詞訟互相賄託邵從中上下其手遂以爲榮有涉訟者輒踵以告雖未稍諸門馳名久矣以故趙孫氏投之邵自該氏奉結後事之巔末頗費經營宜有藉以索謝趙氏深幸訟息心中銘感敢忘饔飧而邵之覬肥瘠魚肉也固其熟技爰向趙孫氏妄指北城院憲與北城隊敬爲指揮暨諸衙門丁役需費約需數百金否則恐有後患氏懼變產如數付之邵盡飽私囊氏頓破家母子無生計事下傳其事經北城正副指揮飭即將邵冀臣拏獲訊辦不知其能獲福否而趙孫母子已貧如洗矣吁爲政者如欲行仁極宜防弊不第防於法之中且宜防於法之外何以防之勤而已矣無所苟而已矣否則縱有仁心仁聞而無告之窮民終不能盡被其澤也若趙孫氏者可以鑒矣若北城

者可請清慎且勉矣

迴避定章　○吏部爲出示曉諭事查定例盛京刑部司庫人數較多如遇欽派大臣內有祖孫父子伯叔兄弟母之父及兄弟妻之父兄弟己之女婿嫡甥均令官小者於臨揀時呈明扣除又六部漢軍堂主事盛京戶部司庫例應先儘京察一等人員人數較少如有應行迴避者應令聲出王大臣自行迴避毋庸迴避之大臣揀選備銜隱照例分別識處各等語相應出示曉諭

招考展限　○國子監算學爲曉諭事照得本學額設漢算學生懸缺業經出示曉諭招考在案惟恐應考諸生未能週知再行展限十日限于十一月初十日截止爲此曉諭各直省舉貢生監以及俊秀人等如有報考者務於限內按期取具同鄉京官印結赴國子監算學內投卷以便定期考試

貂緣舊例　○禮部謹官禮部尙書臣昆岡等謹奏爲奏聞事查定例每歲十一月初一日起至次年正月十六日止朝會祭祀俱用緣貂朝衣禮部先期具奏得旨通行在京各衙門等語今光緒二十一年十一月初一日起至次年正月十六日止遇應穿朝衣之處應照定例緣貂朝衣爲此謹具奏聞

鴉片新聞　○嗚呼鴉片之爲害深矣嗜之者富貧强弱不一因貧而作賊積弱而致死者比比矣然人一經嗜此則如附骨之疽百計千方不能擺脫得開亦人世間一大刦數耶京師城廂內外煙寮林立大者名爲煙土局小者曰煙館每日煮煙數兩或數錢不等挑脚漢饕吞吐之需梁三者在前門外大保吉巷地方賃屋一椽支木板作榻日煮數兩土任人向榻上橫陳於十月十八日煮煙時突一人貿貿然來顏色灰敗涕泗交頤向梁乞取灰滓梁未及答其人見桌上灰水一盆竟不問主人取而牛飲飲畢倒地口角流涎雜以煙灰渣滓梁視之駭然細視識爲同業之程某心始稍安蓋知煙量素宏近以失業無從得此驟飮灰水因而醉倒當將程擡上木榻蔽以破衾延至黃昏時矣始一躍而起面色亦有輝光詢其何至於此據稱數日不得一飽吸拜君之賜受惠深矣徉徜而去嗚呼鴉片之爲害深矣用特錄報慰吸烟諸君皆可以程君爲龜鑑矣

界石已立　○光緒二十一年十月二十九日德國租界訂立界石之期德國領事官司艮德君武官翰琛李現率領護衛軍隊並招集德國駐津官商人等在租界搭蓋棚座並請中國地方官會同由訂午刻署關道黃觀察津道李觀察府尊沈太守署縣王直刺先後到棚彼此將界址較畫諸公同驗埋界石領事官司艮德君向德國官商宣旨曰我德國與中國睦誼最敦今此許以租界皆中國大皇帝覆幬之恩各官長辦理此事不易我德人之官於此商於此者愼毋忘今日之誼也云云於是各官舉觴相賀盡歡而散司艮德君可謂深明睦誼者矣

雙旌遄至　○欽差鐵路大臣胡練兵大臣袁於十月二十八九日先後到津鐵路定於明正開辦一年告成練兵事除定武十營外另招十營取武備生爲營哨官袁帥世代功勳老於兵事當見壁壘一新可慶可慶

關憲示諭　○欽命二品頂戴代理天津新鈔兩關北洋行營翼長辦理直隸通商事務兼管海防兵備道黃　爲曉諭事照得本道現奉　欽差北洋大臣王　札飭代理直隸津海關道監督天津新鈔兩關稅務已於十月二十一日接印任事查天津爲水陸通衢附近買賣雲集本關稅課必須實力稽徵凡華商各舖戶及外來商販置買貨物自當將已經完稅各貨置買銷售不得將未經完稅貨物私買販運在體面商人挾資營運斷不肯希圖小利自罹法網第恐有不知自愛之商狃於積習將未經報之貨勾串偷漏積囤私走實於稅課關係匪細除派委妥員帶同幹役不分晝夜嚴密查拿外合行出示曉諭爲此示仰津郡各舖商並外來商販人等知悉嗣後各項貨物來津口岸報稅者仍照置買不致將未經報稅貨物聽信跑台之人及從前已革海巡蹤混包攬上船入棧致蹈走私之弊一經查出拿獲定按走私偷漏例加倍治罪決不寬貸莫謂告誡之不預也凜之愼之毋違特示

營務批詞　○天津營務處示千總何廷恩稟　批該弁拱衛營當差調發赴天津縣控告商欠其薪水又有羅革道拿南寓中衣箱等物請飭稅司城懲辦緝贓照例勒追並聽候飭中秉公訊斷今商甫經由都回津一並未審何得來此妄訴碍難率准着仍自行赴縣投

寥可也

獨路逢冤 ○河北關上土棍與北城根土棍不睦昨晚河北土棍行至侯家後路遇北城根土棍十數名各持木棍等器將河北關上之土棍毆傷二名經五段守望局王大令訊明拘獲懲辦矣

曾時寄宿 ○自武清縣一帶貧婦百餘名在天津道署叩求吃粥奈西門外所有女粥廠已撥入西沽合併一處彼處勢已難容萬難再收而西門外止有男廠一處遂無女廠奈天氣嚴寒貧婦太苦道憲即飭津邑某少尹押送西門外暫留再作安置云

人稱蕩令 ○官其地宜子其民安良尤莫先除莠津屬鹹山縣界毘山東盜充斥民憂之夏大令霽喬蒞是邑愛民外正己率人盜飲迹語云苟子之不欲雖賞之不竊夏令殆其人歟

事賴奏覆 ○錢某者前在鹽照磨鹽店司事部郎張少農之中表也繼約劉星垣閻小山在東門內開設源豐厚錢局聲言以部郎爲錢東而部郎寄用即以該鋪錢帖號付錢日部郎引地來鏢鄉以該鋪帖付鏢丁盤費鏢丁持帖向該鋪取錢外人遂鬨傳劉與部郎不合所以令鏢丁向鋪取錢於是存該鋪帖者一擁而至當即請營務處道府兵役及守望局勇彈壓其錢已將竭矣劉某因向部郎作奏庭之部郎恐爾冷眷之連類以及也立倩人在針市街振泰號挪現錢數千吊外帖數千千遂得照帖付錢且係清錢足數自午後至更鼓一敢取錢人始漸希若非得此不堪涉想矣

不得其止 ○海下队河莊趙某繼妻自春間得一奇症每日或燒或冷顛倒難禁誓欲自盡不得其隙曾偷食鴉片二兩餘不死復求人代買毒藥人皆以其病魔可憐或勸之或訾之終不能一破其惑昨夜乘家人熟睡自投水缸而死殆病之魔人竟有求死不得者乎深可怪矣

燕卒薦章 ○隆冬典鋪減利向按收成豐歉核計惟津郡非他處可比人民衆客居尤衆患貧者最多夕典其衫朝典其襦常俗也甚至借人衣物當濟燃眉惟盼減利贖當以對前途故減利一條實於貧民大便今歲雖云中稔莫如數年災異之虧誠如制憲所云津屬今年受災甚重貧苦甚衆補救之時多未獲稼較往年尤爲吃重因飭官義兩賑相繼而施則典鋪正宜體此隱懷早爲減利以蘇民困且上年自十一月初一日按原定歷年核減之章照常辦理今年無異去歲何至今尚未聞減利之說第恐減利告示由典鋪延擱不即懸掛歟抑地方之責者向於此加之意乎

漢皋錢市 ○漢皋通市缺錢其詳悉缺錢之由因販茶之款落大因而不敷所用花莊開辦後現錢去路更多是以錢盤益硬計

紋錄 兩儀換寄錢一千三百餘文故雖有外埠運錢至漢多至十萬二十萬須臾之間各錢店已分買一空錢盤仍不少減據錢業中人云必待冬季後花莊停收內地諸埠各鋪運錢至漢錢缺方可還跌耳

聿觀厥成 慨自甲午夏日人肇衅侵我藩封武臣邊帥功罪互見道路傳聞紛紛不一鄙人蓬門伏處耳目未廣每思及朝鮮使臣袁蔚庭觀察心竊異之觀察出使朝鮮十數年來三韓倚爲保障何以一旦有事則先去以爲民望也繼又未聞其舉動何如私心竊有所不取也今春應禮部試下第後寓居津門聞華人之行商朝鮮者云往歲海氛不靖葉軍門以四千人駐紮牙山既不進又不退觀察再三電致富道我軍不急則已急則必須多且速方足制日人乃電懇數次未蒙覆示觀察不得已回國面稟一切迨行旌初返日人即大肆鯨吞於以見觀察料事未然也客冬奉 命撫輯既又襄辦營務處率二百人立赴前敵知聶功亭軍門忠勇素著調度有方爰以得力百人藉助聶軍門屢獲勝仗同心禦侮與士卒共甘苦餽糧餉發皮衣傾囊相助是以勇丁皆出死力大高嶺一戰以百餘人禦日人數千兩連三關又獲全勝此聶軍門之力圖恢復亦觀察之謀出萬全也若使大兵依屬天下事豈至於此乎今聞劉峴帥保奏觀察成軍十數營以防邊陲部屬之下莫不狂喜觀察曰朝鮮返棹時切憤恨思欲一雪其恥而又阻於兵事之不屬也今奉 命成軍與聶軍門聯絡一氣措置合法將定起色及觀察將師家風箕裘未墜當今名宿半出其門從此整頓軍政力除積弊不數年間練成勁旅則我 國家苞桑之固[illegible]一舉[illegible]以慰[illegible]之[illegible]不暇謝也

平千閣琴居士稿

敝公司等在天津開設製造公司專出各項工程捷徑新法并估價值茲將各項分類列後

計開

一考驗礦質分化金石所有開採鍊化一切良法皆能條分縷析繪圖貝報并估一切應用器機價值

一測量鐵路鑛建車軌皆能逐條繪圖貝報并估建造及一切應用器件價值

一電氣車電光燈皆能繪樣并估全副電燈價值

一鎔化礦質大爐與新式鉅磚及士門得土各窰所有應用物料薪炭須先詳細考驗再爲繪圖製造

一測繪各處港澳江河皆能畫圖備用

一製造煤氣及自來水一切應所器機皆能繪圖估價

一估造各種工程繪畫各種平視立視精細圖式

一物類原質皆能以化學法分化無訛

一欲辦工程如來本公司面議即可告以良法并估價值

一再本公司素與歐洲及美國各大公司聯絡故能包辦各項工程或有工程需人監理本公司亦可派人前往

本公司主人現寓恒豐泰

賈密孫製造公司謹白

敝處現有英人傳居烟台曾在英京國學考有憑據教授[illegible]史算法航海等學三十餘年嗣在英國海軍衙門充當教官有年曾蒙華廷派委要差今擬在本公館教授華童英文以便將來應陸軍海軍商務之選惟受教者不得過十五歲議定每季脩金關平銀二百兩如有從學者即希函達天津恒豐泰飯店或烟台英領事署轉致倪爾森可也

本書室新到梅氏叢書　算學筆談　啓蒙書　格致入門　須知　代數備旨　八線備旨　數學啓蒙　格致啓蒙　時事新論　幾何三種　格物探要　九數通考　中外通商吉書附　中日議和通商章程每本津錢一百五十文如蒙光顧價值格外從廉其餘各書多不及載

天津宮北格致書室白

新出小曼齋書冊彙編附法新書豔異集志第一號出售　臺灣福州廈門地圖　五洲統屬圖　各樣新書每日午後直至申後敝堂靜候諸時無誤

天津府署西三[illegible]

[illegible]堂啓

本館京城售報處在宣武門外潞家坑路東浙昌會館內陳午清先生代辦如願閱者請至該處可也

告白

本館謹啓

杭　浙
號　元吉永

本號自置綢緞洋縐羽毛紗羅蘇杭湖縐洋錦花素洋布川廣夏布全圖扇雅扇南貨頭油俱全茲爲遷移鋪面讓本不計故兩各貨減價開設估衣舖中間路北凡仕商賜顧者無不格外克己謹啓

李傅相馬關遇刺紀實附帶小照每本價洋四角五　王芍棠星使俄事　盛世危言　盛世新言　蟄盧叢書　各國時事類編　中日戰守始末記　公車上書記　蘭石蘭譜　竹譜　海上見聞錄　洛金扇　吉祥花　小八義　鴛鴦夢　閨人夢　桃源新錄　夢譜

告白

生花文英齋謹啓

十一月初一日銀錢行市

天津元寶九十六兩一錢

紋銀二千七百二十文

洋元一千九百五十文

[illegible]

[illegible]二千七百六十七文

洋元一千九百八十文

直報

光緒二十一年十一月初二日　第二百七十九號
西歷一千八百九十五年十二月十七日　禮拜二

論洋車之弊宜除

津郡東洋車失事屢屢客有疑其製之不精數之過衆者予曰坐我明語子車之製始自古皇制器向象觀飛蓬而爲車厥後有出車兵車乘車平地任載之車田兵乘爲小車任載者爲大車然詩詠毳衣則大車爲大夫所乘又不徒爲任載矣中古車加圍飾後世復間以肩輿要以利民用爲免貴者之徒行耳洎法度弛而貴賤無分人人皆可乘輿皆可以乘肩輿其風開自南省以南省平陸甚少水外即山輿故因地制宜禹之隨刊所以必乘四載也近代以來北省之車服以牛馬南省之車服以人力各便其便無他異也自與海國交涉中邦賃租界各埠碼頭洋車盛行便捷輕利兵燹饑荒之後兼可藉拉車以濟貧民初則官製之民領之計日月取其租繼更抽匣捐以爲平治道途費洋租界內設工部局華界內設工程局司其事歷有年所然自有洋車以來利固多害亦不少車輕利路平且直皆喜其任意馳行不加傾奮如馬馳而逸欲止不能輪爲脫軸爲折傾跌翻覆或罣或礙或軋傷人及物乘者驚者行路者遇則爲奔馬穿腹豎則人破顱傷股肱腰膂因傷以殞命者紀不勝紀也然此皆拉車之咎非車之咎即非洋車其能必無此失乎客曰洋車之失多非洋車者其失少洋車少則其失自少洋車多則其失自多何也津郡地窄人稠無洋車時已既肩摩轂擊加以洋車往來無算動輒塞途車夫且無不強橫衝直撞任意胡行動言我等每月納捐道途原爲我輩修理或逢其怒動輒詈今春其黨擬立洋車公所將醵金以爲公辦訟獄地幸而未成成更肆意橫行有恃無恐矣此皆因拉車者多故敢爲藥外生枝之議少則何敢舉議耶且車多人少則拉車者可驗其車之堅否而選用車少人多則急不暇擇脫輪折軸非車之敝其誰之責乎不觀夫上洋乎上洋較津郡爲繁華東洋車較津郡爲甚少其章程最嚴車輛不堅者不須租用車夫不健者不給捐牌車堅則乘車者免跌傷之患夫健則拉車者免翻覆之虞況停車均有定界不須逾限非如津郡勿論車之堅否車夫健否概收其捐且有七八千輛之多任意縱行隨處歇置致令大街小巷洋車外幾無餘地可容行人足無論老少男女避之不遑輒罹其害人避車車不讓人故也彼上洋亦有洋車未聞失事如此其多也豈非車堅夫健數少之故歟予曰請少安試爲子進一說夫君子之立法也不獨詳於法中之利且有以盡法外之仁不獨嚴明作法之章且以嚴防壞法之蠹世之有一利即有一弊凡事皆然獨洋車乎何以論之孔子云爲政在人要在司事得人則局無弊法拉車得人則車無失事耳夫洋車輕小曲巷可容拉洋車者盡係窮人語云不遭者可無不爲困窮之君子拉車中有幾人乎既非君子則見財起意見色生心拐竊之事在所不免是洋車者誠拐竊之利器也車埠某某以洋車竊某某以洋車拐皆當面相逢無敢過問以其可混入行人難分皂白莫由唐突也然此猶多屬食夜也皆有底線也其最駭人聽聞者勾竄不法之徒異邦之匪白晝行劫幫同強搶強姦優游法外其視撞碰罣軋之罪孽奚啻倍蓰萬萬哉故今日洋車之弊誠爲大弊欲除此弊首在得人欲得其人宜嚴其法俟後拉車者非有的保互保不許拉車其車以幾點鐘出幾點鐘入其號以行至某

處當界不許任意肆行違則重懲兼以責當司事與地保甲令嚴其咎如此則事有實成如或失事不難徹底根究弊目可以漸剔矣客日善囑筆簡端以質執政

津海關示　○欽加二品頂戴三等第一寶星津海關税務司德　爲曉諭事照得息借華款五十萬兩一案本年應付息銀自十一月初一日起每日十點鐘至十二點鐘各銀商將花名銀數自某月起至某月止共息銀若干詳細開列清單連將第一期聯票暨交本關大公事房核銷爲此示仰各銀商知悉毋違特示　十一月初二日示

症誤不滅　○本年夏秋之間京師時疫流行始則霍亂吐瀉黑痧脹等症醫者均皆束手無策往往染患斯疫者十有八九俱作長睡客繼則瘧疾相傳甚有患至三四月之久醫不見效因此轉成傷寒虛勞病者亦爲魂赴黃泉於是都人莫不驚懼業經疊列報章今自入冬以來瘟疫之災愈患愈奇近日都中無論男婦幼童皆患瘡疾形似楊梅疥毒偏身形如紅粟作癢近有庸醫不揣其情不評脈理竟按麻症治之往往以蛤蟆輕粉等物服之刻下誤服其毒毒歸下身以致腫潰不堪受此害者甚多今有前門外西河沿居住汪某者閭家同患是疾延醫黃君視之曰所患粟瘡癢症屬火生風邪襲皮起粟形風爲火化能作癢通聖散苦參及消風散註凡諸瘡作癢皆屬心火火邪內鬱表虛之人感受風邪襲入皮膚風濕火化作癢致起瘡形如粟粒其色紅搔之愈癢而不瘥亦能消耗血液膚如蛇皮初服防風通聖散加枳殼蟬蛻血燥遇晚癢甚夜不寐者宜服消風散外敷二味拔毒散若年深日久膚如蛇皮者宜常服皂角苦參丸外用猪脂油二兩苦杏仁一兩搗泥抹之自效茲將皂角苦參丸藥味開列於左　苦參一兩六錢　荊芥一兩二錢　白芷　大風子肉　防風各六錢　大皂角　川芎　當歸　生何首烏　大胡麻　枸杞子　炒牛子　威靈仙　全蠍　白附子　蒺藜炒去刺　獨活　川牛膝各五錢　草烏鹽泡去皮　蒼朮米甘水浸炒　連翹去心　天麻　蔓荊子　羌活　青風籐　甘草　杜仲酥炙各三錢　白花蛇切片酥油　黃　炒　砂仁各二錢　人參一錢　共研細末醋打老米糊爲丸如梧桐子大每服二三十丸溫酒食前後服下避風忌口爲要今汪某全家照方服之其瘡痊愈特錄此方傳佈廣行方便云

法原不淨　○賭徒以晨早遇尼爲不利而於朔望爲尤忌蓋以其空門故也賭遇空則敗故犯其忌京師前門外火把廠地方有無賴之徒趙五者素日以賭爲生涯十月十五日晨出與比邱尼遇無賴惡之果於是日博而屢敗卽以爲遇尼不祥也俟其再遇思以報之昨於二十一日復與尼遇無賴以油紙裹糞乘尼不覺撲於尼面潔淨之路竟蒙不潔迫尼詈罵而無賴逸如黃鶴矣行人見之皆掩鼻而過心經云不垢不淨此何異書佛頭之糞哉用特訪錄傳爲笑柄

學海題目　○學海堂課試舉貢生童題目列後　納于大麓解　晉元帝中興論　劉恭公學顏公鹿脯帖賦　以我所學者唐之忠臣爲韻　擬唐元稹戒勵風俗德音文　擬明左懋第鹽政考　金臺懷古　不拘體韻　擬杜甫述古三首　原體韻　名有三科

尹文子大道上篇名有三科一曰命物之名方圓黑白是也二曰毀譽之名善惡貴賤是也三曰況謂之名賢愚愛憎是也

集賢課期　○欽加四品銜在任候補直隸州知州河間府景州調署天津縣正堂加十級紀錄十次王　爲出示曉諭事案查津郡集賢書院課試外省舉貢生監向係憑照領卷限日完卷本年十一月分輪應本縣課試自應循照辦理現定十一月初二日局門考試惟一日之長勢不能完全六藝自應仍照成案是日共課一文一詩限當日交卷不准繼燭另出經策解論題各一道懸示院中准各該士子領卷回寓擬作限於七日午前交卷遲逾不收合亟出示曉諭爲此示仰該舉貢生監知悉務須遵照示期攜帶筆硯於是日卯刻齊集集賢書院聽候局門面試不准喧譁搶替此係專爲外省士子而設其天津本籍之人原有問津各書院可考不得冒名濫入如查有籍貫不符及點名不到者定即扣除其名遵辦毋得自悞特示

事宜躬親　○津地爲南北之衝津梁要害冠蓋之外尋常行李晨往夕來各寓小店原爲獲利起見見客便留良莠之間何暇細問每見異鄉人三五成羣背包裹持木棒或挾刀槍而牽拉驢騾牛馬者若詳視之多有奇形異樣似非善類者然究不知爲誰何也店主見慣絕不爲怪且店主無盤詰之責誰自多言若該管者親赴應管地界內各棧寓逐細查看盤詰果有所獲該匪等定聞風斂迹否則徒

任店家以循環簿所記泛言並無不良仍屬虛應故事更難保窩賊者無扶同揑飾情弊語云緝盜窮源斯在該管者加之意耳因近見異竊異形之人往來甚夥不禁令人涉疑焉用爲執事以告

禍毋自惹　〇昨有某營親兵在城內洋貨舖買布三尺付錢帖三千令找現錢該舖以面不相識且該價數白找錢數千以故未允該兵言莫非此帖是假舖夥云不敢言假惟舖中無此章程該兵闘說即欲用武經街鄰出爲理勸謂該兵言如等用此布只管拿去明日可再付錢該兵見衆人難犯遂將錢袋領出現錢二百餘文衆即以錢作布價爲之解脫將布拿去該舖幸哉惟兵勇在街買物勿許滋擾本管官告戒綦嚴然偶不如意仍復不免生事該管者其益加謹貿易者亦當善爲說辭也可

勇領恩餉　〇唐軍門所統仁勝等營駐屯城外候餉已紀前報玆聞上月二十六七等日已給恩餉每勇近省四兩遠省八兩囑令趕緊回籍不准逗遛昨早領餉者已陸續出境矣

僧犯清規　〇僧之爲類也多或爲和尚或爲和樣或爲和唱或爲和撞或爲和障乘之上者爲尚樣次之唱次之撞次之至於障則乘斯爲下矣要其不娶也則無上下乘別是謂清規犯則以方石重數十斤跪而加諸頂戒行僧官升堂炷香坐訊之如牧令儀昨姚家濟妓寮僧爲鄉所遇或曰僧宜殺或曰僧宜溺或曰宜送官或曰宜送方丈僧向十方和南莫能擺脫幸女菩薩慈悲爲緩頰甫得出門去否則難免當頭棒喝矣昔僧赴妓寮入門及床未坐門者報有客繼至僧急匿榻下伏不少息客入坐榻妓識爲某署幕賓戲問曰師爺讀律僧犯清規罪奚處曰當殺僧聞殺栗慄及榻戰有聲言未已門者作疾報客至至則梟尹也妓笑迎曰老爺執法小的請示僧犯清規罪奚處尹笑應曰僧亦人耳且無室情可憐薄責可也僧聞失喜不能耐遽出泥首曰老爺眞青天救僧一命妄指屋隅草簾一捲曰幸勿聽此草包師爺覓斷頭也蓋尹入妓寮時幕賓欲匿不得所急引草簾蔽體蹲屋隅　故以云妓諧矣哉附誌以破寂悶

好善樂施　〇天津工程總局代收山東義賑所有諸善士樂助賑錢洋元已集有成數彙解災區並已登報牘玆又自第八起周君經手勸募黃蓉鏡助津錢十吊文　阮叔麐助津錢六吊文　吳少軒陳芝芳周行逵各助津錢四吊文　王鼎臣助津錢三十吊文　鄭鼎臣劉仲岩周子泰周冠吳吳保三周楣伯各助津錢二吊文　又第九起直隸藩憲捐銀三十兩正然該處被災甚廣杯水車薪依然無濟尤望樂善諸君大發慈悲慨然解囊大聲疾呼代爲勸募庶幾集腋成裘源源接濟俾百萬災黎拯登斯感得嬰重生則本局心香一瓣謹代災民百叩且爲善獲福彼蒼定有厚報焉

聿觀厥成　慨自甲午夏日人釁衅侵我藩封武臣邊帥功罪互見道路傳聞紛紛不一鄙人蓬門伏處耳目未廣每思及朝鮮使臣袁蔚庭觀察心竊異之觀察出使朝鮮十數年來三韓倚爲保障何以一旦有事則先去以爲民望也繼又未聞其舉動何如私心竊有所不取也今春應禮部試下第後寓居聶軍門營華人之行商朝鮮者云往歲海氛不靖葉軍門以四千人駐紮牙山既不進又不退觀察再三電致富道我軍不發則已發則必須多且速方足制日人乃電懇數次未蒙覆示觀察不得已回國面稟一切退行旌初返日人即大肆鯨吞於以見觀察之料事未然也客冬奉　命撫輯既又襄辦營務處率二百人立赴前敵知聶功亭軍門忠勇素著調度有方爰以得力百人藉助軍門屢獲勝仗同心禦侮與士卒共甘苦餽糧餉發皮衣傾囊相助是以勇丁皆出死力大高嶺一戰以百餘人禦日人數千而連三關又獲全勝此軍門之力圖恢復亦觀察之謀出萬全也若使大兵攸關天下事豈至於此乎今聞劉峴帥保奏觀察成軍十數營以防邊陲鄙人聞之不禁狂喜觀察自朝鮮返棹時切憤恨思欲一雪其恥而又阻於兵事之不屬也今奉　命成軍與聶軍門聯絡一氣措置合法將士定色起色況觀察將帥家風箕裘未墜當今名宿半出其門從此整頓軍政力除積弊不數年間練成勁旅則我　國家苞桑之固在此一舉援筆草此以誌欣幸詞句之醜不暇計也　平千閒琴居士稿

昔人云物不平則鳴言人當不平之事處事雖非關已皆可代爲分剖也昨見直報登有株連成套一則深爲詫異緣袁君國鈞久在北城當差其爲人正直不苟諒爲各城同寅共知共見無非人私意遽可定其優劣詎有孫姓肆口汚衊揑造黑白小人挾嫌故枝節不足與較但余前寓京師曾與袁君相識且深悉其爲人倘不代爲表白誠恐不知者以袁君爲何如人乎　不平人謹白

敬啓者本行等在天津開設製造公司專出各項工程捷妙新法并估價值茲將各項分類列後

計開

一考驗礦質分化金石所有開採鎔化一切良法皆能條分縷析繪圖具報併估一切應用器機價值

一測量鐵路鐵建電軌皆能逐條繪圖具報併估建造及一切應用器件價目

一電氣電燈電光燈皆能繪樣併估全副電燈價值

一鎔化礦質大爐撥新式缸磚及士門得土各窯所有應用物料薪炭須先詳細考驗再爲繪圖製造

一測繪各處港澳江河皆能畫圖備用

一製造煤氣及自來水一切廠所器機皆能繪圖估價

一估造各種工程繪畫各種平視立視精細圖式

一物類原質皆能以化學法分化無訛

一欲辦工程如來本公司面議即可告以良法併估價值再本公司素與歐洲及美國各大公司聯絡故能包辦各項工程或有工程需人監理本公司亦可派人前往

本公司主人現寓恒豐泰

賈禮孫製造公司謹白

敬啓者現有英人僑居烟台曾在英京國學考有官憑並教授經史算法航海等學三十餘年並在英國海軍衙門充當試官有年曾蒙華廷派委要差今擬在本公館教授華童英文以便將來應陸軍海軍商務之選惟受教不得過十五歲議定每季脩金關平銀二百兩如有從學者即希函達天津恒豐泰飯店或烟台英領事署轉致倪爾森可也

本書室新到 梅氏叢書 算學筆談 啓蒙書 格致入門 須知 代數備旨 八線備旨 數學啓蒙 格致啓蒙 時事新論 幾何三種 格致課藝 九數通考 中外通商吉售附 中日議和通商章程 每本津錢一百五十文 如蒙光顧價值格外從廉 其餘各書多不及載

天津宮北格致書室白

告白

本館京城售報處在宣武門外[illegible]家坑路東南昌會館內陳午清先生代辦如有閱報者請至陳處可也

本館謹啓

浙杭元吉永號

本號自置[illegible]綢緞[illegible]紗[illegible]洋縐花素洋布川廣夏布顧繡[illegible]扇[illegible]貨頭油俱全發客[illegible]應時[illegible]布[illegible][illegible]不同故所各貨減價[illegible][illegible]估衣鋪在中間路北凡仕商賜顧者請認明本號[illegible][illegible]

告白

本館相[illegible][illegible][illegible]紀[illegible][illegible]帶小照每本價洋四角五 王芍棠 星使俄章 盛世危言 [illegible] 盛世危言 蟄廬叢書 各國時事類編 中日戰守始末記 [illegible][illegible]上雲記 蘭石蘭譜 竹譜 海上見聞錄 洛金扇 吉祥花 小八義 [illegible][illegible][illegible] [illegible][illegible]公案 桃燈新錄 夢解 生花 文美齋謹啓

十一月初二日銀洋行情

天津九七六錢

銀盤二千七百二十七文

洋元一千九五 五十文

竹林九六錢

銀盤二千七百六 七文

洋元一千九百八十文

直報

光緒二十一年十一月初三日　第二百八十號
西曆一千八百九十五年十二月十八日　禮拜三

上諭恭錄

上諭劉樹堂奏查看沁河工程並查明榮澤民埝奇險環生派員搶護轉危爲安所有得力各員懇請傳旨嘉獎等語開歸陳許道陸襃鉞記名總兵郭廣泰開封府知府吳重熹彰德府通判黃履中鄭州知州邵承裕榮澤縣知縣連魁均着加恩交部議叙其餘出力各員着俟工竣後擇尤保獎毋許冒濫該部知道欽此

靈蠢論

天之生物也有一境必有一物有一物必有一機機之最靈者爲人最　者亦爲人非所論於上智下愚之不移也第就中人之一致者言之己至不一矣今夫天地大矣古今遙矣人民衆矣上古之世荒渺難稽四極之遙聲教罔訖無論也即論人力所通之區人形不無各異人心絶無不同乃靈者自靈　者自蠢初非天有以命之亦非人有以使之實自有以致之而以智愚之數兩相準約計愚之爲數也多智之爲數也少今之中外大洲通聲教者其處維五其致略同惟以格致之學規之則外洋之靈中土實不及其强半豈中土之人皆爲木偶十偶歟竊嘗平心察焉外洋人皆蠢惟其蠢也故靈中土人皆靈惟其靈也故　何以言之外洋崇信信則非蠢而似　無論所爲之善不善也專事務求於實中實致虛即虛得機莊子所謂當其無有車之用是人見爲實者而實即見爲虛見爲機者乃實之所生其虛機其實理也中土好欺欺則非靈而似靈無論所爲之善不善也事事輒矜其能以假冒眞即眞爲機論語所謂亡而爲有虛而爲盈是人見爲假者固假即見爲眞見爲機者乃假之所襲其實機其假象也夫有生之理爲性性之動而爲情動與物接爲事事之要且急者莫如飲食男女外洋於飲食則不諱言利蠢也且設官以保護其事爲開飲食之源利之中自有義在而爲之官者第爲權利之得失持惟恐商民以富而輔之靈之絶不沾沾以義自鳴中士則必言以義爲利靈也甚至慷慨丈義絶不言利卒之藉義以漁利爲之官者名爲恃義之短長實惟恐民不因官而貧而得捐則捐得罰則罰義爲民制利爲官收故中土無在任不富之官不畏民之恃有凶年飢歲也外洋於男女則聽自擇配蠢也且對官以各人無他爲合男女之好慾之中隱自禮在而爲之官者第爲求慾之藉官得遂且惟恐情之或强而詢之質之絶不瑣瑣以禮相繩中士則必言以禮窒慾靈也甚爭委曲制禮恥一言慾卒之敗禮以縱慾爲之官者名爲作禮之表率實亦恐民不聽官自便以瞞寵所寵贖幸所幸禮溢於口實慾塞於心故中土少士識遠色之官不聞邑之有無怨女曠夫也　此稿未完

武科揀選　○十月二十二日爲揀選落第武舉之期經兵部奏請欽派揀選落第武舉王大臣克邸崑筱峯中堂敬子齋大司農與保廷鎮制傳集落第武舉李朝陽等二千二百三十六名於是日辰刻在東華門外南池子御箭亭按兵部所造花名清冊點名步射三枝只箭三枝試畢分列等第取中者以營衛守備千總赴兵部投供候選並派値兵部差務廳値差矣

公司依違　○泰西醫學考究精微不啻洞見臟腑自中西通商以來行醫之士來華者實繁有徒中土人情近亦深信其術往往有病求醫踵趾相錯惟西人視身體至重凡患病不惜鉅費中人則異是如每日延醫一次需銀五兩者或易以洋銀五元或每人統年計算致送醫士若干金不拘有無病症此舉已較西人爲惜費矣近有某公司之洋員訂明該員患病由公司給醫藥資并訂定某醫士爲之診視乃數月以來患病者若干人需醫費若干金經某士開帳函致公司而公司竟置若罔聞誠不知是何意見應中人既以洋醫爲可信則一切應照西洋之法爲亦思身體爲重之義哉

甘作局詛　○聚賭抽頭雖屬大干例禁然在庸愚無識之輩設此迷龍陣本不知王法之不容至若名列儒林家稱殷富而亦明知故蹈殊令人不憚口誅筆伐矣近聞京師無業游民勾集諸大寮車轎夫役設局開寶外更有一種商賈及宦途中富之家均與紈袴浪蕩子弟私誘老成人及少年子入局押攤某某者賭中之巨擘也喝雉呼盧之聲往往徹夜不絕到處皆是若良家子弟偶有約束不力一入其彀必至沉溺不返是誠世道之憂也雖某某姓址暨字號本館早有聞知而此次姑免表出以冀其改悔焉耳

未清地面　○京師步軍統領會同五城御史飭屬編查保甲並定緝捕章程以爲立法森嚴盜風當可稍戢矣京師連日竊盜各案仍如銅山西傾洛鐘東應豈教養失而民多盜歟抑所謂有治法無治人歟一係崇文門內魏家胡同仁壽宮於十月二十二日被賊數人緣升屋頂翻落院中撬門入室搜取首飾升屋而逸爲比鄰某官宅護院人丁瞥見開放洋槍與夥驚覺起查始知被竊計所失約有四五百金查究更夫已昏不知人似被悶香薰迷者翌晨詳具失單投該管地面官廳稟報飭緝贓賊究辦未知能否弋獲也

章程由舊　○和議成後各營散勇來津者雖屢經遣逐督憲王制軍仍恐或有逗遛匿迹滋生事端仍照前章札飭練軍親兵兩營凡各衝要口派兵站段晝夜巡查以靖地方而安閭閻云

政令維新　○邑侯王直刺於二十六日卯時接印己紀前報日前紀卯諱諭書差人等如有要案務須秉公辦理毋稍朦混云云直刺下車伊始政令維新是必有一番治化也

冷熱不知　○前紀東門外某錢舖掌因馬跑驚跌實出意外 茲某甲在姚家濠塘子洗澡不料身落後池水深極熱出增全家火森歸心醫治罔效竟以殞命噫獨疾病能死人哉宜禮以登高臨深戒孝子也

寬猛宜濟　○知人則哲惟帝其難君之任官者難官之任人也尤難何也君所任者無論某項出身要皆俊秀官所任者無論何等才具要盡與臺其服役原爲發財既不給以薪水又須委曲逢迎至賤至勞韓子所謂足將進而趑趄口將言而囁嚅處穢汚而不羞者其家且賴以俯仰食肥鮮御錦繡錢何自來欲其不舞弊也得乎爲之主者苟非寬以撫之嚴以防之難得公私兩濟矣津屬某縣某令素號廉明慈愛惟過慈弊生其下有便佞者爲胥役與某胥舞文受賄令不知也適倚之先是其邑毗山左海豐與津屬滄州盜時出沒自某令蒞此盜屏跡夜無驚民頌之謝以其所任者貪賄弛緝頓至 夜竊數起雖小盜恐非閭閻福也昨秋審該邑有決犯係巨盜上文已至令不忍遽殺欲延其一夕之命該尉與令力爭至夜半正典刑邑人懼匪之劫奪也咸危之幸無差險哉夫火烈水懦鄭相久有明言卒亦何傷惠政實哉國僑古之遺愛也若某令者盍鑒之以保令名乎

愈命勤職　○昨日河北汛弁把戎率兵夜巡至四鼓在毘盧廟胡同口忽見二人於胡同內藏形隱跡立即拏獲土棍二名直投出利刃　把戎似此夜間懷刃匿跡於胡同之中情頗可疑遂即送交有司訊辦俟有續聞再爲登錄

士匪肆行　北城根土棍與城內土棍構釁於昨日各持器械在閩粵會館西相遇稱干比戈聲勢甚盛該地方恐釀巨禍立即飛報該管武官率兵前來彈壓拏獲頭目杠子等數人一併送縣懲辦矣

赤體堪憐　○昨卿登西門外濟急局暫收武清一帶來津貧婦救該貧婦等已經賑恤着即仍回本處不准收留所有男婦既現已開放數日間督復派放棉衣矣

白晝仍搶　○某司胡同某姓婦有子十三四歲因有急需令其持銀手鐲一個赴某錢票五千文當已將錢帖捲於當票之內甫

出宮觀門口突由後來一人猛拍其肩將錢幣官票搶而飛逸其子以驟被恐嚇疑亡無言從而回視且喊且赶已無蹤影垂淚回家哭訴於母誰知母以破財恨子無能將其子棉衣剝去毒打並即逐出言放爾一條命不准再歸家婦人之言固屬無禮後經人勸解逐子入門而去惟鄰城內外每有白晝搶物之事該強徒殊爲萬惡有地面之責者宜如何嚴行查緝以懲一儆百以靜地方而衛良民耶

婦失手　○鄰邑城西滿西莊有婦姑同居而異室者夜各寢其室晨起姑視寢門外有血迹沿痕尋至室室置鍘刀一口故物也刀旁有手一隻帶血痕歸視婦室局鍵如故叩環呼之婦始覺心驚忽失一手不知何時斷去夜間亦未覺疼癢今幾十日飲食如故奇矣

二鬼無頭　○某邑胥役某行二虎而冠者也因公赴滄宿逆旅臥星上自屋墜屑簌落枕上役疑有賊恐盜其馬遽起俏步啓關視見馬旁鬼無頭人而立大櫃歸局蒙頭以臥鬼躡踵至專被拉而揭之役本素習少林派強有力急取床頭刀亂舞之鬼曰老三何太無情也天未明急治裝歸中途驟馬後有呼老三者回視無人而馬逸身墮移時少蘇尋騎取路抵里門由是身遍腫疼殆將斃也

情同獻曝　○本郡雖云繁盛而僻靜寥闊處亦復不少時居冬令宵小竊發巡緝者仍恐難以周密歷任道憲洞悉此弊輒出示勸諭各段守望局會同紳董集捐點燈以多爲妙使盜賊無可匿跡易於緝捕且與行人甚便誠爲法盡美善計每月每戶輸錢數十文即可以保安謐何樂不爲乃盡燈雖如廿煌煌而通衢大街竟不能一律遵照僻靜之處甚至一盞皆無查此緣由半以局員謂紳董並不會合紳董又謂局員並不協同辦理於是富家遵奉示諭自備一二盞置於自己門首餘則不欲過問此以爲官紳不和無人承辦所致不知局員另有計議使局勇赴各舖戶派捐或每月輒取錢數百文少亦須二三百文上中舖戶無不遵奉次等小舖多不認捐是以局勇歛錢恆致口角況一經局勇派歛舖戶即疑爲藉端索錢並不知實係公務即多方推諉即如本年冬防迄已匝月而城廂內外通衢僻處更燈仍未多見倫竊之案時有所聞竟視憲諭爲具文咎將誰歸耶若果官紳實力奉行協同親赴各戶勸捐以每戶每月僅輸百文或數十文即得以安居樂業民雖至愚富亦斷無抗違之理若僅以局勇派歛則愚民無知輒視公事爲私事致生嫌隙耳請以質之執政者

電喜聞風　○西字報云中國電報局現在添造一線接至希臘埔以與西比利亞電線相連按希臘埔在俄屬勃來哥未司脫鎮司克之對面大約一禮拜之久該線即可完工所有由希臘埔傳往歐洲之電報其價照舊每字洋二元○西報云駐紮威海衛劉公島之日兵已於華歷十月初九日起退回本國所有砲械均載至旅順口乘坐載遼東日兵之輪船以便回國○又云所有駐紮遼東之日兵逐漸退回大約至華歷十一月十六日可退盡矣

津海關示　○欽加二品頂戴三等第一寶星津海關稅務司德　爲曉諭事照得息借華款五十萬兩一案本年應付息銀自十一月初一日起每日十點鐘至十二點鐘各款商將花名銀數自某月起至某月止共息銀若干詳細開列清單赴將第一期聯票擧交本關大公事房核發爲此示仰各款商知悉毋違特示　十一月初二日示

聿觀厥成　慨自甲午夏日人肇衅侵我藩封武臣邊帥功罪互見道路傳聞紛紛不一鄙人蓬門伏處耳目未廣每思及朝鮮使臣袁蔚庭觀察心竊異之觀察出使朝鮮十數年來三韓倚爲保障何以一旦有事則先去以爲民望也繼又未聞其擧動何如私心竊有所不取也今春應禮部試下第後寓居津門聞華人之行商朝鮮者云往歲海氛不靖葉軍門以四千人駐紮牙山既不進又不退觀察再三電致當道我軍不發則已發則必須多且速方足制日人乃電懇數次未蒙覆示觀察不得已回國面陳一切迨行旌初返日人即大肆鯨吞於以見觀察之料事未然也客冬奉　命撫輯既又襄辦營務處率二百人立赴前敵知聶功亭軍門忠勇素著調度有方爰以得力百人藉助軍門屢獲勝仗同心禦侮與士卒共甘苦餽糧餉發皮衣傾囊相助是以勇丁皆出死力大高嶺一戰以百餘人禦日人數千而連三關又獲全勝此軍門之力屢恢復亦觀察之謀出萬全也若使大兵攸屬天下事豈至於此乎今聞劉峴帥保奏觀察成軍十數營以防邊陲鄙人聞之不禁狂喜觀察自朝鮮返棹時切憤恨思欲一雪其恥而又阻於兵事之不屬也今奉　命成軍與聶軍門聯絡一氣措置合法將來定有起色况觀察將帥家風箕裘未墜當今名宿半出其門從此整頓軍政力除積弊不數年間練成勁旅則我　國家苞[illegible]一舉[illegible]句之[illegible]不[illegible]計也

[illegible]琴居士稿

啟者本學在天津開設製造公司專出各項工程捷妙新法并估價值茲將各項分類列後

計開

一考驗礦質分化金石所有開採鎔化一切良法皆能條分縷析繪圖具報并估一切應用器機價值

一測量鐵路鐵建車軌皆能逐條繪圖具報并估建造及一切應用器件價值

一電氣車電光燈皆能繪樣并估全副電燈價值

一鎔化礦質大爐并新式缸磚及土門得土各窰所有應用物料薪炭須先詳細考驗再爲繪圖製造

一測繪各處港澳江河皆能畫圖備用

一製造煤氣及自來水一切廠所器機皆能繪圖估價

一估造各種工程繪畫各種平視立視精細圖式

一物類原質皆能以化學法分化無訛

一欲辦工程如來本公司面議即可告以良法并估價值

再本公司素與歐洲及美國各大公司聯絡故能包辦各項工程或有工程需人監理本公司亦可派人前往

本公司主人現寓恒豐泰

賈密孫製造公司謹白

啟者現有英人僑居烟台曾在英京國學考有官憑能教授各史算法測繪等學三十餘年曾在英國海軍衙門充當試官有年曾蒙華廷派委要差今擬在本公館教授華童英文以便將來應陸軍海軍商務之選惟受教者不得過十五歲議定每季脩金關平銀二百兩如有從學者即希函達天津恒豐泰飯店或烟台英領事署轉致倪爾森可也

新到繡像繪圖增補古今各樣書籍 點石齋畫報 飛影閣畫報 飛雲館畫報 小曼齋畫報 購取遍覽者先覩爲快每日午後直至申後啟室靜候餘時無暇

天津府署西三[illegible] [illegible]紫藍堂啓

本書室新到 梅氏叢書 算學筆談 啓蒙書 格致入門須知 代數備旨 八線備旨 數學啓蒙 格致啓蒙 時事新論 幾何三種 格致課藝 九數通考 中外通商章程 中日議和通商章程 每本津錢一百五十文如蒙光顧價值格外從廉其餘各書多不及載

天津宮北格致書室白

告白

本館京城售報處在宣武門外[illegible]家坑路東海昌會館內陳午清先生代辦如欲閱者請至陳處可也

本館謹啓

浙杭元吉永號

本號自置綢緞[illegible]新樣洋緞花素洋布川廣夏貨[illegible]扇[illegible]貨頭油俱全[illegible]爲[illegible]時[illegible]市[illegible]不同故兩各貨減價[illegible]估衣[illegible]中間路北凡代[illegible][illegible]願者[illegible]格外[illegible]

發售石印書籍

本局向在上海今分設天津針市街同豐棧內承蒙賜顧其價格外從廉 太平御覽 歷代賦彙 史學叢書 新疆識畧 漢魏叢書 小題三萬選 三希堂法帖 墨池堂法帖 其餘各種新出閒書尺牘圖畫詩賦文策均不細載畧登數種是也

積山書局省記啓

十一月初三日銀洋行情

[illegible]九七六[illegible]

[illegible]二千七百二十七文

洋元一千九百五十文

[illegible]竹林九六[illegible]

[illegible]二千七百七十七文

洋元一千九百八十文

直報

光緒二十一年十一月初四日　第二百八十一號
西曆一千八百九十五年十二月十九日　禮拜四

上諭恭錄

上諭李秉衡奏北趙家漫口堵築合龍請將出力各員弁分別獎叙一摺本年六月間山東齊東縣北趙家大堤漫溢成口經李秉衡督率在工員弁將該處口門設法堵築於十月初十日合龍辦理尚屬妥速所有出力員弁自應分別給獎候補道丁達意着查銷降級議處分試用府經歷何國禔補用縣丞曾碩儒均着免補本班以知縣補用試用從九品吳震澤着免補本班以縣丞補用補用參將杜榮福徐天發均着免補參將以副將儘先補用儘先把總郭成錫連立均着免補千總以守備儘先補用其因漫口革職之候補知縣湯宗幹典史潘召彥革職留任之補用遊擊李金書及呂家窪失事革職帶罪修築之候補知縣乙沛恩試用巡檢陳式穀革職留任之補用遊擊朱康仁均着開復處分湯宗幹乙沛恩並着免其送部引見餘着照所議辦理該部知道欽此　上諭李秉衡奏革員虧短交代鉅案潛行回籍請旨查抄監追一摺山東已革知縣白書林前署昌邑縣任內虧短正雜各款爲數甚鉅業經奏參革職勒限追繳限滿迄未完解該革員竟敢潛行回籍實屬胆玩即着李秉衡將該革員歷過任所寓所寄頓資財嚴密查抄監着廣西巡撫查傳解赴山東監追將該革員原籍家產嚴密查封備抵以重庫款該部知道欽此

靈蠢論　續前稿

且更以中外之弊俗言之外洋以强凌弱事出於明中土飾智矜愚情近於昧中土兄弟多爭產之訟外洋朋友少偏袒之嫌中土有妻妾爭寵之時外洋無嫡庶猜嫌之候中土有姦婦姦夫殺夫之案外洋無强姦雞姦奪室之憂中土之私奔者愚賤無知不足以掛齒頰即古今名流如紅拂李靖文君相如輩何堪指數竊盜等情中土最甚除萑苻江洋山林草澤之足以伏莽者不必計議外如春秋傳所書朱庶其無禮於君以漆莒邱來奔魯納之魯遂多盜魯責其臣以詰盜臣對曰若大盜禮焉以君之姑姊而與以大邑其小者衣裳劍帶是賞盜也由是論之竊盜之風春秋時已開其漸及後世歷朝小說所記竊盜主約皆權貫姻族虎踞一方盜之勢即國之勢以國蠹國若禾之螽米之蛀生於是即害於是詳溯其源厥有所受並種陋習外洋會不多覯至小而騙財絡物外洋更未一聞此皆靈蠢之人致也蓋惟蠢則心一而不敢畏勞勞則多思多思則善心生故運其機以製器器成則利用於人惟靈則心巧而樂於就逸逸則忘善忘善則惡心生故弄其機以作事事成則害及於物腐儒每以外洋善爲機器遂妄議其全身機事者必有機心此食古不化之談耳豈知萬物皆生於機入於機其機械乃天地生物生人之奧旨爾弄　然不靈者所能識更非似靈實蠢者所能察也非不能察不及察也胡不及察有蔽之者也孰蔽之欺蔽之也中土之人方將恃其靈以大肆欺人之智何獨以自蔽其靈實以蠢之自靈之欺氣各以類相感事自以類相稱我信於人

自然人信於我信則隨處行得去大易所言貞吉是以攸往咸宜也我欺於人自然人欺於我欺則到處走不開大易所言吝凶是以無往不敗也況始而欺人者終必欺己非言大報其機熟也且人止此一心耳得於此必失於彼此猶爲同出一途者言也若以崇信與好欺而論則居然北之東彼之西耳其心計愈深其背馳愈遠無惑乎一弱一强一成一敗日甚一日也悲夫蠢見如斯願以質之不蠢者

虔製裘雲　○內務府造辦處飭傳東安門外永興成衣舖成衣匠三十餘名每日清晨各帶腰牌赴　景運門外某他坦處成做龍衣聞已將　皇后穿用繡文前後正龍各二下幅襞積四層襯闌上爲正龍各四下爲萬福萬壽繡文前後正各一腰帷行龍四中有襞積下幅行龍八繡文前後正龍各二中無襞積下幅八寶平水領後皆垂明黃縧飾珠寶惟宜領約鏤金爲之飾東珠十一間以珊瑚兩端垂明黃縧二中各貫珊瑚米綴綠松石二各綴綠色繡文五谷豐登佩巤管盤裘之屬縧皆明黃色朝裙片金加海龍緣上用紅緞金壽字下石青行龍粧緞皆正幅有襞積下朝裙片金綠緞紗惟其時龍掛二皆石青色繡文五爪金龍八團兩肩前後正龍各一襟行龍四下幅八寶立水袖端行龍各二龍袍三色用明黃領袖皆石青袖文金龍九間以五色雲福壽文采爲宜下幅八寶立水裾袖前後正龍各一左右及交襟處行各一袖如朝袍左右開繡文五爪金龍八團兩肩前後正　各一襟行　下四幅八寶立水領袖及裙等均已一律如式成工交納矣

檄穿紅月　○本年軍政所有京城內八旗護軍營兩翼前鋒營內滿洲八旗火器營內務府三旗護軍營除各項役站出差穿孝患病不計外實入看箭者一萬九千數百名內馬步六枝全中者記雙圈二千一百八十餘名或步射五枝全中者或馬箭中的步射中在二三矢以上而記單圈者四千九白數十名記直者僅有三人其三山各營軍政尚未開棚容後再錄

恩來天上　○京師八旗滿蒙漢各營兵丁於合操後例有獎賞奉　旨着派載漪　秀熙敬扎拉豐阿看視獎賞欽此茲聞濤貝勒等定於十一月初一至初四日在神武門檔子房傳集八旗各營兵丁按名獎賞覆　命以崇　恩獎

訊待雲南　○日前欽奉　上諭巡視東城御史文博等奏宗室咆哮公堂請旨辦理一摺據稱去月十三日宗室魁茂呈控李九等說合官事各情該御史等以事不干己當將原呈發還該宗室必欲傳訊到案後肆意咆哮不服審訊等語魁茂着先行革去宗室頂戴交刑部會同宗人府嚴行審辦欽此已見邸報茲聞宗室魁茂素日以訛詐爲生涯呈控李九等說合官事希圖詐索地步經城憲深知其情事不干己秉公判斷該宗室咆哮不服審訊移送刑部鐵雪雲南司會同宗人府右司理事官傳集一干人証於十月二十八日審訊至如何定擬俟訪明再錄

南洋借才　○南洋張香帥所延德國練軍教習武員等現已陸續到江惟以言語弗通極須繙譯因咨商北洋大臣王夔帥在津武備學堂精選通熟德國語言文字者四人前詣金陵以資臂助茲聞已由學堂總辦聯觀察派定學生馮錫庚劉維駿沈珍劉士俊四人附輪赴寧矣

西士樂善　○馬家口下婦嬰醫院東有倒斃男尸一具年約四十餘歲係外鄉人爲某西士瞥見立飭看街勇某中討棺一口速爲掩埋惻隱之心人皆有之固無分於中外也

舊章減息　○在任候補道特授直隸天津府正堂隨帶加一級紀錄三次沈　爲勸減當利以濟貧民事照得津邑當舖每屆臨冬向有減息成規本年秋收向屬中稔前經本府詳請仍照舊年減息在案除俟奉到　憲批再示遵外合先出示曉諭爲此示仰各當舖暨諸民人等知悉自本年十一月十六日起至年底止原利三分減爲二分原利二分減爲　分五厘聽民取贖如此分別減讓不特於貧民有益且取贖必多該舖亦得藉以週轉自示之後如該當舖不照章減利放贖及贖當之人於己減之外再圖短少滋事一經本府查出均當從重究處決不寬貸各宜凜遵毋違特示

新建開招　○欽差督練新建陸軍袁　爲出示曉諭事照得本督辦奉　命創練新軍所用勇丁必須立具格式書明籍貫住址就本籍地方官取收保結方可錄用本督辦現已派員分投各省按章挑選所有各營遣散勇丁決不濫收一名如有羈留道途者仰即迅

回籍士安分營生切勿在津觀望徒至流落失業致干拿究切切特示

仰企維殷　○前據紀邑侯王直刺於二十六日接印任事茲聞直刺進署之日即飭禮房祝禮致祭署門並致祭四城各門一日觀者咸思仰企新政矣

辦理甚善　○齊人猶難妻子不免於凍餒朋友固不可托乎然此猶爲情之平也下此更有不堪涉想者津郡寓民段某京產也妻魏氏年二十七歲一子三歲自本年九月間來此賦閒資斧告竭日前段某赴京求友告貸托妻子於同院吳金波照料吳將段妻暨子賣於李家祥議定價錢七十三吊先交半價計四十二吊文該氏上洋車時涕泗交頸被地方竇吉升並民人王櫂看破盤出細情即領該氏赴人段守望局鳴冤局憲金大令飭勇將一干人証並過付王三一併傳局訊問飭將吳金波重責局候　百將段魏氏及其子送赴育黎堂暫爲存養俟該氏夫段某來津再覆領回該氏所得身價錢四十二吊內以五千賞於竇吉升王櫂餘留爲該氏如欲回京作爲川資令之此舉固足以保全名節而竇王之救人獲賞亦爲名利兼收至盜買盜賣者或受責或破財所謂盜泉之水　掬一汚宜志士之雖渴不飲也

引人入彀　○欽加鹽運使銜補用道候補府正堂總理守望局李　爲出示嚴禁事照得津郡五方雜處良莠不齊訪聞北門外侯家後一帶有一種游手好閒匪人一到夜晚三五成羣手提小燈籠在各胡同要路招引行路之人往娼寮遊逛名曰跑合此種匪人愈聚愈多並不費工夫每引一人即得錢數百文不等初不知外來客商行旅無論盤費若干入此彀中即必流離異地其最甚者年幼書生以及生意學徒毫無知識者得此輩引誘一入桃源直可終身廢棄以及敗產傾家兼有吞烟斃命等事似此跑合之輩更有甚於娼寮罪大惡極實加一等除此示嚴禁外仍令該管段員飭勇隨時嚴密查拿一經獲送到局必盡法懲治以警效尤而安良善該勇丁等亦不得賣放故縱藉端訛索致干咎戾切切特示

行竊乘輿　○東門外某姓者爲洋行司事性好交友終日偕友遊讌歸則夜須過半家有應門老僕坐以靜待昨晚歸來四鼓將殘至所居胡同忽見走出東洋車二輛皆支油篷不識何人心中雖疑惑但胡同內原有三家故不便問及抵家門門尙虛掩步入門房見老僕隱几而臥心頗驚急赴內室則立櫃大開其妻合衣而寢速喚醒查點失去包袱二個並銅錫器數件始悟所逢洋車盜乘之也急出追趕車已無踪因所失俱係舊衣又恐報案尙須花費故特隱忍惟呵斥僕不小心而已似此洋車濟賊拉贓時有所聞雖有不禁終未能實力巡查該車夫等每以半夜儆人能得錢多均貪此徹夜行走既無嚴查專責何以禁止諸弊耶

濟急多收　○前報紀上月二十五日西關濟急粥廠業已開放茲聞本年所收人數較往年多加數倍小店外又貼官店十餘處以宿寒黎該粥廠司事人云此次所收實止散勇中伙夫人等亦收入內民有所依當不違法鼠竊狗偷之事或可以少息乎

行旅未便　○北運河每於冬令河冰先結往來者便之本年凍未全通張家灣至河西務一帶已凍餘尙洋洋駛流南運河上游一帶自獨流至楊柳青　律凝凍餘仍楊帆行人極稱不便云

珰及雞頭　○入冬以來城廂內外鼠竊時見茲南門內某姓者以手藝爲生前與夫婦俱入夢鄉該賊撬門而入將燈燃着衣服捲好因見某妻貌美該賊竟敢手入香衾摸其新剝雞頭肉王妻驚覺急推其夫賊始攜贓而逸似此燃燈行竊己屬胆大且敢戲侮良家婦人旁爲目無王紀之尤者未識某已報案否惟有地面之責者亟宜整頓緝捕以安良民也

稱係馬隊　○昨報紀侯家後龍姓小班打降一節某營勇丁楊四者在該班負氣出後該班求馬小隊某官將楊四抓獲送至県署稱楊四爲馬小隊勇在外招搖除將楊四責畢並枷號龍姓小班　首示衆

津海關示　欽加二品頂戴三品銜第一寶星津海關稅務司德　爲曉諭事照得息借華款五十萬兩一案本年應付息銀自十一月初一日起每日十點鐘至十二點鐘各該將花名銀數自本月起至某月止共息銀若干詳細開列清單並將第一期聯票單交本關大公事房核發爲此示仰各該商知悉毋違特示　十一月初二日示

車觀厥成　慨自甲午夏日人肇衅侵我藩封武臣邊帥功罪互見道路傳聞紛紛不一鄙人蓬門伏處耳目未廣每思及朝鮮使臣袁尉庭觀察心竊異之觀察出使朝鮮十數年來三韓倚爲保障何以一旦有事則先去以負民望也繼又未聞其舉動何如私心竊自所不取也今春應禮部試下第後寓居津門聞華人之行商朝鮮者云往歲海氛不靖葉軍門以四千人駐紮牙山既不進又不退觀察再三電致葉道我軍不發則已發則必須多而且速方足制日人乃電懇數次未蒙覆示觀察之料事未己回國面禀一切迨行旌初返日人即大肆鯨吞於以見觀察之料事未然也客冬奉　命撫輯既又襄辦營務處率一百人立赴前敵知聶功亭軍門忠勇素著調度有方爰以得力百人藉助聶軍門屢獲勝仗同心禦侮與士卒共甘苦餽糧餉發皮衣傾囊相助是以勇丁皆出死力大高嶺一戰以百餘人禦日人數千而連三關又獲全勝此聶軍門之力圖恢復亦觀察之謀出萬全也若使大兵俱屬天下事豈至於此乎今聞劉峴帥保奏觀察成軍十數營以防邊陲鄙人聞之不禁狂喜觀察自朝鮮返棹時切憤恨思欲一雪其恥而又阻於兵事之不屬也今奉　命成軍與聶軍門聯絡一氣措置合法將來定有起色況觀察將帥家風箕裘未墜名今名宿半出其門從此整頓軍政力除積弊不數年間練成勁旅則我　國家苞桑之固在此一舉援筆草此以誌欣幸芻蕘之礙不暇計也

平千閣主居士稿

敬啓者本公司在天津開設製造公司專辦各項工程捷妙新法並估價值茲將各項分類列後

計開

一考驗礦質分化金石所有關係鎔化一切良法皆能條分縷析繪圖具報併估一切應用器機價值

一測量鐵路鐵建車軌皆能沿條繪圖具報併估建造及一切應用器件價值

一電氣車電光燈皆能繪樣併估全副電燈價值

一鎔化礦質大爐併新式缸磚及士門得土各器所有應用物料薪炭須先詳細考驗再爲繪圖製造

一測繪各處港澳江河皆能畫圖備用

一製造煤氣及自來水一切廠所器機皆能繪圖估價

一估造各種工程繪畫各種平視立視精細圖式

一物類原質皆能以化學法分化無訛

一欲辦工程如來本公司面議即可告以良法併估價值

再本公司素與歐洲及美國各大公司聯絡故能包辦各項工程或有工程需人監理本公司亦可薦人前往

本公司主人現寓恒豐泰　　賈際孫製造公司謹白

浙杭元吉永號

本莊自置綢縐紗羅新貨洋綢花素洋布川廣夏貨顧繡雅扇頭油俱全歌爲近時綢市疲落不同故而各貨減價開設估衣在中間路北凡仕商賜顧者請認明本號招牌[illegible]

敬啓者現有英人僑居煙台曾在北京國學考有官憑並教授經史算法航海等學三十餘年並在英國海軍衙門亦嘗試官多年曾蒙華廷派委要差今擬在本公館教授華童英文以便將來應陸軍海軍商務之選惟受教不得過十五歲議定每季脩金關平銀二百兩如有從學者即希函達天津恒豐泰飯店或煙台英領事署轉致倪爾森可也

十一月初四日銀洋行情

天津九七六錢

紫竹林二千七百二十七文

洋元一千九百五十文

紫竹林九六錢

錢盤二千七百七十七文

洋元一千九百八十文

光緒二十一年十一月初五日 第二百八十二號
西曆一千八百九十五年十二月二十日 禮拜五

上諭恭錄

上諭額勒和布奏假期又滿病仍未痊懇請開缺一摺額勒和布著再賞假兩個月調理毋庸開缺欽此

瞽不瞽嘆

中人之士以官爲榮不知公卿大夫之人爵趙孟所貴趙孟能賤之是人爵不如天爵百官不如五官也人雖至愚無不知自愛重其五官設有人云尊汝天生之五官易汝以人爵之一官愚者亦必吝惜而不肯予況五官之中惟目司視尤人倚以分皂白致明察而必不可無者無之則不成人故孔子矜之蓋人至無目則天地無色日月無光對君父大賓而不知致敬對高文典册而莫由會心人之病廢孰甚於此雖然天下古今生齒繁矣其有目者何啻計數其病廢而不成人者無論其一無所能不分皂白不病廢而實病廢者又奚啻數倍無目者之專心致志棄其業以名於世如前之師冕師曠後之張籍其人者聖賢君子每往重其人而誦其學毋乃盲於目而不盲於心乎非獨古也今亦有之雖然其間亦不能不辨焉大抵無目者之賢與不賢與有目者之賢與不賢亦幾相似各聽其人之所之而已客有自京師來者言京師地大人多即無目者亦較他邦爲夥其業要不離絲竹占卜唱曲合婚講算子評平日優游自得各事其事至作會之期則萃其羣於前門外大安南營火神廟內相資醵飲設香案供奉鼓板龕子老郎神位預期會者以千計云爲盲人涉訟而設公選無目中年長而明斷情理者爲官立公堂有皂有差儀制與有司官等凡遇無目者强爭生意或被人欺壓及各家家務兄弟子姪不服管教等情皆於聚會日稟訴長官分別曲直理曲者即令掌刑人分別刑責斷案畢衆各彈絲絃吹簫笛合聲唱曲詞數則然後罷去噫嘻昔人所稱槐國衣冠者殆此類歟此猶若翟之善舉也其不善者則如某處某宅女僕抱少公子立門首盲者持鼓擊以過門女僕恐驚公子囑勿擊過門數武復擊女僕復禁喝之盲者以爲欺其無目大相爭論登時招盲類幾百數擁入某宅門者不能禁及階升堂大肆叫囂某官親出再三慰始皆去然此猶爲理論也更有奇之又奇爲不善之尤者昨前門外某胡同有無目者持月色衣一領出售索價極廉或欲看其衣盲者曰我無目人衣到汝手攜而逸我奈何我衣付汝我執汝裾可乎或許之盲者先執或裾後付以衣或甫接衣即領視察背來一人攫衣竄或急欲追盲者執或裾牢不釋手且嘶喊爰自數人似魯仲連者向排解令或出京蚨二十千償瞽者乃罷休夫亦瞽爲盜不竊於人所不見之區明刼于衆所屬目之地以無目欺有目誠矣無目者非欺之以目直欺之以心心何以欺欺其心之有聞耳聞爲在貪是也或之心無惡念只此貪之一間盜斯乘之可不戒歟彼無目者既受罰於今生復不修行於來世若以論語人生也直之理揆之固已絕無生理矣吁古者民有三疾今也或是之亡然狂矜愚外無目者不列其次今若此瞽不瞽哉瞽哉能令人無今昔之憾哉

大祀皇天 ○十一月初七日冬至大祀 天於 圜丘 皇上親詣行禮並親視牲看牲奉 旨遣載勛視牲錢應溥省牲欽此昨經禮部犧牲所揀選黃牛十三隻麋鹿九隻 內廷領出白蠟一百五十六斤藏香五十枝交圜丘壇壇官郭亨睿六品官額爾登布伊昌阿長春瑪勒拱阿承領解往 壇內謹愼看守以備 祀典需用而昭愼重

恭候恩命 ○日前欽奉 上諭前因御史聯錦奏參崇文門副監督芬車信任家丁勒索稅課各節當經 諭令麟書榮祿確查具奏茲據奏稱芬車所派驗貨家丁雖無婪索勒罰情弊惟均係不諳公事之人致招物議該副監督於所委家丁未能加意詳愼著交部查議等語芬車著改爲交部議處並撤去崇文門副監督該衙門知道欽此業已由抄茲聞吏部會同兵部將崇文門副監督鑾儀衛鑾儀使芬車照失察家丁滋事約束不嚴議以降調未知能否邀恩恭候 命下云

敬體廷臣 ○現聞 御製勸政愛民論宣示廷臣以心勤身勤區別誠僞蓋 國家簡用大臣或以德舉或以才選原貴以贊襄庶政經國治民非若侍衛羽林庶司小臣但以奔走爲勞也各部院呈遞奏摺之時多於亥末子初夫人之精神有限當亥子之交正安神休息之時乃以王事靡盬不遑寧處非所以敬大臣體羣臣之意 皇上憫其勤勞諭令各部院文武各衙門奏摺改由司官代遞膳牌之大臣准由筆帖式代遞沐 異數之恩得委蛇之樂凡文武大臣止不知若何感激耳

查對遺漏 ○現聞內廷軍機處交發內閣事件令票籤處該班中書畫押傳抄各衙門承辦仍移會 上諭稽查處軍機處專司交發之滿漢章京每屆十日將所發 上諭及摺奏事件彙開一單交票籤處轉行各衙門逐一查對如有遺漏即速補抄如無遺漏即於單內註明繳回各部院滿漢當月司員赴閣傳抄事件抄出仍將移付 上諭處稽察房查核每日所發事件按日傳抄一俟各衙門知會到日即照冊件數逐一查對如有遺漏即行發片查問

惠及行旅 ○靜海縣屬梁王庄與津邑毗連去兩縣治較遠爲南北通衢時有刦掠情事雖無大案亦行旅憂也督憲王制軍札飭親兵營撥親兵五棚駐紮該處以護行旅送往迎來古之善政也

防及穴城 ○郡城東南西各城灌三處常遇雨水過多以資洩放現屆冬防恐宵小由城灌潛行出入經四門汛並城守營履勘見西門東城灌一處極宜修補日前鳩工今已完竣矣

局資熟手 ○鐵軌局司現在官商歸併一局政務殷繁經北洋大臣王制憲以候選道伍觀察廷芳前辦局務多年是以仍派會辦總局事務與張觀察吳觀察和衷辦理以期於公有益伍觀察奉檄業經到局視事矣

案尚無頭 ○寶坻縣客商張振有偕同其姪標一張三用車裝載布疋行至獻縣界內被賊搶去布疋銀錢並將張三綑毆架逃迄今尚無下落當經報案已蒙文武勘驗飭緝究不知能否戈獲耳

犯係濟甯 ○西門外守望局會同縣捕四門汛兵拏獲偷竊源發店賊人一名當經汛官訊問該賊供稱張富與係山東濟甯府人現住西門外義和店該汛到該店查看有包袱並鋪蓋及當票十數張即行一併送至守望總局轉送有司訊辦據該賊常住天津每戴五品頂戴出入衙門甚爲熟習有謂前大劉家鋪署內幕府被竊約係此賊然既緝獲送交有司訊辦是否冒頂不難立見矣

匪聚小範 ○獻縣小範鎮一帶屢有賊匪聚衆搶刦聞經侍御修章入告因奉 寄諭以小範獻縣一帶屢有賊匪聚衆搶刦槪括賈爾地方官互相推諉輪飾殊屬不成事體著即嚴行查緝拏辦等因聞制軍委候補知州胡牧良駒前往查緝仍未悉如何緝獲耳

干揚構釁 ○南門內混混于四與南倉混混楊睿昔在西門外鬬毆當經該管地方彈壓不服因即稟知該管武官一併拏獲送縣懲辦矣

周郭尋仇 ○大土地廟居住郭張氏之子郭長喜在南倉厰前空船艙內身死當經該管地方循例報案經縣委員相驗乃係服毒身死茲郭張氏供其子前日與濟洛相偕用周三小車與李春推送糖包不知如何盜賣長喜畏懼不知藏於何處詎被周等撞見立將

長喜衣服剝去作抵且數日未曾回家正找尋間適有人見在船艙已斃是以呈控仲寬等語當飭棺殮傳齊案內之人再爲訊辦

勒限嚴緝 ○河北李王氏被扎身死一案已經邑尊通詳上憲謂李王氏及女僕趙媽並同院之潘二不知被何人扎傷身死已獲其姪李四到案訊究茲奉督批以李王氏同女僕並同院之潘二同時被扎身死是盜是仇亟應上緊嚴緝將已獲之李三研加審訊確情詳辦並移會該管會汛並鄰封一體勒限嚴緝倘屆限不獲定即嚴參不貸

恃勢遭殃 ○前日係南製造局放餉之期有某甲者類局內勇役年約二旬面極潤秀雖穿短襖馬褂俱係新製手携小雞一隻由北門外雇乙洋車至南門口付車錢二十四文乙求添錢甲不允於是口角甲罵乙乙即還罵甲暴怒揪乙赴局責懲乙以爲愚畏而不行經人勸解甲恃勢不應人勸亦不勸詎乙蠻性激起兩人揪髮滾結一處甲將乙髮揪落並將舊夾襖撕破乙將甲頭髮亦揪落並將其新馬褂撕開復經人解勸令乙嗑頭賠罪甲始釋手然已被拉車人痛楚極矣見之者莫不掩口胡盧

散軍不日 ○銘軍十三營除駐紮口外遣散四營聞不日再付恩餉遣散回籍以靖地方云云

履薄如春 ○本年獨流村後窪泊一帶一片汪洋昨北風大起天氣嚴寒金波萬層頓成玉壺一片村民喜其鏡清砥平也各棲冰床取便一早冰床縮坐四人載重冰薄坍陷冰窟幸當淺處未致滅頂逢兇化吉然而坎險之占可不戒哉

批辦釐稅 ○粤省各行坐厘釐費多由該行商人認餉承辦以資熟手而洽輿情惟洋貨疋頭行坐厘前由職商謝保祥等議立章程稟准承辦旋將厘務總局憲詳奉督憲批行撤銷將此項坐厘改歸省河補抽厘廠帶收辦理已有成效日前謝保祥復赴梟憲呈謂何煊文又以復興堂名購准攬越承領辦理梟憲張憲訪以所稟呈詞殊不可解批飭自赴厘務局呈候核辦毋庸來轅呈瀆云云○省城鹹魚行生意經於上月一律開市惟該行廉州一幫其坐厘經費曾經該行商陳錦成等赴督轅呈稱經局議准劃歸廉商承辦請給示開辦等情是月初六奉督憲批示云此事果否現經局議劃出廉屬鹹魚坐釐歸該商等承辦現呈所請給示開辦有無混仲仰釐務局刻日查案核議詳覆勿遷毋延結抄保領並發云云

新建博文書院考試足兵論　學生黎天保廣東新會人

自古寓兵於農輒謂治國家保萬億之所依賴者也而不知今日則不然陸戰則火車氣毯運用各求其器海戰則水雷鐵甲環攻先得其機若非此無以治國家亦無以保萬億者豈不見今春高麗之役乎未幾而平壤失矣未幾而義州失矣又未幾而鳳凰城九連城威海旅順俱失矣此何故哉蓋將不知兵士不用命所以至於此極也今我皇上軫念民艱勉成和局易干戈爲玉帛兩國生靈免遭塗炭共享太平之福天下其亦幸矣然而安則易忘逸當知惕亟宜修陸營整海軍革故維新以備之而不用勿用之而不備也秉國鈞者既修文尤貴乎偃武寧於古而殆於今演於朝而操於夕庶幾文備武略並行焉予日望之　漢文教習陳批以作論例應列頭等四班

聿觀厥成 概自甲午夏日人肇釁侵我藩封武昌邊帥功罪互見道路傳聞紛紛不一鄙人蓬門伏處耳目未廣每思及朝鮮使臣袁尉庭觀察心竊異之觀察出使朝鮮十數年來三韓倚爲保障何以一旦有事則先去以爲民望也繼又未聞其舉動何如私心竊有所不取也今春應禮部試下第後寓居津門聞華人之行商朝鮮者云往歲海氛不靖葉軍門以四千人駐紮牙山既不進又不退觀察再三電致當道我軍不發則已發則必須多派且速方足制日人乃電懇數次未蒙覆示觀察不得已回國面稟一切迨行旌初返日人即大肆鯨吞於以見觀察之料事未然也客冬奉命撫輯既又襄辦營務處率二百人立赴前敵知聶功亭軍門忠勇素著調度有方爰以得力百人藉助軍門屢獲勝仗同心禦侮與士卒共甘苦餽糧餉發皮衣傾囊相助是以勇丁皆出死力大高嶺一戰以百餘人與日人數千兩連三關又獲全勝此軍門之力圖恢復亦觀察之謀出萬全也若使大兵依屬天下事豈不於此乎今聞劉峴帥保奏觀察成軍十數營以防邊陲鄙人聞之不禁狂喜觀察自朝鮮返棹特切憤恨思欲一雪其恥而又阻於兵事之不屬也今奉命成軍與聶軍門聯絡一氣措置合法將來定能起色況觀察將帥家風箕裘未墜當今名宿半出其門從此整頓軍政力除積弊不數年間練成勁旅則我國家草澤之間在此一舉後筆草此以誌欽幸謝句之題不暇對也　平于閩□居士稿

敝公司茲特在天津開設製造公司專出各項工程擬妙新
法并估價值茲將各項分類列後

計 開

一考驗礦質分化金石所有開採鎔化一切良法皆能條分縷
析繪圖具報併估一切應用器機價值
一測量鐵路鐵建車軌皆能逐條繪圖具報併估建造及一切
應用器件價值
一電氣車電光燈皆能繪樣併估全副電燈價值
一鎔化礦質大爐併新式釘磚及士門得土各樣所有應用物
料薪炭須先詳細考驗再為繪圖製造
一測繪各處港澳江河皆能畫圖備用
一製造煤氣及自來水一切廠所器機皆能繪圖估價
一估造各種工程繪畫各種平視立視精細圖式
一物類原質皆能以化學法分化無訛
一欲辦工程如來本公司面議即可告以良法并估價值
再本公司素與歐洲及美國各大公司聯絡故能包辦各項
工程或有工程需人監理本公司亦可派人前往

賈密孫製造公司謹白

本公司主人現寓恒豐泰

津海關示（欽加二品銜賞戴三等第一寶星津海關稅務司德
為曉諭事照得息借華款五十萬兩一案本年應付息款自十一月初
一日起每日十點鐘至十二點鐘各該商將花[illegible]息款自某月起至某月
止共息銀若干詳細開列清單連將第一期聯票執交本關入公事房核
發為此示仰各該商知悉毋違特示 十一月初二日示

本館京都會館[illegible]處在宣武門外[illegible]家坑路東海昌會館內陳午[illegible]
先生代辦如有願者[illegible]至陳處可也 本館謹啟

售石印書籍

本局向在上海今分設天津[illegible]針
市街同豐棧內承蒙賜顧其價
格外從廉太平御覽 歷代賦
彙 史學叢書 新疆識畧
漢魏叢書 小題三萬選三希
堂法帖 墨池堂法帖 其餘
各種新出閒書尺牘圖畫 詩
賦文策均不細載畧登數種是
也 [illegible]山書局省記啟

啟者本行專買一切飛禽走獸
及隕石等類各處人客君子如
有其物不拘大小死活即新送
至本行從優議價或路途遙遠
碍難速運者祈先致信本行同
去觀看物對面承價必從豐決
不負言特此佈告
本行現暫設在天津紫竹林英
租界東豐號日本剃頭舖內
曾我行告白

浙杭 元吉永號

本號自置[illegible]新[illegible]
洋貨花素洋布川廣雜貨
[illegible]廠[illegible]貨頭油俱全
[illegible]為近時[illegible]市[illegible]不同
故而各貨減價[illegible]設估衣
[illegible]中[illegible]路北凡 代[illegible]
[illegible]

敬啟者現有英人僑居烟台曾在英
京國學考有官憑並教授經史算法
航海等學三十餘年並在英國海軍
衙門充當試官十年曾蒙華廷派委
要差今擬在本公館教授華童英文
以便將來應陸軍海軍商務之選惟
受教不得過十五歲議定每季脩金
關平銀二百兩如有從學者即希函
達天津恒豐泰飯店或烟台英領事
署轉致倪爾森可也

十一月初五日銀洋行情
[illegible]洋兌七錢[illegible]
[illegible]二千七百二十七文
洋元一千九百五十文
紫竹林九大錢
[illegible]二千七百六十七文
洋元一千九百八十文

光緒二十一年十一月初六日 第二百八十三號
西歷一千八百九十五年十二月廿一日 禮拜六

上諭恭錄

祿筆馮文蔚補授詹事府少詹事欽此 上諭御史陳其璋奏現任官員調署別缺既多情弊亦礙考成請飭各督撫力矯時弊等語實缺各員必令於其任始能周知地方利弊若紛紛更調在該員既不免存五日京兆之見且難保無徇私調劑之弊嗣後各該督撫於實缺各員不得任意更調以杜流弊欽此 旨太常寺博士着王宗蔭補授浙江湖州府南潯通判着孫鑅補授山東定陶縣知縣着張懷沺補授安徽廬江縣知縣着于普源補授山東嘉祥縣知縣着葉大可補授安徽廬江縣知縣着張琴補授山東武城縣知縣着袁桐補授四川綏符縣知縣着于瑚補授截取舉人楊芸生着以教職用張鵬霄着以教職用翰林院筆帖式着德光補授戶部筆帖式着桂林補授翰林院筆帖式着劉學滐補授截取山東道御史楊福臻陝西道御史熙麟俱照例用補授順天南路同知趙文粹直隸祁州知州胡思敬俱准其補授保舉湖南補用知縣陳承祖着照例用奏留吏部額外主事張祖厚着准其留部卓異候滿貴州平越直隸州知州楊兆麟着回任准其卓異加一級仍註冊候升卓異前江蘇青浦縣知縣錢志澄着准其於知縣任內卓異加一級欽此

論軍機毋忽於細

事莫不有其機而軍機尤要非徒設伏策應運其機於進退攻守時也欲靖外氛先弭內患將勸大政勿忽細端天下之事勝於懼而敗於忽懼者福之門忽者禍之門易言震以恐致福孔子言行三軍也則曰臨事而懼好謀而成叔季以來蜀漢武侯厥號知兵運機如神人難稱之其出師表云先帝知臣謹慎故臨終授臣以大事也宮中府中俱為一體陟罰臧否不宜異同云云夫蜀之大患在北征稱干比戈鍛矛礪刃峙糗糧百忙之時忽先計及於宮府刑獄緩其所急急其所緩纏絮聒少異乎迂腐拙滯者不為明智如武侯何遽出此不知此正其用軍之小心運機之秘務也蓋刑者兵之小者也兵者刑之大者也善治兵必善治獄其理一其情通也軍國大計已付於白帝一言孺子能君惟卿不能君亦惟卿先帝雖終言猶在耳今將遠行能無顧而長慮乎使亮身在外宮府以刑獄細故致釀巨端外而大敵當前欲進不能欲退不可亮猶得謂知機乎機者動之微者也惟知懼惟能謹微故謹微為行軍要義知懼為謹微精心昔鄭伯請成於陳陳侯不許五父諫以親仁善鄰陳侯曰宋衛實難鄭何能為不許成鄭遂侵陳大獲然後知兵連禍結不發於所懼之宋衛而發於所忽之鄭然則鄭何能為一語豈非無懼之一念即為喪邦之一念乎亡秦弱百姓而備匈奴漢室抑宗室而任外戚豈非以百姓何能為外戚何能為而故喪於百姓外戚乎晉武以戎狄何能為而不徙卒亡於戎狄隋煬以盜賊何能為而不戒卒亡於盜賊是不知懼者乃實為無能為也昨有客來自薊門者言京畿一帶盜賊充斥日甚一日搶劫之案層見迭出畿輔為方輻輳行旅皆有戒心從前每以輜重多者被劫近則一肩行李多不免從前搶劫多在昏夜近則白晝肆行旱路則騎馬持械倏忽往來水路則沿船搜贓冒充官役通州所屬康當子家園皆有武清縣屬永樂店河西務等處盜聚尤多聚則搶劫毫無顧忌倘不得財則擄掠人口載擁以去女則價賣男則關禁勒贖如無人

贖即行殺害一經汛官非置之不理卽反向事主誅求問有日前奉 旨飭拿盜犯康小八兒等之案雖經順天府尹憲陳六舟大京兆嚴次剳催卜緊嚴緝亦屬置若罔聞無非牽行故事以致養癰成患貴省間之壽頭間德勝門外土城一帶刁民聚衆刦奪情事日有數起有赴北城外坊衙門稟報者乃該某並不嚴比甲捕認眞捉擒竟將該管總甲以酒食款待復以孔方爲犒賞囑其迴護盜等情勸令自息不必赴案呈報倘經呈報到官必受訟累該處所居皆係鄉民無不怕受訟累者什往隱忍不報以致賊匪視刦奪爲固然藐王法若無有大抵盜賊恃串捕爲護符捕役即以豢賊爲生路而有緝捕之責者又竟以諱盜爲規避處分計反恐治盜於己不利故盜賊明行搶刦莫敢誰何在某某之意亦謂草竊奸宄其何能爲居民雖不甚安奚關 國是耶以敷衍轉瞬升遷況 朝廷以無事爲福人臣豈以有事爲榮哉不知 國家多事之秋强鄰初平逆匪復起遣兵調將疲於東更務於西盜苟乘勞奚以兼顧所恃地方一二賢吏詰盜有方如火始燃一手一足即堪撲滅若待燎原不可向邇矣語云爲虺弗摧爲蛇奈何此言雖小可以喻大有地方之責者幸勿以爲河漢也

剔弊釐奸 ○欽命崇文門監督闕 熙爲曉諭事照得本監督管理稅務總爲釐奸剔弊以期裕課便商近聞有無賴之徒冒充海巡包攬稅務向往來客商勒索錢文等弊除派人嚴密查拿外再行出示曉諭爲此示仰客商以及店鋪人等一體知悉遇有冒充海巡包攬護送客貨無論有無訛詐立即稟明本監督以憑究辦該商客所運貨物亦應自行報稅不得希圖偷漏受人誆騙致干罰辦各宜凜遵毋違特示

廣仁恤產 ○貧寒生兒不曰添丁而曰添累向者皆賴某恤產局調濟恩明誼美莫有逾於此者現聞京師廣仁堂奉 順天府尹憲諭飭另籌善欵作恤產之需凡家道貧苦生男育女報明住址派人會訖付給齊蚨念千並棉衣棉被等件是誠功德中切要之圖也特紀其事以俟君子擴充其意焉

聯報高升 ○欽命巡視北城察院余晉珊大諭諫己奉 諭旨簡放福建鹽法道所遺城差現奉都察院委派陝西道監察御史林瑞山侍御燦垣署理俟帶領引 見後再行實授

會贈視履 ○京師前門外觀音寺地方鋪戶鱗次街道多有凸凹不平之處昨經巡視街道察院嚴諭恩豐堂飯莊大和錢鋪恒昌油房等赶緊飭匠平墊昨聞該鋪主將觀音寺東口起至西口止約計路程 里由街道總頭張某覓夫起墊以期一律坦平俾利行人

肅謹朝儀 ○初七日恭逢 長至令節本學自督署及文武衙門各出紅諭示知應管闔屬官員至期均穿蟒袍補服不理刑名並於初七日五鼓齊赴 萬壽亭一體敬謹慶 賀毋得臨期有悞特示

眞成慣技 ○武清縣城西雙村村貢生劉松壽耕讀爲業上月初旬夜間忽被賊撥開大門由牲口棚內牽去騾馬當即赴文武衙門報案說者以武清一帶或賊竊被搶多係騾馬驢牛可謂慣〻慣技慣贓〻自巢可窩歟斯居心不測乎

聶軍南招 ○直隸提督聶軍門向統二十四營多係腹心好仇之侶茲以銘毅兩軍同撤後所餘餉項經當軸議定以此項留備聶帥添募新軍六營湊足三十營之數以爲北洋勁旅現由聶帥遴選能將之營官六員赴南省招募精壯兵丁矣

俄船東泊 ○新聞東友來云俄國戰船護於琿春冰河後仍在神戶灣泊

三取榜名 ○欽命二品銜長蘆都轉鹽運使司鹽運使李 爲榜示事今將九月十六日補試初二日官課三取書院肄業生童課卷等第姓名並獎賞銀兩數目合行牘列榜示須至榜者 計開 內課生三名 陳寶彝 喬從銳 曹錫僖 楊昌蔭 周良弼 陳文炳 高增奎 郭道芬 何家駒 李耀祖 第一名獎銀一兩五錢 加獎銀一兩五錢 二名三名各獎銀一兩 加獎銀一兩 四名五名各獎銀一兩 加獎銀八錢 六名至十名各獎銀七錢 加獎銀五錢 每名膏火銀八錢 外課生十名 郭峻城 徐蔚 李耀會 于文彬 劉鍾霖 馬 伸 劉良基 王新銘 李春城 王毓昌 一名至五名各獎銀四錢 加獎銀四錢 六名至十名各獎銀四錢 每名膏火銀六錢 附課生四十二名 朱殿齡等 俱無獎 每名膏火銀五錢 內課童七名 韓景害 朱家琦 陳自正 潘兆新 劉嘉璘 高祖蔭 李瀚寶 第一名獎銀八錢 加獎銀八錢 二名三名各獎銀五錢 加獎銀五錢

四名五名各獎銀五錢 加獎銀三錢 六名七名各獎銀三錢 加獎銀三錢 每名膏火銀六錢 外課童七名 魏兆蘭 王國瑾 劉嘉璸 汪文煜 魏懷霖 閻秉仁 喬鳳書 一名至三名各獎銀三錢 加獎銀二錢 四名七名各獎銀二錢 每名膏火銀四錢 附課童十九名 吳士驥等 俱無獎 每名膏火銀三錢

六言告示 ○統領親兵承師營鄭示 照得現屆冬令 本營操練官兵 凡有砲靶左右 豎旗禁止行人 所操開花砲位 砲子炸裂無情 如果欲廣見識 遠望亦甚分明 切勿貪利尋拾 炸彈能值幾文 願爾父老告誡 命利孰重孰輕 倘或炸傷殞命 毋得哀告來營 爲此出示曉諭 爾等各宜凜遵

樂善不倦 ○河東桐達號李宅在河東西方菴前設立存育所十數餘年歷年該所收留貧民五六百名放小米粥每日兩餐事爲李宅一家獨行其善不需外捐今三月日後將收貧人矣

好戲爲災 ○走馬行險事也本埠南門外每逢三六九日爲馬集市馬者至期赴之日前散集時某少公子騎駿馬如龍往來馳騁於南門大道不料玉珂正鳴金躬忽墜一時魂飛魄落忽不知人伏地移時甫能啓目幸看官道人將馬攔住未致踢傷行人急覓人夫抬之歸第據醫云骨有損折尚可接續噫好馳馬者盍慎諸

一刀二命 ○賭近盜姦近殺勢必至情固然也本郡西門外育黎堂東楊家店內寓有王姓者係某營哨書攜妻來津其妻某氏年方花信頗有姿色有賣牛肉之某甲驀之每逛屋求乞針線往來調戲成姦王知之本月初五日夜窺氏與某甲同枕正在夢酣鼓夫撞門直入猛力一刀二命俱殞首級尚未劃落當夜赴縣投案如何相驗再爲續登

兩決變塘 ○山高月小水落石出冬令一交斷無盛漲詎昨有友人自靜邑來者云前聞縣屬河東南窪雙塘等村決口兩處水漲異常被淹村民呈稱數百年所未曾有奇數也關民瘼者又添一番廑念矣

名譽難要 ○紀事者路經縣陀土地廟前遙見衣冠楚楚旗傘鮮明萬名畢集乃與建武工程帮帶劉君送旗傘者羣執事莫不歡呼載道迎送如常既而有言似有不平之鳴詢之再三據云敝營管帶與劉君同時撤委合事餞行劉君者指不勝屈全隊官長送至小站街外至賚之以公禀列隊即別無不灑淚如嬰兒離母及各營莫不酸鼻以爲、操練達賞罰明嚴仍冀仲戴於翌日管帶聞之感備酒餽遍請官長并弁目席間敦請毋使子有愧劉君且餽各棚草綑以慰冬寒將要所必須敝營實偏處此情殊不安今日誠爲情感明日不無勢偏故爾發聲吁情義昭然已非衣冠可假名譽難要乎

典刑宜正 ○斬犯嚴萬青即閻鴻汶謀殺 斬犯劉二騾即劉鈺昆謀殺 斬犯朱三故殺 斬犯楊小仔即楊得山故殺 絞犯耿四即耿二又名㵎沅竊贓逾貫 絞犯徐二升李大山仔即李得均聽從發塚見棺鋸縫鑿孔抽取衣飾 絞犯李瑞強姦室女已成 絞犯陳五即陳達仔照竊贓逾貫

聿觀厥成 慨自甲午夏日人肇衅侵我藩封武臣邊帥功罪互見道路傳聞紛紛不一鄙人蓬門伏處耳目未廣每思及朝鮮使臣袁蔚庭觀察心竊異之觀察出使朝鮮十數年來三韓倚爲保障何以一旦有事輒先去以爲民望也繼又未聞其舉動何如私心竊有所不取也今春應禮部試下第後寓居津門闖華人之行商朝鮮者云往歲海氛不靖葉軍門以四千人駐紮牙山與倭不進又不退觀察再三電致當道我軍不發則已發則必須多而且速方足制日人乃電懇數次未蒙覆示觀察不得已回國面商一切迴行旋初返日人即大肆鯨吞於以見觀察之料事未然也客冬奉 命撫輯既又襄辦營務處率二百人立赴前敵知聶功亭軍門忠勇素著調度有方爰以得力百人藉助軍門屢獲勝仗同心禦侮與士卒共甘苦餽糧餉發皮衣傾囊相助是以勇丁皆出死力大高嶺一戰以百餘人禦日人數千而連三關又獲全勝此軍門之力歟恢復亦觀察之謀出萬全也若使人兵攸屬天下事豈不於此乎今聞劉峴帥保舉觀察成軍十數營以防邊陲鄙人聞之不禁狂喜與觀察自朝鮮返棹時切憤恨思欲一雪其恥而又阻於兵權之不屬也今奉 命成軍與聶軍門聯絡一氣措置合法將來定有起色況觀察將材家風貴裴未墜當今名宿半出其門從此整頓軍政力除積弊不數年間練成勁旅則我 國家苞桑之固在此一舉爰援筆書數語以誌欽幸詞句之陋不暇計也

平千闇冬居士稿

[illegible]啓者：本[illegible]在天津開設製造公司，專出各[illegible]工程[illegible]，茲將各項分類列後，
法并估價值，茲將各項分類列後：

計開：

一考驗礦質分化金石所有關係鎔化一切良法，皆能條分縷析，繪圖具報，并估一切應用器機價值。

一測量鐵路鐵建車軌，皆能逐條繪圖具報，并估建造及一切應用器件價值。

一電氣車電光燈皆能繪樣，并估全副電燈價值。

一鎔化礦質大爐，并新式紅磚及士門得土各窯所有應用物料薪炭，須先詳細考驗，再爲繪圖製造。

一測繪各處港澳江河，皆能畫圖備用。

一製造煤氣及自來水一切應所器機，皆能繪圖估價。

一估造各種工程，繪畫各種平視立視精細圖式。

一物類原質，皆能以化學法分化無訛。

一欲辦工程，如來本公司面議，即可告以良法并估價值。再本公司素與歐洲及美國各大公司聯絡，故能包辦各項工程。或有工程需人監理，本公司亦可派人前往。

本公司主人現寓恒豐泰

買[illegible]孫製造公司謹白

津海關示（[illegible]）欽加[illegible]品頂戴三等第一寶星津海關道[illegible]爲曉諭事：照得息借華款五十萬兩一案，本年應付息銀，自十一月初一日起，每日十點鐘至十二點鐘，各號[illegible]將花名銀數目[illegible]月起[illegible]止共息銀若干，詳細開列清單，[illegible]將第一期聯票[illegible]交本關，入公事房核發。爲此示仰各紳商知悉，毋違。特示。十一月初二日示

[illegible]啓者：十[illegible]日前[illegible]日某某[illegible]董士托寄書籍數種，十數種[illegible]等，未[illegible]亦然[illegible]到，速請[illegible]取，若[illegible]遲恐有別家購取一空，遲矣。[illegible]敝處另有閒書數種，[illegible]日登報出售。

[illegible]分[illegible]堂啓

啓者：本行專買一切飛禽走獸，及隕石等類，各處人客君子如有其物，不拘大小死活，即祈送至本行，從優[illegible]價。或路途遙遠，礙難速運者，祈先致信本行，同去觀看物，對面商價，必從豐決，不負言。特此佈告。本行現暫設在天津紫竹林英租界東豐號日本剃頭舖內

曾我行告白

德陞齋靴鞋鋪

本齋專做[illegible]新[illegible]京式名鞋，及鑲花抽[illegible]一應俱全，[illegible][illegible][illegible]美，[illegible][illegible][illegible]。[illegible]本齋[illegible]有[illegible]致誤。本鋪[illegible]在天津府北門外[illegible]店街[illegible][illegible][illegible]過便[illegible]

杭浙元吉永號

本[illegible]自置[illegible]洋綢[illegible]花素洋布川[illegible]夏貨，[illegible]雅[illegible]貨，頭油俱全，[illegible]爲近時[illegible]市[illegible]不同，故[illegible]各貨減價[illegible]估衣[illegible]中[illegible]路北凡[illegible]代[illegible]，[illegible]者[illegible]

[illegible]啓者：現有英人僑居[illegible]台，曾在英京國學考[illegible]教授經史算法，航海等[illegible]二十餘年，[illegible]在英國海軍衙門充當[illegible]年，曾蒙華廷派委要差。今擬在本館教授華童英文，以便將來應陸軍海軍商務之選。惟受教不得過十五歲，議定每季脩金關平銀二百兩。如有從學者，即希函達天津恒豐[illegible]飯店或烟台英領事署轉致倪爾森可也

十一月初六日[illegible]洋行[illegible]

天[illegible]九七六[illegible]

[illegible]二千七百二十七[illegible]

洋元一千九百五十[illegible]

[illegible]竹林九大[illegible]

[illegible]二千七百六十七[illegible]

洋元一千九百八十文

直報

光緒二十一年十一月初八日 第二百八十四號
西曆一千八百九十五年十二月廿三日 禮拜一

上諭恭錄

硃筆協安補授通政使司副使欽此　自吉林副都統著富爾丹調補寧古塔副都統著沙克都林扎布調補欽此　上諭軍機章京刑部郎中陳邦瑞着開缺註銷記名御史以五品京堂候補欽此　會多羅郡王車林巴布著加恩在乾清門行走欽此　上年董福祥奏送次獲勝連破賊巢擒斬首逆立解河州城圍一摺甘肅回匪自四月間起事以來河狄西寧賊蹤徧地特飭喀什噶爾提督董福祥統兵剿辦該提督行抵安定節節布置蓄銳進攻逆回聚洮河西岸勢甚猖獗九月二十七日分撥十營搶渡洮河轟破賊卡當將該逆擊退十月初二日該提督親督隊伍由邊家灣整軍前進左右山岔賊壘林立伏賊猝起我軍奮勇爭先斃賊甚夥初三日悍賊萬餘蔽山塞谷齊撲盤各軍整隊齊出鏖戰二時之久賊始潰散該逆扼守洮河恃險抗拒初八日該提督復親督全軍及馬安良四營躍起扎皮筏銜枚競渡該逆堅卡重濠並編掘坎坑內伏槍砲抵死鬭守悍賊五六千從山口蜂擁而出我軍槍砲刀矛齊進賊始返奔追剿三十餘里遂將三甲集堅巢攻克初十日派何建威山景寺賊進偪高家集賊巢生擒逆目馬世潤正法復派何得彪馬步隊接應殺賊無算該提督派隊填壕猛進各賊望風潰散直抵河州重圍立解該提督渡洮僅二十日迭獲大勝殺賊數千勢成破竹實屬謀勇兼裕調度有方董福祥着先赴圍守後路十五日全軍由狄道西山以及康家崖兩路進兵齊集于太子寺間逆目閔伏英糾聚悍賊于四十里鋪負嵎抗拒十八日督行交部從優議叙在事出力文武員弁不無微勞足錄自應量予獎叙翰林院編修白遐道著以道府記名簡放先換頂戴賞戴花翎知府用候選知州張成基著免選本班以道員分省補用並賞加二品銜補用總兵葉占魁著以提督記名簡放並賞換依博得恩巴圖魯名號補用副將陝西甯陝營參將何建威著免補本班以總兵記名簡放並賞加提督銜留甘補用遊擊何得彪著免補參將以副將儘先補用並賞換博多歡巴圖魯名號儘先副將薛政德著免補本班以總兵記名簡放並賞加提督銜儘先遊擊馬安良著免補參遊以副將儘先補用並賞給銳勇巴圖魯名號副將銜儘先遊擊張紹先着免補遊擊以參將儘先補用並賞給擢勇巴圖魯名號記名提督王鉞安著交軍機處記名遇有提督總兵缺出儘列在前請旨簡放並賞給頭品頂戴記名副都統銜甯夏駐防蒙古佐領奇克伸佈著以副都統交軍機處開列在前請旨簡放並賞給頭品頂戴記名總兵何美玉着交軍機處記名遇有提督總兵缺出請旨簡放記名總兵湯殿恒着以提督總兵記名簡放儘先副將張進昌山東儘先副將朱廷芳留陝儘先副將孔高明陝甘補用副將楊達元留甘副將岳登龍補用副將李乾均着免補副將以總兵記名簡放並賞加提督銜張進昌並賞換喀拉春巴圖魯名號朱廷芳着賞換瑚隆阿巴圖魯名號參將張銘新秋登平均着免補本班以副將儘先補用參將銘新並賞給法福凌阿巴圖魯名號秋登平並賞加總兵銜准補副將儘先參將謝興禮着免補參將以副將儘先補用並賞給毅勇巴圖魯名號陝甘補用遊擊董陞官儘先遊擊王時鵬馬明其均免補本班以參將儘先補用並賞

加副將銜王時中並著賞戴花翎儘先都司姚旺廷貴趙順補用都司陝西榆林鎮標守備丁際倩補用都司馬以保均免補本班以陞游擊遇缺儘先推補並加副將銜藍翎陝甘督標守備洪瑞陝西提標候補守備黨志振儘先守備張行志高大有留閩儘先守備楊讓梨均著免補都守以遊擊儘先補用並加副將銜洪瑞賞換花翎黨志振楊讓梨均賞戴花翎藍翎儘先守備歐陽魁著免補守備以都司儘先補用並賞給花翎藍翎補用守備石鳳良升用守備延綬領標千總楊楓申藍翎千總馬甸彥均著免補各本班以都司儘先補用石慶良並賞換花翎五品頂戴把總于福著免補千總以守備儘先補用並賞戴花翎山西截取知縣來維禮著免補本班以直隸州知州仍留原省補用縣丞賞戴花翎藍翎分省補用知縣金承蔭著免補本班以直隸州知州留甘補用並賞換花翎候補缺後送部引見候選直隸州州同王世緗著免選本班以直隸州知州分省補用並賞戴花翎知州用分省補用府經歷何沂著免補本班以知縣分省儘先補用並加同知銜賞戴花翎舉人宋聯奎著以知縣分省補用並加同知銜賞戴花翎甘肅試用縣丞楊炳榮著免補本班以知縣仍留原省遇缺即補並加同知銜賞戴花翎藍翎五品銜附貢生于震春著以州判分省補用並賞換花翎二品頂戴臨洮衛土司世襲指揮使趙元銘著加二品頂戴並給技勇巴圖魯名號以示鼓勵餘著照所議辦理仍着該提督將河州一帶餘匪搜捕淨盡並激勵將士乘此聲威分途援剿迅掃逆氛以期早日蕆事前據楊昌濬奏後河官軍迭次獲勝踏平賊壘及河州平戎兩驛接仗情形一摺現在河州城圍已解楊昌濬所派援軍及剿辦西路各軍均尚得力自宜一體施恩參將金恒林遊擊王正坤均著免補參將以副將儘先補用永昌協副將劉璞著以總兵記名簡放其陣亡之千總趙進才著照守備例從優議卹把總李廷堃五品軍功趙泰和曾治堃六品軍功高得勝榮福均著照把總例從優議卹從九集剛烈著照從九品例從優議卹以慰忠魂該部知道欽此

恭述祥刑 〇前報登典刑宜正一節除將奉 旨處決斬犯嚴萬青即閻鴻文等與絞犯徐二升等業已按名錄報外玆復詳悉刑部辦理朝審名單合併全抄再登以昭詳確十一月初三日為刑部辦理 朝審之期謹將勾到起數名單列後 朝審停勾情實官犯一起一名 福建司 一起斬犯一名何瀣簡 詐假官 朝審新事情實官犯四起四名 直隸司 一起斬犯一名龔鼎璵 失守要隘 奉天司 一起斬犯一名將希夷 失陷城寨 貴州司斬犯一名葉志超 失陷城寨 直隸司 一起斬犯一名衛仕林 失守要隘 朝審停勾常犯情實三起三名 奉天司 一起斬犯一名嚴萬青即閻鴻汶 謀殺 山西司 一起斬犯一名張成讓即張成存 詐傳 詔旨 貴州司 一起絞犯一名宋汶剛 假官詐稱有官 朝審新事常犯情實八起九名 直隸司 一起斬犯一名劉二駱駝即劉鈺昆 謀殺 奉天司 一起絞犯一名耿四即耿二又名瀫沅 竊贓逾貫 江蘇司 一起絞犯二名徐二升 李大山仔即恭得 均聽從發塚見棺鑿孔抽竊 河南司 一起絞犯一名李瑞 強姦室女已成 山東司 一起斬犯一名朱三 故殺 一起斬犯一名楊小仔即楊得山 故殺 四川司 一起絞犯一名陳五即陳達仔 竊贓逾貫 雲南司 一起斬犯一名于得立 比照偷竊 乘輿服物 以上通共十六起人犯十七名於是夜四點鐘由廣西司印畫由獄將該犯等提出請署刑部右侍郎王雲舫少司寇在儀門監視綁縛裝入囚車派撥五營兵丁沿途護解押赴宣武門外菜市口市曹地方囚棚內恭候 聖旨比時經刑部司員由內廷恭捧 聖旨出西長安門另有五城司坊官轉同護送 旨意恭設香案刑部堂官行三跪九叩禮畢入監斬棚升座令堂書遵 旨宣唱已勾人犯名姓即將奉 旨處決斬犯嚴萬青即閻鴻汶 謀殺 斬犯劉二駱駝即劉鈺昆 謀殺 斬犯楊小仔即楊得山 故殺 斬犯朱三 故殺 絞犯耿四即耿二又名瀫沅 竊贓逾貫 絞犯徐二升李大山仔即恭得 均聽從發塚見棺鋸縫鑿孔抽取衣飾 絞 李瑞強姦室女已成 絞 陳五即陳達仔照竊贓逾貫遵即監視行刑畢將屍身飭夫抬赴萬人坑內其 何瀣簡 龔鼎璵 蔣希夷 葉志超 衛仕林等八名均蒙 恩赦回收禁聽候減議誠為 皇恩浩蕩矣

枉傳惡耗 〇天下古今之騙局真難防哉以偽造機密施其變詐之心隨機應變捉摸不定起滅無端若有意若無意實有匪夷所思者前同文館肄業生李乙尊糾約軍機處當差之仇師伊通同一氣屢將 內廷機秘 朝政時時洩露致將不發抄機秘奏稿私行抄給妄登某報刊佈天下似此揭人陰私訐以為直任意藐法正在查辦嚴行整頓之際刻因十一月初三日刑部呈進 朝審勾到本章

處決斬絞人犯之期於初二日竟有某甲貿然赴刑部獄內謁見葉志超據云伊在內奏事處當差見有某侍御遞遞封口摺奏所謂葉志超應得罪名實不可緩從中言語諸多悖理並有肆詈某侍御妄行條奏各情此番特來預傳秘信即向葉索酬謝儀大約之數葉遂再四籌酌云既是封口摺奏汝何以知底理某甲遲遲答復言語支離葉知爲情類木鐘某甲亦知枉費心機即由獄使遁逸葉以生死在前豈能預定心緒亂無暇追究亦未能懸忌似此犴之中竟敢胆大任意妄爲實恐不畏法者也未悉諸當道應如何破除情面嚴辦整頓哉

都轉批詞 ○欽命二品銜長蘆都轉鹽運使司鹽運使李 示承辦遷安引岸商人候選從九職從書呈批據呈遷安額引自上年以及本年統算尚知運鹽一千三百餘包現在需鹽孔亟而灤鹽不敷借運擬請改借蘆臺石碑場鹽以資接濟自爲恐誤民食起見惟查遷安引岸向係專用灤鹽從無借運他場成案未便率准自應仍回灤州設法融借挹彼注茲以濟民食候檄飭灤州遵照辦理此批

三憲驗粥 ○本月初五日鹽運使天津道暨賑局總辦三憲赴西門外濟急粥廠驗粥每位皆嘗一口道是好粥又赴小店門首驗吃粥貧民見多有無衣者憲皆相視而嘆約計三五日內可發棉衣矣

行竊被獲 ○麗仁堂放賑委員寓西門外源發客店突來一人進屋將皮馬褂行李肩負而出爲看店門夥瞥見將該賊拿獲送交該管局段審問據供姓張名富與係山東濟南府人前在某營充當勇丁云云局員飭根實數十將馬褂行李交失主認領後聞將該賊送交守望總局按游勇懲辦云

計拐未逃 ○昨某營某甲乘火車來津下車時行李爲同車人竊取至海大道梁家園某店及某甲尋至該店其人復攜行李他適其行李中有銀若干兩聞其人以行李在某當鋪質錢被人看破云已抓獲送到官裏去至失主拐犯姓名與官司如何懲辦俟訪續登

中國博學鼎新會第二次會聚講論急救損傷良法 ○昨晚八點鐘時西醫禮君在圓明園路洋文書館講論損傷一法如遇此病便可與之幫助本埠華人諳熟英語華人往聽者約有百餘名禮君初以全身骨 圖曰人骨何以相連人血何以流行後講何以救損傷人之法蓋不論何人在路跌傷或被車輪從身行過以致手骨或脚骨等或折或斷或流血不止 時不能延醫診治并不能遠送醫院醫治甚至有性命之憂禮君因講幫助損傷一法其所言者皆明白曉暢俾在座之人無不心領神會自後或在街頭巷口遇此等病症即可設法施救禮君講畢後會董唐君傑臣起而言曰凡吾在會之人以後或家中或親朋偶爾損傷如法救治即能喜占勿藥此亦好行其德之一道也

聿觀厥成 慨自甲午夏日人肇釁侵我藩封武臣邊帥功罪互見道路傳聞紛紛不一鄙人蓬門伏處耳目未廣每思及朝鮮使臣袁尉庭觀察心竊異之觀察出使朝鮮十數年來三韓倚爲保障何以一旦有事則先去以爲民望也繼又未聞其舉動何如私心竊有所不取也今春應禮部試下第後寓居聿門聞華人之行商朝鮮者云往歲倭氛不靖葉軍門以四千人駐紮牙山既不進又不退觀察再三電致當道我軍不發則已發則必須多派且速方足制日人乃電懇數次未蒙 俯允觀察不得已回國面商一切迨行旌初返日人即大肆鯨吞於以見觀察之料事未然也客冬奉 命撫輯既又襄辦營務處率一百人立赴前敵知聶功亭軍門忠勇素著調度有方爰以得力百人藉助軍門屢獲勝仗同心與衛與士卒共甘苦餽糧餉發皮衣傾囊相助是以兵丁皆出死力大高嶺一戰以百餘人禦日人數千而連三關又獲全勝此軍門之力固恢復亦觀察之謀出萬全也若使大兵攸屬天下事豈、於此乎今聞劉峴帥保奏觀察成軍十數營以防邊陲鄙人聞之不禁狂喜觀察自朝鮮返棹時切憤恨思欲一雪其恥而又阻於兵事之不屬也今奉 命成軍與聶軍門聯絡一氣措置合法將來定有起色況觀察將帥家風箕裘未墜當今名宿半出其門從此整頓軍政力除積弊不數年開辦成勁旅則我 國家匽桑之固在此一舉鍰鍾尊此以誌欽幸詞句之粗不暇計也

平于闌燕居士稿

拍賣告白

敬啓者本月初九日下午兩點鐘在紫竹林英租界東豐碼頭甫旁拍賣各樣洋燈花瓶等物是日務至早細看面拍可也

集盛洋行啓

啟者本等在天津開設製造公司專出各項工程技[illegible]
法并估價值茲將各項分類列後

計開

考驗礦質分化金石所有開採鎔化一切良法皆能條分縷
析繪圖具報併估一切應用器機價值
測量鐵路鐵建車軌皆能逐條繪圖具報併估建造及一切
應用器件價值
電氣車電光燈皆能繪樣併估全副電燈價值
鎔化礦質大爐併新式鈕磚及士門得土各窯所有應用物
料薪炭須先詳細考驗再爲繪圖製造
測繪各處港澳江河皆能畫圖備用
製造煤氣及自來水一切廠所器機皆能繪圖估價
估造各種工程繪畫各種平視立視精細圖式
物類原質皆能以化學法分化無訛
欲辦工程如來本公司面議即可告以良法併估價值
再本公司素與歐洲及美國各大公司聯絡故能包辦各項
工程或有工程需人監理本公司亦可派人前往

本公司主人現寓恒豐泰　[illegible]密孫製造公司謹白

津海關示（欽加二品頂戴三等第一寶星津海關稅務司[illegible]
爲曉諭事照得息借華款五十萬兩一案本年[illegible]付息銀自十一月初
一日起每日十點鐘至十二點鐘各[illegible]數自[illegible]月起
止共息銀若干詳細開列清單[illegible]第一期聯票繳本關入公事房核
發爲此示仰各該商知悉毋違特示　十一月初二日示

茲啓者十日前有某某君　津董士托寄書籍數種十數種等等未[illegible]亦
然寄到速請來取若取遲恐有別家購取一空遲矣晚矣敝處另有閒書
數十種大日登報出售　[illegible]分處[illegible]堂啟

發售石印書籍

本局向在上海今分設天津針
市街同豐棧內承蒙賜顧其價
格外從廉太平御覽　歷代賦
彙　史學叢書　新疆識略
漢魏叢書　小題三萬選三希
堂法帖　墨池堂法帖　其餘
各種新出閒書尺牘圖畫　詩
賦文策均不細載容登數種是
也
[illegible]山書局告白啟

啓者本行專買一切飛禽走獸
及隕石等類各處人客君子如
有甘物不拘大小死活即祈送
至本行從優議價或路途遙遠
得難速運者祈先致信本行自
去觀看物對面議價必從豐決
不負言特此佈告
本行現暫設在天津紫竹林英
租界東豐號出本剃頭鋪內
曾我行告白

浙杭　元吉永號

本號自置[illegible]綢緞新[illegible]
洋縐花素洋布川廣夏貨
[illegible]頭油俱全
祇爲近時錢市漲落不同
故兩各貨減價開設估衣
街中間路北凡仕商賜
顧者[illegible]特覽[illegible]

啟者現有英人僑居[illegible]台曾在英
京國學考有[illegible]師[illegible]教授經史算法
航海等學二十[illegible]年並在英國海軍
衙門充當試官[illegible]年曾蒙華廷派委
要差今擬在本[illegible]館教授華童英文
以便將來應陸軍海軍商務之選惟
受教不得過十五歲議定每季脩金
關平銀二百兩如有從學者即希函
達天津恒豐泰飯店或煙台英領事
署轉致倪爾森可也

十一月初八日[illegible]洋行[illegible]
天津[illegible]丸七錢[illegible]
[illegible]二千七百零七文
洋元一千九百五十文
[illegible]行[illegible]丸[illegible]錢
[illegible]二千十[illegible]四十[illegible]文
[illegible]一千九百八十文

直報

光緒二十一年十一月初九日　第二百八十五號
西曆一千八百九十五年十二月廿四日　禮拜二

上諭恭錄

上諭王文韶奏查明開州等州縣災歉情形請分別蠲緩糧賦一摺直隸開州東明長垣三州縣濱臨黃河村莊本年秋禾被水災歉若將應徵錢糧賦照常徵收民力實有未逮加恩着照所請所有開州劉家海等五村成災九分高村集等五十八村成災八分渠村集等五十九村成災七分雙河嶺等八村成災五分南關外等七十四村歉收四分郎寨等八村歉收三分東明縣楊寄莊等六十五村成災七分雷寨等三十村成災六分打蓆屯等二十村成災五分柳寨等十四村歉收四分魏寨等十八村歉收三分長垣縣任變祿等一百十一村成災八分溫寨等六十村成災五分扈油房等八十三村歉收四分蔣油房等三百五十三村歉收三分以上各州縣成災五六分村莊應徵本年錢糧着蠲免十分之一成災七分村莊應徵本年錢糧着蠲免十分之二成災八分村莊應徵本年錢糧着蠲免十分之四成災九分村莊應徵本年錢糧着蠲免十分之六其成災五六七分村庄蠲剩錢糧暨着至光緒二十二年秋後起分作二年帶徵成災八九分村庄蠲剩錢糧暨緩至光緒二十二年麥後起分作三年帶徵如有未被災以前花戶長完銀兩准抵下年正賦又各災村應完節年錢糧歉收四分村庄應完本節年錢糧並歉收三分村庄應完節年錢糧均着緩至光緒二十二年秋後啟徵其出借倉穀等項着一體緩徵並分別減免差徭以紓民力餘着照所議辦理該督即刊刻謄黃徧行曉諭務使實惠均霑毋任吏胥舞弊用副軫念民艱至意該部知道欽此

長至說

物莫不有其至長短以度爲至輕重以權爲至度量尺也權稱錘也規矩爲方圓之至聖人爲人倫之至明德新民爲止善之至至於天獨無所爲至乎子輿氏曰天之高也星辰之遠也苟求其故千歲之日至可坐而定也是日之至即天之至也何以定之定之以行所無事而已其行所無事奈何如禹之行水也然察水之性務有以順其自然斯之謂至矣水之古文爲巛中一畫爲陽旁二畫爲陰象一陽動於二陰之中一陽初復灰即得陽而飛水即得陽而動無足異者理自然也水爲大一所生五行莫先於此機由自然故其性爲流譬之人身自體之生莫先於鼻鼻成於流汁銳其根豐其端自上而下形之肖也故字首以自中以田下承以廾廾人也人之象即水之象天機之自然者也由是以推人之凡百所爲安在可不任其自然乎孟子嘆人之自矜其智自多其智者專務穿鑿故因水而推及日至因治水之行所無事推及千歲之日至可坐而致蓋自洪荒初闢以來水爲與天同來之第一物自有生民以來治水爲天地第一功行所無事爲自古迄今治世維世第一義孟子此章直啓如來開宗明義第一品之自在說法即法之至說之至也萬世之後聖人復起無能易其言者叔季千百年來識此旨者非乏其人鮮有宗其義者實以後世讀書談道以文章名者繫於晦夜之繫星而文星轉因而晦以致聖賢簡易精一之要旨頓成迂闊無當之陳言而四子一書幼讀之長習之食其報於終身傳之世世囑子孫鑽而勿墜者帖括八股外別無所用且反以自誤者誤聖賢爲不合時宜古人往矣奚能起而與之辨而心理同然古今一致安能禁後世有心人之曉曉置辯乎今歲夏初天大風雨海

嘯成灾 皇躬戒懼修省自晨夕惕朝乾之至意九月中節在立冬以前天忽嚴冷中邦率土無不降雪之區燕薊朔方無論矣詎閩廣占瀕江嶺中邦所謂地近赤道隆冬曾不多見此物者無不一白如銀諸報遞傳互相告異今冬至前數日直省諸河水漲或尺餘或二三尺封河以後汎水復來蓄勢長至陽氣漸升本係自然常理惟南運河冰結復陡漲四五尺靜海獨治迤南雙塘等處向東決口兩道傳言上游水勢汩汩然來正不知水頭向高幾許隆冬決漫與往年子牙河封後向東決口者均爲事所罕聞又中土北方之水朝宗處胥在北洋據輪船水手老於行北洋至五百餘次者駭述冬至前數日北洋風浪之狂爲生平所未曾覩輪船向不畏風自滬至津例需四日因無阻風患固可豫期來往程也此次自滬北上延至十有一日始抵津夫南北之變海水且然何況於河不知海與河一水也各隨其地之氣應其天之時以爲漲落動靜直隸之河北海之洋皆北也同歸一氣同感一時其落同其漲亦同其靜同其動亦宜同地同時同其氣機故無不同焉不甯有至以至者　此稿未完

吏宜讀律 ○吏部現呈刪例內擬官員考核律例一條聲稱內外官員各有承辦事件律例繁多概難實以通曉嗣後應將 國家律令分刪事情輕重定立罪名須行天下永遠遵守有司官吏務當講明律意剖決事機每遇年終在內由各部院堂官在外由該管督撫認眞考核各員如能明白律例當於年終咨由吏部註册至陞遷之時註明能曉律例字樣以示鼓勵至六部纂修則例業已次第進呈其中或有更正或有刪除俱照新例頒行從前舊本仍存各衙門以備查核如或後來又當更易可將舊本恭訂云

例難避親 ○在京各部院堂司各官上司屬員遇有姻親同族應行迴避者即行聲明呈請迴避外省各官亦係一律辦理此乃例章綦嚴以除弊端也今聞南城內坊署中刑房書吏邱姓者充當書吏有年遇有一切詞訟案件無不勒索錢文是以怨聲載道哄傳都城矣自陳子承少尉錫康奉選授南城兵馬司吏目斯缺自蒞任以來遇有案件如理曲之人輒賄邱向陳少尉私問串說許其訟實即可以曲就直於是上下手眼相通皆可中飽是以理直者不能折服其心詎聞某係陳子承少尉與邱係屬姻親不遵例迴避竟同手充當官吏遇事高下其手自爲掩耳盜鈴之計今經某當道以吏部綏定庫書吏與賄賂延不赴案從中已將違飾弊端和盤托出諒此違制其咎匪輕耳用特彙錄以符有聞必錄以厚風俗通民情別善惡言者無罪聞者足戒爲民者皆感頌不置云

乃盜墓門 ○京師宣武門外南下窪公善堂設立掩骨會地方迤邐而至海甸藍靛廠等處凡三十餘里之遙而其墓則幾有數千爲億蓋是處尋龍點穴每稱藏風依水易得鬱鬱佳城故人跡罕到之區咸子此卜爲牛眠吉地中有二牛道者尤爲昭著者也聞該處多麗富家大族之墓道皆徒垂涎殉物匪伊朝夕是以孟氏新墓於十月二十九日夜果有偷掘見棺情事亦聞殉墓諸珍物亦失去甚多當經墓主孟某赴琴堂求請踏勘以憑追緝並經中營派弁戒親詣蒞驗親查確情未悉能否弋獲贓賊以儆盜風得免牽緝之咎云

育搶官宅 ○京師前門內新簾子胡同某宅於十一月初二日夜半有盜十數人踰垣入院破扉行刦男僕數名聞聲喊捕富戕盜匪以絮塞口復縛其四體然後明火持械入室搜刦女眷畏其兇燄互相蜎縮一任傾囊倒篋節掠一空事後開具失單遣丁投營管地面官廳稟報驗盜詒勒捕查拿贓賊務獲究辦然已鴻飛冥冥弋人不得而慕矣至能否弋獲俟有續聞再佈

欽憲赴站 ○欽派督練新建陸軍袁觀察前奉 命創辦陸軍除定武十營每營五百名外每營再招五百名仍作十營統歸觀察督練觀察已赴小站所有營哨各官等亦皆同赴差次所有新募之兵俟招齊再行陸續歸營訓練從此海疆當安如磐石矣

善舉頒發 ○本埠備濟濟生兩社善舉頒多向有郵發各會保名節每年冬令除月錢外每月加給或大米小米一斗如遇有極貧者加給棉衣等件歷年以來已成舊例昨聞該兩社已照章發辦孀婦等自口皆碑矣

騙局難防 ○初六日南門外馬集之期有某甲買騾一匹價値若干買者一人牽騾一人領賣主赴某處兌錢行至街中行人擁擠兌錢某甲趁亂而逃買騾者無處尋覓不知所措聞賣騾人係某營勇丁奉營官委派之事不知該勇丁如何交代

殺姦待訊 ○初五日夜西門外楊家店一刀二命一案已登某報茲詳悉該店住客王從典將伊妻王劉氏與萬姓札傷身死初六日早縣委嚴大令帶仵作赴場相驗驗得傷痕照格塡錄外大令恐有別情飭將兇手王從典帶案嚴訊死尸兩具尚未掩埋如何

結案候訪續登

小加於大

〇前報所登長枕大被六郎居中白也鳳也左右之一節此小六郎之奇者也須續訪事人云尚有大六郎焉其家貲雖不敵小六郎之富其名望卻較與小六郎為尊亦甘居下流日與優伶為伍數年前曾認德奎轉運兩名優為義子初則不過偶爾一遊招集佐飲近則居然時聚一堂飲則同杯寢則同榻雖未見亦有長枕大被否而其左擁右盼情致纏綿實有加乎小六郎之上者況小六郎不顧廉恥係龍小哥吃寃孽之流引誘所致而大六郎卻係獨樂樂焉至小六郎之狗黨及大六郎之高名本館均已採訪的確自應一一詳登以符有聞則錄之例委因事關紳商體統是以姑隱暫存體面倘兩郎不知愧悔仍蹈前車再招物議本館絕不肯代人受過也

假認成眞

〇耿士謙者都門祥瑞爐房之舖掌也現因該欠禮和洋行寶銀數萬兩之多經該行稟蒙德國欽差照會 中國總理各國事務衙門將耿某遞解天津交津海道審案下訊追該耿某竟敢賄串錄差到津十餘日之久始行投文於初六日清早蒙道憲將耿某發交天津縣禮房管押而眞耿士謙年已六旬乘邑尊王大令接任伊尙不知賄串何人竟以三十餘歲之彩對俞姓冒名頂充爲假耿士謙該耿某揩債欺心已屬罪有應得且致累欺官更屬法無可貸惟王大令既經覺察於前若不嚴查於後何以對上憲而重公務且案關洋款甚巨想王大令既有所聞斷不致故令犯法之眞耿士謙終於案外逍遙也噫耿士謙誠不愧爲老奸渠猾矣

好善樂施

〇天津工程總局代收山東義賑所有諸善士樂助錢數洋元已集有成數彙解災區並已登報牘茲又有第九起志學堂助洋銀四元 絜渠山房經畬堂遠齋石室各助銀二兩 無無齋雛禧堂椒花館澹秋金舍鴻記字號各助洋銀二元 王謨軒助銀一兩五錢二分然該處被災甚廣杯水車薪依然無濟尤望樂善諸君大發慈悲慨然解囊大聲疾呼代爲勸募庶幾集腋成裘源源接濟俾百萬災黎拯援斯感得慶重生則本局心香一瓣謹代災民百叩且爲善獲福彼蒼定有厚報焉

代售繪圖繡像增補精解書籍列後 一本萬利富翁傳 夢裡片情 第二奇書醒世傳 雙鳳奇緣 雙金錠全傳 大雙蝴蝶傳 三才子全圖 三家醫案 蕩平四寇傳 五洲教務 五洲統圖 第六才子書西廂 第七才子書琵琶記 七國新學備要 八星之一總論 九種才情 湘子九度文公 十集京調脚本 天罡字十集脚本 連十本青樓夢 十一才子書 國色大香 意外緣 鴛鴦夢 雲中落繡鞋 挑燈新錄 正續客窗說閒話 西湖圖詠白蛇傳 夜雨秋燈錄 巾幗英雄傳 閨秀英才傳 英烈全傳全函 英雄奇緣傳 風流天子傳 征東全傳 玉燕姻緣傳 海上奇書大觀 續海上青樓圖記 海上名妓手扎 海上酒地花天 海上見聞錄 增廣游戲奇書五十五種 新鮮笑話大觀 孩兒說笑話 中外戲法大觀圖說 內城府校正京調馬如飛開編時京戲園圖 花間楹聯 前後廿四孝圖 古今眼前報 雲外飄香百花臺 人間樂 蜻蜓奇緣 繪圖說鬼話 遊江南 遇仙緣 日記故事圖 劉大將軍大事記 劉帥地塋法西法操練 臺灣福州廈門地圖 臺灣小圖 劉帥小圖 中日戰守始末記 威大將軍練兵大實紀 無師自通京語 中國電報總編 文武陞官圖 盛世危言 新心書院經藝 情天寶鑑 公車上書 小本公車上書 安危大計疏 彭剛直公奏稿 口岸章程 諸葛武侯火攻用兵行陣圖 諸葛心書十三律附百猿 [illegible]風雨占圖 蜃樓外史 鬮公案 目蓮生救母 竹紙承恩昇平 清廉訪案殺子報 徐霞客遊記 西學類編 洋務十三編 古微書全函 全圖算法大成 致政玉堂字彙 何典 增廣尺牘彩新 尺牘合璧 大商賈尺牘 增廣尺牘句解 尺牘新里新 無師自通生意尺牘 分類洗寃錄 醫門法律 醫醇賸義 醫門藥性賦解 正續通天秘書 經驗百種時疫急痧方 祝由十三科 萬法歸宗 九月份萬國公報 日新畫報 飛影閣畫報 點石齋畫報 新出小曼雲畫報 西字滬報 新聞報 代送申報 本館直報 另有書籍二三十種貨客購存候取書籍如兩日不取遂即發報出售每日午後直至申後敝室靜候時無暇 天津府署西三聯巷西直報分處紫氣堂啓

拍賣告白

敬啓者本月十二日禮拜五下午三點鐘在太古棧房內拍賣洋白糖八十包又茶葉二十五包等件祈早至細看面拍可也 集盛洋行啓

啟者本行在天津開設製造公司專出各項工程建造新法并估價值茲將各項分類列後

計開

一考驗礦質分化金石所有開採鎔化一切良法皆能條分縷析繪圖具報并估一切應用器機價值

一測量鐵路鐵建車軌皆能逐條繪圖具報并估建造及一切應用器件價值

一電氣車電光燈皆能繪樣并估全副電燈價值

一鎔化礦質大爐并新式缸磚及士門得土各窑所有應用物料薪炭須先詳加考驗再為繪圖製造

一測繪各處港澳江河皆能畫圖備用

一製造煤氣及自來水一切廠所器機皆能繪圖估價

一估造各種工程繪畫各圖平視立視精細圖式

一物類原質皆能以化學法分化無訛

一欲辦工程如來本公司面議即可告以良法并估價值

再本公司素與歐洲及美國各大公司聯絡故能包辦各項工程或有工程需人監理本公司亦可派人前往

本公司主人現寓恒豐泰　賈密孫製造公司謹白

津海關示　○欽加二品頂戴三等第一寶星津海關稅務司德　為曉諭事照得息借華款五十萬兩一案本年應付息銀自十一月[illegible]一日起每日十點鐘至十二點鐘各該戶將花名銀數目[illegible]月起至[illegible]月止共息銀若干詳細開列清單並將第一期聯票劃交本關入公事房候發為此示仰各該商知悉毋違特示　十一月初二日示

本館京城售報處在宣武門外[illegible]坑路東[illegible]館內[illegible]十清先生代辦如[illegible]閱者請至該處可也　本館謹啟

李傅相馬關議和東紀實[illegible]　每本價洋四角五　王芍棠　星使俄草　盛世危言[illegible]　盛世危言　蟄廬叢書　各國時事類編　中日戰守始末記　[illegible]上書　蘭石蘭譜　竹譜　[illegible]　洛金扇　吉祥花　小八義　[illegible]　[illegible]新錄　夢[illegible]　[illegible]書局謹啟　告白

啟者本行專買一切飛禽走獸及隕石等類各處人客君子如有其物不拘大小死活即祈送至本行從優議價或路途遙遠碍難速運者祈先致信本行同去觀看物對面議價必從豐決不負言特此佈告

本行現暫設在天津紫竹林英租界東豐號日本剃頭鋪內　曾我行告白

浙杭元吉永號

本號自置綢緞紗縐顧繡洋縐花素洋布川廣夏貨顧繡雅扇南貨頭油俱全○敝號為近時錢市緊落不同故將各貨減價開設估衣街中間路北凡仕商賜顧者[illegible]

啟者現有英人僑居滬會在英京國學考取[illegible]教授經史算法航海等學三十餘年並在英國海軍衙門充當試官今年曾蒙華廷派委要差今擬在本公館教授華童英文以便將來應陸軍海軍商務之選惟受教不得過十五歲議定每季脩金關平銀二百兩如有從學者即希函達天津恒豐泰飯店或烟台英領事署轉致倪爾森可也

十一月初九日銀錢行情

天津九七大錢

銀盤二千六百九十五文

洋元一千九百四十文

老竹林九六大錢

銀盤二千十百三十五文

洋元一千九百七十文

直報

光緒二十一年十一月初十日　第二百八十六號
西歷一千八百九十五年十二月廿五日　禮拜三

長至說　錄前稿

竊嘗考之天地之氣陰陽相半而互根是爲和氣和者何陰陽相交也和氣周回朝夕不息互爲盛衰而適均於春秋之二八兩月故推算家於二月得春之分於八月得秋之分四月陽維用事而陰不獨存故謂之陰月十月陰維用事而陰不孤立故謂之陽月春者物之生夏者物之大秋者物之實冬者物之藏所謂物者細而飛潛動植大而水火金木土穀莫不繇候而從四時之德春之德風風不候則花萼不茂花萼不茂則春之德廢夏之德炎炎不候則草木不長草木不長則夏之德廢秋之德雨雨不候則百穀不實百穀不實則秋之德廢冬之德寒寒不候則水土不堅水土不堅則冬之德廢是以聖人以天生萬物之時命爲春者夏之父也春生之夏長之秋成而殺之冬受而藏之其義不外於陰陽盛衰其象莫先於水火動靜歲功之肇端則惟以二至日長至爲冬日短至爲夏夏至則斗南中繩陽氣極陰氣萌故夏至爲刑冬至則斗北中繩陰氣極陽氣萌故冬至爲德陰氣極則北至北極下至黄泉故不可以鑿池穿井其時爲物閉藏蟄蟲首穴故曰德在室陽氣極則南至南極上至朱天故不可以夷邱上屋其時萬物蓄息五穀兆長故曰德在野日夏至則火從之故五月火正而水漏日冬至則水從之故十一月水正而陰勝陽氣爲火陰氣爲水水勝故夏至濕火勝故冬至燥淮南子云日夏至而流黄澤石精出日冬至井水盛盆水溢禮月令記水泉動其時其理也說者又以週年十二月爲六合以先占得失孟春與孟秋合仲春與仲秋合季春與季秋合冬夏之孟仲季其合准此孟春始嬴孟秋始縮仲春始出仲秋始內季春大出季秋大內孟夏始緩孟冬始急仲夏至修仲冬至短季夏德畢季冬刑畢正月失政七月涼風不至二月失政八月雷不藏三月失政九月不下霜四月失政十月不凍五月失政十一月蟄蟲不出其鄉六月失政十二月草木不脫七月失政正月大寒不解八月失政二月雷不發九月失政三月春風不濟十月失政四月草木不實十一月失政五月下雹霜十二月失政六月五穀疾狂又月令春行夏令泄行秋令水行冬令肅夏行春令風行秋令蕪行　令格秋行夏令華行春令榮行冬令耗　行春令泄行夏令旱行秋令霧　此稿未完

株連舊友　○積賊汪六兒素與廊房二條胡同億華首飾樓李三爲莫逆交昨經東河汎拿獲時株連李三到案體即寫訊據供李三初祇銷贓嗣竟誣爲夥竊李百辭莫辯現由步軍統領衙門移送刑部李已宛轉於桁楊之下矣用特勸錄以爲濫交者戒

衣被窮黎　○京師自入冬以來各處窮民來都就食者多于恒河沙數各善堂洞瘝在抱除每日散給饘粥外並經順天府尹憲提款造做棉衣褲二萬五千身於十一月初一日發交廣仁堂暨善公善同善崇善等善堂按名散放見四方之無告者鳩形鵠面來眞不減鄭監門之流民圖也設非尹憲軫念民依其不轉乎溝壑也幾希

滾地雷子　○京師各營汎自奉　提憲嚴檢近因各街巷竊盜之案層見疊出是以屢飭番役嚴拿著名匪棍禁止烟館賭局以

來每日城內外各街巷烟館賭局無不所爲歇業昨聞宣武門內末英胡同地方向有著名匪棍滾地雷安子者在該處開設烟館糾衆匪人經右翼番役訪知立將滾地雷安子等拿獲解案審訊

前門烟犯 ○京師前門外火神廟夾道地方拿獲烟館匪犯李三等一名一併歸案究辦未悉訊究供認何案有無窩匪不法情事俟訪明再錄

覓成爐火 ○前門內王府井大街有鄭某爲廚役家小康與胞叔鄭三者年逾花甲素鰥居性嗜酒終日在醉鄉十月二十六日夜醉後撲入火爐中家人聞喊聲赶即披衣撲救然已焦頭爛額延至次晨魂赴九泉矣幸未延燒房椽誠不幸之幸也

何故熄燈 ○京師崇文門外蒜市口地方復興錢店於十一月初一日天未黎明有人負錢數十千手持燈籠從該錢店內出門比至門前將燈火熄滅暗中摸索巡夜勇丁以其形跡可疑向其盤詰言語支離即行鎖解該管上司訊究其爲竊賊抑係鋪夥尚未究出實情俟訪明再錄

集賢課題 ○文題 歲十一月徒杠成十二月輿梁成民未病涉也 詩題 賦得鴉翻楓葉夕陽動得陽字五言八韻 經題 五方之民言語不通嗜慾不同達其志通其欲 策問 通商以來各國麕集而均以海口爲埠頭泰東洋之阿賽加南洋之東埔寨拉根竹嶼以及巴薩馬神等口均繁富是否招商於中國或言伊自爲貿易而中國亦時有至者其詳言其始末荷蘭人據爪哇之地立埔於三寶壟叫城萬丹又東曰古邦道里形勢能確指之歟過紅毛淺爲馬六甲有中國會館造於何年英國新立之新加坡檳榔嶼與孟加拉等地能否相埒麻大拉薩之海濱有法國之埔曰本第治利其地歸法屬法當與言之阿富汗之畢達哈哈斯邦商賈所聚是否與俄羅斯壤俄羅斯之利牙海口以及加妻牙都拉部于何時能考證否中國之澳門廈門等處本係自爲繁富而各國爭立埠頭漸至于上海諸地通商之盛莫過于斯其間利弊若何試詳言毋隱 經解 平章白姓解 史論 宋李綱論

警務批示 ○天津警務處示據四口夫頭張起元禀 批查每屆封河向由本處墊發轎夫貼費一個月嗣因該夫頭苦累經批准墊發兩個月已屬格外體卹今據該夫頭以本年兵差過多客貨稀少仍請照墊轎夫貼費兩個月本不應准姑念實係困苦從寬准如所請明春如數補還嗣後仍照向章辦理不得援以爲例此批

取友不端 ○海光寺東砲臺大橋西有野鶩者初爲南局鐵廠學徒王氏子所據戀如家雞嗣爲王之師周姓所霸王時伺師之亡也往就之爲師所知而怒以他故持棍重責之王恨甚伺師赴其處以利刃驟踵其後出周不意連刺之周倒地已斃王袖出鐵錘力錘周首如錘鐵者再棄凶器潛逃無跡所謂野鶩者亦即飛向江湖不返矣經官驗刀傷七十餘處怨毒之於人甚矣哉吁周之不端須殃於羿土之殺周遂與甚焉逢蒙焉不端之取友不端以至於此取友者其宜知所法戒矣

竊贓不少 ○禮和洋行走街之張某寓河東李公樓於夜被賊穴壁入室竊去衣物並帖夾一個內有錢帖洋蚨約計贓物值銀二百餘兩想已報官緝捕矣

呂弁勤能 ○昨有山西三四客人行至千里堤被賊用鎗轟傷搶去衣物等件更有同行數人見勢汹汹亦皆未敢言語賊走後天津道憲巡查河工適至其處其同行未受傷之山西人攔輿鳴冤時有千里堤把總呂小坡隨憲輿聽差即向道憲討差拿賊立即追踪赶至某村外柴園於柴堆內搜出二犯拿交該處縣署嚴收寄辦聞道憲以呂弁實能辦案已據情詳明制軍似此武弁可謂有膽有識事任勞矣

公差執拗 ○鍋店街山西會館對過源成厚估衣舖日前有四五人衣服麗都赴該號買衣臨出門時付假帖一捲該掌櫃細視未敢收留即將甲乙二人送交太盛觀十二段守望局局憲訊問甲乙不服聲稱在某署上差此帖焉能有假聞該局已送縣署矣

轉懼爲喜 ○天津鎮各營官兵俸餉向例預期會同道憲各派文武委員赴藩司衙門請領此次冬季俸餉於上月初間到津仍交道庫再爲核發於是各營派弁帶兵請領各營來津往返約在十數天今到津一月向未領出有某營派弁某姓來津投文住店候領以

帶來盤川不敷其人性介此地又無知己親友可以通融因將緞馬掛一件交跟隨之兵典錢應用該兵典錢五千文路經酒舖逢麵流涎遂入舖破劉恰之戒盡豪飲忘其爲主所使也歸去過遲其弁正自焦躁及見兵醉歸更加怒發點視錢又少去一串於是怒上加怒數以私挪遲歸酗酒三罪立執馬棒擬以官法治其犯規之過該兵懼而求恕時其掌櫃亦走入代求某弁本誠實豪爽即依從店主寬恕其兵兵出向店掌櫃謝曰爲此杯中物幾令皮膚吃苦險些兒爲瘠傷身矣一時轉懼爲喜不覺捧腹大笑

將信仍疑 ○今日守望總局派勇十數人各持刀槍圍護二人均將手足細縛加諸木板由四人扛抬並有武弁押赴縣署收禁二犯約皆三旬以外身體高大面目强橫衣服整齊據傳聞係由某處拿獲賊匪或謂係遊勇滋事者究未詳確容訪再錄

理宜保全 ○東門外南頭根娼窰乃係土著綽號母大蟲窰爲其母女所開 屢屢滋事輒經查封奈其生涯止此不開娼窰衣食立絕是以專意引誘良家婦女以爲外股生意不知由何處拐來幼女年僅十三四歲該處土棍爭相關搆迫昨晚紛紛攪亂或謂該女家屬前來找認或謂因相爭致斃但該鴇之女各署差役均與相熟凡事不以爲意似此設窰誘良爲娼殊爲萬惡焉得該管者嚴查趕逐以靖地方以全良民乎

罪甚尅扣 ○現當嚴寒本郡有力之家好行善事施捨玉麵以濟貧苦施者種德無窮受者感恩不盡矣惟此玉麵均係仔在各面舖內施者開條發給貧家由貧者持條向該舖自取乃奸商不論何事惟利是圖且以此項係得自施捨不敢向該舖爭論於是任意從和粃糠短少斤兩既負善人之心尤奪貧人之食罪應與尅扣賑米相埒其良心尙可問乎茲已訪問其號某舖但關係生意姑且隱惡俟其果否自新再爲餘報

鄰殃及兩 ○本月初九日夜五更時城內鼓樓西北角下榮盛猪肉舖後院致兆焚如延燒蒸食舖同德聚舖數家幸郡城內外水會齊集竭力撲滅猶爲不幸之幸也

決堵其一 ○前紀靜海縣屬雙塘地方決口兩處茲悉一在雙塘迤南去村爲近民以遍野秋麥一經淹沒不知積水何日可消明歲又當荐飢是以拚命堵築業已斷溜其一決口在又南之陳官屯去村較遠民力不資尙未興工堵築然此處爲由津至王家營陸路通衢現値海口停輪南北往來必專恃此幹路無論尋常商客也何能久滯行旅乎

守車要票 ○津沽火車最便行人搭車客商向係先在帳房買票然後登車嗣因坐客時或登車後再行補票漸至收票守車之人與坐客私相授受搭車者貪省車價守車者喜入私囊以致搭客雖多車行生意轉減是以鐵軌總局復行出示嚴諭客如無票定罰十倍守收舞弊定卽斥革云

鑿冰行輪 ○輪船到津向於小雪後大雪前卽停輪概不出入今因天氣和暖雖結薄冰尙可設法衝行茲輪船三隻急欲出口以朱提三千有某包與某中令鑿河冰自津至沽約百餘里聞不日卽雇工興辦人定固可勝天不識南人之財力能與北陸之嚴威爭勝否耶

遵示獎勵 ○前因新疆告警需餉浩繁南洋大臣張香帥飭據淮南鹽商認捐海防軍需銀十二萬兩淮北池商認捐銀一萬兩所捐銀兩將來如收有成數卽由淮運司解交江南籌防局存儲候撥淮南入商報效新海防案內給獎按部定新章三成實銀一體核獎實官以示鼓勵等因在案計自收捐以來淮南各場商業已陸續呈繳銀九萬餘兩開單禀請淮南總局查案核給獎敘等情局員李仲謙分轉詳後擇於十月十五日開局核獎除將開辦獎局日期等明通禀暨移知淮南分司查照外刻已示諭各商遵辦矣

玆因 諸君托寄書籍還有二處本擬至十一日爲止如無假來取逐將書籍出售特此聲明莫怪莫怪前日所登告白書籍若十各樣均無多存爭先取者爲快來日再查部頭無存者不能登報還有者陸續再登 佈知

直報分處紫竹林查堂啓

拍賣告白

敬啓者本月十二日禮拜五下午三點鐘在太古棧房內拍賣洋白糖八十包又茶葉一十五包每件斤數至細看面帕可也

集盛洋行啓

敬啓者本[illegible]在天津開設製造公司專出各項工程捷妙新法并估價値兹將各項分類列後

計開

一考驗礦質分化金石所有關涉鎔化一切良法皆能條分縷析繪圖具報併估一切應用器機價値

一測量鐵路鑲建車軌皆能逐條繪圖具報併估建造及一切應用器件價値

一電氣車電光燈皆能繪樣併估全副電燈價値

一鎔化礦質大爐併新式缸磚及士門得土各窰所有應用物料薪炭須先詳加考驗再爲繪圖製造

一測繪各處港澳江河皆能畫圖備用

一製造煤氣及自來水一切廠所器機皆能繪圖估價

一估造各種工程繪畫各種平視立視精細圖式

一物類原質皆能以化學法分化無訛

一欲辦工程如來本公司面議即可告以良法併估價値再本公司素與歐洲及美國各大公司聯絡故能包辦各項工程或有工程需人監理本公司亦可派人前往

本公司主人現寓恒豐泰

賈密孫製造公司謹白

津海關示（欽加二品頂戴三等第一寶星津海關稅務司德）

爲曉諭事照得息借華欵五十萬兩一案本年應付息銀目十一月初一日起每日十點鐘至十二點鐘在各處所將花名數目本月起至某月止共息銀若干詳細開列清單隨將第一期聯票呈交本關入公事房核發爲此示仰各該商知悉毋違特示　十一月初二日示

本館京城售報處在宣武門外西磚兒胡同路東內白宮館內幾十清先生代售如有閱者請至該處可也

本館謹啓

本局向在上海今分設天津針市街同豐棧內承蒙賜顧其價格外從廉太平御覽　歷代賦彙　史學叢書　新疆識略　漢魏叢書　小題三萬選三希堂法帖　墨池堂法帖　其餘各種新出閒書尺牘圖畫　詩賦文策均不細載畧登數種是也

發售石印書籍

[illegible]山書局省記啓

啓者本行專買一切飛禽走獸及隕石等類各處人客君子如有其物不拘大小死活即祈送至本行從優議價或路途遙遠碍難速運者祈先致信本行同去觀看物對面論價必從豐決不負言特此佈告

本行現暫設在天津紫竹林英租界東豐號日本剃頭舖內

曾我行告白

浙杭　元吉永號

本莊自置綢縐紗羅新樣洋緞花素洋布川廣夏布[illegible]褶鞋扇南貨頭油俱全歐爲近時錢市緊落不同故而各貨減價開設估衣街中間路北凡仕商賜顧請認明本號招牌[illegible]

敬啓者現有英人僑居烟台曾在英京國學考充官學館教授經史算法航海等學二十餘年並在英國海軍衙門充當試官四年曾蒙華廷派委要差今擬在本公館教授華童英文以便將來應陸軍海軍商務之選惟受教不得過十五歲議定每季脩金關平銀一百兩如有從學者即希函達天津恒興發飯店或烟台英領事署轉致倪爾森可也

十一月初十日紫竹林行情

黃金九十七兩

錢盤二千六百九十五文

洋元一千九百四十文

老竹銀九六錢

銀盤二千七百三十五文

鷹洋一千九百七十文

直報

光緒二十一年十一月十一日　第二百八十七號

西曆一千八百九十五年十二月廿六日　禮拜四

上諭恭錄

上諭前據御史陳璧奏參山東藩司張國正前在福建泉司任內各款當令邊寶泉確查具奏嗣據邊寶泉覆奏張國正官閩年久頗有吏才被參各款查無實據復經諭令李秉衡查看該藩司能否勝任據實覆陳茲據奏稱張國正於地方公事向屬認真等語仍着李秉衡隨時留心查看如有不能勝任之處即行據實具奏至原參之前任福建龍巖州知州盧鑾雲南安縣知縣蔡軒署羅訪同知唐爾時均經邊寶泉查明尚無營私証據仍着隨時察看該部知道欽此○上諭御史敬祐奏保送稅差人員告假太多請更定章程一摺各衙門保送稅差人員豈容規避取巧此次更換殺虎口稅差各員紛紛請假殊屬不成事體嗣後各該衙門保送稅差如有臨期告假者即由該衙門知照吏部照例議處以杜規避欽此○上諭左翼監督着阿克丹去右翼監督着溥良去欽此○上諭趙舒翹奏特參疏防劫案之知縣先請交部議處一摺盜賊肆劫最爲地方之害全在地方官隨時認眞緝捕乃九月間江蘇江陰縣城內地方竟有[illegible]被劫拒捕傷人之案經該撫勒限嚴緝日久未將贓盜弋獲捕務實屬廢弛江陰縣知縣劉有光着先行交部議處仍勒限嚴緝贓盜務獲究辦餘着照所議辦理該部知道欽此

長至說　續前稿

或又言春爲忠東方爲春春動也故動者孕植者生萬物得遂忠之至也夏爲樂南方爲夏夏興也南任也萬物莫不任興樂之至也秋爲禮西方爲秋秋肅也萬物莫不肅靜禮之至也冬爲信北方爲冬冬終也北伏方也萬物冬皆伏貴賤若一美惡不減信之至也　冠子則云左法仁則春生殖前法忠則夏功立右法義則秋成熟後法智則冬閉藏其義總不外一陰一陽故春秋繁露綜以寒暑二字以喜怒當寒暑威德當冬夏曰冬夏者威德之合也寒暑者喜怒之偶也喜怒有時而當發寒暑有時而當出其理一也當喜而不喜猶當暑而不暑當怒而不怒猶當寒而不寒也當德而不德猶當夏而不夏當威而不威猶當冬而不冬也喜怒威德之不可以不直處而發如寒暑冬夏之不可不當時而出也已矣又言喜怒之禍哀樂之義不獨在人亦在於天春夏之陽秋冬之陰不獨在天亦在於人人無春氣何以博愛而容衆人無秋氣何以立嚴而成功人無夏氣何以盛養而樂生人無冬氣何以哀死而恤喪天無喜氣亦何以暖而春生育天無怒氣亦何以清而秋殺就天無樂氣亦何以疏陽而夏養長天無哀氣亦何以激陰而冬閉藏故曰天乃有喜怒哀樂之行人亦有春夏秋冬之氣者合類之謂也淮南子云人主之情上通於天故誅暴則多飄風枉法令則多蟲螟殺不辜則國赤地令不收則淫雨多天人相感理固應有而歲時長短之至實爲至天非爲至人爲至陰陽消長之機非爲至喜怒得失之節也中土諸子百家言天之書汗牛充棟其言大體皆曰蓋天曰宣夜曰渾天蓋天者周髀也謂天形如蓋之倚南高北下極在天下之中今在北者蓋之倚也日出高故見日入低故不見日朝

卅陽中故見暮入陰中故不見時至夏陽多陰少日出即見故日長時至冬陽少陰多掩日之光故日短其言天左旋日月右旋之說宗之楊雄難之以渾晷推之不誰也宣夜之書無所師法晉虞喜因之葛洪譏之虞聳吳姚信等猾異好奇各著論說不足爲據　未完

郵牘續聞　○近年京倉以放代盤先察南新舊太海運三倉故此三倉遞次札放京官俸米刻值開放漢俸秋季米石推過海運倉開放因南新倉將及盤完故仍放南新未札海運云○直隸學政徐大宗師移會順天府丞堂已於　月初四日案臨通州歲試順屬文武生童

喜錢難搶　○各部院堂官車轎夫役向書吏勒索銀錢並有聚衆圈禁勒贖情事前經烏侍御叅奏　旨嚴禁在案日前刑部由獄將官犯葉志超蔣希夷龔照瑗黃仕林押解市曹候　旨當即奉　旨免勾將該犯等四名一併還　旨赦回己列前報茲聞刑部各堂官車轎夫役赴獄向該犯等強索喜資數百金均未應允諒己回稟堂憲究辦未悉如何訊辦俟訪明再錄

都轉師課　○欽命二品銜長蘆都轉鹽運使司鹽運使李　爲會文書院肄業舉人並問津三取兩書院肄業生童及備取生童暨甄別未取生童知悉照得學海堂本年十一月師課經古定於本月十三日考試合行牌示該舉貢生童等屆期親身來司領題回寓繕作限十日內交卷各宜遵照毋得遲延切切特示

督務詞批　○天津督務處　示該職孀婦李王氏呈　批控賭無據本難率准惟稱爾子被督弁范榮菴等誘騙蜂擁出門今無歸家是否屬實姑候傳訊此批○又示孫寶元呈　批既稱不知張小眼前在河營又訴古北口營內實屬自相矛盾爾應赴天津鎮衙門控告毋違此批

查閱各營　○鎮憲羅軍門辦理　防朝夕不遑啓處茲聞初十日後軍門差弁人等赴河間等處查閱各汛閱月餘方能回津云

詳銷舊案　○五月間王有宏與孫士清在縣互控屢登前報昨前邑侯趙大令未赴新任時孫士清已遞毀狀懇乞詳銷當即傳案釋放日前附近街鄰人傳言王孫已見面和好矣

鹵莽之婦　○津俗喜赴在理公所乞求茶膏以消食水由來已久郡城王姓家夙存此物以待不時之需不知何時將煙灰混入其中王姓婦誤食之比即嘔吐不止赶緊調治幸未就斃夫茶膏煙灰物相似而色味俱別王氏婦其瞽者亦當別味何以盲于目並盲于口耶可謂鹵莽之婦矣

懵懂之夫　○本郡自立粥廠以來赴津求食者指不勝屈有滄州王鳳龍者携妻劉氏來津求入粥廠無奈來遲未獲收入將妻暫寄存同鄉于清海處渠自旋里不料其妻在街討飯自赴道轅同各貧婦共入粥廠卽煩表兄某甲代爲其夫致信詎信未帶到鳳龍復來遂赴于清海家尋妻不見一時情急赴西門外守望局喊控致將于清海傳案供無別情限三日內將劉氏交出歸案午于清海已在西沽女粥廠將劉氏找回送局交王鳳龍領去于乃得釋夫處世應世其難矣哉使當日者于不代王收妻人必訾于之薄今日者于不代王尋妻人孰洗于之冤聞此事吾不暇喜王之得妻先深喜于之得王妻也于不知王妻之在西沽竟于西沽得之此中若有神助焉若夫王之舍妻回家與王妻之不告于入廠均爲愚夫婦之懵懂者若非貧極宜大加斥責以儆將來焉

轉眼發財　○怡和太古行三輪船急於出口以洋蚨三千元雇人鑿開冰凘期以三禮拜爲限如在限前早數天鑿通計日加洋蚨一百元今以十餘日鑿通既省力復獲重賞幸哉亦前數日之陽和有以濟之也命矣夫

合眼就死　○人無不好名無不嗜利其心皆莫切於怕死如明不以名利易其死則皆不欲也故以之禦敵則潛逃以之力田則偷安獨於安佚食色則明知而故犯之何也煤氣薰人致死所在多有而無知者貪其暖合眼就之斃矣能復生者幾人乎昨滙豐洋行下房三人烘煤爐就寢今晨俱斃一爲帮廚一爲牛夫一爲花匠云

錢行傳語　○東門內源豐厚錢舖實係劉星垣閻小山合股而開生意極佳自當日盛一日奈二人者始則貪得無厭外股甚多思欲一網打盡或猥行或草帽辮無利不謀繼則各懷異心兩人皆支出舖錢七八萬吊二人忽於今歲意見不合劉寓居家閻即將劉找

出旋仍不理舖事前月竟於出舖後不無怨言外人遂飛短流長遂致有擁門索錢之事若以該舖帖存而論約有五六萬吊富無錢時可帳等人均乘間而走僅有學徒者在舖支應閻見勢不偕即到益順臨我劉之叔父劉小齋仲寬按劉小齋在益順臨帳房多年家道殷實富已以叔姪分居推諉不管閻云令姪既逃不管奈何劉小齋擬於情願富付現銀四千兩在振泰亭易得現錢若干繼又爲四千兩方將生意保住計是日開付一萬數千吊至今帖存尙有二萬餘千此刻街面川換均欲與該舖清楚且該舖有票項萬金雖生意外面可以保住內中恐難辦理劉小 付銀八千兩即欲閻立據從此分撥清楚閻現在尙未應允且欲劉再付若干方好其中情節令人難明茲據錢行中人所述如此錄以質之箇中人

客寓招娼 ○本郡水陸交衝仕商雲集寓棧實多惟自去歲軍興生意蕭索而大兵屢屢過境各店生意愈不言佳現居封河商賈有言旋者有久居者聞各店多有招攬娼優誘客聚賭之事以逆旅中孤燈獨坐莫破寂聊引以娼賭適投其好不知一經陷入陣中虧空資本或竟耗盡囊橐始以行裝折變繼則流入匪徒甚或無面歸家沿門乞討轉作異鄉浪蕩之身殊爲可惜每聞該店一視客囊空乏立即逐出不容稍緩似此招娼誘賭均屬大干例禁無如此等客寓之掌櫃非某署差役即是著名棍匪而地方又例有規費爰以朋比爲奸不過責辦惟望該管者親蒞嚴查庶保異鄉之人免被陷阱之害誠爲德莫大焉矣

好善樂施 ○天津工程總局代收山東義賑所有諸善士樂助錢洋元已集有成數彙解災區並已登報牘茲又有第十起寬成堂助銀五十兩 存德堂助銀十二兩 體讓堂補藝堂各助銀十兩 懷德堂助洋銀十元 聚德堂穀貽堂貫芝山房各助銀二兩 緘齋金助銀四兩 起鳳山人助銀一兩 忠信堂執藝堂範蓮堂無名氏玉善堂世𫈅堂各助洋銀二元 協德堂叙和堂各助洋銀一元然該處被災甚廣杯水車薪依然無濟尤望樂善諸君大發慈悲慨然解囊大聲疾呼代爲勸募庶幾集腋成裘源源接濟俾百萬災黎拯援斯感得慶重生則本局心香一瓣謹代災民百叩且爲善獲福彼蒼定必厚報焉

碑字存疑 ○吉安府屬某甲掘地得一石碑甲不識不知詢之鄰者前有吉安府屬某家營葬破土時亦曾見一碑碑有字曰不可扳三字人皆見而異之再掘數尺復有一碑語亦如前於是欲窮其異者令再掘之至數尺下果又見一碑其文曰不可扳不可扳記其碑陰復有數行大字拭而讀之則曰若要扳若要扳眞人出在鄱陽湖中聞其論無所有矣現在省城傳述議論紛紛未識果有其事否恐匪黨假此以爲惑衆地步耳

作弊自害 ○京江某姓九月間娶一新婦先期將房屋修飾新房內墻壁亦皆粉白煥然可觀據聞新婦進房之後正在小便似有人掌毆新婦駭極不知何故再四思維毋以新粉之墻爲工匠作弊乎細視其墻有五指印甚顯模糊新婦用繡花針將五指逐一釘在數日後該工匠五指之上頓患五疔自知該人破法央人說情新婦佯作不知預備香燭鞭炮登門服禮新婦始將五針拔去該工匠五指上所患之疔亦逐漸而愈聞之者莫不稱爲奇事

名書出售先取爲快各樣無多遲者空矣 關闕演義 趨吉避凶詳夢秘書 圖詠燕外史 蘭苕館外史 增補笑林廣記 板橋全集 何典 圖詠音釋坐花誌果 圖像鏡花圖 新增百美圖 太平歡樂圖 醒世第二奇書 仙狐寶錄 目蓮生救母 雙金錠 尺牘合璧 尺牘彩新 增廣尺牘句解 商賈尺牘 增批分類尺牘 續增批分類尺牘 無師自通生意尺牘 無師自通京語 西事類編 醫門法律 藥性賦解 中國電報總編 徐霞客遊記 夢裡 片情 花間楹聯 瀛海輿洲廈門地圖 五洲統屬圖 中日戰守始末記 劉帥地學法西法操練 攷正玉堂字彙 三公奇案 全圖四才子 五才子 五代殘唐 八賢手扎 雙蓮筆 五十五種 醒夢錄全傳 劍俠奇中奇全傳 殺子報 羅通掃北 中江時下勝景圖 海上花影大觀 海上花列傳 海上見聞錄 連十本青樓夢 前後套通天秘書 諸葛心書十三律附百猿經風雨占圖 戚大將軍練兵實紀 古微書全函 算法大成全圖 孩兒笑話 新鮮笑話 中外戲法大觀 各樣畫報 本館直報 主顧購取每日午後直至申後敝堂靜候無時無暇不能出售 天津府署西三聖菴西直報分處崇縱堂梁子亨啓

告白

敬啓者現在海大道内地會對過有洋樓一所出賃 仕宦客商如欲賃者請到集盛洋行面議可也特此佈
聞 集盛洋行謹啓

本館京城售報處在宣武門外燈家坑路東海昌會館内陳午清先生代辦如有願看者請至陳處可也
本館謹啓

李鴻相馬關議和紀實 並帶小照 每本價洋四角五 王芍棠星使使俄草 盛世危言 續盛世危言 盛世危言 螢盧叢書 各國時事類編 中日戰守始末記 外國上書記 蘭石蘭譜 竹譜 海上見聞錄 洛金扇 吉祥花 小八義 ……書 ……繁 桃花新錄 夢筆 ……花 ……
告白

啓者本行專買一切飛禽走獸及隕石等類各處人客君子如有其物不拘大小死活即祈送至本行從優議價或路途遙遠碍難速運者祈先致信本行同去觀看物對面議價必從豐決不負言特此佈告
本行現暫設在天津紫竹林英租界東興號日本剃頭舖内
曾我行告白

敬啓者本公司在天津開設製造公司專出各種工程捷妙新法并估價值茲將各項分類列後
計開
一考驗礦質分化金石所含開採鎔化一切良法皆能條分縷析繪圖具報并估一切應用器機價值
一測量鐵路鐵建車軌皆能逐條繪圖具報并估建造及一切應用器件價值
一電氣車電光燈皆能繪樣并估全副電燈價值
一鎔化礦質大爐并新式釘磚及士門得土各窰所有應用物料薪炭須先詳加考驗再為繪圖製造
一測繪各處港澳江河皆能畫圖備用
一製造煤氣及自來水一切廠所器機皆能繪圖估價
一估造各種工程繪畫各種平視立視精細圖式
一物類原質皆能以化學法分化無訛
一欲辦工程如來本公司面議即可告以良法并估價值再本公司素與歐洲及美國各大公司聯絡故能包辦各項工程或有工程需人監理本公司亦可派人前往
本公司主人現寓恒豐泰
賈懈孫製造公司謹白

杭 浙
號 元吉永

本號自置綢緞紗羅顧繡新樣洋縐花素洋布川廣夏貨閩稻雅扇廣貨頭油俱全歟為近時錢市漲落不同故爾各貨減價酬謝估衣……中西路北凡 仕商賜……

敬啓者現有英人僑居烟台曾在英京國學考有官憑能教授解史算法航海等學三十餘年並在英國海軍衙門充當試官有年曾蒙華廷派委要差今擬在本公館教授華童英文以便將來應陸軍海軍商務之選惟受教不得過十五歲議定每季脩金關平銀二百兩如有從學者即希函達天津恒豐泰飯店或烟台英領事署轉致倪爾森可也

十一月十一日……行情
……二千六百九十
……一千九百三十
……九七六
……一千七百三十六
……一千九百六十文

直報

光緒二十一年十一月十二日
西歷一千八百九十五年十二月廿七日禮拜五
第二百八十八號

上諭恭錄

上諭依克唐阿奏特參庸劣不職之營官請旨懲儆一摺據稱性字新軍營官高玉鳳操演生疏漫無紀律該營哨長郭道源自雇人頂替額兵情事實屬庸劣不職總兵銜儘先補用副將高玉鳳五品銜直隸試用縣丞郭道源均着革職永不敘用並不准投効各路軍營以照炯戒餘着照所議辦理該部知道欽此

長至說　續前稿

惟渾天之制昉於璣衡謂天包地如卵以白包黃天大地小表裏有水天地各體氣而立載水而行其二端一南一北南極入地北極出地二極中等之處謂之赤道日之所行謂之黃道半在赤道內半在赤道外日南至去極遠故日景長自此漸近於極至夏至日去極近故日景短自此復漸遠于極冬至則北其數與南至同春分秋分黃赤二道之交中也漢晉唐宋以來至 國朝皆祖之今泰西則謂地形如球地動而天不動與渾天之說迥別其實則同同者何其數大同也所謂道不同其趨一耳要之治曆之法莫先於定日月運行之遲速序四時之寒暑分二十四氣之正與盈分之法則隨斗所指每氣該十五日二時五刻其十五日爲氣之正其二時五刻爲數之盈積二十四氣算之共盈五日三時以置閏察歲差其最要者則在于定中氣中氣奚定定之以冬至始邢守敬曰曆始于冬至無所取之取之于晷景也二分爲東西之中二至爲南北之極而晷景進退有至有不至者乃日行盈縮使然不可強而叶也蓋曆數術在于算數不在于變行既叶中行之率則可以兩齊先後之變矣是則以日至晷景長短驗陰陽之分數實爲古今不易之定理焉易通卦驗云冬至晷長丈三尺春分晷長七尺三寸四分夏至晷長尺有四寸八分秋分晷長二寸四分鄭玄注曰晷者所立八尺表陰也丈三尺長之極矣又云冬至日樹八尺表日中視其晷晷如度則歲美人民和順不如度則反是又晷進則水晷退則旱其意以爲景屬陽晷屬陰景晷之進退即陰陽之消長天地渾然一氣也動而之陰則爲水爲寒動而之陽則爲火爲暑動靜寒暑一至之于二至實則至之冬至一至則夏至可知由日至之時其動靜進退雖以氣盈朔虛日月五星推布挨算然非至精至神之人不能究其底蘊故中星之定自堯至今亦差數度氣化推移大道元遠難一一以中才求也　此稿未完

根究棲流　○京師五城所屬地面向設棲流所專收貧病流民另派所夫一名專司其事平日留所病民無非二三十名日前山分制錢一百二十文每年冬間另收貧病流民及瞽目瘸拐殘廢人等至正指揮衙門投結入所棲止每日得錢口分制錢一百二十文煤薪錢四十文每名散給棉衣一身每件合工料銀六錢以上共用銀錢向在戶部領出備用銀兩項下核實報銷由正指揮造具動用數目

造具詳細清册三分詳報本城轉詳都察院轉咨戶部福建司直倉科存案歷經照章辦理有案可稽乃近年以來五城各增設善堂每至冬間貧病流民皆入善堂棲身向之爲棲流所者係虛應故事每遇冬間收養貧民所須口分煤薑錢文及棉衣銀兩之時所夫科房即揑造結紙赴司投遞於按册點名之先經所夫預先雇覓貧民暗中先照册濱點按名應聲其所領各項錢文若干向係該指揮按十成扣算曾收八成肥己其餘二成科房門丁所夫各項均分種種弊端層出不竭竟經某富邊訪恐前情徹底根究未悉如何訊辦俟訪明再錄

稟緝搶犯　○時屆隆冬無賴之徒無衣無食相率遁而爲匪乘熱鬧場中乘機攫物大爲閭閻之害京師德勝門外關廂德泰錢店於十一月初七日有羅某持銀六十兩正在兌換之際忽跛非人瞥見邏卽向前強奪而走羅奮勇追赶該匪手持利刃其行如飛卒不敢近前任其呼嘯而去旋赴該管官廳稟報嚴緝賊未悉能否弋獲也

遇凍梢生　○朔寒逼緊虐風殘彼富若貴雖暖閣圍爐尚有起下樓之槩況露處貧民無衣無褐其不困如枯鮒凍若僵蠶也何待聞十一月初七日前門外草帽店一帶伙房小店凡吳市吹簫客以風寒雪冷托鉢無門固已枵腹難堪行將就斃兼以夜間嚴寒透骨遮體無衣晝則啼饑夜則號寒輾轉而死者兩日以來死者枕藉誠憐不勝憐憫不勝憫矣

還陽數非　○昨聞崇文門內孝順胡同居民俞某貿易起家頗稱小康十月下澣身患病症醫治罔效延至十一月初八日一命嗚呼正在備辦衣衾棺木之際其屍尚在木板停放忽然屍身輾轉並聞有呻吟聲移時以手招人自起坐狀家人恐係驚屍不敢進前後無甚異乃聚集多人將俞掖扶而起神色如生並云頃至陰曹見一官坐堂上問我敢凌婦嫂强填產業一事未容回答卽令鬼卒鍾擊令我還陽訴說其事仍歸陰曹發入地獄受苦現雖追悔莫及矣家人正欲復詢俞已瞑目而逝似此報應照彰聞之者可不恐懼內省乎

欽憲陛見　○兩江督憲劉峴帥前在關外以政體違和奉　旨在津調養早經痊癒現擬於月之十二日由陸路進京　陛見是否仍回原任抑係另有　特命容續訪再錄

勘恣輿評　○宮北新泰爐房被竊銀兩一案茲聞將勘驗訊供通詳上憲據該號掌櫃蘇麗源報稱夜間被賊由窗戶格眼入室竊去銀三千餘兩該屋尚有人睡覺當未知覺於次早查悉等語邑尊會營勘驗厚木銀櫃果有起動情形至其窗戶離地約八九尺其中窗格高八寸寬一尺將紙用刀挖去並且墻根立有木梯一個係由房順梯下院而竊並據院中有蔴袋並扁担一條失去等情飭捕嚴緝迄未捕獲惟所勘賊道衆皆不解其故只以失贓甚鉅輿論紛歧茲有所聞合再錄之

瀋牌甦鯉　○順德府知府恩立劄回本任　部選正定府同知張鴻謨飭赴新任　准補完縣知縣董丕豐飭赴新任　無極縣知縣余金綬病故遺缺委候補知縣葉人鏡署理　豐潤縣典史葛其壽因病請假遺缺詳委分缺簡用巡檢王基瑞署理

路案成禽　○山西客人李金堂等行至千里堤被賊鎗轟傷李金堂與夫行里衣物等件一案已登前報茲悉所獲盜犯一係王平安一係馬小元二犯約皆二十餘歲昨在道署經實大令拷訊二賊供認畫押除將該二犯釘鐐押赴縣署收禁外其李金堂等所失贓物當堂領去矣

神其有靈　○城內鼓樓下本月初十日夜不戒於火延燒數家已登前報查火起於鼓樓南連及鼓樓北火繞鼓樓最近且久而鼓樓榱題無損神其有靈以默佑乎

善猶有憾　○本郡素稱好善之區每至冬令紳商富家或施衣或施□或施錢或施糧米有遞給善堂善社代施者有自行散給者原其送至善堂善社之意本恐自己耳目或隘不能眞濟極貧均霑實惠不如託諸善堂善社較爲公便而孰知有大謬不然者夫堂社諸大善長皆自行捐資實心行善但不能以細事躬親故另有司事司帳諸席且薪水即由善款公項發給其人曾非善長亦善士也無如膺其席者率多隨意安居懶吃辛苦多不認眞稽查其所施者非至親卽契友其眞極貧告求者卻答以須親臨查驗實則又不查驗以致窮而無恩者百不一得得之者卽不免有濫施之弊甚至有飯吃者領此玉面喂鷄犬雞犬食人食而不知檢眞乃作孽殊非首善濟貧之本意也司事者既食資俸不任其勞深恐善士悔心善舉將因之而廢則所係誠非淺鮮矣

任意廝鬥 ○楊柳青西街混混皮恩李六高升劉亦昨在該處宮家胡同鬬毆天有二更時分聲勢洶洶恰值督憲派往巡緝之馬小隊哨官戚美成哨長岳兆安會同該管武官查夜至此立將混混皮恩等四名拿獲並起獲杠子鐵尺腰刀等械一併送交有司嚴訊懲辦矣

何故尋毆 ○西門內鄧家胡同高大高二者不知因何事各持器械找向羅底舖胡同居住之王六壽毆王因高來尋亦即出抵然一人終不能敵兩遂被高毆傷時該管地方聞風前往勸息各不服理於是飛報武官抓獲送交有司訊辦

南局徵兇 ○南門外炮台村居住周福向在南製造局爲匠頭[illegible]被其徒王金生用菜刀砍傷身死已登前報茲悉官驗後屍甥賈林生備棺殮埋但正兇不知何日拏獲也

靜海奇案 ○靜海縣良王莊相近小屯村有一男子身死而衣履且俱齊全當經該管地方毛可順循例稟案旋經文武官會驗該屍脖項有細繩顯是被勒而死且無屍親認領邑令飭地方將附近村民傳到令其相認俱稱不識是以不知姓名只得飭該地方棺殮掩埋俟其親屬認領但似此無名男子既係被傷身死亟應嚴緝正兇相抵以重人命而雪死者之冤豈可令正犯逍遙法外乎

上海強學會章程 ○一本會專爲中國自強而立以中國之弱由于學之不立教之未終故政法不舉今考鑑於萬國強盛弱亡之故以求中國自強之學 一今日學校類廢士無術學祇課利祿之業問考文史不[illegible]世用又士皆散處聲氣不通講習無自既違敬業樂羣之義又失會友輔仁之旨西國每講一種學術必有專會會中無書不備無器不儲即僻居散處亦得購書閱報以廣觀摩故士有專業而才日以成國資其用而勢日以盛 一譯印圖書 道莫患於塞莫善於通互市者商以濟無互譯者通士以廣見聞嘗考講求西學之法以譯書爲第一義蓋以中人而講西文不過通酬酢語言只能譯書札尺牘其能讀朝章國律者已少至各學專門之書各具深微之理即其字義各有專門不盡相通彼方士人皆通西學莫若譯成中文之書俾中國百萬學人人人能解成才自衆然後可給 國家之用今西學徒知講語言文字而寡及群書惟 聖祖仁皇帝御纂數理精蘊潤色西算嘉惠士林 高宗純皇帝欽定四庫提要凡自明以來所譯西書數許著錄曾文正公開製造局以譯書爲根得其本矣今此會先收譯書首譯各國各報以爲日報取資次譯章程條教律例條約公法日錄招牌等書然後及地圖暨各種學術之書翻譯隨刊並登日報或分地或分事或分類或編表分之爲叢報合之爲宏編以資講求而廣聞見並設譯學堂專任其事○一刊布報紙 陳文恭每勸士人閱邸報以知時務林文忠在粵譯澳門月報以覘敵情近來華滬各報取便雅俗語涉繁瑣官譯新聞紙外間未易購求今之刊報專錄中國時務兼譯外國新聞凡於學術治術有關切要者巨細畢登○一開大書藏 乾隆時 敕建文淵閣於揚州建文宗閣於鎮江例准士子就讀兵亂散失遺書無多今擬宏闢區宇廣集圖書近年西政西學日新不已實則中國聖經古子歷代史書百家著述多有與之闇合近似者但研求者寡其流漸湮今之聚書務使海內學者知中國自古有窮理之學而講求實用之意亦未遽遜而不必驚望而無謂畏不宜畫界以自封泰西通都大邑必有大藏書樓即中國圖籍亦聚藏至多今合中國四庫圖書購抄一分而先搜其經世有用者西人政教及各種學術圖書皆旁搜購採以廣考鏡而備研求其各省書局之書皆存局代售○一開博物院 文字明其義有不能明者非圖譜不顯圖譜明其體有不能明者非器物不顯詩關關雎鳩熟歷機之疏通沖遠說學者窮日詳考其形色而不知雎鳩也置鳩於前則立識矣人之一體讀素問考明堂及全體新論而不知也外國有人身全體一見則立明矣康熙年間 欽定時憲書米用西法置南懷仁所造儀器於觀象臺其立算與中土舊法迥異今步天測算則非晉臺觀器不能明又如輪船之大而且速槍砲之堅而且利製造機器之出貨捷而且多苟一寓目使知守舊蹈常斷不能與之角力而爭利西國博物院凡地球上天生之物人造之器備列其中苟一物利用必思致之成之不令棄地苟一器適用必思則傚之且運化生新而利便又遠過之合衆人之心思以求實用合萬國之器物以啟心思烏得不富烏得不強今擬創設此院凡古今中外士農工商各種新器如新式鐵路輪車水雷火器及各種電學化學光學重學天學地學物學醫學諸圖器各種礦質及動植種類分門別類皆爲備購博覽兼收以爲益智集思之助

敬啓者本[illegible]在天津[illegible]製造公司專出各樣工程[illegible]妙新法并估價値兹將各項分類列後

計開

一考驗礦質分化金石所有開採鎔化一切良法皆能條分縷析繪圖具報并估一切應用器機價値

一測量鐵路鐵建車軌皆能逐條繪圖具報并估建造及一切應用器件價値

一電氣車電光燈皆能繪樣并估全副電燈價値

一鎔化礦質大爐并新式缸磚及士門得土各窯所有應用物料薪炭須先詳加考驗再爲繪圖製造

一測繪各處港澳江河皆能畫圖備用

一製造煤氣及自來水一切廠所器機皆能繪圖估價

一估造各種工程繪畫各種平視立視精細圖式

一物類原質皆能以化學法分化無訛

一欲辦工程如來本公司面議即可告以良法并估價値再本公司素與歐洲及美國各大公司聯絡故能包辦各項工程或有工程需人監理本公司亦可派人前往

本公司主人現寓恒豐泰　　買辦孫製造公司謹白

告白

敬啓者現在海大道内地會對過有洋樓一所出賃　仕宦客商如欲賃者請到集盛洋行面議可也特此佈聞

集盛洋行謹啓

本館京城售報處在宣武門外[illegible]家坑路東[illegible]邑會館内陳午清先生代辦如門顧者請至陳處可也

本館謹啓

李傅相馬關[illegible]刺紀實[illegible]帶小照每本價洋四角五　王芍棠星使使俄草　盛世危言　[illegible]盛世危言　蟄廬叢書　各國時事類編　中日戰守始末記　[illegible]東上[illegible]記　蘭石蘭譜　竹譜　[illegible]上見[illegible]錄　洛合扇　吉祥花　小八義　[illegible]案　[illegible]案　桃燈新錄　夢鮮生花

[illegible]書[illegible]啓

本局向在上海今分設天津針市街同豐棧内承蒙賜顧其價格外從廉太平御覽　歷代賦彙　史學叢書　新疆識畧　石漢魏叢書　小題三萬選三希堂法帖　墨池堂法帖　其餘各種新出閒書尺牘　圖畫　詩書　賦文策均不細載[illegible]畧[illegible]數[illegible]屋籍也

[illegible]山書局省記啓

浙杭元吉永號

本號自置[illegible]

洋貨花素洋布川廣夏貨

[illegible]雅扇[illegible]貨頭油俱全

[illegible]爲近時[illegible]市[illegible]不同

故而各貨減價[illegible]估衣

鋪中間路北凡　仕商賜

顧者[illegible]

敬啓者現有英人僑居[illegible]合會[illegible]京國學考有官職曾教授經史算法[illegible]海等學三十餘年曾在英國海軍衙門充當試官有年曾蒙華廷派委要差今擬在本公館教授華童英文以便將來應陸軍海軍商務之選惟受教不得過十五歲議定每季脩金關平銀二百兩如有從學者即希函達天津恒豐泰飯店或烟台英領事署轉致倪爾森可也

十一月十二日[illegible]行情

[illegible]九七六[illegible]

[illegible]二千六百五十四

洋元一千九百[illegible]

[illegible]九六[illegible]

[illegible]二千六百九　四[illegible]

[illegible]一千九百三十[illegible]

直報

光緒二十一年十一月十三日　第二百八十九號
西歷一千八百九十五年十二月廿八日　禮拜六

長至說　錄前稿

若夫授以成算則中才人人可爲若輟耕錄所載諸法其易知者如起年定閏定立春二十四氣括以數言歌訣婦孺能頌要皆定之以冬至何易易也此日至之數也至於日至陰陽之氣既可按時而驗並可以理相推要仍不外於陰陽而已天陽也地陰也凡大地間向上之物皆陽向下之物皆陰易言本乎天者親上本乎地者親下其義也陽始而無形陰始卽有跡其實一氣耳地之上陽也故爲氣地之下陰也故爲水氣上騰無已暖極則復寒氣遇寒則化爲水而下降如雨雪之類是陰陽原始反終之義也且如氣自卑而升上泉出于山氣之化也水自高而趨下流入於海水歸本也至是復騰爲氣爲雲爲雨爲水所謂道若轉環原無端也强擬其端則氣爲水之本水爲氣之化氣鍾而水息水流而氣消來盈天地萬物由氣以成形由水以需養一化一歸一息一消胥應其時以行其氣如是而已以此律今長至後之暖長至前之雨運水雖非不應漲溉稍過耳月令謂冬行春令泄其是之謂歟以前此十月之不凍証夏初四月之炎政與古人以十二月爲六合之說亦率吻合可知陰陽推運縱有進退亦皆自然而然則爲不得不然故凡旱乾水溢明者見遠於未萌智者避危於無形先事則預備不虞遇事則救事論事無非以禹之行水爲主泉順其自然無他巧也而以人言之者又謂貌不肅敬則木不曲直夏多暴風風者木氣也其音角故應以暴風言不從則金不從革秋多霹靂霹靂者金氣也其音商故應以霹靂視不明則火不炎上秋多電電者火氣也其音徵故應以電聽不聰則水不潤下而春夏多暴雨雨者水氣也其音羽故應以暴雨心不能容則稼穡不成而秋多雷雷者土氣其音宮故應之以雷其說約本春秋繁露亦猶是洪範五行之旨然而以人言天不若以天言天之爲得縱人可格天終不如先言天而後言人者其義長也古書記每歲風雨既有其數且有其期然其應也有先後大小之不同此卽陰陽進退之說苟求其故亦嘗預算惜俗人心思太雜世故太多私慾蔽其靈明不時昏昧故皆冥然罔覺焉今泰西格致家謂每歲風雨多寡之數無不適均其不均者或爲山水所障隔故此多彼少或此少彼多以多少合計仍適均耳其說與中土陰陽進退之理亦無少異特世俗不能靜觀故衆人不識也陋質凡材不學無術非敢爲探幽之論竊卽道聽管窺者摭錄之以質諸格致君子或亦不棄而惠教乎

直哉侍御　○國家設立文武大小衙門原有堂屬官吏體制以示區別若以妹丈爲官內兄作吏實爲罕聞者也夫爲書吏者肉讀書未成就此途可望異路功名倘非身家清白或爲文武生監重役過犯違碍等情一槪不准認充斯差此乃定章相沿已久近聞有身雖作吏身實被察扛斂不顧聲名者可稱奇聞矣日前有南城坊刑房書吏邱某曾充北城內坊書吏因聲名狼藉改名復充南城內坊書吏已十餘年前年賄于承少尉錫康將工部役滿後輔捐兵馬司吏目選授南城莅任以來與書吏邱某串通舍案件需索訟費細能以曲就直是以不能秉公剖決卽如草廠八條胡同私寮內行兇砍傷劉某案內牽涉戶部綴足庫書吏樊某屢經屬傳抗不赴案户以白綠

數百金作訟費之需經城憲深知陳子承少尉與其內兄邱某從中影射是以批交正指揮劉虞廷指揮景韶飭差傳訊亦經推延日久未料樊某復以白鏹千金了事復經城憲大發雷霆之怒仍敢推諉不傳又聞崔連增與通順木廠孫姓爭地涉訟詳城富經城憲斷令崔連增與劉姓指傳中人高陳二姓到案再行質訊不料徽東北城差委吏目元某將孫姓隱藏從中架訟已被崔連增深知其情據實呈明乃元某與陳子承少尉素日契交故自知一經赴案必究架訟之咎即請託陳子承互相廻護其伎倆捏稱此案頭緒甚繁祇可送交宛平縣辦理希圖縣案地步城憲楊侍御係書香家風爲人樸實是以受其欺朦等情均列前報玆聞城憲訪確前情復經崔連增因宛平縣一月之久懸案不理亦係元某請託某內侍向宛平縣張明府辦理縣案又經赴城呈控於是城憲始知陳子承少尉弊端百出諒必嚴參以儆官箴至邱某身充坊吏兼充南城察院書吏竟冒名施宗澐赴城當差原因施宗澐系中某人充當是以邱某冒名充當與本城察院書吏夏獻廷即夏雲集上下串通勒索訟費人所共知再夏雲集係爲身家清白之吏竟與石頭胡同寶姓妓寮扛欵實屬汚穢自身誠謂不安本分已可概見噫輦轂之下官吏似此貪婪妄爲小民雖滿腹含寃何以伸訴惟經此番雷厲風行均恐難逃例議耳

忍矣小人 ○十一月初六日聞西直門新街口附近有廣某者係旗人也家畜一僮以供指使凡衣服器物之類半附該僮經理業及年餘一日廣某檢點篋笥見所製衣裳失去若干知爲該僮盜出因不勝怒駡擬向該僮中保索償該僮知不能容遂乘間逃逸廣某飭人四出尋覓竟未偵明恐有後變乃報知該管地方官緝拿以圖存案而已詎一夜廣某正在睡鄉忽覺有人入室作啓櫝之聲急起燃燈則揭篋者卽逃僮也見人更不畏怖廣某大怒當卽喚人捉賊該僮乃一面收裹銀物一面操刀於手向廣某大言曰吾聞汝已報官捉吾今夜之來必索汝命幸此際廣某之妻起而攔拒繼而其弟亦至該僮急切中未得下手僅以刀揮中廣某肩臂而逃亟掠去白金三百首飾數十件刻下廣某受傷未起而該僮則高飛冥冥矣似此惡奴更不止近之則不遜遠之則怨者矣

爵牌鈔單 ○易州知州宮昱奏參革職遺缺以記名候補直隸州知州宗仁請補 開州知州周家鼎奏參革職遺缺以邯鄲縣知縣吳濤升補 滄州知州袁遂奏參革職遺缺以沿河候補知州惲秀孫請補 臨榆縣知縣賈國楨迴避原籍五百里與寶坻縣知縣張及第互相對調 通州理事通判常榮簽升遺缺以候補知州禧國署理 本補遷安縣喜峰口巡檢王濬虞奉部覆准飭赴新任 交河縣典史萬祖蔭聞訃丁憂遺缺以新海防候補儘先補用典史盛俊藻輪補 新授河間府知府如松現已到省卽飭赴新任 沙河縣知縣鮑國畸病故遺缺以新海防遇缺先知縣曾慶琛輪補 題補獲鹿縣知縣姚爲霖奉部覆准飭卽赴新任肥鄉縣知縣祝嘉庸署事期滿遺缺以截取知縣陸鴻遐署理 署遷安縣喜峰口巡檢杏榮樹因病請假遺缺詳委儘先州吏目孫之慶署理 本補盧龍縣典史鮑增譽奉部覆准自應飭令赴任 本署南堤七工東安縣主簿劉炳炎詳明與靜海縣主簿李福銘互相調署

電報減價 ○譯西字報云有大北大東電報公司告白言自後傳往歐洲之電報每字減價祇收二元傳往美國紐約每字洋二元三角因中國電報局近日傳往歐洲之電每字價銀祇收洋二元故也

禁搶麪票 ○欽命二品銜直隸分巡天津河間等處地方兵備道兼管驛務河道督運糧餉鹽法事務李 爲曉諭事照得津郡西門外延生社歷係冬至日起至次年仲春月止施饘百日近因人數遞增多至四萬餘口捐項不敷仍照向社章程易饘爲面以白日爲度由該社紳董查明貧戶姓名住址大小口數按戶給票對口授食近聞有無賴之徒不候稽查往往恃強索票任意滋擾更有刁惡婦女竟非實在貧苦輒於各路散票時爭先搶奪尤屬不成事體除諭飭該社執事職員等遵照妥辦外合亟出示嚴禁爲此示仰津郡貧戶人等知悉爾等務須聽候延生社執事按戶查明實係貧戶給票照領如有無賴棍徒恃強滋擾准該社執事人等指名稟究不貸其各凜遵毋違特示

未放冰輪 ○昨報紀轉眼發財一則今悉爲傳言之誤該工人係包鑿河冰放輪出口計程約八里有餘今所鑿者尚無里許雖此兩日大風河冰愈結愈厚恐難遽放輪出口也

瑒民感戴 ○本埠趙家瑒一帶屢年被水民不堪命本年趙家瑒汛黑千戎雇工修築河堤附近各村秋成有慶現各村民議

匾額一方其額曰保衛田廬四字聞不日諏吉恭送矣

堂供參差　○昨西門外楊家店內住客王從典將伊妻龎萬姓扎傷身死已紀前報茲悉王從典當日所用凶刀係剃頭鋪薙刀一把已供王直剃以供詞參差再四詳究且王妻龎萬姓致命皆在咽喉王妻扎傷後尚可飲水遲始殞命一人兩傷兩人又皆傷在咽喉豈有不爭命之理嗣經勸令嚇責王從典始又供出幫凶三四人現已添傳質對如何審訊俟訪再登

愼之在人　○初九日夜鼓樓下各舖被災已登前報聞津人紛論此火由某舖所致舖夥某甲五更作活誤將洋燈撞倒火樸乃上致釀焚如云云夫煤油致火書不勝書其禍在人不在油若因失愼遂棄煤油是猶諸因噎廢食也豈有此理哉

施之宜早　○西關濟急粥廠本年人數較多所收者乞丐居其大半赤條條一絲不掛現雖早晚吃粥每日各店仍不免有凍斃之口關心民瘼者既爲謀食能不更爲謀衣乎

以姪盜叔　○城東南鄉聚寶莊有倪姓業農者家小康養牛馬三四頭常在門外槽頭拴餵昨黃昏後更鼓初敲有擬入棚中視已失其二比即向四處尋覓全無踪影嗣聞被其堂姪某牽去在集市賣倪某已赴琴堂控告鄉人以其事關家醜特爲解紛不知其能遽息訟否耶

爲閹娶妻　○一陰一陽之謂道乾索坤而得男坤索乾而得女夫婦之倫非徒具其名要必具其實苟無其實則不男不女謂之不人何言夫婦天下之曠夫怨女爲人事之有憾非人道之有虧也乃有人道已虧嬲欲人事之無憾者是誠無憾之憾矣某邑某閹已淨身爲其富也欲娶妻某氏利其財以女女之備鼓吹受親朋賀或問其友曰閹之娶妻將何如友答曰奚有於是亦爲之而已矣一時言者鼓脣聞者捧腹皆以爲不近人情有爾先生者危坐正顏力排衆議曰何君等之不情也夫跛不忘履盲不忘視噎不廢食何獨禁閹之娶妻哉易地以思亦欲人之禁焉否耶衆喙始息夫世人貪得無厭而深禁人之愛財者其居心奚以異是也吁

氣候不正　○滬友來云十八日晨彤雲密布濕霧迷漫似有雨師秘駕氣象農夫均有喜色詎至午依然光天化日兩點全無天氣轉暖行路人皆濕汗沾衣茲屆冬令亦足見寒燠無常氣候不正矣

西報譯要　○神戶西字報載西歷十二月一號東京來電云英德兩國刻經照會中朝將日本找償兵費須欲湊足付給日本所需之銀已由兩國作保轉借聞中朝已允如所請

上海强學會章程　○中國非無專門積學之士若於不相聞問無由觀摩即已自學問亦無人能知且平素相交之雅則相遇生妒忮之心今務使海內學人聲氣大通以相增長是入會之大益○一聖門分科聽性所近入會諸子原爲講求問學今爲分門別類皆知孔子經學爲本而中國史學歷代制度各種考據各種詞章中國各省政俗利弊萬國公法中外律例中外醫學中外教門理法天文地理測算圖畫泰西史學格致化學農務學商務學機器工學建造工學輪船鐵路電綫電器製造開礦學水陸軍學師範學以及一技一藝皆聽人自認與衆講習如有心得之學新得之理告知本會以便登報將來經費充足即開此門類設立學堂展轉傳布人才自盛○一入會諸君原爲學問起見其有疑義可面詢局友講求或詢專門名家詳答其會友自撰經世文字新論新法可寄稿本局經通人評定或抄存備覽或刊刻流通給發中西未得之新理加酬獎賞標其姓名以收切磋之益○一外國感樂布施各捐欵至百萬者故學業甚盛各省善堂捐欵亦多累數千百況此舉功德比善堂尤大今議凡來會者皆須捐助最少以十兩爲限○一善堂捐助義舉皆立即捐背凡入此會概同斯例若逾月不交即將入會名扣除其五十兩以上准分兩次清交百兩以上准分四次清交每次以兩月爲限○一凡捐助百兩以上者每印成書各送一部五十兩以上者譯印之書但收成本三十兩以上者譯印之書皆減一成自十兩以上者報紙皆減收二成刊名報上共月捐助千金者亦准其子孫一人入堂肄業由會中支給○一捐助之欵寫明姓名爵里由總局收取聯票收條仍到換票處換給聯單作爲入會之據其外各處交電報局代收其收錄用三連票兩張由電局收銀塡明數目付給三聯票收條即寄第二連票到本總局換第三連票收執爲入會之據本局將姓名爵里學業寓址按照號數彙編存案其三連票皆有董事圖章

敬啓者本行在天津開設製造公司專辦各種工程精妙技法并估價值茲將各項分類列後

計開

一考驗礦質分化金石所有開採鎔化一切良法皆能條分縷析繪圖具報併估一切應用器機價值

一測量鐵路鐵建車軌皆能逐條繪圖具報併估建造及一切應用器件價值

一電氣車電光燈皆能繪樣併估全副電燈價值

一鎔化礦質大爐併新式缸磚及士門得士各窰所有應用物料薪炭須先詳加考驗再爲繪圖製造

一測繪各處港澳江河皆能畫圖備用

一製造煤氣及自來水一切廠所器機皆能繪圖估價

一估造各種工程繪畫各圖平視立視精細圖式

一物類原質皆能以化學法分化無訛

一欲辦工程如來本公司面議即可告以良法併估價值再本公司素與歐洲及美國各大公司聯絡故能包辦各項工程或有工程需人監理本公司亦可派人前往

本公司主人現寓恒豐泰

寶徐孫製造公司謹白

告白

敬啓者現在海大道內地會對過有洋樓一所出賃 仕宦各間如欲賃者請到集盛洋行面議可也特此佈

集盛洋行謹啓

本館京城售報處在宣武門外猴家坑路東湖南會館內陳午橋先生代辦如門願看報者請至陳處可也

本館謹啓

告白

李傅相馬關被刺紀實連帶小照每本價洋四角五 王芍棠星軺便覽俄草 盛世危言續編 盛世危言 弢盧叢書 各國時事類編 中日戰守始末記 奉天車上書說 蘭石蘭譜 竹譜 海上見聞錄 洛金扇 吉祥花 小八義 [illegible] 鏡花緣 桃花新緣 [illegible] [illegible] [illegible]

文美齋書莊

德陞齋靴鞋鋪

本號專做滿漢朝靴新樣京式各鞋及鑲花扣鞋一應俱全價廉物美賜顧者請認明本店招牌庶不致誤本號開設在天津府北門外鍋店街

[illegible]

浙杭元吉永號

本號自置綢緞紗羅新樣洋縐花素洋布川廣夏貨閩搭雅扇南貨頭油俱全價爲近時錢市漲落不同故兩各貨減價開設估衣街中間路北凡仕商賜顧者請認明本號招牌

敬啓者現有英人僑居烟台曾在英京國學考有官憑並教授經史算法航海等學三十餘年並在英國海軍衙門充當試官有年曾蒙華廷派委要差今擬在本公館教授華童英文以便將來應陸軍海軍商務之選惟受教不得過十五歲議定每季脩金關平銀二百兩如有從學者即希函達天津恒豐泰飯店或烟台英領事署轉致倪爾森可也

十一月十三日銀洋行市

天津行化[illegible]

紋銀二千六百九十文

洋元一千九百三十文

[illegible]

銀元二千七百三十文

制錢一千九百六十文

直報

光緒二十一年十一月十五日 西曆一千八百九十五年十二月三十日 禮拜一 第二百九十七號

第一頁

上諭恭錄

硃筆清銳補授內閣學士兼禮部侍郎銜欽此 硃筆裕庚補授太僕寺少卿欽此

鸞膠類記

夫婦實人倫之始爲天地廣生成爲國家培人材爲祖宗延後嗣聖人制禮自問名納采以及奠雁御輪皆須告兩姓宗廟父於子且親醮而命之迎其所以穀我士女者委曲周詳無所不至敬之重之意爲士之從此克家女之嗣徽音而白男奶耦也故卜其吉兆曰鳳凰于飛誌其和音曰琴瑟在御至變生中道驟賦離鸞碩嗟寡鵠宮弦忽斷么弦獨張斯皆人生之大不幸者於是乎或藉綠綺以求女或致琵琶別抱前室之遺留子女待撫育於他人家室間不堪聞問矣蓋夫婦父子情義相契骨血相關譬之人身無尺寸不愛之膚可容不相契不相關者之些須芒刺此情也亦理也處此遇者勢不宜合惟宜分分之則兩全合之必兩傷無知之徒猥恃含糊而強制之是誠大謬之大謬矣乃亦有不盡然者必其人德厚福厚鍾天地之間氣雖非絕無適爲僅有可播爲千秋佳話焉北省某姓太封翁者其先世素業鹺賈富甲數郡子若弟則習詩書務儉朴崇寬厚科第連綿蔚起陟尊顯政皆有聲先是其鹽店某號司事友夫婦幾五旬僅一女愛如掌珠愛其明大義溫恭淑慎也奈甫嫁而寡惟姑氏存年逾半百無擔石儲或勸女改嫁其姑氏亦勸之曰汝誠可敬但白年日遠朝不謀夕何以守我不願以未亡將盡之人累汝一生身世也其家父母亦以是言勸女矢柏舟無他志父母以其稚也不忍強然終欲得當者而再醮之鄉人聞其賢有富室斷絃欲續之言諸女父女父母喜言於女女不從父曰如此富家一世共仰捨此不適欲何適也女曰欲兒再醮必如父之志道者父知難強寢其議語遂播傳鹺商之太翁亦耳之數月後太翁果斷絃遺一子恐繼室之或毒也欲續而難其選爰鍾意於女囑店友爲媒友初不信翁諄託遽告女父女父亦以其分之太懸也疑爲奚落語友以翁之誠意告爰喜極奔告女曰汝所欲適者今以媒來求汝矣其姑氏與母同力勸謂汝得富貴我輩或不致餓死耳女無辭繼而曰渠欲求婚須依我三事父曰渠自金穴不畏無重聘也女曰非較索聘但求少安我心則可矣父曰汝第言之無不從女曰一須厚葬我前夫二須親迎三須與我姑同行渠當終身以母事父曰其二或不難其三則人世斷無是理況富如鹺商乎汝欲貧死以守我即亦不能相顧父鬱鬱出女門亦無意遽回赴店翁以其復信進詢諸友復令友速催其來來則以故告友亦以難與翁言也躊躇間翁適至遽問遲復之故並見友有難色曰兩友但言我無不從爰以實告翁拍案大讚曰是更吾所益敬而樂從之者遂諏吉如命迎之爲夫人

此稿未完

燕市來鴻 ○崇文門外鞭子巷頭巷居住有木匠某甲因近年營工艱與手中頗裕其人係愚笨之夫偶有失當竟將左近鄰居得罪伊尚不知然是各鄰居每懷詭秘時刻欲洩其憤有無賴某乙不知因何在南城兵馬司涉訟被押遂將甲誣牽在內近日坊主慶勳差役傳甲到案甲聽傳畏懼隱避僻處不知覓學白鶴之高飛否○內城居住旗員文某有白玉搬指一枚質於西交民巷恒裕興舖典價

五兩此物約値三十餘金日前典照失去十月初四日有某甲手持本利典照赴典取贖該典未知其詳竟將物付甲將出典門適文姓入聲言如有取贖白玉搬指者即我物也典中人將甲緻回於是文姓與甲分拱致起口角旁觀人令文出錢文先不允甲意欲赴官辦理論仮又有人排解令文出白銀四兩將典照買回其事遂寢

灤河遺鯉　○江蘇江浙兩省冬漕或云改折銀兩或云依舊運米到壩傳說紛紜總無確信現聞戶部議准江浙兩省全漕不折河海直行已電達兩省糧道衙門照例運辦矣

埠臺示諭　○欽命頭品頂戴督辦東征糧臺兼練兵事宜廣西按察使司按察使加十級紀錄二十次胡　為出示曉諭事照得本司現奉　北洋大臣王札飭應將駐紮北塘續招仁字前後兩營一律裁撤補清餉項收繳軍械妥為遣撒等因並准統領通永馬步練軍宏字等營通永總鎮吳　咨會仁字前後兩營十月分小建自十八日起至二十九日止計十二天扣除米價外薪公餉項湘平銀一千七百二十三兩九錢六分又領仁字前後兩營十一十二兩個月一大建一小建兩關遣餉湘平銀一萬六百八十一兩三錢二分共領湘平銀一萬二千四百一十四兩二錢八分當經核發前來當經本司照數撥動發交來員領回以查散放除報咨外合行出示曉諭為此示仰該仁字前後兩營哨弁勇夫人等一體知悉一俟餉項祇領後即行回籍安分守業不准在途逗遛滋生事端倘敢不遵定行重辦如統帶官有尅扣情事准予來臺告發不得恃衆糾纏軍法具在決不寬貸其各凜遵毋違特示

賑局批詞　○督辦直隸籌賑總局　示據大沽紳士戶部員外郎殷育芯等稟　批候照會南紳經領文前往查明酌量賑濟以資接濟仰即知照此批

直報因緣　○前報載辦理甚善一則段朋在京蒙閱報人傳知伊妻魏氏並二歲幼子爲吳金故私賣辛蒙寸善局金大令送入育黎堂暫存收養赶即晝夜來津本月十一日早到該局叩謝大令見段朋情儒過甚倘在津逗遛恐致興黃鳥之嗟飭勇在河北大街人和店雇車夫盧大之單套車一輛當付車價錢五千五百文促於十二日早起程前魏氏所得身價錢四十二吊文係賞地方等外下剩存局津錢三十五吊文作爲川資令段朋夫婦當面領訖聞段朋住北京安定門內補盆營胡同昨伊妻相見抱頭痛哭當總領時云當日倘不遇地方賢吉升並王懼等赴局喊冤則冤無可訴倘非遇青天仁慈送堂收養則破鏡難圓倘非閱直報人告知雖夢亦無從想到矣

曲巷例禁　○本埠侯家後一帶有游手好閒輩每晚在各巷口引誘遊人送入娼窰名曰跑合往往有因識桃源洞口愈入愈深流而忘反傾家敗產者指不勝屈矣除當道粘示曉諭外昨守望總局憲李少雲太守札飭五段守望局論令嚴拏跑合等輩當此雷厲風行庶跑合者知斂跡乎

豫軍到津　○河南豫軍馬步五營係江統領　營帶隊由奉天調回其馬步隊於本月十二日已陸續到津駐西門外店內俟江統領到時仍即回河南原省約不過三五日間可關差矣

隨時補衣　○西門外濟急粥廠於本月十二日施放棉衣所有在廠吃粥者每人一身至今兩日尚未放齊想不日續即補齊矣

王事獨勞　○鎭憲羅軍門督辦海口防務責任綦重是以自蒞任以來所屬二十二營尚未及查閱現在河路將封防務稍鬆故擬於月之十二日由津起程先赴務關等處查閱即轉往河間一帶閱邊似此嚴冬衝寒僕僕可謂王事賢勞矣

民情好勝　○下夜巡緝瓊屬明於眼目使賊無可隱身自然易於捕拿或者不緝自絕總以多置更燈爲第一良法前經道憲諭飭各守望局協同紳董勸辦以事未果行曾將情形登諸報牘津地人情好勝去歲海疆不靖鄉邑俟飭集各街紳董籌立練勇民團無不遵論辦理查鄉團局之經費較諸更燈其鉅奚啻倍蓰而各舖民猶能遵論辦辦數月之久何以更燈細事反不能踴躍舉行況事係保衛安居大家爲己孰不樂遵是須仍由地方官面論勸辦抑由各段局員再歷勸辦則事自當偕矣

游民宜戢　○遣撤各營俱加恩餉或由河或由海令哨官押送出境既免逗遛滋擾各軍亦得還家安業法盡善矣無如兵勇等多覩津地爲樂境可以適意可以生財於是去而復返者仍屬不少因知營務處及地方官常赴各園觀棧寓客店巡視不准兵勇在津逗

遼邇有兵勇立即驅逐出境若輩遂別出計謀每約集數人或賃舖面云將作某生意或租民房云爲係某公館房屋貪其價值便輙欲賃給是以南門西門以外及河東一帶僻靜處若輩多有是否良莠殊難懸擬仍深恐滋生事端識者如有所聞其思所以安戢焉否

驗盜續聞 ○宮北新泰爐房被竊一案昨日縣將勘驗情形錄呈尚未及詳悉似仍未免失實合再細述顛末蘇麗源供稱賊由房下院由窗戶格眼入屋撬開銀櫃竊去銀三千二百餘兩並將院內扁担口袋一併攜去當經文武勘驗自院中南墻下東首有木梯惟窗戶離地高八尺窗中格眼高八寸寬一尺以如此高窗如此格眼非極捷極瘦之人不能上亦不能入且窗紙係用刀挖開並未撕去窗紙其垂如簾窗之內外並無抓摸痕跡銀櫃乃厚木製成包以鐵葉密排鐵釘加以橫鎖屋中尚有該號四人睡覺以鑰啓如此堅固木櫃竟無一人知覺是眞妙手空空兒矣問之該號舖掌亦未能確切詳明竊案闕失竊鉅贓故當道嚴勒限緝贓賊於今兩月終未一獲合將勘驗情形從實再錄

烟債細情 ○閘口下某店內住營勇一名烟債頗多烟館向其討債屢次支吾遂將該勇行李攜去彼此口角用武勇以馬棒毆傷討債之頭該管地方恐釀巨禍一併送縣懲辦云

地藏聖會 ○本埠拾理等會約有數十餘處每屆地藏聖誕各會皆懸燈結彩酬勞伍善聞日前又屆祝壽之期各會仍照舊例誦經頂禮以昭誠意云

商定約章 ○西字報北京來電云中日兩國通商約欵業經議定批准因於華曆十月十四日在兩國京城調換矣

西報譯要 ○香港西字報云汕頭相近梅縣地方巴司教堂房屋近被華匪折毀人[illegible]賠銀九百九十四元刻下中國已照數賠償矣

台灣邇事 ○臺南府城來函[illegible]人佔謂之先劉淵亭大將軍恐軍餉不繼集議設立籌餉公所請本城紳士進士施士洁蔡國琳盧宗烈張紹芬陳鳴鏘舉人陳楷陳日翔等爲董事在局勸捐助餉陳鳴鏘主政家貲十餘萬首先輸捐數萬以爲倡而且辦事認眞不徇情面於同局各董派捐未免時有開罪月前臺南失守施蔡盧張等數人先行來廈上月下旬陳主政亦携眷逃出航海抵廈借寓伊戚曾姓家施等憶昔陳在臺南依仗劉帥之勢派令輸捐毫無桑梓情面於是商同報復糾集棍惡胡茂才等二十餘人形同劫盜擁至曾姓住宅內不分男女一律摟搶將陳主政夫婦妻妾女兒綑綁衣箱財物一總搬寄劣紳某姓家中私押吊打並辱罵曾姓眷屬金珠首飾等件約值數百金之譜意欲押赴同安鄉間致其死命嗣由陳鳴鏘之母喊控夏防廳請飭差押放施士洁等始懼罪知錯僞挽出陳日翔孝廉將陳鳴鏘送至伊寓中時道憲已訪查施進士等五人行同閫棍私押官紳已飭提訊究矣至曾姓被及搜辱心亦不甘具稟廳憲伸寃亦已批差查辦云噫夏門係光天化日之區亦紳衿等行爲如此亦可見海外書香滋味矣宜該處傳爲奇事也

遼海寒濤 ○營口採訪友人云某日區長向各大戶告以日官於十月十五日回國各區所有日兵先於十三日裁撤近日日兵之運回本國及轉赴臺灣者每日約有千餘名所存米糧均在營口貶價以售○海城縣門丁某姓獨自至營口僑寓連升店向大會稱本官到任需用甚多故特來此會商欲求幫貼修理衙署之費大會告以上年捐團練經費五萬兩又息借五萬兩之後將營勇丁失律重復自募團丁各段設立窩堡晝夜巡查所費實已不貲不克再爲攤派說畢謂營地之淪於日本久矣今幸華官戾止得以撥雲霧而重見青天乃不加體恤循反行朘削吉佑之大令決不爲此意者爲門丁之藉事私肥乎○宋祝三保帥擬俟日兵退後先派四營至營口鎮壓匪人○道標營帶兵隊營喬子敬副戎函致大會囑保守甄園營房勿任匪人拆毁○署海防同知蘭司馬不日將臨營口衙蠹藉修署爲由恐心羅掘殊可惡也○自黃浦輪船南下後即無直放上海之船諸客料理歸裝殊爲忙碌現在市中錢價七吊七百六豆子水陸均無南貨日貴紅糖三兩六錢

大帥抵粵 ○廣東採訪友人云劉淵亭將軍由台南內渡行抵省垣連日謁見各大憲深蒙優睞慰勞有加道路傳言謂廣東水師提督鄭軍門因病告休譚文帥擬奏請劉軍門升署斯缺恐亦未必然也

敬啓者本[illegible]在天津[illegible]設製造公司專出各項工程[illegible]妙新法幷估價値玆將各項分類列後

計開

一考驗礦質分化金石所含鋼鐵銻化一切良法皆能條分縷析繪圖具報幷估一切應用器機價値

一測量鐵路鐵建車軌皆能逐條繪圖具報幷估建造及一切應用器件價値

一電氣車電光燈皆能繪樣幷估全副電燈價値

一鎔化礦質大爐[illegible]新式缸磚及土門得土各窰所有應用物料薪炭須先詳加考驗再爲繪圖製造

一測繪各處港澳江河皆能畫圖備用

一製造煤氣及自來水一切廠所器機皆能繪圖估價

一估造各種工程繪畫各圖平視立視精細圖式

一物類原質皆能以化學法分化無訛

一欲辦工程如來本公司面議即可告以良法幷估價値再本公司素與歐洲及美國各大公司聯絡故能包辦各項工程或有工程需人監理本公司亦可派人前往

本公司主人現寓恒豐泰

賈[illegible]孫製造公司謹白

浙杭 元吉永號

本號自置[illegible]新樣
洋縐花素洋布川廣夏貨
[illegible]羅雅扇南貨頭油俱全
[illegible]爲近時錢市[illegible]落不同
故兩各貨減價[illegible]設估衣
[illegible]中間路北凡　仕商賜
顧[illegible]

拍賣告白

敬啓者准於本月十六日下午兩點鐘在紫竹林下[illegible]豐號內拍賣洋燈洋花瓶外國馬鞍洋爐子各樣洋貨[illegible]件如欲購者請早來面拍可也　集盛洋行[illegible]啓

啓者現在敝行有黑星牌塞門土存津　貨高價廉如蒙　仕商賜顧者請至　敝行面議可也　泰來洋行[illegible]白

告白

李傅相馬關被刺紀實[illegible]帶小照每本價洋四角五　王芍棠[illegible]
星使使俄草　盛世危言[illegible]
盛世危言　蟄廬叢書　[illegible]國
時事類編　中日戰守始末記
[illegible]東上書記　蘭石蘭譜
竹譜　[illegible]上見聞錄　洛令扇
吉祥花　小八義　[illegible]
歸[illegible]家　桃燈新錄　[illegible]
牛花　文[illegible]

發售石印書籍

本局向在上海今分設天津針市街同豐棧內承蒙賜顧其價格外從廉太平御覽　歷代賦彙　史學叢書　新疆識略　石蓮魂叢書　小題三萬選三希堂法帖　墨池堂法帖　其餘印書[illegible]刻新出閒書尺牘圖畫　時文策論不細載略舉數種是也

[illegible]山書局省記

敬啓者現有英人僑居烟台曾任京國學考有官憑[illegible]教授經史算法[illegible]海等學二十餘年並在英國海軍衙門充當試官有年曾蒙華廷派委要差今擬在本公館教授華童英文以便將來應陸軍海軍商務之選惟受教不得過十五歲議定每季脩金關平銀二百兩如有從學者即希函達天津恒豐泰飯店或烟台英領事署轉致倪爾森可也

十一月十四日銀錢行情
[illegible]九七六錢
銀盤二千六百八十五
洋元一千九百三十文
[illegible]竹錢九六錢
銀盤二千七百二十五
洋元一千九百六十文

直報

光緒二十一年十一月十六日
西曆一千八百九十五年十二月卅一日 禮拜二
第二百九十一號

上諭恭錄

上諭劉樹堂奏甯陵縣署被搶管解官項銀兩請將地方文武員弁先行議處等語本年九月間盜匪直入甯陵縣署將委員管解官款劫去雖當時格斃賊匪二名奪獲原銀六百餘兩而在逃餘賊迄今一無弋獲實屬罔知振作甯陵縣知縣汪鈞澤甯陵汛把總史占元均著先行交部議處餘著照所議辦理該部知道欽此　上諭王文韶奏查明籌辦晉邊賑捐及會災放賑出力員紳懇擬獎敘開單呈覽一摺分省補用道曹灃福建試用道何成浩戶部郎中李士銘山東平度州知州潘民表勸捐查賑勞怨不辭均著傳旨嘉獎餘著該部議奏單併發欽此　上諭前兵部左侍郎師曾由內務府司員薦升卿貳補授總管內務府大臣辦事諳練克勤厥職前因患病准其開缺食全俸茲聞溘逝軫惜殊深加恩著照尚書例賜卹任內一切處分悉予開復應得卹典該衙門查例具奏欽此　上諭劉樹堂奏前任學政久病未痊懇請開缺據情代奏一摺翰林院侍讀高釗中著准其開缺欽此

鸞膠類記　續前稿

夫人生四子皆成進士為名宦李子官至侍郎其前室子亦入庠食餼焉此直北人人共知者事為　咸豐時　太后所聞詔封為一品太夫人他人不得援為例蓋再醮失節例不應封也其福德為何如乎又有粵西某孝廉者其太夫人係再醮育賢德孝廉令江右太夫人繼任粵興圍城令無兵無吏手待盡節賊忽自去令以孤城獨守擢太守羣以為賢母之報云此外再醮生貴子者指不勝屈而其賢與以此為最若夫再醮之不賢破人家業害人尊親殺其夫及前室子女寬著有曹者亦復不少至於虐其前子制其後夫比比也何煩言喻而友囑再四爲錄以警再婚者爰亦泚筆述其概與前事類而志之以見藥蘼器爲斯人作對鏡觀有某甲司事於雜貨局家頗裕年幾花甲而伯道興嗟其偶雖嘉義及置婢未免有可憐之色甲因不忍有他議惟以夫婦外門之內閫其無人爰繼弟之子以子焉夫妻安之治前年妻逝某猶未添頰上三毫也乃毅然爲續鸞膠計謀諸媒媒以某孀婦私囊誇於甲甲利之事偕婦挾前夫二女以至比入門知所謂私囊者概屬子虛其食指則頓增數口幸甲豐於財不爲意詎婦性悍惡視繼子爲眼前釘欲拔之急言於夫夫無奈嬌弟領子歸每月衣食仍由某暗中分給婦始怙然計婦之再醮于某甫月餘耳遂令夫出其繼子婦人之命出必行如是夫吁黑心之符古今一致況求再醮繼室寧有挾筐之志前無結髮之情安得福祥免禍爲幸然屈指以倫免焉者寡矣閔家以蘆花而薄許氏以鐵杵表臨伊古以來前與後如一邱之貉爲之夫者耽少姿甘如簧房簀之間夜以繼日妻計日行夫勢日削如鉗凝口如絡冒頭非木自木不痴而痴甚而使爲不義惟命使爲不慈惟命呼令殺人則恨頭落之遲呼令自殺則恨刀來之晚而婦乃啓口爲雲霧發喉爲雷霆轉身爲風威才爲電可不畏哉夫婦云云胡不畏昔賢謂此類爲兩枕於蔑想必有傷於刻骨者矣吁安所得如直北粵西之兩太夫人者而娶之半世人見再醮者其慎諸

法難再宥　〇工部琉璃窰書吏余翼朝㨿伊子余受田因近年來　內廷太和門　祈年殿　頤和園等處工程需用琉璃瓦片甚多每逢臨時領銀兩殊多學冒出意招搖戳印書查知將余父子斥革詎料該革後仍行覇持而新接斯缺之人每逢工程領欵竟扣十成之三不數年間家道殷足置買房產開設舖店余翼朝已捐鹽大使分發廣東試用其子余受田已捐刑部司獄選授寶鈔比經江南道監察御史烏侍御爾鑒額訪聞余翼朝父子均以已革書吏盤踞朦捐各情繕摺奏參　上諭前因御史烏爾鑒額奏工部琉璃窰已革書吏余翼朝父子盤踞朦捐等情當諭令工部堂官具奏茲據奏稱訊傳該窰商人及書吏等大槪情形請飭拿余翼朝到案質訊等語著步軍統領衙門順天府五城御史將該革吏余翼朝一體嚴拿務獲交部審辦餘依議該部知道欽此已見邸抄余翼朝聞信亦即隱避將寓所資財及置買之房產契據一併交宣武門外菜市口地方鶴年堂藥店存貯迨其子余受田挽人以萬金賄託始將此案暫行掩飾又將炭兒胡同寓所門首留耕堂字號改爲蘊山書屋開設菜市口之鶴年堂藥店前門外觀音寺之恒昌油房多方影戳復行奏參未知余父子能否倖逃法網也

罪不容誅　〇嘗言拐匪之惡甚於刼盜刼盜之所欲得者財而已苟不與抗拒或不至傷人拐匪之所欲得者人也其所以欲得人者仍是欲得財之心而人則未有不傷者非必其拐之去或以折割從事傷人性命也卽如其所拐爲男孩也者則或淪爲奴僕隷入優伶以貽其祖宗之玷又或孩爲單傳之子或幷賴此子以承祧數房一旦入拐匪之手卽斬其宗祀其爲傷也大矣其所拐而女孩也者雖不致斬人宗祀或以宦門後裔或爲大姓巨家書香世代卽不必其女果爲工容並懋才德兼全而有此女者誰不欲爲之妙選乘龍配之佳耦一旦而爲拐匪所得則必至淪爲下賤墮入風塵或爲婢女則鞭箠之苦所不能逃也或爲娼妓則逼勒之威亦終難免也倘得嫁爲繼室老大而爲商人婦則已爲幸矣而隳名節玷家聲勢必隱淚吞聲不敢自道其籍貫卽有親族中人或相邂逅亦有不敢復相認領者則所傷不更甚乎若此者皆拐匪之罪浮於盜者也且盜雖形跡詭秘而任緝捕之責者亦向能購線設法捕而獲之彼爲拐者則蛇蝎其心而又鬼蜮其行苟非先有引綫獲之亦非易易余嘗論及此事而苦無良法惟有苦口勸慰京師各處之人勿購人之子女以自傷其陰德也昨聞宣武門外西草廠胡同居住孫某素日販賣人口爲生於十月十一日由京南拐來子女二名甫經落車卽被官人看出破綻當卽拿獲將一干人証解交步軍統領衙門按律究辦矣

集賢獎單　〇欽命直隸天津河間等處兵備道李　爲榜示事照得舊課集賢書院舉貢生監時務策說課卷現已評定甲乙等次幷獎賞銀數開列於後須至榜者　計開　超等四名　吳鑾慶　崔作樞　蔣清瑞　黃藝斌　第一名獎銀三兩　二三四名各獎銀一兩五錢　特等七名　田文田　崔　曠　李　聰　汪　元　蒲輪召　宋佐清　黃承烈　第一名獎銀一兩　餘各獎銀六錢　一等二十八名　惲彥曾等　前五名獎銀四錢　餘各無獎〇又課試集賢書院舉貢生監賦詩課卷現已評定甲乙等次並獎賞銀數開列於後須至榜者　計開　超等六名　郭爾勳　崔作樞　田文田　蒲輪召　朱晉藩　王文楷　第一名獎銀三兩　餘各獎銀一兩五錢　特等十名　陸沛賢　崔作棟　華世傑　崔　湘　余開中　李煜華　湯　銘　李世銘　吳鑾慶　周之棫　第一名獎銀一兩　餘各獎銀六錢　一等三十三名　范淮清等　前五名獎獎四錢　餘各無獎〇又舊課集賢書院舉貢生監制藝試卷現評定甲乙等次並獎賞銀數開列於後須至榜者　計開　超等二十名　王文純　王　樸　董聯第　鮑德銘　張華燕　沈鍾和　崔作樞　朱晉藩　華世俊　湯聘之　寶廷賡　劉華封　華世傑　宗逢洲　方賓穆　汪　元　張振鐸　惲彥曾　周之棫　黃桂昌　第一名獎銀四兩　二三名各獎銀二兩八錢　四五名各獎銀二兩四錢　六名至十名各獎銀一兩六錢　十一名至二十名各獎銀一兩二錢　特等四十名　方裕庠等　前二十名獎錢八錢　二十一名至四十名各獎銀六錢　一等四十六名　李咸熙等　前十名獎銀四錢餘均無獎

守望示諭　〇欽加鹽運使銜補用道候補府正堂總理守望局李　爲出示曉諭事照得據十一段委員稟稱竊查敝段大小客寓洋車店土娼烟館林立最易窩藏匪類滋生事端每屆冬令必須嚴密巡防且今年游兵散勇隨處皆有尤應認眞查察已將各店烟館

等傳集到局諭令每夜於二鼓後一律閉戶息燈並不准容留來歷不明之人住宿每夜十二點鐘後不准空車來往街市查定例烟館祇准關閉不准添開現闕烟館共有若干業派妥勇查明迅速造具姓名年歲籍貫清冊呈局以憑核對且娼寮最易藏奸尤爲地方之害屢經嚴懲稟明在案查東南城根護城河西岸至胡蘆灘止一帶貧苦之家居多而土娼亦知混雜其中難於查察前經清查戶口時傳諭各戶如係良民准其該家自繕此間民宅四字貼在門首以示區別而易稽查使匪類無藏身之地庶市面得以安靜如段內再有前項情事局勇地方容隱不報一經查出立即提案嚴懲並將局勇地方即以包庇得賄論一併究辦該房屋即封入官等情據此查現值冬防吃緊之際該局嚴密巡查該段所稟查係實在情形自應出示嚴禁以靖地面爲此示仰軍民人等　體知悉自示之後各宜凜遵毋違切切特示

粥廠租店　○本年西關濟急粥廠每年開廠時向租附近大小各店以棲窮黎昨粥廠董令各店所有房租由本廠十日核發一次如各店戶違例另向貧民索費倘經查知定從重懲云云

鐵路插旗　○明正津京鐵路一律興工屢登前報茲聞由河東陳家溝子修起業已插旗驗看道路並聞在漢口浦口下能忽守前過河由河西東道直達蘆溝凡河東有墳地之戶恐有防礙聞已飭諭其家屬後裔各自赴地看視設法遷徙矣

幸遇途人　○見死必救見火必救乍見時天機一發而莫遏誠所謂惻隱之心人皆有之非所以內交非所以要譽此性善自然之流露固無分於途人骨肉也津城東門內路南飯館米鋪猪肉舖雖係三號實係一東該號三號生意俱各茂盛昨晚日將夕時行路人見飯館房上火光烟燄一直上沖急喊該館人出升屋撲救幸水桃水車接踵湧進遂即救滅設非處此地值其時定卽不堪涉想矣

豫防土匪　○凡地方一切義舉紳不自謀官亦無從代謀故鄉有善紳一鄉之福也然亦非藉官勢不能以臻妥善現聞城東軍糧城村自各處大兵遣散以來該處盜竊之案層見疊出若非及早驅逐恐嗣後聚黨成羣釀成巨患昨該村紳民聯名在親兵營王少卿軍門處遞稟軍門已據情上詳督憲批准於月初委派隊哨官帶親兵兩棚在該村巡查晝夜以資保護想賊匪必望風而逃矣

好善樂施　○天津工程總局代收山東義賑所有諸善士樂助錢洋元已陸續照登報牘茲又有第十一起隱名氏捐助公砝銀二十兩正俟集有成數即行彙解災區然該處被災甚廣尚祈　樂善諸君大聲疾呼廣爲勸募俾千萬災民共登衽席則本局心香一瓣謹代災民九頓首以祝之且爲善獲福彼蒼定有厚報焉

用之則行　○浙省撫憲廖穀似中丞現准署兩江督憲南洋大臣張香帥咨開湖北所鑄銀元現已奏奉　諭旨准在各通商口岸及內地各府州縣一律通用凡完納稅釐支發官款以及市面交易均照市價核算等因廖中丞接准咨文後即照錄原咨通飭各司道及府廳州縣釐捐各局　律遵照辦理并出示曉諭商民凡有前項銀元入市須照市價核算行用不得阻撓抑勒致干查究於本月初二日須貼告示於通衢以便咸知將來果能大爲流通不特制錢易於周轉而居民買賣攜帶尤便其益豈淺鮮哉

感無不應　○書言牝雞司晨惟家之索言失常也乃有時不爲禍而轉爲福者豈非主人之善有以感　故妖化而爲祥乎吾觀於鍾某而知之矣鍾某者粵垣之西南鄉人也生平賣卜爲生事母甚孝　日午間見母雞方踏石而鳴其聲雄而長鍾大詫入而問母曰母雞大作怪竟學雄啼母曰兒何怪也物怪而人不怪雖怪何害幸勿以牛刀從事由是母雞冠日高聳毛色亦轉鮮紅不數日化爲一雄形體壯偉每啼仍不忘其故區必登石巔乃矯翼長鳴鍾曰翰音登天何可長也況困石乎乃移石置他所雞又石仍戀其址以鳴驅不他徙鍾此際福至心靈因自忖曰雞其召我乎吾試掘其地吾或鳳凰所止其下有美玉此或同一理也乃自荷鋤依石址掘之不尺許見一埕埕小而黑黝然數百年物也發而深之中有物類錢而大洗之磨之乃露銀光蓋居然動有也計一百三十餘元平之每元可九錢有奇不知是何代物理自何年大喜以爲天賜持以奉母母亦喜曰非雞之啼以誘　衷而何從獲寶哉故曰人定可以勝天勿徒以天定勝人自誘可耳

外賣告白

啟者准於本月十九日禮拜五在紫竹林下東豐號內拍賣洋燈洋花瓶外國馬鞍洋爐子各樣洋貨零件如欲購者歸早來面拍可也

集盛洋行謹啓

啓者本公司在天津開設製造公司專辦各項工程機器[illegible]法并估價值兹將各項分類列後

計開

一考驗礦質分化金石所含開採鎔化一切良法皆能條分縷析繪圖具報併估一切應用器機價值

一測量鐵路鐵建車軌皆能逐條繪圖具報併估建造及一切應用器件價值

一電氣車電光燈皆能繪樣併估全副電燈價值

一鎔化礦質大爐併新式釘磚及士門得土各窯所有應用物料薪炭須先詳細考驗再爲繪圖製造

一測繪各處港澳江河皆能畫圖備用

一製造煤氣及自來水一切廠所器機皆能繪圖估價

一估造各種工程繪畫各種平視立視精細圖式

一物類原質皆能以化學法分化無訛

一欲辦工程如來本公司面議即可告以良法并估價值

一再本公司素與歐洲及美國各大公司聯絡故能包辦各項工程或有工程需人監理本公司亦可派人前往

本公司主人現寓恒豐泰　　　　買辦孫[illegible]造公司謹白

本館京城售報處在宣武門外[illegible]坑路東[illegible]館內[illegible]先生代售如購閱者請至該處可也　　本館[illegible]啓

浙紹朱鈍翁近治喘嗽喉[illegible]產帶癆瘵痘疹驚風各險症均屢回春仍寓彌勒菴

啓者現在敝行有黑星牌塞門土存棧　貨高價廉如蒙　賜顧者請至敝行面議可也　　泰來洋行謹白

李傅相馬關被刺紀實[illegible]小[illegible]每本價洋四角五　王芍棠[illegible]　星使俄[illegible]　盛世危言　[illegible]各國[illegible]時事類編　中日戰守始末記　公車上書記　蘭石蘭譜　竹譜　海上見聞錄　洛金扇　吉祥花　小八義　[illegible]　[illegible]公案　桃燈新錄　[illegible]　[illegible]

代售上海西字滬報　新聞報　代售申報　各樣書籍　本齋[illegible]　各樣增補繪圖繡像閒書各樣尺牘價甚廉每日午後直至申後購買書籍可也[illegible]時無誤[illegible]能出售

天津府署西三[illegible]　[illegible]分處梁子亭啓

浙杭 元吉永號

本號自[illegible]各[illegible]洋綢花素洋布川廣夏[illegible]門摺[illegible]扇[illegible]貨頭油俱全[illegible]爲近時錢市[illegible]落不同故而各貨減價開設估衣[illegible]中間路北凡[illegible]仕商[illegible]顧者[illegible]

敬啓者現有英人僑居烟台曾在[illegible]本國學者有官憑前教授經史算法航海等學三十餘年並在英國海軍衙門充當試官有年曾蒙華廷派委要差今擬在本公館教授華童英文以便將來應陸軍海軍商務之選惟受教不得過十五歲議定每季脩金關平銀二百兩如有從學者即希向天津恒豐泰飯店或烟台英領事署轉致倪爾森可也

[illegible]十一月十六日[illegible]行情

[illegible]二千六百八十[illegible]

[illegible]七[illegible]

洋元一千九[illegible]三十[illegible]

[illegible]一千七百二十五[illegible]

洋元一千九[illegible]六十[illegible]

第二百九十二號
光緒二十一年十一月十七日
西歷一千八百九十六年正月初一日　禮拜三

直報

上諭恭錄

上諭上年奉天鳳凰九連安東寬甸岫巖金州復州海城蓋平熊岳牛莊營口等處各廳州縣均遭兵燹小民流離轉徙田地荒蕪困苦情形深堪矜憫現在遼南歸復亟宜特沛恩施所有鳳凰邊等處民田旗地積年欠項及本年來年應徵錢賦等項均著一律豁免該將軍等即刊刻謄黃徧行曉諭此外附近各州縣如有應行撫恤之處並著該將軍等迅速查明具奏候旨施恩用副朝廷軫念窮黎之意欽此

台湖北沔陽衛掌印守備著胡占鰲補授欽此

清吏議

國家官制設大僚復設小吏大僚維少小吏維多者何哉小吏不多則事難遍勸大僚不少則事無統屬故小吏分任大僚之政大僚總統小吏之功實則大小之所爲一事無少異也所異者小吏之職在勤民大僚之職在察吏不能是則失其職焉顧供職之難也小吏如州縣下而丞尉學官上而院司道府內而親屬幕友外而司事紳衿教職書弁以及郡省之首領在委之佐貳候補之同寅莫一不仰給於在任州縣或督之或撓之或羅織之或干請而蠱惑之百變紛歧概須奉承料理一有不當立見是非至催科則其繁事撫字又其膺名故事無無暇計及且恐別有窒礙者雖欲勤民有難焉者矣大僚如院司上而君心所屬廷議所頒下而羣吏所矜輿情所仰內而樞府言官外而邦交庶務舉一切揆文奮武之大計無不取決於院司之一心縈懷係於是杌棿係於是爲屬下者復干謁之朦朧之牽制之徼之誘之無所不至而內侍權貴之請託故吏門生之懇乞一不如意則飛短流長怨聲載道縱能察吏有察之而莫不能行者倘非鐵面冰心其何以破錮習以爲靖獻哉又況大僚位尊可以上陳於天子小吏分賤安敢上訴於白垣如是則欲破錮習小吏亦戛戛乎難哉然而無難也朝廷有犯顏之臣曹部無抗憲之吏京職外任無異也君子德風小人德草屬吏與上憲亦如是而已矣京師賭風盛於他省盜案亦較他省爲多雖經當道者切實籌議以爲縱民爲賭實即縱民爲盜欲止盜非先禁此不可乃城市僻巷攤局林立均以此爲謀食大宗生意幾於無地無之無人不犯明目張膽毫無顧忌近年因此搶劫致斃人命之案不一而足而賭館開設如常民間游手好閑輩日夜麕聚數十成羣夫小民終歲勤動不足以仰事俯畜得無本之利舉室即豐衣足食利之所在孰不爭趨爭之不已必至於鬥鬥之不已遂至於殺死而無厭不謂荼苦其甘如飴病在好逸而惡勞喜貪而矜巧風俗之偷幾莫能挽以致士農工商雖有正業自賭風橫行無業者以賭爲業有業者改業爲賭父兄宗族不可禁遏甚至室家離散骨肉傷殘概因此也階之爲厲爲之官者名爲禁賭實爲索規費張本是則始于武弁繼則增以文員明知而收此規有干例禁而書弁暨練勇局勇丁聲稱緝捕無費爲詞然其先亦私相授受不敢舉以告人今則視爲例所固有之常且取爲應酬之具矣綱法度蕩然矣況近年竊盜訊供多係在賭局會集分贓者是窩賭實以窩盜也以盜窮盜盜不可窮

以淤止盜盜不可止遂使風俗吏治日壞一日若不嚴行封禁此風伊於胡底也五城練勇局向於冬閒委派哨官一員分段勇丁二十名駐紮關外帮同關指揮衙門緝捕盜賊之需前聞永定門外駐紮哨官某弁帶勇丁巡邏地面至東便門外高碑店店中設有賭局該哨弁等向索賭規不遂即將賭犯劉某等二十五名一併鎖拿解案訊辦嗣經勇丁將該局現銀百數十金現錢一千餘吊均行搶掠一空第將賭徒詳解城憲批交中城指揮審辦之際早經首犯以四百八十金行賄於哨官某弁與某指揮遂將賭首劉四等六名私行開釋逍遙法外僅將同賭寒苦之輩共十九名訊供帶城當此天氣嚴寒夥犯等向有身無棉袴者瑟縮之狀情本堪憐城憲見若輩之苦憐其無知贖即分別責枷飭具安分甘結完案該員弁既獲抓賭之名又獲抓賭之利更博愚民以可憐貧苦感恩戴德之私情面面皆光誠可謂之巧宦矣現經城憲訪聞前情澈底根究巧宦之風庶從此可息矣

月蝕奉文 ○禮部據精膳司准祠祭司以欽天監具題光緒二十二年正月十七日京師月食八分二十六秒初虧丑初三刻三分四十四秒食甚寅初一刻十二分九秒復圓寅正三刻十分三十四秒等因奏奉 上諭知道了欽此相應行文各直隸屆期一體救護可也

日使誕降 ○十一月初十日爲駐京日本欽使林公千秋之期在府第雇定玉成菊部演劇並備酒筵以中外諸公祝嘏共慶聞悉各國駐京欽使並中國恭邸禮邸李傅相翁叔平大司農張樵野少司農等前往祝嘏誠盛舉矣

德備哀榮 ○前任兵部左侍郎師少司馬於十一月十二日騎箕仙逝呈遞遺摺恭奉 上諭加恩賞陀羅經被晉贈太子太保銜照尙書例賜卹任內一切處分悉予開復應得卹典該衙門察例具奏欽此業見邸抄茲聞師少司馬府第高搭起脊大棚門首設鼓樂夫役十二名合樂齊吹十三日爲送路焚醮之期所有前往奠醊者係恭邸禮邸勛貝勒諸鉅公等車轎塞途生榮死哀可謂兼備

事宜更正 ○南城內坊書吏邱某與陳子承少尉係屬姻親等情已列前報茲聞前報所錄邱某係陳少尉內兄皆由哄傳都城其說不一均因堂訊不能秉公剖決怨聲載道所致是以經本館泰西有聞必錄懲風俗勸善惡言者無罪聞者足戒之例訪錄登報今聞邱某年近花甲辦公有年樸實可靠並非陳子承少尉之內兄亦無與院書施宗濬代替承當院書差使亟宜更正茲已訪明南城院書施宗濬實係陳子承少尉內弟未經呈請迴避在往有負冤呈訴陳少尉者諸多迴護掩飾不舉現經城憲查出前情諒有一番革除弊端矣

水利總辦 ○督憲王制軍自蒞任以來勤求吏治研究政務有利則興有弊即除因以直隸河道紛歧頻遭水患小民受困終以未能得人治理是以飭令設立水利總局概以同例分隸各道 而遇事往返計議定必遷延貽誤立以總局專司庶幾事有綱領不致散漫無稽即責令現任司道爲總辦並派候補道二員及延訂地方公 正士紳籌時到局互相考核以期於公有益再選委精於河工府縣丞倅三四員已經司道各憲議妥詳覆督憲批准須發直隸水利總局木質關防於十月二十五日開用以局設東門內籌賑局內茲謹將在局各憲委員尊銜開列如左 總辦運憲李 代理津關道黃 主稿天津道李 坐局辦事候補道王 會辦候補道晏 紳士翰林院編修劉太史學謙 文案候補縣金大令承 會辦候補知州章牧兆蓉 候補同知張丞檀康 候補知縣苗大令玉珂 工程委員候補縣丞王錫壬 陳丞葆彝 惲丞昭華 專司測繪候補縣丞呂鍾渭

軍令森嚴 ○欽命督練新建練軍袁 爲傳諭事據營務處查覆有總兵李嘉崇擅取衛宇傢具經查送還殊屬不知自愛難保將來不招搖生事仰營務處迅即派差弁刻即押驅出境不許逗遛致干究懲切切此諭

鐵路示諭 ○欽命頭品頂戴督辦津蘆鐵路工程總局廣西按察使司按察使加十級紀錄二十次胡 爲出示曉諭事照得本司奉 督辦津蘆鐵路工程自天津陳家溝至蘆溝橋約計二百十六里業派北洋總工程司洋員金達勘明地段並經本司覆勘在案現擬明歲春融開工興築應將經過路徑先行派員丈量釘樁以便購地興工此次洋工程司到境測量地勢凡爲鐵路所應用之地畝俟丈定後按照上中下三等地價另派妥員購買遇有墳墓廬舍可以繞越者決不佔用倘萬不得已必須遷讓者自當優給遷費該民人等亦不得輕聽浮言爲可以託人關說免遷致遭撞騙至攔路樹木應須先行砍去者亦由會同勘地委員估給價值以示體恤誠恐該民人

等未及周知合亟出示曉諭為此示仰該居民人等知悉爾等須知鐵路為通商惠工要務前此洋員所勘之地歷年多遭水患本司目擊各該村落荒歉情形殊屬蕭條太甚一經鐵路造成以後不特與爾等小民生計一無妨碍從此並可變成鎮市大獲利益爾等一遇洋人到境測量釘樁務須遵照畫界靜候派員給價即有一二墳塚勢難繞越者亦應領給遷費讓移其為鐵路所必經之地凡有應砍樹木必須先砍以清疆界當時即給價值切勿稍有阻撓爾等要知此舉欽奉 特旨開辦斷難中止毋得抗違干咎倘委員估買樹木並得來買地委員台借端需索短給價值等情亦准爾等赴局控告本司昔在天津道任內一一與吾民開誠布公當可共信無他其各凜遵毋違特示

豫軍起程 ○昨報豫軍馬步五營到津住西門外及河東一帶督帶江統領於本月十三日始到天津住河東潘家店內十四日午刻忽覺腹內難受片刻氣絕不知是何急症衆軍於十五日已開往河南矣

得人而理 ○長蘆通綱引地為通綱第一係本埠華姓之產設店通州張家灣承辦迄今七十餘年引名長裕嗣因經理不得其人遂致虧累因而成訟其勢岌岌可危也先是家長以鹺務需人授爵厚其辛俸擇人而理族姓景義號蓮宇者願承其乏家長以為本族子姪必能實心從事於是信任之蓮宇接辦後初尚謹飭既而慾心一生弊端百出十數年來不惟帳目浮冒且竟託名隱射並在通州開設錢布店借放票項任意侵挪致店中所虧甚鉅債累日增家長查知蓮宇避匿不面而債主咸集華姓之門華姓食指浩繁均指此產為生計無以所託非人遺害一家家長控於官案懸莫結蘆綱殷富利其引地之美皆愿出貲租辦華姓闔家公議邀出某君代為綜理旁觀僉謂強弩之末維持匪易乃某君接手後盡心整頓斟酌損益重定章程淤運無誤大有煥然一新之象雖華姓生齒之繁債務之多朝得人遂能興復舊業安然坐理誠不幸中之大幸也而某君者坦然不自以為功謂係華姓之產仍聽華姓主張不過危急中代為扶持而已觀此可見天下事得人則興不獨一家一事為然也

不令而行 ○本埠混混一流雖經屢次諭令難絕根株風使然歟邑侯王直刺深惡此風期欲化之閱現有混混之案每三日必提堂一比嚴刑審訊以期其改過自新經此雷厲風行若輩庶知斂迹乎

善難為首 ○河東延生社每歷冬間起至來年春為止施捨紅糧饝饝每五日一放貧苦得此延生誠為不少歷經多年現聞該社由官另派某姓者經理某自為幹練獨出其才思將定章恐更並不按五日關給一次貧將此項糧石改為賑濟一次按口計算所與紅糧並不足向例三個月之需況生糧尤非熟饝可比既須磨面又須柴火且無知性情之人或將糧領到旋即轉賣仍然飢餓難保若照舊章五天一放既可實在果腹自免轉售之弊茲以某改舊章致多怨恨似此濟貧善舉率行更易其果益於貧民也則可今乃損於貧民何為遽改傳聞新定章程較之舊章可省津錢千餘串云云不知所省之項歸何作用第以凡有善舉大抵以有加無已為上倘為更變減少必須明示通衢方可以免物議否則難怪人言嘖嘖也

善須問心 ○本郡某善士歷冬施捨玉麵以濟貧苦賴此得生者多矣於是今歲施捨更多即以現錢交各面舖開寫存條茲由河東某面舖開寫存條若干及至貧人往取每十斤且短一斤並其中攙和粃糠砂土貧之莫不牙磋似此善士濟貧而竟為網利既取善士又欺貧民事果屬實良心何在姑照有聞必錄以質諸司其事者以驗其言

濟急停收 ○西門外濟急粥廠放粥施衣屢紀前報茲悉於本月十三日停收所收人數約計八千有餘云

西醫講學 ○西醫禮德君定於下午八點鐘時在圓明園路洋文書館開講醫學及人損傷等事請博學鼎新會諸君往聽不在會中之人如欲往聽者可至華英大藥房張君集成處取照會票可也

樂善好施 ○敬啟者前奉 津海關道盛 轉奉 魏午帥樂捐大米七百包飭本堂散給貧民遵即親往城廂內外擇極貧之戶驗明分給凡此義粟仁漿均在貧民想必同深感戴又前蒙 清和心木道士樂助本堂經費銀一百兩足徵樂善好施恩周孤寡同列榜章以誌欽感

天津廣仁堂謹啓

[illegible]勝何[illegible]○河州[illegible]圍已[illegible]解[illegible]後賊[illegible]逆首[illegible]涼[illegible]風[illegible]解均[illegible]回[illegible]已分[illegible]追剿指日蕩平真可喜也用再錄之以當露布

拍賣告白

敝行准於本月十九日禮拜五在紫竹林下東豐號內拍賣洋燈洋花瓶外國馬鞍洋爐子各樣洋貨零件如蒙 欲購者屆時早來面拍可也

集盛洋行謹啓

啓者現在敝行有黑星牌塞門土存庫 貨高價廉如蒙 仕商賜顧者請至 敝行面議可也

泰來洋行謹白

本行今失去長毛白獅子狗一只身子不高滿身白灰色如有人收留送至本行者自當酬謝決不食言此佈

瑞生洋行告白

告白

本[illegible]所售天臺齊次風宗伯水道提綱一書近因津郡添設水利總局此書於前月售罄而來購者踵繼本[illegible]自得竭力搜求覓出天郡初印之書數部又[illegible]治一得編明刑管見錄數部二種合為一部牧令奉為南針者又仁和陳雲莊太守選訂國朝學業正軌數部習舉業者皆奉為鴛針以上各書為津邑綠沅齋觀察守天郡日所刻實皆經濟文章有用之書本[illegible]覓得當年初印各書無多與滬上翻刻者迥然不同一看便知此書之精美矣 又石印由津至蘆溝橋鐵路圖

文[illegible]書[illegible]啓

發售石印書籍

本局向在上海今分設天津針市街同豐棧內承蒙賜顧其價格外從廉太平御覽 歷代賦彙 史學叢書 新疆識畧 漢魏叢書 小題三萬選三希堂法帖 墨池堂法帖 其餘各種新出閒書尺牘圖畫 詩賦文策均不細載畧登數種是也

[illegible]山書局省記啓

本號自製廣裝花生清油味極馨香色光皎潔燃點光亮渣滓無餘四遠馳名已歷年所正號廣[illegible]竹林北首創設開平鎮內諸尊賜顧價值相宜

光緒二十一年十一月吉日

恒昌原告白

本館泉[illegible]售[illegible]在宣武门外[illegible]坑路東[illegible]昌官[illegible]內[illegible]午前九点代[illegible]如[illegible]者[illegible]隨意可也

本館[illegible]啓

浙杭元吉永號

本號自置[illegible]新[illegible]洋辯花素洋布川[illegible]夏貨[illegible]雅扇[illegible]貨頭油俱全新為近時[illegible]市[illegible]不同故爾各貨減價廉設估衣街中間路北凡仕商[illegible]顧者[illegible]

敝啓者現有英人[illegible]居[illegible]白曾在英京國學考有[illegible]教授經史算法[illegible]海[illegible]學三十餘年向在英國海軍衙門充當試官有年曾蒙華廷派委要差今擬在本公館教授華童英文以便將來應陸軍海軍商務之選惟受教不得過十五歲議定每季脩金關平銀二百兩如有從學者即希兩逕天津恒豐[illegible]飯店或烟台英領事署轉致倪[illegible]森可也

十一月十七日[illegible]洋行[illegible]

[illegible]六[illegible]

[illegible]二千六百八十五

[illegible]一千九百三[illegible]

[illegible]

[illegible]一千七百二十五

[illegible]一千九百六十[illegible]

直報

光緒二十一年十一月十八日　第二百九十三號
西歷一千八百九十六年正月初二日　禮拜四

華洋輿論

南榮叟偕瀛海商共抱不平之鳴造於屯蒙生之舟屋曰聞古聖賢言義不言利今之世一言利之世乎以中華官府設局招商外洋諸邦到處闢界凡合利也即如津埠英立租界於前德立租界於後致使民心惶惑物議紛歧甚矣利之不可言今之不如古乎屯蒙生曰古亦日月今亦日月古亦人民今亦人民有一身即有室家有室家即有衣食古者水土未平艱食鮮食有聖人出然後遞除其害而胥匡以生務農勸學濬畎澮距川工君子勞心小人勞力自有人世以來已開交易之大局聖人以美利利天下利之為義大矣哉特聖人之為利也公公故平平故溥博淵泉而時出愚人之謀利也私私則不平不平則偏偏則必壅此有所盈彼有所絀則爭之風起利盡而害隨之古與今一而已今之善為政者不為苟異善為商者不必居奇奸商爭利巧宦爭名爭名復兼以爭利實則借爭名為爭利爭不已復暗爭暗爭不已復竊盜欺人以為爭世未有平而爭者即未有既爭而仍平者是爭所存即平所失矣夫聖賢建功立業乘勢因時名皆底於不獲已如禹之治水周公之兼夷狄驅猛獸孔子成春秋孟子拒楊墨非為名也而名適隨之禹周孔孟之心無名也或曰三代以上人恐好名三代以下恐不好名為其猶有幾希存焉者耳不知賢人君子其好生好善愛國愛民之心甚於愛身豈第甚於好名若是說也無須深辨無不為賢人君子所深信者何也賢人君子之心平目無不喜聞持平之論故其治水土也曰平其治天下也曰平其君子之為政也亦曰平不爭先趨附以為同亦不爭自矯枉以立異其心務取準於平何以平之平之以衡衡何以平平之以權權秤錘也所以稱物而知輕重者也其樞全準其機至活準故平活故靈權其準法而活用之恃此以衡量天下物來順應莫不曲當即莫不適均實則莫不適平也恃平者雖天子而下內而樞府大臣外而封疆大吏下而州縣之牧令是矣夫人之根於心生於色發於言見於事成於政如影隨形如響應聲苟其不平或志於仁或志於惡藏其心而未嘗告人人無不一望而知者孔子言志仁無惡觀過知仁以為其天機之流露善與惡誠不可掩初不必故謀不利以諱言利惟其平而已矣惟其平之出於自然而已矣平出於自然雖欲不平而不能不平欲以不平而冒為平適足以見為冒昧以自昭其不平出言如此行事可知行事如此為政可知其人之為賢與否亦不待辨而可知其貽害於國是民生者何可勝道斯人也斯詣也倘與之共為一事相繼為理雖有君子不難撥轉其不平而一出於平而其一撥一轉之間眾論沸騰民情執拗幾至結撰藥外生枝固已難乎為繼矣　此稿未完

僧眞是戲

○諺云幽獄門前僧道多斯言也往往人世九泉為子者延僧禮醮追薦修齋設放瑜伽燄口超度亡靈無非盡孝而已乃刻下京師辦理喪儀之家頗延小顯禿僧任意高唱鋸大缸煙鬼嘆等名目希圖貪索襯錢負將瑜伽設法置於腦後誠謂念經和尚伸嫦將風刮了本屬活人眼目虛邀故事無非為喪家多耗消數串青蚨耳十一月十一日前門外西河沿章某逝世延請小女會文光寺

德宗貯衆諷經送路登瑜伽法座設放燄口超度亡靈然替佛宣揚之僧偶而鐘鼓聲止該僧齊立停誦三刻高聲吶喊索討襯錢迨經不卑人向其平理焉有佛法停歇索取錢財者詭屠黎廣停等無可强辯始行認錯復稽接口越誦怒氣滿腔竟不念齊速即落座似此人作罪多端豈非地獄門僧道更多也用特訪錄以符新聞體例云

匄亦猶官　○踵事增華僭禮越分古人已有爲之者矣然向未有如今日之甚者十一月十一日宣武門外東子營張某發引前列誥命亭鑾駕提爐綠呢大轎男女僧衆音樂齊吹大有黃冠道人喃喃諷誦中雜傘扇旌旛名執事無不鮮明耀目靈後女眷乘坐天羅網白轎哄動遠近紅男綠女無不凝神注目翹首仰觀僉謂此必某紳某官也孰知非是乃乞丐之頭俗名爲花子官者噫以微末小民竟如此鋪張謂爲僭禍越分誰曰不宜

二犯正法　○初七日豁隆染店店掌三四人同伴回家路經韓家樹地方遇賊人用洋鎗將店掌轟傷未致斃命幸逢道憲李觀察查堤勘呂弁帶勇立即獲賊兩名送縣嚴審數堂案無遁飾屢紀前報十七日午後奉督憲令將兩犯綁赴市曹即地正法首級兩個回韓家樹犯事地方懸杆示衆以昭炯戒聞該犯俱係小範人一犯年二十一歲　一犯年二十四歲惟姓名未能詳察因責傷不能自行賜坐洋車同赴殺場前走之犯行刑甚速後走之犯行刑甚遲蹤又不跪至是方知畏死噫何其悟之不早也

一號能飛　○河間府屬甯津縣自上年以來盜案頻出而緝捕未甚得力茲由該處來人言及有賊人綽號草上飛者洵乃著名大盜技藝巧妙不翼而飛現奉督憲札飭該縣尊楊大令會同營汛務將該盜拿獲解郡重懲以微地方未悉能可拿獲否

兩婦聲冤　○天津營務處　示據于王氏稟　批訴悉但其中控情虛實該氏應令爾子于凱臣到案質訊以便公斷可也稟無抱告違例特飭　○又示據職孀婦李王氏稟　批案既批准爾速速找爾子李國華來院質對不得以未同之詞推諉搪塞毋庸再瀆此批

四鬼作祟　○范得勝即范榮春綽號范四鬼于安徽人也先在某營充當勇目即以某營爲護身符訛詐娼窑欺壓良善小民畏其勢焰莫敢觸其鋒後因逼死妓女金九仔被鴇母在天津縣喊控差拿逃逸至今案懸未結近年又復出頭怙惡不悛依舊在侯家后倚勢逞兇伯佔有夫之婦架賭窩娼無惡不作實爲地方之害詐因引誘良家子弟設賭誆騙搶人勒贖被職婦李王氏在天津營務處控告幸名大憲明鏡高懸准案飭差嚴拿已列報端該犯惡貫滿盈萬不能倖逃法網云

估航作會　○津邑所屬楊柳青鎮富人最多養船者亦不一而足每屆冬令封河後船人類醵金作會亦仿慶安瀾之意茲月之十三四五六等日雇定菊部名班以答神庥云

豫軍移屯　○昨報登豫軍起程一則茲悉馬步五營因西關人煙稠密良莠不齊恐勇等居久滋生事端昨早馬步五營起程離津聞係移屯楊柳青鎮俟全軍到齊再赴原省歸伍云

性僧諭言　○天津縣僧會司性僧官自接管以來秉公辦理每屆冬防性僧曾諭菴觀寺院等如有游僧游尼住宿之事不准收留並有面生可疑之人尤難容隱此等情弊本司稍經查出定送同署內懲治云云

游勇解地　○日前西門外源發客店拿獲竊賊張富與一犯由第八段守望局令訊明情由原贓給失主認領外將該犯送交守望總局懲辦已登前報茲聞李太守已將張富與一犯按游勇例辦理解地矣

凌虐養婦　○婦人惟知有己不知有人天下無不賢之女自母言之女自己出也天下無大賢之婦自姑言之婦非己出也至未娶而先抱養爲之婦者以幼小無知之女飢渴痛癢一仰給於絕不關切痛癢生死之姑多死之途少生之趣如鐵在爐融化不成則錯歸無有耳本埠凌虐兒媳之事甚或由此傾家雖非抱養尙多逼命之時況抱養乎然爲姑者前車已覆後車不戒陰毒之慘令人不解奇矣南門外官廳于姓者撫養子媳尙未合巹年十餘歲無識無知常觸姑怒在所不免而姑之凌虐亦自無煩過問焉茲以天氣嚴寒凍傷復發因而斃命該營地方已稟當道聞伊母欲代女伸冤現有附近鄰出爲調處令于姓厚葬其媳始獲息訟聞已稟官免驗矣噫人世幸而有子復幸而有媳固人倫之大節且果得一賢婦勝于得一賢子以賢媳必育賢孫人之長從父教固不如幼從母教之少成若天性

也又況姑不慈於媳即失愛於子而欲子之孝其母也亦希矣昏哉姑也

聞獲巨奸 ○河北關上毘盧室旁李姓一家三命被戕身死歷紀前報茲聞日前守望總局派勇十數人拿獲賊匪二人云係此案之犯未知確否俟訊有確供訪實再登

軍民感戴 ○客歲海氛告警 賈制軍門率師八營分駐山海關內洋河口東西兩岸依山傍海亘綿五十餘里其號令之森嚴布置之周密固有迥異尋常者緣軍門束髮從戎身經百戰克名城殲巨寇功難枚舉 朝廷嘉其勛勩由末弁而遞遷閫上年日人搆衅以洋河口爲山海關內外咽喉即欲由此登岸斷糧道阻援兵計甚詭焉幸軍門下水雷理伏兵層層密布使之無隙可乘繼而拿獲奸細訊供命同不諱送劉帥行營正法日人知其妙算無遺而後遠遁不敢近岸當此時也軍門寢不解衣食不擇味非以報 國爲念迫和議將成弁恐變生不測操防益加嚴密平日視官弁如手足待兵勇若子弟恩威並用賞罰彰明是無軍營氣習且於鄉村大道日夜逡巡迄今一載有餘兵勇秋毫無犯鄉民安堵如常去歲闔郡歉收災黎遍野軍門飢溺爲懷解囊捐賑飢民藉以飽煖尤合郡眞所深幸者也目下和局已定奉 命裁撤三營勇夫以軍門恩重如山泣涕道旁如失怙恃軍門愷切曉諭謂餉項支絀亦我 國家不得已之舉爾等安分回籍尚有恩餉七十天足資旅費勇夫等感激涕零愧無以報於是各營公製萬民旗傘恭送營轅以頌其德鐵壯鄉民聞之皆以受恩深重無以爲報奮然興起亦製旗傘相送是日也鼓樂喧塡旌旂耀日鬧熱非常而軍門謙遜不遑堅辭不受由此觀之宿將中如軍門爲 國爲民克勤厥職者實爲罕覯爰爲泚筆以頌

桑閑居士謹白

得人而理 ○長蘆通𣶏引地爲通綱第一係本埠華姓之產設在甬州張家灣承辦迄今七十餘年引名長裕嗣因經理不得其人遂致虧累因而成訟其勢岌岌可危也先是家長以鹽務需人接辦遂其辛偉擇人而理族姓景棠號蓮宇者願承其乏家長以爲本族子姪必能實心從事於是信任之蓮宇接辦後初尚謹飭既而慾心一生弊端百出十數年來不惟帳目浮冒且竟託名隱射私在通州開設錢布店借放票項任意侵挪致店中所虧甚鉅債累日增家長查知蓮宇避匿不面而債主咸集華姓之門乘食指浩繁均指此產爲生計詎以所託非人遺害一家家長控於官案懸莫結蘆綱殷富利其引地之美皆願出貲租辦華姓闔家公議邀出某君代爲綜理旁觀僉謂強弩之末維持匪易乃某君接手後盡心整頓斟酌損益重定章程發運無誤大有煥然一新之象雖華姓生齒之繁債務之多 朝得人遂能興復舊業安然坐理誠不幸中之大幸也而某君者坦然不自以爲功謂係華姓之產仍聽華姓主張不過危急中代爲扶持而已觀此可見天下事得人則興不獨一家一事爲然也

代售繡像繪圖增補纂編書籍列後 諸葛武侯火攻用兵陣圖 諸葛心書十三律附百猿經風雨占圖 戚大將軍練兵實紀 劉帥地雷法西法操練 劉帥大事記 中日戰守始末記 彭剛直公奏稿 公車上書記 小本公車上書 安危大計疏 盛世危言 鄭心書院經藝 中國電報總編 巾幗英雄 無師自通泉語 洋務十三編 口岸章程 西學類編 徐霞客遊記 情天寶鑑 臺灣記洲厦門地圖 五洲統屬圖 攷正玉堂字彙 何典 全圖算法大成 文武陞官圖 大益賈尺牘 尺牘合璧 增廣尺牘句解 增廣尺牘彩新 尺牘新里新 無師自通生意尺牘 增批分類尺牘 續增批分類尺牘 醫門法律 醫醇賸義 華性賦解 正續通天曉 經驗百種時疫急痧方 古徽書全函 夜雨秋燈錄 繪圖說鬼話 人間樂 蜻蜓奇緣 古今眼前報 遊江南 日記故事圖 夢裡 片情 雙鳳奇緣 大雙蝴蝶傳 閨秀英才傳 征東全傳 英烈全傳 玉燕姻緣傳 藕平四寇傳 三家醫案 五洲教務 七國新學備要 八星之一總論 湘子九度文公 十集京調腳本 連十本青樓夢 意外緣 正續客窗說閒話 西湖圖詠白蛇傳 海上青樓圖記 海上名妓手札 海上酒地花天 海上見聞錄 增廣韻戲奇書五十五種 中外戲法大觀圖說 孩兒說笑話 花間楹聯 馬如飛開編彈詞 新鮮笑話 眞正三續今古奇觀 圖詠燕山外史 各像書報 七顧購取者先觀爲快均部無多每日午後直至申後敬候駕臨無誤還有書籍若干每部還有一二本便錄報首登數訂

天津府署西三圖號交西通報分處內謹啓

天津中西大藥房

零躉批發格外公道

專治小腸疝氣[illegible]夾 不論大小左右每條洋一元
戒烟卄痛藥針藥水 頂上者每副連藥水四兩售洋五元
搖瘋症電器箱匣 雙料單料濕電等定價無不克己
外科刀剪針包 每副卄餘件至十二件者每件計洋一元
各種假牙鉗子等 大小門牙盤牙全副半口各種靈巧牙鉗牙模俱全
補肺治痰敏魚肝油 大瓶十六兩售洋六角五 半瓶八兩售洋三角半
立止咳喘洋金花叶 機器裝貯者每約二兩價洋一角 零躉批更廉
包戒洋烟梅花參片 每匣二百片
老牌肥兒牛奶膏 每匣計洋三角
追瘋明目薄荷錠 每匣洋一角五
以上各貨均是自向英美各國運到大批定價格外克己較之市廛販售者其價迥別餘者丸散膏丹藥酒藥水照像器具材料無不全備一概平價發售碼洋一元核錢二吊諸尊光顧請認鍋店街中西大藥房不誤

浙紹朱鈍翁近治喘嗽喉風產帶[illegible]癥痘疹驚風各險症均驗回春仍寓彌勒菴

本行今失去長毛白獅子狗一只身子不高滿身白灰色如有人收留送至本行者自當酬謝決不食言此佈

瑞生洋行告白

本號自製廣裝花生清油味極馨香色尤皎潔燃燈光亮渣滓無餘四遠馳名已歷年所正號廓紫竹林北首創設開平鎮內諸尊賜顧價值相宜

光緒二十一年十一月吉日

恒昌厚告白

拍賣告白

啟者准於本月十九日禮拜五在紫竹林下東豐號內拍賣洋燈洋花瓶外國馬鞍洋爐子各樣洋貨物件如欲購者請早來面拍可也

集盛洋行謹啓

本館京報售處在宣武門外騾家坑路東魯昌會館內隨午精允生代售如願閱看者請至該處可也

本館謹啓

浙杭 元吉永號

本號自置[illegible]綢緞[illegible]洋縐花素洋布川廣夏貨團摺雅扇南貨頭油俱全款爲近時錢市擁擠不同故兩各貨減價開設估衣街中間路北凡仕商賜顧者請[illegible]

敬啓者現有英人僑居烟台曾在北京國學考有官職並教授經史算法航海等學三十餘年並在英國海軍衙門充當試官有年曾蒙華廷派委要差今擬在本公館教授華童英文以便將來應陸軍海軍商務之選惟受教不得過十五歲議定每季脩金關平銀二百兩如有從學者即希函致天津恒豐泰飯店或烟台英領事署轉致倪爾森可也

十一月十七日銀洋行情

天津九七大錢
紫竹林二千六百八十五文
洋元一千九百三十文
紫竹林九六錢
紫竹林二千七百二十五文
洋元一千九百六十文

直報

光緒二十一年十一月十九日　第二百九十四號
西歷一千八百九十六年正月初三日　禮拜五

啓者現因海口結凍輪船俱停輪前紙未到改用洋粉連俟明春冰洋輪船紙到仍用前紙特此謹白　本館謹啓

上諭恭錄

硃筆楊儒補授宗人府府丞欽此

華洋輿論　續前稿

中日言和以後廣開租界法國復設領事於粵省外海 左近之東與日本則照約章創開租界於蘇杭沙市重慶德國則開租界於漢口於天津爲通商也通商則裕國裕國則使民國取其稅民易其貨貨物流通凡內土之物產向或不値半文者如禽獸已棄之羽毛田家所收之麥草稭爲帽辮皆可以源源出口其類甚夥以華之物易洋之物無論外洋之異物卽洋布洋線銅鐵煤油等項數十年來若非外洋接濟中華幾有錢難買中土礦務若非外洋首爲開採亦幾類屯蒙古闕見卵而不知求雛疾粟而不知爲食計自進商以後華民之食洋食者獲洋財者在在可憑何煩指數洋何有負於華華之所以保安外洋者如京師之治宛第津滬之開租界各省之護教堂華又何忍自負於洋哉華洋之君與華洋之大臣同心協力排難解紛利則共謀患則共恤邇爾之中國皆然而泰西之異於中土者泰西最重商務其富強之計皆取給於商商旺則國富故各處多設商埠涉重洋如履庭戶商行而官隨衛之商之事即官之事官商一體故洋之商皆依官非若中土之官聽商自行自止袖手以外官不爲商謀開埠置兵輪而護遠弗屆也十歲中日違和中土大小臣工士民商旅同仇敵愾遠近一心　朝野義憤之公適以徵　累代　皇仁之渥凡有血氣莫不尊親泰西聞之亦深欽佩其所以卒歸於和者一以兩害相權一恐生靈塗炭此亦元老大臣休戚與共萬不得已之苦衷不欲以無缺金甌漫爲孤注之一擲何可厚非而馬關議和之後二三友邦亦不肯坐視中華積弱受強鄰無厭之誅求於是與既借與洋款若干千萬以償日廷俄復出爲調停卒以遼東三省仍還中土此中底蘊德實與有力焉止不獨晉借楚材練兵製械克以贊襄中國能軍也故此次德國租界之開乃由於情誼相感非出以勢力相加奉中華　天子之明詔內而樞府大臣外而封疆大吏無所不平華曆十月二十九日卽西曆十二月十五日爲德國訂立界石之期德國領事官司艮德君武官翰琛李現率護衛軍隊謹招集德國駐津官商人等在租界搭蓋棚座奉請中國地方官會同面訂午刻津海關道盛觀察津道李觀察府尊沈太守署縣王直刺先後到棚彼此將界址較量畫諸公同驗理界石德領事官向德國官商言曰我德國與中國睦誼最敦今此許以租界皆中國　大皇帝覆幬之恩中國各官長辦理此事不易我德人之官於此商於此者愼毋忘今日之誼也云云於是華洋各官舉觴相賀盡歡而散司艮德君之敦睦明義其儀盛其氣和其心平中華官路諸公皆無異議　此稿未完

候領引見　○巡視東城察院張侍御仲炘一年差竣例應報滿今經都察院委派浙江道監察御史楊侍御福臻擬正署理東城差務俟繕寫綠頭牌帶領引　見後再行接篆任事云

重憂更生 〇夫人苟非有大不獲已亦孰願于枉死城中求樂趣哉此亞聖所以有愛甚於生惡甚於死之言也十一月十二日夜間時交二鼓前門外西湖營地方有蘇姓者年約知命負在某估依局門環上以布帶爲縊命具其頸甫入結套富經巡夜勇丁瞥見設法解救瞬即更生重慶俗謂救人一命勝造七級浮屠誠哉

舖夥認贜 〇東城察院奏拿獲偷竊內務府磁器賊犯孟順兒劉墨林胡明海等三名買贜人犯呂得山段二張繼堂均已交刑部嚴行審訊業列前報茲據供出前門外楊梅竹斜街崇石山房古玩舖范某買磁瓶三十餘個計值銀萬金尚未緝差飭傳乃范某已聞風遠颺旋經浙江司票仰南城吏目將崇石山房查封隨將舖夥李某傳案詰訊初供一概不知嗣未買此物件當經問官將李責打始行承認買瓶大個當將李某收禁令其交出范某到案方能得脫法網至如何究辦俟訪明再爲續錄

墳丁投井 〇德勝門外芒牛橋地方某宅塋地墳丁王某因手中空乏偷伐樹木變賣得錢花用經墳主查知意欲送究不料王其畏訟乘間投井殞命當經報案相驗詳城送刑部按律審辦矣

調委牌示 〇深州屬縣知縣孫之鴻調省察看遺缺以滿城縣知縣郭文藻調署遞遺滿城縣員缺詳委以候補直隸州知州鄭巘署理 大名縣知縣陳忠儼因病請假遺缺以現署獻縣知縣孫清華調署遞遺獻縣員缺委候補直隸州知州胡艮駒署理 臨榆縣石門寨巡檢周之瀛飭回本任 本補藁城縣典吏閻廣泰奉藩覆准飭赴新任 山西巡撫胡大人初七日北來過省

功過記單 〇河間縣張主敬永清縣許元震武清縣番瀛均審解命盜雜案三起均各記功一次又深州錢溯耆通州張兆珏昌平州榮恒武清縣番瀛雄縣郭東槐交河縣張錦緩宛平張肇臃均一月內陳訪黃黑小等家竊封拒捕案三四起以上印捕各官均各記過一次署武強縣孟廣瀚將解人犯于三家內原解脫逃記過一次

欽憲諭 〇欽派督練新建陸軍袁 爲出示曉諭事照得本督辦早年筮仕歷任要差凡幕中員友必取其品行端方即弁役差丁莫不蹈矩循規謹守訓誡決無敢囂張浮誕出外招搖緣亦所至地方商民等共知共見此次奉 命督練新軍必饜實認眞選擇用材固悉由本督辦自行裁決斷不假手他人下及採辦各員亦均諭令貨價持平領即隨時清給倘仍不肖雜流冒充本督辦委員或假托幕友及弁役差丁名號藉端撞騙藐廳嚴行禁辦爲此示仰爾商民人等知悉以後遇有託名影射虛聲嚇詐者准其當場指認稟控來轅本督辦定即嚴行究辦決不稍貸爾商民人等亦幸毋妄生希冀致爲所愚其各凜遵切切特示

觀察示批 〇欽命二品銜直隸分巡天津河間兵備道李 示據滄州旅人 批該領催於府控後屢經由州票傳年餘之久抗不到案如非情虛何致於此現據滄州稟奉 督憲飭會城守尉傳解督遵照赴州投質聽候訊斷毋庸控詞稟瀆仰滄州查照詞抄存〇又示據大王庄民人王治和等呈 批沈四是否即逃軍沈萬錄原籍必有認識之人仰靜海縣詳確查明核辦具報毋稍含糊切切詞抄存〇又示據南皮縣民人任寶書呈 批府批已甚明晰何得來轅呈瀆呈見逞刁惟據稱丁役詐贜是否屬實仰南皮縣查覆核奪呈抄存此批〇又爲牌示事照得婦女攔輿告狀殊屬逞刁不成事體應即嚴禁嗣後該婦女如有寃抑應令其夫及子姪出名呈控如係孀婦及無子姪者准其遣抱遞呈永不許婦女攔輿妄控倘敢玩違定行懲辦不貸各宜凜遵特示〇又示據獻縣孀婦邵鮑氏呈 批呈詞違式又無抱告着不准行

卹及身後 〇永師中營舢板哨官魏錫之勞傷卒發病故身後甚爲蕭條統領鄭總戎憫惜該哨官勤勞食苦即稟請北洋大臣王恩施給恤果邀允賞恤銀百兩以該哨官在營將及二十載差操均無貽誤他人不得援以爲例飭由淮軍支應局查案每以哨官積勞病故應給棺殮銀十五兩是以一併給發該家屬具領似此憲恩深厚該哨官雖在九泉亦當感銜結草矣

封於窪中 〇靜海縣八里臺村張東才者於上月赴中旺鎮購買麥子用大車裝儎歸途行至邢家封窪中突遇數人各持扁担杠子攔住去路張以寡不敵衆只得任其所取將騾二匹馬一匹搶奪而逃張立赴文武衙門報案未知可能弋獲否

請襲舊章 〇本郡所屬楊柳青鎮約萬餘戶每居冬令本鎮石紳霽穀巨欵募勇支更本爲保衛地方起見昨石紳赴道轅稟請

領新槍藥等情觀察已飭如所請候移會軍械局撥發給領云云青鎮如此保衛附近居民大可以高枕無憂矣

騙車新語 ○本埠洋車約有萬餘車之害人固屬甚多人之害車亦復不少如有青縣拉車王某攬坐一人由宮北坐至府署南某胡同因胡同狹窄車不能入王某只可遺車巷外隨客進巷要錢不料得錢出巷車已不知何去王某捶胸慟哭無以為計有曉事者將坐車某甲代為揪住聲稱送官云云乃知其為設計騙車也如此騙法津埠初見書之以遍告居人

采蓮搆釁 ○杏花村下有玉蓮小班者名之以其妓也玉蓮與某局某甲相契某又杆某某二人不知因何與某甲撤門某甲復糾多人將玉蓮窗戶砸破比及又桿等聞知急來迎敵甲已退去聞某甲復糾人來尋畢知究竟若何俟訪再錄

竊存借私 ○前聞某新開成錢舖同事某姓者不守號事竟嗜嫖賭日積月累私債重重無可措得隙將舖中圖書竊出即寫五十元銀票一紙並書票到付洋字樣後有趙姓者執票取銀該舖即詢此票係何人所付我舖帳簿並未出此銀票而趙乃於討帳得來實不知此係私票後該舖已知為某姓私開因此向趙爭吵兩不相下鄰某甲局論並將某姓拘案究訊某招認不諱將二人責押云

販人送官 ○昨早曉鐘後有某段查夜更夫在南頭窰東遇一洋車坐一婦人似外鄉人車後跟二人行走情形可疑即將洋車攔住盤詰來歷語多矛盾其為拐為販均未可知已送該管局段訊問矣

車婦被拐 ○本埠洋車約有萬餘車夫攜眷而居者不一而足茲南門外有某車夫係勝芳鎮人其妻某氏年二十餘歲昨被某甲拐去該車夫等四出偵尋尚無影響聞赴官喊控云

創設小火輪公司 ○西字報云華商已與日商議定在上海設一小火輪輪船公司所需本銀計八萬兩三萬兩係日人所出五萬兩為華人所出刻下已在上海購小火輪六艘專由上海往來蘇杭兩州拖帶客船及貨物聞該公司再須續購小火輪若干艘

權歸軍務 ○字林西報約中國各省所有之船政製造諸局向由各總督主之刻下已改歸督辦軍務處管理並歸軍務處奏會總理中外交涉及議造鐵路事宜似此任專責重將來中國辦事之綱領必盡歸於督辦軍務處按刻下軍務處督辦為恭親王協辦為禮親王及戶部尚書翁同龢禮部尚書李鴻藻兵部尚書徐郙步軍統領榮祿前任廣東巡撫剛毅諸大臣云

得人而理 ○長蘆通瀯引地為通綱第一係本埠華姓之產設店通州張家灣承辦迄今七十餘年引名長裕嗣因經理不得其人遂致虧累因而成訟其勢岌岌可危也先是家長以難務需人接辦厚其辛俸擇人而理族姪景某號蓮宇者願承其乏家長以為本族子姪必能實心從事於是信任之蓮宇接辦後初尚謹飭既而慾心一生弊端百出十數年來不惟帳目浮冒且竟託名隱射並在通州開設錢布店借放票項任意侵挪致京中所虧甚鉅債累日增家長查知蓮宇避匿不出而債主咸集華姓之門華食指浩繁均指此產為生計詎以所託非人遺害一家家長控於官案懸莫結蘆綱殷富利其引地之美皆願出貲租辦華姓圖家產議遂出某君代為綜理旁觀僉謂強弩之末維持匪易乃某君接手後盡心經頓斟酌損益重定章程試運無誤大有煥然一新之象雖華姓生齒之繁債務之多一朝得人遂能轉復舊業安然坐理誠不幸中之大幸也 某君者坦然不自以為功謂係華姓之產仍聽華姓主張不過危急中代為扶持而已觀此可見天下事得人則興否則一家一事為然也

前登不平人謹白一段原係崔姓捏造黑白冀圖聳聽乃竟疏忽誤寫係姓郎祈 貴館更正總之 上憲輕聽流言勢必入其彀中曲直難免顛倒而下僚心懷自危事多因之遷就公務孰肯認真此風萬不可長 不平人再啟

本齋所售天臺齊次風宗伯水道提綱一書近因津郡添設水利總局此書於前月售罄而來購者踵繼本齋自得竭力搜求覓出臺郡初印之書數部又津治一得編刑名見錄數部二種合為一部牧令奉為南針書又仁和陳雲莊太守選訂 國朝舉業正軌數部習舉業者皆奉為鴛針以上各書為津邑論沉青觀察守臺郡日所刻實皆經濟文章有用之書本齋覓得當年初印名書無多與滬上翻刻者迥然不同一看即知此書之精美矣 又石印由津至蘆溝鐵路圖 文美齋謹啓

天津 中西大藥房

零躉批發格外公道

專治小腸疝氣鋼夾　不論大小左右每條洋一元
戒烟卄痛藥針藥水　頂上者每副連藥水四兩售洋五元
搖瘋症電器箱匣　雙料單料濕電等定價無不克己
外科刀剪針包　每副廿餘件至十二件者每件計洋一元
各種假牙鉗子等　大小門牙盤牙全副半口各種靈巧牙鉗牙模俱全
補肺治痰皺魚肝油　大瓶十六兩售洋六角五　半瓶八兩售洋三角半
立止咳喘洋金花叶　機器裝貯者每約二兩價洋一角五躉批更廉
包戒洋烟梅花參片　每匣二百片
老牌肥兒牛奶膏　每匣計洋三角
追瘋明目薄荷錠　每匣洋一角五

以上各貨均是自向英美各國運到大批定價格外克己較之市廛販售者其價迥別餘者丸散膏丹藥酒藥水照像器具材料無不全備一概平價發售碼洋一元核錢二吊諸尊光顧請認鍋店街中西大藥房不誤

本號自製廣裝花生清油味極馨香色尤皎潔燃燈光亮渣滓無餘四遠馳名已歷年所正號[illegible]紫竹林北首創設開[illegible]號內諸尊賜顧價值相宜

光緒二十一年十一月吉日

恒昌厚告白

本行今失去長毛白獅子狗一只身子不高滿身白灰色如有人收留送至本行者自當酬謝決不食言此佈

瑞生洋行告白

發售石印書籍

本局向在上海今分設天津針市街同豐棧內承蒙賜顧其價格外從廉太平御覽　歷代賦彙　史學叢書　新疆識略　漢魏叢書　小題三萬選三希堂法帖　墨池堂法帖　其餘各種新出閒書尺牘墨畫　詩賦文策均不細載略舉數種是也

積山書局省記啓

本館京報售賣處在宣武門外鐵家坑路東瀏陽會館內[illegible]午橋先生代辦如閱報者請至該處可也

本館謹啓

浙杭 元吉永號

本號自置[illegible]綢縐新樣洋縐花素洋布川廣夏貨圍摺雅扇南貨頭油俱全歲爲近時錢市[illegible]落不同故將各貨減價賤讓估衣街中間路北凡仕商賜顧者請認明招牌[illegible]

敬啓者現有英人僑居烟台曾任英京國學教育官職並教授經史算法輿海等學三十餘年並在英國海軍衙門充當試官有年曾蒙華廷派委要差今擬在本公館教授華童英文以便將來應陸軍海軍商務之選惟受教不得過十五歲議定每季脩金關平銀二百兩如有從學者即希函達天津恒豐泰飯店或烟台英領事署轉致倪爾森可也

十一月十九日銀錢行市

天津九七六錢
銀盤二千六百七十文
洋元一千九百一十文
[illegible]行九六錢
銀盤二千七百一十文
洋元一千九百四十文

直報

光緒二十一年十一月二十日　第二百九十五號
西歷一千八百九十六年正月初四日　禮拜六

啓者現因海口結凍輪俱停輪前紙未到轉紙改用洋粉連俟明春冰泮輪船抵津仍用前紙特此謹白　本館謹啓

上諭恭錄

上諭本年京師入冬以來雖經得有微雪尚未渥沛祥霙現在節逾冬至農田待澤正殷朕心實深寅盼允宜虔申祈禱本月十九日朕親詣 大高殿拈香 時應宮著派貝勒載濂 昭顯廟著派貝勒載瀅 宣仁廟着派貝勒載澍 凝和廟著派貝勒載潤同於是日分詣拈香欽此 上諭南澳鎮總兵員缺著萬國本補授欽此 上諭太僕寺卿著松安署理欽此 上諭崇光奏左翼關稅一年期滿止額無虧盈餘未能足額一摺著戶部議具奏欽此 上諭剛毅奏右翼關稅一年期滿正額盈餘無虧前任經徵未能足數一摺著戶部議具奏欽此

華洋輿論　續前稿

其所定界內民田租價分高卑低窪給値共六等自四十金至二百四十金爲止昔英關租界舊例每畝定價銀三十金今德之價已倍於英復由官家加價撫恤以視民間尋常出售價更倍蓰萬萬矣界外之民聞其事者恨不得長房縮地法納於界內以救凶荒彼界內者得其價待以他徙置買田宅少者可因此而多食者或從此而裕何所不平其所以嘖有煩言者以事關外國議近非常迫以官司隸役之指揮愚民無知遂疑爲事近攘奪民乃上[illegible] 聖主爭雖下恐己身受累各爲其主各愛其家自是小民至性。惡勞重遷貪得無厭可與樂成難與圖始此又小民之恒情也惟是 朝廷既許德在此開界斷無捨此之彼之情且前所擬開之處以閩粵義塚所關既已徙於圍外閒曠處所經中國司道府縣目睹立石焉能再改既不能改而故違定章肆意索價非情非理矣以言乎以遵 旨開辦之事從中阻撓倘者膠轕致生事端一經失和上恐以遺 國恥下恐以病民生在任有司定獲不善辦理之咎爲有司者理宜平心下氣招徠者 庶之逢時務者爲之詳述根由洞曉利害力爲開導令其轉喻鄉鄰民雖至愚豈不能自擇利害者不開導之反激切之從慂之徒作頑情順口之言一若深爲民謀巧爲設法實則以沽 人愛民之虛譽妄冀勒索洋人異數之實利一時口惠所及有口皆碑在有司之作人情也方以爲計行則民得意外之利其德我也必深不行則民惟大憲之仇其諒我也必恕且默計交割地界時我已解符他適雖明知其事萬萬不行則後任實不能任事之愆絕不甚愛民之謗於我乎何尤況後任之恥適以爲前任光也既以政聲市於民即以循名播於上無往不利且無往非名者由其計利至熟故其取名至便泛而論之無不稱此公之賢乎以察之乃始知是人之巧而民之墮其術者或枉受傳呼徒勞料計常感感不快於中此猶事之小焉者也其大者恐牽制太多頗失友邦情誼則參之肉其足食乎　此稿未完

竊瓶補述 ○昨報登錦夥誑贓一則先是十月初東城兵馬司衙門訊有偷竊內務府瓷器庫之物售錢一案緣訪事人云較爲詳細合再錄供衆覽○茲聞本月初間東城練勇營瞥見一人在朝陽門外壇夾道娼寮中揮霍異常訪知係寠人子向以一肩空擔沿街穿巷購買寒家什物轉售獲利晉京師所謂打鼓挑兒是也茲見此人陡然暴富揮金如土形迹可疑卽將其人捉送本城兵馬司正指揮韓君鶴高嚴訊批頰數十盡以實供蓋此人於前月間曾勾串內務府磁庫當差人竊出官窰江豆紅磁瓶大小二十四件售於某古玩局得銀五千金大家分用此人因而暴富揮酒招禍該練勇緝獲竊贓售賣各犯六名於初七日送交刑部審辦又聞某古玩局已將此瓶售於某洋人得銀一萬有奇該局掌櫃獲利後突聞諸人被獲之信已攜銀遠逃不知去向而此物又爲洋人購去恐難璧返矣

賽會免捐 ○欽命二品頂戴代理天津新鈔兩關北洋行營翼長辦理直隸通商事務兼管海防兵備道李爲出示曉諭事照得光緒二十一年十一月初七日蒙 欽差北洋大臣王 札准 總理衙門咨開光緒二十一年十月初五日准 大法國駐京大臣施照稱本國於西歷一千九百年在巴黎京城設各國衙奇會此會定期於是年西歷四月十五日至十一月初五日止完竣中國之農政商務造廠技藝各物均可具送斯會賽覽所訂之章如會內各殿宇樓閣占地賽貨不收租價運貨物免征關稅以及保護各貨之例極爲優待相應錄送章程照會查照轉飭出示曉諭等因咨行直札道查照辦理等因蒙此除咨行外合行抄粘章程出示曉諭爲此示仰商民人等知悉如有願赴法國賽會者悉聽其便所有入會物件應於出口時報查明確准免納稅其各遵照特示

白塘聖水 ○距津四十餘里在白塘口之南地名聚寶莊莊外向係大窪蔓草荒烟數里無屋宇現在起蓋土屋一所空諸所傍四無人烟屋內匾額縱橫桌上亦陳設供具爐香繚繞後有井一口水泉清澈據云該井係田牧童放牛踏出井水療病如響斯應故爇瓣香者不遠百里而來前有人果起沉疴遂謂靈爽式憑用是建屋懸額以伸酬敬或謂該井不知掘自何年磚色非新殆向被土埋近因雨人取十井見神異說者欲藉此以惑人聞聽斂取香資如東坡所謂偶然書作木居士自有無窮求福人之類耳自愚愚人抑何可笑

黃粟野蒿 ○津郡青靜滄鹽各屬地多斥鹵不生五穀貧民浩如滄海無以資生幸野田向生野蔓葉鋭而繁到秋結實纍纍黃如粒金去根留葉曬乾可作饟土人謂之黃粟菜又有蓬蒿枝葉可作薪子可代茶兼充藥料且可榨油燃火凡諸利賴是上天粒我蒸民於斥鹵之區稻粱之外者也今年各屬秋收中稔而黃粟菜尤夾雜叢生每顆重至三兩斤不等客嘗驅車各屬於夕陽西下見各鄉人擔荷不絕非但粟菜卽蓬蒿據云今歲繁生不特視去年判若天淵且非歷年所能企及纏樞甕牖每就門前穴土爲坑蓄水沃菜以去鹹味然後曬屑充飢蓋是物蔓生鹹地性鹹非此碍難入口也然此雖係鄉人一片生機亦足見該鄉人禦冬之苦況矣現在大氣已寒坐擁錦衾帳者亦曾念及北人之啖黃粟菜惻然有動於中否耶

盧實不寬 ○邑侯王直剌自到任以來屢次提堂嚴比混混已紀前報茲聞西沽混混某甲現經犯事每當提堂責以嶗鞭論值差等將某鎖於署內杠上晝夜不准鬆懈期懲一儆百

羣毆幾斃 ○東門外襪子胡同某錢鋪之同事某坐洋車至鋪因拉車人爭價某不多給兩不相下號衆同事亦皆不平加以老拳繼以脚踢羣毆不息該鋪掌見事不妙將衆人攔住再視拉車人氣已奄奄待斃自早至午躺臥不起呼息甚微未識下午如何俟訪再錄

負氣擲米 ○俗例每屆臘月八日各廟施粥已成舊典施粥之前每日各僧挑桶沿門乞米以成善事乃竟有善以惡行者日前某廟僧在城內某宅付米不如僧意僧一見情急輒效麻姑擲米揮之於地門者卽將該僧揪住宅遣人赴該管局段呈報矣

忍痛驅車 ○本埠城廂內外搶劫之案不一而足茲聞楊柳青祁見龍車店日前該店車夫某甲行至稍直口西下道古佛庄地方突由某坟地闖出兩人手持器械向前攔阻又由樹內繞出兩人該車夫恐被其害策馬急馳詎該賊將車夫腿札傷兩處車夫猶忍痛驅鞭逃至前面村落已逃驅車進庄報羣始逸聞該車夫赴該管有司衙門呈報矣俟如何緝獲訪明再登

路轉難驚 ○女閭之設匪今斯今通都大邑向所難免本埠鶯花以侯家後西關兩處爲藏春鴝擇里者皆避遠之嫌裏足不入

爲餘則良民所居無是也今則里風大變矣東門外南門外河東邊街圍河北趙家場城內羅底胡同內紫竹林杏花邨後等處現有引誘
良家婦女賣娼者名轉子房較娼窰妓館爲尤甚敗壞家聲皆由於此實爲風俗大害有地方之責者所當亟爲嚴禁也

情同籠鳥　○冬防吃緊之際各處娼窰本宜隨時嚴辦以靖地方昨聞南門外徐某妓館不知因何事故有官人四五名手持黑
索將妓女全喜齡又桿一併鎖拿送往何署係何案情俟訪再登

竟殺於饑　○茲有難婦攜二子一女女年約十四五沿街求乞行至東門外女忽倒地氣息已微該婦涕淚交流經人問詢據云
係靜海縣人因來津覓食女於昨日患病以無錢被店家逐出求入粥廠數日未能徼准於是沿街求乞有好善者急尋熱水飲女得以不
死蓋數日未曾一飽矣有問該婦之夫者婦言赴關外尋人多日無信其家有地十餘畝春未能種秋未能收衣食兩絕情殊可憫遂有人
向過路者代爲求乞或數文或數十文約集有千餘令該婦覓店暫爲存活惟是近日難民多因候賑無信仍行來津又未能續入粥廠嘗
此嚴冬飢寒交迫度日如年其苦何堪言狀也書之不禁垂淚其如天何其如命何

直等於兄　○京師各衙堂官轎夫車夫之恃主欺人屢經言官指刻其風卒不能革蓋自春秋齊相晏子之車夫已然其主之賢
如彼其僕之驕猶如此況他乎哉古尚如此況今乎哉今之京津富貴家多養轎車凡轎車之車夫無不強悍若與仕宦紳商執鞭則更橫
行無忌矣昨有轎車執鞭某甲驅車行至東門外北城根將與乙之東洋車軸撞折乙向理論甲毫不爲意揚鞭而走乙以貧民以洋車爲
命不覺號泣以繩直至東北城角洋車夫急跪向前倒身車轍甲方停車與之口角經人說合不知作何了結按北城根附城舖舍而外緊
臨濠溝沿較之他處甚爲窄狹各項車輛均以斯處爲捷徑以致時時擁擠梗塞打降鬥毆其處又無看道兵丁更易滋事弱肉強食如轎車
夫者真倚勢欺人幾同亡命不可以情理喻者惟遇無知鹵莽之夫怒則敬以老拳飽其賤量差可人意耳

棒檄出洋　○閩省探訪友人云船政局曾奉部議由南洋招商爭辦茲有延觀察名楷者奉閩浙總督邊制軍之檄前赴新加坡
檳榔嶼及南洋十三海島等處招殷富華商集股辦理某日已附南澳商輪赴廈門想小住數日即須巡往外洋也

宜防刺客　○劉淵亭大帥由臺南到省後迭次被人行刺自內渡後僑居於城西之新豈欄復遷於城內觀音山麓之越秀街棨
戟遙臨襜帷暫駐孰不震而驚之曰劉大將軍而莫敢仰視哉詎初七日忽有某甲年約三十餘狀類遊勇口操廉遠土音登門便進司閽
者止而詢其來意甲云欲見軍門求其佽助閽人請緩須臾以待通報乃甲不肯聽候遽進二堂是時軍門方與客坐忽覩中無故來前知
非善類急呼麾下健兒拿住搜其身畔刀槍并全因將甲捆縛交地方官訊辦如甲者不知其如麁之挺而走險耶抑如魚之涸而乞憐耶
然不待通稟而遽然入內責以藐視大人則固不得而辭矣

浙紹朱鈍翁近治喘嗽喉血產帶癆癥痘疹驚風各險症均經回春仍寓彌勒菴

代售諸葛武侯心書十三律附百猿經風雨占圖　戚大將軍練兵實紀　劉大將軍地營法西法操練　劉帥大事記　中日戰
守始末記　彭岡直公奏稿　公車上書　小本公車上書　安危大計疏　中國電報總編　巾幗英雄　無師自通英語　洋務十三
編　口岸章程　西事類編　徐霞客遊記　臺灣福洲廈門地圖　五洲統屬圖　改正玉堂字彙　全圖算法大成　文武陞官圖
商賈尺牘　尺牘合璧　增廣尺牘句解　增廣尺牘彩新　醫門法律　醫醇賸義　藥性賦解　前後通天秘書　時疫急救方　古
微書　夜雨秋燈錄　說鬼話　蜻蜓奇緣　玉燕姻緣　遇仙緣　古今眼前報　遊江南　夢裡一片情　雙鳳奇緣　大雙蝴蝶傳
閨秀英才傳　征東全傳　英烈全傳　連十本青樓夢　意外緣　湘子九度文公　天罡字十集京調本　正續客窗閒話　海
上酒天花地　海上見聞錄　海上奇書大觀　海戲奇書五十五種　孩兒笑話　花間楹聯　中外戲法大觀　海上百艷圖　西湖
續餘白蛇傳均部無多先取爲快每日午後直至申後敝堂靜候

天津[illegible]堂啓

天津 中西大藥房 零躉批發格外公道

專治小腸疝氣鋼夾 不論大小左右每條洋一元
戒烟止痛藥針藥水 須上者每副連藥水四兩售洋五元
搖瘋症電器箱匣 雙料單料濕電等定價無不克己
外科刀剪針包 每副廿餘件至十二件者每件計洋一元
各種假牙鉗子等 大小門牙盤牙全副半口各種靈巧牙鉗牙模俱全
補肺治痰鮫魚肝油 大瓶十六兩售洋六角五 半瓶八兩售洋三角半
立止咳喘洋金花叶 機器裝貯者每約二兩價洋一角五 躉批更廉
包戒洋烟梅花參片 每匣二百片
老牌肥兒牛奶膏 每匣計洋三角
追瘋明目薄荷錠 每匣洋一角五

以上各貨均是自向英美各國運到大批定價格外克己較之市廛販售者其價迥別餘者丸散膏丹藥酒藥水照像器具材料無不全備一概平價發售碼洋一元核錢二吊諸尊光顧請認鍋店街中西大藥房不誤

本號自製[illegible]花生[illegible]油味極[illegible]香色尤[illegible]潔燃燈光亮在津無[illegible]四遠馳名已歷年所正號在紫竹林北首創設開平[illegible]內諸尊賜顧價值相宜

光緒二十一年十一月吉日 恒昌厚告白

本行今失去長毛白獅子狗一只身子不高滿身白灰色如有人收留送至本行者自當酬謝決不食言此佈

瑞生洋行告白

德陞齋靴鞋鋪

本齋專做滿漢靴鞋新樣京式名鞋及鑲花坤鞋一應俱全價廉物美 賜顧者請認明本店[illegible]庶不致悞本鋪開設在天津府北門外鍋店街[illegible]過街巷

本館京城售報處在宣武門外[illegible]坑路東擁昌會館內[illegible]午橋先生代辦如[illegible]閱者[illegible]處可也

本館[illegible]啓

浙杭 元吉永號

本號自置[illegible]綢緞新樣洋縐花素洋布川廣夏貨[illegible]摺雅扇南貨頭油俱全[illegible]因近時[illegible]市[illegible]落不同故將各貨減價開設估衣街中間路北凡仕商賜顧者[illegible]

敬啓者現有英人僑居烟台曾在英京國學考有官憑並教授經史算法航海等學三十餘年並在英國海軍衙門充當試官有年曾蒙華廷派委要差今擬在本公館教授華童英文以便將來應陸軍海軍商務之選惟受教不得過十五歲議定每季脩金關平銀二百兩如有從學者即希函達天津恒豐泰飯店或烟台英領事署轉致倪爾森可也

十一月二十日銀錢行情

[illegible]九七六[illegible]
[illegible]二千六百六十[illegible]
洋元一千九百零五文
[illegible]竹林九六[illegible]
[illegible]二千七百零五文
[illegible]一千九百三十五文

第一張

直報

光緒二十一年十一月二十二日　第二百九十六號
西歷一千八百九十六年正月初六日　禮拜一

啓者現因海口結凍輪船俱停輪前紙未到報紙改用洋粉連俟明春冰泮輪船抵津仍用前紙特此謹白　本館謹啓

上諭恭錄

上諭本日湖南巡撫陳寶箴具奏摺件未遞安摺硃圈不合陳寶箴着交部議處欽此　上諭湖北漢陽鎮總兵員缺着周芳明補授欽此　上諭湖南辰州府知府員缺着斌儒補授欽此　旨廂黃旗漢軍副都統着承隆補授欽此　上諭懷塔布奏祀牛欠解不敢備選請旨辦理一摺犧牲所牛隻迭經該尚書於三月閏五月間兩次奏催當經降旨依議辦理茲覆據奏稱前項牛隻欠解由於州縣解牛自包攬交差之弊請飭查辦等語祀牛關係緊要豈容任意延誤着順天府勒限嚴催分起迅解並會同該管差人等如有前項情弊即着從嚴懲辦欽此○上諭前據巡視東城御史文博等奏宗室魁茂咆哮公堂當經降旨將該宗室先行革去頂戴交刑部會同宗人府嚴行訊辦茲據訊明覆奏此案魁茂於不干己之事輒砌詞赴東城衙門呈控經該城發還原呈該宗室必欲傳訊到案後復不服審訊肆意咆哮實屬逞刁藐法按照所擬罪名折責圈禁該宗室所犯係在徒罪以上所有宗室○戴毋庸給還餘依議欽此　上諭步軍統領衙門着敬信署理欽此　上諭劉坤一着回兩江總督本任張之洞着回湖廣總督本任欽此　旨查辦前江西九江府知府崇俊着外用前甘肅涼莊道事通判福厚着外用江西道監察御史員缺着楊崇伊補授分發奉天道于頤勳江蘇道　承乙錢志澄承厚杜俞陝西道劉綸襄直隸知府周政山東知府李鍾霖江蘇同知查燕緒鄭孝胥嚴恭壽唐典湖北同知王邦傑江蘇直隸州知州龐大曠直隸通判賈詒孫浙江通判賈厚墉熱河知縣鐵鑲廣江蘇知縣錢國選張祖翼經濟明陳金錫安徽知縣黃瑞勳山東知縣溫志渭陝西知縣韓嘉駿浙江知縣白維城雲南知縣吳淞霖貴州知縣黃宗榮直隸知縣冬之陽江蘇知縣鮑炳麟張〃基姚壽祺孫喬年聶培然薛華墉饒袒袁鑑鈞山東知縣趙瑞陝西知縣胡榮光馬猷龍浙江知縣陳常華江西知縣俞省三龍衡史悠頤湖北知縣吳守訓趙上達劉庚四川知縣李遠堅柏夫積勳廣西知縣王鼎昌雲南知縣陳時福王廷佐俱照例發往保舉山東候補知府恭曾直隸候補知州傳廷祺浙江候補知縣吳繼虎俱照例用服滿前選浙江建德縣知縣郭肇金着不必坐補原缺盛京戶部員外郎員缺着文濬補授太常寺典簿着瑞豐補授京察一等盛京戶部郎中榮彬着准其於主事及員外郎遇本任內每次一等加一級交軍機處記名以道府用欽此

西歷新歲　○中國十一月十五日係西歷一千八百九十六年正月初一日元旦之期各國駐京欽差府邸俱掛彩旂昨聞慈邸禮邸李傅相翁叔平大司農諸鉅公等均乘輿前往各府邸投柬往賀新年是以御河橋一帶車轎往來頗稱熱鬧云

北市瑣談　○京師騙術百出愈出愈奇實令人防不勝防也十一月十五日宣武門外米市胡同廣源木廠忽有甲乙二人看買棺木一具言明價銀十四兩當付銀票一張計銀二十兩即云先找銀六兩另有要項避歸將銀票持赴東和合錢店看出銀票係屬贋鼎旋將銀票交還甲乙當誰甲乙同云係將棺木送到白紙坊再行付銀即經覓夫將材抬送尋覓半日之久並無死人之家始將棺木抬

囘始知被騙情由所我之銀雖未騙去然給送棺木脚力錢已費數千矣

事有碍難　○頃接北京信息因商路改歸官路鐵路官辦嘖有煩言大有難處緣法國條約內有中國　國家若辦鐵路各項料物皆由法商代辦之語現在法欽差執此向總署說話政府極其爲難若允法所請吏恐他國亦援以爲例蓋商路由商人經理隨意向何國購料各國不能過問今以商改官致出此事是眞盲目人不知爲而爲者矣徒以謠諑紛紜致惑人聽令人思富日李合肥之商辦而不官辦者獨有卓見也

探訪要保　○泰西各國競立報館者何也緣百年之內各國所出新法有益於教養者多故先登報章俾人周知擇善而從之耳及延訂各埠訪事人者無非探訪可驚可喜可愕可瞋奇異新聞是以有聞必錄而風俗以別善惡今奉　諸大憲諭按近年以來泰西各國所出之報按本年五月北京所售滬報內刊機密奏摺傳佈天下實屬譏聽　朝政是以嚴密稽查倘再有洩露機密要件有關時勢拿治罪今派北京售直報人陳午清轉致各報館京師訪事售報人務須開具名姓籍貫年歲住址另取舖保圖章投赴陳午清處復行加具甘結稟報該管地面衙門存案以備稽核倘有不遵者許陳午清扭稟從嚴究辦不貸

保護教堂　○欽加四品銜在任候補直隸州河間府景州調署天津縣正堂加十級紀錄十次王　爲出示曉諭事案蒙　府憲札開札天津縣知悉光緒二十一年九月十五日蒙　關道憲札開爲札飭事光緒二十一年九月二十四日蒙　北洋大臣王　札開九月初二日准　兵部火票遞到　軍機大臣字寄各直省將軍督撫光緒二十一年九月初一日奉　上諭近數年來各省屢有打毀教堂之案疊經明降　諭旨飭令地方官實力保護乃本年五六月間四川福建又復連出重案經　總理各國事務衙門王大臣及各該省將軍督撫與各國使臣領事等極力磋磨賠償鉅款並將首從各犯拿獲懲辦推原啓衅之由該民人等不過一時氣忿致罹重辟言念及此良用惻然現在各省教堂所在多有全在地方官隨時勸諭居民切自因微嫌細故遽啓衅端如有不遵不徒捏造浮言倘播搖惑即著嚴密查拿訊明懲辦以期消患未萌諸將軍督撫等務當通飭所屬留心查察實力防範倘該地方官仍前玩泄致釀事端定卽從嚴懲辦容處各該將軍督撫等亦必一併嚴懲不貸將此通飭知之欽此遵　旨寄信前來等因到本大臣承准此應由司道通飭所屬各府州縣一體遵照凡有教堂處所務須隨時加意保護防患未萌一面出示曉諭民教各安生業勿以細故輒啓衅端各州縣倘敢虛應故事卽由該司道查明詳請參辦除分行外合行恭錄札飭札到該道卽便欽遵查照辦理等因蒙此除前行外合行札飭札到該府卽轉飭所屬地方官一體認眞隨時加意保護凡有教堂處所編行出示曉諭以期防患未萌民教各安生業仍將示稿錄送查核毋違此札等因除分行外合亟札飭札到該縣立卽遵照一體認眞保護以期民教相安仍將示稿錄送查核毋違此札等因蒙此除遵札隨時加意保護外合行出示曉諭爲此示仰闔邑軍民人等知悉自示之後爾等務須各安生業勿因細故輒啓衅端打毀教堂倘敢故違一經發覺定卽拘案從重懲辦決不姑寬其各遵之凜之切切特示

寗成騙局　○東南城根地本偏僻娼窰烟館小店東洋車廠居多其平素恒以招賭爲事入冬以來更肆無所忌以其處該管地差者或朋比或貪賄不但不行查辦反爲袒護於地面已屬無益近來該處貧民復以強悍婦女爲局首或誘外鄉小本經紀之輩賭則十有九輸偶有贏者必以強行記欠輸則立逼索償或變貨物或典行裝甚受害爲非淺若稍不如該局首之意則誣以爲竊誣以爲姦其該管應差者本係箇中護符外釋定必遭其計謀終須以錢了事似此設局陷人可惡已極且使婦女出爲局首甚狠計狡害無異搶刦有該管之責者若不嚴行查拿懲一儆百竊恐以賭爲盜媒招賭即以窩盜甚非閭閻福也

胡牧捧檄　○客商高全顯者在葉子揚鏢船行至獻縣大過河滏陽河被賊多人行刦幸各鏢丁奮勇竭力抵禦相持時刻甚久該賊恐緝捕將至乃相率而逸該鏢船旣未失物亦未受傷誠爲不幸之幸但以賊人如此肆意藐法行旅皆視爲畏途殊屬可慮於是高仍即報案嚴緝迄今多日仍未破獲茲聞大憲以河間一帶賊太猖獗曾奉　廷寄由大憲委候補知州胡牧艮駒前往查緝此案亦責令胡刺史赶卽協同緝拿未識能可獲案否

洋商畢籌　○洋行各商每居封河停輪各商等團拜一日以敦和睦茲聞諏吉本月二十一日借坐城內浙江會館邀集菊部名優演劇音樽暢叙終日云

主弱賊强　○茲聞武清縣來人云及該處自交秋以後偷竊時有所聞有崔胡營村監生王國彥書務農爲業於上月間被賊撬開大門時王子有章與工人驚覺出視喊捕該賊用磚瓦亂擲致將有章及工人砍傷並搶去農器等物王以所失雖不值多錢惟該賊膽敢用磚瓦砍傷實屬目無法紀遂赴文武衙門報案請緝不知可以弋獲否

人小膽大　○昨晚東新街迤北之大街有一小兒年約十二三歲衣服華麗肩負一包背後突來一人將包與兒頭上之帽盡行奪去兒即哭喊幸經行人將人物一併獲住視搶物者年亦十餘歲如此小小年紀即習搶掠實屬膽大當令搶物小兒找保如無保即擬送縣甲局懲治未知如何了結矣

枷以兩面　○縣西沽混混甲乙二人赴縣投案蒙訊各笞責數百枷號示衆限滿責放

和邀孔方　○本年西營門內某船戶在上河某地方其水手失足落水其水手妻子一妻二女一子由靜海縣某村來津赴縣控船戶家要人聲稱到官控告已紀前報茲聞有本船水手等出爲說合令船主出津錢二百吊文以卹其弱妻稚子以息訟端云

類誌風災　○嘉興訪事人函云前報連日驟冷滴水成冰兼以北風狂吼撼動有聲以致各路大小航船謹愼者約伴暫停不敢冒險茲悉市上傳言前晚南潯來禾之某貨船在途遭風覆没並溺搭客五人有係傳言之悞也今查明確是南潯□之小航船搭客十餘人皆近村人由潯開出北柵里許倏遭風塊船即覆没舟子趁客盡入河心大聲呼救經他船趕往救起其施救不及者計斃五人餘雖更甦難免凍極成病又查得杭州塘三塔地方昨有鄉船一艘駛至是處突遭狂風吹覆人盡入河經往來船援救如數救起因趕用姜湯衣被調治幸各甦生惟一老婦年邁氣虛一縷幽魂早向西去餘皆趁船駛回飛報該婦家族前來棺殮並聞該婦新醮□戴姓是日來禾以往塘滙鎮閘至親家相送歸祠不意未到先赴九泉誠慘矣哉又聞三塔灣河面前日亦有無著屍身又北郞下亦有無名男屍年約二十餘不知因何至此當經該管地保循章棺殮又西門外落帆石白漾前日亦有遭風吹覆船隻不知人口有礙否從來行船之險大半盡覆於風惟內河鮮有此事今此兩日竟疊出遭風之險人生如朝露信然

好善樂施　○天津工程總局代收山東義賑所有諸善士樂助賑錢洋元已陸續登報茲又有第十二起統領親軍馬隊汪助洋銀十二元　管帶親軍馬隊中營周助洋銀八元然該處被災甚廣杯水車薪依然無濟尤望樂善諸君大發慈悲慨然解囊大聲疾呼代爲勸募庶幾集腋成裘源源接濟俾百萬災黎拯援斯感得慶重生則本局心香一瓣謹代災民百叩且爲善獲福彼蒼定有厚報焉

前有某某　紳董士命寄書籍若干　尊示由旱道早亦寄津速請來取　梁子亨啓

代售諸葛武侯心書十三律附百猿經風雨占圖　戚大將軍練兵實紀　劉大將軍地營法西法操練　劉帥大事記　中日戰守始末記　彭剛直公奏稿　公車上書　小本公車上書　安危大計疏　中國電報總編　巾幗英雄　無師自通泉語　洋務十三編　口岸章程　西事類編　徐霞客遊記　臺灣福洲厦門地圖　五洲統屬圖　改正玉堂字彙津錢五百　全圖算法大成　文武陞官圖　商賈尺牘　尺牘合璧　增廣尺牘句解　增廣尺牘彩新　醫門法律　醫醇賸義　藥性賦解　前後通天秘書　時疫急痧方　古徵書　三續夜雨秋燈錄　說鬼話　蜻蜓奇緣　玉燕姻緣　遇仙緣　古今眼前報　遊江南　夢裡一片情　雙鳳奇緣　大雙蝴蝶傳　閨秀英才傳　征東全傳　英烈全傳　連十本青樓夢　意外緣　湘子九度文公　天罡字十集京調本　正續客窗說閒話　海上酒天花地　海上見聞錄　海上奇書大觀　新戲奇書五十五種　孩兒笑話　花間韻聯　中外戲法大觀　海上百艷圖　西湖圖詠白蛇傳均部無多先取爲快每日午後直至申後敏堂靜候

天津府署西三聖菴西直報分館內紫敏堂啓

天津 中西大藥房 零躉批發格外公道

專治小腸疝氣鋼夾　不論大小左右每條洋一元
戒烟止痛藥針藥水　頂上者每副連藥水四兩售洋五元
搖瘋症電器箱匣　變料單料濕電等定價無不克己
外科刀剪針包　每副廿餘件至十二件者每件計洋一元
各種假牙鉗子等　大小門牙盤牙全副半口各種靈巧牙鉗牙模俱全
補肺治痰敏魚肝油　大瓶十六兩售洋六角五　半瓶八兩售洋三角半
立止咳喘洋金花叶　機器裝貯者每約二兩價洋一角五躉批買廉
包戒洋烟梅花參片　每匣二百片
老牌肥兒牛奶膏　每匣計洋三角
追瘋明目薄荷錠　每匣洋一角五

以上各貨均是自向英美各國運到大批定價格外克己較之市廛販售者其價迥別餘者丸散膏丹藥酒藥水照像器具材料無不全備一概平價發售碼洋一元核錢二吊諸尊光顧請認鍋店街中西大藥房不誤

聲明

本行遺失益興樓八千四百四十一號銀票五十七兩零四分已經稟縣訊明由鄉甲局轉飭該號將銀如數付訖原票再見作爲廢紙　上海鴻興啓

本號自製廣蘩花生油味極馨香色尤皎潔然燈光亮渣滓無餘四遠馳名已歷年所正號寓紫竹林北首創設開平鎮內諸尊賜顧價值相宜　光緒廿一年十一月吉日恒昌厚告白

發售石印書籍

本局向在上海今分設天津針市街同豐棧內承蒙賜顧其價格外從廉太平御覽　歷代賦彙　史學叢書　新疆識略　漢魏叢書　小題三萬選三希堂法帖　墨池堂法帖　其餘各種新出閒書尺牘圖畫　詩賦文策均不細載畧登數種是也　積山書局啓

本館京報售報處在宣武門外[illegible]家坑路東海昌會館內陳午清先生代[illegible]如[illegible]閱者[illegible]陳處可也　本館[illegible]啓

浙杭元吉永號

本號自置[illegible]綢緞[illegible]浙[illegible]洋緞花素洋布川廣夏貨[illegible]摺雅扇[illegible]貨頭油俱全歉爲近時錢市[illegible]落不同故而各貨減價[illegible]估衣街中間路北凡仕商賜顧者[illegible]

[illegible]啓者現有英人[illegible]居[illegible]台曾在英京國學[illegible]教授經史算法航海等學二十餘年並在英國海軍衙門充當教習[illegible]年曾蒙華廷派委要差今擬在本[illegible]教授華童英文以便將來應陸軍海軍[illegible]之選惟受教不得過十五歲議定每季脩金關平銀二百兩如有從學者即希函達天津恒豐[illegible]飯店或烟台英領事署轉致倪爾森可也

十一月二十二日銀盤行情
行化九七[illegible]
錢盤二千[illegible]六十五
洋元一千九百零七文
東行[illegible]九[illegible]
[illegible]二千七百[illegible]五文
[illegible]元一千九百三十五文

直報

光緒二十一年十一月二十三日　第二百九十七號
西歷一千八百九十六年正月初七日　禮拜二

啓者現因海口結凍輪船俱停輪前紙未到報紙改用洋粉連俟明春冰泮輪船抵津仍用前紙特此謹白　本館謹啓

上諭恭錄

上諭巡視南城御史如格等奏遵保部議將獲盜出力之官紳核實更正開單呈覽　摺著該部議奏單二件併發欽此　上諭福潤奏特參統領遵保人才一摺江蘇上元縣知縣陳謨揀選知縣羅正鈞候選教職袁銜着江蘇湖南巡撫給咨送部引見欽此　上諭廖壽恒奏營帶各員請旨懲儆等語淮陽水師統領徐思忠心術不端營務疲玩且自運發餉項情事管帶練軍馬隊王在山李桂標徹防回省沿途隊伍不整馬匹亦多缺額均屬貪劣不職記名提督徐思忠若以副將降補殊屬寬縱着即行革職即補副將王在山儘先遊擊李桂標着一併革職以肅軍紀該部知道欽此　上諭直隸大順廣道員缺著裕培調補授欽此

華洋輿論　續前稿

兩人又曰昔　文宗時華洋初議通商濱海沿江之處開租界立教堂除楚南紳民概不允從外洋邦以江右一省襟三江帶五湖控蠻荊引歐越實爲江省門戶擬於江右南昌會垣創建教堂以民不樂從遂移建潯陽江上時巡撫江右者爲沈文肅公士民德之至今稱頌及公督兩江時有英商某築一鐵路由上海達吳淞計程約四十餘里其意欲使中土人民識鐵路之便益者必見獵心喜久之自有捷足爭人爭築他路者豈非一番美意文肅公大不謂然趣令江海關道商之英商情願賠其造費之銀二十五萬兩將此段鐵路器具車輛收回載往台灣以備應用而鐵路遂廢時有爭於文肅前者曰事非有害於中土何以決絕公曰吾知鐵路之舉中土將來必行然可任繼吾者爲之吾不願後世稱中土鐵路自沈某始也夫文肅爲中邦　朝野所欽佩其行事具有本末其於華洋交涉之件事事如此今某有司之存心其與文肅何異以文肅之所爲爲是則某有司不得爲非以某有司之所爲爲非則文肅之所爲不得爲是乎屯蒙生曰女未嫁而從人非貞也女已嫁而違夫非敬也一女子耳嫁與未嫁乃迥別時易則事殊夫各有所當也往易之坤爲地爲妻亦爲臣臣道也妻道也即地道也載物以厚德至靜至方至柔至順居其位者即當循其分盡其職以維持政體不宜妄出私意以苟爲遷就也文肅撫江右時外洋初與華通中土之人心未孚主客之形定而未定粵逆盤踞金陵建德祈門一帶出沒無常南昌近與爲鄰窺伺搖盪時時戒嚴省垣之開限以兩門以輻輳門出章江門入逐名盤詰猶有奸細混入其間朝擾雲鴻夕傳風鶴若再加以外洋出入既不能過事盤詰又不可一味依任倘一味依任安保無逆匪細作假冒教堂侍從之徒乘機行謀果爾者一舉之交涉即稍安一日之人心固不得以彼而律此即其督兩江時英商之鐵路雖非奉　旨所造與今之　詔開租界者更不相同故文肅當日可飭江海關道商之英官覓償以造路之欵令其收回鐵路器具車輛試問今日奉　旨以開租界亦可令我　皇上收回成　命乎如不能也而顧使隔閡礙難是否爲　皇上敦睦之聖懷所欽以此而論於上爲拂　詔旨於下爲[illegible]民心衡諸文肅爲不得之苦衷政體何堪並論吾聞君子之存心也立一法行一事出一言

必有其意之所鍾以相期於盡善盡美而一隳於平如齊相晏子論梁邱據公以據爲和晏子以據爲非和曰和如羹焉水火醯醢烹魚肉　之以薪宰夫和之齊之以味濟其不及以洩其過君子食之以平其心又云是以政成而不干民無爭心故詩曰亦有和羹旣戒旣平鬷嘏無言時靡有爭先王之濟五味和五聲也以平其心成其政也聲亦如味云云又云君子聽之以平其心心平德和故詩曰德音不瑕由是觀之聲味且然何況於言故出好與戎尚書戒焉夫身居民上民具爾瞻其出言尤宜各當苟其出於急切固非出於從恿史失其言不得爲平其心即不得爲平經曰君子之中庸也君子而時中春秋傳曰相時而動無累後人可謂政之平矣叟與裔曰吾二人蓄疑甚久今聞子言乃如以湯沃雪請肇之書俾我兩人捧讀而再思之

侍衛揀選　○十一月十五日爲奏派揀選侍衛之期欽奉諭旨派出那邸鄧芝蓀中堂敬子齋大司農[illegible]尚書秀閣學乾清門侍衛共六百三十五員按照花名清册揀選以遊擊守備歸營選用

平糶餉支　○戶部爲示傳事所有順天府請領平糶銀六萬兩定於十一月二十日辰刻派員赴部支領毋得違悮特示

小璫滋鬧　○宗室內監滋事本干例禁近來京師地方屢有宗室內監違法妄行層見疊出前有宗室魁茂干不干己之事輒敢詞赴東城衙門呈控經該城發還原呈該宗室必欲傳訊到案復復不服簽訊肆意咆哮前經東城察院奏請將該宗室先行革去頂戴交刑部會同宗人府嚴行訊辦茲據刑部會同宗人府將魁茂比例擬非折責圈禁該宗室所犯係在徒罪以上所有宗室頂戴毋庸賞還由見邸報今聞前門外　市街一帶仍有宗室小璫者恃刀踶充架訟情事實爲閭閻之害現經[illegible]當道訪悉前情嚴拿懲辦未悉若輩能否斂跡矣

大愚勝黠　○京師有某省解餉官奉檄解到京餉銀九萬兩投文久待未蒙驗收該解餉官因恃京錢親造該堂籤門首向司閽者長揖呈上司閽者問其何事則以解餉久候未蒙實收告司閽者不覺解頤見其窮途可憫未忍即加斥責因反其錢允爲陳請翼日即行驗收噫如此解官亦可謂以愚勝黠者矣

心香一瓣　○督憲王制軍慈惠待民百姓呼爲生佛茲本月二十一日爲制軍千秋除郡城印委各官祝嘏外百姓聞知無不心香默祝云

頂撞多銀　○撞騙擠事久干例禁法不能容況稱大人之名乎茲有范崇鈴者亦未詳其里居本年五月間來津寓西門外萬源客棧在店出入非車即轎僕隸張麗以大人呼之有識其愚者李靈芝等數人擬就貧緣以謀闊事即許其銀錢若干照數給僕人張麗之手候事數月終無影響李靈芝等情急赴該管局段喊冤局令以案關撞騙當即票送守望總局懲辦局憲訊實撞騙情由臨即飭差發縣收管嚴押候如何懲辦再爲續登

督憲批詞　○欽差北洋通商大臣直隸總督部堂王　示具稟文生于棫森等係遷安縣人抱告工人王祥　批王士芳京控宋邑伶一案與該生等有無干涉應否免其提質仰通永道確明飭遵具覆結單抄存○又示武生杜文波等係河間縣人　批查前據該府稟會勘造册稟報完城村坐落西隄以外雖間有漫水旋就涸復無碍收成勘不成歉本節年錢糧仍應照常征收爾等何得來轅朦請賑恤所呈著不准行

邑侯示諭　○欽加四品銜在任候補直隸州河間府景州調署天津縣正堂加十級紀錄十次王　爲出示嚴禁事案准局函開以煤觔由唐山附火車運到天津車站之時必少有停頓方遂局煤廠商於煤車到站停頓時常有附近十數歲之童孩及婦女等在煤車之旁待拾墜落之煤富以微賤之物歷未經禁止詎意近年以來附近各莊竟以搶拾此項煤觔爲利藪煤車到站即有童孩四五十口爭相上車猱扳猿引瞬集多人將車上所裝之煤肆行搶掠不特運來之煤日有短絀且煤車機器停留未穩一經搖動便有碰撞之虞性命攸關良匪淺細非經天津車站駐站彈壓之縣役及車站巡工等來搶煤童男一口年十四歲據稱委係登車搶　衆皆逃逸只拿獲童孩一口請提訊明究辦並示禁等因准此除提該幼童訊供[illegible]差前往傳諭外合行出示嚴禁爲此示仰該處附近居民地方人等

一體知悉自示之後爾等務各安分守法約束幼童婦女如遇　車到站不得上車搶　倘敢故違幼童則追緝該父兄婦女則追從該夫男從重究辦決不寬貸各宜凜遵毋違特示

坐車寥寥　○本埠洋車約有萬餘坐車者亦實繁有徒日前因西門外正法賊犯賜坐洋車馳赴殺場自是以後西門外街市人等凡西行者多所禁忌車夫每藉以興嗟洋車將從此稍減乎減此惡風行人或亦稍便耳

賞格切切　○前十月十五日夜河北毘盧室旁住戶李王氏僕婦因媳同院潘姓一齊身死屢紀前報前邑侯稽將此案移交新署任王直刺設法緝拿直刺懸示賞格如送信者賞銀三十兩將犯拿獲者賞銀五十兩將此銀封包存庫決不食言爾等知之切切特示

總局諭單　○欽加鹽運使銜補用道候補府正堂總理守望局李　為出示曉諭事照得據十一段委員禀稱稽查敝段大小客寓洋車店土娼烟館林立最易窩藏匪類滋生事端每屆冬令必須嚴密巡防且今年游兵散勇隨處皆有尤應認真查察已將各店烟館祇等傳集到局諭令每夜於二鼓後一律閉戶息燈並不准容留來歷不明之人住宿每夜十二點鐘後不准空車來往街市查定例烟館准關閉不准添開現開烟館共有若干業派妥勇查明迅速造具姓名年歲籍貫清册呈局以憑核對且娼寮最易藏奸尤為地方之害屢經嚴禁禀明在案查東南城根護城河西岸至胡蘆灣止一帶貧苦之家居多而土娼亦即混雜其中難於查察前經清查戶口時傳諭各戶如係良民准其該家自繕此闊民宅四字貼在門首以示區別而易稽查使匪類無藏身之地庶市面得以安靜如段內再有前項情事局勇地方容隱不報一經查示立即提案嚴懲並將局勇地方即以包庇得賄論一併究送房屋發封入官等情據此查現值冬防吃緊之際亟應嚴密巡查該段所禀查係實在情形自應出示嚴禁以靖地面為此示仰軍民人等一體知悉自示之後各宜凜遵毋違切切特示

少尉告示　○欽加五品銜賞戴藍翎特用分縣署天津縣右堂加三級紀錄五次何　為出示曉諭事照得津郡地面遼闊係五方雜處之區良莠不齊現值冬令宵小易生更兼各營遣撤游勇或在街市攪擾滋生事端實屬與地面大有關碍合亟出示曉諭為此仰該管地方知悉速即各守各界地段搭蓋窩舖晝則稽查匪類夜則巡邏支更捕緝盜賊不容稍涉疏忽倘敢怠惰偷安致干查究重懲不貸各宜凜遵毋違特示

事勿阻撓　○江督之意擬於蘇垣創辦鐵路屢誌前報茲悉是事將次開辦元和縣葉潤翁大令出示曉諭大旨謂鐵路一事已由兩江總督張電奏舉辦奉　旨允准在案議一由吳淞而至蘇州由蘇州而至鎮江而至金陵再由蘇州分枝而至杭州現奉南洋大臣委派候補知府沈守埴洋弁錫樂巴由吳淞一帶丈量察看前來仰所過地方軍民人等知悉須知興辦鐵路實為利國便民第一要務俟該洋弁到日除飭差照料外務期一體遵照妥為保護毋得阻撓云云觀此示諭則鐵路之必然開辦已有明徵而實以蘇州為總紐將來商務之興不卜可知蘇人士咸欣欣然有喜色焉

責無旁貸　○昔召公虎曰民之有口猶土之有山川也財用於是乎出猶其有原隰衍沃也衣食於是乎生口之宣言也政令於是乎興行善而備敗所以阜財用衣食者也夫民慮之於心而宣之於口豈可壅也又曰防民之口甚於防川川壅而潰傷人必多民亦如之茲泰西各國競立報館亦猶為川者決之使導為民者宣之使言耳古有輶軒今有探訪亦其例也聞古者婦老無子令其採詩為其年老而更事多無子而私心絕歟今之探訪亦必有識無私者為之斯堪勝任否則肆意妄言奚當也今奉我　國諸大憲鑒於近年以來泰西各國所出之報本年五月北京所售滬報內刊機密要摺傳佈天下實屬謊聽　朝政是以嚴密稽查倘再有洩露機密要件有關時勢拿治罪今派北京售直報人陳午清轉致各報館京師訪事售報人務須開具名姓籍貫年歲住址另取舖保圖章投赴陳午清處復行加具甘結禀報該管地面衙門存案以備稽核倘有不遵者許陳午清扭禀從嚴究辦不貸

拍賣告白　敬啓者准於本月二十七日禮拜六在紫竹林下怡和行內拍賣白米三百六十五包麥子三十七包磚茶五箱茶[illegible]一箱[illegible]欲購者請早來面議可也　集盛洋行謹啓

天津 中西大藥房

零躉批發 格外公道

專治小腸疝氣鋼夾
戒烟止痛藥針藥水
搖瘋症電器箱匣
外科刀剪針包
各種假牙鉗子等
補肺治痰敏魚肝油
立止咳喘洋金花叶
包戒洋烟梅花參片
老牌肥兒牛奶膏
追瘋明目薄荷錠

不論大小左右每條洋一元
須上者每副連藥水四兩售洋五元
雙料單料濕電等定價無不克己
每副廿餘件至十二件者每件計洋一元
大小門牙盤牙全副半口各種靈巧牙鉗牙模俱全
大瓶十六兩售洋六角五
半瓶八兩售洋三角半
機器裝貯者每約二兩價洋一角五毫批更廉
每匣二百片
每匣計洋三角
每匣洋一角五

以上各貨均是自向英美各國運到大批定價格外克己較之市廛販售者其價迥別餘者丸散膏丹藥酒藥水照像器具材料無不全備一概平價發售碼洋一元核錢二吊諸尊光顧請認鍋店街中西大藥房不誤

浙杭 元吉永號

本號自置[illegible][illegible][illegible][illegible]浙杭洋縐花素洋布川廣夏貨顧繡雅扇南貨頭油俱全[illegible]爲近時錢市[illegible]落不同故[illegible]各貨減價[illegible][illegible]估衣街中間路北凡仕商賜顧者[illegible][illegible][illegible][illegible][illegible]

敬啓者現有英人僑居烟台曾在北京國學考[illegible]教授經史算法航海等學二十餘年後在英國海軍衙門充當考試官每年曾蒙華廷派委要差今擬在本公館教授華童英文以便將來應陸軍海軍商務之選惟受教不得過十五歲議定每季脩金關平銀二百兩如有從學者即希函達天津恒豐泰飯店或烟台英領事署轉致倪爾森可也

十一月二十三日錢洋行情

天津九七大錢

[illegible]盤二千六百六十五文

洋元一千九百零九文

紫竹林九六大錢

[illegible]盤二千七百零五文

洋元一千九百三十五文

聲明

本行遺失益興慶八千四百四十一號銀票五千七兩零四分已經稟縣訊斷由鄉中局轉飭益號將銀如數付訖原票再見作爲廢紙

上海鴻興啓

本號自製廣裝花生油味極馨香色尤皎潔燃燈光亮渣滓無餘四遠馳名已歷年所正號廣紫竹林北首創設開平鎮內諸尊賜顧價值相宜

光緒廿一年十一月吉日恒昌厚告白

告白

本齋所售天臺齊次風宗伯水道提綱一書近因津郡添設水利總局此書於前月售罄而來購者踵繼本齋自得竭力搜求覓出彙郡初印之書數部又學治一得編明刑管見錄數部二種合爲一部牧令奉爲南針者又仁和陳雲莊太守選訂 國朝舉業正軌數部習舉業者皆奉爲鴛針以上各書爲津邑師沅書觀察守彙郡所刻實皆經濟文章有用之書本齋貨得當年初印各書無多與滬上翻刻者迥然不同一看便知此書之精美矣 又石印由津至蘆溝橋鐵路圖

文興齋謹啓

直報

光緒二十一年十一月二十四日　第二百九十八號
西曆一千八百九十六年正月初八日　禮拜三

啓者現因海口結凍輪船俱停輪前紙未到報紙改用洋粉連俟明春冰泮輪船抵津仍用前紙特此謹白　本館謹啓

上諭恭錄

上諭保寧奏查明塔布囊珠隆阿自戕情形請將稅員等議處一摺熱河八溝稅員榮光奉派查辦喀拉沁襲爵一案雖無需索釀命情事惟失查家丁書吏詐贓且收受陋規車價理刑司員承惠爲珠隆阿函託承襲實屬荒謬異常榮光承惠均著交部嚴加議處餘著照所議辦理該衙門知道欽此　硃筆陳彝補授內閣學士兼禮部侍郎銜欽此

中東軍務得失論　偉臣來稿

嘵夫當中東未戰之先中國地大人多船堅礮利東瀛不能及其半而謂必且屈於東瀛此雖萬口同聲終無以釋其疑者也及中東既戰之後東瀛之戰則必勝攻則必克中國不能及其一此雖下愚無識儼若操其券者也獨是勝負之形至於勝負之機莫測或謂東瀛勢有可恃時有可藉夫海疆之險中東與共天災之行中東代有而東之勝卒大異於中之敗者豈無故哉事以反觀而易見理以對鏡而自明人必自侮而后人侮之家必自毀而後人毀之國必自伐而後人伐之古有明言于今爲烈苟知東瀛之所以勝不即知中國之所以敗乎昨閱西報內載德皇與東瀛交好今與從前仍是一樣現在東瀛備兵官比從前更多到德國者德皇分咐兵部著意相幫學習武備云云吾不禁嘆東瀛之不自滿假也戰必勝矣更要求知從前有何短處總要學得盡善始不敢以長勝而驕其心氣日進其有涯哉中國則不然偶有小勝則氣驕志盈敗衂之後則一敗不可收拾矣夫行軍之道第一應知勝因何勝敗因何敗弊病在於何處當於何處修理時至今日中國創巨痛深向未想到從以時已解散第知此參彼劾互相攻訐甚至從未經過戰陣者亦紙上談兵空言條列不知若使其人身歷其境亦必敗衂無疑近年成一定武軍皆謂比從前大好實則亦屬無濟所謂好者亦無識者妄言之耳中國軍務如要長進無須遠求須看德國駐津之五十名兵及英兵美兵船之操演規矩若何衣服若何餉精若何軍令若何官與兵情誼若何中國宜仿而行之否則永遠難以取勝於彼切須知國家所費者財實爲船兵豐衣足食之用以慰其心以得其死力者非專以餉精調齊帶兵官者也爲今之計最要緊者是領兵官要曉得軍務之領兵官不要不曉軍務惟知要錢之領兵官如是則所練之兵可以橫行天下矣現在中國惟知彼此相罵互相攻訐不知反求諸己借鏡於人殊非辦法從前有一人向中國總署說過中國要辦軍務須在北京政府議一定章無論何省皆要奉此定章與各國政府一樣不然終不能與敵國相抗試看東瀛如何勝中國如何敗東瀛如何辦法中國如何辦法使知趨向若不如此莫妙於不辦軍務國家省費無窮矣昔賢謂天下欲平必須文官不要錢武官不惜命二語括盡中外古來致治之要以衡諸今似稍有所未盡何也凡爲官者要錢不分文武惜命亦不分文武獨於休戚無關爲貪饜募新招之烏合兵勇既責其不惜命又責其不要錢豈爲

會應募新招烏合之兵勇皆慍　君仇含　國恨之忠臣義士乎何官之飛自實者輕以薄實兵勇者重以厚耶去歲徵調遍天下際北出榆關以極寒之時赴極寒之地將帥重裘乘肩輿加皮圍𢓉簾幕猶稱辛苦寒甚而江楚之勇盡著單衣食則坎地爲竈宿則野支棚運米偶遲時虞枵腹　太后軫念從征之苦賞給兵勇皮袄若干然前敵者得之留軍未盡挾纊也雖他營亦或有皮袄兩各營之規例不同其開除亦異大抵軍裝之製辦經手者層層剋削其尅扣之多寡恒視職分之大小以爲率職分愈崇得利愈厚故無不發財之文官亦無不發財之武官更無不大發財之行營帶兵各官財何自來奚煩過問前此中東議和後所遣各營時或生變其最甚者則爲鳳營既繳軍械以後宵有欠餉數月未發將發矣又將扣除多項所餘幾不足半月旅費該勇等求之該管其官不能作主求之營總則知其萬不能行於是擬求制軍而該營遂以勇變爲詞劫殺無數將該遣勇軍械已繳倘持寸鐵其不激而成變者幾何幸我　皇上深知其以爲兵非素鍊所招總係烏合所以幡然定計與東議和更圖自新之治明鏡高懸奚殊日月君無忘艱難臣敢忘夫啓沃乎海外細人猥誅　惟願謹效南榮之獻以抒北拱之忱云耳

敬天勤民　○欽奉　上諭本年京師入冬以來雖經得有微雪尚未渥沛祥霙現在節逾冬至農田待澤正殷朕心實深寅盼允宜虔申祈禱本月十九日朕親詣　大高殿拈香　時應宮著派貝勒載濂　昭顯廟著派貝勒載灃　宣仁廟著派貝勒載澍　凝和廟著派貝勒載潤同於是日分詣拈香欽此已見邸抄茲聞禮部太常寺預備祭禮香蠟傳集正大光明殿道衆賢良寺圓通寺廣濟寺法源寺戒僧一百二十衆設壇諷經祈禱伺候　皇上於十九日卯正二刻至　大高殿拈香濂貝勒等各分詣時應宮昭顯廟宣仁廟凝和廟等處拈香祈禱普降祥霙以慰三農之望

卹災減利　○京師典當之設所以爲便民地也惟各典行息規條互有參差常年取利漫無區別各大憲念切民瘼歷經通飭各屬遇有災歉年分所當棉衣及農具等項一律減利取贖在案近日順天府尹盛陳六舟大京兆劄飭大興宛平等縣出示曉諭略謂今年夏初京東各處雨水成災雖各農田少有收成而小民困苦情形實堪憫惻應飭通諭各典凡當棉襖棉褲棉被及農具等件俱不得照常時二分取息自十一月十五日起至除夕日止讓利八厘取贖以便貧民等語一時恭讀憲示者莫不頌德於不置

心簡近臣　○新　簡署理太僕寺卿松大司僕安定於十一月二十五日午時上任示仰闔署廳員筆帖式書皂人等至期一體謁見毋違特示○又署理步軍統領敬子齋大司農於十二月二十日午刻上任示仰八旗參領佐領章京暨各城門城守樂暨京營五汎副參遊都守員弁至期一體謁見毋違特示○又新　簡廂黃旂漢軍副都統永續制隆於十一月十九日巳刻上任示仰闔旂參領佐領章京人等至期一體謁見毋違特示

指日榮任　○兩江總督劉峴帥去歲因軍務紛繁調遣來京駐紮榆關現已軍務已靖峴帥來京陛　見奉　旨着回兩江總督本任已見邸抄現寓東安門外賢良寺廳內以備　召見聞近日乘輿往謁諸鉅公拜答者應接不暇諒不日尊摺請　訓裝束起程赴接篆任事云

同心向善　○葉軍門志超因在獄久見獄囚寒苦時解囊以麵食供衆適有發遣人犯起解每名送給川資十千計自軍門收禁以來共發遣人犯一百七十五名已費百數十金矣

仗義執言　○阿非利加南境檀佛拉爾地方饒水草土肥沃向爲荷蘭國人尋得種殖蓄牧其間立有總統爲荷蘭外府復爲英人偵知亦踵其後久之人到益多幾於喧賓奪主荷蘭人旋即裹進而讓至檀地爲止英則得尺則尺得寸則寸覓將荷蘭人包裹在內大爲荷人出路復聳惠英之瀕外藩欲奪其地而荷人素與德人有同族誼者檀總統時與德皇通音問以故英不能明示侵奪而在彼之英人內外交通蓄謀已久昨得西電云英巡兵頭名熱密司率五百名並其謀人定期過界攻擊檀國經荷蘭人戰勝巡兵全數被拿擊死七十餘人受傷者三十餘名入獄者五百餘名迫英外部知此信息發電阻止電未到而事已敗壞旋又電請總統將因人釋回各國皆不直英　德皇聞荷蘭戰勝立發電致賀俄法兩國亦不准英佔其地借德募化捐錢恤荷人之受傷者英人聞之大爲奪氣

偉臣

稽古止課　○本郡北門外鈴鐺閣大街舊有稽古遺蹟自李傳相作育人才以稽古寺改爲稽古書院至今已創立數年每年十課按月印憲開考以定去取閏月之二十四日照章停課云

於今嚴生　○前侯家後妓女小紅吞烟身死被牽之胡十由縣解省已紀前報茲聞胡十到省赴府縣衙署所供情尚可原昨由督發同交本郡府憲沈太守發落太守飭將胡十一枷號署前示衆閱俟限滿責釋云

止暗揚明　○本郡侯家後一帶優伶妓院無一不備其優遊者傾家敗產廢時失業聲名俱喪者蓋自其人按開設陷人之局原屬例禁惟禁不勝禁但能謹分安然非不可援女閭之例以姑容之此等唱藝之事何煩掛齒然亦有不可不重申禁令者以風俗所關利害所係也按當年妓館及相姑下處均於門首粘貼堂名懸掛龍燭使尋花之蝶占鄉之鶯不致嘆於桃源莫問而嚮入正士於以知其爲不屑不潔之區望望去之若浼焉其家少年子弟雖有意尋歡或恐家人知覺或恐朋友相逢不敢直入以其明目爲娼窯下處人所習知且有於此滋事者不難立即拿辦深恐鼓及則身名俱劣妥相戒爲畏途惟其明也自十數年前鼓龜鴇等詭計層出別開生面並不懸牌燭謂之良房即都城之暗門也暗使龜奴至騎在要路引誘瞞人濶花之嫖客此等多係舊日徽逐叅壺嘴饞身懶他處既不能相容個中且深知滋味人遂目此等爲跑合其人亦居之不疑焉暗門既多其徒亦夥每引一客即由暗門給錢五百文嗣被捕快入役等所知亦即從中分潤稍有不遂因藉詞以跑合勾引賊匪致將正經嫖客之衣服竊去等情以向索詐適有該處混混某會向衆跑合云捕役鎖拿慾壑難填如爾衆人分潤於我萬事我一人承當各跑合喜其事有首領可保無虞遂定爲例每引一客扣錢一百文給首領某某譬如今騎某人引幾客報知與某至明早某即令人赴各娼窯斂取至今十數年來某已稱富翁矣迄今仍坐地分肥昨見憲示禁止跑合以維風化誠爲美意但不慾此首事之人其事可禁絕否按良房之設加以跑合誘引害人最甚凡少年子弟畏家訓畏人言不敢明嫖復不識門徑暗往者得此跑合即可駕輕就熟況良房又多隱密尋歡得以心安故一入其途迷而忘返若欲改此風俗全此良民必由該管局段面諭地方凡是小班下處娼窯優伶之所務令其掛燈懸牌不准再有良房暗門之處如此即自窩留匪類之事亦易查拿其 [illegible] 合之流當亦不禁自絕矣若謂是係汚穢何須禁令殊不知既可以正人心尤可以清地面甚勿姑息以養其奸

樂先覩後　○河東備濟社以糧石捐資歷冬施捨米面貧而得生者實屬不少今歲該社早將貧戶查清按口給票在本社開放白米貧苦者紛紛持票往取聞係每大口五升小口二升半票到即赴毫無耽延於是窮黎背負而歸合家果腹莫不感恩無既蓋濟貧原賞以早爲貴涸轍之困何能待東海波也該社經理得法誠爲莫大功德惟他處尚未聞如何施濟現屆嚴冬號寒啼飢殊爲可憫敢以爲諸專其事者

浙紹朱鈍翁近治喘嗽喉血產帶癆瘵痘疹驚風各險症均經回春仍寓爾勒菴

尊示由早道所寄書籍等件　諸公亦然取出餘者所有登報書籍價發磁蘆鹽不加價代售　致正玉堂字彙津錢五百　諸葛武侯用兵行陣火攻圖　諸葛心書十三律附百猿經風雨占圖　戚大將軍練兵實紀　劉大將軍地營法西法操練　劉帥大事記　中日戰守始末記　大小本公車上書　安危大計疏　彭岡直公奏稿　中國電報書　巾幗英雄　洋務十三編　口岸章程　西事類編　無師自通英語　徐霞客遊八本遊記　最新臺灣澎洲廈門地圖　五洲統屬圖　前後套通天秘書　全圖算法大成　衙門法律　醫醇賸義　藥性賦解　古徵書　蜻蜓奇緣　玉燕姻緣　遇仙緣　遊江南　古今眼前報　夢裡　片情　雙鳳奇緣　大雙蝴蝶傳　閨秀英才傳　征東全傳　英烈全傳　連十本青樓夢　湘子九度文公　藍公案　正續客窗說閒話　海上百豔圖　海上酒地花天　海上見聞錄　海上奇書大觀　花間楹聯　中外戲法大觀　孩兒說笑話　各樣尺牘　內城府校正京調　京調脚本十集對各戲圖　西湖白蛇傳　諸君購取每日午後直至中後皆敬候　天津府署西三義巷德盛洋行分處內紫蘭堂啓

拍賣告白

敬啓者准於本月二十七日禮拜六在紫竹林下怡和行內拍賣白米二百六十五包麥子三十七包磚茶五箱茶壺五把荷蘭水瓶一箱等件如欲購者臨早來面拍可也　集盛洋行謹啓

天津 中西大藥房

零躉批發格外公道

專治小腸疝氣鋼夾
戒烟止痛藥針藥水
搖瘋症電器箱匣
外科刀剪針包
各種假牙鉗子等
補肺治痰敏魚肝油
立止咳喘洋命花叶
包戒洋烟梅花參片
老牌肥兒牛奶膏
追瘋明目薄荷錠

不論大小左右每條洋一元
頂上者每副連藥水四兩售洋五元
變料單料濕電等定價無不克己
每副廿餘件至十二件者每件計洋一元
大小門牙盤牙全副半口各種靈巧牙鉗牙模俱全
大瓶十六兩售洋六角五
半瓶八兩售洋三角半
機器裝貯者每約二兩價洋一角五毫批躉廉
每匣二百片
每匣計洋三角
每匣洋一角五

以上各貨均是自向英美各國運到大批定價格外克己較之市廛販售者其價迥別餘者丸散膏丹藥酒藥水照像器具材料無不全備一概平價發售碼洋一元核錢二吊諸尊 光顧請認鍋店街中西大藥房不誤

浙杭 元吉永號

本號自置[illegible][illegible][illegible]新樣洋縐花素洋布川[illegible]夏貨廣[illegible]雅關南貨頭油俱全[illegible]爲適時[illegible]市[illegible]落不同故兩各貨減價[illegible]估衣街中間路北凡 仕商賜顧者[illegible][illegible][illegible][illegible][illegible]

[illegible]啓者現有英人[illegible]一位曾在英京國學堂[illegible]教授經史算法航海學[illegible]三十餘年曾在英國海軍衙門充當教習[illegible]年曾蒙華廷派委要差今擬在本公館教授華童英文以便將來應陸軍海軍商務之選惟受教不得過十五歲議定每季脩金關平銀二百兩如有從學者即希函達天津恒豐泰飯店或烟台英領事署轉致倪爾森可也

本號[illegible]製[illegible]裝花生[illegible]油味極馨香色尤皎潔燃燈光亮渣滓無[illegible]四遠馳名已歷年所正號寓紫竹林北首創設開平礦內諸尊賜顧價值相宜 光緒二十一年十一月吉日 恒昌厚告白

新到香櫞二十塊如欲購者請到怡和洋行面議

二十七日三點鐘在怡和棧房內拍賣磚茶五箱瓦器四箱木漬米麥四百零二包

發售石印書籍

本局向在上海今分設天津針市街同豐棧內承蒙賜顧其價格外從廉太平御覽　歷代賦彙　史學叢書　新疆識略　漢魏叢書　小題三萬選三希堂法帖　墨池堂法帖　其餘各種新出閒書尺牘畫　詩賦文策均不細載略舉數種是也
積山書局首記啓

本館京報售[illegible]處在宣武門外[illegible]家坑路東[illegible]昌會館內陳午亭先生代辦如[illegible]閱看者至[illegible]處可也
本館謹啓

十一月二十四日銀錢行市
天津九七六錢
銀盤二千六百六十五
洋元一千九百零五文
竹籌九六錢
銀盤二千七百零五
洋元一千九百三十五文

直報

光緒二十一年十一月二十五日　第二百九十九號
西曆一千八百九十六年正月初九日　禮拜四

啓者現因海口結凍各船俱停輪前紙未到報紙改用洋粉連俟明春冰泮輪船抵津仍用前紙特此謹白　本館謹啓

上諭恭錄

硃筆三德補授太僕寺少卿欽此

言官論

古今不朽之業終於立言立言之道前有千古後有萬年孔子曰言之必可行也君子於其言無所苟而已矣誠愼之也立言如此進言可知爲言官者坐於廟朝進退百官而佐天子出令善敗將於是乎與顧可以苟焉已乎古者進言無專官天子聽政使公卿至於列士上詩瞽獻典史獻書師箴瞍賦矇誦百工諫庶人傳語近臣盡規親戚補察瞽史教誨耆艾修之而後王斟酌焉自漢以後言事之官或貳宰相或監郡縣或任彈劾或兼訟獄或兼諫諍遂爲重任漢曰御史府唐曰肅政左右臺宋曰臺察殿院察元御臺分東中西明都察院　國朝因之其職專司於進言舉凡官吏之善否閭閻之疾苦與夫寇盜竊發豪強兼幷外而朝政內而宮闈雖指斥乘輿不以爲怪所以寵異之作其敢言之氣使無顧忌以行其直也夫人君威福獨操生殺惟命有勢如此誰敢忤之而爲言官者獨以讜言正論爭於前唾辱罔避刀鋸鼎鑊有不辭人主卒無不俯首從之如　龍之於趙后訾其愛子不如愛女而長安君出質蘇秦以牛後羞韓而惠王按劍太息范雎以無王恥秦而昭王長跪以請酈生以助秦凌漢而沛公輟洗以聽自古賢君皆喜納諫以優禮其臣爲賢臣者亦必明健正大愛君之國甚於愛己之力之財之身之名而後爲國除惡如鷹鸇之逐鳥雀農夫之務去草惟其直也至於事關宮闈自當以委婉微言使君自悟若不與聞其事者不可少有爲名之見存也宋仁宗廢郭后宋人章疏交攻其時病在號爲君子者太多爲名之心太切以相爭爲公以乞退爲高以責備賢者爲春秋法以釋有罪爲犯而不校故賢如歐陽而攻狄青賢如唐介而攻彥博伊川東坡互相詆詰以君子而攻君子王雖欲誅丁謂揚億救之太后欲竄蔡確范純仁救之以君子而轉救小人爲名之心過勝矣非獨宋也惟唐亦然太宗時魏徵爲相以直諫稱太宗引徵望昭陵徵曰臣以爲獻陵耳太宗懷鷂徵奏事故遲鷂死懷中夫使徵果直臣也者謂人主不當念亡后玩禽鳥諫之可也奚必佯爲不知以刻薄其趣特以爲不如此不足以動傳聞故特詐以取名且逆料其事之必可行也故詐以取之若不可行則徵不爲矣不然太宗納元吉妃殺張蘊古較之望陵懷鷂事孰甚而徵竟緘口何也知其事之必不可行名不能取故默之非純臣也漢儒則不然其風質朴其心無他故近于純漢光武廢郭后郅君章告光武曰夫婦之際父不能得之於子況臣能得之於君乎願千秋後毋使人議陛下而已斯言也仁至義盡光武感焉郭后賴得以善終既不博己之名又不顯君之惡可謂純矣可謂直矣凡此之類史册相望千秋後終有定評天下耳目固不能以一手掩也總之諫無定章惟取其當乎義中乎禮爲國而非以爲名斯之爲純斯之爲直斯爲無負所學負無

於其職焉若夫故犯忌諱故訐陰私藉以博直言之名則誤矣至於恃權爲獒狗之噬或貪不枉法贓者彼哉予西何足掛齒爲言
勿忘前自千古後有萬年則庶乎其可矣

善果當參　○京師前門外梁家園彰儀門內勉善堂各女暖廠收養婦女甚衆其中疲癃殘疾老邁龍鍾者十居七八而亦有二三骨肉停勻修短合度者以幼年之女迫于飢寒出于下策已傷實命不猶若再勸以甘言未有不墜入牢籠者也爰有三姑六婆扮作貧窮婦女混跡其間每見玉貌花容冰肌玉骨即多方以誘之甘語以餂之諸女偶惑其言即被引至北里令作皮肉生涯因玆失足者不知凡幾近經諸善士查悉其弊以爲此風斷不可長於是稟官役明查暗訪果於某妓寮查出徽拐婦女并究出媒媼楊氏等一併解送琴堂澈底根究一面在廠旦夕稽查誠可杜流弊而全名節也

福田宜種　○前門外打磨廠普善堂彰儀門土地廟下斜街長椿寺粥廠均於十一月十五日散放棉衣錢文無論大小男婦除名散棉衣一身外另給大口京錢兩吊小口京錢一吊是日兩處共放七千三百數十名聞悉是日善舉係葉肇門志超龔照璵等解囊共費大百數十金誠謂普濟衆生廣種福田矣

皂頭賣法　○日前聞有南城院書夏雲集與司坊官交結串通勒索訟費兼與妓寮扛叉聲名狼藉汚穢自身誠謂不安本分營情已列前報玆聞南城內坊二班皂頭杜順曾充北城內坊五鋪捕役官名杜奎內緝捕不力斥革復充南城皂頭兼理六鋪地面總中亦與百順胡同寶樹妓寮扛叉刻下充當官人者始以開設烟館賭局妓寮扛叉爲能事繼以充當官人爲遮掩身體地步兼可包攬詞訟種種妄爲其弊百出並聞杜順即杜奎所管南城六鋪地面刷子市草帽衕一帶乞丐棲止伙房六十餘處專棲乞丐聚賭不分晝夜其中窩藏賊盜已可概見於是杜順每夕向各伙房每處索錢一千文及溝沿土娼妓寮三十餘處每日向各妓寮每處索錢六百文爲燈油錢遇有賊盜等事即可從中設法掩飾矇輦轂之下似此捕務竟可斂錢不究誠爲閭閻之害尤恐搶劫之案層見疊出當道者倘不破除情面捕務何以整頓耶

廝子逞兇　○京師前門外打磨廠王廝子刀剪鋪夥張某與隔壁板箱鋪羅某言語不合始而肆行詈罵繼而以木棍從事將羅鱗傷甚重羅某旋即殞命張某見勢不佳當即棄鋪逃逸現經中城指揮相驗飭甲嚴緝逃兇務獲究辦未悉能否弋獲俟訪明再錄

訓單批詞　○欽差大臣辦理北洋通商事務直隸總督部堂王　示職員周維嶽稟係樂亭縣人抱告工人王玉石　批據呈願將張洛蓋等欠欵助賑殊見善懷惟張洛蓋等所欠錢欵既有借帖錢票可憑何以該縣屢訊不追恐其中另有轇轕仰樂亭縣查照核辦具覆　又示民婦劉魏氏係天津縣人抱告胞弟魏廣昌　批姊妹情支離殊難憑信案既由府提訊仰天津府錄案詳覆核奪粘單抄存

知人善任　○津海關道一缺爲北洋冀長極爲緊難近年盛觀察宣懷於秋末冬初因患病告假由黃觀察建莞署理去歲海疆有事盛觀察交卸較早黃觀察於軍書旁午之際悉心擘畫內而和輯友邦外而運籌餉械調劑盈虛心力交瘁亟不以代人權篆稍懈厥志無怪中外人交口稱之本届料理德國租界事不易辦[illegible]間盛觀察復又假歸上憲以黃觀察兩權新篆久爲中外所推是以仍令署理已紀前報嗣以前令某君沽名釣譽致愚民罔知輕重幸觀察開誠布公威惠並用閩刻下已安帖就緒如觀察者洵不愧北洋之冀長矣

罰欵倘欠　○欽命二品銜長蘆都轉鹽運使司鹽運使李　示據爲人瑞盛呈　批據呈該商租辦晉有恒南皮半縣引地乘輕五年限滿情願退租交業商收回應准照辦候諭該業商晉有恒歸綱引地收回或自辦或轉租速行稟覆核辦以顧民食而濟課運再查該租商尚有應欠罰欵未據清繳應即如數呈交以清欵項切切此批

賞格誌詳　○昨報載毘盧室旁一門三命之案茲悉天津縣懸賞諭緝云爲懸賞緝拿事案查接管卷內據河北街民人李長齡喊稱伊堂嫂王氏與僕婦趙媽等於十月十五日夜不知被何人用刀一併殺死兇逃無獲請勘驗緝究等情據此當經前縣會營勘驗差緝在案本縣接准移交催緝兇犯尚未弋獲合行懸賞緝拿爲此示仰津郡居民人等知悉自示之後如有訪知此案兇犯踪跡確信

拿獲者賞銀三十兩或將此案兇犯拿獲送縣者賞銀五十兩此銀實封存庫決不食言須至賞格者

賊欻防偷　○每於黃昏居家購買食物賊欻之際鼠竊狗偷者趁機潛入見院中有物即行竊去近日東門外一帶多有其事㕑屬某姓之帳房門外有錫壺一把銅盆一個覓被偷去傳言此等小賊多以烟館小店為家似此毛賊無關安否然恐愈竊則生愈熾即不免出有巨案何若早為查緝以安閭閻乎

荷枷示衆　○南門外王月不知因何滋事日前被該管局段拿獲送縣管責一百枷號半月限滿責放昨早發南門首示衆云

望雲思雪　○入冬以來雪澤稀少三農盼望實深現交三九陰雲合而復晴邑侯王直刺自二十四日起至二十六日止斷屠三日在城隍廟內設壇親赴拈香禱祝云

平地生波　○北城根林聾子與陶某在局賭博因付錢未清林聾子用刀將陶某扎傷數處越日身死聞林聾子即林二柱前在本邵王傻子案內聞拿脫逃今又扎斃陶某實屬兇惡極矣

窮途受騙　○某甲者年二十許外鄉人來津覓友未遇因困於逆旅將盤川行裝俱已浩盡適有本地某乙好閒之輩與甲攀談相識因向甲曰現值隆冬若不謀事則飢寒何忍甲云舉目無親乏人汲引如兄垂憐代為　謀乙允之卽於次日復又見面言事已謀妥但必須穿長大衣服可去否則難以前往甲以手無分文乙云　諒你尚未吃飯今日我請一飽遂赴飯舖酒食甲感激不盡乙計議甲尚穿小棉袄二件棉褲之內套有單褲乙曰若將新棉袄及棉褲交我[illegible]錢我再湊辦可買棉袍一件午事後卽不患無錢甲急於得事允如辦[illegible]甲囑乙在飯舖稍候遂將棉褲袄拿去詎自午至戌杳無蹤影該飯舖催索出甲言乙情形舖夥聞說知係被騙言汝等至明天恐不復來矣於是甲嚎啕大哭當經多人解勸只得步出飯舖不知何往似此乙於窮途中猶設計騙取殊乃狠毒已甚說者深恐甲被誑情急不免有性命之憂世道人心眞可浩嘆焉得該管者嚴行查拿重懲以儆奸徒乎

西電譯登　○昨接泰西電報云阿非利加英屬地總督大臣羅德司已辭職另派新員前往接替蓋恐英國海外部大臣不允兵丁侵檀羅君因而告退○又英國各報議論紛紛皆以為英國不能允德國議處此事○又檀佛拉理總統出示云外國人僑寓此地本總統一定給與方便格外保護爾等安穩度日可也又預備彈壓本處人不准與外人相讐云○檀京於打仗時人心惶惶多有由鐵路逃走者於下車之際匆忙失措受傷死者八十餘人○又在美國借款一萬萬金元合一萬萬兩備辦械等用利息每百三兩

情見乎辭　○湘撫吳清卿中丞奉　旨開缺俟新任到湘卽行回籍無需來京候　簡現任陳右銘中丞將次到湘清帥解任有期眷戀此邦未能恝然於斯地斯民因賦留別七律一章登錄如左亦宦海中一段佳話也詩云欲向君王乞鑑湖忽牽離思到蒓鱸臣無舟楫濟時具天許烟波作釣徒中澤鴻飛何日定歸林鳥倦此心孤滿江蘭芷秋風冷惆悵瀟湘送別圖

責無旁貸　○昔召公虎曰民之有口猶土之有山川也財用於是乎出猶其有原隰衍沃也衣食於是乎生口之宣言也政令於是乎與行善而備敗所以阜財用衣食者也夫民慮之於心而宣之於口胡可壅也又曰防民之口甚於防川川壅而潰傷人必多民亦如之故泰西各國競立報館亦猶為川者決之使導為民者宣之使言耳古有輶軒今有探訪亦其例也聞古者婦老無子令其採詩為其年老而更事多無子而私心絕歟今之探訪亦必有識無私者為之斯堪勝任否則肆意妄言奚當也今奉我　國諸大臣議核近年以來泰西各國所出之報本年五月北京所售滬報內刊機密奏摺傳佈天下實屬譏聽　朝政是以嚴密稽查倘再有洩露機密要件有礙時政拿治罪今派北京售直報人陳午清轉致各報館京師訪事售報人務須開具名姓籍貫年歲住址另取舖保圖章投赴陳午清處復行加具甘結稟報該管地面衙門存案以備稽核倘有不遵者許陳午清扭稟從嚴究辦不貸

拍賣告白

啟者准於本月二十七日禮拜六在紫竹林下怡和行內拍賣白米三百六十五包麥子三十七包磚茶五箱茶壺五把荷蘭水瓶一箱等件如欲購者請早來面拍可也

集盛洋行謹啓

本號自製廣裝花生清油味極馨香色尤皎潔燃燈光亮渣滓無餘四遠馳名已歷年所正號廣裕竹林北首創設開平鎮內諸尊賜顧價值相宜 光緒二十一年十一月吉日 恒昌厚告白

新到香楠二十塊如欲購者請到怡和洋行面議

二十七日三點鐘在怡和棧房內拍賣磚茶五簍瓦器四簍水漬米麥四百零二包

告白

本齋所售天臺齊次風宗伯水道提綱一書近因畿郡添設水利總局此書於前月售罄而來購者踵繼本齋自得竭力搜求覓出畿郡初印之書數部又學治一得編明刑管見錄數部二種合為一部牧令奉為南針者又仁和陳雲莊太守選訂國朝舉業正軌數部習舉業者皆奉為鴛針以上各書為津邑徐沅青觀察守畿郡日所刻實皆經濟文章有用之書本齋覓得當年初印各書無多與滬上翻刻者迥然不同一看便知此書之精美矣 又石印由津至盧溝橋鐵路圖 文美齋謹白

天津 中西大藥房

零躉批發格外公道

專治小腸疝氣鋼夾 不論大小左右每條洋一元

戒烟止痛藥針藥水 頂上者每副連藥水四兩售洋五元

搖瘋症電器箱匣 雙料單料濕電等定價無不克己

外科刀剪針包 每副廿餘件至十二件者每件計洋一元

各種假牙鉗子等 大小門牙盤牙全副半口各種靈巧牙鉗牙模俱全

補肺治痰鮫魚肝油 大瓶十六兩售洋六角五 半瓶八兩售洋三角半

立止咳喘洋參花叶 機器裝貯者每約二兩價洋一角五躉批頁廉

包戒洋烟梅花參片 每匣二百片

老牌肥兒牛奶膏 每匣計洋三角

追瘋明目薄荷錠 每匣洋一角五

以上各貨均是自向英美各國運到大批定價格外克己較之市廛販售者其價迥別餘者九十餘種丹藥酒藥水照像器具材料無不全備一概平價發售碼洋一元核錢二吊諸尊光顧請認鍋店街中西大藥房不誤

浙杭 元吉永號

本號自置[illegible]綢緞縐紗新樣洋縐花素洋布川廣夏貨顧繡雅扇南貨頭油俱全減爲近時錢市[illegible]落不同故爾各貨減價[illegible]設估衣街中間路北凡仕商賜顧者祈認明本號[illegible]

敬啟者現有英人僑居烟台曾在英京國學考官學堂教授經史算法兼天文地輿等學二十餘年前在英國海軍衙門充當試官各年曾蒙華廷派委要差今擬在本公館教授華童英文以便將來應陸軍海軍商務之選惟受教不得過十五歲議定每季脩金關平銀二百兩如有從學者即希函達天津恒豐[illegible]飯店或烟台英領事署轉致倪爾森可也

十一月二十五日錢業行情

天津九七六錢

銀盤二千六百[illegible]文

洋元一千九百[illegible]文

紫竹林九七六錢

銀盤二千六百九十七文

洋元一千九百三十文

直報

光緒二十一年十一月二十六日　第三百號
西曆一千八百九十六年正月初十日　禮拜五

啓者現因津口結凍各船俱停輪前紙未到報紙改用洋粉連俟明春冰泮輪船通津仍用前紙特此謹白　本館謹啓

上諭恭錄

上諭裕祿奏奉天辦理鄉團出力紳民及陣亡團丁人等請分別獎卹並勸辦出力人員懇恩獎勵各摺片上年奉天遼陽州鳳凰廳各廳屬紳民舉辦團練保衛桑梓自應量予恩施以昭激勸所有單開之出力紳民及片內所保各員均着該部議奏其另單所開陣亡及積勞病故之團總團丁着交部分別議卹餘着照所議辦理單二件片一件併發欽此　上諭甘肅慶陽府知府員缺着徐鄂璋補授欽此　上諭甘肅甘涼道員缺着明保補授欽此

論京師售報人胡某之冤

泰西報館之設原爲上下相通使下無寃抑非專以揭人陰私也義實仿自中邦古者天子聽政使公卿列士上詩外至庶人亦能傳語則今之報紙也古者輶軒採風外凡婦人年老無子能知大義者令其採詩以日用倫常之際婦人最能體察人微識小言之隱年老則閱歷深而有識無子則牽掛絕而無私有識無私故所採多不失於正猶今之報事也今有報館古有鄉校以論政事之得失子產雖猛亦不毀焉爲其有益國是也叔季以來中邦號稱文士之目太多所學又非所用釋褐而後一目簿書中所謂外事者如盲人騎乘瞎馬假假無之不能不任汚吏蠹書所爲反盡棄其學而從之不知汚吏蠹書除卻舞弊弄權別無他能者是君民分隔官民分隔君臣分隔大僚與小吏分隔所不隔者內而中涓內侍部吏館生外而各署僕隸私人書班衙役而已若輩身居權要如船之舵如鎖之匙外國西報閉無不唯命而下之寃抑遂無從訴矣所尤難者中士上下風俗之弊日習日僞僞則虛虛則多隙東萊所謂睽生疑疑生怪也作僞者每乘隙以施其術或欲倖進必先擠排因其疑而入以讒致使被讒者不白之寃終身莫雪不獨臭仲黃之府甚至莫諒於同人此等弊病泰西甚少中土極多如今歲五月間前任兵部尚書孫萊山大司馬被參各款摺係皇上留中未發機密要件被同文館肄業生朱乙尊糾約軍機處當差之仇師伊私行抄出妄登滬報旋經孫大司馬閱看滬報遣家丁購買報人胡秀珊扭送琴堂追究私錄奏摺之人比時胡以實不知情枉受刑責祗得挽人央求寬恕懇情大司馬另爲設法查究辦嗣經孫少公子訪查得實深知胡秀珊受不白之寃特於十月初十日將胡邀至府第備酌暢飲以餞寃情囑令轉致報館慎重訪事免惹是非　皇上亦因　內廷機密事件往往外間得知甚速若無人傳何以得知深恐洩自左右侍從遂以更換　御膳外邊傳知爲究察計遂將　內奏事太監高某實交慎刑司擬發往　盛京允當苦差由刑部山西司點名轉送兵部派差起解繼又查出有同文館肄業生之朱乙尊糾約軍機處當差之仇師伊通同一氣屢將　內廷機密時時洩露冀圖小費經某鉅公據情指揭各在案屢登前報刊布中外今聞胡秀珊因屆封河滬報停寄屢經閱報家催詢始據胡云及因受前番訟

累曾經函求報館設法答救詎報館不但置於腦後竟函稱已擬妥友函覆胡秀珊所云訟累全屬子虛嗣覆以所受不白之冤有
況訟累係珊自行設法挽友辯釋一切酬應已費一百五十六金致虧欠報館報款洋銀一百十二元零是以停寄報紙截止訪事新聞等
情云云於是閱報諸公無不嘆秀珊寃情難伸況珊因訟酬應所費各款都城各友共知共見何言全屬子虛爲此諸公大爲不平爰囑登
報援肺石以達窮民之例以分剖胡某寃抑庶無負泰西設館之義云耳

鏡如平砥 ○禁苑內南北海每屆嚴寒冰澤腹堅有萬頃玻璃一匳玉鏡之致舊制有冰床戲其法用木製一床上裝亭樓式下
則如[illegible]所用笆犂者坐其間置於冰上令人牽剔以行其快如風帆奔馬往往欲止不能蓋藉冰之滑故易於流動也年前 皇太后命
造辦處[illegible]造新床數具令中涓演行此來彼往行走如飛 皇太后顧而樂之賞賚有差焉

果類晨星 ○橄欖有諫果之名橘柚厥包茅之貢之二物功用具詳本草洵不僅爲酒罷茶餘助也嘗[illegible]每年於冬時南商販運
青果青桔至京者傾筐倒篋爲食品之大宗故京都人士以其爽可適口清能沁脾均樂以稍擲青蚨數枚藉領南中風味不料今歲大江
南北是物收成頗減橙青橘綠大異曩時採運而至都門竟寥寥若晨星可數以致每 果價值青銅六十文青橘亦須大錢三四百文于
是分甘佳士擲果郎君欲求三日口香十分心醉不易得矣

九夜延燒 ○十一月十九日夜闌魚更三躍崇文門內東四牌樓義興南煙店不戒於火當經鳴鑼警救詎料回祿稅駕燄熊熊
其赤沖天經該管地面官廳看街兵向該煙店敲門呼喊彼時鋪[illegible]因煙氣瀰屋已入迷籠無人應聲以致延燒牌樓一座泰華雜耍館
門面一座次日午後回祿始收炎返駕躔經覓人挖出男屍三具均已烏焦經步軍統領衙門將案票委東城司相驗徑報刑部審辦至街
巷失火延燒官物該地面協尉官應恐有救護不力之咎諒經兵部例議矣

一通作祟 ○東直門外六里屯地方有婦某氏者其夫作客他鄉不顧家室而婦則顧影自憐寒衾獨宿遂與同村某丙有私雙
宿雙飛儼同伉儷十一月十八日婦家省母僅留十歲一女守此門戶其母以婦久離乍會談心促膝不肯便許告歸詎知丙以寒夜無伴
心甚不樂躊躇再三思得一計入夜潛至婦家裝神弄鬼甚至使爐中之火夜半自燃嚇得守家之女狂喊救命村人初皆不知其計急遣
人告婦謂有五通神下降汝家聞報前來而是夜即平安如常客之所述如是吾曰此非五通爲虐實乃 通作祟耳客亦爲之啞然

靈批類誌 ○督辦直隸籌賑總局 示安光村民人張國衡稟批 稟悉查該村本年秋禾被水前由天津縣勸辦歉收僅止三
分例不應賑詢據查放義賑委員經緯文知照該村地方今冬足可支持所請應毋庸議仰即遵照毋瀆此批○欽命 品銜分巡天津河
間兵備道李 示文安縣庫書楊煥章稟 批 督稟縣備文呈請移發所稟不准 又示留津縣職員張雲岑稟 批仰寧津縣速即錄詳
候核毋延詞抄存違式並飭 又示天津縣職員于恩重稟 批據此論令說合本屬從寬辦理今已限滿尚未邀人理結實屬有意纏訟
候提案復訊核斷毋庸率瀆

冬缺示單 ○小京官通政司經歷程 彪鳴呈請離署 知州陝西隴州趙章華丁 知縣四川樂山林鉞延 江西會昌沈維善
丁 山東鄒邑胡[illegible]燠修墓 山東平原楊德成 河南鄢陵汪鈞俱丁 陝西城固李均珩修墓 湖南黔陽徐澤准保升 府照磨江
西贛州徐景琦丁 巡檢浙江開化錢保曾故 典史安徽桐城金德階卓

幸毋濫施 ○吝嗇歷冬濟貧以拯良民之苦其娼寮樂戶終日以飲甘食美爲常得所濟之糧面或轉賣或喂犬如此善舉豈可
濟於忘廉喪恥者乎查南門外東西廠根娼窰老媽店及小店內之流娼實爲不少乃多得濟貧糧票是否濟查者明知故給抑係能未知
恐偶爲矇混按濟查某處自應協同該管地方是否良民計口付票不致或誤或濫耳因聞某善歷年濟查時樂戶多有所得而良民或不
能沾恩於是人言嘖嘖究亦莫可如何姑錄以聞之執是事者

當出實力 ○三營並練軍雖曰下夜巡緝其實相傳謂之坐毀既不巡查何知有無盜賊至總管上司亦無非查點人數有無睡
覺偷安外惟以坐守似此坐守[illegible]豈自投羅網乎況該營官弁每以下夜爲優差與營中承差及字識通同作弊或賤雇頂名或尅扣飯

食雖一日每兵應領錢二百文亦不過買够百十餘文耗而計之每月糜二千餘千果何益耶殊爲虛應故事耳該管者若不嚴定巡緝之法恐人或疑爲染指乎

凶同虎尾　○日昨午後玉皇閣前渡口有二人坐冰排過河俱陷河內衆人要救恐隨沉下遂立視其死經工程局看街巡兵將該渡口之冰排盡行趕散不令在此再渡行人嗣聞小鹽店前初更時又有二人渡河其一手提五福捧壽燈籠陷河淹死後一人甫塌一足卽拚命登岸未致殞命二人同行一死一生人謂有幸有不幸抑知幸者亦行險徼幸乎○又南門內某甲者年二十許以小本營生每日前往海光寺售貨近因河道已凍製得跑冰鐵履一雙昨日黃昏由冰道跑回其快如飛正自得意忽墜冰窟幸水不深遂大聲呼救適有柴禾車行至該處將甲拉至岸上卽隨車至南門復雇洋車回家見之者以甲面灰色始以吃驚繼以下體被冰浸透未知能保性命否此時雖屆嚴冬而天氣和暖塌陷時聞好走冰道者其鑒諸

傷於馬蹄　○崔二者係在某處爲馬夫昨日身騎一馬手拉二馬在西門外撞倒貧婦馬蹄將頭踏破血流如注崔見事不好卽欲揚鞭飛逸當經巡警局夫役代抱不平大衆將崔赶回一併赴縣遂蒙驗明傷痕該婦年已六旬委廳以好言安慰令延醫調治卽將崔押候傷痊再爲懲辦按津地街市太窄屢有牲口傷人之事但身應其事果若慎中加慎何致如此乘騎飛馳者庶其爲前車鑒乎

放賑又聞　○自十五六年間靜海縣北窪一帶每年發水凡耕種時舊水未涸新水又來以至於今村民直無生路昨經賑撫總局委某大令赴西營門外各村查放冬撫每大口兩吊文小口減半云

獲盜類誌　○本月二十二日夜二鼓西門外八段局員帶勇捕盜出巡至大胡同口見一人携包飛逸立時拿獲失主祭豐芳隨卽赴到縣明原贓領訖將該賊胡二送交守望總局懲辦據捕役云此賊於七月間曾偷靑縣文武考生兩次實係慣賊並非初犯云云又前經紀靜海縣處大令夫人發引靜邑同盛錢鋪遣人護靈轎等物在梁王庄地方被劫鎗傷斃命一則茲聞靜邑捕役已將該賊拿獲想不日卽梟首示衆矣

少見多怪　○某鄉某甲者以克儉成家年逾半百既未弄璋亦未弄瓦而性猶慳吝好貪便宜其妻屢勸置妾或繼姪爲子甲均不允適有某乙因水災攜女逃至該村其女年已及笄素有瘋病父隱言其疾但云父女出門不便若有人願聘不論嫡庶均可遂經人向甲言之議給乙津錢二十千甲納女爲妾眞乃便宜不勝歡喜恰一年而孕至前月臨盆二晝夜百方齊下乃分娩急舉而視男也喜極駭極蓋其兒耳生於鬢滿口齒牙左手足指六右足指四奇形怪樣微有氣息甲親自看人埋於窪中且禁聲張以免人道便宜之過吁胎產之異總在多有不必其德之厚薄也亦人道之所感或異耳醫書所載每有奇方小兒初生無皮等類皆可醫治所謂醫者意也以意相推則得之矣昨浙杭某乙生子數月忽變魚形脊背隱起鱗介狀似奇癢奇痛一醫視之曰此兒必感異類生者然可治也立方服藥數劑而愈後詢其家知兒母渡江時曾遇狂風昏暈半晌遂孕此子神哉醫也可謂古今第十一人矣

似有若無　○茲聞關口大街某姓者家稱富有於前晚忽有賊人聲稱告貸某吸食洋烟通夜不寐聞聲將燈撲滅由窗隙望之於月光中見二賊立於房上各跨腰刀手執洋槍短小衣服均極潔整足穿綠林豪客某已口噤難答幸經更夫善言婉轉僅給現錢三千文攜之而走某切囑家人勿聲恐與綠林結怨茲由其女僕傳言如斯未知果否姑照有聞必錄之例耳

絲業芻言　○杭垣自各絲廠與辦之後乾繭消路甚廣鄉民以絲繭既便於銷售將來必致蠶繭者多而作絲者少於絲市必大有妨礙是以各絲行莫不深抱杞憂近日意欲收回利源擬集巨資議將繭行一層統歸絲行開設則利權不致外溢而生意必大有起色一俟集有成議卽須上呈憲聽云

浙紹朱鋐僉近治喘嗽喉血產帶痨瘵痘疹驚風各險症均屢回春仍寓彌勒庵

拍賣告白　啟者准於本月二十七日禮拜六在紫竹林下和行內拍賣白米三百六十五包麥子三十七包磚茶五箱茶壺五把荷蘭水瓶一箱零件如欲購者届早來面拍可也　泰盛洋行謹啟

天津 中西大藥房

零躉批發格外公道

頂上藍白柳條絨布 每疋長四丈餘闊尺八足重三斤半售洋一元七角原箱批發格外公道

頂上旭日麒麟老牌啤酒 每箱六瓶四打計洋十二元零打照算如買十箱以上價更從廉

櫻田正老牌啤酒 每箱洋九元半每打二元五

紅錫老牌品海紙烟 廿牌每盒一元六品海一元八躉批公道

各種頂上呂宋烟卷 到有十餘牌號之多每箱百枝價洋二元至一元二百枝者兩元零打照算批折更廉

鍍金化銀洋碱硝鹽強水 專片洋碱每瓶九角厚片七角五硝強每瓶六角鹽強五角化學純硝強純鹽強每瓶七角五試銀小瓶硝強洋三角

五六度高礦強水 此藥水提金化銀需用浩繁本藥房自運赴名老廠之貨業經數載近有貪利外行販售次貨祇圖價兆售魚目之混本號之貨向皆使用價亦照舊每百磅計洋四元

賜顧者請至鍋店街中西大藥房不誤

本號自製廣製花生清油味極馨香色尤皎潔燃燈光亮並無渣滓四遠馳名已歷年所正號在紫竹林北首創設開平礦內諸尊賜顧價值相宜 光緒二十一年十一月吉日 恒昌厚告白

新到香楠二十塊如欲購者請到怡和洋行面議

二十七日三點鐘在怡和棧房內拍賣磚茶五簍瓦器四簍木漬米麥八百零二包

白 告

本[illegible]所售天臺齊次風宗伯水道提綱一書近因津郡添設水利總局此書於前月售[illegible]而來購者踵繼本齋自得竭力搜求乃出[illegible]郡初印之書數部又學治一得編明刑[illegible]見[illegible]數部二種合爲一部牧令奉爲南針者又仁和龔嘉莊太守選訂國朝舉業正軌數[illegible]習舉業者皆奉爲鴛針以上各書爲津邑從來觀察守[illegible]日所刻實皆經濟文章有用之書本[illegible]得當年初印各書無多與滬上翻刻者迴然不同一看便知此書之精美矣 又石印由津至[illegible]溝橋鐵路圖 文美齋謹白

杭浙 元吉永號

本號自置[illegible]綢緞[illegible] 洋綿花素洋布川廣夏貨 團扇雅扇南貨頭油俱全 紙爲近時錢市漲落不同 故兩各貨減價開設估衣 街中間路北凡 仕商賜 顧者[illegible]價[illegible]

發售石印書籍

本局向在上海今分設天津針市街同豐棧內承蒙賜顧其價格外從廉太平御覽 歷代賦彙 中學叢書 新疆識略 漢魏叢書 小題三萬選三希堂法帖 墨池堂法帖 其餘各種新出聞書尺牘圖畫 詩賦文策均不細載另登數單是也

積山書局省記啟

十一月二十六日[illegible]行情

[illegible]

銀盤一千六百五十[illegible]

洋元一千九百[illegible]

[illegible]

[illegible]二千六百九十[illegible]

[illegible]一千九百三十[illegible]

直報

光緒二十一年十一月二十七日　第三百零一號
西曆一千八百九十六年正月十一日　禮拜六

啓者現因海口結凍輪船俱停輪前紙未到報紙改用洋粉連俟明春冰泮輪船紙到津仍用前紙特此謹白　本館謹啓

論家務難斷

大學言新民自齊家始九經言治天下自治人始家亦人也人亦家也修身而外莫先齊家家齊則國治國治則天下自平齊家誠要矣哉顧性理言家難而天下易似與聖言相左復繼之曰家親而天下疎潛心玩之與聖言實左而不左非特不左且相發明蓋能齊其難則易者更易治易乎矣易爲在疎疎則刑知威賞知勸故易難爲在親親則刑賞俱無所施故難非弟此也怨起於好利家國天下之人無不好利而國與天下之人放利者少苟一放利則怨之者多人必不容家之人放利者多甚以爲放所當放耶如數口之家上有父母旁有兄弟下有妻子親父親母一妻一子則無所爭兄弟則無不爭何也親父親母一妻一子其心一一則合兄弟二人則二心三人則三心以此推之兄弟愈衆其心愈分分則必爭不如路人路人與我非出一源勢原分而無所爭兄弟則由合而分如水一盂水與水無爭如士一簣土與土無爭以水合土而爲泥泥與泥亦無爭以泥塑天尊爲諸菩薩等等異象則妍媸大小善惡高低尊卑既殊彼此斷難齊一而視初則同爲一泥由同而異爭端起矣兄弟既衆心卽不齊而其藏父之遺產既以爲分所應得有放利而不自知放利者非大賢處此烏得不怨故處兄弟之間以愚爲善且所謂兄弟者非獨男兄弟也卽女兄弟亦然至不賢之人以女兄弟欺男兄弟以異母兄弟欺異母兄弟百變岐出如以秦鏡照之萬不能遍圖其象俗言清官難斷家務事爲其愈親其心愈疎頭緒愈繁如亂絲不能就理儒者以世德推之則歸咎先世茔門以轉輪推之則歸咎前生約皆無可奈何轉爲解脫之語非定評也總之惡或不善道人爲萬不能爲則付之於命命者何不可知之謂也論語言不知命無以爲君子君子知亦知其爲不可知斷知之矣倘罔知顧忌始而口舌繼而訟獄以致旁觀不能勸解官長不易斷結是可慨矣京師近來風俗詞訟案件被控者曰知愧心始行傳案尚未過堂之先即挽人代爲請託次再許其訟費卽可以曲就直官但圖情賄是將理直之人昧良偏斷紀不勝紀頃又聞京師宣武門外粉房琉璃街居住王永善貿易爲生人頗忠厚屢受出嫁姐王王氏童王氏折磨緣王永善有祖遺房產一所其胞姐欲圖覇產曾經王永善之妻王張氏因無隔宿之糧向與鄰胡某密商將房契作押借銀六十金嚮爲餬口彼時胡某亦因手中空乏互相商妥向王南亭借銀二百一十兩借銀後王永善無力付利其利息均歸胡某付給嗣經王王氏童王氏知覺卽晝夜淩虐伊弟百般淩楚比時胡某恐王永善被其姐淩虐斃命王王氏等反行誣賴是以先行赴北城呈控批交隊敬菴指揮傳訊迨經派差帶領原告胡某指保時王王氏童王氏竟將王永善關鎖房內不讓赴案恐供出謀覇家產各情王王氏童王氏到案百般狡展隨經王王氏之夫王悅亭卽託沈雲亭牛俊臣轉託隊敬菴指揮以曲就直甫經堂訊開口卽云王

永善是個呆子勒令胡某出具切實甘結不令王永善等認給胡某所墊利銀至胡某所控童王氏王王氏謀覇家產百般凌虐[illegible]交給王于氏童王氏領回不日即將王永善驅逐恐有倒斃之虞據實呈明不料城鄉暨陳敬菴指揮聽信牛俊臣沈雲岡一面情託之詞並不詳細端尊是非未能秉公剖決反聽胡某欺王永善痴呆貌似忠厚實乃因利起見令王永善童王氏王王氏將字據交出並交出本銀九十七兩利銀免付胡某將契據交出以免轇轕而清訟累迫將契紙交出當堂童王氏王王氏領回即驅王永善出外覓將房產謀覇以致王永善畏姊似虎現因天氣嚴寒凍餓臨身於十一月十九日倒斃於前王悅亭等詎不認屍心真毒似蛇蝎哉想王永善家產被出嫁姊謀霸已經胡某呈明恐將王永善驅逐作倒路之鬼該問官豈不存心秉公追詰令王永善作倒路鬼者鄰人所共知而陳敬菴指揮及沈雲岡牛俊臣等似此違理妄行天網恢恢陽律雖脫恐難逃陰譴乎聞者毛骨莫不悚然也

縣垣懸牌 ○昌黎縣知縣丁予懃改教遺缺擬以即用知縣譚羅榮請補　灤縣知縣馬慶麟降補遺缺擬以候補知縣李[illegible]培請補　獻縣典史黃德春丁憂遺缺詳委分缺先用典史文勳署理

西電照譯 ○昨接倫敦電報云英國預備大兵船六隻至檀佛拉理借陸路兵一同會辦○又云檀京已讓出檀兵曾丟兵器○又云檀佛拉理總統有信將所獲巡兵頭巡兵等人發至邊界交還英界總督總督允准照辦此事可無他慮矣○又云檀總統要英國將此次鬧事兵頭巡兵等人充發南阿非利加之外並要該公司多賠兵費　又云預備兵船事英國要德國留心云

難開支河 ○欽命一品銜分巡天津河間兵備道李　示據商學二等職員姚嗣薌等稟　擬請運河東岸另開支河工大費鉅辭款不易籌難舉辦至議疏通黑龍港去路似尚可行姑候明春派員勘估請示可也圖坿

有關商務 ○生意向以洋貨當為首自通商以來則洋行實為巨擘其同事者始以南人為多繼以地面生疎且用本地人相間為理但一入洋行俗即謂吃洋飯定必發財當其事者亦自高抬身價尚排場講衣履好結交重歡樂若輕擢為總司則公然已為大富定必終日酒饌飯庄今夕南班打牌明晚北班擺酒雖曰陪伴外客其實專意優遊於是日入情深各自不解之緣心身迷戀何暇計及生意遂即挪空用繼之東就西愈飾愈短賠累遂成巨欵且必於勾欄中購置倩人以樂朝夕至無可如何之日或潛之潛逃或匿而不面如此之類不勝其指前車之覆後車罔戒致尤者更不絕迹也現聞某行某總司某者已有數人迷入溫柔鄉如醉如痴匪伊朝夕盤未究其行事若何恐將來難保全者雖已偵知姓氏但關乎聲名姑且隱之視其果否改過自新再為録登誠以生意之衰在乎得人經理事關商務大局時有所聞不得不錄

分桃肇釁 ○針市街某錢舖掌櫃某姓者有[illegible]子之癖晚見本舖學徒年幼可愛欲向分桃詎學徒質樸憨直不覺大憤即走姑家述知姑丈姑母聞之忿火如燒立携其姪到該號理論該舖掌自知理屈遂煩多人說合向不知作何了結也

串花生嫌 ○西門外濟急當廠收養難民爲數已鉅誠爲恩廣德大但以各店爲廠未能嚴定章程以致出入之人難以稽查茲聞有本地悍婦惡鴇常赴各廠偽作探親乘間設謀巧言哄騙難婦女以致婦女寡聞少見每慕津地婦女衣飾華麗故受誑最易昨南門某悍婦者以串珠花說媒爲由實則專爲販賣人口即津中俗言說大賣小賣流也該婦日赴西門外各當廠窺探有人曾識其面深知其人不是販拐即是誆騙難民爭此原爲保全性命若再遭意外之害其苦更何可言況婦女被誘非逼爲娼即售爲婢名節俱喪而該悍婦只知利己不顧害人實屬為惡若欲防患未然即宜迅定妥章以杜其奸臨時嚴查拿獲重懲以全婦女名節免其骨肉分離實爲功德其大矣

禱祈同雲 ○向屆冬令祈雪例以三壇以三日爲一壇共禱九日爲度由來已久茲邑侯王直刺隨各大憲自本月二十四五六等日在城隍廟設壇衆道諷經以禱雪澤已紀前報今以仍未沛降祥霙復擇於臘月初三日再行祈禱

關餉指日 ○前聞欽憲袁觀察遣派妥弁數員由津運餉到站按名發放昨早已去餉車數輛當日即可抵站矣

施米核實 ○前報登獎先局後一則河東備濟社以糧石稍貴施捨米面每大口五升小口二升半實屬傳聞之誤茲據該社來

奏云施放白米每大口實係漕斛七升小口三升五合合亟更正以昭核實

裁兵條欵　○一簡練軍案奉部行裁汰制兵抽留精壯三成編作練軍自應遵照辦理閩省自經前督相左文襄公創設練兵嚴後續有添增實有陸軍□三營水師二營現擬全數議留由各營帶抽選精壯認眞操練如有老弱充數即速淘汰另簡原營勇敢樸實逐一抽補足額綜計練兵十五營并水師巡兵適符三成數目所有水師各營自行操練兵丁大率有名無實恐應裁汰以昭覈實　一留巡兵閩係濱海之區洋盜出沒靡常是以向設師船游巡現計各營實存大小師船七十一號巡兵一千七百餘名擬請抽留精壯巡兵九百名務令逐日駐船嚴密巡緝以安商旅而戢海氛倘有師船損壞應需修製或可提出工料銀兩購買輪船駕駛迅捷巡洋更有裨益容再體時察看情形辦理　一選舵炊水師各營向設舵工炊爨現既議留巡船此項舵炊在所必需應請仍准按船抽留藉資駕駛　一嚴裁汰福建水陸五十九營額兵二萬有奇按營汰七留三未免營制太破如議歸并則亦大費周章是以現專留練軍巡兵其餘原營名兵概行裁撤各營務須赶緊裁汰依限竣事　一停募補自本年冬季爲始各營存兵事故出缺及簡選練營暨裁汰老弱兵缺一律停募員弁各缺并請停止補拔量缺分之繁簡或委員署理或委就近營員兼理伏候憲臺隨時酌定至把總額外末弁職守較輕似可毋庸再委署兼以節靡費　一裁官馬查福建各營向有額設馬兵五百名官馬五百匹現擬裁汰冗兵閩省嶺嶠崎嶇本非用騎之地額設馬兵自應概予裁撤所遺官馬應即查明年分逐一估價由各本營官自行購買以備坐騎之用馬價若干繳司歸款務於本年辦竣自二十一年春季起官馬乾銀擬即停給　一汰字號查閩省各營自同治六年改定章程每營新設字識號令手三十名支領小糧現議原營兵額全數撤所有字識自應一并汰擬令各營於奉文之日即將字號先汰一半其餘一半亦即陸續汰去限至廿二年夏季止一律竣　一改管帶現議汰制兵專留練軍各營如已依限撤或能先時竣所有實職鎮協參將均准暫時分別派委練營管帶差事防薪遊都守等官派充正哨千總就充副哨水師員弁派充內河水師等營帶各師船暫照准支本任全俸薪水廉銀兩不得重支薪水以示限制　一展期查此案兵部文限一年竣事閩省於光緒廿一年六月十七日奉文計至廿二年六月內一年限滿先因咨商未及舉辦現已秋令應請體案咨明展限飭令各營自本年十月初一日起至來年九月底止一年爲期務須一律裁汰辦竣即以限滿爲止停發餉銀兵米　一繳軍械查練營各有額設軍械砲位等項現議制兵兵撤所有軍械應令各營先行挑選完好各件解繳省局收儲以備改隸防練各營配用如有損壞笨重械件或一併解省或解交就近文武衙門驗收存庫由營赶緊酌量辦理至文武衙門收存軍械俱應通報立案轉入交代遞任移交妥爲存儲以重軍實　一停額領原營制兵現議全裁所自光緒二十二年起將各營額領公費及操演槍砲硝磺藥彈火把軍火一併停給停製并令各營查明截至本年底止有餘存軍等項概行解交就近地方官驗收存庫造冊并入冊交代陸提標前借七營公費修理提署業經核扣兩年向有一年額數另行酌議改扣以清款目所有向章准借晉引川費度歲銀米等款應暫行議停以免日後追扣糾纏　一止解餉查閩省各營餉項向係按季具詳請撥關并按月移飭各厘局先行就近發給五成現擬照案給至二十二年春季三月底止請飭各營自四月起俱逐月造具明實應領銀若干備具冊領派弁赴省請領由司核實給發至各營兵米均照此畫一辦理　一清交代查閩省武職俱已遞任遞辦交代惟營中流存征收一切公項銀兩多係自相交接勘估造報現議裁撤練兵改定營制應請飭營務處將舊有公款及年收房租等項逐一核實開報以憑核明撥抵兵餉並將交代奉文截至續辦案件逐一截清核給報部立案不得藉口　一定實成現議全裁制兵各屬城門及各州縣監口均責成各營分撥額設民壯認眞看管起運錢糧或發餉實店滙兌或自派妥實丁役押解或移就近勇練護送俱令各本官體察情形奏明立案遞解軍流人犯及尋常命案緝犯由各縣自家壯快兩班辦理秋審招解重犯或由府派勇練迎提或由營選派兵勇護解護衛自酌如自發傷搶劫拒捕重案應准移會就近防練各營分別撥護妥辦仍體案報明以歸畫一　以上十四條係遵部文辦理應請咨行各營查核覆辦如果向須更議仍當和衷權惟停募補一條無論營制如何均須先行照辦理合登　○閩浙總督批云查司詳各節係遵照部文總理惟事關更張　制度如何因地制宜熟籌辦法以求節省而裨時局合亟通飭爲此牌仰該司遵照轉飭移檄轉　遵照式飭確核水陸地方詳況情形分別妥籌覆核毋延

天津 中西大藥房

零躉批發格外公道

頂頂囍白柳條絨布 每疋長四丈[illegible]尺八足重三斤半售洋一元七角原箱批發格外公道

頂上旭日 麒麟老牌啤酒 每箱六瓶四打計洋十二元零打照算如買十箱以上價更從廉

櫻田正老牌啤酒 每箱洋九元半每打二元五

紅雙老牌品海紙烟 叶牌每盒一元六品海一元八躉批公道

各種頂陳呂宋烟卷 到有十餘牌號之多每箱百枝價洋二元至一元二百枝者兩元零打照算格外更廉

鍍金化銀洋碱 薄片洋碱每瓶九角厚片七角五角

硝鹽 硝強水 五硝強每瓶六角鹽強五角化學純硝強七角純鹽強每瓶七角五試銀小瓶 硝強洋三角

五度高礦強水 水提金化銀需用浩繁本藥房自運德名老廠之貨業經數種近有貪利外行販售次貨祗圖價挽售魚目之混本號之貨向使用價亦照舊每百磅計洋四元

六 賜顧者請至鍋店街中西大藥房不誤

浙杭 元吉永號

本號自置[illegible][illegible][illegible][illegible]浙[illegible]洋縐花素洋布川廣夏貨[illegible][illegible][illegible]廣南貨[illegible]油俱全[illegible]爲近時[illegible]市[illegible]落不同故兩各貨減價[illegible]估衣街中間路北凡 仕商賜顧者[illegible][illegible][illegible][illegible][illegible]

德陞齊靴鞋鋪

本號專做[illegible][illegible][illegible]新樣京式名鞋及[illegible]花坤鞋一應俱全價[illegible]物美 賜顧者請認明本店招牌庶不致悞本鋪開設在天津府北門外鍋店街集義[illegible]對過便是

十一月二十七日銀錢行情

[illegible]九[illegible][illegible]

[illegible]二千[illegible][illegible][illegible]十[illegible]

[illegible]元一千九百

[illegible]九[illegible]

[illegible]一千六[illegible]九[illegible]

[illegible]元一千九百三十文

本號自製廣裝花生清油味極馨香色尤皎潔燃燈光亮並淨無[illegible]四遠馳名已歷年所正號廣[illegible]北首創設謝[illegible]諸尊賜顧價值相宜 光緒二十一年十一月吉日 恒昌厚告白

新到香楠二十塊如欲購者請到怡和洋行面議

本館[illegible][illegible][illegible][illegible][illegible]宣武門外[illegible][illegible]坑[illegible][illegible]昌會館內陳午清先生代[illegible]如[illegible][illegible]者[illegible]至[illegible][illegible]可也 本館[illegible][illegible]啓

告白

本齋所售天臺齊次風宗伯水道提綱一書近因津郡添設水利總局此書於前月售[illegible]而來購者踵[illegible]本齋自得竭力搜求貨出[illegible]郡初印之書數部又學治一得編[illegible]刑[illegible]見[illegible]數部二種合爲一部牧令奉爲南針[illegible]又仁和[illegible][illegible]莊太守選訂國朝舉業正軌數部習舉業者皆奉爲鴛針[illegible][illegible]各書爲津邑[illegible]所[illegible]觀察守[illegible]部日所刻實皆經濟文章有用之書本齋自得當年初印各書無多與滬上翻刻者迥然不同一看便知此書之精美矣 又石印由津至[illegible]溝橋鐵路圖 文美齋謹白

直報

光緒二十一年十一月二十九日　第三百零二號
西歷一千八百九十六年正月十三日　禮拜一

上諭恭錄

上諭順天府府尹着胡燏棻補授欽此　上諭察哈爾副都統吉陞阿由行伍出身轉戰直隸奉天山西陝西等省歷著勞勣擢任察哈爾副都統亦能稱職玆聞溘逝軫惜殊深加恩着照副都統例賜邺任內一切處分悉予開復應得邺典該衙門查例具奏欽此

立國以武備爲命脉說

天下古今治國之要理與勢而已然以二者相衡則又不能無所偏勝恃理直者折之以心謂足以折衝於樽俎而恃勢盛者吞之以氣且不待戰勝於疆場文德之敝又何能抗武烈而求立國哉今五洲數十國環地球皆人力所通幾於地醜德齊然莫富於英莫強於德而俄法美鼎峙頡頏各各雄視一方立公法定條約通商惠工講信修睦一似太平之局可數百年保持而不壞者且睦警水慄盟會締造歲異而月不同幾幾乎各修武備以培命脉而中國官民皆以爲所修武備甲於他國矧師以直爲壯曲爲老中國通商各國條約於兵戰睦於後局外泛觀其武備文事理勢不皆勝於人乎而不知其勢有不足徒恃空言已襲弱宋積轍蓋理之與勢猶氣之與體耳目手足心腹具而後爲人飛舉衆體而去之則其氣無憑所謂皮之不存毛將安附者也固宜足而氣尤貫盛也試思去歲海疆一役朝鮮自事中國派兵彈壓東洋亦派兵彈壓所共彈壓者朝鮮之匪黨耳中國力遵條約無開衅害傷東洋之心東洋則以勢有可乘陰遣出其不意攻其無備既可以藉戰勝之名又可以大索兵費將數十年專心致志悉力以效西法者於以大試其學而行之內以靖亂外以威鄰計誠得勢誠強理終難以言有也各國之居其間者亦不問孰曲孰直第從中曾爲調停以敷舍糊了事意似鄰中土之弱亦未曾抑東土之強而東洋之所以狡焉思逞者亦熟識中國軍政之虛無能爲役其探試原非一朝東洋如此他國何莫不然前車之覆後車之鑒東洋之擊我止所以覺我也中國軍政何以言虛所演者西陣所操者西械所帶兵者半係舊勳舊勳虛安在觀於去歲觀之爰知虛之有實憑實據也中國最精之海軍在北洋其軍若照常謹守門戶其聲勢猶可聳驚耳目稍一蠢動則知爲無律之師一戰歸來已成瓦解帶兵者猶以爲頗有舊勳各存舍我其誰之念加以各不相下權無所歸以致彼此不顧其弊牛肆談紙上者又復以逆億私見行乎其間而一敗遂不可收拾矣夫東洋其已焉者耳又安保如東洋者之繼起無人耶倘有其人能必仍言三大國爲之解紛排難乎爲今之計莫要於出實心實力以講求泰西最強之軍政不徒貌襲其步伍切思彼何以強此何以弱兵猶是兵也械猶是械也何以彼執則有用此執則無用彼帶則能勝此帶則不勝以是知不在械而在兵不在兵而在帶兵者矣以中國帶兵之官嚇嚇濯濯無一能帶五萬人者豈眞乏才乎毋亦軍政所講未合耳何不借鑒於各國之軍政即今試即各國軍政爲中國酌擬數則合中國廿餘省約一定章一律辦理一須先商定一年軍餉需費若干二須派一兵部大臣照一西國之律整頓軍法三須預備帶兵官如何練法總之有官斯有兵有兵斯有械所要者帶兵官斗招募製械何難乎此必先延一西國精於軍政之人以爲軍師使諸軍皆歸一律就中練一最精最強之六七萬人常駐京都爲羽林親軍以備

皇上嘗屬督撫諸省酌以爲法現在東西兩洋皆如此辦我　中國頑讓其日習日強而自甘於弱竊恐乘機而兼之侮之者[illegible]至也殆哉岌岌乎

宜謹白下　○日前　皇上因御皮衣召對　筌振華大司馬時[illegible]更換皮衣我　皇上詢之答以內奏事太監傳說由是而推深恐有洩機密是以　天顏震怒等情已列前報茲聞刻下諸鈺公及引　見各員赴　內廷者俱攜帶皮衣數襲以備更換云

又燬於西　○日前崇文門內東四牌樓東南煙店失火延燒牌樓一座並燒毀舖戶三人等情已列前報茲聞十一月二十四日時變四鼓西四牌樓義盛公切麵舖不戒於火官廳鳴鑼督救旋即兼督地面官廳弁兵前往撲救比時風姨肆虐火燄熊熊致將毗連同和軒茶社門面燒燬至天曙時回祿君始行收焰返駕共計燒燬房屋十餘間所幸並未傷人而同和軒茶社祇燒門面其該茶社內房屋未遭魚殃誠謂不幸中之大幸矣至該督官廳將切麵舖事某拿獲訊及起火緣由供稱因煤油性烈所致詳解步軍統領衙門責懲以爲失愼者戒

功過攸分　（署易州高冀州牛灤州楊均審辦命盜案三起照章記功一次　昌平州榮命案久延不驗奪河間王通州孫承年錄朝陽縣王吳橋縣勞均疏防一月內迭出竊劫之案以上即補各官各記過一次　東河縣蔣獲賊王黑孟承審錯誤署撫甯縣王接遞赤城縣徒犯在途脫逃滄州李獲賊王長齊在押自行闖斃曲陽縣王獲賊辛成在押脫逃廣平縣吳審解賊犯張皮臉案內原解脫逃凶上各記過一次　十一月分州縣輪委榜示第一缺應委鄭驤二趙景三錢廉四孫天錦五許顯鈞六春煦七龐鶴鳴八俊良九陶承先十唐國珍　同通輪委榜示第一缺應委王楊曾二趙燡芳三錢廉四金厚生五章乃身六沈寶善七鄭壽祺八黃邦俊九伊蘭泰十鄭崇新

造言無益　○德國克鹿卜廠鑄砲之法日新月異精益求精無論何國託其鑄砲必首先繪圖較量測算然後造樣成式不惜工本一再試放永無炸裂之患甫琢磨精緻發交購主天下所共知共信者也乃近閱上海英文新報內載日本得威海時將中國所置克廠砲位並不載運回國即在該處用藥炸燬極詆克廠造砲不精任意誣衊殊屬駭人意外事爲北京德國欽差聞悉即電詢住日本欽差往問日本兵部是否確實旋經兵部復書云我軍前在威海炸燬之砲因其時奉官令進兵中國北京威海不能多留兵隊且運船無多不及運回將砲十分堅利若大兵離開恐爲華軍襲取用以擊我是以用藥炸燬時爲分費力至英報所載殊非本國設意云云德欽差接此電後己告知總署請總署再問東洋兵部是否相符以便使各直省知上海之英文報所言不實秉筆人之妄造黑白也

宦途鬼魅　（某姓者買人子藉孔方貪緣爲守備適御河沿某汛弁缺出有營便某得署其缺抵任後賣弄才學妄行尊大勿論何事輒越例稟詳因恐前弁回任某即捏造攻訐希冀久署是任詎料前弁差竣例應回任某因限於制度大失所望只得交卸惟既卸曾詳前弁劣蹟則該營上司不能不嚴行確查豈能任其興滅自由茲聞各營憲查明某所稟前弁各事實無踪跡委係捏造希圖久任於是上憲震怒罰其停委三年似此買人之子希冀署缺尤生心陷害他人豈知放火燒人將來必連累自己害人適以自害何害人者之皆不明此理耶

善中惡魔　○侯家後某號米麵舖乃富家資本以其至戚某甲爲舖掌詢聞甲包辦按年交利若干甲視財若命性極貪鄙其舖東最好行善每冬由該舖開條存取玉面以濟貧寒東人復按斤交價於舖掌絲毫不短詢爲好善有誠詎甲竟視此貧人所得飛來之峯不能計較其利更可任聽剋削甚且每有取面者卻按八成付給以十斤短給二斤昨有某乙以短斤向該號理論甲始以言語相侵繼以詈汝乃求乞而來斷無足斤給你似此明目張膽肆詈無忌何以對善人濟貧以全性命之意善行中有此惡魔飢餓時逢此鬼蜮負善人之心奪貧人之食罪與盜扣賑米無異惜爲陽律所不載其能宜逃陰律乎

分桃膩語　○前報登針市街某號錢舖掌分桃癖一則姑恐某姓者素患後庭奇癢之疾每至發時須延角先生調理前晚疾發至是可忍孰不可忍之際因見學徒某乙年輕體壯竊意其器必偉某卻誘至屋中自獻後庭花一齣詎乙年幼未經人事龍陽未興面

已發赤不敢遺大舉杵以探其穴值某保甲之間乙遂陳濟逃風疾不發醫由恥生憤即藉詞下逐客令乙還家不語不食家人問詢未肯明言經其姑再三研詰方吐實話其姑大怒以某醫生實乖仁術豈可生心謀壞德徑極立挽其姪首往向某醫論經人勸罔聞某自知理屈已懷人調處未知如何了結容續訪錄

花燭奇談 ○海下田家嘴田姓者昨爲三子完婚預備筵席欵客客未飲畢遂飯館來取席器田之長子以尙未用完因向館人口角田某遂負氣將器皿付館人覓實罵其長子辦事不的長子自思無趣因取洋鎗自戕連放三次未經打死其三子新郎聞此禍皆因其娶妻所招遂吞烟膏嗣經家人尋新郎尚拜天地始知新郎已歸冥府矣

黑旗月報 ○英國新出一報名曰黑旗月出一册近見其册首列戰事失陷華官功罪言之鑿鑿大易於昔之所傳因爲譯之報云此報爲極精明之人所著於戰時詳細察看中西各國觀戰武官日記中所載出證確實如成富日兵攻威海時陸兵二萬五千人海面大兵艦二十五隻大小魚雷艇一十二隻水陸兩路一齊相攻勢甚岌岌戴威海祇有兵七千難以禦敵祇有孫統領及東撫之兵可以相救乃日人聲東擊西故意要艦至登州放炮李中丞不但不救威海轉將孫統領之兵調去東兵尙距百里李中丞竟奔回萊州致丁提督援絕望斷飲藥盡忠此事各觀戰者皆繪圖貼說言之歷歷至今談及丁提督者各西員尙摘帽致敬而李中丞奏報誘過海軍豈足爲定論哉云云

好善樂施 ○天津工程總局代収山東義賑所有諸善士樂助錢洋元已陸續登報茲又自第十四起無名氏助銀三十兩朱子馨助洋銀五元然數處被災甚廣杯水車薪依然無濟尤望樂善諸君大發慈悲慨然解囊大聲疾呼代爲勸募庶幾集腋成裘源源接濟俾百萬災黎拯援斯感得慶重生則本局心香一瓣謹代災民百叩且爲善積福彼蒼定當厚報焉

四鬼作祟 ○范得勝即范榮菴綽號范四鬼子安徽人也先在某營充當勇目即以爲護身符訛詐娼寮欺壓良善小民畏其勢焰莫敢觸其鋒後因逼死妓女金九仔被鴇母在天津縣喊控差拿逃逸至今案懸未結近年又復出頭怙惡不悛依舊在娛家后倚勢逞兇伯佔有夫之婦架賭窩娼無惡不作實爲地方之害昨因引誘良家子弟設賭誆騙搶人勒贖被職夫李王氏在天津營務處控告幸各大憲明鏡高懸准案飭差嚴拿已列報端該犯惡貫滿盈萬不能倖逃法網云

軍民感戴 ○客歲海氛告警 賈制軍門率師入關分駐山海關內洋河口東西兩岸依山傍海亘綿五十餘里其號令之森嚴布置之周密固有迥異尋常者緣軍門束髮從戎身經百戰克名城殲巨寇功難枚舉 朝廷嘉其勛勩由末弁而遞遷粵閫上年日人構衅以洋河口爲山海關內外咽喉即欲由此登岸斷糧道阻援兵計甚詭焉幸經軍門下水雷埋伏兵層層密布使之無隙可乘繼而拿獲奸細訊供命同不諱送劉帥行轅正法日人知其妙算無遺兩後遠遁不敢近岸當此時也軍門寢不解衣食不擇味惟以報 國爲念迨和議將成尤恐變生不測操防益加嚴密平日視官弁如手足待兵勇若子弟恩威並用賞罰彰明營無軍營氣習並於鄉村大道日夜梭巡迄今一載有餘兵勇秋毫無犯鄉民安堵如常去歲闔郡歉收災黎遍野軍門飢溺爲懷解囊捐賑飢民藉以飽煖尤吾郡眞所深幸者也目下和局已定奉 命裁撤三營勇夫以軍門恩重如山泣涕道旁如失怙恃軍門愷切曉諭謂餉項支絀亦我 國家不得已之舉爾等安分回籍尙有恩餉七十天足資旅費勇夫等感激涕零愧無以報於是各營公製萬民頌傘恭送營轅以頌其德數莊鄉民聞之皆以受恩深重無以爲報奮然興起亦製旗傘相送是日也鼓樂喧塡旌旆耀日鬧熱非常而軍門謙遜不遑堅辭不受由此觀之宿將中如軍門者 國爲民克勤厥職者實爲罕覯爰爲泚筆以頌

桑閑居士謹白

茲因 官紳命寄上海滬報館所出平定粵匪功臣戰蹟圖兩次共寄五張每圖實洋一元外加寄費轍先佃上英洋五元先滙滬上十月間來函云兩次並未寄圖五張至今一圖未見亦曾去信追問恐有遺漏之說或錯寄別家或經手送寄之弊或信局之故乃將紙原封書籍票句亦非信局之故此圖乃由字林滬報館所出至十一月間方卓班來滬報兩次至見十月二十四日報紙來華翰云下班逐韓發寄將圖如數來補一十五日至今日圖報各然不見可知暗有原故敝經手在津代售滬報並不托欠報欵又承各官紳每每不論大早多寄書報都不斷再候三四班可知如何再行登報佈 知

直報分處梁子亭啓

天津

中西大藥房

零躉批發格外公道

頂盾藍白柳條絨布 每疋長四丈餘闊尺八足重三斤半售洋一元七角原箱批發格外公道

頂上旭日麒麟老牌啤酒 每箱大瓶四打計洋十二元零打照算如買十箱以上價更從廉

櫻田正老牌啤酒 每箱洋九元半每打二元五

紅葉老牌品海紙烟 叶牌每盒一元六品海一元八毫批公道

各種頂嚥呂宋烟卷 到有十餘牌號之多每箱百枝價洋二元至一元二百枝者兩元零打照算批折更廉

鍍金化銀洋碱 薄片洋碱每瓶九角厚片七角五硝強每瓶大角鹽強五角化學純硝強純鹽強每瓶七角五試驗小瓶

硝鹽強水 硝強洋三角

五度高礦強水

六賜顧者請至鍋店街中西大藥房不誤

此藥水提金化銀需用浩繁本房自運馳名老廠之貨業經數載近有貪利外行販售次貨祇圖僥倖魚目之混本號之貨包管價廉使用價亦照舊每百磅計洋四元

浙杭 元吉永號

本莊自置紗[illegible]綢[illegible]新樣洋[illegible]花素洋布川廣夏貨[illegible]雅扇南貨頭油俱全[illegible]為近時綢布[illegible]落不同故兩各貨減價[illegible][illegible]估衣街中間路北凡仕商賜[illegible][illegible][illegible][illegible][illegible][illegible]

本號自製廣蔞花生清油味極馨香色尤皎潔燃燈光亮渣滓無[illegible]四遠馳名已歷年所正號[illegible]紫竹林北首創設開平礦內諸尊賜[illegible][illegible]價值相宜 光緒二十一年十一月吉日 恒昌厚告白

新到香楠二十塊如欲購者請到怡和洋行面議

浙紹朱鈍翁近治喘嗽喉血產後癆瘵痘疹驚風各險症均[illegible]回春仍寓彌勒菴

裕通行啟

本行向在外洋開辦有年馳名中外現於天津設立分行出售單裝機器銅鐵鋼鉛等貨並能包辦各項緊要工程如中國修理船隝砲臺建造鐵軌鐵橋創設機器局及電報德律風紡織絨布磨麵打末軋油製糖造紙染色各廠或定購鐵甲鋼甲魚雷滅雷快[illegible]戰[illegible]挖泥[illegible]及大小商輪行營砲臺一切均可[illegible][illegible]無不價值合宜工料堅緻至於細碎物件名目繁多不及登載本行另有出售各貨物單如蒙官商賜顧即請移玉至紫竹林法租界[illegible]通行面議可也

發售石印書籍

本局向在上海今分設天津針市街同豐棧內承蒙賜顧其價格外從廉太平御覽 歷代賦[illegible] 史學叢書 新疆識略 [illegible]叢書 小題三萬選三希堂法帖 [illegible]池堂法帖 其餘各種新出閱書尺牘圖畫 詩賦文策均不細載略登數種是也

[illegible]山書局告啓

十一月二十九日[illegible]行情

[illegible]九七[illegible]

[illegible]二千六百[illegible]十[illegible]

洋元一千九百[illegible]

紫竹林九[illegible]

[illegible]二千六百九[illegible]文

[illegible]一千九百三十文

光緒二十一年十一月三十日 第三百零三號
西歷一千八百九十六年正月十四日 禮拜二

啓者現因海口結凍輪船停輪前紙未到報紙改用洋粉連俟明春冰泮輪船抵津仍用前紙特此謹白　本館謹啓

上諭恭錄

旨內閣典籍員缺着恒昌補授擬補內閣中書聯昌唐古忒學中書胡遜布內閣中書全綸李翊煩刑部司獄趙鈺俱准其補授直隸通州吏目員缺着鍾禧補授保舉黑龍江補用主事豐紳額着照例用保送知府翰林院編修蘇馥亨着以知府分發省分補用隆崗直隸獨石口同知潘霨着同任卓異加一級仍註冊候升解餉官山西候補知縣郭之樞着以應升之缺升用獲犯官安徽補用知縣萬世章着俟補缺後以同知用開復前廣西西隆州知州龔著勳着准其開復原官照例用前直隸鷄澤縣知縣徐銓着准其開復原官仍發原省照例用欽此 上諭御史[illegible]祥等奏考試現任筆帖式請飭嚴定章程由各衙門自行考試一摺着吏部議奏欽此 旨察哈爾都統着依崇阿補授欽此 旨這所奏疏防監犯越獄之管獄官江蘇題補典史劉炳着即革職拿問交趙舒翹提同刑禁人等嚴訊有無縱刑賄縱情弊按律懲辦其獄官顓愉知縣陳炳森暨據會明先將公出仍着勒限嚴緝逃犯仲三張雞即張鈺務獲究辦餘着照所議辦理該部知道欽此 上諭胡燏棻著已補授順天府府尹未到任以前着陳彝署理欽此 上諭戶部奏遵議解湘甘餉各員應給獎叙請旨辦理一摺着吏部議奏單併發欽此 上諭譚鍾麟奏[illegible]城門案內被控劣紳請革職歸案訊辦一摺廣東新會縣紳荷塘鄉容李兩姓械鬥焚殺多命經譚鍾麟派員會同營縣查辦該紳士李辰燁等事前既不能約束族人事後又復庇縱兇嬰屢經傳案避匿不到實屬藐玩異常候選郎中李辰燁着即行革職舉人李辰燦容[illegible]着一併斥革歸案審辦餘着照所議辦理該部知道欽此 硃筆徐承煜補授太僕寺卿欽此 硃筆張仁黼補授翰林院侍讀李殿林補授翰林院侍講欽此 上諭董福祥奏元惡授首餘逆就撫地方漸就安謐一摺河州逆首馬永琳父子暨其黨周七等同惡相濟聚集回類數十萬人分攻河州蓄意叛逆河州解圍後仍復主唆逆黨久困西寧實屬罪大惡極經董福祥連日督軍搜捕逆目百餘名訊明正法並擒獲馬永琳父子立置典刑河州一帶地方漸就安謐辦理甚合機宜仍着督飭所派伍將匪黨搜捕淨盡毋留餘孽本據楊昌濬電稱西寧亦已解圍此軍威振丕不難盡殄醜類迅奏膚功即着該提督飭派出援軍將領會同楊昌濬所派各軍合力堵剿一鼓蕩平用副朝廷綏靖西陲至意欽此 上諭前因京師入冬以來雪澤稀少朕親詣大高殿拈香並派貝勒載灝等分詣 時應宮等處拈香虔申祈禱現在節逾小寒尚未渥沛祥霙農田待澤彌殷朕深寅盼本月二十九日朕仍親詣 大高殿拈香 時應宮着仍派貝勒載濤 昭顯廟著仍派貝勒載瀅 宣仁廟著仍派貝勒載澍 凝和廟著仍派貝勒載瀾同於是日分詣拈香欽此 旨這所參疏防監犯越獄之管獄官甘肅西甯縣典史陳

承宗著即革職拿問交錫昌瀋提同刑禁人等嚴訊有無賄縱情弊按律懲辦有獄官署西寧縣知縣蕭承恩擄解監犯越獄[illegible]回匪進城登陴防守未能兼顧是否屬實著查明嚴參辦仍著勒限嚴緝逃犯馬朶有仔務獲究辦餘著照所議辦理該部知道欽此　旨巡視中城事務著桂年去欽此　旨巡視西城事務著齊蘭去欽此　旨巡視東城事務著楊福臻去欽此　旨巡視北城事務著林燦垣去欽此　旨雙福陳壽衡俱著准其留院欽此　硃筆薩廉補授詹事府詹事欽此　上諭廣西按察使著桂中行補授欽此　上諭載帛奏病難速痊請開去差使停俸一摺載帛著准其開去差使並著停俸欽此　上諭魏光燾奏請調員襄理營務等語翰林院編修陳嘉言內閣中書曹鳳岐均著准其調往該衙門知道欽此　上諭甘肅提督李培榮帶兵赴援西寧行抵平戎坐困數月頃復擁錫昌瀋奏該提督嗜好甚深難期振作李培榮著革職不准留營欽此

稽通行啓　○本行向在外洋開辦有年馳名中外現於天津設立分行出售各等機器銅鐵鋼鉛等貨並能包辦各項緊要工程如中國修理船隝砲臺建造鐵軌鐵橋創設機器局及電報德律風紡織絨布磨麵打末軋油製糖造紙染色各廠或定購鐵甲鋼甲魚雷減雷快礮戰艦挖泥船及大小商輪行營砲臺一切均可承辦無不價廉合宜工料堅緻至於細碎物件名目繁多不及登載本行另有出售各貨物單如蒙　官商賜顧即請移玉至紫竹林法租界[illegible]通[illegible]面議可也

路透電報　○西十一日倫敦來電云英國現預備魚雷艇多隻至南阿非利加並於本國海口設備○又云檀佛拉理拿獲之頭人並有領兵官幾名皆控其反叛因此英國各部尚書齊集會議云○按此事殊爲可怪英人爲此小國何必費此大力或英疑有他國來助檀或爲免他國作主另有別情外人不得而知惟德國報紙多有頌德國皇帝仗義之說德皇或趁此機會可令議院寬籌經費乎第路透一面之辭究不知如何實在耳

瑞雪應時　○華曆十一月三十日三九之第六日也早起[illegible]雪深寸餘陰雲猶黑前　上諭以節逾冬至農田待澤正殷朕實深寅盼允宜虔申祈禱本月十九日朕親詣　大高殿拈香　時應宮著派貝勒載濂　昭顯廟著派貝勒載瀅　宣仁廟著派貝勒載漪　凝和廟著派貝勒載潤同於是日分詣拈香欽此已見邸抄嗣由禮部太常寺預備祭禮香燭傳集正大光明殿道衆賢良寺圓通寺廣濟寺法源寺戒僧一百二十衆設壇誦經祈禱伺候　皇上於十九日卯正二刻至　大高殿　香濂貝勒等各分　時應宮昭顯廟宣仁廟凝和廟等處拈香祈禱旨降祥霙以慰三農之望又　上諭本月二十九日朕仍親詣　大高殿拈香時應宮宣仁廟凝和廟分派同前欽此又津邑大令王直刺亦在津城隍廟設壇虔禱君臣一德上下同心敬竭至誠代生民而祈命果邀神鑒施膏澤以來蘇珠花[illegible]咳唾以飛天公玉戲銀屑遍郊圻而布大地春生以殺蟲以潤枯以淡災以癉疫均可於此雪卜之矣

窩花正誤　○昨報記西門外濟急粥廠有窩花說媒婦女宜防拐誘爲道路傳聞之誤茲悉濟急粥場所收皆係男民其婦女一概併入西沽廠矣合亟更正以昭核實

榮縊以哀　○禮部右侍郎李芍農少宗伯騎箕仙逝已列前報今聞十　月二十三日爲奠醊之期預備儀仗鼓樂迎送李蘭蓀大宗伯爲提主官鳴贊禮畢乘輿返駕二十四日爲發引之期屆定前門外三里河永和槓房六十四名大槓上罩紅寸蟒棺罩誥封亭龍旗御牌黃牌八對黃雲緞曲柄傘全副儀仗魂轎官車方元配亭松獅松亭鼓樂齊吹萬名傘八柄　銜牌一百對由繩匠胡同府第抬至南下窪龍泉寺叢林暫停明春擇吉扶櫬回粵安葬是日騾馬市大街經諸門生搭蓋路祭棚十餘座沿途奠祭執紼者皆係諸鉅公車轎塞途誠謂盛舉矣

例不應捉　○姦之一案古今無處無有其情節甚多萬難遍禁故先王定律有例不應捉姦之人可置勿論一則蓋男女相悅宜其相諧倘婦已有夫夫自有縱姦之罪如其無夫他人無能越俎也然賞罰不及而是非存者廉恥者畏是非甚於賞罰此恒心也然惟士爲能焉聖學所以有功王道也反是則不得爲士矣某生者廣平人也素有登徒子之癖面如傅粉豐致翩翩人皆以衛玠目之今年就館於某家教其一子某家婦未識其有夫與否國夏姬流也與生相得甚歡雙宿雙飛儼同夫婦女僕目覩其狀屢訕笑之生亦反唇相譏女

僕忿甚欲得生而甘心焉竟於十一月廿四日將生與婦雙雙獲住並將二人之衣扯至寶庫一路喧嚷路人聚觀生與婦幸經鄰人解釋議出兩塔物若干善言遣女僕散去生獨擁臬比毫不知愧誠斯文中之敗類矣

羅唓羅雉　○國家設官分職原爲小民謀樂利苟能盡心民事亦其分所應爲無如俗吏則愛民者少虐民者多朘削民脂民膏者尤多以故爲民上者苟有一二善政及人小民無不交口稱頌否則能禁民之手足不能禁民之口舌也京師爲首善之區設有五城司坊大宛兩縣原爲民間政平訟理而設刻下風氣日變無論情理曲直往往未經投告之先或兩造尚未傳集之候務須請託並許其賄賂關後再行赴案候訊倘有理曲即可就直若不將情賄先行交見以直就曲甚致堂上妄行實押威嚇強令具結完案似此含冤莫伸焉能折服小民心也是以上控之案層見疊出即經富道者將案平反而小民已受訟累重矣因此怨聲載道哄傳都城小民愁嘆似此乖戾之氣有犯　天和　輦轂下此風亟宜整頓有稽查之責者當破除情面澄敘官方以保閭閻也

燭待燃屋　○頃聞京北順義縣友人傳述一事不覺令人髮指據云順義縣石槽村某甲年約二九早失怙恃育於祖母有叔久己析爨分居祖母以甲少孤未免稍形溺愛以致養成梟獍之性役使祖母恒如奴婢祖母積有制錢三十千文甲索之不與遂肆兇毆復加足踢因而斃命當即囊錢外出適爲鄰人某乙所見訝其形狀有異向前盤詰甲不能隱以實言告乙並賄六千囑爲容隱夜間自火其屋搗向叔處謂叔不能贍養以致祖母焚斃聲言控呂將懲伊不孝之罪經鄉人勸阻草草收殮叔與衆人均不知其肆逆也不幾乙剪木子樹實落地甲匿不與乙大加忿恨始洩其事鄉人以事涉大逆欲同出首於縣此乃十一月初旬事也未知如何訊究似此形同梟獍斷難逃出法律乎然事之虛實本館無從懸斷惟遵有聞必錄之例紀之以待燃屋者之燭其奸而已

津鎮旋防　○鎮憲羅軍門前赴北路一帶閱邊因二十日係王制憲千秋良辰遂即赶回祝嘏並辦理津署公事畢於二十三日仍旋新城防次矣

楚軍仍統　○前通永鎮吳軍門育仁調補正定鎮茲悉軍門仍統帶楚軍馬步等營於十一月十二日接印任事矣

添一奇案　○本埠西營門內青龍廟東牌早有死尸一具年約三十餘歲身穿青布棉衣咽喉間用青布勒斃經該管地方稟案日前縣委尉大令帶仵驗明委係以布勒身死即飭備棺掩埋矣

多一冤魂　○童某者山左人居津多年以小本營生在閘口西紀樑旁租草舍一椽爲富自賺自食雖不患乏且有積蓄惟有孤棲之嘆常赴土娼老媽店尋歡適意流毒沾染即着花袍一件詎穿之甚易脫之甚難延醫調治日久不痊因被糾纏心躁恨不欲生於二十四日夜間以蔴繩一條懸樑畢命次早鄰人見至午尚未開門喚之不應毀門入見童掛於樑早已魂遊地府當經該管地方稟案午後縣委某公相驗委係病魔自縊即飭地方殮埋標記候其家屬具領及委員回署該傳日差役檢視屋內有箱子一個當即開啓內有衣服數件錢紋銀三兩現錢十三千五百文該差同衆云此須入庫即將箱子用洋車拉走僅給地方五百文其餘俱私自分用該地方復藉端向附近鄰居索錢聞此房之東竟花費十數千鄰右或一竿或數百文地方乃討材一口將童入殮且童身尚穿老羊皮袄及棉褲袄未識無剝去與否按此行爲或亦無好打點聞其鄰云童自從得疾久欲買棺材自備嘗向人言因其屋太小不能存放其所積銀錢係作衣衾棺槨費者竟被差役地方侵蝕分用其零星家俱則均被地方運走夫童以小本營生積蓄實非容易死後僅落得討材一口尤難保衣服齊全異鄉之人苟無親屬相依既已暴死尤被人欺殊可憫也至值日差役及該管地方既侵食縊死遺貲尤藉屍向鄰人索錢殊乃恃勢玩法情實可惡該管者若不嚴查究追則地下多一冤魂治下又添一冤鬼爲民父母能勿使之盻盻乎

貧有所依　○西門外延生社上月二十二日開廠已紀前報茲聞司事人等赴永豐屯一帶清查戶口給票施饘聞每戶給票二口三口四口不等仍按向章五日一關領饘之期各貧婦人等負囊而歸頌聲載道矣

姑何多虐　○南門外育廠于姓凌虐童養媳因傷斃命已紀前報茲聞二十三日西門外住戶李崔氏之童養媳李王氏吞烟斃命縣委湘驗後李王氏之姑李崔氏帶縣訊問情詞狡執大令飭掌嘴數十現交官媒嚴押候辦

天津 中西大藥房

零躉批發格外公道

頂厚藍白柳條絨布　每疋長四丈餘闊尺八足重三斤半售洋一元七角原箱批發格外公道

頂上旭日麒麟老牌啤酒　每箱大瓶四打計洋十二元零打照算如買十箱以上價更從廉

櫻田正老牌啤酒　每箱洋九元半每打二元五

紅葉老牌品海紙烟　廿牌每盒一元六品海一元八蔓批公道

各種頂陳呂宋烟卷　到有十餘牌號之多每箱自枝價洋二元至一元二元每百枝者兩元零打照算批折更廉

鍍金化銀洋鹹　專片洋鹹每瓶九角厚片七角五

硝强水　硝强每瓶六角鹽强每瓶七角五試銀小瓶硝强洋三角

五度高礦强水

六　比藥水提金化銀需用浩繁本房自運馳名老廠之貨業經數載近有貪利外行販售次貨祇圖價攙售魚目之混本號之貨包管使用價亦照舊每百磅計洋四元

賜顧者請至鍋店街中西大藥房不誤

貴無旁貸

○昔召公虎曰民之有口猶土之有山川也財用於是乎出猶其有原隰衍沃也衣食於是乎生口之宣言也政令於是乎興行善而備敗所以阜財用衣食者也夫民慮之於心宣之於口朝可壅也又曰防民之口甚於防川川壅而潰傷人必多民亦如之故泰西各國競立報館亦猶為川者決之使導為民者宣之使言耳古有輶軒今有探訪古者婦老無子者其探詩為其年老而使之斯事多無子而私心絕歟今之探訪亦必自識無私者為之斯堪勝任否則肆意言奚妄當也今奉我國諸大憲飭後近年來泰西各國所出之報本年五月北京所售滬報內列機密傳佈天下實屬識聽朝廷是以嚴密稽查倘再自洩露機密要件自干時扐拿治罪今派北京售直報人陳午清轉致各報館京師訪事售報人務須開具名姓籍貫年歲住址另取鋪保圖章投赴陳午清處復加具甘結稟存地面衙門存案以備稽核倘有不遵者許陳午清扭稟從嚴究辦不貸

本號自製廣裝花生清油味極馨香色尤皎潔燃燈光亮渣滓無餘四遠馳名已歷年所正號在紫竹林北首創設開平礦內諸尊賜顧價值相宜　光緒二十一年十一月吉日

恒昌厚告白

新到香楠二十塊如欲購者請到怡和洋行面議

浙杭 元吉永號

本號自置紗緞綢縐新樣洋縐花素洋布川廣夏布閩摺貓廣南貨頭油俱全本號為近時織布價格不同故而各貨減價與眾估衣街中間路北凡仕商賜顧者請認明本號招牌

本齋所售天臺齊次風宗伯水道提綱一書近因津郡添設水利總局此書於前月售罄而來購者踵繼本齋自得竭力搜求覓出舊本初印之書數部又學治一得編明刑弼見錄數部二種合為一部牧令奉為南針者又仁和陳雲莊太守選訂國朝學業正軌數部習舉業者皆奉為鵠針以上各書為津邑諸老先生觀察守歷年所刻實皆經濟文章有用之書今乃覓得當年初印各書無多與滬上翻刻者迥然不同一看便知此書之精美矣　又石印由津至塞構築鐵路圖　文興齋謹啓

十一月二十九日錢價行情

英洋九七六錢

錢盤二千六百五十文

洋元一千九百文

竹林九六錢

錢盤二千六百九十文

洋錢一千九百三十文